U0863903

MEMORY HOUSE
记忆坊文化

非常荣幸. 能与你并肩战斗.

竹宴小生 著

猎星者

CHASING THE STARS

上

江苏凤凰文艺出版社
JIANGSU PHOENIX LITERATURE AND ART PUBLISHING, LTD

目录

CONTENTS

第一卷

孤岛迷雾

Chapter 01.
初见

所有的起因是一个来历不明的电话。

那个隐藏了号码和音色的来电者告诉钟云从："想找到你父亲的话，就喝下药水，去孤岛吧。"

来电者只说了这么一句就挂断了电话，之后任他怎么回拨，都无济于事。

那瓶半小时前邮寄到钟家的药水，外形和任何一瓶咳嗽药水都毫无差别，白色的瓶盖，棕黑色的瓶身，上头贴着蓝白相间的标签纸，平淡无奇。

但钟云从不会认为这真的只是一瓶咳嗽药水。

要喝吗？有毒吗？最关键的是，有用吗？

钟云从凝视着药瓶里微微晃动的液体，喉咙有些发紧，他在很认真地思考这几个问题，尤其是最后一个。他倒不是真的关心药效，而是在意是否真如来电者所言，喝下之后，便能够找到父亲。

听起来可信度很低，这通电话更像一个恶作剧。

他将信将疑地拿起药瓶，拧开盖子，凑过去闻了下，一股淡淡的辛辣味钻进鼻子，有点刺鼻，他皱起了眉。

孤岛？他想起来电中提到的关键词。

那是什么地方？海岛吗？对方是在暗示他要出海？

他念叨着这个过于笼统的地名，大脑变成了一团乱麻，千百个念头在一瞬之间回转，他蓦地又放下了药瓶。

“鬼知道是不是药蟑螂的……报警吧！”他心烦意乱地扔了手里的东西，敞口的药瓶滚在地毯上，浅棕色的药水缓缓地渗进了织花毛料中。

他拿起手机正要拨号的时候，忽然感到后颈一凉。

“不想去？”有人悄无声息地出现在他背后，嗓音低沉沙哑，“这可由不得你。”

钟云从毛骨悚然：“你是谁……”

他话音未落，颈侧就泛起一阵细微的刺痛，仿佛是被蚊子叮了一口，顷刻间意识便如同流沙一般疯狂倾漏着。

在他逐渐陷入昏迷之时，他的右眼毫无征兆地开始发热，钟云从知道，“白日梦”又要出现了。

他非常努力地仰起头，左眼看到繁复华丽的灯具在熠熠生辉，而右眼看到的却是截然不同的景象。

那是一方阴霾厚重的天空，墨色乌云交叠，正在孕育一场暴风雪。

视线再往下一点，入眼的是一座灰色高塔，塔尖似剑，尖细挺拔，直指云霄，仿佛要刺破苍穹，搅乱浩瀚星群。

他熟悉卧房的吊灯，对这座灰塔也并不感到陌生——因为他的右眼不止一次见过这座塔。

这种说法听起来有些奇怪，但事实如此，他的左眼一直很正常，而他的右眼在他很小的时候就出现过这种幻象——钟云从认为那是幻象，因为他试着在网上搜过那座塔，但一无所获。既然在资讯最丰富密集的互联网里都寻不到踪迹，那肯定就不存在。

这种状况在他小时候还只是偶尔出现，可随着年纪增长，幻象产生的频率也越来越高，尤其是这两年。钟云从有段时间非常困扰，也告知了父母，但多方求医未果，加上时间长了发现这个怪病除了让他右眼生异象之外，并无大碍，也就看开了。

他管这个怪病叫作“白日梦”。

直至三个月前，父亲离奇失踪，钟云从心急如焚的同时，右眼这种毛病发作的次数也跟着直线上升，幻象里最常出现的，便是高耸入云的灰塔。

而在昏迷的前一刻，塔尖模糊成残像，鬼使神差一般，他的嘴唇最后翕动两下，吐出几不可闻的“孤岛”二字。

再睁开眼，目之所及是铺满絮状乌云的铅灰色天幕，一直延伸至遥远的天际，羽毛般的雪片洋洋洒洒落下，天地间漫起一层白色薄雾。

他的脑袋像是被一把生锈的刀来回切割着，钝痛自大脑皮层缓缓入侵，等他反应过来的时候，整个头仿佛要裂开。

被这种混沌的疼痛折磨着，钟云从一度失去了思考能力，直到低温席卷身体，他那浑浑噩噩的意识终于逐渐清醒。

失踪……来电……不速之客……前情断断续续地浮现在他脑际，他手撑着地费劲地站了起来，环顾四周，一边梳理自己的记忆，一边打量着环境。

他处在一个开阔平坦的地方，看起来像个广场，左手边的建筑有些年头了，是那种30年前流行的风格。此处地势颇高，当他站起来的时候，远远近近的建筑群一览无遗。

但不知道是不是他的错觉，这座城市和左手边的建筑一样，都透出一种破败而苍凉的气息，似乎一阵风吹过，它就会以摧枯拉朽之势分崩离析。

这是哪里？我为什么会在这里？钟云从轻捶后脑勺，既是为了缓解头痛，也是为了促进思考。

对了，昏迷之前自己被人下了黑手，所以……那孙子人呢？是他把自己弄到这里的？钟云从有些无助地呆立着，直到脚踝处传来刺骨的冰冷，他才意识到自己正深陷积雪之中，而他身上的衣物，显然不足以应付这里的冰天雪地。

等他完全明白状况，为时已晚，他的身体被凛冽的寒意包围，钟云从从未经历过这样的极寒，他的家乡以四季如春而闻名。

他把双手揣进兜里，侧过身望了望左边的建筑，那里一丝光亮也无，这让他踌躇了片刻。不过很快，寒冷逼着他做出了决定，他在雪地里跋涉起来，艰难地向着那座黑黢黢的建筑走去。

借着雪地的反光，他看清楚了这幢楼的外观——约有三层楼高，原本可能是个正儿八经的办公楼，不过很显然已经被废弃了，不然那斑驳的外墙上不会爬了那么多藤蔓都没人管，尽管它们都已经枯萎了。

难怪连盏灯都没有，钟云从这样嘀咕着。他的鞋底踩在积雪上发出簌簌的声响，这一带实在太过安静了，他下意识地紧了紧外套，加大步伐往矮楼走去。

当他站上台阶身处屋檐之下，紧绷的神经终于稍稍放松了一些。落在他头发、额头上的细雪开始融化，沁凉的水珠顺着他脖颈的曲线滑到了领口里，钟云从的身体因此轻颤了一下。

他的后背抵在墙壁上，也懒得去管自己的大衣是否会被弄脏，放空的双眼掠过这座城市影影绰绰的轮廓，最后定格在区域中心一处高耸的剪影上。

那是——惊诧令他的瞳孔骤然收缩，原本他以为不存在的景物……竟然出现了！

这里……到底是什么地方？钟云从神思恍惚地盯着遥远的塔尖，开始怀疑自己是否陷入了右眼的幻象之中。

滴答。

一开始，钟云从以为是积雪融化后滴落的水珠，但在第二滴水珠落在他的皮鞋上且皮革开始融化之后，他知道自己想错了。

他仍是不明状况，但第六感尖叫着要他赶紧离开，于是他在快速地蹭了两下鞋面之后，匆匆忙忙地下楼，却在迈下第一阶的时候，和一张血肉模糊的脸打了个照面。

血肉模糊并不是个夸张的形容，反之，相当写实。他离那张恐怖的脸是如此之近，几乎要挨上了，他猛地往后退了一大步，想换个方向逃，却不幸地发现这可怕的生物是成群结队来的，它们倒悬在屋檐上，不知道潜伏了多久，当他转身的时候，又差点撞上另一张恶心程度相近的脸。

钟云从开始慌不择路，他蹲了下来，避开了那些令人作呕的脸孔，膝盖和手肘一起着地。他舔了舔干涩的嘴唇，闭上眼睛，护住腹部，干脆利落地"滚"下了那十来级的阶梯。

在他浑身发疼地滚落到雪地里之后，听到了几声重物坠落的沉闷声响。他知道，那些倒挂着的怪物着陆了，它们很可能会追上来，而他得抓紧时间逃！

钟云从没敢回头，而在逃命的关头他也挤不出更多的时间和精力去思索那些追着他跑，而且失去了表皮的生物到底是什么物种，不过看体形，倒是和人类很接近。

可人类怎么会有那样的毒液和速度？

被僵冷充斥着的两条腿让钟云从早有预感，自己跑不快也跑不远，可短短十几秒的时间，他的肩就被为首的怪物搭上了，这也是出乎他意料的。

他甚至能听到它们鼻孔里呼哧呼哧的声响，和大型野兽的喘气声如出一辙，而搭在他肩上的手，或者说爪子，也越收越紧。

他觉得自己死定了。

下一秒，他的身体重重地撞在了什么上，他彻底绝望了，想起那些浑身溃烂的怪物身上滴滴答答的黏液，现在糊了他一身，估计他也得被溶解了。

与其变得和它们一样，还不如被吃了！这个关头，钟云从忽然被强烈地恶心到了，他奋力踹了一脚："滚远点！"

"嘶……"很意外地，他听到了人声，虽然是倒抽气的声音，但钟云从仍是惊喜不已。

他抬起眼，对上的是一张冰凌般苍白俊秀的脸。

终于看到个人类了！钟云从激动之下，几乎忘了后头还有一群索命的怪物。

只是……始料未及地，这个帅哥居然开始狂打喷嚏。

真的是狂打，不停地，一个接着一个。

钟云从不知所措地望着他。

苏闲郁闷极了。

今天真是太倒霉了，被分到最偏的区域执行巡逻任务也就罢了，平时这一片挺荒芜的，可今天不知怎的，就冒出了几个异种。冒就冒吧，这些呆头呆脑的家伙看起来也不难解决，本以为三两下就能搞定，却碰上了个在雪地里乱窜的家伙。

莫名其妙挨了一脚，他甚至还没能回敬一番，鼻腔就疯狂发痒，一连串的喷嚏让他差点连腰都直不起来了。

这大冷天的，鼻炎又犯了……还忘了去拿药，真要命。被折磨得涕泪涟涟的苏闲捂着口鼻，终于体会了一把什么叫自作孽不可活。

钟云从从兜里胡乱摸出一包皱巴巴的纸巾，递过去："你还能行吗？"

"麻烦你……"接了纸巾，苏闲捂着鼻子声音含糊，忍着鼻腔的不适，艰难地憋出一句，"让一让。"

"啊？"那家伙显然还没意识到自己是个路障，还一脸蒙地看着他，苏闲深吸一口气，强行把下一个喷嚏压了回去，特别好心地提醒了一句："回头看看。"

钟云从照做了，结果下一秒就面色煞白。报复成功，苏闲幸灾乐祸地勾起嘴角，却没想到那家伙无头苍蝇似的乱转，把异种也勾了过来。

那烂出骨渣、满是黏液的手掌眼看就招呼到苏闲颈边了，偏这时候，他鼻翼又是一阵难耐的奇痒。

异种的动作并不慢，喷嚏不断的苏闲只来得及后退半步，就感觉到锁骨下方一阵麻与热，制服的领口被轻易地划破，皮肤也被割出一道口子，毒液开始起作用了，好在他没被割破动脉。

他抹了一把伤口，手上全是暖热的鲜血。苏闲啧了一声，抬脚将对方踹翻，同时借力往后跃去，顺便捎上了那位一脸蒙的年轻人。

被踹翻的异种之首似乎察觉到了危机，摇摇晃晃地站起来之后竟然弃同伴于不顾，撒开两个蹄子一溜烟跑了。

“嘿！还挺机灵。”苏闲望着溜之大吉的异种冷笑，却也没追上去。

钟云从依旧沉浸在诧异中，按照他的目测，他们这边和怪物拉开的距离足有十米，这位老兄跳远的功力颇为了得。

“谢谢您救了我！”钟云从道完谢之后又开始求救，“请问您能帮帮我吗？我被人绑架了……事后我一定会重金酬谢的！”

是的，他很确信，自己绝对是被人绑架了，老爹八成也遭遇了同样的事。

可对方无暇理会，因为异种又过来了。

钟云从也注意到了，面色骤变：“又来了！快逃！”

苏闲眼角的余光掠过对方慌张的脸，皱了下眉，没说什么，只是从容自若地凝望着呼哧呼哧赶过来的异种们，缓缓地抬起了一只手。

钟云从却心有余悸，瞧了瞧那边狰狞的怪物，又瞅了瞅身边身板不算厚实的人，想跑路，又不好意思一个人跑。

对方刚救过他一命，怎么说也不能丢下他一个人啊。

钟云从忽然想到了什么，接着就掏出了口袋里的一串钥匙，精致的钥匙圈上挂着一把小匕首，虽说是装饰用的，但他记得它也是有刃的，属于那种过地铁安检会被没收的类型。

也不知道能派上多大的用场，他心里七上八下的，可死马当活马医，他还是迅速摘了下来，塞到了对方手里。

苏闲瞥了眼手里的小玩意儿，冲他挑了挑眉，想知道他突然塞个玩具给自己是什么意思。

“给你。”钟云从苍白着一张脸，勉强扯了扯嘴角，“防身用。”

就凭这玩意儿？

苏闲默然。

钟云从也不傻，看得出对方眼底的不屑，他正要解释的时候，那个人出手了。

他是看着那人抬手的，之后也没见有什么多余的动作，紧接着他便看到了令他永生难忘的一幕——领头的异种脚下像是刮起了一阵小型龙卷风，道上的积雪被狂暴地卷起，呈涡旋状螺旋上升，飞快地将异种卷入其中，后来，旋风愈发狂烈，如同绽放的烟火一般，被极速点燃，又迅速炸开。

魔术……吗？钟云从茫然地眨了几下眼，忽然弯下腰干呕起来。

耳边又传来几声类似的炸裂声，再抬头的时候，对面的怪物消失殆尽了，只余一地狼藉。

钟云从重重地咳了几声，才算是止住反胃，却没想到那位“魔术师”也弯着腰——在拼命打喷嚏。

他强迫自己多瞅了几眼那红红白白的混合物，不得不承认，这绝对不是什么魔术。

这么一来，那就太牛了——钟云从满脑子都是“还有这种操作”的惊叹，望着对方的眼神也变得复杂起来。

他究竟是什么人？

“喂，”苏闲捂着鼻子，艰难地在喷嚏的间隙中出声，“还有纸没？”

“噢噢……有，有！”钟云从忙不迭地掏纸，殷勤地递了过去。

虽然他觉得这人有些古怪，但人家毕竟是救命恩人，一包纸巾而已，他不敢怠慢。

苏闲一面擤鼻涕一面例行公事：“姓名、住址，大半夜跑西城干吗来了？自杀吗？”

“啊？”钟云从被这一串问题弄晕了，牛头不对马嘴地回道，“这里叫西城？”

苏闲的眸光不耐烦地甩了过来：“别给我绕弯子，老实交代，到底怎么过来的？有没有同伙？”

他的诘问让钟云从大约猜出了他的身份，嘴里又客气了几分：“不是，您误会了……我是被人绑架的，一睁眼就在这里了。”

“绑架？”苏闲这回倒是正眼瞧了他一次，挑起半侧眉尾，“那绑匪呢？”

“我也不知道……”钟云从讪讪出声，现在缓过神了，他自己也察觉到一些不对劲的地方，他肯定是被人转移到这里的，可现在对方不见踪影。

是啊……人呢？还有，那家伙到底想干吗？杀了他吗？

不，没必要这么麻烦，想弄死他的话，一剂毒针即可。

可他现在还活蹦乱跳的，除了冷了点，并没有受伤。

在这个滴水成冰的陌生之地，他毫无头绪。

愣了一会儿，他抬起眼，蓦地与苏闲的视线对上，对方眼中审视的意味不言而喻。钟云从想了想，还是硬着头皮发问：“请问……这是哪里？”

苏闲没出声，只是表情又冷了几分，眼底的嘲弄很明显，显然认为他在装傻。

钟云从讪讪地挠了挠头：“我没骗你……真的，我以前没来过这里，所以……”

没来过？苏闲心里咯噔一下，神情一下子严肃起来：“那你告诉我，你是从哪里来的？”

“K市。”钟云从忙不迭地答道。这个地名砸得苏闲头昏目眩：K市……这不是外面的地方吗？他居然是“外边”的人？

苏闲被一个地名震得回不过神，直至对方又催问了一遍，他才难以置信地反问：“你真的是从……K市来的？”

钟云从莫名其妙，但还是点了点头：“是。”

苏闲竟然笑了起来：这个人，不是个疯子，就是个傻子。如果是前者的话，他只要把他丢进疯人院就好了；是后者的话……就有些棘手。

“对了，我一直想问，”钟云从察言观色，小心翼翼地觑着他身上的制服，“请问您是警察吗？”

警察？这个称呼有点意思。苏闲揉揉鼻头，鼻炎的折磨总算消停了些许，他这才有心思认真观察这个陌生人——他身上穿的衣物和鞋子，款式、材质乃至颜色，都是这座城市里少见的，看来所言非虚。

怎么办？

管还是不管？

会有麻烦吧？

他正思忖的时候，西北边的天际忽地绽出一束耀眼的光，像是燃烧的花朵。钟云从一时也被这绚丽的景象吸引了注意力，没注意到对方面色微变。

“信号弹，有情况！”他猛地转身，并且下定决心，还是不管这桩闲事了。

钟云从见他突然离开，不明所以地跟了上去：“怎么了……”

苏闲头也不回：“你听着，我现在有急事，没空追究你偷越隔离墙的事，你最好趁早跑路，不然下次就未必有这么好的运气了。”

钟云从没听懂“隔离墙”是什么，但听出了一个意思——对方要离开了。

怎么也得问条出路，不然这大晚上的，他连方向都辨不清。

他只好厚着脸皮追了上去：“那您帮我指条路吧，比如最近的旅馆……”

对方仿佛没听到一般，钟云从陷在积雪里，一直没能跟上，等到他拔出一只脚，再望过去，前方已然不见人影。

走得……这么快吗？

钟云从四肢僵冷且腹中空空，索性停了下来，茫然四顾，可附近一片黑暗，连个路灯都没有，实在是两眼一抹黑。

他心累不已。

就在这时候，忽地有只手搭在了他肩上，他心下一喜，转过脸：“我就知道您是个好人……”

只是他眼角余光窥见的却是一张溃烂的脸，惊喜瞬间变成了惊吓，同时右肩一阵剧痛。他捂着伤处，恐惧和疼痛爆发出的力量，让他硬是挣开了异种的钳制，跌跌撞撞地往前跑。

只是异种注入的毒液很快起了作用，钟云从全身的力气渐渐被卸去，他踉跄的脚步没能维持多久，最后还是两腿一软，颓然地俯下身。

此刻已然跑出一段距离的苏闲，忽然神情一凛。他的眼睛和鼻子都不太好，所以听力还算灵敏，后边的动静有点模糊，不过还是让他察觉出不对劲。

这地方基本就是异种的乐园，他不用回头也猜得出发生了什么。他叹了一声，看来自己那点可怜的良心还没死透，旋即便复刻了一手瞬间移动的技能，在异种赶到之前挡在昏迷的钟云从身前，再次一脚将它踹翻。

是方才逃掉的那一只。他一眼就断定了，不得不承认这个场面是自己的大意所导致的，虽然他一点都不内疚，但还是第一时间操纵着气流，仿照先前的手法，将这只幸存者炸成碎片。

确认威胁解除之后，他蹲下查看那人的状况，外来者的右肩血迹斑斑，伤处的衣料被毒液侵蚀得不成样子，更别说皮肉了。

“真麻烦……”他强行压下了冒出尖的愧疚之心，在连续使用了两种异能体力不支的情况下扛起了这个人，并用出了第三种异能——风开始聚集在他的周身，他的双脚离开地面，悬浮于空中。借助风的力量，他拥有了高空飞行的能力。

“我只能飞五分钟，”乘风而行对他的鼻腔是一种巨大的负担，如果不是为了救这个人的命，他宁可一步步走回去。苏闲吸溜了一下鼻子，含含糊糊地说道，“如果你坚持不了五分钟，那也只能怪你命不够好……半夜不要来找我啊。”

钟云从昏昏沉沉的时候听到夜风从耳边掠过的声音，其中夹杂着一个人的唠叨，他也迷迷瞪瞪地回了一句：“放心……一定会去找你的。”

他听到那人无奈地笑了一声：“真够难缠的。”

钟云从是在一阵尖锐的疼痛中醒来的，与此同时，还有两个压低的声音。

“怎么样？还能活吗？”这声音钟云从挺耳熟，似曾相识。

“外伤好处理，难办的是毒液。我已经为他注射了解毒剂，只是不知道能发挥多少作用。”另一个声音却陌生得很。

“咳咳。”似曾相识的声音卡了一下，“这小子也是……大晚上一个人跑到西城，还屁本事没有，简直是找死！”

“他一个人过去西城的？那应该不至于一点本事都没有吧？”

“说不清楚……他可能，”熟悉的声音低了下去，“是外边来的。”

“你在逗我吗？”

“逗你有什么好处吗？他自己是这么说的。”

“他说你就信？”另一个声音颇有些不以为然。那人陷入了沉默，似乎也在斟酌这个说法的真假。

“不过，你这么说，我倒是来了点兴趣。”听起来是医生的那个声音突然就提起了精气神，“我先帮这个人做个全身检查吧。”

“也好。”

不多时，钟云从感觉到自己的眼皮被扒开了，紧接着，他听到一个倒抽气的声音，然后就是一声粗口。

那人笑了起来：“没想到有朝一日能听到咱们张医生说脏话……你抽风了？”

被称为“张医生”的人静默了一瞬，而后出声：“不，我信了，这的确是个外乡人。”

“怎么？”

“他的虹膜……是正常的。”

“……你让开，我也看看。”

在感觉到对方的手指接触到眼皮的前一刻，钟云从一激灵，赶紧睁开眼，正好对上了一双瞳孔泛着灰蓝色的眼睛。

诡谲又病态的颜色，却莫名透着一股奇异的美感。

钟云从整个人浑浑噩噩的，思绪也乱七八糟，不承想对方也在注意他的双眸。

穿着白大褂的人再一次观察过他的眼睛，嘴里发出啧啧惊叹：“褐色的虹膜，果然是个正常人，非常好。”

他的语气颇为愉悦，听得钟云从起了一身鸡皮疙瘩，苏闲却听出了一点不对劲：“虹膜没有变色……你的意思是，他还没有被感染？”

“目前观察到的情况是这样，我再为他做个详细检查。”医生从口袋里掏出了一个本子，愉快地记录着什么。苏闲无语：“你好歹先把人家的伤口缝合一下吧？”

医生合上本子，放回衣兜：“你又欠我一个人情。”

钟云从以为他指的是医药费，连忙摇头：“没事，钱我自己有，你救了我两次，怎么好意思再让你破费……”

苏闲冷冷地扫了他一眼：“自作多情，谁要给你垫钱了？”

张医生却笑了：“放心，他想垫也没有。”

苏闲剜了医生一眼：“张既白，有的时候沉默是金。”他不自然地干咳了两声，目光又回到钟云从身上，“精神倒是不错，看来你命挺大的。”

张既白张医生挑挑眉：“的确如此，毒液对他的作用似乎很有限……有意思，是个值得研究的对象。”他说着便朝着钟云从伸出一只手，食指竖起，小幅度地转动着。

钟云从还没反应过来，肩上的伤口冷不丁地传来一阵细碎的痛感，他吃惊地侧过脸，却看到了不可思议的一幕——托盘上的亚麻线竟然在无人穿引的情况下，细蛇一般自动盘绕在他肩上，串联着他裂开的伤口。

这地方的人都是什么妖魔鬼怪？钟云从的下巴差点掉到地上。

然后听到那两人的互相吹捧：“你这操纵气流的绝活越来越细致了啊。”

“你也不错。”

“我只是个偷师的，可到不了你这程度。”

“你倒是有自知之明。”

苏闲但笑不语，余光注意到伤者肩部的伤口已经缝合完毕，侧过脸去：“缝好了……你感觉怎么样？”

钟云从怔了一下才反应过来这话是对他说的，有点受宠若惊的意思：“还、还行……”

苏闲的唇角牵开一点弧度：“恭喜你啊，保住了一条命。”

钟云从小心翼翼地回了一个笑：“不，要多谢你。”

一旁的张医生不满地嘀咕了一句：“最该谢的人难道不是我吗？”

清醒不久，头昏脑涨的钟云从又昏睡了过去，张既白一反常态地细致照顾着，这让熟知他本性的苏闲感到不对劲：“我怎么觉着你不安好心哪……”

谁知随便一个小动作却牵动了苏闲锁骨处的伤口，他倒吸一口冷气。张既白的视线落在他领口的那处血污上，波澜不惊地转移话题：“受伤了？真难得啊，苏治安官。”

“难得什么啊难得。”苏治安官没好气地瞪他，“看到了就赶紧帮忙，懂不懂什么叫救死扶伤？”

“救死扶伤也是有成本的，你付得起吗？”张医生轻飘飘地反问，一贫如洗的苏治安官无言以对。

不过张既白还是扔了一卷绷带过来："自己包。"

苏闲对他的双重标准感到十分震惊："我也中毒了好吗？"

张既白又扔了一小瓶解毒剂过来："自己打。"

苏闲被他整得没脾气："给我开点药吧，鼻炎又犯了。"

张既白指了指外间的药柜："自己找。"

"……虽说得罪医生不是什么好事，"苏闲忍了又忍，"但我希望你明白，得罪治安官也不是什么好事。"

张医生推了推自己的眼镜："如果那个治安官欠我钱的话，就另当别论了。"

苏闲没话了，乖乖地抱着绷带和解毒剂自个儿到外间找药了。

他推完一针解毒剂，正在拆绷带的时候，张既白悄无声息地来到了他身边。咬着绷带一角的苏闲很是不满："能不能出个声儿？穿个白大褂跟幽灵似的。"

张既白指了指里间："里头那位，你打算怎么办？"

"什么怎么办？"苏闲满脸疑惑，"他跟我有半毛钱关系吗？"

"身为一名治安官，还是应该有点道德的，你觉得呢？"

"如果一名医生没有医德，凭什么要求治安官有道德呢？"

张医生两只手揣进白大褂里，转身往里间走去："你赢了。"

"对了，"苏闲想起了什么，补了一句，"那人醒来要是问我，你什么都别说。"

张医生没有回头："我要是说了呢？"

"那你恐怕会失去我这个朋友。"

张医生仍旧没有回头："你觉得我会在乎吗？"

"……你赢了。"

钟云从翌日清晨醒来的时候，果然问起了他的救命恩人，专注地翻着一本半旧《解剖学》的张医生告诉他："某位不愿透露姓名的苏治安官让我什么都别说。"

钟云从忍俊不禁："好吧……其实我没有别的意思，只是想道声谢，既然他不领情就算了。医生，你能不能告诉我这里到底是什么地方？"

张既白的目光从书页上挪到了钟云从的脸上，他的表情没什么变化，镜片之后的双眼却让钟云从看不清。他听到他说："你连这里是什么地方都不知道就敢来？"

钟云从挠了挠脸："呃，对于我是怎么来到这里的……我也很好奇。"

张既白勾了勾嘴角："这里是'孤岛'。"

"孤岛……"钟云从终于得到了肯定的答案，心里五味杂陈，"还真有个'孤岛'啊……"

"听起来，"张既白饶有兴致地盯着他，"你好像听过'孤岛'。"

钟云从叹了口气："一直到昨天之前，我都不知道'孤岛'是某个特定的地方。"

张既白把手里的书放下："这么说，你昨天才知道有这么个地方……是什么人告诉你的？"

"我被人下了黑手，被注射了一针不知道是什么玩意儿的药剂，总之人昏过去了，醒来就在'孤岛'了。"

"哦？你是说，有人把你弄进了'孤岛'？"张既白显然对这个问题格外感兴趣，他的身体稍稍前倾，微笑起来，"有意思，真想知道谁有这么大本事啊。"

钟云从只觉得他话中有话，却听不懂他的深意，眨了眨眼，还是说了实话："那个人告诉我，我父亲也在'孤岛'。他三个月前突然消失，一直杳无音信。"

张既白拊掌大笑："所以说，短短的时间内，总共有两个外边的人进入了'孤岛'？治管局是干什么的？"

钟云从听得一头雾水："我不明白。"

张既白失笑："看来你有仇人啊。"

钟云从干笑了两声："我也是才知道。"

张医生没再继续这个话题，重新捧回他的《解剖学》，这书名让钟云从的右眼皮跳个不停，他硬着头皮问张既白："嗯……我什么时候能离开？"

张既白翻过一页："随时都可以，没人拦着你。"

钟云从挣扎着从病床上下来："那我现在……"

"不过走之前，要把医药费结清。"

富二代钟云从全然不当一回事，他满不在乎地回道："行，多少钱？"说着顺手去取自己挂着的大衣，从口袋里摸出了一张卡，"能刷卡吗？"

张既白扫了一眼他指间的黑卡，摇头："不能。"

这出乎钟云从的意料，他只得继续从口袋里掏钱包："那我看看有多少现金……"

还没等数清钱包里的现金，他又听到张医生的声音："外面的人，是不是和你一样，都不知道‘孤岛’的存在？”

钟云从动作一顿：“是吧，我从来没有听旁人提起过，也没有在网络上看到过相关信息。”

张既白沉默片刻，忽然又问：“那梦川市呢？你知道吗？”

“梦川市？”钟云从重复着这个地名，总算联想到了些许，“好像听过，我想想……这个地方早就从行政区划里消失了。好像是说二十年前发生了什么大事故，死了很多人，幸存者全部被遣散迁到别的省市了。而梦川市也因为严重的污染，成为废弃之地。”

张既白的手指无意识地攥紧了书页：“是什么样的事故，你知道吗？”

“这个就不清楚了，因为官方没有给过明确的解释，乱七八糟的传说倒是挺多的……一般就是说核泄漏然后辐射什么的。”钟云从抓了抓头发，嘿嘿一笑，“说起来，我还是在一些猎奇盘点帖里知道的梦川市，什么《十大诡异之地》《最恐怖的都市传说》之类，都是这样的标题，一看就是假的。”

张既白笑了笑：“确实够假的。对了，你找到钱了吗？”

钟云从从钱包里抽出几张百元大钞递给他：“真是不好意思，我身上现金就这么多了，你看够不够？不够的话我去取了钱再给你。”

张既白接过那几张钞票细细地观察着：“外面的钞票已经更新换代了啊。”

“呃……难道你们这里不用这种钞票？”

“不用。”

这就很尴尬了。钟云从一下子窘迫了，这些钱不能用的话，那他岂不是等于身无分文？

张既白的笑容温暖而和煦：“没钱？”

钟云从不自觉地咽了口唾沫：“看起来好像是这样……我能赊个账吗？”

“本诊所拒绝赊账。”张医生合上书，优雅地起身，“但可以接受别的付款方式。”

钟云从喜出望外：“您说。”

医生斯斯文文地笑了笑：“说实话，我很想把你弄上解剖台。”

“……啊？”钟云从满眼恐慌，笑得比哭还难看，“您是在开玩笑，对吧？”

“不是。”张既白微微一笑，“不过鉴于我这么做，治管局会找我麻烦，所以等你死了再说。”

钟云从简直怀疑，这家伙……真的是医生吗？

张既白似乎看穿了他的心思，挑了挑眉：“我不是在诅咒你……我只是觉得，像你这样的家伙，在‘孤岛’应该撑不过三天。”

他说着拍了拍钟云从的肩，一脸诚恳：“放心，到时候我会帮你收尸的。”

钟云从往后挪了挪，避开了他的手。

“请您给个更靠谱的方式可以吗？”

张既白叹了口气，妥协道：“抽点血，总可以吧？”

钟云从没有拖欠的习惯，于是认命地挽起袖子，露出左胳膊，头扭到另一边：“抽完之后，咱们就互不相欠了。”

“我怎么觉得你很快就会再欠我的呢？”在张医生说完这句话之后，冰冷的针头扎进了血管，钟云从咬紧牙关，十分心疼自己。

人生地不熟的，还受了伤，他还能更惨点吗？

“打扰一下。”抽完血之后，钟云从正用酒精棉捂着针孔的时候，诊所里蓦地响起一个清脆娇嫩的声音，这让原本生无可恋的钟云从立刻精神起来：有人来了。

随着门帘一掀，钟云从终于看清了来人，是个十来岁的小姑娘，眉清目秀，十分可人。

慢条斯理地收拾着针管和血袋的张既白开口了：“是盈盈啊，又来给你母亲取药？”

“嗯嗯。”被叫作盈盈的少女乖巧地点点头，眼珠子转了转，目光落在捂着针口的钟云从身上，秀丽的脸上多了几分好奇，“没见过这位哥哥呢。”

钟云从友好地冲她笑了笑：“我是新来的病人。”

盈盈人如其名，眼睛里总是笑意盈盈，她正要说些什么，但视线却忽然定在钟云从的双眸之上，随后侧过脸，十分不解地看着张既白：“医生，这位哥哥的眼睛……”

“不用管他。”张既白漫不经心地提了一嘴，然后转过身在药柜里找药，“还是一样的分量吗？”

“嗯……对！”盈盈显然还没缓过神，一双大眼睛还是时不时地瞟向钟云从，这让后者十分莫名，他的眼睛到底怎么了？

张既白拿了几盒药品递给盈盈：“告诉她，让她按照医嘱来，不要一次吃太多……你来取药的间隔越来越短了，她服用的剂量越来越大了是不是？”

盈盈的眼底登时盈满了凄凉，看得钟云从有些于心不忍，看样子，她家里人的状况不是很乐观。她的声音低了下去：“我会和她说的。”

张既白摇摇头："去吧，别耽误了上学。"

盈盈抱着那几盒药，声音几乎可以说是虚弱了："这一次的药费，还是要欠着……对不起。"

张既白伸手揉了揉她的头："没关系，去吧。"

说好的不接受赊账呢？原来这医生还有两副面孔呢，钟云从心想。

盈盈冲张既白点点头，又对着钟云从笑了笑："这位哥哥，出门的话，最好挡上眼睛呀。"

说完，那纤细的身影便走出了诊所。一头雾水的钟云从问张既白："我的眼睛……是出了什么毛病吗？"

张既白坐回他的藤椅，语气平淡地说道："你照做就是了……我可以友情赞助你一副太阳镜，不用谢。"

钟云从最后还真戴上了墨镜，原因无他，谁让他俩都神神道道的，整得他心底发慌，不得不照做。

大街上人倒是不少，只是处在人流里的钟云从不大舒服——大概是因为他身上这件暗红色的羊绒大衣。不知道怎么回事，这条街上的人们身上只有四个色系——黑、白、灰、蓝，他一身红混迹在里头格格不入，也难怪来来往往总有人向他行注目礼。

钟云从被看得浑身上下都不自在。

走得越久，钟云从就越觉得这座城市怪异。过时的建筑、老式的街道、木讷的人群，甚至是光秃秃的行道树，都弥漫着陈旧的气息，如同一张泛黄的老照片。

钟云从一开始无法形容这是种什么感觉，直至他无意中与人对视，对方的眼神呆板滞涩，他才莫名地心惊，再环视四周，恍然生出错觉，仿佛这满大街都是会动的木雕泥塑。

他终于明白他为何如此突兀——在一片死气沉沉中，唯有他是生机勃勃的。

借着这个契机，他也弄清了张医生和小姑娘先前对他眼睛的疑惑——这里所有人的眼珠子，都是灰蓝色的。

莫非这里是什么少数民族聚集地吗？钟云从百思不得其解。

性格使然，他没有纠结太久，毕竟现在的第一要务是去公安局，他是来找人的嘛，找人自然应该先去当地的公安局。他临走的时候跟张既白打听了一下最近的公安局在哪儿，结果那家伙又是一脸的高深莫测："公安局啊，真是个怀旧的称呼。"

钟云从一顿磨，总算从他那里套了个地址出来——金雀街63号。

于是他这会儿正到处找金雀街的位置，顺便还想找个旅馆住上几天。只是他天生方向感不好，绕了半天也没找着，想拿出手机搜搜地图，却发现根本没有信号。

“太诡异了吧！”这真是钟云从完全不能接受的事情，断网跟要他命差不多。

最后他只好拉下脸找人问路，可这城市的人不知道怎么回事，永远都是行色匆匆的模样，偶尔有一两个停下来，听说他要去金雀街63号，亦是三缄其口。

钟云从无可奈何，几乎花了一天的时间在寻路上，等找到金雀街的时候，天幕又暗了下来。

好在此时，“金雀街62号”的路标奇迹般出现在他眼前，他精神一振，心想着63号肯定就在附近了，正四处张望着，却和几个追着球跑的男孩撞了个正着。

他伤口未愈，一天下来也没吃东西，身体正虚着，被这么一撞，竟然没站稳，跌在了地上，鼻梁上架着的墨镜也掉了。

男孩捡起他的球，眼神漠然地扫过这个陌生人，在双方目光相接的那一刻，男孩忽然惊叫起来：“他的眼睛，和我们不一样！”

钟云从一惊，下意识地要戴回墨镜，但墨镜被一只脚踩住，那几个男孩已经将他围成一圈。

西北方向，“金雀街63号”路标后方的白色建筑庄严大气，上面镌刻着两条相缠的衔尾蛇的盾形徽纹和几个大字——梦川市治安管理局。

一高一矮两个人站在建筑前的台阶上，娇小的少女笑吟吟地遥望着斜对街的景象：“闲哥哥，真的不打算去救人吗？”

一身藏青色制服的青年双手插袋，面无表情：“好人才做好事，我又不是好人。”

Chapter 02.
迷案

少女眨眨眼，叹了口气：“真够无情的。我跟你可不一样，我可是个好人，我去救他啦！”

她说着就一蹦一跳地下了楼梯，苏闲叫住她：“不等你妈妈了？”

小姑娘回过头看了他一眼，弯弯的眉眼染上了些许无奈：“还要10分钟才够72小时的拘留期限呢。”

苏闲失笑：“行啊，你都快把治安条例背下来了是不是？得了，救你的人去吧。”

“哎呀，”小姑娘刮了刮自己的脸颊，“口是心非。”

眼瞧着苏闲一边眉毛动了动，似乎打算反唇相讥，少女没给他机会，嬉笑着跑开了。

虽然不是特别明白状况，但钟云从至少意识到了自己在这些人里是个异类，于是他冲着那个踩着他的太阳镜的男孩笑了笑，好声好气地说道：“小朋友，把眼镜还给哥哥吧？”

那孩子盯着他的眼睛，眼神既惊惧又厌恶：“才不要！你是怪物！”

其他男孩也跟着嚷了起来：“怪物！怪物！怪物！”

钟云从只觉得莫名其妙，心里说对比起来，你们才比较奇怪吧？但又觉得自己跟一群小孩计较太丢分了，还是尽力保持笑容：“好好好，怪物就怪物吧，你们先把眼镜……”

他一句话没说完，男孩就抬起脚，一脚踩碎了他的墨镜。

钟云从这下也怒了，他瞪着他们，捂着肩膀要站起来：“你们这群小鬼，不给你们一点教训不行了是吧？”

“呸！”回答他的是一口唾沫，钟云从险险地躲过，胸腔里真的涌起了几分怒意，他只想吓唬一下这帮熊孩子，并没打算真的要和他们动手，却没想到对方先发制人。

他正预备好好替这些熊孩子不称职的父母教训他们一顿，却没想到更狠的来了——这些狡猾的小鬼头看准了他肩上的伤，有个人趁他不备，重重地冲那伤处来了一脚。

那一下让钟云从几乎喘不过气，呻吟声卡在嗓子眼儿里出不来，他能感觉到先前缝合好的伤口又裂开了，血又渗了出来。

真要命……钟云从又一屁股跌在了地上，这一回连起身的力气都没有了。

男孩们见状心满意足地大笑起来：“打死你这个怪物！”

钟云从虚弱地看着他们充满快意的笑脸，忽然觉得这些孩子真是可怕。

先前踩坏他墨镜的男孩蹲了下来，与他平视，灰蓝色的瞳孔里没有了最开始的惊讶恐惧，只剩下嫌恶厌憎：“真碍眼，我要弄瞎你的眼睛。”

“不至于吧？我跟你多大仇啊……”钟云从勉强扯扯嘴角，还想着跟这群孩子讲和，却没想到那男孩笑嘻嘻地捡起太阳镜的碎片，恶狠狠地刺向他的右眼。

钟云从惊出一身冷汗，后背一瞬间凉透了，好在他反应还算快，侧头躲了一下，总算保住了右眼。

碎片划过他颧骨上那层薄薄的皮肤，血液喷洒而出，剧痛也随之袭来，钟云从抹了一把脸，手心一片鲜红，触目惊心。

他太过震惊以至于没听到少女的叫停声：“喂！你们这些讨厌鬼，都给我住手！”

下黑手的那小子显然也有点被满脸鲜血的钟云从吓到了。听到这个声音，他望过去，见来的是个和他差不多高的纤弱女孩，他把他的心虚藏了起来，凶神恶煞地瞪着她：“臭丫头，怎么着，想多管闲事？”

“臭丫头”三个字让少女的面上浮起一丝阴霾，但这阴霾一闪而过，笑意很快回到她的唇边：“多管闲事的是你们吧？看到那边那个穿制服的没有？”

男孩们顺着她指的方向望去，那个令全城都谈之色变的机构名称首先刺痛了他们的眼睛，接着便是台阶上居高临下望着他们的男人。

“治管局的人？”孩子们的语气不禁恐慌起来，毕竟那身藏青色的制服和黑底红纹的臂章代表了这座城市里不可逾越的绝对力量，他们这样的“普通人”，平时见了都要退避三舍。

女孩子还在添油加醋：“啧啧，你知道你们闯了多大的祸吗？这个哥哥和那位治安官，可是熟人。”

男孩们这一惊非同小可，有两个胆小的，已经面如纸色，他们都没有注意到那位治安官在少女睁眼说瞎话的时候扭开了头。

“还不快滚？”女孩的口吻很是轻蔑，颇有点拿鸡毛当令箭的意思。不过那些焦灼惊慌的男孩们自然无心去在意这样的细节，他们最后看了一眼穿着制服的男人，而后拔腿就跑，争取在对方找他们麻烦之前离开。

小姑娘斜视着一群狼狈的身影，浅淡秀气的眉毛轻蹙，又发出了一声警告：“不准把与他有关的事情泄露！尤其是他的眼睛。不然的话，我保证，你们一定会有大麻烦的。”

男孩们的脚步稍稍停滞了一下，但下一秒，他们的速度是之前的三倍。

少女得意地笑了一下，这才俯下身去观察钟云从的脸：“小哥哥，你还好吧？”

还没有从巨大打击中缓过来的钟云从失魂落魄地盯了小姑娘几秒，这才渐渐回神：“你是……盈盈？”

他对她还很有印象，毕竟早上的时候才见过，只是他这会儿一说话就会牵动颧骨上的伤，原本有些要止住的血又开始流了。

盈盈见状，连忙掏出一方手帕摁住他的伤口，又扶着他完好的那一侧肩膀帮着他站起来：“你可别说话了，血流得很多，我先扶你过去。”

钟云从本来想问一句去哪儿，可只是动一动嘴唇，脸上的伤口就有崩裂的趋势，不得已，只能闭紧嘴巴，跟着小姑娘走。

穿过了几米宽的街，钟云从抬头一看，这才发现自己找了一天的金雀街63号近在眼前。

原来近在眼前，我当时怎么不转个身呢？他暗自后悔，胳膊却被盈盈轻轻拽了一下：“愣什么呀？走啊。”

他便跟着少女开始爬楼梯，爬了几阶又遇见了一张还算熟悉的脸孔。

“是你……”两个字刚蹦出来，他就痛得倒吸一口凉气，不敢再说话了，只是定定地望着他。

又见面了，咱们还真是有缘。他想了想，还是没说出口。

苏闲只瞄了钟云从一眼，视线就回到盈盈身上：“差不多还有五分钟。”

盈盈耸了耸肩，然后指了指满脸是血的钟云从：“他又伤了，苏闲哥哥你带他去看医生吧。”

钟云从一听到“医生”两个字面部肌肉就反射性地抽搐了一下，苏闲别过脸去：“不送，他又不是没长腿。”

他对眼底的不耐烦和言语中的嫌弃完全不加掩饰，钟云从哪能看不出来，讪讪出声：“是啊，不麻烦了，我自己去就行了……”

他还没说完，盈盈就打断他了：“他这样乱走的话很容易没命的……刚刚就差点被那群小鬼打死，你又不是没看到。”

苏闲语气淡然：“你这么关心他做什么？”

盈盈同情地瞥了眼一脸失落的钟云从：“你不觉得他很可怜吗？”

这个答案叫钟云从哭笑不得，没想到他都沦落到让小孩子可怜的地步了。

苏闲则嗤之以鼻：“不幸的人多了去了，你可怜得过来吗？”顿了一下，他又低声道，“况且，他已经够幸运了。”

钟云从闻言看过去，对方却错开了视线，只是表情愈发冷漠。

这令钟云从忍不住反思，自己是不是哪里开罪了这尊大佛？

盈盈见他们之间的气氛有些僵，抿嘴一笑，正要说些什么打个圆场的时候，背后传来一个女人的声音：“盈盈！”

三人齐齐回过身。

盈盈面色微变，随即浮起笑容，三步并作两步向后跑去：“妈妈！”

钟云从有些好奇地望着那对母女，颧骨上伤口的血珠还在冒，一脸狼藉。苏闲失笑：“你也是够倒霉的，来‘孤岛’还不满24小时吧，这都快把自己整残废了。”

他这看似慰问的话却怎么都能听出点落井下石的意味，钟云从脾气再怎么好，此时也有点不愉快。

对他有意见的话，就直说呗，这么阴阳怪气的有意思吗？

也许是察觉到他的不满，苏闲的唇边勾起一个讥诮的笑容：“行了，擦把血吧，不然你站在我们治管局门口，很容易引起误会的。”

钟云从愤懑地用手背蹭了下伤口，结果疼得直吸气。

“算了，从哪儿来回哪儿去吧。”苏闲说完这句话之后似乎担心他听岔了，又补充了一句，“我不是让你去闯封锁线，当然你非要去，我也不会拦。”

封锁线？这又是什么？他不说还好，一说钟云从就更不明白了。

苏闲从他的神情里大概能猜到几分他的想法，鄙视的眼神又一次浮现：

“总之，我的意思是，让你回去看医生。”

钟云从心里犯嘀咕，他也想，可他不怎么记路，怕自己找不回去。

不过对着这张脸，请求帮忙的话实在说不出口。

盈盈和一个中年女子走了过来，他的注意力一下子转移了。

方才听到盈盈叫妈妈，看来这女人就是她母亲了，只是她们母女俩似乎……不是很像啊。

这也不怪钟云从质疑——这个女人的脸上化着浓妆，这妆容在她面上逗留的时间显然并不短，几乎是浮在她脸上了，像是扣着一副假面，还是做工粗劣的那种。而她身上的黑色半透视蕾丝裙，也过于暴露了一些。简而言之，就是这个中年女人的风尘味太过明显，和清秀可人的盈盈很不搭调。

钟云从觉得自己打量的目光太过刻意了，有些失礼，于是很快挪开了视线。

不过对方直白得多。浓妆艳抹的女人用目光上上下下地打量了他一番，冲着他暧昧一笑：“小哥，晚上缺人陪吗？”

这话一出，钟云从登时傻眼，他还不至于迟钝到那份上，基本已经猜到了这一位的职业。

可是，盈盈的母亲居然是……

“别在你女儿面前谈生意吧，苗女士。”苏闲语气平淡，女人却一怔，随即讪讪一笑：“习惯了，一下子忘记了……”

她说着小心翼翼地去看盈盈，而钟云从也看向盈盈，然而盈盈低垂着头，细碎的刘海遮住了她半张脸，他们什么也看不清。

但她这副姿态，已经很能说明一些东西了。

钟云从大气都不敢出。她母亲羞愧非常，眼神充满求助意味地看向苏闲：“苏治安官，你看……”

苏闲妥协似的叹气：“今晚我轮休，一起回去吧。”

苗女士露出了感激的笑容，盈盈抬起头，乌亮的眼睛闪烁着细微的光点，半点不快也没有，她娇嫩的薄唇弯出甜美的弧度：“那晚上我们吃顿好的吧？我来做饭！”

苏闲也跟着笑了起来：“好啊，正好我也发薪水了，我请客吧。”

钟云从听着他们言笑晏晏地讨论晚餐吃什么，脸上的伤口又开始隐隐作痛了，正好夜风迎面而来，更让他感到凄凉。他背过身，回忆着回诊所的路线是什么。

他一想到还没有着落的医药费就心灰意冷，上一回是抽血，这一回要怎么办？

“闲哥哥，咱们住的地方离张医生的诊所也不远嘛，你就干脆带上这位小哥哥嘛，你看他多可怜。”

钟云从将感激的目光投过去，真是个好姑娘。

苗女士也跟着劝了两句：“是啊，我看这小哥满脸是血，怪可怜的。”

双重夹击之下，苏闲无奈地摊手：“行吧，反正顺路嘛。”

钟云从惊喜交加，也就忘了先前的那点不愉快，连声道谢：“谢谢你……”

苏闲面无表情地转身，充耳不闻。

钟云从苦笑了一下，就在此时，他听到了一阵悠远绵长的钟声，行道树上栖息的几只鸟扑棱着翅膀从他们的头顶飞过。

“这是什么声音？”他脱口而出。盈盈回答了他的问题：“是星塔的钟声。这代表着，现在是晚上六点。”

星塔又是什么地方？钟云从正纳闷着，又蓦然惊觉这白色建筑里有了大动静。

晚间六点，天已经暗了下来，所以火光变得很清晰，钟云从睁大了眼睛，仰望着一道人形火焰从空中跃过。几乎是一眨眼，人形火焰就消失了，如果不是沉浮在夜幕里星星点点的光屑，他差一点要以为那是幻影。

他自然而然地回忆起昨晚那一场打斗，仿佛盛大的魔术表演。

这到底是个什么样的世界？钟云从生出了满腹疑窦。

和他隔了半米远的苏闲嘀咕了一句：“这家伙，每次出个勤都搞得这么高调，至于吗？”

“那位是烈火治安官吧？”盈盈也仰起了头，专注地凝视着逐渐消失的点点火星，“他的异能，想低调也低调不起来吧？”

苏闲歪着头打量着她：“你对我们的人还挺了解。”

“就知道几个特别有名的，烈火、飓风、冰雪女王，还有那位著名的神枪手。”盈盈冲他挤了挤眼睛，“不过还是第一回瞻仰真人的风采。”

“‘瞻仰’这个词，用得不太合适吧？看来要好好检查你的功课才行。”苏闲弹了一下她的额头，“你说的那里边没有我吗？”

小姑娘露出八颗整齐的小米牙：“您不是抬头不见低头见吗，早就没有新鲜感了。要不，您再表演个新的节目，让我重新认识您一下？”

“什么新节目？”

“模仿一下你同僚的绝活。”盈盈指了指刚刚烈火停留的方向，他留下的轨迹已经彻底消失不见。苏闲双手插进兜里：“你当我是街头艺人吗？走吧，大小姐。”

盈盈嘟囔了两句，还是和她妈妈一起跟上了苏闲的脚步，而原地立了好一会儿的钟云从被一股夹带着雪粒子的寒风吹得一阵哆嗦，这才从震惊中恢复，急忙赶了上去。

“刚刚那个，”钟云从的体力是真不行了，才跑了这十来米就累得大喘气，“是个人？”

盈盈嫣然一笑：“对啊，很神奇吧？”

钟云从忙不迭地点头，苏闲瞥了他一眼，那股子遮掩不住的嫌恶又浮了上来。

钟云从看得分明，这下倒是不生气了，却百般无奈：我是又说错了什么话吗？就这么碍他的眼啊？

盈盈好心地解释了一下：“刚刚说过了呀，就是烈火治安官。”

钟云从喃喃道：“那团火居然真是个人啊……”

“那你以为呢？是朵烟花？”苏闲反问，钟云从不吭声了。

这人对他的不喜显而易见，他也没必要上赶着往前凑。

苏闲走在前边，拿后脑勺对着他，但话很明显是对他说的：“我想，在你的认知里，现实中的‘人’大概是没有这种形态的，不过既然到了‘孤岛’，就抛弃原有的观念吧。在这里，什么稀奇古怪的‘人’你都能见着。要尽力习惯，不要露怯，如果你做不到的话，”他说着回过头来，对着钟云从露出了一个冷意森森的笑容，“会死得很快的。”

钟云从咽了口唾沫，试探地问道：“那你呢？”虽然这个人的外表除了瞳色之外并没有什么古怪的，但他没有忘记，昨夜他抬抬手就把一群不明生物绞成了肉末。

苏闲的笑脸比起方才要无害得多：“我啊，我也是‘人’哪。”

钟云从眼皮微动，与对方平静的目光对上，他们就那样静静地对视着，但风平浪静中却夹着某种暗潮，让他没来由地感到了不安。

很快，苏闲又开口，是与先前毫不搭界的话题：“晚上吃什么？”

这个话题让沉闷的气氛重新活跃起来，盈盈和苗女士你一言我一语热火朝天地讨论着，钟云从则是默不作声。

在一大一小两个女人终于决定好晚上怎么让苏闲的钱包大出血之后，他们也差不多到了第一站目的地，也就是张既白的诊所。

钟云从颊上、肩上两处伤口又不安分了，他甩了甩没受伤的左臂：“那我进去了，你们吃饭去吧，不用……”

“陪我”两个字没来得及出口，钟云从就眼睁睁地看着那人带着盈盈她们有说有笑地离开了，他默默地把自己的自作多情咽了回去，孤零零地迈进了诊所。

张既白对于他的去而复返并没有表示出意外，反而一副了然的模样。他看着他颧骨上新增的口子，推了推镜架：“这一次，你打算用什么来付医药费？”

钟云从瑟瑟发抖，不抱希望地问：“头发行不行？”

出乎他意料的是，张医生居然点头了：“可以。”

钟云从感激涕零。

在张医生转身去准备消毒药水和纱布的空当，病人很自觉地坐上诊疗椅，顺手拿起了手边的一份报纸抖了抖，“梦川晚报”四个龙飞凤舞的大字映入他的眼帘。

钟云从怔了一下，“梦川”两个字格外显眼，他的记忆力还可以，很快想起来这是个地名，因为他眼前的张既白医生不久前就跟他提过。

“这里就是梦川？”他脱口而出。正在裁剪纱布的张既白头都没抬一下：“我以为你已经知道了。”

“我怎么知道啊，你之前又没告诉我。”钟云从发牢骚。张既白这回抬头了，用很奇怪的眼神看了他一眼：“我以为你找到了金雀街63号。”

钟云从更觉莫名：“我找到了啊，但和这个有什么关系？”

张既白的眼神刹那间转变成了看智障的那种：“‘梦川市治安管理局’那几个大字立在那儿，你没看到？还是你视力不太好？”

“啊，是吗？”钟云从一下子尴尬起来，他挠了挠完好的另外半边脸，实在不好意思向张医生承认，因为那时候他的注意力都给了苏治安官，而完全忽略了那几个大字，于是嘿嘿傻笑了几声，蒙混过关。

张既白倒也没揪着这个问题不放，而是放下诊疗椅的靠背，让钟云从躺下。

一团团带血的棉花被扔进纸篓里，伤口处理完毕之后，见张既白没有要将他扫地出门的意思，钟云从也就乖乖地留了下来。

只是百无聊赖之中，他又拿起了先前匆匆一瞥的《梦川晚报》。

看日期是昨天的报纸，头版头条是一篇名为《梦川市综合管理局已成功接收本季度物资补给》的文章。钟云从一目十行地扫了一遍，大意就是这批物资如期投放，综合管理局已经接收完毕，等到分门别类地整理完成之后，市民们就可以带着票证去各个部门领取相应物资了。

钟云从看完之后的第一感觉就是，这座城市是活在上个世纪吗？居然还要靠票证来发放物资，太落后了吧？那个综合管理局又是干吗的？

不过他不怎么想跟张医生聊天，于是把疑问咽了回去，随手翻了一页，下一版面的标题倒是勾起了他强烈的好奇心——《东城区失踪人员已增至六人，治管局调查仍无结果》。

这一篇报道他看得要比上一篇认真得多，案情也并不复杂，就是那种每个地方都会发生的人口失踪案，只是最近接二连三，发生的频率高了些，变成了一起连环失踪案，引起了治管局的重视。

钟云从算是明白了，这地方没有设公安局这样的机构，也没有警察编制，替代公安局的机构便是他之前造访过一次的“治安管理局”。而那个人，貌似就是治管局的一员。

至于这治管局和他熟知的公安局有什么区别，他也不得而知。

他甩了甩头，把注意力转回到案情上。新闻里说，第一起失踪案发生在一个半月前，第一名失踪人员是一名无业游民，成天在街头厮混，这样的人即便突然下落不明，也不会引起任何人的注意。

而第二起相似的案件则发生在第一起案件发生两周之后，失踪人员则是某街区一间洗衣店的老板，这一回，失踪者的家属去附近的治安所报案了。

再然后，第三起、第四起……失踪案一桩接着一桩，这些不起眼的案子串联在一起，就变成了一个扑朔迷离的大案。

除了性别为男以及活不见人死不见尸之外，这些失踪人员几乎没有共同之处，他们的职业与年龄各不相同，街头混混、洗衣店老板、高中生……甚至还有一名中学校长。

那位中学校长是最近一起失踪案的当事人，目前的人证物证显示，他是昨天才消失不见的。也是他的失踪，才让这个案子的社会影响力辐射到了最大范围，以至于治管局宣布调派人手，专门处理此案。

钟云从从头到尾仔仔细细地看完了这篇报道，心情变得分外沉重。事实上，从他瞄到标题里“失踪”二字的时候，他的神经就敏感起来了——虽然今天因为种种意外，他没能迈进治管局大门，但他并没有忘记，他是来找父亲的。

虽然“孤岛”的这桩失踪案是一个半月前才发生的，但钟云从仍然不敢掉以轻心，万一呢——万一失踪人员不止这么些？万一他父亲也跟这个案子有关呢？

他重重地叹了口气，重新把新闻看了一遍，这一次他对报道中提到的案发时间格外敏感。第一起与第二起之间隔了两周，第二起与第三起隔了十天，第三起与第四起间隔一周，第四起与第五起的间隔则缩短为四天，第五起与第六起之间只隔了一天。

从最初谨小慎微地蛰伏两个星期，到最后的隔天犯案，这一直在缩短的时间间隔，足以证明凶手越来越猖狂。

“是因为逍遥法外而扬扬自得向治管局挑衅，还是有什么别的原因，让凶手不得不加快作案的速度？这些失踪者到底是死是活？如果活着，都是大老爷们儿，谁能够神不知鬼不觉地掳走他们？如果死了，那他们的尸体呢？就算尸体被处理了，也不可能一点痕迹都不留下……除非这座城市的治安维护者全是废物。”

钟云从正在自言自语的时候，一个声音扰乱了他的思绪：“恕我直言，你这样当面说人坏话，哪怕是实话，也很容易遭到打击报复的。”

他不明所以地抬起头看着张既白医生，张医生冲他身后抬了抬下巴，钟云从忽然有了不好的预感。

他的脖子如同生了锈的机器，咔嚓咔嚓地转了90度之后，视线与面无表情的苏治安官碰了个正着。

钟云从露出一个心虚的笑：“别误会，不是说你。”

苏治安官没说话。

钟云从想了想，好像那一句解释单薄了些，于是又添补了一句：“我是说负责这个案子的人。”

苏治安官还是没说话。

钟云从露出一个比哭还难看的笑：“该不会……您就是负责人吧？”

这一回，苏治安官倒是笑了：“医生，要不您还是把他剖了吧？”

“我拒绝。”张既白医生冷淡地拒绝，“借花献佛这种事，少来。”

借花献佛？谁是花？

钟云从决定还是不深入思考了，免得气着自己，而在他发现那个人手里拎着一袋食物之后，登时双眼放光，把对方数分钟前的恶劣行径忘得干干净净。

苏闲似心有灵犀，勾起唇角：“看什么看？又不是给你的。”

钟云从愣住了：“那，给谁啊？”

“给张医生带的夜宵，不行吗？”

张既白闻言瞥了苏闲一眼：“哦？你以前怎么没给我带过？”

苏闲面不改色："良心发现了。"

张既白一声嗤笑："良心发现的苏长官可能忘了，我不吃夜食的。"

苏闲哦了一声，作势要把手里的袋子扔了："反正也没人吃，那扔了算了。"

钟云从眼巴巴地看了好久，见他这般暴殄天物，急忙出声："我吃！我吃啊！"

苏闲挑起半侧眉尾，钟云从讪讪地道："浪费食物，多不好啊……你说是不是？"

苏闲把袋子往桌上一放："行吧，既然张医生不吃，那就由你代劳了。"

"小意思！"钟云从十分领情。张既白瞥了眼狼吞虎咽的人，啧了一声："无聊。"这说的自然不是钟云从，而被指责的人淡淡一笑，毫无愧色。

只是钟云从这个人可能真的走了霉运，他久未进食的肠胃受不住这一顿狂吃猛塞，很快开始翻江倒海，才吃进去不久的食物，还没来得及消化，又全都被呕了出来。

他抱着垃圾桶翻天覆地地吐了一阵，重新把胃清空，紧接着就两眼一黑，昏了过去。

张既白连连摇头："病人不听劝一通乱跑，果然报应就来了。"

苏闲抱着手臂："天气挺凉的，先把人弄起来吧。"

张既白伸出手，掌心朝上，四指并拢，微微一动，人事不知的钟云从浮了起来，在半空中飘荡了一圈，最后落在了呈躺椅状的多用诊疗椅上。

张既白一面戴手套一面走了过去："正好，我再检查一次他的身体。"

苏闲敏锐地察觉到了医生的意图："你想看看他的感染情况？"

张既白嗯了一声，之后便全身心地投入这场检查中，苏闲也没有打扰他，一直到他检查完才出声："怎么样？"

其实答案很明显，这家伙的虹膜一直没有变色，基本上已经说明一切了。

"虽然肩上的伤口没有好，但他并未被感染。"张既白侧过身，镜片后的眼神晦暗不明，"他对'失乐园'是免疫的。"

虽然早就猜到了结果，但苏闲还是觉得不可思议："传染源可是晚期的'病变者'啊，这样……居然也能不受影响吗？"

"我也觉得难以置信，"张既白的面容波澜不惊，但声音却有点发颤，这于他而言，是十分罕见的事情，"但事实如此，苏闲，这个人，一定是不同寻常的。"

苏闲露出一个难以形容的笑，那笑容里融合了几分嫉妒、几分羡慕和几分无奈："他当然不同寻常，他是个正常人。"

"但不是每一个正常人都能做到对'失乐园'免疫的。"张既白习惯性地扶了一下他的眼镜，注视着苏闲，"如果道听途说没错，你也并不是先天的感染者。"

苏闲没接茬，只是下意识地摸了一下自己的右眼。

张既白见状，招手示意他过来："正好，你的右眼也有三个月没做过检查了，我帮你看看。"

苏闲点点头，跟着他进了里间。

"右眼还会突然作痛吗？"

"会。这三个月，发作的频率似乎比以前要高。"

"怎么会这样？我开给你的止痛药，也没有用吗？"

"止不住。"

"奇怪。"

张既白仔仔细细地检查了一番苏闲的右眼，也没发现它和之前有什么不同，便生出了难得的挫败感："我再给你开别的药。"

苏闲笑着摇头："算了，我要吃的药已经够多了。偶尔痛一下，忍忍就过去了。"

张既白沉默了一会儿，忽然问道："你还是不愿意接受视网膜移植手术吗？我可以为你找到合适的配型。"

苏闲的嘴唇动了动，张既白在他开口之前又补充了一句："是正常渠道来的。"

苏闲笑着叹气："算了，留给更需要的人吧。右眼瞎了这么多年，我已经习惯了。"

他如此坚持，张既白也没再继续这个话题，他的注意力重新回到外间躺着的那个人身上："我会为钟云从弄一副合适的隐形眼镜。"

苏闲的表情变得微妙起来："你的意思是……"

"我有预感，他会是很珍贵的研究范本。"张既白撩开门帘走了出去，苏闲也跟了出去，"但在'孤岛'，他的确是个异类，我不希望他死于非命。"

苏闲瞥了一眼仍处于昏睡状态的钟云从，没有隐藏他的轻视："这家伙没用得很，偏偏还不知天高地厚，一副隐形眼镜，怕是很难不让他死于非命。"

张医生的眼镜闪过一道诡异的反光，他冲着苏闲笑了笑，这直接让后者连退三步——按照以往的经验，当这位医生露出这副表情的时候，通常都没什么好事。

事实证明他的直觉很准，张既白的目光牢牢地锁定了他，令他无法遁逃：“你说得很对，所以我觉得我的标本需要一个强大又值得信赖的保镖，保证他的命不断送在除我之外的人手上。”

“强大又值得信赖的人，”苏闲顾左右而言他，“这样的人，街上应该一抓一大把。”

“符合我心中标准的，只有一个人。”

“啊，那个人可真是不幸啊。”

张既白的神情严肃起来：“我是很认真地在拜托你，苏闲。我认为，他的身上一定有玄机，而这个玄机或许会成为让我们摆脱‘失乐园’的关键。”

苏闲闭上眼，重重地叹了口气：“既然你都这么说了，那我也不好再推辞了，不过，我有个条件——”

“什么？”

“之前我欠你的钱——”

“一笔勾销。”

苏闲显然很满意这个结果，他点点头：“成交。”说着又瞅了钟云从一眼，“让他先在你这里养好伤吧，我忙得要命，没空伺候他。”

张既白理解地点点头：“那起失踪案，还是没有头绪？”

苏闲的目光波动了一下，但很快归于平静：“其实我有一点猜测，只是目前还无法证实。”

“和你之前送来让我检测的血迹样本有关系？”张医生也非常敏锐，由于苏闲的关系，他和治管局的合作也不是第一回了，算是半个法医。这次案件发生后，苏闲也曾求助于他，所以也不瞒着他：“那份血迹样本是在第一起失踪案的案发现场找到的，在一条很偏僻的老街，墙角的两块碎砖缝隙之间——很不起眼，如果不是组里有个狗鼻子，怕是很难发现。”

“你那位同事的脾气不太好，我希望你没有当着她的面这么说。”

苏闲无所谓地耸耸肩：“我当然不会这么傻。刚刚说到哪儿来着——经过对比，那份血迹的确属于第一位失踪者，我有理由怀疑，他已经遇害了。我甚至怀疑，所有的失踪者都已经命丧黄泉了。”

张既白对他的假设未置可否，只是提醒道：“但之后的五处案发现场，再也没有发现过类似的血迹。”

“所以我就更加这么觉得了。第一次犯案的时候，作案者经验不足，手法不够完善，所以才会不慎留下线索。之后几次，作案者更加警觉，不再留下任何蛛丝马迹。”

“听起来是很有道理，”张医生摇头，“可光凭几滴血是证明不了什么的，况且，凭你们的能耐，居然到现在为止也没有找到尸体。其实我也跟钟云从有同样的疑问，处理死尸，绝对不是一件容易的事情，作为医生，我不相信有人能够做得滴水不漏。”

苏闲拉过一张椅子坐下，懒洋洋地跷起了二郎腿：“可这里是‘孤岛’啊，藏着一大堆其他地方绝对不会有的怪物。或许，就是有人能做到呢？”

张既白皱了皱眉：“你这属于毫无根据地乱猜了。”

苏闲笑着摆手：“好，那就先把这个乱猜丢到一边。我们继续讨论那几滴血——你觉得，第一位失踪者为什么会流血？”

“这原因就太多了——”

“作案者故意弄伤他，作案者不小心弄伤他，作案者要谋杀他，作案者误杀了他，作案者觉得无聊就是想放他的血。当然，也有不小的概率是失踪者挣扎的时候蹭破了皮……这些都是合理推断，”苏闲冲着张既白一笑，“但我想，还有一个可能——他被吃了。”

张既白对他的最后一个揣测并没有多大的反应，因为这种事的确在东城发生过，还不是一次两次。他拿起桌角上放着的杯子，喝了一口凉透的黑咖啡，这才开口：“这么说，你是觉得东城里出现了‘病变者’？”苏闲点头：“虽然治安条例中规定每一位出现病变征兆的市民都要自动去指定的医院报到，但你知道，并不是每个人都那么自觉，当然我也能理解，毕竟被扔去西城的确是一件令人难以接受的事……而我们治管局人手有限，不可能面面俱到，有漏网之鱼，并不奇怪。”

“的确。”张医生颔首，但很快又反驳道，“可以往发生过的‘病变者’袭击乃至猎食普通市民，作案现场都是血肉横飞，从来没有过这么干净的案发现场。”

“但是，如果那位‘病变者’如你我一般，身怀异能呢？”苏闲反问道，“这样的话，我的推断就成立了吧？”

“有道理。但据你所知，‘孤岛’登记在册的异能者，谁有这样的能力？”

这个问题苏闲不止一次地思考过，但遗憾的是，他没能得出结果，所以他如实回答：“目前还没找出这样的人。”

张既白的咖啡洒出了一点，弄脏了他的白大褂，他随手脱下，露出一丝不苟打理过的白衬衣，之后才望向苏闲：“这么说，你们治管局没法把所有异能者都收入麾下也就算了，居然连监控全体异能者都做不到吗？这样的话，我想钟云从没说错，你们还真是废物。”

苏闲为自己和其他同僚平反：“虽说异能者的数量相对稳定，但总有人出生、死亡，我们治管局也不是无所不能的，信息滞后一点，这很难理解吗？”

张医生自顾自喝着咖啡，连眼角的余光都不曾扫到他。

“算了，继续说正事吧。”苏闲的手背轻叩着桌面，“假设，真有人能做到无声无息地转移一个活人或者一具尸体而不留痕迹，你认为他会有什么样的能力？”

张既白看了他一眼，然后说：“至少要能够连接两个空间。”

苏闲叹了口气：“也就是，空间传送。”

张既白的嘴角弯了弯：“这样的话，目前所知的异能者里，的确没有谁拥有这样的能力。”

“这已经不重要了，”苏闲又摆了摆手，“目前我一直在考虑的问题就是，如果真的出现了空间传送这样的能力，那么，要把那些失踪者传送到哪里，才能掩人耳目呢？”

张既白刚要说话，就听到一个断断续续的声音：“啊……头痛……”

钟云从醒了。

苏闲和张既白很有默契地中止了话题，张医生转过头观察着他的病人：“什么时候醒的？”

钟云从蔫头耷脑，很是茫然地回望他：“啊？”

苏闲凉凉地道：“现在问也晚了吧？”

他虽然不高兴，但就算钟云从真听见了什么也没办法。平时也就算了，现在张既白肯定是不允许他把人灭口的。

当然了，也还没到灭口那地步，顶多吓唬吓唬他。

“行了，别装了。”张既白挥手打断他的表演，又瞧在他确实面有菜色的份上，大发慈悲，“我给你输瓶营养液吧。”

钟云从对打针这种事都有阴影了，只是还没来得及反对，就看到张医生动了动手指，一只针尖就带着针管歪歪扭扭地飞了过来。

钟云从真心怀疑张医生是容嬷嬷转世，不然怎么会这么喜欢扎针呢？

苏闲明显不打算继续先前的话题了，一副准备告辞的模样：“行了，让他在你这儿养着吧，我先回了。”

张既白抽空抬头瞥了他一眼：“关于那个案子——”

“这是我的分内事，我心里有数。”苏闲这样回答他，挥挥手，“走了。”

张既白垂下眼重新投入他的工作中："那好，不送。"

苏闲走到门口的时候，鬼使神差一般又回头看了一眼，钟云从微闭着双目，一脸无奈地躺在那儿，针头扎破他手腕上青蓝色的静脉，鲜血蓦地回流到输液管中。

真好啊。

苏闲远远地凝视着在药水中丝丝缕缕化开的血色，几不可闻地叹了口气，能够健康地活着，真是一件令人嫉妒的事。

他的住处离张既白的诊所的确很近，即使步行，一刻钟之内也能到楼下。

这幢五层高的居民楼是很多年前盖起来的，无论是样式还是高度都很不起眼，加之几十年的风吹雨打，外墙与内里皆是斑斑点点，严格地来说，应当被划入危房的行列。

但除了苏闲本人之外，这幢楼的居民们并没有更好的选择——就如从楼梯口走出来的中年女子，她浓妆艳抹哼着小曲儿，正好与苏闲打了个照面："哟，苏长官回来了。"

苏闲礼貌地笑笑："苗女士又要出门？看来我们治管局的教育还不到位啊。"

苗女士撩了撩头发，讪讪一笑："我这不是没办法吗？盈盈越来越大了，我还希望她能继续升学呢……我们这样最底层的人，谋生不易啊，你好歹也是阿姨看着长大的，网开一面，千万别抓我啊。"

见她絮絮叨叨地诉起旧情来，苏闲很有些无奈："放心吧，没有证据在手，我是没有权力抓你的。苗女士不想再进局子的话，就找个隐蔽点的地方，不要每次都被抓个正着。"

苗女士自觉尴尬，声音也弱了下来："我也想啊，这不是……没地方吗，总不能带家里来……"

苏闲下意识地抬头望了一眼四楼还亮着的窗户，摇了摇头："好了，注意安全，最近东城不太平。"

苗女士眨巴眨巴眼睛："怎么，又有发病的了？"

她显然不太关注社会新闻，却颇有点歪打正着的意思，但那终归还是苏闲自己的猜测，他既不承认也未否认，只是又提醒了一遍："总之，小心点就是。"

基于苏闲的身份，苗女士不敢把他的话当耳边风，神色也跟着凝重了好几分："我会注意的，你也帮我照看一下女儿。"

苏闲和这对母女做了很多年的邻居，甚至可以说邻居家的小姑娘有一半的时间是他在照顾的，对于苗女士的托付，他也已经习以为常：“你放心。”

苗女士欣喜地点点头，又拢了拢她的纱巾，转身在积雪地里艰难行走。

苏闲目送着她，直至看不见她的背影之后才继续上楼。他之所以没阻止苗女士也是有原因的，到目前为止，失踪者都是男性，苗女士这样的女性不能说没有风险，但至少风险没有那么大。何况，他也很了解苗女士，即使他竭力劝说，对方也未必会听他的。

他住在三楼，此时却径直上了四楼，敲了三下门之后，穿着睡衣的小姑娘打开了门。她肯定是打算上床睡觉了，头发梳成两个小辫儿，上唇还浮着一点牙膏沫儿：“闲哥哥，你回来啦。”

苏闲看着她这副样子，不禁莞尔：“功课都做完了？”

盈盈眼珠子转了一圈，甜甜地笑开：“对啊对啊，刚做完，要去睡了，明天还要早起呢。”

“你是不想让我检查你的功课吧？”苏闲同样知她甚深，抱着手臂戳破了她的诡计，“你啊，还是努力点，你妈妈很希望你能升学。”

盈盈的笑容收了起来：“可我不想再上学了。”

“多念点书总是好的。”苏闲也知道这句话很公式化很老生常谈，但这的确是他的真心话。不知道盈盈是怎么想的，她摇摇头，轻声道：“我不希望她再这么辛苦了。”

这一回，苏闲真的不知道说什么好了。他们相对着沉默了一会儿，他又担心小姑娘会着凉，拍拍她的脸颊：“行了，下次再检查，去睡吧。”

盈盈仰起脸冲他微微一笑：“下一次一定会让你检查的！晚安！”

“晚安。”

苏闲回到三楼的住处，却并没有萌生出多少睡意，大概是生物钟调不过来了，他苦笑，毕竟今天是难得不用值晚班的日子。

他在客厅里坐了一会儿，将手头上的失踪案林林总总的细节又过了一遍，再一次推演出了相同的结论。

近期内，要找个合适的时间，去那个地方好好探察一番。下定决心之后，他忽然感到无聊了，于是站起来走了一圈，顺便打量着屋子里的每个角落，研究着等钟云从来了之后让他住哪里。

等等……他为什么要考虑这种无聊且无关紧要的事情？反应过来的苏闲觉得自己一定是太闲了，难得的休息日，不能这样荒废时间，还是去睡个觉吧。

Chapter 03.
西城

几天之后，钟云从肩上的伤口开始结痂且隐隐作痒，他脸上也有点血色了，张既白很快叫来了苏闲："可以把人带走了。"

苏闲怀疑地打量着钟云从："这么快？他还没好利索吧？"

"已经没有大碍了。"张医生一副不容置喙的姿态，"难道你不相信我的诊断吗？"

这几天，逐渐跟张既白混熟的钟云从再没了先前的小心翼翼，话密且毫无营养，把喜静的张医生搅得不胜其烦。一见他有好转的迹象，张医生就立刻把人丢给了苏闲。

苏闲暗骂一声，瞟着钟云从的目光也不是那么友好："那就收拾收拾跟我走吧。"

钟云从对他们语焉不详的对话有点摸不着头脑，苏闲目光不善的模样，更是让他不由自主地退了两步——这些天他已经从张既白那里了解到了，这家伙是治管局的治安官，相当于他的认知里的警察，这时候听到他说跟着他走，钟云从自然不免想多了。

"呃……为什么？"钟云从莫名心虚。苏闲看着张既白，没有说话，后者难得理亏一回，轻咳一声："咳，忘了说了，以后苏治安官就是你的保护人，你跟着他，要唯命是从，千万不要试图反抗。他这个人，人品真的很恶劣。"

钟云从深以为然地点点头："的确如此——等等？"他后知后觉地回过神，"他是我的保护人？保护人是什么意思？"

"就是字面意思，"苏闲看着他的眼睛，替张既白回答了他，"以后乖乖听话，不要给我惹麻烦。"

钟云从默默地咽了口唾沫。

苏闲显然并不在意他在钟云从眼中的形象，直接把人拎了回去。

一路上，钟云从都在思考一个问题："孤岛"究竟是个什么样的地方？

就目前的所见所闻而言，"孤岛"给他的直观印象是贫穷落后，而且很危险。

养伤的这几天，他翻阅了诊所里存有的所有报纸杂志类的书面资料——张医生那些莫名其妙的藏书不算——综合整理出来的观后感是，因为不明原因，梦川市的经济发展停滞不前，甚至一直在倒退，几乎所有的轻工业都处于瘫痪状态，重工业勉强还有一线生机，但也只剩一只脚了——所有的重心都集中在硬玉矿物开发及粗加工产业上，因为本市硬玉矿产丰富，翡翠的产量相对较高，品质也好，所以硬玉矿产的开采及加工这条产业链几乎是全市80%的劳动力的生计来源。

但无论是矿石还是加工后的珍贵翡翠，都不是能直接当饭吃的东西。因为梦川市的土地算不上肥沃，甚至可以说贫瘠，且山地居多，农业向来都很不发达。好在有条河流流经，水资源总算能自给自足，甚至可以建起发电站。

按照他从新闻资料里得来的信息，那些粗加工后的翡翠原石每三个月会集中往外运一次，以此来换取整座城市所需要的物资。

至于跟谁换、怎么换，这些就不得而知了，那些报纸杂志里并没有哪篇文章详细地叙述过这个问题。

关于社会治安，浏览了一圈层出不穷的暴力犯罪的报道之后，心有余悸的钟云从才发现，日前的那起失踪案都不算什么了。

物质贫乏、治安糟糕，钟云从对这个地方还真是喜欢不起来。

"你就在沙发上将就一下吧。"苏闲带着他到了住处之后，指着东南角的一扇小门，"那是储物间，有旧的被褥，待会儿自己找找。"顿了一下，他又补了一句，"很久没用了，正好外边有太阳，拿去晒晒吧。"

钟云从哦了一声，刚想问问有没有什么吃的，就看到那家伙回过身来，与他相对而立。苏闲的外套脱了，白色衬衫配着藏青色长裤，套着棕黑色长靴，齐整挺括，外加身形颀长，往那儿一站，还是挺人模人样的。

而这也是他头一回在自然光线下与钟云从接触。他的眼睛和这里的其他人一般，也是灰蓝色的，肤色冷白，右侧脸颊上生着一颗小痣。不知怎的，钟云从觉得那颗痣还挺好看。

这个念头从他的脑海中一闪而过，随即他就被自己惊到了，不自觉地开始一阵猛烈的干咳。

苏闲完全不知道他的想法，也不好奇他为什么突然咳嗽，自顾自地说："首先，有些事情我希望你能明白——例如，我一点也不想收留你，但既然答应了别人，也没办法了。你既然住进来了，该守的规矩还是得守，你说呢？"

钟云从还能说啥，人在屋檐下，不得不低头呗。他灰头土脸地点点头，还得赔上笑："您说得是。"

苏闲的唇边溢出了一抹笑意："很好。那第一件事，不准进我的房间。你的活动范围仅限于客厅、卫浴和厨房。"

钟云从眨眨眼："哦。那第二件事呢？"

"别急。"苏闲又冲他笑了，笑得钟云从都要怀疑人生了，因为他在他面前基本上是臭脸居多，不过此刻挂着好看笑容的苏闲并没有说出好听的话，"从今天开始，这屋子里的所有家务，都由你负责了，包括打扫和做饭。你在我这儿，又吃又住的，我也没跟你收费，你适当地帮忙做些家务，不过分吧？"

"不过分。"钟云从继续赔笑，"行吧，还有啥，都说了呗。"

"这第三件事，"苏闲说着，面色一正，看得钟云从心里咯噔一声，旋即就听到他说，"不要给我惹麻烦，换句话说，没有我的允许，不能随便出门。"

果然是这个。钟云从一点也不意外，他闭了闭眼："这是约法三章啊？"

"目前是约法三章。"苏闲微笑道，"但之后根据你的表现，也许还会增加。"

"哦。"钟云从还能怎么着，只能好声好气地应了下来，谁让他在人家的屋檐下呢。

"说起来，"眼看对方转身要走，他赶忙发问，"你还没告诉我……"

不等他说完，苏闲就径直进了房间，严严实实地关上了门。

钟云从愣在那里："……你的名字。"

接下来的两天，钟云从在这里待得很不自在。这家伙的作息很奇怪，昼伏夜出，白天几乎都在房间里睡觉，还不准他发出一丁点儿声响；晚上吃过晚餐就出门了，一直到第二天凌晨四五点才会回来。

如果不是知道他的职业，钟云从肯定会以为他是个做贼的。

好吧，在他休息和工作的时间里这样也就算了，问题是，在他们有限的面对面接触的时候，他也几乎不怎么说话。他不知道从哪里弄来一本菜谱交给了钟云从——这是两天内他们唯一的直接交流。

钟云从快被闷死了。而这还是其次，重点是他是有事情要做的。

“啊，那个……”第三天的晚餐结束之后，苏治安官扣好外套上的铜扣，看样子马上要出门，钟云从期期艾艾地叫住了他。对方略略回头：“有事？”

“你要出门？”钟云从问。苏闲颔首：“是。”

钟云从露出一个讨好的笑：“能不能带上我？”

苏闲的脸上出现了一点不耐烦的神色：“等这周周末，我轮休，到时候带你出去散步半小时。”

这是比犯人还惨啊，钟云从心想，坐牢的还每天都有放风时间呢。

不过此刻他也没时间去计较这个：“今天不行吗？”他说着讨好一笑，“现在天黑了，别人看不清我眼睛的颜色的……”

他猜得到，不准他出门的原因之一肯定跟他的瞳色有关系。

至于原因之二……

苏闲的耐心彻底没有了：“不行，吃饱了没事的话就早点睡。”

原因之二，就是这个人嫌麻烦，所以简单粗暴地把他囚禁在屋子里。

钟云从眸光微沉。

苏闲拿起帽子就要转身，钟云从向前一步，扯住了他的袖口：“可我有事要做。”

苏闲侧过身，一双灰蓝色的瞳仁不带丝毫温度，语气很是不耐烦：“我很忙，没空跟你纠缠。”

我也不想跟你纠缠啊！钟云从无奈极了，目光却不由自主地被他黯淡无神的右眼吸引，凝视片刻之后，他脱口而出：“你的右眼……怎么了？”

苏闲目光一闪，最后一点伪装也消失了，他拂开他的手，面无表情地开口：“跟你无关。”

钟云从也自知越界，他们的关系显然没有好到可以随便过问私事的地步。须臾的沉默后，他讷讷地出声：“我知道你在处理那宗失踪案，正好我也在找人，如果可以的话，请带上我一起。”

那天张既白和苏闲谈论案情的时候，他的确是醒着的。

苏闲的表情像是听到了一个不怎么好笑的笑话：“你觉得可能吗？”

这个答案其实也在他的意料之中，只是钟云从这次却不打算退让：“你的公务，我的确是无权参与，你当然可以不带我……但我要出门，你也无权干预。”

苏闲面色一寒：“想走，可以。但出了这扇门，就别想再回来。”

他的语气让钟云从很不舒服：“我知道你是怕我出事……”

“想多了吧？”他一句话还没说完就被苏闲打断，钟云从也不反驳，而是换了个说法：“好吧，那就是你不想惹麻烦，可我毕竟不是犯人，而且我还有个人要找，没法一天到晚躲在屋子里……希望你能理解。”

苏闲倒没有像他想象中一般暴跳如雷，反而笑了两声，只是那笑容怎么看都让钟云从觉得阴恻恻地瘆得慌，他不由自主地退后一步，下巴却猝不及防地被人扣住了。

他对面的人身板并不算多健壮，力道却大得惊人，钟云从觉得自己的下巴都要被拧掉了，却连摇个头的力气都没有，只得听着他淡淡地道：“给脸不要脸。”

“你放开我！”这么毫无反抗能力地被钳制着，让钟云从觉得很丢人，可惜他怎么都挣不脱。羞愤之下，他闭上眼睛，避开对方轻蔑的眼神，未承想，在闭上双目的那一刻，他脑海里忽然出现了一些奇怪的景象。

片刻之后，他又睁开眼，双目闪闪发光，口齿不清地问道：“苏、苏治安官，你今天、今天起床的时候，是不是发现……发现自己……梦遗了？”

他敏锐地察觉到，扣着他下巴的那只手僵住了。

苏闲的神情很精彩，红橙黄绿青蓝紫，一瞬间变换了七种颜色，宛若天边的彩虹。

钟云从没憋住笑。

苏闲的脸色难看得很，蓦地收回了自己的胳膊，快速地背过身去。钟云从不依不饶，继续追问：“我没说错吧？看样子是午睡起来之后……”

苏闲猛地转过来，一把揪住他的衣领：“你再胡说八道的话，信不信我把你丢出去？”

钟云从但笑不语。

苏闲尴尬了一阵子，冷不丁地发问：“你是怎么知道的？”

钟云从听到这问题，却也愣在了原地：对啊，我是怎么知道的？

苏闲很难形容自己此刻的心情，梦遗这种事他自从成年之后就没再经历过，今天不知怎的就重回少年时代了，更糟糕的是还被人发现了。

在短暂的窘迫之后，他恢复了常态，开始意识到其中的不寻常之处。他不认为钟云从有神不知鬼不觉潜入他房间偷窥的本事，既然不是外在因素，那就是内在原因了。

和仍然摸不着头脑的钟云从不同，从小生活在“孤岛”上的苏闲见惯了形形色色的奇人奇事，虽然隐私被侵犯的确令人不快，但他并不算太惊讶，至少对于异能这件事本身，他是不意外的。

而真正出乎他意料的是，拥有这种异能的人是钟云从。

钟云从是外边的人，这一点在他们第一次见面的时候苏闲就猜出来了。虽然这个外乡人弱得要命，但苏闲还是非常嫉妒他——他健康、有活力，更重要的是他有未来，不会在某一天突然发狂溃烂，同类相食。

虽然他不太想承认，可这也确实是他看钟云从不爽的重要原因之一。

转眼一看，那家伙还在皱着眉苦苦思索自己侵犯苏闲隐私一事的来龙去脉，可惜不得其法，见苏闲的眼神直勾勾地落在自己身上，他便露出一个讨好的笑：“不好意思啊，苏治安官，我也不知道怎么回事……就是闭上眼睛，然后就看到了。”

他的最后一句话简直就是自相矛盾，不过苏闲并没有计较他的小语病，而是朝着他伸出了手。

钟云从吓了一跳，以为他突发奇想要同他握手，不知道为何有些紧张，但还是迅速地把手在裤缝处蹭了两下，擦了擦手心的冷汗，然后才犹犹豫豫地伸出去。

可苏闲并没有去握他的手，他越过他伸过来的手，一路往上，直至指尖再一次触到他的下颌。

钟云从的下颌几乎是立刻就绷紧了——一开始是因为警觉，生怕重蹈覆辙，但之后却是由于心慌，关于原因，他也说不出个所以然，大概是因为对方的力道比他想象的要轻得多。

和刚才几乎要拆掉他下巴的力度不同，此时触碰着他的手的力度可以说是柔和了，钟云从用余光瞄着苏闲的指尖，不由自主地咽了口唾沫。

旋即他就反应过来了，并且被自己的行为恶心到了——苏闲到底在干吗？而自己又在干吗？

他咬了咬后槽牙，正打算甩开对方那只万恶的手，却听到了他的声音：“闭上眼睛。”

为什么还要闭上眼睛？

可能是被惊吓得太厉害了，钟云从的心跳蓦然加快了不少，苏闲对于他野马般失控的心率一无所知，只觉得对方将自己的话置若罔闻。他皱起眉，用命令式的语气又重复了一遍：“闭上眼睛，就像刚才一样。”

见他还是一头雾水的模样，苏闲又加了一句：“看看能不能再‘看见’

什么。”

原来如此。钟云从迅速闭上了眼睛，只是注意力仍然无法集中，或者说，他给集中歪了——他无法不去在意他搭在他下颌上的手，以及漫长的注视。

眼前一片黑暗，他什么也没看到。

半分钟之后，他几乎是羞愧地睁开了眼，甚至不敢与苏闲对视：“没有，什么都没看到。”

苏闲倒是没有什么大的反应，他收回了自己的手，勉强嗯了一声算是回应。钟云从有心想说些什么，见他心不在焉的模样，又咽了回去。

要么他真的趁自己不注意偷窥自己了，要么就是异能“失灵”了，这种现象在异能使用初期很普遍，八成是因为精神不够集中。权衡了一番后，苏闲认为还是后者的可能性大一点。

不过他也没有要提醒钟云从的打算——就他个人而言，他极其不喜欢钟云从这种能力。

于是他若无其事地整理了一下自己的着装，打算出门的时候，钟云从却想起了先前未了的纷争，他叫住了假装失忆的苏治安官：“我也要去。”

他又一次严正声明了自己的立场，苏闲不好再装聋作哑，有些无奈地回过身：“我是去执勤，不是去玩。”

“我知道。”

“今天我要去的是西城，就是你差点丢了命的地方。”苏闲刻意强调，“那里聚集着大量的异种。”

钟云从说不怵是骗人的，可对老爹的安危忧心忡忡的状态令他无法忍受：“我知道。”

“丑话先说在前头，你非要跟去，”苏治安官凉凉地来了一句，“可别指望我会管你。”

钟云从叹了口气：这是要逼我放大招啊。

其实他真的不想用那种事来要挟别人，那样挺卑鄙的，但在这种关头，对方又油盐不进，钟云从实在别无选择。

“你要是不带上我，”他直视着苏闲的双眼，冷静地威胁着，“我就不确定自己会不会泄密了。”

苏闲足足有半分钟没吭声。

他心里自然是恼火的，不过却是早有预感，这小子本来就不是省油的灯，这么大一个把柄落他手里了，哪能不用呢？

可看穿归看穿，苏闲并没有什么有效的应对方式，他头一个想起的就是盈盈，并且下定决心绝对不能让她知道。

那样的话，就得堵住钟云从的嘴；要堵住他的嘴，就得带他一起去。但他实在不想如了他的愿，所以综合得出来的结论就是——要不把他灭口得了？

之后张既白会来找他追10倍的债吧？苏闲发愁地叹了口气，最终还是放弃了杀人灭口的计划。

既然弄不死他，就只好妥协了。

“好吧。”他终于还是屈服了。钟云从还不知道自己已经在鬼门关前走了一个来回，听到苏闲松了口，他大喜过望：“那……咱们现在就出发？我要不要做个伪装什么的？”

“你等等。”苏闲丢下这句话之后就回了他的房间，没一会儿又出来了，手上拿着一套衣物，看颜色和材质，和他身上的制服很相似。

“这是我以前的旧制服。”他把衣物交给钟云从，“你先换上，其他的注意事项我再跟你说。”

钟云从不敢马虎，依言照做。

换好衣服后，他看了眼浴室里的半身镜，发现这身制服和苏闲身上那一身，肩章处稍有不同，但整体相差不大。

他整了整衣领，别说，这制服还挺衬人的。

他走出来，苏闲瞥了他一眼，并没有发表什么评论，而是语气冷淡地告诉他：“今晚和我一起执勤的还有两位治安官，到时候我会跟他们说你是预备队的，由我带着熟悉一下环境。你尽量不要说话，不要与他们有眼神接触，最后，不要对任何异状表现出惊讶，不然我也保不住你。”

这番警告可以说是很严重了，钟云从也拿不准里头有多少恐吓的成分，不过这时候还是别得罪他了，毕竟自己还指望着靠他保命呢。

“是，是。”于是钟云从唯唯诺诺地点头。低三下四说的就是此时的他了。

苏闲穿上了与制服配套的同色大衣，拉开了房门，听到钟云从跟上来的动静，他面无表情地又加了一句：“不要给我添麻烦。”

钟云从迈出房门，这些天头一回呼吸到久违的室外空气，正兴奋着，苏闲这句话很是打击他的积极性，于是他大着胆子回了一句：“你怎么就知道我会惹麻烦？说不定我能帮上忙呢！”

苏闲笑了一声，笑声里满是嘲讽，显然并不把他的话当回事儿。钟云从自己也不怎么当回事儿，纯粹就是与对方置气，他自己有多少能耐，他心里也是清楚的，不给苏闲添麻烦的确就是他能帮上的最大的忙了。

外头还在下雪，路上的人不多，偶有几个行色匆匆的人，但更多的是一些衣着褴褛、漫无目的地游荡在街头的流浪者。

这座城市的经济果然不行啊。钟云从暗暗叹了口气，目光不自觉地落在和他差了半个身位的苏闲身上。

从这个角度只能看到他的背影，藏青色的大衣把他的身形衬托得很挺拔，他的发色很深，几乎与黑夜融为一体。

当雪片羽毛般飘落在他发丝上的时候，黑与白的对比就变得很强烈了。

要是他的脾气和他的脸一样美好就好了。钟云从暗暗想。

二人到达了目的地，钟云从疑惑地打量着这个有些破败的院落，里头立着一座三层半高的小楼，借着院门前昏黄的路灯，他看清了门牌上的白底黑字——梦川市东城区一号治安所，而上头同样篆刻着两条衔尾蛇相缠的盾形徽纹。

“金雀街那边是总部。”苏闲看穿了他的疑问，“这里是分部之一，也是我所属的部门。”

钟云从回过神来，忙不迭地点头：“哦，哦……”

苏闲停下来看了他一眼，叹气：“你的表情可以再机灵一点吗？很容易露馅的。”

钟云从有些尴尬地清了两下嗓子，小心翼翼地问道：“露馅了……会怎么样？”

“我让你穿上这身衣服，已经构成违规行为了。”苏闲的脸色不太好看，“还要带着你去西城，要是被上面知道了，我大概就要卷铺盖走人了。”

钟云从虽然不是很喜欢这个人，但是也没想让人丢了饭碗，于是指天发誓：“我保证，不会让你下岗的。”

苏闲笑了笑，似乎是被感动到了，然而他说出的话却让钟云从毛骨悚然：“我还没说完呢——我最差也就是下岗了，你的话就难说了。你是‘孤岛’的异类，要是被其他人发现了，是死是活可说不好。”

钟云从呆立当场，汗如雨下，苏闲落井下石：“我早说了吧，这可不是出来玩的。”

钟云从缄默片刻，才抹了把额角的冷汗：“我知道，我也不是来‘孤岛’玩的……这是我自己的选择，风险我也会自己担。要是真死在这里，我也认了。”

苏闲背过身去，冷哼一声：“别连累我就好。”

短促的汽笛声打破了宁静，钟云从转头望去，是辆黑色的切诺基，车身上泥渍斑斑，看起来很旧了，但马力很足。随着距离不断缩短，他注意到车头上立着的衔尾蛇徽纹，顿时明白了这车的用途。

按照他的理解，这应该是一辆“警车”。

切诺基最后停在他面前，副驾驶门被推开，跳下来一个人：“喂，大帅哥，今天迟到了啊。”

苏闲微笑着注视来人：“有点事耽搁了，真是不好意思。”

来人吊着一边嘴角，邪邪一笑：“谁让你长得帅，原谅你咯。”他说完目光才扫过苏闲身边低眉顺眼努力降低自己存在感的钟云从，好奇地问，“这谁啊？”

苏闲从容应对：“预备队的，我带着熟悉一下环境。”他侧过脸看着钟云从，“走吧，38号。”

38？他是在骂人吧？他绝对是在骂人吧？真是幼稚的把戏。但钟云从还是挺给他面子，点点头：“是。”

“预备队的啊——”那人的尾音拖得老长，透着一股子鄙夷的味道，“几岁啊？毛长齐了没？这就带到西城去，要是尿裤子了谁洗啊？我先声明我可不洗啊！”

“哈哈哈哈哈！”苏闲很给面子地大笑起来，完全无视身边人的恼羞成怒，继续火上浇油，“放心吧，真要尿裤子了，就让他光屁股回来吧。”

“可以可以！”那人笑得歪掉的那边嘴角几乎要飞出他的脸了，“还是你狠！”

“别笑了，时间不早了，都上来吧。”驾驶座上的人发话了，令钟云从意外的是，竟然是个清冷悦耳的女声。

苏闲摊摊手：“冰女发话了，别笑了，项羽。”

项羽？还真是个好名字。钟云从在心里暗笑。

项羽回到了副驾驶座，冲着苏闲这边招手：“苏闲，带着你光屁股的小弟一起上来吧！”在他眼里，这个预备队的38号，尿裤子是一定的了。

钟云从直接无视了这个粗鲁的楚霸王，他在默念着某人的名字。

苏闲。原来你叫苏闲。

苏闲带着钟云从钻进了切诺基的后座，见钟云从笑得一脸诡异，他忍不住压低声音问：“你笑什么？被取笑两句也没什么吧，至于受这么大打击吗？”

钟云从冲他微微一笑：“我在计划着扎个你的小人，苏闲。”

苏闲闻言，懒得再理会这个无聊又幼稚的家伙，架不住有人要提起他：

“为什么突然带上预备队的成员？我没有听所长提过。”

是那个开车的女子，光听声音就是个美女啊。钟云从还挺想一窥芳容的，可惜处于视角盲区，怎么也看不着。

苏闲苦笑：“你以为我愿意啊？谁让预备队的那个教头跟我有点交情，他要锻炼队员，我又抹不开面子，只好带上了。”

女子没再说话，倒是那个叫项羽的冷不丁来了一句：“虽然您老是行动组的组长，但这个38号是编外的，我跟冰女可不负责，您自己看好。”

冰女没出声，但想来也是认可这番话的。钟云从有些紧张地觑了苏闲一眼，后者仿佛没有察觉到他不安的目光，依旧微笑着：“那是自然。再说了，难道我连这点本事都没有吗？”

项羽放声大笑：“有有有！你苏闲的本事可是整个治管局上下加起来的和，谁人不知啊？”

苏闲笑着摆摆手：“别拿我开玩笑了。”随即笑容敛起，叹气，“可惜今晚只有你们俩。”

项羽还没来得及说话，冰女就冷冰冰地开口了：“苏组长是觉得我们实力不够？”

苏闲摇头：“我不是这个意思，只是找人的话……你们不是最合适的。”

冰女没接话，应该是接受了他的解释，倒是项羽嘟囔了一句：“找人？我看是找尸体吧。”

苏闲语气平静：“都有可能。”

钟云从知道他们在说什么，就是之前的那起失踪案，两天过去，失踪人员从五人变为了六人。

消息是他在苏闲带回来的报纸上读到的。苏闲估计也是觉得他会被闷死在屋子里，所以每天都会带当天的报纸回来给他。

第六位失踪者的性别依旧是男，保持了这案子的一贯传统，而第六位的身份很特殊，以至于他的消失引起的关注度比第五位的中学校长还要高——他是位异能者。

这段时间，钟云从已经从有限的渠道里了解了部分关于“异能者”的信息，简单来说，就是科幻大片的设定成真了，在与世隔绝的梦川市，因为某种不明原因，出现了一批拥有异于常人的超能力的家伙，在这里，他们被称为“异能者”。

钟云从不止一次旁敲侧击地想从苏闲那里得到关于“异能者”的能力的解释，可后者并不想和他谈论这个话题，一直是三缄其口。钟云从只好对着报纸自己推测，结合苏闲从前的只言片语，也猜了个七七八八——异能有各种各样的形式，基本都是天生的，至于各人的能力是否会重合，以及这种能力是否具有遗传性，他无从得知。

而那第六位失踪者就是一名异能者，出于保护隐私的考虑，新闻报道里没有公开他的异能，只说他的能力与他的职业有关，而他的职业是园丁。

园丁？那可能是跟植物这方面有关？钟云从已经放弃向苏闲请教了，反正也没有结果，自己瞎琢磨吧。

但无论如何，光是“异能者”这三个字，已经足够在普通民众间刮起一阵风暴。这两天，东城区惶惶不安的氛围更加严重，甚至到了人人自危的地步，原因无他，就是连异能者都失踪了，何况普通人呢？

治管局也由此背负了更庞大的舆论压力。

路上不够平坦，切诺基的车身也跟着颠簸，项羽不住发牢骚：“这破路，也不知道多少年没修过了！唉，要是我也有飞行的能力就好了，哪还用遭这份罪……对了，苏闲，你也是能在天上飞的吧？干吗跟我们一起颠过去？”

苏闲笑：“不要把我说得好像一只麻雀。况且体力有限，异能还是省着点用吧。”

说起来，这家伙的异能是什么？钟云从心中微动，除了弄死不明生物的那一次，他就没见过苏闲再次展示他的异能，至今也不知道他到底有什么能力。

项羽猥琐地笑了两声：“原来苏组长的体力不好啊，那我要跟所里的妹子们好好说道说道……哎哟，怎么回事？！”

他一句玩笑没开完，车身猛地震动了一下，把全车人都重重地颠了一把，切诺基也停了下来。

冰女的声音一如既往地漠然：“积雪太厚，轮胎陷进去，抛锚了。”

“这些都是你本家，你就不能让它们起开？”项羽继续开他的玩笑，显然并不怎么好笑。

项羽开了车门，夹杂着雪粒的冷气流强劲地灌了进来，钟云从没有防备，打了个哆嗦。

苏闲则朝着项羽竖起大拇指：“只能麻烦你了。不过还好离分界线也没多远了。”

项羽回了个“OK”的手势：“交给我吧！”随后就带上了门，冰女也熄了火，抱着手臂一动不动。

钟云从还在纳闷他们之间打哑谜一般的交流是什么意思，车身突然毫无预兆地又震了一下，他猝不及防地歪倒，脑壳重重地砸在了邻座的苏闲肩上。

“对不起啊……”他揉着脑袋正道歉的时候，却猛地睁大了眼睛，被车窗外的景象惊到合不拢嘴。

倒不是外边的景色有多么壮观，而是他忽然发现，他们悬空了——切诺基悬浮起来了。

然而，一声声沉重的脚步声让他反应过来，切诺基不是悬浮起来了，而是被人举起来了。

苏闲淡淡地问道：“知道他为什么叫项羽了吧？顺便，嘴可以合上了。”

下巴差点脱臼的钟云从立马合上嘴，好在冰女一直没有回头，没有看到他这副傻样。

力拔山兮气盖世。

牛啊！

他们就这样被项羽一步步扛着，来到了东西城的分界线前。

所谓的分界线，竟然只是一道铁丝网，尽管它在黑暗中呈现出张牙舞爪的狰狞剪影，但如果作为抵抗那些怪物的防线，就有虚张声势之嫌了。

钟云从对那些人不人鬼不鬼的不明生物一直心有余悸，他在苏闲面前死鸭子嘴硬，但只有他自己知道，在逐渐接近西城的过程中，他心中的恐惧也在不断蔓延。

而眼前这道单薄的铁丝围栏，显然令他对这个区域的安防心存疑虑，可开弓没有回头箭，他不可能临阵退缩。再说了，真要那样做的话，他不疑自己可能活不过今晚——最大的威胁不是来自墙的另一头，而是他身边的苏闲。

正当他为自身安危忧心忡忡的时候，猝不及防地，一束强光刺进了他的眼睛里，他出自本能地闭上双目，耳朵里传来一阵金属刮擦声，沉闷压抑。他艰难地适应了这道强烈的光线，勉强睁开眼，见到项羽已经回到了车上，驾驶座的冰女摇下半扇车窗，展示了一下她的臂章和肩章，片刻之后，原本封闭的铁丝围栏，便向他们开放了一道口子。

切诺基从这个缺口缓缓驶入，如同雪地里匍匐前进的黑色甲虫，钟云从顺着光源望去，才惊觉铁丝网后矗立着一座十来米高的瞭望塔。

塔身是白色的，强烈的白光来自塔尖上的探照灯，想来是察觉了他们的到来，在确认了来人的身份之后，投下灯光，开启铁门。

“这里就是巡逻哨，每个哨通常配有两名哨兵，昼夜交替值班。”苏闲的话听起来像是在教导初出茅庐的预备队员，而钟云从也确实需要他的讲解，听得格外专心。

“前面是壕沟，得下车了，再往前只能徒步前进。”冰女把车停了下来，四个人先后下了车。借着光线，钟云从看到前边不足半米处，横亘着一条颇为狭长崎岖的沟堑，有数米宽，车是开不过去的。

就在钟云从忍不住想问“我们要怎么过去”的时候，苏闲背过身，冲着瞭望台的方向打了个手势，随即他就听到一阵轰隆声，两条手臂粗的铁链吊着一块厚实的钢板缓缓落下，正好覆盖在横沟之上。钢板固定好之后，便是一座简陋的吊桥。

他们从壕沟上平平稳稳地走过。等他们的鞋底又碾过雪地，方才的噪音重新响起，钟云从回过头远眺，钢板被收了起来，底下的横沟又露出了黑洞般的本来面目。

就在钟云从以为已经踏入西城的地界时，前面居然又有一道两米高的铁丝栅栏。

“这是通电的铁丝网，上面附有警报器。如果有人胆敢乱闯，会在一阵吱嘎乱响中变成一头焦香四溢的烤乳猪。”苏闲直视着前方，却眼观六路，轻描淡写地为他答疑解惑，“看到前面那块空地没有？”

钟云从浑身一凉，又不自觉地伸长了脖子，发现前方确实是一块空旷的场地，和其他地方一样，积着厚厚的雪。

“那是雷区。底下埋着不计其数的地雷，基本上是一步一个，要是有人胆敢乱闯，他的尸体会碎成红烧狮子头的原料。”他的语气还是轻飘飘的，提到雷区的时候仿佛是在说一块菜地。

但对于富家纨绔子弟出身的钟云从来说，“雷区”两个字直接在他的耳边炸开，他险些脱口而出：能不能别乱打比方？这让我以后怎么面对烤乳猪和红烧狮子头？

好在他还是忍住了，深吸一口气，虚心求教：“那，要怎么过去？”

苏闲还没回话，项羽却听不下去了：“苏组长，你这位预备队的小弟是不是培训课没上好，教材上的东西一点都不懂，这都不如我当年啊。”他说着又冲着钟云从一笑，歪了一边的嘴角吊得老高，“老弟，上课都睡过去了吧？”

钟云从莫名心虚，算是歪打正着吧——他从小到大成绩都不大好，升学都是靠他很有几个钱的老爹一路塞钱给学校，最后上了那个三流的艺术学院，也是因着他爹给院校捐了一大笔钱的关系。

他压了压帽檐，不好意思地低下了头，当然这是项羽以为的，但实际上，他钟云从的脸皮还不至于这么薄，只是为了避免与对方直视，避免双眼的秘密暴露。

只不过他也不好再追着苏闲问要怎么穿越电网和雷区了，反正他们个个身怀绝技，又是一副胸有成竹的模样，也轮不着他来担心。

他这么想着，不知不觉地来到了电网前，见另外三个人都没动静，他也不敢轻举妄动。

苏闲双手揣在大衣口袋里，侧过脸瞥了钟云从一眼，又对着项羽耸耸肩："你把他弄过去，我带着冰女过去，如何？"

项羽的腮帮子直跳："凭什么？把老爷们儿塞给我，自己挑妹子，假公济私啊！"

苏闲挑挑眉："那这样的话，不如让当事人决定好了——冰女，你要选谁啊？"

而钟云从这另一位当事人并不在他的考虑范围内，好在钟云从自己也并不想和这家伙有过多接触，倒是乐得如此。他也好奇地望向冰女，这一回终于看清了她的长相。

冰女的容貌不是顶出色，很清淡的秀气，人如其名，浑身上下都泛着拒人于千里之外的冰冷之感，让钟云从不由自主地退开两步，这种类型的，绝对只可远观。

她身形修长纤细，衣服穿得很单薄，钟云从很是担心她下一秒就被寒风刮倒，偏偏她手上严严实实地裹着两只手套，他不由得多看了两眼。

项羽那不知道多少天没换过、污垢都结成块的外套，让冰女毫不犹豫地冲着苏闲一颔首："我跟你。"

苏闲抱歉地笑笑，项羽哑口无言，只好把满腔怨气发泄在钟云从身上，把钟云从的肩膀拍得差点骨折："你准备好没？"

钟云从缩着肩膀，一头雾水，含含糊糊地应了一句："嗯……准备好了……"

其实他根本不知道该准备什么，也不知道项羽要怎么把他"弄"过去，不过很快，他就知道了——他被大力士单手拎起，对方甩了两下手臂，他也跟着转了两圈，而后便像沙包一般被扔了出去，在空中划过一道完美的抛物线，越过两米高的电网，结结实实地落在了另一侧。

他还是脸着地的，整个人愣是在雪地上砸出了一个人形坑，落地后好一会儿，他全身骨头都跟散了架似的，动都动不了。

好不容易那股濒死的劲儿缓过去了，他试着活动了一下颈椎，下一秒就不顾一切地放飞自我，骂了句脏话。

他以为自己很大声，实际上还不如蚊子叫，以至于跟他前后脚落地的项羽毫无知觉。

钟云从还在试着活动其他关节，一抬眼，就瞅见项羽那张不对称的脸在他眼前放大了10倍，嗓门还贼大：“你小子真的不行，书没读进去就算了，身体素质还这么差，弱鸡一只，你怎么进的预备队？”

钟云从一个字都说不出，倒是用眼角余光瞄见不远处刮起的一场小型暴风雪，随后苏闲同冰女随着风雪翩翩降落，那叫一个玉树临风。

钟云从总觉得这场景似曾相识，周身的疼痛让他倒吸一口冷气，试着撑起胳膊——成功了，接着又失败了。他扑通一声，重新趴了回去。

“这小子不会是摔残了吧？苏老大你可不能怪我，我问他准备好没有，他说准备好了，我才动手的。”

项羽大声地跟苏闲抱怨着，钟云从却是有苦说不出，谁知道这位楚霸王会这么简单粗暴。

早知道还是应该厚着脸皮搭上苏闲的，他灰头土脸地想道。

苏闲很体贴地为冰女拂去肩上的碎雪之后，才慢腾腾地走到他面前，蹲下：“没摔死吧？”

这话问得……钟云从费力地从牙关里挤出几个字：“放心，一时半会儿死不了。”

“没死就站起来。”苏闲的语气不冷不热。钟云从有心无力：“那一时半会儿也站不起来……”

项羽还是有那么一点愧疚的，伸出手又要去拎钟云从的后领：“得了，哥儿们帮你一把……”

钟云从心脏病都要发作了，这位魔王的力道他真的吃不消，再来一回他就要出师未捷身先死了……好在有人拦住了项羽：“行了，我来吧。”

钟云从就这样不情不愿却又毫无反抗能力地被苏闲架了起来，他此刻接近瘫痪状态，不得不整个人倚靠在他身上。

“我也不想麻烦你来着，可这会儿不是没办法吗。”虽然苏闲此刻充当着他的人形拐杖，但也挡不住他不肯消停的嘴，“对了，那什么，你的名字是哪个字来着？贤惠的贤还是琴弦的弦？还是讨人嫌的嫌？”

其实他也不知道自己为什么还有力气说这么多，总之，就是想说话。

他第一次跟这个刻薄的家伙离得这么近，本以为会很不自在，但事实上并没有，苏闲身上带着清冽的冰雪气息，沁凉地往他鼻子里钻。

还挺好闻的，他在心里说。

苏闲面无表情地听着他喋喋不休，冷不丁地插了一句：“是闲人的闲。”

钟云从没反应过来："啊？"

"所以我这个人喜欢清闲，讨厌麻烦。"苏闲笑里藏刀，"你要是再啰里啰唆，我就把你丢到雷区里。"

识时务者为俊杰，钟云从闭上嘴了。

而让他噤若寒蝉的那片雷区，他们过得很轻松，完全超出他的想象——这次的关键人物是冰女，她脱下了一只手套，俯下身，手掌与地面接触。几秒之后，那长宽都超过10米的雷区上竟然结了一层至少有半米厚的冰，而他们就这样踩在冰层上，如履平地一般走过去了。

直到冰女戴回手套，钟云从还处于咋舌的状态。

蹚过雷区之后，他觉得差不多该结束了，没承想，走过几十米，又有障碍物。

这一次是一道由混凝土铸就的围墙，看起来要比铁丝围栏坚固许多，目测高度超过五米，厚度超过半米，至于长度，纵目望去，竟然看不到尽头。

"这是第六道防线。"苏闲的声音在他耳畔响起，"我们把它称为'隔离墙'，跨过去之后，就是西城区了。"

"铁栅栏、巡逻哨、壕沟、电网、雷区、隔离墙，"钟云从一面盘点一面觉着头痛，"是为了防止那边的怪物过来吗？"

"不然呢？"苏闲指着远处另一个隐隐约约透着亮光的瞭望塔，"像这样的巡逻哨，每隔10千米就有一个，隔离墙总长123.6千米，巡逻哨有12个，而其中只有3处设有通道。"

通道？钟云从想起铁丝围栏上的门和那座简陋的吊桥，算是明白了通道是怎么回事。

他深以为然地点点头："那你们的安防还是挺到位的，我之前还以为……咳咳，不管怎么样，毕竟那边都是那么危险的怪物，必须得关好啊。"

苏闲看了他一眼，忽然侧过身，抬了抬下巴："那座高塔，看到了吧？"

钟云从顺着他的指引望去，一眼就见到了那座孤峰突起的高塔，由于它的高度，无论在城市哪个角落，都触目可及。

"那其实也是一座瞭望塔，因为太高，站在上头好像伸手就能摘到星星，所以人们管它叫星塔。"

钟云从困惑地看着苏闲，不明白他为什么会突然跟自己说起星塔。

"可惜星塔再高，在上边也看不见外面的景象。"苏闲的目光则一直停留在星塔的塔尖上，他的语气很平淡，"因为在'孤岛'的外围，有一道比你方才所见的还要严密的封锁线，里里外外总共15层。而我们这些人，就被这样关着，永远出不去。”

钟云从浑身一震，毫无征兆地，他的“白日梦”又发作了。

他目之所及分明是苏闲带着几分沉郁的侧脸，可他的右眼前浮现出的却是凛冽的塔尖。

Chapter 04.
头绪

虽然心理上没有掀起大的波澜，但他还是条件反射般地捂住了右眼，动作幅度有些大，让苏闲为之侧目。

“怎么了？”钟云从听到他在问，于是缓缓松开手，眨了眨眼，那凭空出现的画面已经消失不见了。

“风吹到眼睛里了。”他不想让自己的隐疾被人发现，用一个老土的理由搪塞过去了。如他所料，苏闲只是随口一问，没有追根究底的意思。

“那就继续向前吧。”他带着钟云从加快了脚步，他们已经落后于项羽和冰女一段距离了。

但钟云从的心情却有几分沉重，他有些后悔自己发表的那番轻率言论——怪物们被围在西城，苏闲他们也同样被困在“孤岛”，本质上并没有区别。

他发现自己自从来到这地方之后，似乎就多了个把天聊死的技能，其实他很想问问他们为什么出不去，但直觉告诉他，再问下去就不是被训而是被打了。

不过原因他也能猜个七七八八了，就比如他身边这三个人，要是他们的本事在世人面前一现，估计等待他们的就是被绑起来研究，就象那位张既白医生一直想对他做的那样。

钟云从个人觉得，他们这种异于常人的家伙确实是自成一圈比较好，人是群体性动物，习惯了大多数的平凡，要是突然冒出几个与众不同的，很容易出乱子。

他在“孤岛”里是个异类，连小孩都能理直气壮地欺负他，反过来，如果他们到外面去，也免不了被排斥甚至被歧视的命运。

这种事情总是难以避免的。

苏闲话里的不甘与怨恨他听得出来，他也同情这些人，没有人会甘愿被囚禁起来。只是，别人的痛苦，他终究无法感同身受，也没资格说太多，说得多了，反而是矫揉造作。

那堵厚厚的围墙，他们通过得也毫不费力。这回钟云从担心的事情没有发生，苏闲这次没有把他丢给项羽，而是亲自带着他越过了隔离墙，他总算没有再次沦为沙包。

“能动了吗？”正式踏上西城之后，苏闲突然问了一句。钟云从一怔，随后挣扎了两下他的废胳膊废腿，笑道：“能动了，能动了，我自己走吧。”

不能当一晚上拖油瓶啊。

苏闲扫了他一眼，懒得去分辨他是不是逞强，是也好，不是也好，自己还有事情要做，不可能一晚上充当他的助行器。

“跟紧我，别乱跑。”他丢下这句话，加快速度与另外两人会合，钟云从咬紧牙关，一瘸一拐地跟上去。

他靠近的时候，正好听见苏组长在给两位组员作指示：“我们兵分三路，项羽往西，冰女往东，北边交给我。都注意安全，遇到袭击的话，允许就地处理。要是数量太多搞不定的话，就发信号弹，我会立刻赶去支援。”至于南边，直接就是隔离带了，不在调查范围内。

“组长，您为什么认为失踪者会在西城？”冰女忽然开口。苏闲耸耸肩：“很简单，东城都找遍了也没找着，只能在西城找了。”

“不是，我主要是不太相信真有人能瞒天过海地把人从东城转移到西城，就算是那些走私贩子也做不到吧？”项羽咋舌，“这得多牛啊！”

苏闲笑：“那不然呢？要是还在东城，我们不可能一点线索都找不到，我们的‘警犬’已经到处嗅过了，要是有，掘地三尺也挖出来了。”

项羽咧咧嘴，露出一口发黄的牙：“找人这种事就该把那只小狗带上，您说得对，咱们跟她一比都是外行。”

“那丫头胆子小，不敢来。”苏闲笑得无奈，“不过就算来了也没法分成三份，作用有限，还不如异能感应器。”

一直缄默的冰女又冷不丁地插了一句：“这么说，这次任务的头号目标是第六名失踪者？”

“他的失踪时间是最近的，又是唯一的异能者，只能把希望放在他身上了。”苏闲摇摇头，“至于其他人，只能看运气了。”

冰女表情淡漠地看着他：“我要提醒您，如果真如您所言，失踪者都在西城，那么我们最终也许连尸体都找不着。”

苏闲依旧微笑着：“这我知道，但找还是要找的，总得给家属一个交代。”

冰女点点头：“明白。”她说完这句话，丝毫不拖泥带水，转身往东边去了。

“那我也干活去了。”项羽一副跃跃欲试的样子，然而转身之前眼光扫到了站在苏闲背影里的“预备队小弟”，突然问了一句，“我还挺好奇，这老弟的异能是什么？”

钟云从听到自己被提起，惊得被钉在了原地，好在苏闲神色自若地扯着谎：“他啊，有一双透视眼，能够看穿你内裤是什么颜色的。”

钟云从不受控制地想起先前他揭穿苏闲隐私的事，当时还没啥感觉，这当口想起来却非常尴尬。

项羽哈哈大笑起来：“老子根本没穿内裤，哈哈哈……”结果笑到一半哑声了，正好对上苏闲别有深意的笑，他的脑筋终于拐过弯，瞪了钟云从一眼，气急败坏地大骂一声，捂着裆部慌不择路地跑了。

苏闲一路往北，钟云从赶紧跟上。

他像只刚学步的羊羔一般蹒跚跟在他身后，迫不及待地问：“异能感应器是什么？”

身侧没有了第三个人，苏闲也没那么多顾忌了，干脆地答道：“是梦川大学的那帮专家学者研究出来的玩意——哦，是原梦川大学，他们经过对比检测，发现异能者和普通人除了体质的差异，个体的生物磁场也有区别。而异能者与异能者之间的磁场却是有共同之处的。他们利用这一特性，研制出了能够识别异能者的‘异能感应器’。”

钟云从啧啧称奇：“听起来很高端啊，在你们这儿应该很吃香，市场不小吧？”

“你以为这种东西很好生产吗？”苏闲没好气地说道，“他们也是费了九牛二虎之力才制造出一小批，全部由治管局掌握，怎么可能大规模流入市场？”

钟云从碰了一鼻子灰，略显尴尬地干咳两声，悄悄地转移了话题：“那，这东西怎么用？”

“在探测范围内，如果感应到异能者的生物磁场，它就会像只被点着了屁股的鸭子一样乱叫。”苏闲说着不耐烦起来，“你又用不着，问那么多干吗？”

“好奇嘛。”钟云从干巴巴地回道。苏闲挥挥手：“行了，闭上嘴省点力气吧。”

“那，”钟云从按捺不住好奇心，试图跟他谈条件，“你把那个感应器给我看看，我就闭上嘴。”

苏闲回过头看着他，目光不是很友好，钟云从觍着脸伸出手：“就看一下下，看完立马还给你。”

苏闲皱了皱眉，权衡了一下利弊，最后还是觉得对方穿耳的噪音比违规的风险来得严重，于是无声地叹了口气，从上衣口袋里摸出了一个类似打火机的东西，丢给了钟云从。

钟云从如愿以偿，兴奋地接住了“打火机”。那颇有点分量的小东西落在他的掌心里，他清清嗓子正打算郑重其事地表达谢意，却万万没想到，手心里的异能感应器忽然嘎嘎地尖叫了起来。

还真的挺像鸭子叫的——这是钟云从的第一感觉，而撞上苏闲异样的目光之后，他才后知后觉地惊慌起来：怎么就突然响了？

怕不是出故障了吧？

他心急火燎地想解释，临了却舌头打结，根本一个字都说不出来。

苏闲的目光里满是审视的意味，这种眼神让他很不舒服，他迫切地想说些什么：“我不知道怎么回事……”

苏闲蓦地面色一变，出其不意地推搡了他一把，动作非同一般地粗暴，原本就不太站得稳的钟云从直接仰面摔在了雪地里，再一次与积雪亲密接触。

钟云从猝不及防，还没爬起来，眼部上方忽然感到一阵强烈的灼烧感。借着雪地的反光，他清晰地见到了一枚小小的黑影从上方掠过，距离非常近，几乎占据了他整个视野。

黑影一闪而过，他恍惚间以为是错觉，直至它如同灰鸽喙中的草籽落入荒原一般，斜斜地钉进了他脚边积雪下的冻土层，发出一声沉闷的声响。钟云从这才意识到，是子弹。

与子弹擦身而过的体验令他惊魂未定，但紧接着一梭梭子弹接二连三地飞过来，他听到苏闲大声提醒：“翻滚避开！”

他的声音如同救命稻草，钟云从不假思索地照做，他在雪地里结结实实地翻了好几下，其间那该死的鸭子叫一直没停过。

钟云从一面逃命一面郁闷地想道，这玩意儿绝对是坏了！

坎坷的旅程在他的背部磕到了一个硬邦邦的东西之后停上了，他的脊椎骨几乎要断了，他一声闷哼，缓缓地睁开了眼睛。

他首先察看的是苏闲那边的状况，不知道什么时候起，苏闲已经与一条黑影缠斗在一起，身姿矫健灵活，看起来应该没受伤。

钟云从稍稍安心，打算爬起来看看能不能找机会帮上忙。结果挣扎着起身的过程中，那感应器越叫越大声，搞得他无比暴躁，抓起这玩意儿就要丢出去，没承想余光却瞥见一张泛着青紫色的人脸，目测距离他不足10厘米。

钟云从吓得直接跳了起来，虽然他这边的动静能震破耳膜，然而那边鏖战正酣，苏闲没空理他，他揉了揉鼻头，只得壮着胆子再看一眼。

他以为他撞上一块石头，结果是一具冻僵的尸体。

“原来是个死人……”他松了口气，虽然青紫发僵、死状可怖，但总归是个死人，不会动的死人，没什么可怕的。

只是……

钟云从总觉着这张脸颇为眼熟，好像在哪里看过。他忍着反胃的感觉又看了一眼，死者左眉上的痦子给了他提示——在报纸的新闻配图里，这是那第六位失踪者！

“咦？这家伙不是那个失踪的异能者吗？”钟云从激动了，“难怪这破玩意叫得这么欢，我说呢！”

一拳击倒了暗算者，在夺过对方手里的枪之后，苏闲一脚踩上对方的脸，终于能分出神关注钟云从那边的形势：“什么情况？”

钟云从给了他一个令人振奋的消息：“找到第六名失踪者了！”

意外的神情从苏闲脸上一闪而过，他很快冷静下来，询问道：“死的还是活的？”

失踪者已经冻得像根冰棒似的，怎么看都不可能还有呼吸，但钟云从还是用脚尖碰了碰毫无知觉的尸体，这才回了苏闲：“死透了！”

这是意料之中的事，但苏闲还是心下一沉，这意味着，其他失踪人员生还的可能性变得微乎其微了。

他心情不爽的后果难免要有人承担——他的右脚一起一落，俘虏的脸又往下陷了一寸，嘴里大概塞满了雪和泥，发出的声音含混不清，听不出是在示威还是在求饶。

苏闲一笑，麂皮靴在对方面颊上不轻不重地蹭了几下，贴心地扫去一层薄雪，这才和颜悦色地开口：“说吧，是通缉犯还是走私贩？”

俘虏的喉咙里发出了一连串乌七八糟的呜呜声，把嘴里的积雪和泥土吐出来之后，又咳了好一通，才半死不活地动了动嘴皮子：“请您高抬贵脚，我就是个微不足道的、遵纪守法的商人……”

“哦，原来是个走私贩子。”苏闲了然地点点头，语气变得玩味，“遵纪守法？说起来，你擅入西城的走私行为同向治安官开枪的罪名比起来，确实微不足道。”

那人的面部肌肉很明显地抽动了一下：“我这不是不知道是您吗……我以为是异种来着，这才开的枪。要是知道来的是治安官的话，给我100个胆子也不敢呀！”

“要是知道来的是治安官，估计你就当场跑路了，是不是？”苏闲用脚尖拍拍他的脸，他嘿嘿一笑，显然是默认了。

苏闲也跟着笑：“是这样的，根据治安管理条例呢，对于你们这种正面拒捕的，我是有权当场处理的，所以我有些问题要问你，希望你好好回答。”

“哎哟，瞧您说的，俗话说得好，不知者不罪。我刚才都跟您解释了，真不是故意的！”老贩子打完哈哈之后，又冲他眨眨眼，压低了声音，“这样，您想要什么，直接开口，只要我这儿有，一准儿让您满意。”

治安官唇角微翘：“哦？让我满意之后呢？”

“那今晚，您就当没看到我……”

“呜！”走私贩子还没说完，下巴就挨了狠狠的一脚，这与方才不痛不痒地略施惩戒不同，他觉得自己的下颌骨几乎要错位了，而牙齿也重重地咬上舌尖，浓重的血腥味霎时间席卷了他整个口腔。

老贩子连叫都叫不出，发出几声闷哼，涎水和血水的混合物顺着嘴角流下。苏闲的声音依旧温和轻松：“我说，我有几个问题要问你。”

他的俘虏试着张了好几下嘴，五官几乎扭曲成一团，才勉强成句：“您、您问……”

“那边的尸体是怎么回事？不会是你的货吧？”从走私贩的角度无法看清苏闲的表情，但他能捕捉到苏闲口吻的细微变化，他敏感地意识到，如果自己不老实交代的话，下场会更惨。

想通了这点，他忙不迭地开口：“不、不是，绝对不是！我走私这玩意儿干啥……”

苏闲打断他：“这可是异种们梦寐以求的口粮啊，还怕没市场？”

老贩子赔笑道："可它们也不会给我钱啊，本人从来不做赔本的生意。"

"你唬谁呢？"苏闲又恢复了先前和蔼可亲的态度，笑眯眯的，仿佛在和他拉家常，"这西城可不只有异种在，总有人能买单，你说是不是？"

但走私贩子可不敢再掉以轻心了："这……这里是有不少人待着，可他们还没'病变'呢，人肉是吃不下的，还是以普通食物为主……等等，别！"

下巴被乌洞洞的枪口抵住，冰冷粗粝的金属感让他浑身难受，他打了个寒噤，几乎要哭出来："我、我这说的都是实话……"

苏闲没吭声，只是轻轻扣下了扳机。

那轻轻巧巧的咔嗒一声，却如泰山一般沉甸甸地压在走私贩子的心坎上，令他芒刺在背，瞬间汗如雨下："我承认我承认！那尸体的确是我受人所托负责处理的，但真的不是我弄过来的！"

苏闲总算得到了自己想要的信息，也不再跟对方虚与委蛇，他收起了假面，面无表情地问道："受谁所托？你说不是你弄过来的，这么说，是那个人干的？"

"我也不知道那人是谁……"走私贩子说这话的时候，小心翼翼地觑着治安官的脸色，见他确实有要翻脸的迹象，赶忙解释道，"那家伙每次都穿一身黑长袍，戴着个白面具，从来不露真容，我真的不知道是谁！"

黑长袍、白面具……苏闲的眉头皱了皱，暂且信了这只滑不溜秋的老泥鳅："那人男的女的？"

"听声音是男的。"躺在雪坑里的泥鳅还用手比画了一下，"身量也挺高的，应该是男的。"

"多大岁数？"

"这就不清楚了，不过声音挺年轻的，我觉得年龄不大。"老贩子被他击垮了精神防线之后，话匣子彻底失控了，"我也不知道他是哪号人物，不过看他的做派，对西城这地儿挺熟悉的，我估计待这儿不止一天两天了。他找到我干这活儿，说明也是个懂行的……"

"你还得意上了？"苏闲冷笑，"说起来，既然你们没交情，那你为什么要帮他？想来他出手很大方了。"

走私贩子哭丧着脸："大方什么呀，我干这活儿完全是赔本买卖，一分钱没有，这还差点搭上命……"

既然没有交情，也没有利益，那就只能是暴力了。苏闲看了一眼手里把玩着的老式手枪，这老浑蛋的装备还不错，这把枪估计就是平时防身用的，手里肯定还有更好的家伙。如果只是一般威胁的话，不至于让他为对方卖命。

这样一来的话，那神秘的家伙八成是……

“异能者。”苏闲看着老泥鳅浑浊的双眼，“那个人，他是个异能者，对不对？”

走私贩看起来很惊讶，但还是点点头：“对，对！”

“什么样的异能？”苏闲脱口而出，老家伙也不敢怠慢：“我也不知道那是什么能力，就是他每次都能神不知鬼不觉地出现在我周围，然后拿着刀架在我脖子上，说如果我不答应，他会一直这样缠着我……”

是隐形吗？这个描述很笼统，他也只能照着大概的范围猜。

估计、应该、不清楚、我觉得、不知道……没有一样是确定的，苏闲无声地叹了口气。但好在这一趟也不是一无所获，虽然信息模糊，但也是线索。

而且这也算是坐实了他的判断，案犯的确是在西城处理的尸体，这只泥鳅坚决不承认尸体是他运过来的，莫非，真如同他猜的那样，有人能够瞒天过海？

而目前来看，以老家伙交代的那个人的异能，他应该也做不到。

犯人至少有两个。

真要命。苏闲感到一阵头痛，不过习惯性地，他的心绪很快平复下来，还是要先处理眼下的状况。

“对了，你是怎么处理尸体的？”苏闲虽然觉得这老东西没有胆量再跟他撒谎，但他也没有完全放下心，而是决心彻底地测试一番——万一老东西交代出的那个人就是他自己呢？

于是他朝着钟云从那边喊了一声：“喂，把感应器给我！”

钟云从坐在石块上——他也不嫌硌得慌，身边还躺着一具尸体，而他支着手臂撑着下巴，看热闹正看得起劲儿呢。虽然和死人相伴不是多愉快的经历，但习惯了也还好。

冷不丁地听到苏闲在叫他，他吓了一跳，撑在膝盖上的胳膊肘一滑，下巴也跟着磕了一下：“啊？噢！”

苏闲看着他那狼狈的蠢样，原本就心情不佳，此时更是面色一沉，正准备骂人，却蓦然瞥见他脚边的积雪拱了一下。

这个形容很奇怪，因为积雪是死物，自己是不会动的，可它偏偏动了，那就不正常。

苏闲相信自己的眼睛，所以他立刻跟着动了。

几乎在他复制出某同事的瞬移技能的同时，钟云从脚边的那团积雪也像是喷发的火山一般高高涌起，并且肉眼可见地凝聚成一个人形。

黑色的长袍，白色的面具。

苏闲总算知道老走私贩嘴里描述的是种什么样的异能了。

钟云从根本没反应过来——他从未想过雪能“变”成一个大活人，事实上，即便反应过来，他也很难应付，因为对方直接挥着寒光乍现的匕首向他的心脏刺来。

活命的本能让他仰着身往后躲，然而距离实在太近，他动，对方也跟着动。

不管了，跟他拼了！

他孤注一掷地抓起手边的一段树枝，狠狠地挥向偷袭者。但毫无预兆地，树枝的另一端冷不丁被人攥住了。

苏闲幽灵似的闪现，如同盾牌一般立在他身前，为他挡下了那一击。

锋利的匕首穿透了苏闲的左臂，伤口处像是坏掉的水龙头，鲜血源源不断地往外涌，滴滴答答地洒了一地。

这一幕让人触目惊心，鲜红的血迹衬着纯白的积雪，视觉冲击力太过猛烈，突兀地扎进钟云从的眼里，恐惧与惊诧顺着血管蔓延到心脏处，他像是被什么刺了一下，整个心房都晃动起来。

他没意识到他的手也跟着轻颤，哆哆嗦嗦地伸出手，想捂住苏闲胳膊上血流如注的伤口，不让他继续流血。

“过去，把那老家伙拦住，别让他逃了。”苏闲的声音一如既往地冷静克制，听不出疼痛的意味，这让钟云从不禁怀疑他是否有痛觉。

可他既然这么说了，钟云从立时照做，头也不回地朝那个蠢蠢欲动的走私贩子跑去。

他的体育成绩一直很一般，好在对方也是个上了年纪的老头子，身体素质估计还不如他。钟云从虽然没有苏闲那样的身手，但很机灵地伸出脚绊倒了那个被苏闲殴打过后腿脚不便的老家伙。费了一点周折，最后还是成功地把意欲逃跑的走私贩子按在地上了。

他反扣着不停哀号的老头子的双臂，回过头去观察情况，发现那边的搏斗尚未结束。苏闲是带伤上阵的，而且那伤还是为他受的，这让钟云从既愧疚又忧心，他想过去帮忙，可这边要是让走私贩子逃了，苏闲大概不会高兴。

怎么办才好？他和一只热锅上的蚂蚁没有什么区别，正干着急的时候，余光忽然瞥见了落在地上的黑色手枪。他浑身一个激灵，没怎么思考，就空出一只手来，捞起了那把手枪，晃晃悠悠地对准了那个黑袍人。

扣下扳机的那一刻，他的手仿佛忽然抽了筋，止不住地战栗起来。

他生怕自己一个手抖，打中的是苏闲。

苏闲的左臂上还插着那把匕首，那家伙一直试图找机会把匕首夺回去，很显然他打算直接了结了这位治安官，以图一劳永逸。只可惜他在格斗上的表现并不突出，除开那变色龙一般神出鬼没的潜伏技能，也就是个比较强壮的青年人。

可问题是，此刻的苏闲伤得不轻，原有的体能优势也不太发挥得出来，当然，如果他想的话，有108种方式可以弄死黑袍人，但他现在并不想。

他想生擒这家伙，然后从他的嘴里套出更多的信息，尤其是那个可能存在的拥有空间传送能力的人。

那个人，才是主犯。

在各怀心思且各有软肋的情况下，双方陷入了苦战，对比起来，苏闲的状态还要更糟糕一点，剧烈的动作让他每分每秒都在加速失血。

而这个时候，枪声突兀地响起。

苏闲一怔，唇角微弯。

钟云从这家伙倒是比他想象的有用点。

钟云从的心脏几乎要跃出胸腔，他很想闭上眼睛，不去看这发子弹的归宿。但最终他还是没有那样做，他睁着眼，看着这一枪结结实实地打穿了黑袍人的背部。

血花四溅，黑袍人的身体晃了晃，摇摇欲坠，钟云从有种复仇的快感，全然忽略了哆嗦不已的右手。

而那边的苏闲也抓紧机会开始了狠厉的反击，黑袍人被他屈起的膝盖击中腹部，闷哼的同时又是一个踉跄，苏闲则抽出扎进他左臂的利刃，反手快速而精准地划过他的喉间。

钟云从只看到寒光一闪，紧接着黑袍人便捂着脖子跌倒，他正要大声叫好的时候，却见苏闲眉头一皱，旋即那家伙居然消失了。

或者说，那不是消失，而是与满地的积雪融为一体了。

苏闲无法分辨出到底哪堆雪才是他，只是略一分神，那黑色的人影就已经在十几米之外了。

他捂着还在不停流血的伤口，膝盖一软差点跪倒，最后还是放弃了追击。

不过他摸出了信号枪，朝天放了一枪，不多时他的组员就会赶到，届时就交给他们好了。

不过苏闲并不抱什么希望——只怕还是来不及，那家伙的异能，真的很利于暗杀和脱身。

钟云从那边的情况也不太好，当然跟苏闲一比就是小巫见大巫，之前甚至都没怎么玩过玩具枪的他，第一次开枪，枪械的后坐力让他并不好受，一开始只是他的右臂颤抖不停，随后就传染到了全身，他整个人几乎要虚脱了。

好在他按倒的老头不知道是顾忌苏闲还是他手里的枪，已经放弃了逃跑的想法，老老实实地被他摁着，不然这人一作乱，钟云从未必还能制住他。

冰女和项羽在最短的时间里赶了来。苏闲的本意是让他俩都去执行追击任务的，但他们见苏闲伤得不轻，“预备队员”似乎也状态不好，便决心违反上级领导的意思，坚持留一个人照看他们。

苏闲拗不过两个人的意思，只好指定冰女去追击——她的能力对那位“变色龙”有一定的压制作用，至少他想再从雪地里逃跑就没那么容易了，冰女可以让整片雪地结成冰，让他插翅难逃。

冰女领命而去，而项羽自然留下来护送他们回东城，本来他是打算把苏闲扛在肩上的，毕竟他看起来真的不大好，面上没有一丝血色。但苏组长不知是出于自尊心还是别的什么考虑，坚决地拒绝了。而预备队的新人也说自己能照顾好苏组长，项羽便只负责老走私贩，以及那具失踪者的尸体。

苏闲坐在钟云从之前坐过的石头上休息，钟云从站在一边，大气都不敢出，他本来是想开口郑重地跟人道声谢的，结果对方似乎睡着了，沉沉地闭着双目，让他欲言又止。

钟云从好像还是第一次这么近距离地看着他。他的面色比平日苍白得多，额角满是细密的冷汗，闭合的眼睛弧度细长，睫毛如同蝴蝶的触角，时不时就会有一次轻微的振动。

他的伤口由冰女简单地处理过，她用一条手帕扎紧了他的动脉，总算止住了出血，而那条白色的手帕，也被晕染出一朵血色的花。

那边的项羽已经把走私贩子打包好扔肩上了，正往他们这里走来，一步一步走得颇为踏实，在雪地上留下了一串深深的脚印。

钟云从知道他是过来接手尸体的，于是也没闲着，动手把僵硬的尸体给扶了起来。他又不认识人家，谈不上什么敬畏之心，只庆幸还好天气冷，这哥们儿死了两三天，也没啥味儿。

只是在他的双手触碰到尸体的时候，他的脑子忽然死机了一下，接着便是一片空白，宛若被清空了数据的硬盘。

他不由得感到烦躁，闭上了眼睛，然后，好似有一卷电影胶片在他的脑海里延展开来，一帧帧闪过。

他一惊，猛地睁开了眼睛，眼前却还是这片空旷的雪地。

“你又怎么了？”他忽然听到苏闲的声音，转过头去看，苏闲不知道什么时候已经睁开眼了，目光灼灼地盯着他。

钟云从不知怎的不敢同他对视，轻咳一声，掩饰性地别过头，把尸体交给了项羽，而后才回答：“刚才头有点晕。”

苏闲发白的嘴唇动了动，似乎还想说些什么，项羽却催促道：“走吧，头儿，你这伤得赶紧找大夫处理才行，晚了就怕成大问题了。”

钟云从也是这个意思，他猜得到苏闲想问什么，他也不是不愿对他说，只是现在不是时候。

他就这么看着苏闲，也没说话。苏闲瞥了他一眼，然后冲着项羽点点头：“好，这就走吧。”

大概是风水轮流转吧，这次轮到钟云从扶着苏闲走了，两个人一路上都没什么交流，一是因为苏闲受了伤，二是苏闲平时也不怎么跟钟云从说话，而钟云从现在想聊的话题，又不太合适当着项羽的面说，于是干脆闭上嘴省点力气。

钟云从不止一次想道谢，原本以为天经地义的事情，却并不似想象中那般容易，每次临了开口，他都莫名地难为情。

“那个，”纠结了一路，在走出西城的那一刻，钟云从终于鼓起勇气出声了，“谢谢你啊，又救了我一次。”

“不用。”苏闲的反应相当冷漠，“反正也没有下一次了。”

钟云从有些窘迫。

空气安静了一会儿，钟云从干咳两声打破了沉闷的气氛：“那什么，我……‘看到’了。”

苏闲侧过脸盯着他，丝毫不显惊讶，钟云从听到他平静地问道：“告诉我，你‘看到’了什么？”

钟云从的眼前闪过那几幕画面，张口欲言，嗓子眼儿却像是被什么堵住了。

为什么，为什么他会“看到”这些？

对于自身三番两次出现的异常，他并非毫无察觉，反而早有预感。

至于那个异能感应器为什么会响，他亦心里有数。

但正是因为这样，他才排斥、反感，甚至自欺欺人。

他明明不属于“孤岛”，可为什么被刻上了“孤岛”独有的标签？

钟云从回过神来，冲着苏闲一笑：“想知道？可以啊，那你先告诉我西城是怎么回事。”

他已经做好了苏闲不高兴的准备，谁知苏闲却爽快地接受了这个交换：“西城除了是你口中那些怪物的聚集地之外，也有一部分‘活人’待在那儿，他们不是被扔进去的，而是自己过去的。能主动跑到那种鬼地方的会是什么货色，你心里也有数吧？一般都是犯了事儿，在东城待不下去走投无路，才慌不择路逃到那种地方去的。所以西城也有个别名，叫‘罪犯乐园’，当然我们通常都叫它‘垃圾场’……不过虽然都是人渣，但也要吃喝拉撒，所以就有了一批要钱不要命的走私贩子。这么说，你明白了吧？”

“原来是这样。”钟云从颔首，对上苏闲“轮到你了”的眼神，他瞅了一眼前面毫不费力地扛着一个死人和一个活人的项羽，朝苏闲扬了扬下巴，“你要是觉得现在说没问题，那我就说。”

按理说，钟云从那边的情报很可能是跟这桩失踪案有关的，项羽也是办案人员之一，让他听听也没什么，可问题在于钟云从的身份。

他信口开河跟两位组员说钟云从是他带来实习的预备队员，今晚要是风平浪静还好说，项羽和冰女也不是多事的人，回去之后估计就忘了这位无名无姓的预备队38号。但如果出了幺蛾子的话，就不能这样一笔带过了。这幺蛾子倒也未必是坏事，就拿钟云从可能提供的情报来说，如果真和他想象的一样，能提供破案线索，那是好事；但副作用就是，上头肯定要过问这位功臣，后果就是钟云从的身份很可能藏不住了。

其实他个人是不在意钟云从的死活的，可谁让他答应了别人。

“行吧。”苏闲不至于连这点耐心都没有，不过比起案子的线索，更让他感兴趣的是，这个从外边进入“孤岛”的家伙是不是真的身怀异能。

无论如何，这个被异种咬过却没有感染“失乐园”病毒，而且还可能和他一样是异能者的钟云从，真是很神奇的存在。

可正因为这样，如果他的身份在“孤岛”曝光，那事态会变得很恐怖。

虽然苏闲不喜欢他，但也不至于要看着他陷入生不如死的境地，除非钟云从愿意，否则他不会主动透露钟云从的讯息。

他们回到了那辆黑色的切诺基上，结果麻烦又来了，冰女不在，项羽摆弄了半天，车子仍一动不动，他不得不承认自己其实还没搞清应该如何启动汽车。苏闲的一条胳膊伤了，自然也没法开车，最后还是预备队小弟毛遂自荐：“我来吧，我会开。”

钟云从怎么说也是富二代，他老爹向来宠他，所以他十几岁的时候就开始玩车了，开车对他来说算是驾轻就熟的事儿。

他和项羽交换位子，双手放上了久违的方向盘，他不可避免地想起了自家车库里那几辆爱车，自然也不可避免地想起了宠爱自己的老爹，鼻腔狠狠地酸了一把。

他来到这里差不多一个星期了，却仍然没有任何关于父亲的消息。

对于这样的状况，钟云从也多少有了点心理准备，但不管怎么样，活要见人，死要见尸，万一老爹真没了，他身为人子，总得把尸骨带回去安葬。

把车开回治安所，项羽下车之后见苏闲脸色惨白，便建议道："苏闲你别下车了吧。麻烦这位小兄弟直接把他送到张医生那里。"

钟云从也是这么想的，清了清喉咙正要应下来，苏闲却自己打开车门跳了下去："伤了手而已，又不是腿断了，没事儿，我自己走回去。"

项羽这人确实不怎么多事，见劝了没用，便抓起同样虚弱不已的走私贩子朝苏闲晃了晃："你撑得住就随你，这老小子我带进去了，放心，一定会撬开他的嘴。"

苏闲笑着颔首："好，那就交给你了。"

他挥挥手便转身走了，钟云从根本来不及发表意见，一切已成定局，他只好跳下车，小跑着追了上去。

"喂，你不要命了啊！"他今晚受的折腾也不少，本来体力就不行，跑这么几步，看起来状态比苏闲还不好，呼哧带喘的，"何苦这么折腾自己？"

"废话少说。"苏闲的双颊和嘴唇完全没有血色，瞳孔却很亮，"现在没有别人了，你用不着卖关子了。"

已经是凌晨了，这座封闭、贫穷的城市几乎没有夜生活可言，暗淡的路灯成了摆设，街头基本不见人影，鹅毛大雪落得无声无息，淹没了两个人的脚步声，整座城市被笼罩在孤寂的阴影里。

"你可真是执着……"钟云从嘀咕了一句，他在潜意识里仍然很排斥自己可能存在的异能，但他也明白此刻是躲不过苏闲的盘问了，于是踢了一脚路上的积雪，认命地开口了。

"我看到了一个屋子，屋子里摆满了花盆，里头种着各种植物，有些开花了，有些没有。"钟云从回忆得很仔细，描述得也有些零散，"我视野里的景象一直在变换，像是有一个移动的镜头在缓缓扫过那些花花草草。但其实一直到最后，我都没有亲眼见到死者本人。"

苏闲听出了一点关键："你看不见或许是因为，你所用的就是他的视角。"

钟云从点点头："一开始我迷惑了一阵子，之后也回过神了，尤其是后头，几乎感同身受。”

“你继续说。”

“一开始只是死者在照料他的花草，他这个人有点神经质，一边抚摸植株一边絮叨，都是些很没营养的话，像是今天生意不太好，晚饭没吃好，又给喜欢的女人送了花但没得到答复之类的……而神奇的是，我能感觉到那些植物居然回应他了，他们在进行一场交流。”

“不奇怪，死者是登记在册的异能者，他的能力就是和植物沟通，甚至还能因此影响植物的长势。”苏闲解释完之后，又催促道，“还有呢？”

钟云从便接着说了：“他在那儿说个不停的时候，屋子的门忽然被推开了，死者看了过去，进来的是一个穿着黑色长袍、戴着白色面具的人。”

苏闲一惊：“黑色长袍、白色面具，是刚才那个……”

“不是！”钟云从斩钉截铁地否认了，“身材不对，西城那个人身材高大，明显是个男人，而画面中的人矮小、瘦弱，看着……像个女人。”

“女人？”苏闲又意外了，“你确定吗？”

钟云从很肯定地点头：“确定，尤其结合死者后面说的话……他一看到那个人，就迎了上去，似乎很高兴。他说，你怎么来了？然后就抱住了对方。那一抱，让我能感觉到，来者就是个女人。”

“那个人，从头到尾都没有出声吗？”

钟云从摇头：“没有，一直都很安静。她任由死者抱着，死者在她耳边问了一句‘喜欢吗’，然后他就什么都说不出来了，因为一把匕首从背后穿透了他的心脏。那个女人，毫无预兆地杀死了他。”

钟云从说这句话的时候，紧紧皱着眉，手不由自主地握成拳，似乎也在承受那巨大的痛苦。

“喜欢吗……喜欢什么？”苏闲重复着死者临死前最后的遗言，眉头也拧了起来，继而又舒展开，他定定地看着钟云从，“你刚才是不是说过，死者在跟他的花草交流的时候，提到他那天给一个女人送了花？”

“对。”

“我明白了。”苏闲的面孔依旧泛着失血过后的病态的苍白，精神却非同一般地振奋，“他问的那句‘喜欢吗’，是问喜不喜欢他送的花。你说得对，谋杀他的人确实是个女人，还是个他喜欢的女人。”

钟云从深以为然，顺便指导了他一番：“这样的话，那也不是很复杂了嘛，你们去查一下死者的人际关系，看他最近跟哪个女人走得近……”

“你以为我们没查过吗？”苏闲冷冰冰地打断他，“他的人际关系网我们早就排查过了，什么都没有。这家伙生性孤僻，父母早亡，加上又是异能者，附近的人有意识地与他保持距离。他本人也极少出门，成天窝在他的花圃里，只有植物与他做伴，连十几年的邻居都没打过几声招呼。他没有家人，没有朋友，也没听说有恋人。”

“他不是还开花店吗？那跟客人也没有交流吗？可以查查客人啊！”钟云从不服。苏闲按了下自己的太阳穴，叹气：“客人的范围那就海了去了，虽说这家伙根本没有什么服务意识，但他名声在外，上门买花的客人不少。我们也按名单找过一些，但人手有限，无异于大海捞针。”

“名单？”钟云从像是被针扎了一下，眼角猛地一紧，“那个画面里，好像出现过类似的东西……”

苏闲的眼皮也跟着一跳：“什么？！”

“那个女人刺穿他的心脏之后，又探了探他的鼻息，想来是确认他已经停止了呼吸，于是朝着屋子角落的一个柜子走去。她打开其中一个抽屉，翻找了一阵，最后找到了一个笔记本，翻了几页之后就把笔记本收了起来。结果那个时候，她脚边的一株藤蔓植物忽然疯长起来，直接缠住了她的脚腕，女人被绊倒了，摔倒在地，藤蔓迅速地捆住了她的全身，紧紧地绕在她的脖子上，像是有意识一般，要把这个女人勒死！”

“不是藤蔓的意识，而是死者的意识。”苏闲立刻有了推断，“死者没有死透。”

钟云从心里对苏闲不是不佩服的，但完全没有表现出来，只是耸耸肩：“猜对了，所以我才能继续透过死者的视角‘看到’最后那几幕……那个本子，她翻了几页，上头有很多字，都是些很琐碎的记述，看着……像个日记本。”

苏闲没有说话，但这意味着什么他很清楚，如果是个日记本的话，那么死者很有可能会把他的恋人写进去。

难怪凶手要特意找出这个日记本带走。

“还有没有？”他盯着钟云从，希望能从他那里得到更多的信息，而后者也确实没有辜负他的期望：“在那个女人被藤蔓缠住的一瞬间，她拼命地挣扎，挣扎的时候露出了半截手臂，上面有一些正在溃烂的红色斑点，很可怖。”

苏闲的震惊第一次这样直接而毫无保留地呈现在脸上：“你说……她手臂上有红斑？”

Chapter 05.
端倪

钟云从被他的表情惊到了，战战兢兢地反问："是啊……怎么了？这会成为关键的线索吗？"

苏闲已经恢复常态了，摇摇头："不，只是有点意外。凶手是个已经开始发病的家伙……那应该年纪不小了。"

"发病？"钟云从不明所以，"她得了什么病啊？"

苏闲瞥了他那张天真好奇的脸一眼，那股子嫉妒带来的烦躁又涌了上来，他努力地把情绪压下去，敷衍了一句："跟你没什么关系……对了，你看到她怎样处理尸体了吗？"

"没有。"钟云从摇头，"死者都被捅成那样了，也没坚持多久，那女人也没被勒死，死者彻底死亡之后画面就中断了，只剩下黑屏。"

还是没能确认凶手是不是真的拥有空间传送的能力，不过苏闲也不怎么失望，有了钟云从提供的线索，这件案子的进度已经往前迈了一大步。

只是他也高兴不起来，如果他的假设成真，凶手就是个进入发病期的异能者，那她会变得很疯狂……毕竟都穷途末路了，她也许会无所顾忌。

要真是这样的话，就得抓紧时间把凶手找出来，否则后果不堪设想。

而且现在还有个重点，就是出现在钟云从"看到"的画面里的凶手，她的装束和西城那个神出鬼没的偷袭者是一致的，这说明他们之间一定存在着某种联系，只是目前还没有查到任何线索。

苏闲的压力陡然又增大了一些，原本靠精神强撑着的身体也立即衰弱了下来，他在前进的过程中甚至趔趄了一下，还是身边的钟云从眼疾手快地扶住了他。

“要不我背你吧？”一直心存愧疚的钟云从主动提出帮忙，苏闲却并不打算领情，不冷不热地侧身避开了他的双手：“不用，谢谢。”

钟云从碰了个不软不硬的钉子，有点尴尬，想说些什么来缓和一下气氛：“噢，没关系……”

他正漫无边际地东拉西扯的时候，蓦然感觉到右边的肩膀一沉，身边的苏闲已经歪倒在他身上。

钟云从吃了一惊，赶紧伸手接住他。见他双目紧闭不省人事的模样，钟云从将他往前拖了几步，还是忍不住骂了一句：“真要命，就没见过这么死要面子活受罪的！”

张既白在睡眠最深的时候被一阵长达五分钟的敲门声吵醒了，并在辗转反侧五分钟还未入眠的情况下，最终忍无可忍地起身下床了。

这个点儿来敲门还敲得这么急，肯定是上门求诊的，不知道医德为何物的张医生开门并不是因为慈悲心肠，只是单纯想找打扰了他清梦的人算账。

在锲而不舍地敲了十分钟之后，终于把诊所大门敲开的钟云从见到张既白激动坏了，他一面把昏迷的苏闲往里拖，一面急吼吼地说道：“医生，快来看看这个人吧！他昏过去了！”

他自顾自说着，完全忽略了张既白那张毫无表情的冷漠脸。他把苏闲弄上诊疗椅，又贴心地调整了角度，末了朝仍站在门口的张既白招招手：“看病呀，医生！”

张医生摆了半天的臭脸，结果没有人欣赏，这让他在起床气的基础上更加不爽。他深吸一口气，本来要训斥这个没礼貌的小子几句，却被他一把扯过去：“你看，他胳膊上的伤口又裂开了。”

苏闲这家伙最近也不知道倒了什么霉，近一周受伤的次数比过去几年加起来都多。他左臂上那个伤口确实挺严重，完全的贯穿性创口，至少破了一根主动脉，之前经过简陋的包扎，短暂地止住了血，但不知道什么时候又绷开了，袖子上一片黏腻的血迹，已经开始凝结成块状了。

于是张既白把找钟云从算账这件事暂时放到了后面，转身取下衣帽架上的白大褂，又戴上口罩，备齐消毒水、纱布、剪刀、镊子等，然后不客气地把碍手碍脚只会干着急的钟云从推到一边："到外边去，别碍事。"

钟云从担忧地望了一眼仍然昏迷不醒的苏闲，不死心地问道："我也许能帮上忙呢？"

"你唯一能帮上的忙就是安静地等着，不要干扰我。"

张医生毫不留情的拒绝，外加最后一句的威慑，使得钟云从只好闭上嘴，坐下来，乖乖地等着。

说实话，有了张既白的救治，他悬着的心基本放下了。等待的过程中，他进入了无所事事、百无聊赖的状态，前前后后换了好几个坐姿，还是怎么都觉得不舒服，最后只好一只手撑着下巴，一只手翻着过期的《梦川晚报》。

但他的注意力并不在那些排得整整齐齐的版面上，他眼睛看着密密麻麻的文字，脑子里想的却是自己欠了苏闲多少情。

第一次见面，苏闲就救了自己两回；之后又收留了他，虽然他们相处得不是太愉快，可老实说，他又不欠自己的，这样够可以了；而今晚则是自己第三次被他救了。

有始有终地计算了一番，已经沦为穷光蛋的钟云从焦躁地抓着自己的头发，越欠越多，这可怎么还啊？

他正烦着呢，张既白掀开布帘走了出来，钟云从瞥到他的前襟上沾了一点血迹，不由得站了起来："他没事吧？"

张既白有洁癖，无法忍受自己身上有污迹，所以第一时间脱了外衣和手套，团成一团丢进了垃圾桶里。对于钟云从的提问，他难得地以一种比较幽默的方式回应："看你这样子，就好像是产房外等妻子生产的丈夫。"

可惜对方不懂得欣赏他的幽默，钟云从嘴角抽搐了几下："医生，要是待会儿我吐出来，你负责吗？"

"你要负责把你的呕吐物打扫干净，还要赔偿我的精神损失费。"张既白收起了开玩笑的心思，一本正经地警告着。钟云从笑了笑，指了指里间："我能进去看看吗？"

"去吧。"张既白点头了，又提醒道，"不过他还没醒，小点声吧。"

钟云从应了下来，轻手轻脚地走了进去。

苏闲被张既白安置在一张病床上，昏昏沉沉地躺着。他的外套被脱掉了，上身只剩一件白衬衫，左手的袖子被剪出一道口子，上边尽是红到发黑的血污。伤口已经被处理好了，厚厚地缠了一圈纱布。

钟云从无声地叹了口气，为他把盖到胸口的被子往上拉了拉，又小心翼翼地避开了他受伤的胳膊。做完了这些，他才在病床边的椅子上坐了下来，双手按在膝盖上，看着他苍白平静的面容轻轻地说了一句：“你还是不说话的时候可爱一点。”

此时的苏闲自然不会回应他，而钟云从看他顺眼的程度因此又多了几分。可能是因为苏闲脸太白了，所以脸颊上那颗小小的痣比平时要鲜明得多。

似是有魔力一般，他的视线被那颗痣牢牢地吸引着，并且有逐渐往周边扩散的趋势——清秀的眉眼、挺拔的鼻梁，最后是紧绷的唇角……

“看够了没？”张医生冷不丁的问候差点让钟云从跌到地上，他扶着椅背坐稳，才若无其事地转头微笑：“医生，您又开玩笑了。说真的，您的玩笑一点也不好笑。”

张既白显然不太高兴：“不要随便质疑我的幽默感……对了，你要是探病结束了就出来，我有些话想问问你。”

他说着放下帘子转身离开了，钟云从趁机捂着心口试图把翻天覆地的心跳给压下去，等到心率平静些许，他又瞧了一眼昏睡的病人，才起身走了出去。

“他是怎么伤的？谁下的手？”还没坐稳，对面的张既白就抛了两个问题过来。钟云从不敢怠慢，把事情的缘由说了一遍，张既白的眉梢扬了扬，似乎有些难以置信：“这么说，他居然把你带到西城去了，还是在工作时间？”

“咳咳。”钟云从没好意思跟他说自己是怎么“威胁”苏闲的，含含糊糊地带过了这个话题，“这个嘛，因为我也在找人嘛……就是顺便而已。”

张医生看上去不是很相信的样子，但也没再深入探讨这个问题，而是顺着钟云从的意思，换了话题：“如果你还没放弃找你父亲的打算，那我得提醒你一句，他很可能已经不在这个世上了。”

张既白说话向来直接，从不藏着掖着，钟云从也很欣赏他这份直来直去，但此时这种直白却变成了重重一击，击得他心口生疼。

他过了好一会儿才勉强露出一个笑容：“我知道，我已经做好了最坏的心理准备。但不管怎么样，我都想找到他，无论是生是死，然后带他回家。”

张既白直率但并不迟钝，他看得出钟云从的强颜欢笑，也察觉得到他言语间的悲伤，因此把他的另一句提醒给憋回去了：老实说，我不认为你还能回去。

片刻之后，他像是想起了什么，站起来打开背后柜子的门，从里面拿了什么，而后转过身，递给钟云从一个透明的塑料盒子：“这是我帮你弄到的隐形眼镜，你平时外出行走的时候记得带上，能为你省很多麻烦。”

钟云从当然明白这是何等巨大的帮助，他感激地接过隐形眼镜：“太谢谢您了，医生！”

"不用谢，我只是不希望你死在别人手里。"张医生诚实地告诉他。

张既白的回答让钟云从打了个寒噤，也减少了先前的愧疚——他隐瞒了自己拥有触知力的异能，他有预感，如果说出来的话，这位医生怕是立刻就要把他弄上解剖台。

苗林芝到楼下的时候，天边刚刚翻出鱼肚白，她在东城区最热闹的那几条街上游荡了一整夜，还是无人问津。

究其原因，一开始还勉强能用天冷人少的理由来解释，但在楼梯间与几位邻居狭路相逢之后，她的自我安慰便坚持不下去了。

如果他们对她还是从前那种遮遮掩掩的鄙夷不屑倒也罢了，反正她早就习惯了，可现在不一样了，他们眼中透露出的是明明白白的嘲弄和讥诮，甚至有个胖女人大力地朝地上吐口水："哟，皱纹都能夹死苍蝇了，还好意思出去卖啊！也是，再过两年就得被丢到西城去了吧？那是得抓紧时间了。"

另一人掩着嘴笑得含蓄："瞧您说的，人家到了西城，说不定也捞得着恩客呢。"

胖女人捶着大腿笑得十分夸张，以至于五官被肥肉挤成一团，都有些变形了。苗林芝怒火中烧，一口唾沫直接飞到了对方脸上，她掐着腰破口大骂："我呸！老娘就算人老珠黄还是比你这头猪强得多！"

胖女人嗷的一声大吼，抖着全身的赘肉气势汹汹地扑向苗林芝，后者也不甘示弱，拿出多年站街同竞争对手争抢地盘和客人时练就的身手应战，双方扭打在一起，一时间竟然难分高下。

其他人都伸长了脖子观战，唯有一名干瘦的中年男子，先前一言不发，在苗林芝反击时露出了着急的表情。双方混战的时候，那人慌得手足无措，一抬头，瞥见一张小脸，更是不停地跺脚，一连声地哀求："别打了，盈盈妈！孩子看着呢！"

他的后一句话让苗林芝沸腾的大脑瞬间冷却下来。她用力推开胖女人，忐忑不安地向上看了一眼，正好和女儿那双平静到冷漠的眼睛对上，她下意识地往后退了一步，露出一个讨好的笑："盈盈，妈妈回来了，早饭吃了吗……嘶！"

她的脸上被抓出了好几道血印子，一牵动嘴角就疼，此刻虽是笑着，脸却是扭曲的。

盈盈的脸消失在了楼梯口，苗林芝依旧失魂落魄地仰着头。胖女人被旁人拉住了，嘴里却依然不干不净地骂着："婊子妈生婊子女儿，以后带上你女儿一起去卖，生意还会好点！”

苗林芝的眼珠子动了动，视线缓缓地挪到了胖女人脸上，直勾勾地盯了她几秒之后，毫无预兆地扑了过去，张口狠狠地咬住了对方的鼻子。

鲜血从她的齿间渗出，胖女人号得如同杀猪一般惨烈，其他人怕闹出人命，合力把近乎癫狂的苗林芝拖开了。

“我告诉你，你侮辱我可以，你敢侮辱我女儿，我就杀了你。”

苗林芝说这话的时候，一字一顿，面上带着笑，唇上挂着血，分外瘆人。

“发病了！这婊子发病了！”胖女人捂着血流不止的鼻头声嘶力竭地尖叫着，“快叫治安所的人来！她要吃人啊！”

这话一出，目睹了这一幕的旁观者立刻恐慌起来，齐刷刷散开，仿佛苗林芝变成了洪水猛兽。

“怕什么？”苗林芝轻蔑地斜乜着那些惊惶不已的人，“大家都一样，要么吃人，要么被吃，不过是迟早的事儿。”

她留下一声冷笑便扬长而去，剩下的人惊惧之余小声地商量着是否要报告治安所，而那名中年男子则对着苗林芝的背影长长地叹了口气。

苗林芝一身的气势到家门口便消失得一干二净。她试着推了下门，门是虚掩着的，她悄悄往里瞧了一眼，发现盈盈正弯着腰给一盆铃兰草浇水，神情专注。

苗林芝一下子踌躇起来，在门外徘徊着不敢进门，冷不丁却听见盈盈的声音：“妈妈？为什么不进来？”

她一抬眼就与女儿的视线撞了个正着，登时手足无措，局促地撩了撩头发：“那个，刚才我……是他们先欺负妈妈，妈妈才会还手的……”

“算了，”盈盈的声音很轻，她指了指母亲的脸，“先去洗把脸吧。”

苗林芝愣了一下，随即猛点头：“好，我去洗脸！”

洗净了厚重的残妆之后，镜子里映出的是一张憔悴不堪的脸，她只觑了一眼就急急转身，令她无法接受的不只是堆积的皱纹和枯黄的面色，还有脸颊上那一处触目惊心的红斑。

她真的已经开始发病了。

先前她有多嚣张，现在就有多害怕。

她的背部沿着洗手台一点点地往下滑，最后蜷缩起来，她捂着脸无声地痛哭着。

“妈妈。”

苗林芝倏地抬头，眼角还挂着来不及擦掉的泪水，盈盈不知道何时出现在门口，她细细的眉紧紧地蹙着，一脸担忧地望着她。苗林芝这才反应过来，扶着墙站了起来，抹了一把脸，强颜欢笑：“你怎么还没去上学？这样吧，我煮碗面，吃了你就赶紧去学校！”

盈盈摇摇头，一步步走过来，在母亲面前站定。苗林芝诧异地发现，不知不觉中，这孩子竟然和她一样高了。

她的心里涌起了身为人母的自豪与喜悦，她摸着女儿的脸，柔声劝慰：“妈没事，你去收拾一下，准备上学。”

盈盈凝视着她的脸，欲言又止：“妈妈，你的脸……”

苗林芝怆然，不自觉地别过脸：“我……盈盈放心，妈妈会在发病之前自我了断，不会拖累你的。”她说着又高兴起来，“但你也不用担心，我一直在为你攒钱，就算有一天……妈不在了，你也可以活下去。”

女孩垂下眼，悲哀地叹了口气：“我去医生那里，帮你拿点药。”

苏闲醒了，脸还是白得像一张纸，但精神却不坏，连张既白都夸了一句：“到底是千锤百炼过来的，身体素质真不赖。”

钟云从刚想见缝插针地打听一下“千锤百炼”是怎么回事，却听到苏闲问张既白：“我能走了吗？”

“你什么时候都能走。”戴着口罩的张医生慢条斯理地回道，“只要不介意废掉一条胳膊。”

苏闲无话可说，低头看了一眼自己差点残废的左臂，又凉凉地看了一眼始作俑者。钟云从对自己的罪过心知肚明，难为情地冲他笑了笑。

苏闲冷着脸偏过头去。

张既白完全不关心他们之间的那点小动作，为苏闲换过药之后，在没有其他病人的情况下，他便捧起医学典籍兢兢业业地钻研起来。

苏闲大概也是太无聊了，钟云从转头看他的时候，发现他手里拿了一份发皱的报纸，正一目十行地浏览着。钟云从扫了一眼，原来是自己早就翻过的那份过期晚报。

他拉了张椅子坐下，开始了尴尬的聊天：“那个，你现在感觉怎么样？累不累？饿不饿？”

苏闲掀了掀眼皮：“饿了又怎么样？累了又怎么样？”

“饿了我就帮你下碗面，”钟云从学着电视剧里的对白回答，“累了我就……”

“就哪样？”

“帮你按摩？”钟云从试探地问道，毫不意外地得了苏闲的一个白眼：“得了吧，我怕折寿。”

他讨好的对象十分不给他面子，已经重新低下头去看那份乏味的报纸。钟云从讪讪地自嘲：“我大概得先找个盲人学艺……”

“盲人”这个词甫一出口，他就猛然捂住了自己的嘴，接着小心翼翼地观察苏闲的神色，谁知苏闲毫无反应，似乎没有听见。

钟云从并没有一种松了口气的感觉，反而心情沉重，他觉得自己可能在这个地儿真的水土不服，他的大脑好像萎缩得只剩乒乓球那么大了，外在的表现就是他越来越傻。

“行了，”目光明明在“社会新闻”版面上打转的苏闲却如同一台扫描仪，彻底研究透了钟云从的脑回路，“想道歉就道歉吧，尽管我未必会接受。”

钟云从灰头土脸地耷拉着脑袋，好似得了颈椎病一般，声音弱得跟蚊子叫似的：“对不起啊……”

苏闲抖了抖报纸：“没听清。”

“对不起！”他蓦地提高了声调，震得对方报纸差点掉地上，苏闲眼疾手快地捞起报纸：“会不会好好说话？”

“都是我的错，”钟云从一脸沮丧，“要是没有我，你也不会受伤了……是我太没用了。你……你要怎么骂我都可以。”

苏闲闻言，目光终于从报纸上挪开了。

钟云从被他盯了好一会儿，浑身上下都不得劲。

“有件事你误会了。”就在钟云从以为他要开骂的时候，他忽然轻笑一声，“你还是挺有用的。”

钟云从恍惚间以为是自己幻听了。

他难以置信地看过去，对方却仍旧埋头于报纸中。

钟云从后知后觉地咧嘴傻笑了一会儿，蓦然察觉到苏大治安官阅读的重心总是不离报道失踪案的那一角，他在感叹其爱岗敬业的同时，想起了一件还算重要的事。

“那个，”他又清了清嗓子，用同一个开场白打破僵局，“你昏迷的时候，你的同事，就是那个叫项羽的，来过一趟。”

苏闲抬起眼，神色有些许变化。他的人缘还可以，有人来探病很正常，但在这种关头，他有预感，项羽肯定不只是为探病而来的。

“他说什么了？”过期晚报被打入冷宫，苏闲专注地凝视着对面的人。钟云从略有些不自在，调整了一下坐姿，才开口回答："他要我转告你，他从走私贩那里挖到了线索，在西城找到了第五名失踪者的尸体。"

这还真是个令人振奋的消息。

苏闲很沉得住气，他先问了另外四名失踪者的情况："其他人的尸体呢？没找到？"

虽是疑问句，但关键字眼却用得很笃定，因为他实在不相信那几位仁兄还能活着。

"找不到了。"果然，钟云从也摇头，"项羽从走私贩那里得到的口供是，那四位的尸体已经被处理掉了。"

苏闲皱起眉："怎么处理的？"

"拿去喂了'病变者'，骨头渣子都不剩了。"钟云从转达完项羽的原话之后，又茫然地问道，"苏闲，'病变者'是什么？"

苏闲深深地看了他一眼，那眼神让钟云从心头突地一跳。先前阅读书报的时候，凭借模棱两可的文字资料和自己想当然的脑补，他天真地以为那些凶残的"病变者"只是精神病集体发作。

现在想想，一切哪有这么简单？这里的人们个个都对"病变者"讳莫如深，"病变者"仿佛妖魔鬼怪一般，人们沾上一点就会完蛋。再联想起他们那诡异的灰蓝色眼珠，他隐隐明白了什么。

钟云从后知后觉地反应过来，其实他早就见识过了，初来乍到的那会儿，第一批同他打招呼的就是那群哥们儿，只不过他从来没有把那群丧尸一样的怪物和"人"这个字联系起来过。

"猜到了？"苏闲慢悠悠地开口，"猜到的话，我就不多费口舌了。"

钟云从不知道回什么好，只好保持沉默，他在思考一些别的问题，比如，那到底是一种什么样的病？有的治吗？再比如，苏闲以后也会变成那样吗？

不过他没敢问，也许是不想问，这个问题横亘在他们之间，犹如一张薄薄的窗户纸，一旦捅破，他不知道会发生什么。

或许瞎了一只眼不算什么，可如果变成一个不人不鬼的怪物呢？

钟云从不想干往别人伤口上撒盐的事情。

关于这个，苏闲显然不愿多谈，于是他们很有默契地绕过了这个话题，苏闲重新起了话头："你方才说，他们把尸体拿去喂了'病变者'？"

钟云从听出来他刻意在"喂"这个字上咬了重音，他敏锐了一回："这个'喂'字，用得很可疑啊。"

苏闲似笑非笑地瞥了他一眼："怎么可疑了？"

“带有很强的主观能动性。”钟云从老老实实地回答，“简而言之，就是掺杂了人为的意思。”

苏闲不置可否，转而开启了下一个话题：“第五具尸体的身上有线索吗？”

此话一出，钟云从的神色变得很古怪，他迟疑了一下才扭扭捏捏地点了下头：“有是有……”

苏闲见他神色不对劲，以为是尸体出了什么岔子，舒展开的眉头又拧上了：“怎么了？尸体有问题？”

钟云从朝他干笑了一下，耳边却回响起项羽的原话：“那什么中学校长，平时人模狗样的，结果死的时候光着屁股，身上一块布都没有！”

这番话再加上项羽当时那副眉飞色舞的猥琐样，让钟云从满脸尴尬。

一转眼，又对着苏闲那张求知欲很强的脸，他愈发说不出口了。

“是这样的，”他斟酌了好一会儿，直到苏闲都有些不耐烦了，才拿捏好了说辞，“第五名失踪者的尸体，浑身上下一丝不挂，那个……项羽他们合理地怀疑，死者是在进行……性行为的时候被杀死的，死因是利器贯穿颈动脉……一刀毙命。”

他磕磕绊绊地说完，迫不及待地擦了一把汗，自觉刚刚那半分钟，可能是他生命里最煎熬的时光。

苏闲对于他这番经过过滤的表述没什么特别的反应，只是点点头：“倒也是有价值的线索，让他们把死者的妻子叫来问问，看看能不能得到什么信息。”

虽然被当成了传声筒，但钟云从倒也没感到不满，只是好心提醒道：“你的同事应该已经这么做了，还有啊，我手机在这里没有信号，你跟我说了也没用。”

苏闲又瞅了他一眼，冷不丁问了一句：“手机？什么样的？”

钟云从一怔，很快从衣兜里拿出了失去信号许久、电量也降到安全线以下的手机，递到苏闲面前。

苏闲没有第一时间接过，而是歪着头端详了一会儿，片刻之后，才慢慢地伸出手。

钟云从的手机在他手里被翻来覆去地检查了好几遍，他无意中按到了个按键，手机屏幕亮了起来，苏闲看了钟云从一眼，后者心领神会，啪啪啪地输入了锁屏密码，顺便告诉他：“其实也没什么可看的，这里没有可以用的信号，打不了电话也上不了网，跟个废物也没什么区别。”

苏闲垂着眼，注意力被屏幕上的背景照片吸引了，照片上的人头发染成了绿色，煞是扎眼，他没忍住，一声嗤笑冒了出来。

钟云从一开始还摸不着头脑，在瞄到自己那张非主流自拍之后，脸一下子涨得通红，他猛地夺回手机：“有什么好笑的？谁都有这么傻气的时期好吗！”

苏闲继续笑：“话说回来，你头上那绿色，倒是跟你挺相配的。”

钟云从抱着手机嘀咕道：“……你不懂时尚。”

苏闲又瞟了他的手机一眼。钟云从背过身，做贼一样换掉了手机壁纸之后，主动问道：“你还想再看看吗？”

这会儿苏闲却兴致全无，往后一仰：“不了，反正也就是个好看的摆设。”

钟云从却突然好奇起来：“对了，你们这儿也有通信工具吧？是什么样的？拿出来让我开开眼界吧。”

苏闲看了他一眼，没说话。

“嗯……我在医生那里看到了固定电话，那也有移动电话吧？”钟云从开起了玩笑，“就是我看你们这儿的物件都挺老了，该不会还在用大哥大吧？”

苏闲还是没说话。

钟云从的笑容凝固了，他干咳一声，抓了抓头发，难以置信地问道：“不会吧？”

苏闲勾了勾唇角：“就算是最落后的移动电话，也没几个人用得起。如你所见，这座城市的一切，几乎都停留在了20多年前。我们的轻重工业几乎全线瘫痪，原材料、技术、生产线、工人，我们一样都没有。”

钟云从忽然想起先前看到的那则关于物资的新闻报道，字里行间洋溢着欢欣鼓舞的氛围，可物资通常都是用来赈灾的，听苏闲话里的意思，难道这座城市的灾难已经延续了20多年？

“你们一直依靠援助的物资过活吗？”

“不是援助，是交换。我们的土地太过贫瘠，种不出足够的粮食。”苏闲自嘲地摇头，“我们连自力更生都做不到，一切都要依靠外界。一旦外界切断了对这里的物资供应，我们全都会死……这里是名副其实的‘孤岛’。”

钟云从登时不寒而栗，这种生死悬于他人手中的感觉……真是恐怖。

“除了满足我们最基本的生活需求，他们不会给我们多余的东西。”苏闲的声音冷了几分，“所以你看到的老物件，汽车、电话、电脑……诸如此类，永远都是旧的。”

他战战兢兢地提问：“为什么？”

“为什么？”苏闲的眼中似乎有一个天寒地冻的世界，正在酝酿一场风暴，“因为你们害怕我们跑出去。”

他把“他们”换成了“你们”，那种仇视与怨恨的情绪蔓延到了钟云从的身上。钟云从下意识地想为自己辩解，话到嘴边却怎么都说不出来。

他觉得自己快要被他眼中的风暴绞得粉身碎骨。

“你跟他说这个也没什么意义吧？”一个平静的声音加入了这场不甚友好的对话，隔开了他们剑拔弩张的对峙，“他在外边，也就是只小蚂蚁，甚至都不知道‘孤岛’的存在，你指望他能改变大局吗？”

苏闲收回了自己周身的刺，也知道自己的火发得没有道理，有些后悔，但气氛一时半会儿缓和不了，依旧压抑，钟云从叹了口气，默默地起身走开。

他在埋头看书的张既白对面坐下，垂头丧气地开口：“终于知道他为什么这么讨厌我了。”

张医生抬起眼皮瞅了他一眼，皮笑肉不笑：“那你以为我就喜欢你吗？”

钟云从一时间尴尬得不行，甚至开始怀疑人生，自己大概真是跟这座城市风水不和。

无所事事了一会儿，他瞧见张既白手边放着一沓白纸，瞬间手痒起来，讨好地问道：“医生，纸笔能不能借我用下？”

张既白的反应很冷淡，连句话都懒得甩，就随便点了下头。钟云从也不介意，抽了张白纸，顺手拿起钢笔，开始对着窗外的景色涂涂画画。

张既白虽然没作声，但镜片后的视线却一直追随着钟云从，直到户外的景象开始在他的笔尖下呈现，他才反应过来：原来这小子还会画画。

“医生。”在他们的注意力都高度集中的时候，一个清脆娇嫩的声音响了起来，张既白与钟云从都不由自主地放下了手头的事，不约而同地扭过头去。

盈盈俏生生地站在那里，目光停留在钟云从的风景速写图上，眼睛里满是惊喜。

“哇，原来你还会画画！”

“我从小就学画画，大学的专业是插画。”面对小姑娘崇拜的眼神，钟云从心情很好，“刚才也是闲得无聊，随便画画。”

盈盈很是捧场：“随便画画也很棒呢！”

张既白的重点却落在了别处：“你上过大学？”

钟云从警惕地望着他：“你这么问是什么意思？我看起来不像个文艺青年吗？”

“他只是羡慕你而已。”苏闲的声音懒洋洋地传了过来，加入了这场闲聊，钟云从小心翼翼地望过去，心里不是不打鼓的。

盈盈转过头去，看到苏闲缠着厚厚纱布的左臂，她眼里的那点笑意一瞬间消失得无影无踪，她诧异地捂住嘴：“闲哥哥你的胳膊……”

“受了点小伤。”

看起来苏闲的情绪已经调整好了，他的表情和他的声音一样平和，他朝小姑娘笑了笑，那笑容甚至可以用温柔来形容：“怎么了？你母亲的药又吃完了？”

她的脸上蒙上了一层与年龄不符的忧郁：“嗯。而且这一次过来，我还想跟医生讨一点伤药。”

张既白闻言侧目。苏闲在确定女孩身上并没有外伤之后，神情也并不轻松，问道：“你妈又怎么了？”

“她和楼上的胖大婶……”小姑娘努力地斟酌着用词，“起了一点冲突，她们都受伤了。”

苏闲也是那栋居民楼里的住户，对于那两位不太和睦的关系也多少有点了解，大致猜到了是怎么回事。

问明白了缘由之后，他没怎么放在心上：“哦，谁吵赢了？”

盈盈显然并不觉得这件事好笑，她的小鼻子皱了起来：“两败俱伤，我妈妈的脸被抓伤了，而胖大婶……”

“胖大婶怎么了？”

“她的鼻子被我妈妈咬伤了。”

盈盈说完之后偷偷看了苏闲一眼，她在观察苏闲的表情。果不其然，他皱了眉：“这就过分了吧？”

小姑娘心事重重地叹了口气：“我会给胖大婶赔礼道歉的。”

她早熟的模样让苏闲直叹气，有些话堵在嗓子眼儿里，也不忍心说出口。张既白却坦率得多，直接告诉小姑娘：“怕是没那么简单，市民们对‘咬人’一类的事件很敏感，八成会把此事报告给治安所。”

女孩子顿时慌了神，她的眼神漫无目的地飘了一圈，最后还是落在苏闲那里，她像是抓住救命稻草一般攥住他的手：“闲哥哥，你要救救我妈妈！”

苏闲抚了抚她的头顶，温言安慰：“没你想象的那么严重，最多也就是……关一阵子吧，她也习惯了不是吗？”

盈盈仰起脸看了他一眼，嘴唇动了动，最终还是什么都没说。

她低下头，闷闷地回了一句：“嗯。”

张既白把备好的药品交到她手里，小姑娘临走的时候又恢复成平时可爱的样子，向每个人挥手道别后，又朝钟云从甜滋滋一笑："云哥哥，那幅画你画好之后，能送给我吗？"

钟云从哪有拒绝的道理，立马拍了胸脯保证："没问题！画好之后就送你！"

盈盈心满意足地离开了。钟云从的笑容却垮了下来，回过头看着苏闲和张既白，欲言又止："她母亲该不会是……"

他没有把那两个字说出口，其实"病变"的概念对于他仍旧是模糊的，可他亲眼见过发病之后的模样，虽然迷雾笼罩着，尚有许多事没弄明白，但心理阴影却是实打实存在的。

苏闲低垂着眼，却掩不去眼底的沉重。钟云从问的正是他所担心的，关几天当然是小事，可如果被发现有"病变"的先兆，事态就不是他们能控制的了。

"现在不好说。"张既白回答了钟云从的疑惑，"只能说有这个可能存在，毕竟她年龄也到了。"

这话让钟云从心里一沉。他跟盈盈的母亲苗女士就打过一回照面，还被惊吓得不轻，谈不上有什么感情，不过他很喜欢盈盈，并不希望见到她难过的模样。

"不过，她一直在吃我开的抑制剂，"张既白又给他打了一剂宽心针，"按理来说，应该能延缓个两三年。"

钟云从眨了眨眼，似懂非懂："抑制剂是……吃了就能延迟'病变'的药吗？"

"差不多吧。"张既白回答得很敷衍，显然并不打算给出更详细的解释。钟云从无奈地耸耸肩，就此作罢，他吸取了上回的教训，决定短时间内还是要管好自己的好奇心，不要随便发问，免得又被当成靶子。

天色暗下来的时候，钟云从的风景速写图完工了，他举到眼前，左看右看，对自己的这幅作品十分满意。

张既白也凑了过来，频频点头，甚至苏闲都跟着瞅了两眼，难得地夸了他一回："画得还真是不错。"

钟云从不无得意："我们系里的老教授可是夸过我很有天分的，假以时日，一定能成大器。"

说这话的时候，他其实是有一点心虚的，因为他还省略了一句关键的："只要你把鬼混的时间都花在刻苦用功上。"

苏闲对他的得意忘形只是淡淡一笑，张既白却问了一句："上大学的感觉不错吧？"

"当然啊！自由自在，无拘无束，想几点睡就几点睡，想几点起就几点起，终于能摆脱我妈的唠叨……"钟云从回味了一番自个儿不拘小节的大学生活，接着才反应过来，"医生，您这意思是……"

张既白一笑："在过去的20年里，梦川的教育系统整个都停摆了，人们连活下去都成问题，分不出多余的精力去考虑教育的问题。也就是近5年，梦川的中小学才陆续复课，不过大学至今仍是关闭的状态，不知道何年何月能复课。"

钟云从还是难以置信："那您这医术……总不会是自学成才……吧？"

他的原意真的只是想开个应景的玩笑，可张既白唇角那抹似有若无的笑意让他开始动摇，他不禁反思，自己不会真的说中了吧？

"我的父辈也是医生，家里医学方面的藏书不少。"张既白谦虚地笑了笑，"就是我父亲去世得早，不然能得到他的指点的话，我应该能研究得更深些。"

苏闲翻了个白眼："张医生，想夸自己就明说。"

钟云从张了大半天的嘴终于合上了，并且心悦诚服地说出了张医生想听的赞美："医生，您真是个天才啊！不过，我还是有个疑问。"

张医生同样心情很好："说吧。"

他诚恳地发问："您学的是西医，那传统医学生必须进行的各种实验……是怎么解决的？"

"绕了这么大个圈子，"苏闲一声轻笑，"你是想问他怎么获得实验对象吧？这大概是他自学过程中最容易解决的问题了。'孤岛'最不缺的，就是尸体。你随便到大街上逛一圈，说不定就能被跳楼的人砸到。"

钟云从脸上的笑意凝固："这……可不好笑啊。"

"你觉得我在开玩笑吗？"苏闲的笑容很和气，他指了指诊所大门，"你可以到街上逛逛，正好晚上是自杀高峰期。"

钟云从看着他的笑，莫名有种不寒而栗的感觉，他紧紧地抿上了嘴唇，张既白也来凑趣："你别说，他们治管局还成立了一个小队，别名就叫'收尸队'，专门处理那些自杀的人的尸体。我跟他们拉好了关系，弄一两具尸体不是问题。不过我不喜欢跳楼的，肌肉骨骼一般都摔烂了，不是好样本……"

钟云从感觉到自己的胃酸开始翻江倒海，连忙制止张医生："咳咳，医生，我们先不讨论你对研究样本的喜好了吧？"

张既白微微一笑，打住了这个话题，苏闲懒懒地摆摆手：“行了，你回去弄点东西吃吧，顺便帮我带身换洗衣服过来。”

对苏闲的吩咐，钟云从不敢怠慢，而且他还记着自己答应过盈盈的事，把刚完成的速写也带上了。

“我早去早回。”

苏闲不以为意：“没事，你明早再过来也行。”

他这会儿又很通情达理了，钟云从真的有点摸不准这家伙的脾气，喜怒无常的，生气的点都还特别难捉摸。

不过对方此时态度好，他见好就收，也客客气气地询问道：“那你的晚饭呢？怎么解决？要不要我帮你带？”

苏闲笑着瞥了张医生一眼：“我在张医生这里蹭一顿好了。”

被点名的张既白用中指推了下镜架，优雅地比了个不雅的手势：“滚。”

钟云从忍俊不禁，转身要走的时候，苏闲提醒了一声：“戴上隐形眼镜。”

钟云从回过头，冲他笑了笑：“好。”

“刚刚……”苏闲蓦地又出声了，钟云从停下脚步等着他的下文，结果苏闲瞥了一眼正揣着手一脸看好戏的表情的张医生，清了清嗓子，“算了，下次再说吧。”

钟云从隐隐猜到他想说什么，不过既然这会儿说不出口，他也没有打破砂锅问到底，而是笑眯眯地应了下来：“好的。”

随后钟云从冲他招招手，对方亦略略颔首，他心情愉快地转身出门。

走出了诊所之后才发现，今儿个居然没有下雪，只是温度依然很低，道路上的积雪没有融化的迹象。

想来这里的市政亦是处于停工状态，这么厚的雪也没安排人员清理，不过这路面上几乎看不到机动车，积雪倒不至于成为路障，顶多给行人造成一些麻烦。

钟云从回到苏闲家的时候，几乎要冻僵了。他哆哆嗦嗦地摸出钥匙开了门，屋子里黑灯瞎火的，他又磕磕绊绊地找了一阵子，才摸到墙壁上的开关。

电能也是这座城市缺乏的能源之一，这里的电压向来偏低，加上灯的质量也堪忧，光线一直不太亮，但也比一片漆黑要好得多。

他坐在沙发上休息了一会儿，总算把那股子寒意驱走了，这才起身到厨房里忙活起来。

他打起火，烧了一小锅水，预备给自己下碗没滋没味的挂面。这大冬天的，蔬菜也是奢侈品，最多能给自己加个蛋。

要搁以前，他肯定吃不下这样的晚餐，只不过人在屋檐下，不得不低头啊。

他可没勇气去找这里的屋主抗议伙食太差。

煤气炉也是年久失修的老物件，从点起火的那一刻，吱吱乱叫就没停过，火苗有气无力地舔着锅底，看来一时半会儿水是开不了了。

钟云从想了想，出了厨房，拿上那幅画，出门履行自己的承诺去了。

盈盈家就在楼上，上个楼梯就到了。钟云从敲了一会儿才有人来开门，他面上堆满笑容，正要和小姑娘打招呼，却看见一张惨白的脸探了出来。

钟云从受到了极大的惊吓，手一抖，那张薄薄的纸轻飘飘地落到了地上。对方这时候已经开腔，不太客气地扯着嗓门问了句“谁啊”，他也顾不上捡，战战兢兢地赔了个笑脸：“啊，是苗女士吗？我是来找盈盈的。”

对方把门打开了一些，灯光也透出来些许，他终于看清，原来她脸上是敷了一张面膜，也不知道她是从哪儿弄来的，看来再窘迫的环境，都不能阻止女人对美的追求。

苗林芝认出了这位小哥，又听他说是来找女儿的，态度好了许多，热情地招呼了起来：“哟，欢迎欢迎！不过盈盈还没到家，你要不要先进来坐坐？”

她可能忘了自己还在敷面膜，一笑面膜就全是褶，钟云从悄悄挪开了视线，对她的邀请，也婉言谢绝了：“啊，谢谢您的好意，不过不用了……我就是来送张画给盈盈的。既然她不在，麻烦您转交吧。”

他说着就要去捡孤零零地躺在地上的速写图，不承想苗林芝的动作比他利索，她已经蹲了下去：“原来是给我们家盈盈送东西的，真是谢谢你了！”

她伸手把画纸捞了起来，浏览的过程中赞不绝口。钟云从被她夸得怪不好意思的，挠着头正要自谦几句，正好看到她脸上的面膜纸塌了一角，滑稽地挂着，露出了左边的小半张脸。

他本来是要出声提醒的，眼角余光却瞥见她左边颧骨上那处正在溃烂的红斑，舌根一下子麻了。

如果他没有记错的话，那是……“病发”的征兆。

Chapter 06.
疑云

苗林芝对自已精心掩饰的真容已经一览无遗地呈现在对方眼里的事一无所知，笑吟吟地跟钟云从道谢道别，后者木然地回应着，直至她关上房门，他才堪堪回过神。

只稍稍挪了一步，他就发现自己的腿是软的，手心也出了一层热汗，他长长地吐了口气，心中的后怕并没有因此减少一分。

在意识到盈盈的母亲真的是位“病变者”之后，钟云从的脑子就变成了一锅烧开的糨糊，只剩下一个念头在搅来搅去——她会不会在下一秒就变成怪物吃了我？

直到他脚步虚浮地回到苏闲的住处，当机的大脑才恢复运转，开始思考一些问题，譬如，应不应该把苗女士的病情告知苏闲等人？以及，是不是要先把她隔离起来啊？

可他之前从来没有碰到过这么棘手的情况，完全不知道该怎么处理，正纠结的时候，忽然听到一声惊天动地的惨叫，吓得他差点从沙发上跳起来。

偏偏这时候，厨房也传来刺耳的声音，他生怕厨房发生爆炸事故，手忙脚乱地冲了进去，才发现是虚惊一场。原来是锅里的水沸腾太久，溢出来了，搞得本就有故障的煤气灶叫声更加尖锐了。

他关掉煤气灶，避免了一场潜在的厨房灾难，还没来得及松口气就惊觉外边的动静也发展出了升级版——忙乱的脚步，鼎沸的人声，时不时还夹杂着几声惊恐的尖叫，这几道不同的音轨重叠在一起，合成了一组令人耳膜崩溃的噪音。

钟云从这下也没有煮面的心思了，他原本只想探听下情况，结果一开门就看到两个大人带着一个孩子慌慌张张地从楼梯上下来，因为他们太过惊慌，孩子差点从楼梯上滚下来。

钟云从抓紧时间打听："出了什么事啊？"

那家人连看都不看他一眼，丢下句话就抱着孩子急匆匆下楼了。

"五楼死人了！"

这话如同晴天霹雳一般将钟云从钉在原地，过了好半天他才回过神来，陆陆续续又有人往下跑，但也有好事者往上爬，约莫是去看热闹的。

钟云从待了一会儿，也加入了往上爬的行列，他倒没有看热闹的兴致，只是居住的楼里出了这种事，他觉得自己还是应该了解一下情况的。

五楼出事的那间房与苏闲家同户型同方位，只隔了两层。此时门口已经被挤得水泄不通。还没靠近，他就嗅到了一股浓得化不开的血腥味，迟疑了一阵子，他心一横，还是往人堆里挤了进去。

好不容易穿过各种白眼和抱怨，他总算挤到了门口的位置，目之所及便是一摊蜿蜒曲折的血，他有点犯恶心，掩着口鼻继续往里看，便看到了一个倒在血泊里的人。

那显然已经是个死人了，僵硬地卧在地上，体型臃肿，血量也很惊人，淌了满地。

尸体的旁边，还有个十几岁的女孩坐在地上哭天喊地，身材也很敦实。

"这胖婶好端端地在家里待着，怎么就被人杀了？谁这么狠啊？"

"舌头都被人割了啊，真是作孽啊！还好她女儿不在家，逃过一劫。"

"哎哟，被你这么一说，我倒是想起一个跟她有仇的……你们忘了？今儿早上还差点咬掉她鼻子呢！"

"你是说……盈盈妈？"

七嘴八舌的议论声惊出了钟云从一身冷汗，他忽然想起盈盈早上来诊所时，也提过她母亲和楼上的胖婶起了冲突，两个人都受伤了。

可至于为了那点冲突就动手杀人吗？

他才起了一点怀疑，又立即推翻了——盈盈的母亲是一名"病变者"。

想到这里，那种毛骨悚然的感觉又出现了，他既害怕又恶心，满脑子都是跑路的想法，可偏偏腿脚不听使唤，反而一步步朝尸体走去。

哭得鼻涕眼泪糊成一团的小胖妞发现眼前多了个人，愣了一下，还没来得及问不速之客是哪位，就见他蹲了下来，皱着眉头捂着鼻子细细审视着她母亲的尸体。

“你是谁啊？”她后知后觉地反应过来，口气很冲地问道。但那个人像是没听到，也没有回她。

死者倒在一架半旧的缝纫机前，旁边还有一张翻倒的椅子，机座下摆着一件上衣，上头的缝纫线都没有扯断，可以想象死者生前应当是坐着在操作缝纫机。

无可避免地，他第一眼注意到的是尸体右颈上的巨大创口，皮肉外翻。黏糊糊的血液洒了满头满脸，煞是可怖，死者身下的地板上有一片开始凝结的血泊。

钟云从在巨大的恐怖和恶心的双重作用下，不得不闭上眼睛做个深呼吸，片刻后，才重新睁开眼睛。他不敢轻易地移动死者的遗体，只能用眼睛看，这一回他不再把目光局限在致命伤上，而是打量起尸体的周围。

他站起来，仔细地观察着缝纫机，很快就在台子上找到了典型的喷溅型血迹，基本可以确定死者是被割破了颈动脉导致失血过多而死亡的。

不多时，他又发现死者的嘴边有大量血迹，唇上也有些划痕，从微微开着的齿间似乎能瞥见黑洞洞的口腔。

他记起方才旁人的评论，明白死者的舌头不翼而飞了。

血腥味引得他一阵阵反胃，他再也压制不住身体的反应，背过身开始干呕。

他的不请自来和不合时宜的行为显然激怒了死者的女儿，胖姑娘愤怒地大吼：“你是谁啊？在这儿干吗呢？给我滚出去！”

钟云从也知道自己的举止不够尊重死者，可生理反应不是他想控制就能控制的，他的胃好不容易平复下来，这才提了一口气，告诉小姑娘：“你妈妈的舌头……不见了，你知不知道怎么回事？”

小胖妞像是被人狠狠地揍了一拳，四肢并用地拍打着地板，又开始哭天抢地：“她的舌头被人割掉了！就是楼下那个老巫婆！她早上就差点啃掉了我妈的鼻子！她还说要杀她！肯定是她！”

钟云从被她的哭闹声吵得头昏脑涨，盯着尸体看了好一会儿，鬼使神差一般，把手放在了死者的肩上。

他闭上眼睛，胖妞惊诧不解的质问声自动被隔离在耳膜外，他的眼前一片漆黑，没有一点光亮和声音。

这样的黑暗维持了几秒之后，毫无预兆地切换成一个场景——简陋的客厅，紧闭的房门，还有正在运作的缝纫机。

又是死者的视角，而他现在所“看到”的画面，正是她临死前的一幕。

死者生前在缝补一件旧衣服，旧式缝纫机的声音很大，她专心致志地补着她女儿的旧衣服，目光钉在衣物的绲边上。钟云从无力去控制她目光的走向，只得竖起耳朵注意房门的声响。

说不定什么时候，凶手就破门而入了。

就在他全神贯注地聆听那扇门的动静之时，头皮倏地一紧，他蓦然一惊，却无法扭转局面——有人抓住了他的头发，他的头被迫向后仰，紧接着，他的颈侧一凉，锋利的薄刃已经深深地捅进了颈侧的血管中。

那一刻，他几乎化身为死者。

在这个过程中，他甚至能听到血液喷涌而出的声音，感到金属冰冷的触感，而很奇异的是，他竟然没怎么感觉到痛楚，看来是大失血导致了休克状态，他的意识在一瞬间变得恍惚，几乎丧失了所有的知觉。也因为如此，他呼救的声音卡在喉咙里，行凶者的脸在他的眼前晃来晃去，他机械地睁着眼，拼命地想看清楚对方的脸，却徒劳无功。

凶手的脸模糊成一堆马赛克，他什么也看不清。

这种无能为力的感觉，不亚于死亡本身带来的绝望。

血流喷出了抛物线，越过了头顶，洒在缝纫机的台面上，他的身体轰然倒地，在意识彻底丧失的前一秒，他感觉到有一把刀撬开了他的牙关，疯狂地在他的口腔中肆虐，他的舌头从根部被生生切了下来。

钟云从猛地睁开眼睛，那些画面如同泡沫一般烟消云散，光线狠狠地刺激着他的瞳孔，他恍惚了一下，终于从亡者的记忆中脱身——那不是他的痛苦，而是死者的。

死者临终前的经历可以说在钟云从身上重演了一遍，虽然只是虚拟的重演，但那种绝望也足以令人窒息。

钟云从很努力地保持着清醒，可尽管如此，他还是没能看清凶手的脸。

在这短暂又漫长的一分钟里，他差不多是感同身受，也相当于在生死关前逛了一回，他长长地吐出一口浊气，抹掉了额头上的涔涔冷汗。

“你有病啊！”他被人狠狠推搡了一把，毫无防备地打了个趔趄，他侧过脸抱歉地看着死者的女儿。

“对不起啊……我只是想知道她是怎么死的……”他的辩解毫无说服力，反而更激起了死者家属的怒气和不满，小姑娘年纪不大，力气却不小，直接把钟云从轰了出去。

面对着众人的指指点点，钟云从很抬不起头来，他很想吼一句：“其实我是在给你妈找凶手！”

可问题就在于，他在体验了一把噩梦般的死亡模拟之后，也没能把凶手找出来。

这就尴尬了不是？

钟云从叹了口气，决定还是回到诊所，把这事告知苏闲。

不知道这些情报有没有用处。

他脑子跟陀螺似的转个不停，没留神前头的路，不慎和人撞了个满怀。他嘴里含糊地道着歉，看清对方的脸之后却怔在了原地。

苗女士又画上了俗艳的浓妆，如果是以往，他会以为这是她的职业习惯，但现在，或许伪装才是她要达到的目的。

苗女士心烦意乱，嘴里蹦出的都不是什么好词，见对方还目不转睛地盯着自己，更是火大，眼睛一瞪，正要骂几句难听的，却发现眼前站着的是楼下新来的小哥。

她也愣住了。

两个人大眼对小眼，钟云从心里一动，脱口而出：“那个，胖大婶被人杀了。”

苗林芝骤然变色，不由自主地后退了一步，周身上下都散发着攻击性，她狠狠地剜着他：“你别盯着我看！这事跟我没关系！”

钟云从不知说什么好，他没能看清凶手的脸，虽然认为苗女士的确有嫌疑，但也不能确定就是她。

苗女士的出现引起了一阵哗然，众人的指指点点让她的脸色很难看，她虚张声势地瞪回去，没想到邻居们却真的被吓到了，他们心惊胆战地四散离开——显然已经把她当成杀人犯看待了。

苗林芝一时间有些不知所措，胖婶的女儿哭着跑出来，对着她又踢又打。面对着小胖妞仇恨的眼神和满脸的泪，她忽然有种浑身无力的感觉。她推开胖姑娘，咬了咬牙，转身下楼了。

小胖妞缩在墙角，悲哀地哭泣起来。

钟云从走过去，递了块手帕给她，对方依旧埋头痛哭，并未理睬他。他把手帕悄悄放在她膝盖上，便离去了。

他准备回诊所去，结果下了楼才发现忘记给苏闲带换洗衣服了，他觉得自己的脚好似灌了铅一般，可想到某人的臭脾气，还是认命地跑回楼上取了衣服。

他到诊所的时候，张既白和苏闲两人刚吃完饭，见到他去而复返都有些意外："不是让你明天早上再来吗？"

钟云从一路狂奔，体力早就不支了，回答个问题也是上气不接下气："苏、苏治安官，你们家楼上那位胖大婶，刚被人杀了……"

苏闲一惊，登时从病床上坐了起来，惊疑地望向钟云从："被杀了？谁干的？"

"我不知道……"钟云从摇摇头，叹了口气，"但他们都说，和盈盈的母亲有关。"

这一变故让病床无法再挽留它的病人，苏治安官让医嘱左耳进右耳出的同时，还试图拉医生本人下水："医生，你也跟我一起去吧，帮忙检查下尸体。"

张既白摊了摊手，未置一词，倒是钟云从提醒了一句："把衣服给换了吧，上边都是血迹。"

苏闲伸手接过衣服，叹了口气："那好，稍等一下，我先换个衣服。"

他背过身去，看动作应该是在解扣子，单手还挺利索，很快脱了一边，露出了一侧的肩膀。

不过正对着灯光，衬衣的面料变得有些透，还是能隐隐约约窥见他收紧的腰线。

这线条，很符合钟云从的审美，他眼角的余光悄然掠过。

苏闲在他另一条受伤的胳膊那里遭遇了挫折，摆弄了半天也没能抬起手脱下另一只袖子。

他无可奈何地开口求助："张既白，过来帮我一把。"

饭后一杯茶，胜似活神仙的张既白不留情面地拒绝了："没空。"

钟云从轻咳两声，举起了手："我有空，我可以帮忙。"

苏闲迟疑了一下，还是点了头。

钟云从小心翼翼地把苏闲受伤的手臂套进衣袖里，而后便退开了，绝不占一点便宜。

临行前，苏闲忽然抽了两下鼻子，而后拉着医生，讨好地笑道："我鼻炎好像又有复发的迹象了，赶紧给我弄点药。"

张既白不耐烦地斜了这个事多的家伙一眼，又指了指目不斜视的钟云从："好，他的事告一段落，我们之间的债务重新开始计算。"

深受鼻炎折磨的苏闲堪比犯了瘾的瘾君子，捂着鼻子狼狈不堪地伸出手：

“没问题，您想怎么算就怎么算，利滚利都行！”

钟云从没见过这冷硬又骄傲的家伙这副模样，又被他迫不及待地往鼻腔里喷药的猴急样逗乐了，憋不住笑出声。

已经过了晚饭的点，路上的行人愈发寥落，他们三人行的队伍便显得格外壮观。

“你已经看过尸体了？”苏闲看着通风报信的人，目中的重重疑云在夜色中也掩盖不了，“什么情况？”

钟云从瞧瞧他，又瞅瞅另一边的张既白，话中有话：“我‘接触’过了。”

苏闲心领神会：“哦？那你‘看到’了吗？”

关于钟云从突然冒出来的异能，他们默契地保持了一致，让这件事成为二人心照不宣的秘密。因此，当着张既白的面，谁都没有把话说穿。

只是这一回钟云从的回答令苏闲失望了，他摇摇头：“没有。但我知道胖大婶是怎么死的……她被人刺破了颈动脉，大量失血导致死亡。除此之外，她的舌头也被割掉了。”

苏闲与张既白对视一眼，后者展颜一笑：“尸体的情况挺清楚了，我觉得我可以不用去了。”

苏闲铁面无私：“休想偷懒！一起过去吧，说不定作案的是个异能者呢。我现在伤着，万一有什么事，你也能帮我一把。”

张既白抗议：“我可是医生，职业是救死扶伤。”

钟云从忍不住揶揄：“您这个时候终于想起了医生的职责吗？”

苏闲则睨视着钟云从，没好气地发着牢骚：“难道你要我指望他？”

张既白看了一眼在寒风里瑟瑟发抖的钟云从，那眼神说不清是同情还是嘲讽，终于大发慈悲地点了下头：“那好吧。”

钟云从无奈一笑。

插科打诨完毕，他继续向苏治安官汇报了解到的信息：“是这样的，我听围观的邻居们说，早上胖婶和苗女士有过一场争执，而且动静还不小。”

苏闲略略点头，这件事盈盈到诊所取药的时候也提过，他还记得，两个女人在大动干戈的时候，苗女士咬破了对手的鼻子。

“除了咬鼻子之外，苗女士好像还对胖婶放过狠话。”钟云从皱皱眉，“似乎宣称要杀了她。”

“在她发出威胁的当天，胖婶就被杀了。”苏闲眉头紧锁，“确实有嫌疑。”

“还有就是……”钟云从欲言又止，苏闲听出他的语气有些异样，催促道：“什么？”

钟云从的目光沉沉地扫过另外两人，终于吐露了苗林芝的秘密：“苗女士她……已经‘病发’了。”

苏闲与张既白俱是一惊，张既白拧着眉头发问：“你怎么知道的？”

“我无意中看到了她素颜时的脸，面部已经起了红斑。”钟云从告诉他们，“平时她的妆化得浓，想来也是为了掩人耳目。”

苏闲倒吸一口冷气，张既白却百思不得其解：“她这么快就‘病发’了？怎么会？难道我的抑制剂没有起作用？”

钟云从只能摇头，他对此一无所知，苏闲则显出了些许疲乏之色：“这个已经不重要了。”

苗林芝原本只有五分嫌疑，但发病之后的她，嫌疑就上升到了八分。

钟云从也明白这一点，但他想了想，还是把自己的猜测说了出来：“是这样的，我返回诊所之前，又跟苗女士碰了一次面。她出现在死者的家门口，看起来很慌张，面对他人的指控时情绪有些失控……她看起来吓坏了，色厉内荏的模样。”

他这番话很有倾向性，张既白挑挑眉：“你的意思是，你认为她不是凶手？”

“我也没什么证据……”钟云从没什么底气地回道，“就是个人直觉。”

两个人不约而同地把视线对准苏闲，后者淡淡地开口：“到了现场再说吧。”

说完这句之后，他别过脸问：“苗女士还留在那儿吗？”

“我离开的时候她应该是回家了。”钟云从告诉他，“现在，不清楚。”

钟云从跟着又追问道：“呃，你是不是怀疑她会跑……”

苏闲低头看了一眼手腕上那块磨损得挺厉害的表盘：“不好说，不过我刚才和治安所沟通了一下，所里已经派人出勤了。”

钟云从斜乜着他被吊着的左臂，感叹道：“那您还带伤上阵，真是敬业啊。”

苏闲懒得去体会他这是正儿八经的赞美还是意有所指的讥讽，如果是别的案子，他大概就放手不管了，乐得做个人如其名的闲人，但事情牵扯到苗女士，他就没法坐视不理了。

他们到的时候，案发现场已经被控制起来了。苏闲看见了不止一位同僚，张既白跟这些人也挺熟，门口把守的人甚至没请示上级的意见，直接就把张医生放了进去——大伙儿都知道，他是来当法医的。

反而是苏闲自己，并不急着进去，他冲里面的人潦草地点点头就算是打过招呼了，寒暄结束便冲钟云从一扬下巴："跟我来。"

钟云从乖乖地跟在他身后，见他专往四下无人的角落钻，心中不由一乐——这欲盖弥彰的架势，还真是容易叫人想歪，嘴上却一本正经地发问："找我啥事啊？"

其实他早就心里有数。果然，苏闲提出了要求："跟我说说你'看到'的情形，不要有遗漏。"

钟云从虽然不是很想再回忆一遍，但苏闲既然开了口，他也不推脱，把死者被害的场景事无巨细地描述了一遍，说完之后都有些口干舌燥了。

苏闲一言不发地听完，依旧保持沉默。钟云从费了半天的口舌，见他一声不吭，有些不乐意了："对你有启发吗？"

他沉吟的时候顺手从口袋里摸出了样东西，往钟云从面前一递："要吗？"

钟云从定睛一看，才发觉那居然是包香烟。据他所知，这玩意儿在"孤岛"里可算是奢侈品，没想到他身上藏了一包。

钟云从正暗自揣测着苏大治安官是不是收受贿赂了，一转眼见苏闲的目光还在他这里，联想到他不久前的冷脸，此刻便有些受宠若惊了，于是十分感动地拒绝了："我妈不让我抽烟……她说搞艺术的要自律。"

不自律的苏治安官一声嗤笑，也懒得去揭下他给自己贴的那层金，摸出打火机，给自己点上一根之后才徐徐开腔："有点。"

"有点……"钟云从听得云里雾里，不太确定地反问道，"你是说，有点启发？"

苏闲随意地点了下头："嗯。"

钟云从对他突如其来的惜字如金感到十分无语："老兄，你非要我跟在你屁股后头问吗？多说两个字也费不了你几分力气吧？"

苏闲没理会他的抱怨，轻轻地吐出一口薄烟，随即出声："虽然没能看清凶手的脸，但还是隐藏着一个很重要的信息——你方才说，那扇门从头到尾都没打开过，而凶手却无声无息地出现在了死者的背后。"

钟云从一怔，一股凉意开始顺着脊柱往上爬。

"那么只有两个可能，要么是凶手本来就待在死者家里，要么就是，"苏闲手指夹着烟弹了一下灰，"凶手是凭空出现的。"

"第一个可能，也能分成两种情况，一是凶手光明正大地出现在死者家里，但是据我所知，胖婶的丈夫早年就去世了，家里只有她和女儿，刚才我了解了一下情况，案发时她女儿在上学。”

“那第二种情况就是……凶手早就潜进了胖婶的家里？”钟云从试探着问道。苏闲颔首：“对，不过要做到这一点并不容易。要是你的家里藏着一个人，也许你对此一无所知，可因为你对这个环境实在太熟悉了，对于多出来的陌生气息，你的第六感也会提醒你。”

“不过要是真有人能不留痕迹地入侵他人住宅，也肯定不是个普通人。”

钟云从看着他：“你是倾向于第二种可能吗？”

苏闲的脸被烟雾包裹起来：“如果真是那样，那么这起案子就可以跟系列失踪案联系起来了。”

“可之前的尸体全都被转移了，且受害者全是男人……”钟云从依旧是满腹疑团，“而这一次，死的是个女人，且尸体并没有消失……”

“但杀人手法是差不多的。”香烟重新回到苏闲的指间，轻轻一抖，灰烬颤颤巍巍地散落，“现在一切都不好说，但我有预感，这两桩案子一定存在某种联系。”

他说着背过身，预备原路返回：“我进去看看，你不方便进去就在这儿待一会儿吧……”

钟云从正要抗议，忽然有个尖尖细细的女声传过来，带着歇斯底里的崩溃：“哪个杀千刀的在抽烟！害得老娘鼻子都堵住了！”

苏闲夹着烟的手抖了一下：“啧，难伺候的家伙来了。”

钟云从还没来得及反应过来，就发现自己手里被塞进了一根点燃的香烟，他侧过头，始作俑者一副若无其事的模样，让他不禁怀疑自己是不是出现了幻觉。

一阵五颜六色的旋风卷到了他们面前，一蹦三尺高：“谁啊谁啊？谁这么讨厌？”

“他、他。”苏闲出其不意地指证了一把隔壁的钟云从，把锅甩得一干二净。钟云从却惊讶于这个气场有一米八的小个子女人，她的身高真的不够，即使昂着头也矮了他将近一个头，一头乱蓬蓬的天然卷，身着一件花花绿绿打满补丁的长袄。

因为种种限制，这座城市的居民身上基本只有黑、白、灰、蓝四个色调，而这位女士身上的长袄色彩斑斓得堪比彩虹，可以说是相当高调了。

他被晃得眼花缭乱，手里拿着的那支苏闲抽了一半的烟被劈手夺过，没几秒钟就壮烈牺牲在高跟鞋底下，彩虹女士气势汹汹地掐着腰：“哪来的浑小子？毛长齐了没啊，就学人抽烟！”

她劈头盖脸一阵数落，以至于钟云从一时忘了自己蒙受的不白之冤，他只是一心想着反击回去：“长齐了呀，哪边的都长齐了，就抽，怎么着？”

彩虹女士柳眉倒竖正要回击，鼻头却敏感地抽动两下，头上的卷毛也跟着抖了两下，随后便掉转枪头，横眉冷对地戳着苏闲的胸口：“好啊你个苏闲！学会祸水东引装大尾巴狼了是吧？还好我鼻子够灵！”

钟云从这会儿也终于记起自个儿遭受的不白之冤，愤愤地指认回去：“对啊！苏治安官，你这样混淆是非对得起你的头衔吗？”

正准备悄悄溜走的苏闲在双重夹击之下丝毫不见慌乱之色，反而笑嘻嘻地调侃矮个子女人：“哟，原来你这狗鼻子还通着气儿呢？刚才不是说被堵住了？”

彩虹女士在苏闲胸前一阵乱戳：“呸！你是故意干扰我办案是不是？”

“我看你是故意吃我豆腐才对。”苏闲毫不客气地拍掉扒在他身上的咸猪手，对方悻悻地揉着手背：“呸，你这块臭豆腐有什么好吃的？要吃我也吃你旁边这块掐得出水的嫩豆腐啊。”

她毫无征兆地在钟云从的屁股上重重拍了一下，堪比X光的眼神上下扫描：“咦，是新人啊？之前没见过呀。”

被揩了油的钟云从都来不及羞涩或者懊恼一下，就被她这句话震得心神不宁，他还没把之前苏闲的那身旧制服换了，此时又同苏闲一起出现在命案现场，自然令人误会。

他干咳一声，瞟了苏闲一眼，后者回了他一个眼色，他心领神会：“噢，我是那个，预备队的……38号，跟着苏……组长，实习，嘿嘿。”

苏闲也无缝衔接，向他介绍对方的情况：“这位是‘贵宾犬’女士，你的前辈，我的下属。”

钟云从听见“贵宾犬”这个很不正经的称呼，差点没忍住笑出声来。怎么说呢，这位女士绑起来的两束天然卷垂在耳边，和卷毛小狗还真是神似。

“贵宾犬”飞起一脚狠狠踢在苏闲的膝盖上：“你才是狗呢！”

苏闲揉了揉她那头卷毛：“你当然不是狗，你的鼻子可比狗灵多了。”

“贵宾犬”丢了个白眼给他，转身往回走：“得了别偷懒了，大家伙儿都忙着呢。”

苏闲跟了上去，走了两步又转头问：“你来不来？”

既然他已经在不止一位同事面前捏造了钟云从“预备队38号”的身份，他跟着进现场也就没有障碍了，只要不被戳穿假身份。

不过钟云从对尸体仍心有余悸，他摆摆手：“我就不去了，反正也帮不上什么忙。”

苏闲点点头：“好，那你回去睡吧，我估计得忙活一晚上。”

他松了口气，摇头晃脑地正准备遵从苏闲的吩咐回去睡觉，一转身却瞥见楼梯口立着个苗条的身影。

“苗女士？”他脱口而出，以为是苗林芝去而复返，那个人从黑暗中走出来，冲他莞尔一笑：“云哥哥。”

钟云从眨了眨眼，旋即赧然一笑：“差点看错了……原来是你啊，盈盈。”

苏闲进了现场，首先问的是“贵宾犬”：“怎么样，现场有没有什么残留的味道？”

“贵宾犬”捋了一把她那头乱糟糟的卷毛：“同之前几处失踪现场一样，有一股呛死人的劣质香水味儿。”

苏闲眉梢一扬：“你确定是一个味道？”

“味道是同一个，但是不是同一个人喷的我就不确定了。”“贵宾犬”皱起鼻子，嫌恶之色溢于言表，“这工业香精的味道压过了人身上的其他味道，我鼻子都要过敏了，嗅不出别的了。”

“案发现场每次都会出现这种浓郁的气味，看来不是巧合。”苏闲冷笑一声，“看来作案者很聪明，对我们治管局的情况也挺了解，才会故意往身上喷香水。”

“贵宾犬”秀眉微蹙：“你的意思是，那家伙防着我呢？”

“谁让你名声在外呢？”

女治安官顿时垂头丧气：“那我岂不是派不上用场了？”

苏闲笑着安慰她：“不一定啊，你先待命吧。”他说完朝项羽招了下手，项羽走过来，看着他被吊着的左臂，劝道：“头儿，其实你该好生养着。”

苏闲摇摇头：“不说这个了。上次让你追查这个香水味儿的源头，有结果了吗？”

“我带着‘贵宾犬’跑遍了几乎全城的商铺，最后在黑市里找到了这种香味儿的源头。”项羽的眉头拧成一团，看来情况并不那么乐观，果然，他接着道，“不过卖香水的摊贩说，这玩意儿买过的人不少，他也记不住几个，范围太大太宽泛，很难从中找出具体的某个人。”

意料之中的事，苏闲也谈不上失望：“但也不会一点线索都没有吧？”

“嗯，算是有点收获吧。那摊贩说，买这种香水的基本都是女人。”项羽露出一个耐人寻味的笑容，“而且九成九是从事‘特殊职业’的。”

“别瞎猥琐了，”苏闲不耐烦地抱起双臂，“还有没有别的？之前不是让你们找第五位失踪者的妻子聊聊吗？有没有结果？”

“说到这个，”项羽龇了龇牙，往他身边凑了凑，“还是绕不开‘特殊职业’这个话题啊。”

苏闲掀了掀眼皮：“说。”

“那位校长夫人，就是第五位失踪者的妻子，失踪者生前是个中学校长，他夫人完全是一张常伴青灯古佛的脸啊，那叫一个清心寡欲，就差剃光头发出家了。”项羽咂着嘴，“她告诉我们，她好几年前就跟她丈夫分房睡了，那言下之意自然是……早就不那啥了嘛。至于她老公死前跟谁鬼混，她表示不清楚。”

苏闲未置一词，目光中的压迫性却不可忽视，项羽立马清了清嗓子，继续交代：“但我们也不能就这么轻易放弃，对吧？经过一番诚挚的询问，他夫人最后松了口，说撞到过她老公在办公室跟一个女的拉拉扯扯的……那女的一见她就慌慌张张地跑了。后来她问了她老公，说是一个学生的妈妈，因为有求于他，所以就……嘿嘿！”

苏闲的眉心纠结起来：“哪个女的？找得出来吗？”

“校长夫人当然不认识人家了……不过她描述了对方一个挺明显的特征。”

“什么样的特征？”

“她缺了左边的一颗犬齿。”

苏闲的下颌线不自觉地紧绷起来，他略略侧过脸，低声问道：“锁定对象了吗？”

“因为说是学生家长，所以我们找学校的老师打听了一番，没费什么劲儿就有结果了。”

苏闲闭了闭眼，没有追问下去，因为他已经知道结果了。

“嘿嘿，你肯定猜不到那女人是谁。”项羽对上司沉重的心情一无所知，依旧毫无顾忌地报告着，“她居然就是咱们今晚调查的这起凶杀案的嫌疑人！”

“她叫苗林芝，是个暗娼，在附近的几条街上混迹了很多年，在她们那个圈子里还挺有名。我们顺着她的身份这条线索追踪下去，居然发现第一位失踪者——就是那个不惹人注意的小混混跟她也有关系。他们貌似是情人关系吧，对方曾经是她的保护伞。至于其他人，我们经过走访调查，暂时还没找出她同其他失踪者也存在类似关系的证据……不过也不能排除这个可能性。我的意思是，也许几位失踪者除了性别之外的另一个共同点就是——他们都和苗林芝有关系。”项羽一本正经地交代着，“而且她今年37岁了，已经是潜伏期末期，随时可能进入发病期，甚至有可能已经是‘病变者’了。就目前掌握的信息而言，她和失踪案及凶杀案的受害人都有关联——与失踪案中的两位失踪者疑似有过性交易，与凶杀案中的死者是有过冲突的邻居，存在杀人动机。”

项羽陈述完这番话之后，又做了个总结：“综上，我认为苗林芝存在很大嫌疑，是重点调查对象，所以我已经让弟兄们把苗林芝控制住了。”

苏闲沉默片刻，而后拍拍项羽的肩：“辛苦你了，做得很好。”而后他又转头望向刚做完尸检的张既白，“有什么发现？”

“和钟云从说得差不多，死因是利器割断颈动脉导致的失血过多。死者的嘴唇被划破，舌头也被割断，并且有被凌虐的迹象，整个口腔被利器搅得稀烂。”张既白摘下手套，交给另一名治安官处理，“我觉得，凶手这个行为，蛮有意思的。”

苏闲嘴角抽搐了一下：“那你告诉我，有意思在哪？”

“充满了报复性质。”张既白一针见血，“有一种说法是，造口业会招致果报，而拔舌头是对口出恶言者的一种常见的诅咒。”

苏闲只觉得脑袋沉甸甸的，两边的太阳穴都在突突跳着：“你是指今天早上胖婶和苗林芝的那场争吵吧？”

张既白耸耸肩：“你心里早就有数了吧？再说了，这也不属于我的职业范畴。”

项羽接了话茬：“我们刚才问了这栋楼里的几个住户，众口一词，都说当时死者对苗林芝及其女儿进行了辱骂。苗林芝怀恨在心，杀人割舌，也算是人之常情吧。”

苏闲按了下太阳穴，转而问起了舌头的下落：“死者的舌头呢？没有找到？”

张既白摇头：“没有在这间屋子里找到。”

苏闲沉默。这时候，门口忽然传来一阵嘈杂的声音，他走过去，发现项羽扭住了一个人，正在不客气地讯问。

被扭住的是个中年男子，形销骨立，因为太瘦，两只眼睛很突出，像极了比目鱼。

“你鬼鬼祟祟地躲在这里干什么？”项羽厉声喝问，“不知道这里已经被封锁了吗？”

中年男子哭丧着脸：“我就是想打听一下你们的进度……”

项羽一声冷笑：“关你什么事！莫非你就是凶手？”

他霎时间吓得语无伦次，拼命地摇手：“不是不是！你们别冤枉好人……苏、苏长官，您看这……”

“他是这幢楼里的住户。”苏闲淡淡地开口，“李叔，你没事跑到这里做什么？现在可不是看热闹的时候。”

项羽见苏闲竟然发话了，一时间没转过弯来：“咦，头儿你怎么认识他？”

苏闲瞥了他一眼：“我也住这儿。”

项羽后知后觉：“哎哟，我给忘了！那……嫌疑人你岂不是也认识？”

苏闲扯了扯嘴角：“是啊，认识。”

那中年男子怯生生地插进了他们的对话：“嫌疑人……指的是林芝吗？”

“林芝？”项羽咧了咧嘴，“看来你跟嫌疑人很熟啊？”

对方一时间傻眼了，点头也不是，摇头也不是。苏闲看着他：“怎么着，李叔你想打听什么？”

李叔讪讪地开口：“也不是……我刚才上楼的时候发现盈盈妈已经被你们抓起来了……但她没有杀人啊！”

“你怎么知道她没有？”

他挠了挠后脑勺：“我和她认识很多年了……她肯定没胆子杀人的！”

项羽显然不把他的话当一回事，不耐烦地说道：“得了吧，她杀没杀人可不是你说了算的，现在所有证据都指向她，她跟死者又有矛盾，不是你一句话就能洗脱嫌疑的！”

“这事我知道，当时我就在旁边站着。”李叔急忙解释道，“但吵归吵，她没胆子这么干的，而且她的心也没那么坏……”

苏闲忽然打断他：“你的意思是，你目睹了她们争吵的全过程？”

“是、是的。”

“那我问你，胖婶是不是说过一些过分的话，刺激了苗林芝？”

“对，对！”李叔一拍脑门，“我印象很深，胖婶骂她是婊子，也骂了她家姑娘，之后林芝一气之下冲过去咬了胖婶的鼻子，被拉开之后才说了那些话……”

“哪些话？”苏闲挑起半侧眉尾，“诸如杀人这样的威胁吗？”

李叔怯怯地点了点头。

项羽咋舌："头儿，您看，这动机可太明显了，摆明了就是泄愤报复啊！"

苏闲眉头深锁，李叔忽然抓住他受伤的胳膊："苏长官！您可是她看着长大的，您也知道的吧，她不是坏人，狠不下那个心去杀人的！"

苏闲登时面色煞白，李叔没轻没重地，碰到了他左臂上的伤口。项羽见状，赶紧推开那家伙："没事吧你？"

苏闲勉力摆了摆手："……没事。"他看着摔了个跟头的李叔，尽量让自己看起来和颜悦色："行了，她是不是凶手，由治安所的人调查。李叔你就别瞎掺和了，回去吧，不然李婶该生气了。"

李叔的嘴唇颤了几下，似乎还有话想说，可听到"李婶"二字之后，面色微变，颤颤巍巍地爬起来，佝偻着身子走出去了。

项羽搀了一把面如白纸的苏闲，怀疑地问道："你那伤口不会又流血了吧？要不要让张医生给你瞧瞧？"

苏闲仍旧摇头："走，下楼去，找苗林芝谈一谈。"

Chapter 07.
虚实

凶案发生的屋外，钟云从和盈盈并肩坐在一阶楼梯上。

“这么晚还跑出来，饭吃了没？”钟云从偏着头问身边的小姑娘。她忧郁地摇摇头：“家里来了两名治安官，他们把妈妈看管起来了，我想和妈妈说话，他们不许……他们不让我待在家里。”

钟云从瞄了一眼对面凶宅里透出的些许灯光，大概猜到了是怎么回事，他有点不知道该怎么安慰这个愁容满面的女孩，只得字斟句酌：“是这样的，你妈妈卷入了一起案件中，这个案子有点严重，所以治安所的人要找她问一些情况……”

“我知道。”盈盈垂下眼睑，纤长的睫毛如蝉翼般轻颤两下，“他们都说我妈妈杀人了。”

一直在绞尽脑汁思考怎么把关键词表达得委婉些的钟云从听见她直白的言语，一时间不知道该怎么接茬，倒是盈盈自己笑了起来：“你们都当我是3岁小孩吗？我没那么小，该明白的都明白了。”

钟云从老脸一红，其实他知道现在的孩子普遍早熟，比如打个网游都能碰上小学生骂街，不过那是外头的，他以为盈盈成长在一个相对封闭的社会，就会天真幼稚些……还是太想当然了。

“你今年几岁了？”他忽然有些好奇，他觉得这孩子看起来不大，但据说已经念中学了。

盈盈掰着手指："12岁零9个月……再过3个月就满13岁了。"

这出乎钟云从的意料："我听苏闲提过，你马上就要升高中了，没想到还这么小！"

小姑娘微微一笑："因为我们这里的学校五年前才复课，为了节省时间和钱，我在这五年里学完了小学和初中的全部课程。"

这对从小一直当学渣的钟云从来说，是无法想象的，他由衷地赞美："好厉害！"

"其实我不喜欢念书，"女孩却语出惊人，"是妈妈希望我这么做。"

钟云从一怔，随即深有同感地笑起来："真巧，我也很不喜欢念书。从前老师一讲课，我就打瞌睡。"

"可是，云哥哥还是和我不一样吧？"盈盈抱着膝盖，歪着头微微笑着凝视着他，"你可以做你喜欢的事情，也可以拒绝你讨厌的事情，你有选择的机会，可我没有。"

钟云从的笑容一下子凝固在脸上。他现在的感觉怎么说呢，和听到苏闲不久前那番冷言冷语时的感受是如出一辙的，当然盈盈的态度要柔和得多，语气也没那么尖刻，可他们都在提醒他一件事——他与他们之间根本没有"感同身受"可言，他们的处境实在是天差地别，不要妄图去理解对方。

钟云从自嘲地摸了摸鼻头："对不起。"

"我没有怪你的意思，只是……非常羡慕你而已。"盈盈把脸埋在两个膝盖之间的凹陷处，声音压得很低，"你一定生在一个很好的家庭里，父母慈爱，衣食无忧，过着体面有尊严的生活……"

钟云从不忍心再听下去了："盈盈你听我说，你妈妈也很爱你的……"

"你不懂。"盈盈却反过来打断了他，"'孤岛'已经是座垃圾场了，可我们就算在这种地方也是最底层的那一群。我走在街上，坐在教室里，都要忍受四周投过来的异样目光……有时候，我真希望我自己不要出生在这个世界上。"

钟云从张了张嘴，舌头却像是打了结，因为他知道所有的口头安慰都太过苍白单薄了，而且这个女孩，也许并不需要安慰。

"真是不好意思，我的牢骚好像发得太多了。"盈盈抬起头，钟云从没有从她的面颊上发现泪痕，却并没有因此松了口气，心情反而更加沉重。

小姑娘的脸上依旧挂着笑容："我从小就没有父亲，可能是因为这个原因，我的性格有时候不太讨人喜欢，你别怪我啊。"

钟云从无可奈何地笑了笑，伸出手揉了揉她细软的头发：“我看，你怕是叛逆期快到了。”

盈盈冲他甜甜一笑，正要说些什么，目光却被一个鬼头鬼脑的人影吸引了，钟云从也看见了，他皱起眉：“这家伙是谁啊？躲在门外干吗？”

大概他们这边的楼梯间本身处于那个方位的视觉盲点，光线也暗，对方又提心吊胆的，根本没注意到这里有人。

盈盈瞥了一眼，收回了视线，声音有些冷淡：“是住在二楼的李叔，大概是……想看热闹吧。”

钟云从敏感地听出了她语气里微妙的变化，试探地问了一句：“你好像不太喜欢这位邻居？”

女孩的薄唇抿成了一条紧绷的直线，片刻后，才用堪称冰冷的声线告诉他：“是，我讨厌他，他对我母亲一直心怀不轨。”

“这……”钟云从实在是不知道怎么接下这样的话题，总不能对她说“对你母亲心怀不轨的臭男人多了去了，你要看开点”这种屁话吧？于是干脆闭上了嘴。

恰在此时，那个獐头鼠目的李叔不慎被屋子里的项羽抓了个正着，没过一会儿，苏闲也跟着过来了。他们之间对话的内容，他基本也都听到了，大意就是李叔在为苗女士喊冤，可惜拿不出什么实质性证据，而项羽那帮人，当然不会相信他。

没过多久，干瘦的中年男子就被扫地出门了。临关门前，他听到苏闲那句半是调侃半是威胁的话，不由得转头跟盈盈打听起来：“怎么，还是位‘妻管严’啊？”

“他的老婆脾气很大，”小姑娘斟酌着用词，微弯的唇角却还是透露了一点讥讽的意味，“李叔稍不顺她心意，整栋楼都能听见他挨打的惨叫声。”

赤裸裸的家暴啊……钟云从咧了咧嘴，对那位倒霉的中年男子给予了十二万分同情。

不过，他并没有从李叔的身上看出盈盈所描述的那种猥琐不堪——无论是方才他对治安官们低声下气说的话，还是蔫头耷脑的个人形象。他想，也许李叔是对苗林芝存在某些特殊的情感，但肯定不是盈盈想的那样。

他正琢磨着怎么扭转小姑娘的偏见，没想到苏闲带着项羽和“贵宾犬”两位下属也跟着出来了。“贵宾犬”小巧的鼻头动了动：“哟，预备队小哥还在啊——”她还没说完就打了个喷嚏，“阿嚏！这鬼香水味儿怎么还没散？”

苏闲朝楼梯间的方向看了看，钟云从和盈盈走了出来，钟云从向“贵宾犬”抗议：“女士，在未成年人面前注意下素质。”

满头卷毛的小个子女人尴尬地打了个哈哈：“我这不是不知道吧……”而后上下打量着小姑娘，“不过你身上怎么有股香味儿？”

钟云从不明所以，苏闲则神色微变，盈盈抬起胳膊嗅了嗅，难为情地说道：“应该是沾上我妈妈的香水味儿了……她总是喜欢喷这些。”

项羽沉声开口：“错不了！”

苏闲瞥了惊疑不安的女孩子一眼，立即指挥道：“钟云从，你带盈盈回我的住处，先照看她一晚上。”

盈盈的眼睛里弥漫着恐慌：“为什么？你们要带走我妈妈吗？你们已经确定了是她杀的人吗？”

苏闲侧过身去，避开她的眼神：“现在还不确定。但就算如此，她也不能继续在这里待着了——她已经发病了，不是吗？”

小姑娘愣愣地盯着他，似乎不明白为什么他会知道这件事。

“听话，跟他走吧。”苏闲只是这么对她说。

盈盈面色苍白，近乎麻木地问道：“所以说，你们要把她丢到西城吗？”

没有人再回答她这个问题，钟云从暗自叹了口气，拉了拉她的手，她却一动不动。

苏闲他们没有继续驻留，他最后看了钟云从一眼，确认对方领会了他的意思之后，便同两位同僚一起下楼了。

“头儿，你和嫌疑人……貌似关系还不错啊？”项羽支支吾吾地开口了。苏闲头都不回，冷冰冰地回道：“你担心我会徇私啊？”

被上司当场戳穿，项羽哪敢承认，赶忙阿谀奉承找补：“怎么会呢？您这么刚正不阿、正直无私、两袖清风，连受贿都只收包烟……”

苏闲还没给出反应，项羽的头上就挨了一巴掌，“贵宾犬”教他做人：“你小子会不会说话啊？哪有当面揭上司短的？这个月想不想放假了？”

苏闲忍无可忍，一回身咣咣给了两个不省心的下属一人一下：“是不是来干活的？不想干就滚！”

双双捂着头的两只蚂蚱不好明着来，开始暗度陈仓用眼神互怼——中心思想就是责怪对方连累了自己。

苏闲停在四楼的一扇门前，隔着门就能听到苗林芝声嘶力竭的尖叫，还间歇地夹杂着某种物品的碎裂声：“都说了我没有杀人！没有杀人！你们不去抓真正的凶手，杵在这儿是不是有毛病啊？！”

苏闲皱了皱眉，推开门走了进去。

大概是闹出的动静太大了，苗林芝被两个身穿制服的治安官扭着，双臂被反剪在身后，不停地挣扎着：“你们知不知道我认识你们长官啊！苏闲知道吧？信不信我让他……”

在与面无表情的苏闲视线对上的那一刻，她猛地把装腔作势的后半句咽了回去，讪讪地冲苏闲露出一个讨好的笑：“你、你来啦？我不是那个意思……就是……谁让他们这么粗鲁的……”

“松开她。”苏闲的脸色依旧吓人，但给出的命令却是出人意料的，苗林芝也很意外。

她重获自由，一面揉着酸痛的胳膊，一面怯生生地打量着苏闲。苏闲指了指沙发，示意她坐下：“我问你答，不要说假话。”他一回头随手点了个人，“你做下记录。”

苗林芝束手束脚地缩在沙发一角，点头如捣蒜，眼巴巴地盯着他。

苏闲开始发问：“我们的人检查过尸体，确定人死了差不多三个小时。三个小时之前，也就是今天下午4点半左右，你在哪里？”

苗林芝的眼神黯淡下来，她胡乱地理了一把鬓发：“今天下午我……在家里。”

“就是这间屋子？”

“对。”

“一个人？”

苗林芝略显慌乱地眨了眨眼，没有立即作答，正在她犹豫的时候，和项羽明枪暗箭斗了一路晚来一步的“贵宾犬”到了，她一进门就捂住了鼻子，眉头微蹙：“这屋子里怎么有一股奇怪的味道？”

苏闲这位重度鼻炎患者的嗅觉比一般人还差点，自是毫无察觉，但他很信得过他这位下属的鼻子，即刻警觉起来：“什么味道？”

“贵宾犬”一脸作呕的表情：“半生不熟的肉味儿。”

苏闲乍然变色，他紧紧地盯着苗林芝，低声质问：“怎么回事？”

苗林芝惊慌起来：“我、我不知道……”

苏闲一扬手：“把整个房子都搜查一遍！”

众人领命而去。

有“贵宾犬”这只会说话的警犬在，没花多少时间，他们就在厨房的铁锅里找到了一片煮过的舌头。

掀开锅盖，一股无法形容的味道飘了出来，是肉类特有的味道——这片舌头的形状也真的很可疑，反正肯定不是猪舌。

意志力不够的人都要吐出来了，苏闲盯着那个表面变成酱紫色的肉块，脸色很难看："还能闻出什么吗？"

"还好没全熟，不然就算是我也闻不出来了。""贵宾犬"忍着恶心，把舌头捞了起来，用根筷子戳了一下，血水涌了出来，她凑过去嗅了一鼻子迅速丢回了锅里。

把反胃的感觉压回去之后，"贵宾犬"迅速说道："和楼上的尸体是一个味道。"

苏闲转过头，看着呆若木鸡的苗林芝，沉声问道："这是什么？"

过了好一会儿，苗林芝才从呆滞中缓过神来，她的腿一下子软了，差点瘫在地上，以至于要两个人架着才能勉强维持站立的姿态，但双腿仍在一刻不停地发着抖："我、我真的不知道……不知道为什么这玩意儿会出现在、在这里……"

"这是伏兰的舌头。"伏兰是胖大婶的真名，苏闲叹了口气，"她的舌头被人割掉了，现在却出现在你家厨房里……甚至有被煮过的痕迹，你不会认为这都是巧合吧？"

女治安官冷笑一声："我看这一手也是防着我吧，哼，果然有点小聪明。"

苗林芝彻底崩溃了，开始号啕大哭："我不知道！我真的不知道啊！不关我的事！"

她哭着哭着忽然出其不意地甩开了两个人形拐杖，几乎爬到了苏闲脚下，抱着他的腿，如同溺水者抱住了一根浮木："苏闲！苏闲你要救救苗姨！苗姨真的没有杀人！"

苏闲见她满脸涕泪，十分凄惨狼狈，只得弯下腰，扶住她的肩膀："你冷静一点，我们的问话还没有结束。"

他说着转头冲一名下属扬了扬下巴："去倒一杯水来。"

良久，一杯温水递到了苗林芝面前，她也终于重新坐了下来，双手捂着眼睛，似乎不愿面对苏闲等人。

"喝口水。"苏闲温言劝道。片刻之后，苗林芝终于伸出一只手，颤颤巍巍地接过了那杯水，途中不慎洒了一点，弄湿了她的衣襟。

她艰难地咽下一口水之后，看起来平静了许多，面色木然地与苏闲对视："想问什么就问吧。"

"案发时间，你有不在场证明吗？"苏闲重复了一遍之前的问题。苗林芝愣了十来秒，才像是听明白了，她眨眨眼，仿佛活过来一般，眼睛里有了一点光："有的！我那个时候在和楼下的老李说话，他来劝我跟伏兰道歉，我不听，只想打发他走，就借口说要去接女儿放学。我那个时候看了一眼钟表，喏，就是墙上挂着的那个。"她的手指了一下，苏闲顺着她指的方向望过去，确实有个挂钟在滴答滴答地走着。

"那时候正好4点半，就是你说的时间！"苗林芝惊喜地宣告。

苏闲皱了皱眉："那你之前怎么不说？"

苗林芝撇了撇嘴："老李那个老婆，你又不是不知道。要是让她知道老李到我家里来找我说话，说不定闹成什么样。所以老李临走的时候特意嘱咐过我，让我千万保密，免得他老婆知道了收拾他，不过……我一开始也没想起来。"

苏闲看了项羽一眼，后者心领神会："我这就去把那位证人找来！"

他说着就出门了，苗林芝满怀期待地目送着他的背影，苏闲却仍是公事公办的模样："在证人到来之前，我还有些问题要问你。"

他从"贵宾犬"那里接过了六张照片，依次排开，让苗林芝过目："你认识这几个人吗？"

苗林芝在看到第一张照片的时候，脸色就略有变化："认识……他，曾经是我的男朋友。"

苏闲瞟了一眼照片上流里流气的中年混混："你最近见过他吗？"

"没有啊，我跟他分开好一阵子了。"她咬牙切齿，摸了摸自己的手臂，"这浑蛋竟敢打我！"

苏闲心中一动："几个月前，你左边的犬齿掉了一颗，是因为他？"

"对，被他打掉的！"苗林芝悻悻地承认。她还记得那会儿苏闲注意到她突然少了颗牙，还问过为什么，她觉得丢人现眼，就没告诉他，只说是自己摔的。

苏闲自然也有印象，但并没有纠结这个问题，而是继续发问："那你知道他最近怎么样了吗？"

"我怎么会知道？他在的那条街我早就不去了……"苗林芝正嘀咕着，猛然反应过来，指着照片的手有些抖，"难、难道他也……"

"最近闹得沸沸扬扬的那起失踪案，你都不知道吗？""贵宾犬"忍不住插嘴，"他就是第一位失踪者。到现在都没找到人，估计是没了。"

苗林芝的脸上没有多少难过的神情，倒是震惊多一点，她结结巴巴地反问："那你们为什么要、要问我……这跟我也没关系啊……"

苏闲没接这一茬，而是指了指剩下的几张照片："你先把所有失踪者的照片都看过再说。”

苗林芝迅速把其他五张看了一遍，面色相当灰败，她不自觉地咬着发白的嘴唇，连渗出了血丝都未察觉。

苏闲把她的反应看在眼里，知道项羽的推测差不多被验证了，他的手指轻轻敲击着椅子的边缘，问她：“这些人，都是你认识的，对不对？”

苗林芝的情绪一下子爆发了，她的牙齿上沾了一抹血红，甚是可怖：“有人在陷害我！苏治安官你听我说，不管是伏兰还是这几个人，我跟他们都没有深仇大恨，我为什么要杀他们啊？！”

“如果真有人这样陷害你，那一定是你跟某个人有深仇大恨了。”苏闲叹了口气，“但目前你的确是最大的嫌疑人。”

苗林芝霍然起身，狂躁地嚷嚷着：“你们有证据吗？”

去她卧室里彻查了一圈的“贵宾犬”出来时正好听到这话，冷笑一声，捏着鼻子把一瓶包装粗糙的香水冲着空气喷了两下：“老大你闻闻，这就是多个案发现场留下的味道，在她房间找到的。”

苗林芝一声冷笑：“这算什么证据？用这香水的又不止我一个！”

苏闲忽然伸手扣住她的手腕，她下意识地想抽出来，却无论如何都无法摆脱，只能任凭他卷起了她的衣袖。

她手臂上正在溃烂的红斑露了出来。

而那两个用手碰触过她的治安官差点崩溃，不由自主地往后退了几步，如果不是有苏闲镇着，大概会直接落荒而逃。

“贵宾犬”讨厌尸体，害怕行尸走肉一般的异种，但对初期的“病变者”却无所畏惧，她看不上两个年轻人畏畏缩缩的行为：“至于吗？又没碰到伤口上的脓液，传染不了。”

苏闲就这样毫无顾忌地扣着苗林芝的手腕，冷冷发问：“你知道吗？杀死那个花店老板的人，手上就有这样的红斑。”

这话一出，不只是苗林芝，连“贵宾犬”也吃了一惊：“老大，你是怎么知道的？”

“用特殊手段查出来的。”苏闲轻描淡写地带过了这个话题，“如果是巧合，那巧合未免也太多了吧？”

苗林芝已经十分脆弱的神经几乎要不堪一击了，除了祥林嫂一般重复“不关我的事”之外，她真的不知道还能说什么。

“你有异能吗？”她正绝望着，忽然听到苏闲又问了一句，她莫名其妙地看着对方：“我有没有异能你会不知道吗？再说了，我要是有的话，能混成现在这惨样吗？”

“贵宾犬”却听出了一点弦外之音，她凑近苏闲，轻声道：“您怀疑是异能者干的？”

“至少有异能者参与。”苏闲的语气很笃定，“贵宾犬”还想再问些什么，项羽突然领着人回来了。

老李对于此刻的苗林芝来说就等于救星了，她终于松了口气，欲冲过去，却被苏闲伸手拦住了。她也不在意，热切地望着他：“老李！你快跟他们说，今儿下午4点半的时候，你是不是在这大厅里劝我去给伏兰道歉？”

老李与她对视一眼，浑浊的眼珠子动了动，摇了摇头：“没有。4点到5点这段时间，我都没有出过门，我和我老婆在家里，准备做饭。”

他的否认宛若当头一棒，敲得苗林芝头昏眼花，她无法站稳，整个人跌坐在沙发上，语无伦次地念叨着：“老李你……你胡说……明明那个时候你来找了我的……”

她似乎明白了什么，蓦地睁大了眼睛：“是不是你那个疯婆子不让你帮我做证？是不是？”

老李避开她怒不可遏的眼神，弓着背，一言不发。

苏闲也皱起眉：这李叔，前不久还跑来说情，力证苗林芝的清白，这会儿却断然否认……前后有点矛盾啊。

他深吸一口气：“李叔，我再问你一遍，今天下午4点30分前后，你到底有没有和苗女士接触过？”

老李耷拉着眼皮，两只格外突出的眼睛活似两枚干枯的核桃，他的嘴唇动了动：“没有。我那时候在自己家里，我老婆可以做证。”

苏闲听得直想叹气，这还用问吗？这老李真是怕老婆怕到骨子里了，即使有可能在说谎，可对方就是不肯承认，他一时半会儿也拿他没办法。

“李叔，做伪证可是违法的。”他最后警告了一句，可对方依旧泥塑木雕一样，呆愣愣地垂着头，装聋作哑。

苏闲的立场摆在那里，只能点到为止，无奈之下，只得摆摆手打发他走：“行了，没你的事了，回去吧。”

老李踏出门槛的那一刻，苗林芝忽然疯了似的咆哮：“李志军！你这是要害死我啊！”

老李脚下一顿，身形又佝偻了几分，俄顷，步履蹒跚地离开了。

苏闲侧过脸，盯着苗林芝：“现在你没有证人了。”

苗林芝的长发凌乱地遮着脸，脸色灰败得像个女鬼，她忽然笑了起来，并且伸出了自己的双手："我没什么可说的了，你们把我带走吧。"

苏闲知道她这是彻底心灰意冷了，他未置可否，而是向"贵宾犬"伸出一只手："异能感应器给我。"

"贵宾犬"摸出一个打火机一样的小东西，扔到他手里，苏闲拿着"异能感应器"，走近了苗林芝。

在一个完全符合探测范围的距离里，他手里的微型仪器依旧安安静静的，没有发出任何噪音。

"确认，她并非异能者。"苏闲说完这句之后，把感应器还给"贵宾犬"，在沙发上坐下，长长地呼了口气，"第五位失踪者，也就是那位中学校长，他夫人声称，曾经撞见过你和她丈夫进行性交易……属实吗？"

泥塑木雕一般的苗林芝掀了掀眼皮："我说了，你们会信吗？"

苏闲不动声色："你先说，我们自有判断。"

苗林芝赏玩着自己嫣红的指甲，一副心不在焉的样子："不久前，我是上门求过那位校长一次，因为那个时候盈盈快开学了，但我一时之间还交不上学费，所以想请他宽限一阵子，但我没和他睡过。"

项羽吃了一惊："可校长夫人说……"

"那是我女儿的老师！我再下贱也不会去污了盈盈的名头！"苗林芝愤怒地瞪着他，"至于那个什么校长夫人，我根本都没见过，也不知道她为什么要那样诬陷我……反正我和她老公清清白白的，你们爱信不信！"

苏闲沉吟片刻，又问："那校长同意你的请求了吗？"

她点点头："同意了。"

"不会吧？"项羽又忍不住嘀咕，"你随便一求他就答应了，谁信啊？"

他显然不大相信苗林芝的说辞，后者翻了个大白眼："我说的都是实话，爱信就信，不信滚！"

项羽被她的语气激怒："你什么态度啊！"

苏闲看着他们一来一往地唇枪舌剑，心里也有自己的考量：苗林芝现在处于一个很不利的境地，既然她承认了和其他人的关系，那么还有必要在校长这里撒谎吗？

如果她说的是真的，那么校长夫人所说的就是假的。可那位夫人为什么要撒这种谎？

一时半会儿辨不出谁真谁假，他便先把这个问题放到一边，继续问："之后呢？你和校长还有过接触吗？"

"没有了。"苗林芝的声音有些茫然，"过了一阵子我就把学费筹上了，之后就再也没见过他。”

项羽还是难以置信：“你真没跟他……那个啥过？”

苗林芝暴跳如雷：“你烦不烦啊！老娘说了没有就是没有！”

“行了，别吵了。”苏闲有些疲惫地揉了揉太阳穴，“总之，先跟我们回治安所一趟吧。”

“贵宾犬”把人铐上，示意先前那两名治安官来押送，两个年轻人虽心惊胆战，但也不敢临阵脱逃，只能奉命行事。

苗林芝绝望得要命，没有丝毫的反抗之意，乖乖地跟着走了。

苏闲临出门前又扫视了一眼整间屋子，忽然被窗台上摆的盆栽吸引了目光。

植株通体青翠，绿得赏心悦目。苏闲目不转睛地盯着，自从“孤岛”入冬以来，他已经很久没有见过绿色了。

又定睛凝望了几眼，他才发现植株上居然还结了花苞，成串垂下的乳白色小花密密地点缀在枝叶间，如同一口口铸造精巧的梵钟，清丽优雅，惹人怜爱。

原来是株铃兰草。

“我送的花，你喜欢吗？”钟云从曾经“听到”第六名死者这样问杀死他的凶手。

“我记得，铃兰草的花期是四月到五月。”苏闲声音低沉，“现在天寒地冻，你们家也并非温室，可它不仅枝繁叶茂，而且快开花了。”

苗林芝随便扫了一眼，小声嘀咕道：“我怎么会知道？”

“第六名死者是位异能者，他能与植物沟通，甚至影响植物的长势。他种出来的花草，全城闻名。”苏闲闭了闭眼，“想来，让铃兰草在寒冬开花，也不是什么难事。”

苗林芝听得一头雾水，且极度不耐烦，一句“关我什么事”就要脱口而出，蓦然听到有人在叫“妈妈”。

她忙不迭地转头，她的女儿盈盈站在不远处，笑盈盈地凝望着她，眼睛里却结了一层薄霜。

知女莫若母。

那一瞬间，她突然明白了一些东西，关于伏兰的舌头，关于散不尽的香水味儿，关于那盆生机勃勃的铃兰草。

“这盆铃兰草是哪儿来的？”苏闲的追问咄咄逼人。苗林芝望着她的女儿微笑了一下：“那是别人送我的。”

尽管他心里早有猜测，可听到苗林芝承认，他的心还是骤然下沉。

苏闲的嘴唇动了一下，一时之间不知道说什么好，他回过头看向盈盈，那女孩泫然欲泣地注视着她的母亲。他的心情愈发阴郁，他在人群里找到钟云从这个废物，狠狠地瞪了他一眼。

而钟云从则无奈地摊着手，表示小孩不听话，他也无能为力。

苏闲此刻也无暇找他算账，他走过去，想找个理由把小姑娘支开，虽然在他们这种环境里谈人道有些可笑，但他还是不希望让她亲眼看到自己的母亲被抓走。

不承想盈盈先他一步开口："我知道你们要带她走，不管人是不是她杀的，她是位'病变者'，这个理由足够了。"

苏闲的喉结滚动了一下，想说些什么，可是嗓子眼里涩涩的，接着又听到女孩轻声问道："在那之前，我能和她说几句话吗？"

苏闲瞥了一眼低头不语的苗林芝，颔首应了。

盈盈走过来，牵住了她母亲的手。

苗林芝抬眼注视着这个可爱的女孩子，她因自己而诞生，她还这么年少这么美丽，与她如此相似却又截然不同。

苗林芝发现自己其实并不了解这个孩子。

但即使如此，苗林芝还是挤出一个笑容，抬起手摸了摸她的脸，尽量避免让冰冷的手铐碰到她的皮肤。

"盈盈，妈妈……"她本来不想哭的，可一开口还是藏不住哽咽，"妈妈以后没办法照顾你了，你已经长大了，要学会照顾自己……要好好、好好地活下去。"

她紧紧地盯着女儿的眼睛，刻意在某些字眼上加了重音，甚至捧着她脸颊的双手都下意识地加大了力度。

她希望她能听进去。

盈盈眼睛里的寒冰已经融化成一片水光，溢出了眼眶。她含泪点点头："我知道，您放心，我会听您的话，会'好好'地活下去。"

苗林芝忽然感到周身发冷，双手无力地垂落，盈盈担忧地凝视着她，握住了她的手。

她做梦也没想到，有一天，她会强烈地排斥女儿对她的亲近，甚至想要用力推开她。

但她最后还是压下了这股冲动，因为盈盈抱住了她。

小姑娘凑到了她母亲的耳边，薄薄的嘴唇一张一合。苏闲见她满脸的哀戚，便退开了几步，其他人也自觉照做，为这对母女最后的话别提供了足够的空间。

母女俩的悄悄话很快就结束了，随之而来的便是分离，气氛意外地很平静，抱头痛哭的场景并没有出现。

钟云从递给了泪流满面的女孩一张纸巾，苏闲侧过脸瞅了他一眼，钟云从会意地点头："放心吧，她就交给我了。"

苗林芝只是默默地流着泪，甚至没有回过头看盈盈最后一眼，只在迈下第一级台阶的时候，出声恳求："苏闲，看在我以前帮过你的分上，以后我女儿就……拜托你了。"

"你放心。"苏闲的声音压得很低，却透出不容置疑的坚定，"盈盈就是我妹妹，我会照顾好她的。"

"好！"苗林芝的声音有些颤抖，眼泪也变得更加汹涌，"你记着，这是你答应我的，无论、无论发生了什么，都不要忘记！"

苏闲低下头，与她对视了一眼，他在她的双目之中看到了太多的焦灼和恐慌，她亟待他肯定的答复，过多的期盼和祈求化为千钧，压得他喘不过气。

"好，"他最终还是艰难地应了下来，"只要我能做到。"

苗林芝欣慰地笑了起来。

治安所的车在楼下停着，张既白在那里与他们分道扬镳，自行回他的诊所去了，剩下的人依次上了车。

苗林芝被押上车的时候，楼上的窗户几乎都开了，躲在后面的人或是幸灾乐祸，或是心有余悸，木头人一样的苗林芝对这些窥视的目光毫无反应，苏闲倒是注意到了，却也无计可施，他扫视了一圈，发现二楼的李志军家里的窗户是关着的。

他对于李志军的前后不一依旧耿耿于怀。居民楼里的老人闲话家常的时候，不止一次提过李志军年轻时对苗林芝曾经有过那种意思，只不过苗林芝根本看不上毫不出众的李志军。

苏闲对这种八卦并不感兴趣，也从未验证过其真实性，不过从李志军的妻子李婶对苗林芝处处针对的态度看，应该是有几分可信度的。

那么，对苗林芝怀有特殊情感的李志军，真的是因为妻子的压力而拒绝为她做证吗？

苏闲知道自己的思考角度是有问题的——他直接跨过了验证的部分，站在了苗林芝的立场去揣摩李志军的想法。作为办理此案的公职人员，这是不应该的，他应当保持中立，而不是偏向哪一方，即使只是在思想上。

虽然他没能验证苗林芝的不在场证明是否真实，但仅凭他的直觉和对苗林芝的了解，他已经相信她的说法了。

这很不理性，他明白。

但他还是想这么做，于是他再度开口询问身旁的嫌疑人："苗女士，接下来我把几位失踪者的失踪日期一一告知你，你回忆一下那些时间点你身处何地，在做何事，以及有没有人可以证明……"

"不用了。"苗林芝凄然一笑，"我都承认，这些人，都是我杀的。"

这个房间不大，只摆得下一张床、一套桌椅，以及两个矮柜，简陋得不像一个正值豆蔻之年的少女的闺房。

虽然屋里的物件简单陈旧，但色调却意外地温暖，窗帘、被褥、床单都是粉红色的，还有摆在床头那一大一小的两只玩具熊，总算为这间狭窄逼仄的屋子带来了一点鲜活的气息。

盈盈正在写作业，手边的那盏台灯似乎连散发出的光线都褪了色，有气无力的，一看就快退休了。

钟云从站在床和柜子的过道之间，进退维谷。这房间里只有一张椅子，他又不好意思坐到人家姑娘的床上——虽说对方还小吧，可分寸还是要注意的。

他正左右为难的时候，小姑娘转过头来冲他一笑："没关系的，坐吧。"

没想到自己的那点小心思全被看穿了，钟云从挠着头不好意思地坐下来，赧然一笑："多谢了啊。"

盈盈的轮廓被昏黄的灯光映得格外柔和，她摇摇头："应该是我多谢你才对。谢谢你在这里陪着我。"

这当然是苏大治安官的吩咐，但并不意味着没有钟云从自己的意思，任谁也不会放心让一个即将成为孤儿的小女孩自己待着。

他对这个女孩很怜惜："没什么，继续忙你的吧。"

小姑娘继续做她的功课，钟云从凝视着她纤瘦的背影，眼里却透着些许的迷茫。

说实话，他不是很能理解盈盈现在的状态，这同他对十几岁的少女的认知十分不符——不久前她才失去了母亲，也许这辈子都见不到了，但她不哭不闹，甚至还能拿出主人的姿态招待他这个客人，此刻又安安静静地做起了学校布置的家庭作业。

钟云从知道，自己不该拿他固有的那套标准来衡量"孤岛"里的人，她同外头无忧无虑的女孩们不同，穷凶极恶的环境和贫困的生活逼得她不得不尽快成熟起来，这样才能与可怕的世界对抗。

尽管他什么都明白，可他还是认为，这孩子，未免懂事得过头了。

或许是不习惯情绪外露，或许是不愿给他造成困扰，但无论是哪种原因，她母亲，生她养她爱她十几年的母亲一去不回，她的情绪多少应该有些波动，而不是这般……平静如水。

是我太过迂腐了吗？还是我同这孩子有代沟？钟云从有些茫然地想着，如果是后者的话，那可就太打击人了。

但无论他真实的想法如何，他并没有在盈盈面前表现出来。

不知道苏大治安官那边怎么样了，这个时间，他们应该快到治安所了。他正襟危坐，专注地盯着那盏无精打采的台灯，琢磨的对象已经换了。

他会怎么审问苗女士？依着他那性子，大概是一板一眼地公事公办吧，只是这么多年的邻居，多少有点情分在，他心里也不会好受吧……如果是在外边的话，他肯定得回避，不过这里情况特殊，说不定没这么讲究。

如果我是他，我宁可回避，钟云从默默地想，他从来没有给自己找罪受的爱好。

“云哥哥。”

屋子里安静了许久，导致钟云从完全沉浸在了自己的世界里，盈盈的声音将他“惊醒”，他的身体条件反射般地紧绷了一下，回过神后又放松下来，他欲盖弥彰地冲小姑娘笑了笑：“在！”

盈盈将手中的笔放在了摊开的笔记本中间，又轻轻地合上了本子，做完了这一切，她才转过来，把本子放在椅背上，小巧精致的下巴靠了上去，睁着一双大眼睛看着他：“你觉得我妈妈是凶手吗？”

钟云从正在活动他发麻的双脚，对方突如其来的提问令他猝不及防，抬起的右脚悬在了空中，他对这个问题有些敏感，因为这也是他方才苦苦思索却无法解答的疑问。

直到右腿再一次发酸，他才意识到自己保持这个滑稽的姿势太久了，也让盈盈等了太久。

他解放了自己的腿，顺便清了下嗓子，正要将“这个，我也不好说，毕竟，我只是个假冒的预备队38号”这个既保守也稳妥的回答给她的时候，舌尖却拐了个弯。

“不是。”他自己都被脱口而出的答案给惊到了，但既然说都说了，他又笃定地重复了一遍，“我觉得她不是。”

女孩垂下眼，长长的睫毛投下一片阴影：“你也……这么觉得吗？”

这个“也”字用得让钟云从莫名松了口气，他没时间或者说不愿去细究其中的始末，迟疑了一下，还是将盘旋在他心头许久的疑惑问了出来：“盈盈，你妈妈她……有异能吗？”

女孩仰起头，有些意外地看着他：“没有。至少这么多年，她在我面前从来没有显露过。况且，异能者基本都要受到治管局的管控。”

钟云从点点头，这个回答是意料之中的，苗女士看起来也不像身怀异能。

盈盈小心翼翼地看着他：“是否有异能……与那些案子有关联吗？”

她真的很敏锐，钟云从也就不瞒她了：“对，那一系列的失踪案和楼上的凶杀案，如无意外，都是异能者干的。”

光是凭苗林芝没有异能这件事，他就足以排除她的嫌疑了。

何况，钟云从实在不认为苗女士像是能搞出这么多事的人，主要是她没那个脑子和能力。

女孩似乎被这个大胆的推论吓到了，她眨巴眨巴眼睛，好一会儿才战战兢兢地开口：“云哥哥是怎么知道的……”

“呃……”他方才那点坦诚又缩了回去，他没法跟小姑娘交代他可能也有异能这种事，于是便把事情全推到苏闲那边了，“是听苏治安官说的。”

盈盈笑了笑，揶揄道：“你跟闲哥哥的关系可真好。”

钟云从尴尬了，心想这话要是传到某人耳朵里，他可能会被暴打一顿。

“如果能找到真凶就好了。”为了转移话题，钟云从急急地说道，除了掩耳盗铃之外，也有真心实意的成分在里头，“那样就能还你母亲一个清白了……”

“你觉得那样就皆大欢喜了吗？”盈盈听到这里，忽然笑了起来，她的笑容看起来有几分凄凉，“云哥哥，你还不明白吗？无论我母亲清白与否，她都回不来了。”

钟云从怔了一下，旋即便反应过来——苗林芝进入发病期这件事通过他传到了苏闲的耳朵里，按照这里一贯的行事作风，苗林芝必然是要被送到西城的。

她回不来了，这几乎是板上钉钉的事，而最初的那一锤子，就是他钟云从敲下的。

钟云从明白之后，蓦然产生了深重的罪恶感。虽说苗女士发病的事情瞒不了多久，他早早将此事告知苏闲甚至是为社会治安尽了一份力，毕竟谁也不能保证“病变者”进入中后期之后会干出什么疯狂的事儿，但无论他怎么说服自己，这种罪恶感还是挥之不去。

是我害了她吗……钟云从扪心自问，得出答案：是。

一瞬间，他坐立不安，无地自容，完全无法面对眼前的小女孩。

“对不起啊，盈盈……”他的声音几不可闻。而他万分对不住的小姑娘却格外善解人意：“没关系的，我知道你不是故意的。”

钟云从这下更是如坐针毡，盈盈的理解是因为她根本不知道真相，如果她知道她母亲的发病最初是由他告发的，她还能这么和颜悦色地对他吗？

亏他之前还站在道德制高点谴责她失去了母亲之后不够悲伤，原来，他才是悲剧的始作俑者。

我那么做真的对吗？钟云从陷入了自我怀疑的怪圈里。

“你怎么了？”盈盈发现他脸色不对，也跟着不安起来，“是我哪里说错了吗？”

钟云从这会儿连直视盈盈的勇气都没有，他目光躲闪，支支吾吾：“没有，我就是突然有点不舒服……”

他的谎话扯到一半戛然而止，因为他无意中瞥了某样东西一眼。

盈盈垫着下巴的那个笔记本，他总觉着有些眼熟，仿佛在哪里见过，可一时半会儿就是想不起来。

Chapter 08.
真相

疾驰的汽车里，苏闲深吸一口气："你要承认什么？"

苗林芝面色苍白："所有。"

苏闲盯着她看了整整一分钟，那眼神很难形容，是不可思议，是疑惑不解，也是愤懑不平。

苗林芝垂下眼，她没法面对这样的目光，或者说，她快抑制不住自己的心虚了。

当着苏闲的面说谎，并不是一件轻松的事情。

可她不得不继续："你们忙活了这么久，不就是为了找出凶手吗？现在好了，凶手就在你面前。"

苏闲气得差点七窍生烟："你在愚弄我吗？"

苗林芝避开他的逼视，嘀咕道："我哪有这胆子……"

"所以就有杀人的胆子了？"苏闲冷笑起来，"我看你就算有这胆子，也未必有杀人的本事吧？"

这下连他的下属们都听出了他的倾向性，他们不得不干咳几声，以此来提醒上司不要忘记治管局纪律条例的存在。

苏闲置若罔闻，仍旧目光灼灼地盯着苗林芝："我就把话跟你说明白了吧，现在死了七个人，每个人都是一刀毙命，这说明凶手杀人的手法很纯熟，很可能……受过某种专业的训练。告诉我，你杀过一只鸡没有？”

苗林芝被他的话震得头昏眼花，她没空去琢磨他话里耐人寻味的部分，只是不管不顾地嘴硬：“杀人跟杀鸡有什么关系？白刀子进红刀子出，有什么不会的？”

“好啊！”苏闲怒极反笑，“那你告诉我，你是怎么杀的？尸体又是怎么处理的？”

苗林芝一时间张口结舌，好一会儿才悻悻出声：“你这孩子真是……犯什么倔呢，我都自首了，你还非要跟我抬杠……”

“犯倔的人是你吧？”他冷冰冰地打断她，“先前矢口否认，现在却不打自招，满口胡编乱造，你到底在掩护……”

他蓦地停了下来，难以置信地盯着她。

苗林芝不由自主地低下了头。

苏闲浑身一激灵，脱口而出：“火速掉头！返回原地！”

开车的“贵宾犬”虽然感到意外，但还是一丝不苟地执行了命令。

“别回去！回去干吗？”苗林芝慌慌张张地嚷嚷起来，“我就是凶手！把我带回去！”

而苏闲双拳紧攥，从齿缝间挤出两个字：“加速！”

车身来了一个突然的掉转，苗林芝似乎是撞到了哪里，她捂着胸口，声音里满是痛苦：“苏闲，我知道你想帮我，可我是不是真凶有那么重要吗？就算证明我不是，又怎么样呢？我已经长出红斑了，只有两个后果——要么死，要么生不如死。就这样吧，你们不也需要一个犯人吗？就让一切到此为止吧。”

她的口吻既绝望又安详，这种诡谲的交错让苏闲本能地感到不安，甚至是不祥，他转过头盯着苗林芝：“你胡说什么……”

而下一秒，“贵宾犬”尖细的嗓音就刺痛了他的耳膜：“老大！我闻到了很重的血腥味！”

事实上，已经不需要她的提醒了，苗林芝已经支撑不住，无力地歪倒在车座上，然后他看到了她心口处殷红的血迹。

她的身上竟然藏了利器！

“苗姨……”他的声音略微有些发颤，他甚至不敢大幅度地移动她的身体，看起来她出血并不厉害，可他知道，那是因为薄刃整片没入了她的心脏中。

苗林芝的脸色枯槁而惨白，眼神空洞而涣散，瞳孔已经有放大的迹象。

她毫无血色的嘴唇动了动：“就这样吧……”

“我早该想到的……”苏闲深深地埋下头，没有人看得到他的表情，他的声音像是从水底传来的，沉闷又模糊，“能让你这么拼命保护的……只有一个人。”

“你……你答应过我的……”苗林芝干枯的嘴唇微微张着，固执地重复着，“答应过的……”

“我当然会照顾好我妹妹。”他轻声开口，“可我没法放过一个罪人。”

苗林芝蓦地睁大眼睛，她的瞳孔变成了绝望的死灰色，喃喃低语：“下辈子……下辈子……别当我女儿了……”

她的尾音消散于尘埃之中。

所有人都被这番惊变震得措手不及，片刻之后，项羽伸手探了一下她的鼻息，沉声报告：“头儿，苗林芝已经停止呼吸了。”

车厢里安静了一会儿，苏闲盯着苗林芝的尸体，太阳穴忽然针扎似的疼，他猛然抬头：“糟了，钟云从！”

“是哪里不舒服吗？”

他抬起眼，盈盈正担忧地望着他。

“晚上没吃什么东西，现在胃开始兴风作浪了。”钟云从勉强笑笑，神色不太自然。

他的不自在显然被盈盈视为不舒服的症状之一，她很贴心地起身：“我去给你倒杯热水吧。”

钟云从的愧疚刹那间又涌了回来，他把她按了回去，自己站了起来：“不用了，我自己去吧，你不是还有功课吗？”

盈盈皱了皱鼻头，露出了些俏皮的模样：“好，那你自己动手丰衣足食吧。厨房里还有吃的，你想吃什么就自己拿。”

钟云从微笑颔首：“好。”

他出了盈盈的小房间，没敢往厨房跑，他没忘记先前苏闲他们从厨房里找出了一条煮得半生不熟的人类舌头……不管怎样，反正他是没胆子吃里头的食物了。

再说了，就算他想吃，他的胃也不会答应。

所以他真是出来喝杯水的，当然了，更主要的原因是出来透透气，他此刻觉得自己害得人家小姑娘没了妈，是个彻头彻尾的浑蛋。

他在客厅里的茶几上看到了个水壶，很老式的铝壶，想来是用了很多年，壶身被烧得发黑，完全失去了金属原本鲜亮的光泽。

他拎了起来，里头倒是还有半壶水，就是冷透了，他也不挑，接了杯水，一口气喝干了。

冰凉的液体一股脑地涌进了他空空如也的胃，引起了胃的抗议，不过他这时候没心思去理会那点不舒服，在沙发上坐了下来，长长地呼出一口气。

我是来这里找父亲的，结果自己的父亲还没找着，却害得别的孩子失去了母亲。我莫非是个搅屎棍转世吗？

钟云从问心有愧，垂头丧气地往后一靠，一点也不想回盈盈的房间，心想就在这冻得跟冰窖没啥区别的客厅里对付一晚上得了。

可惜灌了一肚子凉水的钟云从没一会儿就开始打哆嗦了，他在打了个大喷嚏之后发现竟然有扇窗子没关，冷飕飕的气流就是从那个窗口钻进来的。他打着寒噤走过去，正要关上这小破窗的时候，意外地发现了窗台上风姿绰约的铃兰草。

美丽，却不合时宜。

电光石火之间，无数个念头在他脑海中浮起。

他觉得混乱、茫然，又下意识地感到恐惧。

花匠送出去的花，未必是给了一个“女人”，也可能是一个“女孩”。

钟云从的四肢百骸蓦地僵硬起来，冷意彻骨的同时，却又感到怒火攻心。

他终于想起在哪儿见过那个笔记本了。

被凶手带走的，属于花匠的日记。

“云哥哥，你在看什么？”

女孩幽灵一般出现在他身后，他的喉结动了一下，而后缓缓转过身。

盈盈一身粉色的睡衣，脚上穿的是同色的拖鞋，清丽可爱，就像那株铃兰草。

“不冷吗？”

钟云从关切地看着她，伸手握住了她的手。

她的手微凉，但比起他几乎要冻僵了的手，还是要好些。反而是小姑娘被这么冷冰冰地一握，似乎有些受不住：“我不冷。”她欲抽出自己的手，没想到却被握得更紧了。

她不解地抬头望了他一眼。

他的眼眸里仿佛掺进了最深沉的夜色，光线晦暗地流转着，他紧紧地注视着这个女孩，试图捕捉她的一举一动。

她忽然放弃了挣扎，朝着他嫣然一笑：“怎么了，莫非你也对我有意思吗？”

这个笑容竟然透着与她年龄不符的妩媚与魅惑，钟云从无法再直视这张脸，他别过头，闭上了双目。

“‘放心吧，妈妈，以后每年的今天，我都会记得祭奠你的。’”

他的声音很低沉，却让盈盈的笑容凝固了。

她警觉而戒备地审视了他半晌，终于还是忍不住问：“你怎么会知道？”

这是她附在母亲耳边说的“悄悄话”，而他竟然复述得一字不差。

钟云从没有回答这个问题，只是无力地摇头：“我想知道，你把折刀交给她的时候，心里在想什么？”

盈盈深深地看了他一眼，才莞尔一笑：“我在想，太好了，我们终于都要解脱了。”

“我们？”

“对，我和妈妈都是。”女孩自由的那只手撩了一下头发，简简单单的动作竟然带出了别样的风情，“我们都找到了最好的归宿。”

钟云从看着脱胎换骨一般的盈盈，觉得自己已经不认识她了，或者说，他从来没有认识过她。

他的后背冒出冷汗：“那是你妈妈啊，你怎么忍心……”

“你不懂。”她仍然在微笑，“对我来说，死掉的妈妈才是好妈妈。”

他是不懂，真的不懂，到底什么样的人才会想方设法地置自己的母亲于死地？

“你很害怕，对吗？”女孩的声音清脆娇嫩，一如初见那般，她的翦水双瞳不知何时蒙上了一层淡淡的阴影，不复澄澈，她幽幽地凝视着他，一瞬间看穿了他的内心。

“你知道吗？那个混混死的时候，也是用这样的眼神看着我。”她浅淡的笑容似新月清晕，一字一句，娓娓道来，钟云从没来由地打了个冷战。

“人……真的是你杀的？”

“是啊。”她轻轻巧巧地承认了，“说起来，那个人还是我第一个‘试验品’，我初次下手杀人，并不那么顺利，只是划伤了他的脖子，还差点被他夺了刀……不过后来，我想到了一个更有意思的办法。”

她说罢满眼期待地望着钟云从，可后者并没有如她所愿积极提问，她失望地垂下眼帘，撇了撇嘴：“你可真不捧场。”但很快，她又兴致勃勃地继续往下说，“我把他弄到了西城，让一群饥饿的异种把他一口口撕碎，吞到肚子里去……这样是不是很好玩？”

钟云从没有理会她状似天真懵懂实则恶意满满的提问，他原本就不怎么老实的胃，现在更不安生了。

他压下作呕的冲动，单刀直入地问道：“‘试验品’是什么意思？”

小姑娘耸了耸肩：“就是那些人啊。”

“你杀人……”钟云从难以置信地开口，“是为了做实验？”

“那你以为呢？”盈盈笑吟吟地反问，“以为我对他们有深仇大恨？”

钟云从登时被问住了，因为他真的是这样想的。

“其实呢，那些家伙里，的确有冒犯过我的。比如那个混混，他曾经是我妈妈的情人，却打起了我的主意。”她的声音淡淡的，“他试图侵犯我，后来被我妈妈发现了，她跟他闹起来，还被他打掉了一颗牙。

“还有我们中学的校长，那个老胖子，他是个恶心的恋童癖，学校里无人不知，不过没人管得了他。他垂涎我也很久了，每次被他色眯眯的目光扫过去，我都想吐。

“还有那个花店老板，他大概一辈子都没见过女人，我妈为了赚快钱，勾引过他，完事之后他就后悔了，觉得我妈妈肮脏。可我只是对他笑一笑，就把他的魂儿勾走了，因为他认为我纯洁，哈哈哈！你说这个人是不是很蠢，她是我的亲生母亲，我是她血脉的延续，本质是一样的，他是怎么得出那种荒谬的结论的？”

她的笑声充斥着轻蔑与傲慢的意味，钟云从叹了口气：“你哪里是个孩子，你比一百个大人都要可怕。”

“我当然要变得可怕，不可怕的话，我早就被这些人生吞活剥了。”盈盈摇头失笑，“云哥哥，你从小就养尊处优，永远也不会知道，这个世界对弱者的恶意有多大。”

钟云从一时无言以对。

“对，你猜得没错，我是个异能者。”虽然早已猜到，但在盈盈亲口承认之后，钟云从还是深感震撼。

小姑娘瞧着他的模样忍俊不禁：“看看你，果然对‘孤岛’很不了解，哦，我明白了，是闲哥哥还没告诉过你吧，异能者通常都是8岁到10岁的时候开始出现征兆，而我，直到去年年底才出现……已经算晚的了。

“你知道吗？我发现自己竟然身怀异能的时候有多惊喜！这意味着，我跟那些庸庸碌碌的人不一样……我有了力量。

“可我的异能觉醒得太晚，能力也太低了，简直如鸡肋一样，食之无味，弃之可惜。”她苦恼地摇着头，但眉眼很快又舒展开了，“不过我很幸运，遇到了属于我的契机，在最短的时间内，让异能得到了最大的提升。”

钟云从后脊发凉，他有了个恐怖的猜测：“……难道你是通过杀人提升异能？”

“猜错啦。”她笑靥如花，“都说过了，杀人只是为了检验我的异能能够发挥到什么程度。结果我还是很满意的，治管局的人，包括无所不能的闲哥哥在内，都被我耍得团团转呢……”

“我不明白……”钟云从倒吸一口凉气，“你既然拥有异能，明明可以像苏闲一样进入治管局，成为治安官，那样的话就没人可以欺负你们了，为什么要……”

“成为治安官，保护那些庸人吗？”

盈盈冷淡的反问让他怔住了：“这样……不好吗？”

“如果是以前的我，大概也是这么想的。”她又微笑起来，“我也曾经崇拜像闲哥哥这样实力强大的人，也憧憬着成为他们中的一员……直到我得知了真相。”

钟云从忍不住追问：“什么真相？”

盈盈不答反问：“你觉得治管局是个什么样的组织？”

钟云从眨了眨眼，他搞不懂她到底在打什么哑谜，只得硬着头皮开腔：“维护秩序，保一方平安。”

“听起来既伟大又正义，对不对？”她笑容里的讥诮意味实在太明显了。钟云从不知怎的，有些气不过：“他们是哪里招惹到你了吗？就算真有，我想，也比当一个残忍的杀人犯强一些吧？”他说完接触到盈盈受伤的目光，明知道不应该，却还是心软了，不由自主地缓和了语气，“你究竟想说什么？”

“我不怪你，你毕竟是外乡人。”小姑娘宽容大度地笑了笑，她白玉般的指尖漫不经心地绞弄着垂下的鬓发，“其实不只是你，‘孤岛’里绝大多数人都一样……被冠冕堂皇的治管局玩弄于股掌之上。”

钟云从的冷汗涔涔而下：“你到底……”

“‘孤岛’是座监牢，我们是囚徒，而他们，”她一字一顿，字里行间满是敌意，“是叛徒。”

他们？是指治管局？

如她所说，钟云从是个初来乍到的外人，对于这些云里雾里的东西一无所知，可有件事他一目了然。

“盈盈，我不管你跟治管局之间有什么恩怨，但这些都不是你杀人的借口，更不是……”钟云从停顿了一下，才艰难出声，“让你母亲为你顶罪，甚至让她为你去死的理由。”

“我为什么不能杀他们？”小姑娘杏眼圆睁，一脸无辜地反问，“他们天生下贱，又自甘堕落，让他们活着，本身就已经是一种恩赐了。我看不过眼，收回这种恩赐，有何不可？”

钟云从简直要被她高高在上的优越感气得昏过去：“他们下贱，难道你就高贵了？”

“当然啦！”盈盈一脸的理所当然，“我身怀异能，天赋异禀，是上天的宠儿，当然比这些蝼蚁高贵。”

他简直怀疑这姑娘是不是被什么邪教洗了脑，真想扒开她的小脑瓜看看里头装了些什么玩意儿：“异能者是不用吃喝拉撒，还是不会生老病死？请问高贵在哪里？”

女孩乐不可支：“云哥哥，你应该听过一句话吧？上帝在关上一扇门的同时，一定会打开一扇窗——你知道这是什么意思吗？这意味着，异能是一种神迹，它只降临在‘孤岛’，上天用这种方式把他的宠儿和庸人区分开来。所以说，我是真的不恨那些人，”她笑得楚楚动人，“你会对蝼蚁产生情感吗？就好像被蚂蚁叮了一口，踩死它就好了，难道你还会跟它生无谓的闲气吗？反正我不会。”

“你说的蝼蚁里，”钟云从既悲愤又心寒，声音战栗起来，“包括你母亲吗？”

盈盈笑容不变：“妈妈同旁人还是不一样的……她生我养我，所以我给了她一个解脱的机会，让她有自尊地死去。”

疯子，一个彻头彻尾、无可救药的疯子。

钟云从闭了闭眼，只觉得这个明眸皓齿的少女比恶魔还要狰狞，根本无法与她交流。于是他干脆放弃与她对话，只是更加用力地扣住了她的手腕，沉声说道：“跟我去见苏闲吧。”

盈盈叹了口气：“云哥哥，你是个好人。其实，我还挺喜欢你来着。”

钟云从一怔，随即便听到花盆坠落的声音，他猛然回过头，窗户霎时间碎裂成片，有人破窗而入。

一个戴着白色面具、身着黑色长袍的人。

难怪她一副有恃无恐的模样，原来还有同伙！

钟云从万万不曾料到这番景象，但他反应并不慢，他的胳膊立即勒住了盈盈脆弱的脖子，挟持着人质猛地往后退了一大步，竭尽全力地散发出威慑的信号：“别过来！不然我就……”

至于之后的威胁，他竟然想不到该怎么说。

盈盈居然还有心思嘲笑他："你在发抖呢，云哥哥。"

钟云从色厉内荏地喝道："你给我闭嘴！"

被钳制着的女孩，唇角微微翘起："这恐怕不行。"

被如此轻视，钟云从却也无从辩驳。冷风席卷他的周身，他知道，逃不掉了。钟云从的脑海中闪过苏闲的身影，这次，他还会来救自己吗？

而在钟云从的视角盲区，斑驳的墙面上悄无声息地浮现出一个人形。

苏闲紧赶慢赶，最后还是扑了空。

手下们奉命去把整个房子翻了个底朝天，而苏闲只能抱着他那条受伤的胳膊对着苗家空荡荡的客厅干瞪眼。

果然还是来晚了。

他走到那扇被打碎的窗子边上，探出头往下看，不过夜色正浓，底下黑黢黢的，他什么也看不清，只得打发一个人："你下楼去看看，有没有……什么人。"

被他点名的人领命而去，直接蹬上窗框，从四楼跳了下去。

片刻之后，他听到对方的报告："下面只有个碎花盆，没有人！"

苏闲揉着隐隐作痛的太阳穴，楼下没有尸体，现场没有流血的痕迹，这大概是所有能让他庆幸的地方了。

但这也并不意味着钟云从就是安全的。

偏偏这时候还有人火上浇油，"贵宾犬"悄悄地凑近他，支支吾吾地开了口："那什么，老大，先前两次遇到那女孩的时候，我都恰好闻到了那种香水的味道……虽然味道很淡，应该是用某种手段进行过掩盖，但还是没能彻底除去。"

苏闲瞪了这个马后炮一眼，后者自知理亏，但还是稍微为自己辩解了一下："她看起来太有欺骗性了，又是嫌疑人的女儿，我还真以为她是不小心沾到的……就没放在心上。"

"算了。"苏闲挥了挥手，颓然喟叹，"被骗到的也不止你一个。"

与其说被骗到，不如说是被惯性和情分蒙蔽了。

盈盈是个没长大的柔弱女孩，在他眼里，跟刚学会走路的婴儿在本质上是同一类生物；加上她又是他看着长大的孩子，所以对她一直是他印象里的乖乖女这一点深信不疑。

你怎么能这么掉以轻心、自以为是呢？苏闲的头涨得发疼，整个人都处于昏昏沉沉的状态，但仍然不忘自嘲。

那孩子今年12岁。12岁的时候，他在做什么？

他9岁的时候第一次发现自己拥有异能，之后做的第一件事便是手刃仇人。

那个时候，他也是个孩子，甚至比现在的盈盈还要小一点。

他自己就是个坏孩子出身，却一厢情愿地把其他孩子当成天使，还有比这更可笑的事情吗？

气急败坏？啼笑皆非？无可奈何？

好像都有一点。

总之，他最大的感受是——他的脸被残酷无情的现实扇成了猪头。

苗家屋子里的空气几乎让他窒息。

下属递交的搜查结果平淡无奇，没有发现任何有价值的线索，这也是意料之中的事情。

虽然不怎么抱希望，但他还是下了命令："把其他住户也排查一遍。"

下属们领命而去，他转过身正想找"贵宾犬"询问一些情况，却发现那女人接了一盆水，拿了块破抹布正往空中不住地洒水。

"你这是在庆祝泼水节吗？"他没好气地斜乜着这个没有组织纪律也不太靠谱的手下，"弄错场合了吧？"

"天哪，这么重的味道您是闻不到吗？"那女人瞪了回去，随即又露出一副恍然大悟的神情，"哦，知道了，您的鼻炎又犯了吧？"

苏闲摸了摸鼻头，略有些尴尬："怎么着，有什么味道？"

"那丫头临走的时候应该是在屋子里喷了大量的空气清新剂，现在味道还没散，""贵宾犬"一边洒着水一边捏着鼻子，"我快要不能呼吸了。"

这样一来，他倒是明白她此举何意了，水汽能够加速驱散那些味道。

反应过来之后，苏闲的神经立即紧绷起来："这一手绝对是针对你的……她想'屏蔽'你的鼻子，她要掩饰什么？"

他第一时间联想到，会不会是打算掩盖某些特殊气味，譬如，钟云从的血的气味。

那家伙不会真死了吧？他的心缓缓下沉。

"现在还是不太灵光。""贵宾犬"摇着头，看起来很难受的样子，"嗅觉过于灵敏也是双刃剑，那死丫头倒是很了解我的软肋，够阴的。"

苏闲无言以对，一想到钟云从下落不明、生死未知，就愈发烦躁起来，偏偏此时似乎又没什么可做的，于是只好帮着"贵宾犬"一起洒水。

等到他们把地板弄得一片狼藉，"贵宾犬"抽了抽鼻子，终于起死回生："总算能呼吸了。"

苏闲难得一见地沉不住气："有没有闻到什么？"

要是平时，听到他这明晃晃地拿她当狗用的语气，高傲的"贵宾犬"为了自尊心少不得要跟他闹一场，不过这会儿也无暇计较那么多了，她的鼻翼不停地翕动："是有些特别的味道……闻起来像是……火药味。"

苏闲一怔，旋即转身就跑："你通知他们去疏散所有人，可能有炸药！"

"贵宾犬"的三魂七魄要被吓出窍了："炸、炸药啊……那可咋整？老大你往哪里跑啊？你知道炸药在哪儿吗，你就跑！"

"在李志军家里！"苏闲咬着牙回道，他早该想到的，李志军的表现实在太反常了！

"贵宾犬"张着嘴还想说些什么，却发现身前的人影一晃，接着她的上司就消失了。

如果她不是对他的本事了若指掌，大概会以为自己花了眼。

他复制了某位同僚的看家本领——名为"瞬间移动"的异能。

见他言之凿凿的模样，她也不敢疏忽，还没出房门就敞开嗓子大声喊："全员听命！注意疏散所有住户！楼里可能有炸药！"

她的嗓门又尖又细，极富有穿透性，声音很快就传遍了这座只有五层高的居民楼的每个角落。

所有人在刹那之间陷入了恐慌。

苏闲凭着印象移动到了李志军家门口。房门紧闭，这时候也没空去讲究那些个繁文缛节了，他简单粗暴地踹开门，闯进了李家，随即环视四周，并没有发现主人的身影。

"李叔！李婶！"他大声呼喊的同时，火速察看了一番，最后发现只有卫生间的门是紧闭的。

他飞奔过去，用力一推，门却纹丝不动。

"李叔，你在里头吗？"没有得到回应，他开始踹门，卫生间毫无疑问被反锁了。苏闲深吸一口气，异味已经浓到连他这位鼻炎患者都能闻出来的地步，他不敢再耗下去，直接复制了项羽的怪力，重重一脚下去，大门应声而裂。

眼神涣散、神情呆滞的李志军首先映入他的眼帘。

李志军对这位不速之客毫无反应，他的手里把玩着一个打火机，仿佛无意识一般，反反复复地按下、松开，不间断地重复这个过程。火焰时隐时现，即使烧到了他的皮肤，他也似毫无知觉。

而他的脚边，一个被捆住手脚、堵住嘴巴的女人像条蚯蚓一样蠕动、挣扎着，在见到苏闲之后，她立即睁大了眼睛，哀求地望着他，喉咙里发出呜呜的怪叫。

苏闲几乎屏住了呼吸——那女人的腰间被绑上了一圈炸药包，更糟糕的是，炸药已经被点燃了。

黑火药刺鼻的气味充斥着这个逼仄的空间，引线只剩短短一截，苏闲没有多余的时间思考了，他必须立刻做出反应，否则，整座楼里的人都会被炸死！

治安官们姗姗来迟，“贵宾犬”和项羽带着人闯进来的时候，目睹的景象便是苏闲带着身上绑着炸药的女人撞碎了窗子，一跃而下！

惊魂未定的人们哗然一片。

钟云从觉得自己右边的肩膀应该是被锯成了两截，恨不得把它从身上拆下来，免得它再这么不知好歹地折磨着自己。

失血让他感到寒冷，伤口却火辣辣地发疼，搞得他一会儿像是被冻在了冰块里，一会儿又似被关在烤炉里，冷热交替，他不由自主地胡思乱想，怀疑自己中了传说中求生不得、求死不能的“生死符”。

大概是他蜷缩的身体抽搐得太厉害，有人观察片刻后去报告：“他好像快死了。”

“我不是让你们给他包扎了吗？”一个尚显稚嫩的声音里透着不耐烦，“难道血没止住吗？”

“伤口有点深，”回答的人显然有些为难，“这里是临时落脚点，没有药……”

对方没有再回话，一阵短暂的沉默过后，钟云从感觉到自己的眼皮被掀开了。

他的视线有些涣散，模模糊糊地与一双冷漠的眼睛对视。

这双眼睛弧度优美，睫毛纤长，眼角微微上翘，本该是惹人怜爱的——如果不是她的虹膜充了血。

他盯着这双吸血鬼一般的通红的眼睛，记忆碎片逐渐拼接完整，昏迷前的情形在眼前浮现。

那个在西城曾和他有一面之缘的“变色龙”再一次神出鬼没地现身，往他的脖子上架了一把刀，逼得他不得不松开了手里的人质。

盈盈笑意盈盈地站在他对面，做出了出乎他意料的举动——她从两只眼睛里取出了什么，而那之后，她的双目就从病态的灰蓝色变成了更加诡异的猩红色。

“没想到吧？”盈盈摊开手心，两枚隐形镜片皱巴巴地缩着，“我也同你一般，小心翼翼地隐藏着自己呢。不过我应该比你高明一点。”

钟云从无言以对，论演技，他这个门外汉真没法和这位比，全世界欠她一座小金人。

可是，可是这猩红的双眸……又意味着什么呢？

他曾经听张既白语焉不详地提起过，“失乐园”病毒感染者统共要经历三个阶段——初期、中期、晚期。

灰蓝色的瞳孔是所有初期与中期感染者的特征，没有人告诉过他，虹膜由蓝转红具体是什么情况。

可有个事实他心知肚明——在整个东城，满大街都找不到几个眼睛发红的人。

再结合盈盈粉饰的行径，他自是心里有数。

他甚至联想到，她这副异状，会不会跟她所称的“提升异能”有关系？

猜测结果令他头皮发麻，因为那意味着，眼前这个清秀可爱的少女，又变得危险了一点。

“你才12岁……怎么会……”他不可置信地盯着她，“你已经……”

“你猜到了什么吧？”她不仅聪明，第六感还很灵敏，“你肯定很想去向闲哥哥告状，可惜来不及了。”

“你想干吗？！”她这句若有似无的威胁成功地点燃了钟云从努力压抑着的恐惧，他忘了自己还是砧板上的鱼肉，猛地攥住盈盈的手，“不要一错再错了！”

他突如其来的动作显然令盈盈惊了一下，而他随之付出了代价——挟持者手里的匕首快速而残忍地插进了他的肩窝。

鲜血喷涌而出。

钟云从惨叫一声，全身的力气登时被抽了个干干净净，整个人奄奄一息。

他喷出的血液甚至溅到了盈盈的脸上，少女抹了一把脸，盯了手上殷红的血迹片刻，忽然暴怒：“我让你动手了吗？”

她冷冷地睨视着擅自行动的黑袍人，后者与她对视一眼，感到她眼睛里的戾气，打了个寒战，谦卑地弓下身，单手放在胸前，喉咙里发出不连续的声音，似乎想解释些什么。

少女瞥了一眼他喉间缠着的纱布，冷笑起来：“我知道你是故意的，苏闲伤了你，所以你要报复回去……但我希望你明白一件事——这里是我说了算。”

黑袍人的头埋得更深，盈盈厌恶地瞪了他一眼，随后扶起了半瘫在地上的钟云从，指尖轻轻拂过他不断冒血的伤处，语气很是怜惜："真是个小可怜。"

钟云从的意识和血液一起不断地流失着，他狠狠地咬了下舌尖，用一种清醒的疼痛来缓解另一种混沌的疼痛。

他缓缓抬起眼，望向那个居心叵测的女孩："你到底想做什么？"

"放心，你暂时还不会死。"盈盈答非所问，冲他莞尔一笑，随后抓住了他的前襟——那姿态很有迷惑性，仿佛是在撒娇，可钟云从心知肚明，这孩子果真敏锐得可怕，她大概意识到了，不能随便与他有直接的肢体接触，否则，某些秘密的隐藏将变得岌岌可危。

"时间不早了，我们该走了。"她蜷起的手指加大了力度，直直地看进他的双眼里，"不然，闲哥哥该来抓我了。"

钟云从奄奄一息地与她对视着："你欺骗了所有人。"所有爱护你、关心你的人。

"那是因为，"盈盈勾起嘴角，一字一顿，"你们太蠢了。"

那一刻，钟云从终于见识到了苏闲心心念念的绝技。

盈盈的双目起了变化——虹膜由红转黑，瞳孔以肉眼可见的速度一点点扩张，有条不紊地占领着整个眼球。

她看上去无比怪异，眼珠变成了两个深不可测的黑洞，凑近了看，会发现它们居然是呈旋涡状一刻不停地运动着的，漆黑的物质不停地收缩再膨胀。

被她双眼注视着的前方，空间开始扭曲变形，像是有某种力量在凭空牵引着，生生撕开了一条裂缝。

一开始只是一条不起眼的黑线，随着少女双目中的黑洞不断扩大，裂缝也跟着变宽——直到它扩张到大概有半米那么宽的时候，终于停了下来。

"走吧。"盈盈抓着他的衣襟，就这么带着他迈进了那条裂缝。钟云从在震惊之余，回头看了一眼，视野里的所有物体的影像都是七扭八歪的，那画面，和达利那幅著名的《记忆的延续软钟》颇有异曲同工之妙。

旋即那两个黑袍人也跟着进来了，然后，通道就合上了。

至于身处空间通道之中是什么感觉，他本来就晕晕乎乎的，在通道闭合之后，整个人仿佛飘浮在空中，但事实上并不是真的悬于半空，只是四面八方都寻不到着力点，他第一次体会到失重的感觉，而这种头重脚轻加剧了他的不适感，没一会儿他就两眼一闭，干脆利落地昏了过去。

再醒来的时候，就是在这个陌生的地方了。

不过他这回算是亲身验证了苏闲的猜想——的确有“空间传送”这种异能的存在，而且这个异能者就是盈盈。

可惜他没法告诉苏闲了。

会死在这儿吗？钟云从有些万念俱灰的感觉。他的外衣被扒了，血流得也不少，这破地方又冷得要死，刚才他还听说这里缺医少药，那小姑娘又心如蛇蝎，想来是不会管他的……

他尽力扫视了四周一眼，这明显是一间废弃了许久的屋子，到处都是灰尘，家具也都破破烂烂的，透着一股子腐朽的味道。

好在房子还是完好的，没有四处漏风，但室内也谈不上温暖，本来这样的天气就是需要炉火或者暖气的，可这里只有一屋子的尘埃。

除了他和盈盈，还有两个人。那两个人是相同的打扮，白色面具、黑色长袍，身高体形也差不多，一眼望过去，竟然分不出年龄、性别。

不过听方才其中一个人说话，至少有一个是女性。

他们到底是什么人啊？看样子盈盈年纪虽小，地位却不低，就他观察的情况而言，这些人皆是听命于她——包括那个鬼魅幽灵一般的“变色龙”。

他多看了两眼，发现他们的前胸上都绣着一簇白色的火焰，缀在黑袍上，仿佛一团熊熊燃烧的暗夜之火。

他的视线定格在身前的小姑娘身上，发现她也换上了同款的外衣，胸前也有暗影标记。

大好的年华穿这种衣服，审美堪忧啊！他痛心疾首地想着。

盈盈见他睁开了眼睛，眼珠还会转，目光中的漠然稍有缓解，她眨了眨眼，又露出了昔日甜美的笑容：“放心吧，我还没想好怎么处置你，不过呢，暂时不会杀你的。”

她说着朝旁边的人一努嘴：“去找几件厚的衣服，再拿点吃的来。”随后回过头来对着他叹气，“云哥哥，虽然我还不会杀你，但你也要争点气，要是你自己熬不过去，那就不能怪我了。”

这话说得……好像是他自个儿吃饱了撑的，拿刀放了一通自己的血！

虽然钟云从愤愤不平，但现在他毕竟命悬一线，没胆子也没力气跟她争。

加了衣服，吃了点东西，手臂上的伤口也被重新包扎过，钟云从觉得自己大概活过来了十分之一条命，虽然还是爬不起来，但至少有点力气说话了。

只不过脑回路还没能跟上，思维依旧停留在初级水平，套话套得过于直白：“这是哪里？”

理所当然地，盈盈笑眯眯地表示无可奉告：“你不需要知道这个，也不用再试着问别的，省点力气养身体吧。”

钟云从被堵了回去，噎得一口气差点没上来，对方转身即走，他一个处于弱势地位的俘虏除了一筹莫展地瞪着天花板，什么也做不了。

可他绝没想到的是，盈盈又做出了出人意料的举动——她向那两个黑不溜秋的木桩子挥了挥手：“你们也辛苦了，去休息吧。”

钟云从疑心自己听错了，可木桩子真的动了起来，他们说走就走，毫不拖泥带水，走出房门的时候，甚至连头都没回一下。

他目瞪口呆的模样似乎是取悦了那个小魔王，她歪着头打量着他，眼里笑意盈盈：“你也好好睡一觉吧，病人更需要调养。晚安，做个好梦。”

钟云从不露痕迹地觑着她消失在门后的背影——她带上了门，但看起来，门并没有反锁？

所以呢？怎么回事？这是一个不设防的监狱？

他们这是笃定他拖着这副病体残躯跑不了？

其实钟云从自己也这么觉得，可这么完美的越狱条件摆在他面前，要是不尝试一下，似乎也太说不过去了。

他都没怎么经过思想斗争，就扒着墙颤颤巍巍地站起来了，在蹒跚地走了几步之后，他几乎要放弃越狱的计划了——他现在这状态，也就比植物人强那么一点。

我以后一定好好锻炼！钟云从一边挪动，一边痛定思痛，顺便展望了一下未来——如果那玩意儿还存在的话。

费了九牛二虎之力，他总算挪到了门边，手搭上门把手的时候，心里总有不祥的预感——除了对敌人智商的基本尊重之外，最大的隐患来自身残志也不太坚的本人。

但无论如何，既然都跋涉过来了，难道门都不开就要放弃了吗？

钟云从这么想着，转动了门把手——房门应声而开。

冷风利刃一般划过他的脸，割得他生生地疼，但寒冷和疼痛反而令他紧绷的神经放松了些许——这让他在惊恐之余，真正感觉到自己还是个活人。

来到“孤岛”这十来天的时间，发生的一切简直像是一场噩梦，以至于有那么几个瞬间，他无法确信这一切，包括他自己，是否真实。

现在他知道了，会冷会痛会害怕，很好，他确实真正地活着。

不知道能跑多远，但第一步总要迈的。

外边一片漆黑，什么也看不清，连路在哪儿都看不清。钟云从正在那儿给自己灌心灵鸡汤呢，一只脚抬起来，堪堪要越出门槛的时候，忽然间，一滴液体落到了地面。

滴答声很不起眼，一不小心就略过了，就算注意到了，也只会以为是积雪融化。

可对他来说，没那么简单。

钟云从永远不会忘记，他第一天来到“孤岛”的时候发生的情形——而此刻，那梦魇似乎要重演了。

他死死地盯着地面，清清楚楚地看到木质地板上被腐蚀出一个小坑。

他深吸一口气，慢慢地仰起头。

毫不意外地，又和一张似曾相识的面孔打了个照面。

血肉模糊、正在融化的烂脸，还有黏稠腥臭的毒液。

别说，连姿势都是同款。

这些家伙不知道是一根筋还是习惯成自然，老喜欢往横梁上挂，搞得全身黏液乱滴，一点都不爱护环境。

尽管还是熟悉的配方，但钟云从懊恼地发现自己的接受程度并没有变得更高一些——他依然被恶心得想吐。

敢问全“孤岛”还有比他更倒霉的人吗！

异种怪叫一声，烂出了白生生骨渣的手掌猛地向他的面门抓来，钟云从反应还算快，把头往后一仰，堪堪避过这一击。

就是两条腿有点站不稳了。

在那哥们儿跳下来把他嘎嘣脆嚼碎之前，他当机立断，狠狠地关上了门，没想到那东西跟着把头伸进来。他这一关，正好夹住了它的脖子。

他那一下用尽了全身力气，估计它也被卡得难受，怪叫得更厉害了，挣扎也很猛烈，以至于整扇门都战栗起来。

钟云从哪敢放松，使出了吃奶的劲儿拼命地抵住了门，他和异种就这样角着力，双方都处在生死关头。

到底被制住了七寸，经过漫长对峙之后，异种率先败下阵来，它的身体剧烈地抽搐了一阵之后，一动不动了。

钟云从不敢轻易放下戒备，直至过了好几分钟，确定异种死透了之后，才缓缓地松开了门板。

他回头看了一眼，那怪物的脖子几乎被他夹断了，头颅以一种吊诡的角度松松垮垮地耷拉着，随时都会掉下来的样子。

钟云从盯了半晌，心有余悸之下没控制住，一屁股坐在了地上，整个人几近虚脱。

终于知道那小丫头片子为什么这般胸有成竹地任由他一个人待着了，不是因为她心大，而是因为外头有更高级别的守卫啊！他腿脚要是利索点，一迈出去，直接就送了人头。

这可不就高枕无忧了？

“你还真是不听话啊。”女孩银铃般的笑声毫无征兆地在屋子的某个角落响起。他已经见怪不怪，只是麻木地望过去：“这里是西城？”

她提了下嘴角，没有说话。

“看来是了。”他点点头，又抛出第二个问题，“你能让它们听命于你？”

盈盈的笑意收敛了一点，声音倒是很温柔：“云哥哥，知道得太多，对你来说没有好处。”

那就是真的了。钟云从深吸一口气，忽然想到了那些被转移到西城的尸体。

那些失踪的人，莫非就是用来豢养这些怪物的吗？

寒意顺着脊椎往上爬，几乎要把他冻僵，少女转过身去，留给他一个侧脸。

他听到她轻声细语地说：“你也看到了，你逃不了的，安心待在这里吧，只要你乖乖的，我会尽量留你一条命的，你还是挺有价值的……至于其他的，譬如幻想某个人来救你，就不必了。”

钟云从皱起眉，她微微一笑：“如果没有意外的话，这个时候，我的闲哥哥，应该已经被炸成碎片了。”

钟云从如坠冰窟。

Chapter 09.
行动

“我的天！我们老大这是要舍生取义了？平时怎么没看出来他这么伟大！”“贵宾犬”不由自主地捂住了嘴，而后转身就往外跑，没想到项羽也跟上了。

她瞥了他一眼，鼻子忽然有些发堵：“你也是去帮他收尸的吗？算你有点良心。”

“收什么尸啊，你刚才没看到吗？”项羽瞪了她一眼，“他的右手掌心燃起了火焰。”

“右手……起火了？”“贵宾犬”眨了眨眼，热泪夺眶而出，“完了，肯定被烧得尸骨无存了！”

“存你个头！你个倒霉玩意儿可赶紧闭嘴吧！这样下去他没死都要被你咒死了！”大力士用关爱智障的眼神看着她，“你忘了？咱们局里有一位浑身是火的家伙。”

“烈火！”

“你还记得烈火的异能是什么吧？”

“贵宾犬”与那位包裹在一团烈焰中的同僚不算熟，但也不至于陌生，毕竟是一个部门的，总是见过几回的，再加上那家伙无论走到哪里，因为那一身的火焰，永远都是最醒目的那个。

纵使在能人辈出的治安管理局里，他也是很特别的一位。

至于他的能力，她也有所耳闻——除了操控火焰之外，周身上下无处不在的熊熊烈火为他提供了大量的热能，这些热能不仅可以用来攻击，还能够帮他进行高速飞行，据说他还对疼痛免疫。总之，是个很有本事的家伙。

而项羽亲眼见到，苏闲的右手燃起了一簇火焰，如果他没有猜错，他是在复刻“烈火”的异能。

“烈火比你想象的更厉害，”项羽解释给她听，“你以为他只能通过释放能量来攻击，事实上，他也能吸收乃至暂时储存能量，当然，仅限于火系能量。”

“贵宾犬”茅塞顿开：“你是说，咱们老大复制了他那一手绝活，打算吸收掉炸药的能量？”

项羽点点头：“他应该是打算这么做的。”

“贵宾犬”欢欣鼓舞：“我就知道，老大这么强，没这么容易牺牲的！”

项羽歪了一边的嘴角抽搐了一下，心想你刚才可不是这么说的。

不过他没有“贵宾犬”这么乐观，“烈火”的看家本领很大程度上是以他那极为特殊的体质为前提的，苏闲就算复刻了那一招，发挥的程度估计也很有限。

他也是被逼得没办法了吧？

项羽眉头紧锁，脚下的步伐不由得加快了许多。

他们赶到楼下之后，第一眼看到的是仰卧在雪地上的女人，她一动不动地躺着，不知道是死是活，腰间绑着的炸药包也还在。

项羽和“贵宾犬”对视一眼，很有默契地放缓了脚步，小心翼翼地接近之后才发现，李志军的妻子还活着，只是晕了过去，不知道是摔得还是吓得。

而她腰间那圈吓死人的炸药包，已经变成了焦炭一样的物质，她的身体突然抽搐了一下，它们竟然碎成渣了。

见此情状，那二人又一次面面相觑，看样子，炸药的杀伤力应该是不复存在了。

“老大真牛！我就服他！”“贵宾犬”的一腔敬仰如江水一般滔滔不绝，结果宣泄了半天，发现不见崇拜对象的人影，“咦，他人呢？”

项羽早就在找人了，他的视线转了一圈才在街道的角落里瞧见了一个蜷缩起来的人影，和他们之间有一段距离。

他在“贵宾犬”头上拍了一下：“别念叨了，他在那里！”

两个人拔腿就跑，快要靠近的时候，那个趴在雪地里的人影忽然动了一下。

“别过来！”他的声音低沉而克制，充满了威慑力，将那两个人齐齐钉住，他们木桩一样立在原地，不知所措地望着他。

“转身，往回走，离我越远越好。”这满是警戒意味的口吻让“贵宾犬”开始下意识地巡视左右，担心附近有埋伏。

项羽要比她机智得多，他忧心忡忡地盯着一反常态的上级：“头儿，您的身体……承受不住了？”

苏闲没有回答他，他的四肢百骸、五脏六腑都像是被放在火上烤，强大而灼热的能量无头苍蝇一般在他的体内乱撞，急切地寻找一个突破口。

他在被逼无奈之下，使出了“烈火”的那一招，却将自己置于极其危险的境地。

还是太勉强了……他自嘲地想着，却连苦笑的力气都没有。他的脸埋在雪堆里，寒意几乎包裹了他所有裸露在外边的皮肤，可即使这样也无济于事，积雪也无法消解他身体里四下游走的热能。

他觉得自己像是一座随时会爆发的活火山。

那句话怎么说来着——没有金刚钻，别揽瓷器活啊！

这一回估计得交代在这里了，是不是该给这俩货留个遗言什么的……苏闲心灰意冷地想着，忽然感到右眼一阵剧痛，痛到他这个身经百战的异能者都无法忍受。

“贵宾犬”正谨小慎微地戒备着周围，忽然听到自家上司发出一声不似人声的惨叫，几乎魂飞魄散，一把抓住了项羽的手，惊慌失措地嚷嚷着：“怎么回事？”

项羽眼皮一跳心道不好，扛起她就往回跑。

跑开没几步，他们就听到身后传来了一声惊天动地的巨响，脚下同步传来强烈的震感。

与此同时，一束耀眼的光柱平地而起，犹如科幻电影中的激光炮。

出人意料的是，光的源头竟然是苏闲。

项羽很幸运地发现，自己并没有被那和爆炸没多大区别的“事故”波及。只是回过身之后才知道，哪里是什么幸运，而是他的上级太有良心了，在那股蠢蠢欲动的能量释放出来的时候，他刻意避开了他们的方位。

街道的另一头，浓烈的烟雾尚未散去，而始作俑者依旧倒在地上，状况不明。

“贵宾犬”不顾项羽的阻拦，固执地朝着苏闲的方向跑过去，那浓烈的烟尘依旧升腾不休，但透过影影绰绰的雾气，还是能窥见街道经此一劫之后的累累伤痕。

现在应该称之为残骸吧，可以说是相当壮观了——路面出现了一条巨大的沟壑，自近而远，从深到浅，犹如一道深深的创口，贯穿了半条街。

“老大这是……又多学了一项挖掘机的技能？”“贵宾犬”目瞪口呆地欣赏完这个浩大的工程，才后知后觉地想起了“挖掘机本机”。她拎着裙摆姗姗来迟，扶起无法动弹的上司，一把鼻涕一把泪地问道：“老大！你还有气儿不？”

苏闲觉得自己就算死了都能被这货气活过来，他用左眼狠狠白了这女人一眼，却把右眼捂得严严实实。

被嫌弃的“贵宾犬”以德报怨：“太好了！还以为您这一次要英勇就义了。”

苏闲刚有点感动，又听到她略有些惋惜地叹气：“唉，要是您真的过去了……说不定我就有机会升职了。”

……想升职？下辈子吧。

“头儿，您这右眼是怎么回事？”项羽在情况稳定下来之后也第一时间赶了过来，他比“贵宾犬”要细心得多，一下子就注意到了苏闲的异常之处。

他的指缝里满是鲜血。

苏闲沉默了一下，而后缓缓松了手，右眼鲜血淋漓，触目惊心。

“眼睛怎么了？！”“贵宾犬”惊呼出声。项羽却猜到了几分：“刚刚的能量，是从右眼释放的？”

苏闲长长地呼了口气，然后才开口：“对。还好它出来了，不然我可能会死在这里。”

项羽咋舌，转过头又观察了一番那条豁口，发现不仅水泥层被掀了起来，最深的地方，连路基都露出来了。

他心有余悸：“威力真够大的，亏您承受下来了。”

“贵宾犬”亦是后怕不已，她在搀扶苏闲的过程中，发现他的皮肤依旧发烫。

“您的眼睛……”她红了眼眶。在两人的帮助下，苏闲费力地站了起来，见她一副泫然欲泣的模样，他忍俊不禁：“没关系，反正本来就是瞎的。”

他也有些后怕，轻轻摸了一下完好的左眼：“我得感谢它，好在不是从左眼出来的，不然我真要改行去做盲人按摩了。”

“接下来怎么办？”项羽请示他。苏闲沉吟了一下：“你们俩谁先回治安所一趟，多调派些人手，另一个跟我去……”

“去什么去呀！”“贵宾犬”没好气地呛他，“你现在唯一要去的地方就是张医生的诊所！”

项羽附和道：“我同意。”

见苏闲一个眼刀飞过来，他有些无奈：“我知道您心急，可好歹去包扎一下吧，这样淌着血不是个事儿啊！”

苏闲无话可说。

见上司默认了，项羽又安排起来：“这样吧，我先回治安所去，小狗你陪头儿去张医生那里。”

“贵宾犬”没有异议，伤者本人却似乎有点意见：“那个，要不，还是项羽陪我过去吧……”

项羽还没来得及发话，“贵宾犬”就一蹦三尺高，气势汹汹地冲她的上司吠个不停：“怎么着？嫌弃我是吧！”

苏闲被喷了一脸唾沫星子，再也没有抗议的勇气了。

他想了想，又招手示意项羽过来，附在他耳畔吩咐道：“你回去之后，先带着一批人去找那个女人……别让她逃了。”

项羽挑了挑眉：“您是说……”

苏闲颔首：“是，赶紧去！我晚点跟你会合！”

项羽领命而去。

“你可真行！一次比一次伤得重，下一回我可以直接给你准备一辆轮椅了，你觉得呢？”张既白一面往病人眼睛上贴着纱布，一面不冷不热地奚落着病人，“缺胳膊断腿或许就是你的宿命。”

“这么诅咒病人，”苏闲浑身上下就剩嘴能动了，“你缺不缺德？”

张既白微微一笑，手下的力度稍微重了那么一点点，就听到苏闲倒吸一口凉气。

“命悬一线的时候就别跟人顶嘴了，希望你明白这个道理，苏治安官。”张医生手里的剪刀寒光一闪，医用胶带应声而断，“否则下一次，这胶带封的就是你的嘴了。”

被威胁的苏闲满肚子气却撒不出，偏偏旁边还有个大口啃着苹果的女人大声叫好：“干得好！张医生不愧是我男神！”

她的星星眼含情脉脉地凝视着张既白，后者不动声色地躲过了她充满爱意的目光，摆出了一副冷淡的面孔：“收拾好了，如果没有其他问题的话，请你和你的下属尽快离开，我也该补觉了。”

他刻意在“你的下属”这几个字上咬了重音，谁知当事人不以为意，甚至变本加厉：“补觉？一起啊，医生。”

张医生难以招架她的调戏，暗暗地戳了一下苏闲的后背：“赶紧把你们这个女流氓给我弄走！”

什么叫风水轮流转啊？

苏闲好不容易扬眉吐气，正打算一雪前耻好好埋汰张既白一回，没想到诊所门突然被推开，他另一个女下属披着一身风雪大驾光临。

“组长。”冰女那张清秀寡淡的脸上一如既往地没有什么表情，她径直走进来，仿佛没有看见挤眉弄眼的“贵宾犬”，对于张既白这个主人也一视同仁地视而不见。

“来了？”苏闲朝这位高冷的女下属客气地一点头，也没换来她的礼遇，她甚至没有问候一声重伤的上司，就直截了当地切入正题了。

“关于那名中学校长，我们按照你的命令，深入调查了一下他的个人背景。除了纸面上记录的那些，还发现了一些不为人知的部分。”

苏闲对不为人知的部分格外感兴趣：“说说。”

“那我就挑最要紧的说。”冰女苍白如面具的脸上突然多了一丝属于人类的表情，她的眼睛里流露出毫不掩饰的鄙夷和厌恶，“那家伙是个恋童癖，不止一次骚扰过学校里的女孩。女生们受到侵害之后大多不敢声张，偶尔有家长上门去闹，也被他想方设法压了下来。”

“这个人渣！”“贵宾犬”勃然大怒，苹果咬得咔嚓响，“死得太晚了！”

张既白没有出声，但看他的表情，也是赞同这一说法的。

苏闲却冷静得多，除了愤慨之外，他抓住了最关键的信息：“你的意思是，他只对小女孩感兴趣？”

冰女略略颔首。苏闲一勾嘴角，露出一个讥诮十足的笑容：“你猜，他夫人知不知道这件事？”

他蓦地敛起了笑意，眼睛里只余下彻底的凉意：“准备一下，我们去拜访那位中学校长的遗孀。”

苏闲整装待发，冷不丁却被人泼了冷水：“她们走，你留下。”

苏闲看着张既白那张突然严肃起来的脸，有些纳闷：“怎么着，你对我们的行动计划有意见？”

“我对你们的行动计划没意见。”张既白不苟言笑的时候愈发突出了他身上的禁欲精英感，惹得某个满头卷毛的女人哈喇子流了一地。

他推了一下镜框："不过我建议行动指挥最好换一个人。"

"贵宾犬"抹了一把嘴角的口水，瞄了身边的冰女一眼，那小妮子还是一副冷若冰霜的模样，但眼睫毛动了一下。

"贵宾犬"对着上司那张毫无血色的脸叹了口气："我也同意，您就安安心心地做个病号吧，组长一职就暂时由我代劳了……"

苏组长轻蔑地打断了她："就你？那我还不如让项羽代劳呢。"

"呸！他哪里比我强了！""贵宾犬"愤怒极了，满头卷发也跟着炸成一朵向日葵，"你肯定以小人之心……"

"是啊，我就担心你鸠占鹊巢。"苏闲痛快地承认了她的指控，又冲着张医生挑挑眉，"既然医生这么担心我的话，那就带上医药箱和我一起走吧。"

张既白若有所思的眼神在他面上扫了两个来回，才慢条斯理地开口："请问，我这份兼职有没有报酬？"

"这个嘛……"苏治安官拉长了语调正想打起官腔，却不慎被某个色胆包天的女人抢走了话语权："这个嘛，我们组长一定会向上头打报告为您申请的！来吧，医生。"

张医生提了下嘴角，未置可否。苏闲瞟了一眼自作主张的某下属，皮笑肉不笑："行，要是那帮老头子不肯批的话，就从你的工资里扣。"

说完他在"贵宾犬"欲说还休的哀怨眼神里扣好了外套上的铜扣，而后顿了顿，含笑的目光扫过所有人："走了。"

冰女开来了那辆黑色的切诺基。她的关心不显示在面上，但体现在了行动上——为了照顾上司虚弱的身体，她尽量把车开得平稳些，可惜没多久就遭遇了挫折。

她皱着眉盯着街面上那道从天而降的沟壑："我昨天经过这里的时候，路面还是平的，谁干的？"

张既白露出一个意味深长的笑，"贵宾犬"则是幸灾乐祸起来："哟，这事要是捅到综管局那边，我看某位的工资也不够扣的吧？"

冰女有些意外，后座那两位一明一暗的嘲讽，指向性够明显了，她瞥了一眼副驾驶座上的苏闲："组长，是你？"

当事人欲盖弥彰地轻咳两声，正儿八经地道："别往外说。"

冰女的唇角弯了一下，也一本正经地请示："是命令吗？"

"你这孩子。"苏闲无奈地笑了笑，"这是我的私人请求，你不想遵守也可以。"

驾驶员一转方向盘，避过大坑，恢复到面无表情的模样：“知道了。”

赶到目的地的时候，天光已经明亮起来了，漫长的一夜终于过去，可烂摊子还没收拾完。

这是一座独门独栋的两层半高的小楼，红瓦白墙，半拱门窗，典型的欧式风格，配上精致的院子，称得上是别墅配置了。

这样的居住条件在“孤岛”上绝对属于中上水准，无论在何等恶劣的条件下，人和人聚集在一起，随时随地都能分出高低贵贱。

这一家的男主人生前是这一区域最大的中学的校长，是综合管理局下的任命书；而在学校复课之前，他则是综合管理局的一名中级官员。

基本上，能和综管局搭上关系的，都算是这座城市的上流人士了，论地位，论待遇，都比苏闲他们这些专门做脏活累活的治管局工作人员要强得多。

苏闲推开栅栏铁门，带着人走进了院子。

铁门上缠绕着一圈圈枯萎的藤蔓，看得出来，主人家精心打理过这个院子，几乎将它改造成了一座小花园，只是眼下季节不对，那些花草树木只剩下枯枝残叶，放眼望去，满院的萧条。

想来再过几个月，春暖花开之后，这里又会是另一番景象。

只可惜，这里的主人未必能等到了。

先行一步的项羽闻声而出，面色沉沉地为苏闲等人带路，一边走一边汇报情况。

“我带着一队人马杀过来的时候，那女人正气定神闲地坐在客厅里，一副天不怕地不怕的模样。我见她镇定过了头，又想起您的吩咐，干脆就先下手为强了！”

苏闲看他那口若悬河堪比说书先生的架势，知道应该没出啥问题，也就捧了一回人场：“哦？你做了什么英明的决定啊？”

“进门之前，我让‘虫师’放了只小虫子出去，神不知鬼不觉地咬了她一口，她还没回过神来，四肢就麻木了。然后咱们的人趁机一拥而上，把她五花大绑起来，任她插翅也难飞！”项羽沾沾自喜地报告着战果，随后面色却又沉下来，“如您所料，那娘儿们身上也藏了枚炸弹，估计是想等哥儿几个进门之后就引爆，来个一网打尽。”

苏闲缄默片刻，而后唇边浮出一个冷笑：“这么看来，她和盈盈果然是一伙的，这丧心病狂赶尽杀绝的风格，真是如出一辙。”

“我看，说不定就是那小婊子让她这么干的……”项羽的话溜出了一半，忽然触到上司的眼神，他闭上嘴，把后半句咽了回去，又挤了个尴尬的笑出来，“我是说，那小姑娘……”

苏闲摆了摆手：“她人呢？你们没把她弄死吧？”

“没，”项羽乐得绕过先前的话茬，大剌剌地回道，“我猜她肯定还有用，让‘虫师’喂了点药，没让她一命呜呼。”

“保住一条命还不够，至少得让她意识清醒，不然我怎么问话？”苏闲皱起眉。项羽赶紧回：“清醒着呢！”

“那就好。”苏闲的眉宇舒展开来，又想到了什么，笑道，“你们这行事作风要是传到综管局那边去，我们又得挨批评了。”

“谁理那帮龟孙子，让他们到一边玩去吧！”项羽嘴一撇，歪了半张脸，后边跟着的几位亦是同仇敌忾的神情。

苏闲失笑：“我这不是担心他们又找借口削减我们的经费吗？”

插科打诨完毕，他们也终于见到了要拜访的对象。

苏闲在她对面坐了下来，这位中学校长的遗孀看起来和普通的家庭主妇没什么两样：她的年纪不小了，身形走样，相貌的话，此刻倒是不怎么看得出来——她的脸肿得有猪头那么大，面皮紫红发胀，双眼充血，看着还挺吓人。

这明显是被毒虫咬过的后遗症。

苏闲瞅了一眼挠着头抖着腿吹着口哨的下属，最终还是没说什么——不管怎么样，底线还是在的。

而这女人，也着实可恶。

她身上穿的戴的都不赖，看得出来，日子过得很不错。苏闲真的不是很明白，像她这样活得比“孤岛”99%的女人都要好的幸运儿，为什么要搞这一出？

“高若雪女士，是吧？我赶时间，所以就不寒暄了。接下来有些问题，请您如实回答。”苏闲在来的路上翻过资料，对她的一些基本情况算是掌握了，“失踪案的受害者之一，马连城是您的丈夫，没有错吧？”

高女士仍被束缚着，不仅手脚被捆，整个人都被绑在了椅子上，完全动弹不得。

她的眼睛被浮肿的眼皮挤得只剩两条细缝，纵使如此，苏闲依旧能感觉到她刻骨的恨意。

不过他现在没空去追查这背后的原因，见她没有要开口的打算，他有预感，这场审问不会一帆风顺，但面上依旧不动声色：“我身边这位治安官，您之前见过的。他奉命调查您丈夫失踪一案，曾经传唤过您协助调查，你们面对面地谈过话。”

高若雪恍若未闻，她似乎有些承受不住头部的重量，头歪到一侧，血管浮在面皮上，两腮还时不时地抽动一下，这让她看起来有些神经质。

苏闲自说自话："那时候，您向他提供了一些关于您丈夫的情况，其中有一条是，您声称亲眼撞见过您的丈夫马连城在办公室和一个女人胡来，而那个女人则是某位学生的家长，依照您描述的特征，我们找到的对象是苗林芝。而她也曾是系列失踪案及一起凶杀案的最大嫌疑人。"他说到这里，换了一个坐姿，口吻十分客气，"我想问问，此事当真吗？"

高若雪仍然没有作声，苏闲很仔细地察言观色，可她现在这状况，就算摆出了什么表情，他也很难看出来。

不过他发现她被钳制的双手一直在不安分地动来动去，据他观察，应该不是想要挣脱逃跑，而是痛痒难耐，所以手指不受控制地乱动。她的指甲深深地划过木头表面，因为太过用力，甚至刮出了几道痕迹。

项羽这小子真是心狠手辣。

既然有人扮了黑脸，他便扮起了红脸，所以他和颜悦色地看着高若雪："如果您不舒服的话，我可以让他们为您松绑，还可以再给您些药物，缓解一下不适。"

可惜对方不领情，她掀了掀眼皮，眼神中尽是轻蔑之意。

"您不需要的话，那就算了。"苏闲收回了虚与委蛇的客气，音色便显得有些冷了，"关于我先前那个问题，我已经向苗林芝求证过了——她坚决地否认了你的说法，并确定自己从来没有见过你。后来，我的同事又对马校长进行了一番相对深入的调查，发现了他那些龌龊的小秘密。"苏闲说着又笑了笑，"其实也不算秘密了吧，毕竟知道的人不少……关于您的丈夫是恋童癖这件事，您不会一点都不知情吧？"

高若雪终于开腔了，她声音嘶哑，语气里透着不屑："我为什么要知道？我跟马连城早就恩断义绝了。"

"其实呢，您知不知道，倒也真不是那么重要。"苏闲淡淡地说道，"因为他是恋童癖这件事本身就足以证明一些问题了。"

高若雪闻言，左脸又不由自主抽搐了一下，她似乎意识到了什么，又紧紧地合上了嘴。

"他身为中学校长，不止一次地骚扰女学生，这毫无疑问是卑鄙下流的行径，但矛盾也恰恰在此——他一个恋童癖，怎么会对年华已老的苗林芝感兴趣呢？"

苏闲盯着她的眼睛，周身散发出的压迫性气息逼得她不得不与他对视：

“你在说谎。你根本没见过苗林芝，你在陷害她。”

高若雪那张可怖的脸上没有任何表情。

“是她让你这么做的，是不是？”苏闲深吸一口气，目光如水，“你和那女孩，是同谋。”

她仍是一言未发。

他的嗓音低沉了几分：“告诉我，她在哪里？”

高若雪忽然发出一声怪笑：“想知道？你自己去找啊。”

她笑声里的狂妄让苏闲的下颌瞬间紧绷，下一秒，他却也笑了起来：“敬酒不吃吃罚酒。”

他朝着身后的人一挥手：“把她儿子带过来。”

高若雪那得意的笑容戛然而止，表情登时狰狞起来。

苏闲微笑着注视她：“听说你连夜把两个儿子送回了娘家，我就猜到你图谋不轨。现在我让人把你的儿子们带了过来，让你们娘儿仨见最后一面，你是不是该感谢我？”

高若雪目光狠厉，简直想在苏闲的脸上穿几个洞——可她也就只能是想想，等她的两个儿子被带进来之后，她的表情出现了一丝裂痕。

她哑着嗓子开口：“不关他们俩的事。”

“我们在座这么多人，也没有谁得罪过您吧？”苏闲笑容不变，“可您还不是想把我们全都杀了？”

高若雪盯着两个少年看，突然剧烈地挣扎起来，以至于椅子都不稳地摇晃着。

她声音凄厉，冲着两个儿子大吼：“妈不是让你们跑吗？”

两个少年被绑成了两只蚂蚱，也是极力想挣脱，却越挣越紧，而他们的身后，站着一个穿着制服戴着手套的高挑男子。

小一点的那个，十三四岁，吓得只会哭；大的那个，应该有十七八岁了，声音发抖地向母亲求救：“他们把我们抓回来的……妈，救救我们啊！”

苏闲终于略占上风，高若雪开始向他求饶：“求求你，放过他们吧，他们、他们还小呢……”

他的回答冷酷十足：“只要你说出我想要的，我不会为难任何人。”

高若雪似乎是迟疑了一下，旋即却又闭上了眼睛：“你们不用白费心机了，我不会告诉你们的。”

一个把自己当人体炸弹的女人，苏闲早就知道她很难搞，只是没想到这么难搞。

“我不知道我们治管局怎么得罪你了，让你不惜用自己当诱饵，想让我们粉身碎骨，不过在那之前，你还是把你的两个孩子送走了，这说明你对他们还是有感情的吧？”苏闲苦口婆心，“所以，我最后再问你一次，即使赌上你儿子的性命，你也不肯松口吗？”

高若雪如同泥塑木雕，不为所动。

苏闲摇摇头，有些疲惫地按着太阳穴：“动手。”

一直默不作声地站在两个男孩身后的男子，瞥了一眼发号施令的人，随后手里便多了一把锃亮的匕首。

高若雪的眼皮不易被察觉地跳了一下。

那个人的手指很灵活，他手持利刃，在她的大儿子身前比画了一下，似乎是找准了位置，满意地点点头，指尖微微一动，锋利的刀尖便没入了男孩的前胸。

“啊——”剧痛之下，少年痛呼出声，惨叫声几乎要震破屋顶。

男孩的胸前不断有血花冒出，情形很是凄惨，苏闲面无表情地看着，眼神没有丝毫波动。

他知道自己的手段十分卑劣，但如果不这样，会有更多无辜的人遭殃。

他眼角的余光掠过高若雪的脸，对方依旧紧闭双目，面无表情，可他注意到了她颤抖的手指。

第一刀、第二刀、第三刀……少年胸前血流如注，血水滴滴答答地淌了一地。男孩面如纸色，半死不活地瘫在椅子上，连呻吟的力气都没有了。

至于他的弟弟，几乎已经魂飞魄散，偏偏还有人说了一句：“下一个就是你了。”

他两条腿抖似筛糠，一个没控制住，竟然尿湿了裤子。

高若雪始终不曾睁眼，却牙关紧咬，呼吸急促，对儿子的痛苦并非一无所知。

苏闲见状，使了个眼色，项羽会意，麻利地割断了捆着小儿子的绳子。那孩子立刻连滚带爬地来到了母亲脚边，抱住高若雪的膝盖：“妈！您要看着哥哥死吗？您救救我们吧……”

恰在这个时候，大儿子又不知道被扎到了哪里，整个身体剧烈地抽搐起来：“你们杀了我吧……杀了我吧……”

“啊——”高若雪毫无预兆地发出一声凄厉的尖叫，在两个儿子的眼泪与鲜血面前，她的铁石心肠终究是被击碎了。

她随着椅子一起栽倒在地面上，脸浸在她儿子的血水里，先前决意自爆的勇气已然消失得无影无踪了。她看着奄奄一息的儿子，声嘶力竭地喊道：“我说！我说！放过他……”

苏闲一抬眼，那个差点把匕首舞出一朵花的男人适时地停了手，他垂下眼，盯着薄刃上坠落的血滴，露出了一个愉悦的笑。

苏闲不自觉地打了个寒战，转而望向近乎崩溃的高若雪：“说吧。”

…………

情报到手之后，苏闲命人把那母子三人都带走，该关的关，该治的治，而后揉着发昏的头来到某人身旁：“让你配合一下，你还乐在其中了，是吧？”

那人正在摘手套，他此时没有戴眼镜，看起来和平时似乎有些不一样——约莫是更变态了一些。

“有本事的话，你自己来啊。”医生神色冷漠，“何必拜托我。”

苏组长败下阵来：“是，谁让我分不清重要脏器之间的缝隙，没法连刺十几刀又避开人体要害，顺便事后还能进行紧急治疗呢？可不得麻烦您了。”

张既白把白手套卷成一团顺手丢进了脚边的垃圾桶：“知道就好。顺便有句实话我不得不说——你们的制服真的很难看。”

苏闲的嘴角抽搐了一下：“你该不会就是因为这种理由才拒绝加入治管局的吧？”

张既白从口袋里摸出眼镜重新戴上，回了他一个高深莫测的微笑：“你猜呢？”

燕麦片被装在脏兮兮的搪瓷杯里，随便放了点冷水，都没怎么搅匀就放到了他脚边，随后有人不轻不重地踢了他一脚，把迷迷糊糊的他惊醒了。

钟云从现在很不舒服，也许是伤口发炎，也许是昨天半夜惊出了一身冷汗，抑或是二者兼有，总之他开始发烧了。

他的眼睛充血发热，视线范围内有重影的迹象。他眨了眨眼，片刻之后，那些模糊的事物颤颤巍巍地合而为一，他伸出手，拿起了杯子。

天蒙蒙亮，钟云从开始吃早餐。

燕麦片完全没有被泡开，口感非常粗粝，钟云从觉得自己嚼了一嘴的沙子。

难吃是难吃了点，不过他一个俘虏也没什么好挑的，这时候，有口吃的就已经很幸运了。

再说了，那丫头在这儿颐指气使、说一不二，跟个女王似的，但她本人的待遇其实也没比他强到哪儿去。

钟云从解决掉那一小杯燕麦片之后，一抬眼就发现盈盈坐在离他不远的一张椅子上，捧着个玻璃杯，杯身上结了一层薄霜，一按一个指印。

见她小口小口地啜着，他眉头一皱，忍不住多了一句嘴：“你还这么小，又是女孩子，大冬天的别喝这么凉的水。”

盈盈慢条斯理地吞下了几粒白色的药片之后才笑吟吟地开口：“你还真是个滥好人，我都这么对你了，你还有心思关心我。”

钟云从面色一沉，头一扭：“呸！我关心你，做梦去吧！”说完却又瞄着她手边有些眼熟的药盒，语气变得有些微妙，“这是你从张医生那里领的药？不是给你母亲吃的，而是你自己吃的。”

他的最后一句话直接就是笃定的口吻了，毕竟事实就摆在眼前。

盈盈笑容不变，没有回答他的质问，而是自顾自说起了别的话题：“你们好像一直都觉得我是个小孩子，我今年12岁，你知道12岁的女孩能做什么事吗？”

她反而抛了个问题给他。钟云从紧紧抿着唇，心里说你这个12岁可了不得，其他12岁的小屁孩还在逃学骗钱吹牛，哪比得上你这个杀人犯和恐怖分子？

“让我来告诉你好了。12岁的女孩，勾一勾手指就能让一堆男人匍匐着舔我的脚……我想要什么，他们都会给，不管是他们的钱，还是他们的命。”那女孩直勾勾地盯着他，笑得花枝乱颤，诡异的猩红色双眸也变成了妩媚的点缀，“我还有独一无二的异能，随随便便就能把治安管理局那群废物玩弄于股掌之上……我这样说，你还认为我只是个小孩吗？”

钟云从沉默半晌，而后淡淡一笑：“你不用这样看着我，我可不是恋童癖，对你没兴趣。”

盈盈笑容一滞，虽然没有出声，但他能从她的眉眼间感受到冰冷的怒意。

虽然知道自己很可能会激怒她，但钟云从仍选择了一吐为快：“不是小孩是什么？无论是你干的那些事，还是你跟我说的那些炫耀的话，实话实说，都幼稚得不行。”

盈盈怒极反笑：“哦？这么说，那些跟随我、听从我的成年人只是在过家家吗？”

“他们要真的只是陪你过家家，那倒还好，最多是童心未泯。”钟云从的语气里满是鄙夷，“可惜他们还真把你当扛把子的，那就是愚蠢了。”

盈盈脸上一片阴霾，不过很快就烟消云散了，她的笑颜重新绽放：“按照云哥哥你的说法，跟随我的人是一群白痴，那死在我手里的人……比如我的闲哥哥，你觉得他算什么？”

钟云从的瞳孔蓦地收缩了一下。

他的反应显然取悦了这个早熟的女孩，她笑靥如花：“说起来，你好像一点都不难过呢，该吃吃，该睡睡，我还以为你们交情深厚呢。”

她意图往他伤口上撒盐，可惜钟云从的反应很冷淡：“你这孩子真是喜欢胡思乱想，我跟他也就认识十来天，非亲非故的，有什么好难过的。”

她斜乜着他，似笑非笑：“是吗？希望这是你的心里话。”

“你都和他认识十几年了，你都没伤心，哪轮得到我呢。”

盈盈收起了那点笑意，冷哼一声：“之前还真没看出来，你挺能说会道的。”

“不仅如此，我的直觉还很准。”钟云从莞尔一笑，“要是那家伙真那么容易死了，他就不是苏闲了。”

女孩的薄唇抿成了一条紧绷的直线。

须臾，她又勾起嘴角：“不得不承认，这也是一种可能性，还好，我已经做好了应对措施……不过我们就不提他了吧，说点别的？”

钟云从欣然同意：“好啊，那不如来谈谈你吧。”

小姑娘苦恼地蹙起眉：“你的好奇心真是旺盛啊，都说了，了解太多我的事，对你没有好处。”

他反问：“如果我闭上嘴的话，你就会放了我吗？”

盈盈眉宇舒展，笑了起来：“不会。”

“那不就得了。”钟云从提了下嘴角，“你杀的那些人，每一个都和苗女士有点牵连，你是刻意想栽赃给她吗？”

她足足盯了他有一分钟那么久，才浅浅一笑：“是又怎么样？”

钟云从的嘴唇动了动，话还没出口，就被她漫不经心地堵了回去：“我知道你想说什么，无非就是些陈词滥调，不用说了，我不想听。”

他被噎得一口气接不上，一时无语，过了好一会儿，才有气无力地问：“你晚上不会做噩梦吗？”

盈盈背过身，留给他一个逆着光的纤细背影，声音淡淡的：“她一直希望我过得好，现在我很开心，她会为我高兴的。”

钟云从注视着那个背影，目光渐冷：“哪怕是以她的死为代价？”

“我说过了吧，她已经进入了发病期，谁也救不了她。自杀，反而是一种解脱。”她笑起来，“我是在救赎她。”

“少自说自话了，她根本不需要谁来救赎。”他冷冰冰地驳斥，“需要救赎的人，是你自己吧？话说回来，你那些陷害栽赃的伎俩都粗浅得很，你还真当自己多么聪明绝顶了？”

盈盈反唇相讥：“我这么粗浅的伎俩还不是成功了，这是不是说明你们已经蠢到无可救药了？”

“你好像还不明白一件事情，你那些不入流的障眼法之所以能够糊弄到人，那是因为你糊弄的对象，一个苗女士，一个苏治安官，他们都被一叶障目了。”钟云从叹了口气，“说到底，你能这么有恃无恐、肆无忌惮，还不是依仗着他们对你的感情？”

盈盈怒形于色，随之做了个深呼吸，一呼一吸之间成功地压制了自己的怒火，情绪平复了许多，她的唇边又带上了惯有的弧度：“这是个悖论，我们谁也无法说服谁。我不想继续这个话题了……我们还是来聊聊你吧。”

钟云从没好气地别过脸：“真是不好意思，我一个正常人跟精神病没什么好聊的。”

“正常人？”女孩子咯咯发笑，“你以为你是正常人？”

钟云从对这种程度的嘲讽无动于衷：“反正比你正常。”

“是，我们这些人，在你这个外来者的眼里，都是一群怪物……”

他一声轻嗤：“不用拖其他人下水，我只针对你。”

被中途打断的盈盈并没有动怒，反而保持着微笑：“看来你还是不够了解这里，区区一个我，就足以让你大惊小怪吗？放心吧，你如果有命活着，还会遇到更多比我疯狂得多的人物。”

钟云从挑起半侧眉尾：“哦？那到时候我一定会多谢你给我留了一条命，让我大开眼界。”

小姑娘轻哼一声：“你用不着阴阳怪气的，我知道你在想什么……都说了，你别想着他了，我是不会放你走的。”

他不买账：“我爱想谁就想谁，你管得着吗？”

盈盈冷笑起来：“你对自己身上的异常之处应该也有所察觉吧？苏闲和张既白为什么会这么好心地收留你，你就没有细究过其中缘由？”

她说着凑到了他耳边，轻声道：“你还真信他们是什么好人？”

“信啊，为什么不信？”钟云从顺溜地接茬，露齿一笑，“我不信救过我的人，难道要信挑拨离间的人吗？”

盈盈冷冷地睨视着他，面上阴云密布。

“20多年前，一间生物制药厂发生了泄露，一种未知的恐怖病毒在这个城市里大规模蔓延，无数人深受其害。从此之后，梦川市就变成了一座人间地狱。它被政府封锁、隔离，所有通信设施都被阻断，居民们无法逃离，只能被困在城内绝望地等死。后来，这里就有了新名字——‘孤岛’。”

钟云从蓦地睁大了眼睛，这便是“孤岛”的由来。

“如果肆虐的病毒杀死了所有人倒也罢了，一了百了，偏偏这种怪异而神秘的病毒是一点一点地折磨着感染者，而且还具有遗传性，如同凌迟一般。”盈盈的薄唇弯出冰冷的弧度，“这种病毒后来被命名为‘失乐园’，它的感染者分为早期、中期、晚期三个阶段。早期也被称为潜伏期，从出生至35岁，潜伏期的感染者除了灰蓝色的虹膜之外没有明显的症状；中期的感染者年龄在35岁至45岁，感染者周身会出现溃烂的红斑，虹膜的颜色也会从灰蓝逐渐变为红色……他们被称为‘发病者’，这个阶段一般不会超过五年。45岁，顶多到50岁，感染者一定会进入晚期。至于晚期的感染者，他们是‘病变者’，浑身溃烂，人性泯灭，也就是你看到的那些‘行尸走肉’。除了对血肉的渴望，他们脑子里什么也不剩了。”

突然得到这么多信息，钟云从艰难地消化了好一会儿，才提出了困扰他许久的疑惑：“你的眼睛……你不是才12岁吗？这就进入晚期了？”

盈盈纤长的眼睫毛颤了颤，没有回答这个关于她自己的问题，而是兀自往下说：“原本大家只觉得‘失乐园’是一种可怕至极的病毒，可随着时间的推移，一些人的身上出现了异象……人们这才发现，这种病毒居然还有附加的惊喜。”

这一回钟云从很敏锐：“你是指，异能？”

她略略颔首：“不错，就是各种各样稀奇古怪的异能，它只存在于一小部分感染者的身上。‘孤岛’上不少人都把异能当成研究对象，包括它的产生条件和原理，以及个体之间是否存在共同之处，不过迄今为止还没有人得出系统的结论。简单的理解就是，在这座城市数十万的感染者中，大约有5%的群体，身体发生了变异。”

钟云从喃喃自语：“概率还挺低……”

盈盈嫣然一笑：“所以拥有异能的人都要比普通感染者多那么一点优越感，这意味着他们的日子多少会好过一些。”

他叹气：“而那些没有异能的普通人，他们连一点希望都看不到了吧？”

“唉，你真是太善良了。”女孩子也跟着叹气，随即语气却一变，居然透出了几分森冷，“可就算是异能者，他们终究也是病毒的感染者，逃脱不了发作的命运。所以，每个人的心底都被恐慌笼罩着。”

钟云从心里咯噔一下，他想到了苏闲。

那个人也会如此吗？

盈盈完全看穿了他的所思所想，冷酷地回道：“无一例外。”

他张了张嘴，却发不出什么声音。

“可是，”她忽然又笑了起来，“现在似乎就有个‘例外’站在我面前。”

他的右眼皮狂跳，像是痉挛了一般。

“你猜得没错，那个例外就是你。”她的声音清脆娇嫩，十分悦耳，但此刻钟云从一点也不想听她说，可他无力阻止，于是只能被迫让那些话语钻进他的耳朵里。

“虽然你以为自己是个正常人，但你有没有想过，你不属于‘孤岛’，却有着这里的‘特产’，这才是最不正常的地方。别跟我说，你没有意识到自己的特殊能力……你分明也是个异能者！”

她的最后一句话，几乎击碎了钟云从长久以来通过掩耳盗铃建立起来的保护罩，平地惊雷一般震得他头痛欲裂。

“最让人吃惊的是，你居然不是‘失乐园’病毒的感染者。”她缓缓地凑近，压低了声音，语气中却透着难抑的兴奋，“你知道，像你这样完美的存在，要是被外界知道，会引起多少人的觊觎吗？”

“你就是一块引人垂涎的肥肉，每个人都虎视眈眈。”

一瞬间，他的背后被冷汗浸透。

Chapter 10.
交锋

那场你来我往剑拔弩张的“聊天”结束之后，钟云从陷入了一种惶惶不安的状态，他缩在墙角，病弱的身体蜷得更加厉害，如同一只惊弓之鸟。

至于盈盈，她很罕见地没有拿俘虏的痛苦取乐，甚至失去了说话的兴致，让人不禁怀疑她是不是转了性。

她伏在桌面上，双手烦躁地揪着头发，细细的眉紧紧地蹙起，钟云从用余光观察她，发现她的脸几乎白成了一张纸。

这会儿，她看起来又像个小姑娘了。

这个念头在他的脑海里一闪而现，钟云从下意识地警告自己，别再把她当成小姑娘了。可想归想，一转眼，他又忍不住琢磨起她究竟发生了什么异变。

那名女性黑袍人快速走到盈盈身边，声音有些焦急：“您是不是一次服用的剂量太大了？”

她似乎想扶女孩一把，后者略微抬头，声线仿佛结了冰：“别碰我！”

黑袍女子被她的眼神钉在了原地，低眉顺眼，屏气凝神，一动不动。

那应该是张既白开给她的抑制剂，原来这种药的副作用这么大吗？钟云从还在冥思苦想，却未曾料到，盈盈毫无预兆地转过头，目光如利刃一般袭来，他被逮了个措手不及。

钟云从不免有些尴尬。双方对视几秒之后，那女孩冲着他露出了一个冷笑，他则讪讪地挪开了目光，头埋得更深，好似一只战战兢兢的鸵鸟。

“我劝你最好不要想些不该想的，”她的声音漫不经心地传过来，“别以为我变成现在这副样子，你就有机可乘了。”

你管我想什么啊？伪装成鸵鸟也没妨碍他在心里嘀咕，你控制得了我的人身，还能控制我的思想吗！

他正满心怨念呢，忽然不受控制地抬起了手，狠狠地抽了自己一个耳光。

什么情况？！钟云从抽完之后自己都目瞪口呆，听见盈盈的笑声才后知后觉地感到了疼，他轻轻地抽着气，刚才那一下真是下了狠手。

他难以置信地望过去，盈盈笑得很欢。而盈盈身边的那位黑袍女子也对着他的方向，她戴着面具，他看不清她的眼睛，却能够感觉到自己被她的视线笼罩着。

他蓦然感到一阵毛骨悚然。

方才他不是突发羊痫风，而是被这个女人一手操控了。

这也太可怕了吧……意识到自己被戏弄之后，钟云从忙不迭地躲开那女人的视线，心里直骂娘，这鬼地方果真是一窝的牛鬼蛇神，什么稀奇古怪的家伙都有。

盈盈见他那副狼狈不堪的模样，先是笑，笑完之后却又拧起了眉头，毫无征兆地暴怒起来：“自作主张，我让你动他了吗？”

黑袍女子陡然一惊，诚惶诚恐地欠身：“对不起，我再也不敢了！”

小姑娘拿起手边的杯子，手腕一抖，杯中的残水浇了黑袍女子一头一脸，而后者直挺挺地站在那儿，任由水珠滴落，眼睛都没眨一下。

而这一切还不足以化解她的怒气，下一秒，她手里的杯子被用力地砸在了黑袍女子的面门上，那动静实在太大了，让一直在装死的钟云从没法继续装聋作哑。

他偷偷望去，发现那女子的面具被砸掉了，她的额头和鼻子都在淌血，触目惊心。

血流得这么厉害，可没有盈盈的允许，她都不敢擦拭一把。

尽管他还记着方才的一耳光之仇，但还是忍不住开口：“那什么，我都没生气，你发这么大脾气做什么……”

然而那小魔女一个眼刀飞过来，他又不自觉地闭上了嘴，顺便快速地打量了一番，确定那丫头手边没有称手的“凶器”之后才稍稍安心。

“滚！”

这一声怒喝之后，黑袍女子才捂着伤口踉踉跄跄地离开了。

从头到尾，她都低垂着头，他完全没能看到她的表情。

钟云从瞄着那一地的血迹，对喜怒无常的盈盈，恐惧又深了一层。

只是不知道，这是她的本性，还是药物的副作用？

他不敢再看她，只能听到她沉重急促的呼吸声，想来，她此刻的状况也不是很好。

简直跟个不定时炸弹似的……这样的盈盈让钟云从格外不安。他心里正打鼓的时候，忽然听到扑通一声，似是重物落地，他心里咯噔一下，慌慌张张地望过去，发现那孩子倒在地上，不省人事。

他的第一反应是喊她的下属进来救人，结果还没来得及出声，就发现对面墙上浮出一个人形，随后，一个高高瘦瘦的黑袍人无声无息地出现，抱起昏迷的少女迅速离开了。

差点忘了这条"变色龙"，原来这家伙一直在暗处监视吗……还好刚才没想着要逃跑，不然后果不堪设想啊！

钟云从后怕之余顿感身心俱疲，往后一靠，整个背贴在墙上，长长地叹了一声："我真是太倒霉了……"

谁知一口气还没出完，他的嘴忽然被一只手捂住了，吓得他差点魂飞魄散，不假思索地张嘴就是一口。

"嘶——"那位不速之客倒吸一口凉气，随后钟云从就听到了熟悉的声音，带着一点显而易见的恼怒，"瞎咬什么呢你！是我！"

他们的距离如此之近，他几乎是附在他的耳后出的声，气息温热地扫过，他全身都跟着战栗起来。

钟云从颤颤巍巍地回过头，和对方那张英俊苍白的脸打了个照面。

钟云从如释重负地笑起来："你没死，太好了。"

"还好，也就半死不活吧。"苏闲说话的时候，钟云从诧异地发现他微乱的发丝竟然是逐渐浮现的，像是被人一笔笔勾勒而出。

苏闲把他的疑惑看在眼里，轻描淡写地带过："隐形术，跟一位同事学的。"

钟云从咋舌，心想这种异能还能学？那他能学吗？

这种不靠谱的念头也就是一闪而过，苏闲右眼处带血的纱布令他心惊不已，他还没来得及问出口是怎么回事，就被对方挡了回去："现在不是叙旧的时候，先想办法逃吧，我看看怎么把你弄出去……"

他话音未落，忽然有脚步声响起，钟云从骤然变色："来不及了！"

苏闲冷眼望去："那就兵来将挡吧。"

药物的副作用过去之后，盈盈很快就从昏迷的状态中恢复过来。她睁开眼，“变色龙”那张放大的脸在她眼前晃来晃去，她面色一沉，后者反应过来，急急忙忙与她拉开距离。

她坐起来，揉了揉隐隐作痛的后脑勺，周身无力，连张嘴骂人都觉得费劲。

看来下次不能吃那么多了……张既白那药的后劲太大了。

她心事重重地垂着眼，沉默寡言的黑袍人适时地递了杯水给她，她接过来，一饮而尽，片刻之后倏地想起了什么：“钟云从呢？！”

“变色龙”上次被苏闲一刀割喉，虽然性命无碍，但伤了声带，目前基本上处于失声的状态，他打了几个手势，告诉她，那小子还在隔壁房间里当着缩头乌龟。

盈盈虽然明白了他的意思，但仍然不太放心，她下了床，深一脚浅一脚地走出了房门，“变色龙”自然也跟了上去。

她返回到那间简陋的囚室，钟云从果然还保持着原姿势缩在角落里，看起来状况不太好的样子。

她的另一位下属，那个黑袍女正在一旁看守着。

盈盈瞥了她一眼，冷淡地问道：“他还老实吧？”

黑袍女点了点头。

盈盈松了口气，然后轻轻地走过去，俯下身探了探钟云从的额头，神色有了微妙的变化：“烧得好像又严重了些，都说了，让你别胡思乱想，好好静养，你就是不听。”

钟云从掀了掀眼皮，没有说话。

盈盈又恢复到巧笑倩兮的模样：“你可要好好地活着，我还指望你……”

只是她一句话还没说完，整个屋子忽然剧烈地颤动了一下。

女孩大惊失色，霍然起身，向身边人发问：“怎么回事？”

黑袍女连连摇头，“变色龙”的反应相当快，立刻奔到了窗边，随后一边啊啊地怪叫，一边飞快地打起了手势。

他那些乱七八糟的手势晃得盈盈心烦意乱，她拧起细眉，正要说些什么，脚下却又是一个趔趄，方才的震动卷土重来。

灰尘簌簌落下，天花板出现了裂痕，这所破败的房子岌岌可危，似乎下一秒就会坍塌成一堆废墟。

盈盈的脸阴得能滴出水，她索性自己跑到窗前往外瞧了一眼，正好瞧见一个身着藏青色制服、眼歪嘴斜的年轻人手里捧着个巨大的雪球，跃跃欲试的模样。

盈盈认得他，他的外号叫项羽，是个一身怪力的家伙。毫无疑问，投石问路的就是他了。

而他的身边，还有不止一个穿制服的家伙。

她巡视了一番，终于在人群里找到了苏闲。他的双手揣在大衣的口袋里，侧着脸同一个下属说着什么，看起来毫发无伤的模样。

她咬了咬牙，没弄死他也就算了，居然连一点伤都没受吗！

盈盈很快回过神，既然他们能找到这里，说明高若雪已经暴露并且被治管局的人控制了。

那个废物！

她的指甲陷进了手心，回过身，似笑非笑地睨视着钟云从：“恭喜你啊，云哥哥，你朝思暮想的人果真来救你了。”

钟云从朝窗户的方向瞅了一眼，微微一笑：“那我劝你趁早投降，以避免无谓的伤亡。”

盈盈满眼的戾气，冷笑起来：“别高兴太早，还不知道鹿死谁手呢！”

言毕，她将手指放进嘴里，哨声尖锐突兀地响起来。

须臾，离她最近的那扇窗面上蓦地多出了一张狰狞可怖的面孔。

是异种。

钟云从浑身一震，旋即又听到哨声发生了转调，尾音上扬，那窗边的异种一眨眼又消失了。

下一刻，他就听到窗外传来惊讶的喧哗声。

“是异种！怎么会突然出现这么多异种！”

“它们好像跟平时的不大一样……速度好快！”

莫非……这些异种不但能听从人的指挥，连行动都变敏捷了？盈盈究竟对这些东西做了什么？她一个十来岁的小姑娘，为什么会有这么大的能耐？如果不是她的能耐，那是不是意味着，她的身后……还藏着更可怕的力量？

钟云从的神情惊疑不定，盈盈见状，唇角微弯：“也不用这么意外吧？昨晚你不是和它们打过招呼了吗？”

钟云从堪堪平静下来，直勾勾地盯着她：“你果然能让这些异种听从指令。”

“让治管局的人好好享受我为他们准备的惊喜吧。”小姑娘得意一笑，“我就不奉陪了。”

说完，她回过身，指着黑袍女命令道：“给他催眠，让他乖乖跟我走……”

她一句话才说到一半，身后的那扇窗户毫无预兆地被人一拳击碎，四溅的玻璃碎碴砸了她一身，她悚然一惊，钟云从却精神一振，项羽的头从窗框里钻了进来，他咧嘴一笑：“嘿嘿，小姑娘，叔叔下手没轻没重，你可要多包容啊！”

他倏地伸手向盈盈抓来，后者惊出了一身冷汗，这时候有人奋不顾身地挡在了她前头——是“变色龙”，他猛地推了盈盈一把，接着便与项羽缠斗在了一起。

女孩没有流露出任何感激的意味，甚至没有多看她这位忠心耿耿的下属一眼，她满脸阴沉地向钟云从走去，在后者恐慌的眼神里将一把匕首架在了他脖子上，挑起眉：“看来我们不得不离开这里了。”

没想到这时候，窗边的战局发生了突变——项羽依靠他那身蛮横的怪力，硬是将“变色龙”整个人从破损的窗口里扯了出去，这会儿已将对手制伏，按在了地上。

盈盈迅速瞟了一眼，发现外头的局势也并不容乐观。异种向来是昼伏夜出，而这批堂而皇之地在大白天出现的怪物们显然出乎治安官们的意料，加上它们出其不意的伏击与异乎寻常的速度，一开始的确占了一点优势。但治管局那批人几乎每一个都是长期坚守在西城第一线身经百战的家伙，哪个不是天天与异种打交道？

他们个个身怀绝技，经验又丰富，揍起异种来，分外得心应手。比如衣着单薄的冰女，她那双常备的黑色手套已然不知去向，两只纤纤玉手上寒气萦绕，所经之处，必然会结下三尺冰冻。

她一闪身，灵活地避过一只张牙舞爪的异种，素手一扬，异种的身体便被一层冰晶包裹起来，冰晶一层层递增，瞬息之间，就将异种封缄起来，变成了一座冰雕。

其他的治安官也都各显神通，齐心协力地围剿着这些难缠的异种，虽然尚未大获全胜，但优势也很明显了。

以至于他们的长官根本用不着出手，苏闲甚至找了块石头坐了下来，悠闲地点起了烟。

盈盈盯着优哉游哉的苏闲，差点咬碎了牙，余光正好触到身旁木头桩子一样的黑袍女，怒气冲冲地吼道：“傻站着干吗？还不去帮忙！”

黑袍女瑟缩了一下，转身往窗边走去。

盈盈一把将虚弱的钟云从扯了起来，双眸开始发生变化，钟云从只瞄了一眼，就明白她想做什么——她打算趁着战况一片混乱的时候溜之大吉，看样子还要带上他。

她对自己还真是执着……看来自己魅力不小嘛，他自嘲地一笑。

女孩目中黑暗愈盛，空间也开始扭曲，眼瞧着空间通道就要被打开，她的太阳穴却被一样冰冷的物事抵住了。

盈盈陡然一惊，眼角余光瞥见了一个人影——她的下属去而复返，此刻正举着枪，同她相对而立。

“你……”她定定地与对方对视，眼角不由自主地跳了一下，唇边却浮起了然的笑意，语气十分笃定，“原来是你……闲哥哥。这么说，外边那个是个冒牌货了？”

对方面无表情，亦不作声。

“果然和传闻中一样神通广大呢，”她的唇边浮起一点笑意，柔柔地开口，“镜。”

被她称为“镜”的人，面容忽然变得模糊起来，宛若水纹波动，下一刻，“黑袍女”的五官轮廓就如同镜花水月一般散去，换成了另一张熟悉的脸。

“能够在短时间内洞察对手的异能，并且加以借鉴，犹如明镜一般，照行取影，这便是‘孤岛’上独一无二的‘镜’。”她微笑着凝视他，“闲哥哥，你会杀了我吗？”

枪口依旧对准她的头部，苏闲神色淡淡：“你可以试试。”

“好啊。”盈盈手里的利刃依旧抵在钟云从的颈上，想来是有人质在手，她显得有恃无恐，甚至满不在乎地笑了起来，“试试就试试。”

她话音刚落，锋利的薄刃就陷进了钟云从的皮肉里，殷红的血迹渗出，后者面色煞白，却紧咬牙关，没有发出一点声音。

苏闲眉心纠结，嘴唇微动，正要说些什么的时候，一道寒光直冲他的面门而来，他反应神速，敏捷地侧过身，寒光险险地从他眼前掠过，深深地钉进了墙壁里。

原来是一把匕首。

他来不及去追踪罪魁祸首，因为盈盈已经趁着这一丝机会，钳制着钟云从退开了好几步。

苏闲只来得及向她开了一枪，就被乍然闪现的“变色龙”缠住了。

外头的局势本来已经很明朗了，穷凶极恶的异种们被一群老手收拾得服服帖帖，尸首横七竖八地躺了一地，那黑袍人也在其中。他同项羽鏖战了一番，却不及对方，被项羽敲碎了好几根肋骨，几乎失去了行动能力。

项羽活动着手腕，晃晃悠悠地来到黑袍人的身边，朝拳头哈了口气，正要补刀彻底了结那家伙的时候，那几乎成了废人的“变色龙”居然趁他不备，与白雪融为一体，雪尘飞扬，迷了项羽的眼。他一时分辨不出“变色龙”的真身，于是就让他这么凭空消失在他的视野里。

“冰女！冻起来！”

尽管他第一时间呼叫冰女帮忙，而后者也在眨眼之间冻结了所有积雪，但仍是功亏一篑。

他们这边出了岔子，直接导致屋内的形势大变。

神出鬼没的“变色龙”不声不响地闪现，拼死为盈盈拖住了苏闲。

而苏闲那一枪也并未击中目标，在子弹出膛那一刻，盈盈眨了眨眼，眸中异光流转，空气被硬生生撕扯出一道口子，像凭空张开的嘴，将来势汹汹的子弹吞了进去。

至于盈盈本人，不但毫发无伤，甚至还有余力同钟云从炫耀：“你看吧，就算是他，也杀不了我。”

苏闲绝对没想到项羽他们竟然没能解决掉这家伙，此时又被他纠缠不休，不禁懊恼起来，他身上有伤，但“变色龙”亦伤得不轻，他是有信心对付他的。可让他头痛的是，现在这家伙完全就是不要命了，他摆明了是来为盈盈断后的，唯一的目的就是阻挠他。苏闲不想再浪费时间，指尖扣下扳机，朝着他的太阳穴连开数枪，“变色龙”脑浆迸裂，呕血不止，饶是如此，他依旧不肯放弃，两条胳膊死死地抱住他的腿。

而盈盈在同伴的掩护下，已经躲到了房间的另一头，从容不迫地运用异能重新连接空间通道。

苏闲不得不掰断“变色龙”的手臂，他的身体剧烈地抽搐了几下，挣扎着扭过头，往女孩的方向看了一眼，终于咽下了最后一口气。

苏闲一脚踹翻他的尸体，恰在此时，整扇房门被人从外面踢烂，项羽等人出现在了门口。

苏闲却高兴不起来，盈盈见情形不对，又开始拿钟云从来威胁他：“让他们滚出去！”

苏闲看着处于半昏迷状态的钟云从，他的脖颈上血迹斑斑。他没有选择，脱口而出：“你们先出去。”

项羽同冰女对视一眼，而后一行人在盈盈强硬的要求下，退到了屋子外。

“我已经照你的要求做了。”苏闲目光灼灼地盯着她，“放了他。”

“这恐怕不行，他可是我最后的筹码了。”盈盈挤出一个微笑，“我可不想就这样死在你手里。”

她说话的时候，眼睛里的黑色不断地弥漫着，在她与钟云从的身前，一道空间裂缝也在不停地扩张。

她真是铁了心要把钟云从带走。

为什么呢？苏闲心想，她是不是知道了什么？

他凝视着虚弱的钟云从，钟云从在剧变之下睁开了眼，眼角烧得发红，似乎是察觉到了苏闲的注目，眼睑动了动，与他遥遥对视。

“千万不要有异动，否则的话，我会让云哥哥为我陪葬的。”少女一边连通着两个空间，一边笑意盈盈地发出威胁。

苏闲一动不动。

因为他看到那个完全被盈盈忽略、基本跟死人没区别的人质有了一点动静——他的手不着痕迹地从上衣口袋里伸了出来，指间夹着一枚注射器。

那是苏闲从张既白那里要来的，针管内装着的是强力麻醉剂。

“放心，只要你不逼我，我会留着他一条小命的。”盈盈笑靥如花，空间通道即将打开，她马上就可以带着猎物逃之夭夭，加上又戏耍了苏闲等人一回，她心情大好。

钟云从感觉到自己的身体被一阵诡异的力量牵引撕扯着，那道扭曲的豁口里仿佛有一只无形的手，拼命地把他和盈盈往里拉。

盈盈一只脚已经踏入了空间裂缝，她莞尔一笑，不忘给面色阴沉的苏闲一记告别的飞吻。

可出乎她意料的是，上一秒脸上还阴云密布的苏闲下一秒就变了脸，对着她露出了一个戏谑的笑。

盈盈的笑容僵在脸上，她心下一沉，但追悔莫及——她觉得自己像是被什么咬了一口，轻微的疼痛散去之后，她握着刀的手开始不听使唤，甚至丧失了知觉。

她难以置信地低下头，一根细细的针头扎在她手背上的静脉之中，针管里的液体已所剩无几。

“你还是留下来吧，乖乖配合的话，或许他们会留你一条小命。”

钟云从的声音沙哑地响了起来。

盈盈还想顽抗，却被一枪打穿了手腕，匕首咣当一声掉在了地上，加上药力发作，她连站都站不稳，眼看就要一头栽倒，钟云从捞了她一把。

小姑娘眼皮沉重，却仍强撑着看了钟云从一眼，薄薄的唇角微微上翘：“被你骗了。”

钟云从被她笑得毛骨悚然，正想回一句什么，却发现她已经昏了过去。

苏闲一瘸一拐地走过来，瞥了一眼不省人事的小姑娘：“她倒是命大。”

“祸害遗千年嘛。”钟云从看着盈盈鲜血直流的手腕道。

苏闲紧紧抿着嘴唇，冲门边的下属招了下手：“她还不能死……来两个人，把她带下去，处理一下伤口，记得严加看管！她有空间异能，别让她逃了！”

下属们领命而去，苏闲几不可闻地叹了口气，而后伸手把钟云从扶了起来：“你怎么样？”

钟云从高烧未退，浑身发热，呼吸声也比平时沉重得多，这家伙一点也不逞强，冲着他眨了眨眼：“快死了。”

苏闲瞥了他一眼，冷冷淡淡地回道：“这不是还有一口气吗？”

钟云从一副随时会断气的模样：“最多只剩半口气了……”

他脖子上只是擦破点皮，倒是右边的肩膀，确实伤得不轻。

苏闲略微皱了皱眉，嘴上却刻薄得很：“行了，别絮叨了，你以为就你受了伤？”

钟云从早就注意到他右眼上贴着的纱布，只是之前一直没机会问，现在总算安全了，他字斟句酌地打听着：“你的右眼……还好吧？”

“受了点小伤。”他轻描淡写地带过，不痛不痒似的，“反正本来也是个摆设。”

钟云从心里莫名难受，摸着鼻头，轻声开口：“你也别太不把自己的身体当回事了。”

苏闲没有接话，一只手搀着钟云从，同时不忘招呼手下：“那边的衣柜里有个昏迷的黑衣女人，把她一起带回去。”

随后钟云从听到他说：“我叫人进来，送你回东城去。”

钟云从怔了一下才反应过来这是在跟他说话，他立刻反问：“那你呢？”

“我还有事情要做。”苏闲随口敷衍了一句，就要把钟云从交给冰女。可钟云从却并不买账，反而直勾勾看进苏闲的眼睛里：“我刚才说的，你一点都没听进去，是吧？”

苏闲眉头微蹙，脸上已有不耐烦的神色。

钟云从见状，登时便㞞了：“好好好，你爱忙就忙吧，我才懒得管你。”

苏闲望向冰女：“对了，把‘变色龙’的尸体也一起带回去。”

冰女略略颔首。他又指了一下钟云从：“还要麻烦你们顺道把他捎回东城，扔到张既白那儿就行了。”

冰女这回却没有应下，她扫了一眼他的右眼：“组长，我看你也一起回去吧。”

“我不用……”苏组长一如既往地准备逞能，并没有注意到身旁的钟云从正冲某个方向挤眉弄眼。项羽状似不经意地来到了苏闲身边，一个手刀下去，苏闲就跟霜打的茄子似的，蔫蔫地倒了下去。

钟云从一改方才的蔫头耷脑，眼疾手快地接住了他。

而苏闲两眼一黑昏过去之前，隐隐听到钟云从得意的声音：“对付特殊的人，就得用特殊的方法。”

疾驰的汽车内，盈盈在颠簸中迷迷糊糊醒来，麻醉剂的效用还未完全退去，她看起来虚弱无力，秀气的小脸上一丝血色也无。

看东西还有些恍惚，她眨了眨眼，那些模糊的景象才逐渐清晰起来。她环视四周，发现自己正处于一个阴暗封闭的车厢内，双手双脚都被镣铐严严实实地锁了起来，旁边还有两位虎视眈眈的守卫。

“哟，醒了啊？”其中一位治安官冷冰冰的目光不客气地在她身上扫来扫去，“你可真是命硬，你那些手下全死光了，就你一点事都没有。”

女孩恍若未闻，垂下眼睑，细细地瞧着自己受伤的手腕，那上头厚厚地缠着一圈纱布，不知道是不是麻醉剂的效果，她竟然不怎么觉得痛。

她微笑起来：“是闲哥哥让你们帮我包的伤口吗？看来，他还是很念旧情的嘛。”

“小丫头这时候知道撒娇了？可惜晚了。”对方轻蔑地撇起嘴唇，“待会儿到了局子里，你最好老实交代，否则，就等着吃苦头吧！”

他话语中的威慑之意显而易见，可小姑娘却并不把他的恐吓当作一回事，她轻笑出声：“我吃过的苦头比你们想象的要多得多……可别太小看我啊。”

大概是她轻佻上扬的尾音太过挑衅，先前说话的治安官被激怒了，他抽出手枪，枪柄重重地砸在了女孩的额角，重击之下，她整个人歪向了另一边。

盈盈发出一声闷哼，她的额角皮开肉绽，鲜血直流，另一位沉默不语的治安官终于发话：“别太过了，要是让苏组长知道，怕是不好交代。”

他搬出了苏闲，对方不情不愿地把枪支收了起来，嘴里却是冷言冷语：“他不高兴？我还没说他徇私呢！”

“闭嘴！”他的同伴低声警告，他重重地哼了一声，不再说话。

“那个，我有个问题……”头破血流的小姑娘怯怯地出声。那位才安静下来的治安官蓦地又暴躁起来：“怎么？你想说什么？”

“我就是想问一下，”盈盈抬起头，鲜血漫过她的双眼，令他们无法看清她瞳孔的异样，“治管局里，像你们这样的蠢货，多吗？”

“浑蛋！”治安官被彻底激怒，粗鲁地钳住囚犯的下巴，“我看你现在就需要一点苦头尝尝……”

他话音未落，突然听到同伴急切恐慌的声音：“怎么回事？你们是什么人……”

有人入侵！

治安官悚然一惊，还来不及关心一下同伴那边的情况，他的咽喉就被冰凉的刀锋抵住了。

“我说过了吧，别太小看我。”这是他临终前听到的最后一句话。盈盈依旧披枷戴锁，笑吟吟地见证着两位治安官的死亡。

苏闲醒过来的时候，映入眼帘的是天花板上的吊灯，灯光很柔和，但对他这个刚从昏迷中清醒过来的人来说，还是稍显刺眼。他重新闭上眼睛，片刻之后再睁开，终于适应了光线。

他熟悉这里，是张既白的诊所。

“你醒啦？”听到惊喜十足的声音，他慢慢地转过头去，正对上钟云从那明亮的褐色双眸。

他的脸色看起来好了很多，有了血色，看样子情况好转不少，他睡了太久，还没怎么缓过神来，轻轻地嗯了一声。

钟云从一愣，随后却受宠若惊起来：“我还以为等你醒来，我就要挨骂呢……没想到逃过一劫，还真有点不习惯。”

苏闲面无表情地看着他。

气氛一下子尴尬起来。

钟云从讪讪的，不知如何是好，就在他窘迫得不行的时候，张医生掀开帘子进来了。

“啊，医生！晚上好！”钟云从跟见了救星似的。苏闲也终于有了表情：“来了啊。”

张既白完全不能理解病人一号那莫名其妙的热络，于是没理睬他，直接转向病人二号，不冷不热地开了口：“总算醒了，费了我多少瓶营养液。”

苏闲略感意外：“我睡了很久吗？”

“三天两夜。”钟云从抢着回答。苏闲瞥了他一眼，没吭声。

钟云从摸了摸自己的鼻头，很想躲到角落里种蘑菇。

“本来是轮流来蹭饭，现在终于组团来了。”张医生显然对被蹭饭这件事耿耿于怀，“你们商量一下吧，到底谁还债。”

“我来吧！”钟云从从前大手大脚惯了，向来是抢着买单的那种冤大头，无论是出于习惯还是为了引起某人注意，他都毫不犹豫地举起手来。

张既白鄙视地斜了他一眼：“你身上有一个能花出去的子儿吗？”

钟云从一下子没动静了。

“没有的话就别充大款了。”张既白的风凉话刺得前富二代、现穷光蛋钟云从差点从病床上跳起来：“没钱卖血总行了吧！你想抽多少血都随便！”

见目的达到，张医生眼中的喜色一闪而过，推了推眼镜，正要勉为其难地答应下来，病人二号却出声了：“行了，本来就欠你的，再添一笔就是了。”

好事被搅黄了，张既白没给他什么好脸色：“据我所知，你欠我的债好像从来没还过。”

“还还还，下次一定还。”

“下次是什么时候？”

苏闲微微一笑：“有钱的时候。”

这种废话居然没有激怒张医生，想来他是习以为常了，他双手揣在白大褂的衣兜里，不咸不淡地点点头：“那就先记着。”

“对了，”张既白瞅了钟云从一眼，“那个消息，你来告诉他好了。”

苏闲吃了一惊，先前的那点不自在也被抛之脑后了，他转向钟云从：“出了什么事？”

被点名的人一脸为难，嘴旦也是支支吾吾的：“就是那个……你听了可别太生气啊！”

苏闲皱眉：“有话就说。”

“那天押送盈盈的那辆车在某个路段上发生了爆炸。”钟云从神色沉重，“包括司机在内的三名治安官，全部身亡，可奇怪的是……并没有发现盈盈的尸体。”

苏闲的太阳穴突突直跳，他用力地按住，冷笑起来：“她逃了。”

钟云从悄悄觑着他的脸色，没敢接茬。

令人压抑的沉寂持续了好一会儿，苏闲才问道：“她是怎么逃的？”

他的双目如同漂浮着薄冰的深潭，令人不寒而栗。张既白回答了他这个问题：“所有人都忽略了一件事，她的空间通道，不仅能够将她自己传送到特定的目的地，也可以反向传送——她把她的同伙接引到了那辆车里。”

苏闲闭了闭眼，一句话也没说。

“你的下属们也不能说不尽职，据说已经把人铐得严严实实了……这样都能逃，大概只能把她的眼睛挖出来了。”

片刻之后，苏闲才嘶哑着出了声：“我会让她血债血偿的。”

钟云从的喉间如同被冰块哽住，难受无比。

张既白出去之后，又很快返回，手里多了一个文件袋：“这是你昏迷期间，你的某位下属送来的。具体是什么，你自己看吧。”

苏闲双手接过，对里头的内容有了大概的猜想，抽出来一看，果然是这次的调查资料。

他专心致志地翻阅着，钟云从屏声敛息，不敢打扰他。

“‘暗影’，”苏闲浏览着讯问笔录，“居然在治管局和综管局两大部门都毫无察觉的情况下，悄无声息地发展出了这么一个组织……”

“‘暗影’？”钟云从霎时回想起盈盈等人古怪却一致的装扮，以及先前那些困扰他许久的点，似乎明白了什么，“盈盈他们都是那个组织的人？难怪她一个小女孩能有这么多听命于她的手下，还有那些被驯服的异种……”

苏闲神情凝重：“看来你也注意到了。”

“‘暗影’……究竟是个什么样的组织？”钟云从问着，又忍不住添了一句，“看他们那些极端的手段，倒像是个恐怖组织。”

“也可以说是个邪教。”

钟云从倒吸一口凉气：“我就说那小姑娘满脑子的神经病想法，果然是被邪教洗脑了啊！”

苏闲叹了口气：“从黑衣女子和高若雪——就是那位校长夫人的嘴里问到的情况就是，这个名为‘暗影’的组织是个以异能者为核心组建起来的团体，具体人员尚不明了，他们内部按照异能者的能力强弱来划分层级，层级分明，上下有序，唯有领袖至高无上，位于金字塔的顶端。”

张云从听得瞠目结舌：“不是说异能者的基数本来就不大吗？你们治管局吸收了不少吧，剩下的还能有几个啊？”

苏闲神情凝重地摇摇头：“异能者的数量并不是重点，真正可怕的地方在于——它不单纯是个由异能者组成的团体，异能者只是核心与中流砥柱，按照那两个女人的说法，‘暗影’也在暗地里将普通市民洗脑后发展为成员。譬如那个高若雪，她就不是异能者，只是个普通的家庭主妇。而这些潜伏在普通人里的成员才是最不可控的部分，像个不定时炸弹，谁都不知道什么时候会引爆。”

“他们的诉求是什么？”

“让治管局开放边界。”

苏闲的话如平地惊雷，钟云从为之一振，回过神之后才试探着问道：“开放边界……就是你说的那个有15道防守的……”

苏闲不答反问：“你知道，那15道防守里，最让人忌惮的是什么吗？”

钟云从摇头。

“就是治管局的异能者们。”苏闲语出惊人，“你可能以为我们部门只负责管制‘孤岛’里的异能者以及西城的异种，但我们真正的职责其实是守卫漫长的边界线。”

“对于普通人，那14道防守已绰绰有余，剩下那最后一道，防的是‘孤岛’里神通广大的异能者。”

“我们至少有70%的人手长期驻扎在边界的岗哨里，用特殊的方式组成了一张看不见的网。”苏闲的声音淡淡的，“我们不能让任何人踏出‘孤岛’，一旦有人涉足外面的世界，并且让政府得知，整个‘孤岛’都将危如累卵……即使隔着千里，外面的人要收拾我们，也易如反掌。你明白我的意思吧？”

钟云从后背上的冷汗早已浸透衣物。

“所以，这就是盈盈他们……痛恨你们的理由？”他想起盈盈口中的“叛徒”，原来是这个意思。

“我知道有些人一直在骂我们为虎作伥，说我们是叛徒。”苏闲疲惫地闭上双目，“一旦撤掉治管局的人，那些神通广大的异能者就能够轻而易举地离开‘孤岛’，可剩下的市民怎么办？我们不能眼睁睁地看着整座城市毁于一旦。就算这里是人间地狱，但也是故乡，我不忍心让它毁灭。况且，‘失乐园’的传染性实在太强了，已经有人深受其害了，没有必要让它荼毒更多人。”

钟云从心如刀割：“这就是你们……画地为牢的缘由吗？”

苏闲自嘲地一笑：“我们并没有别的选择，不是吗？”

钟云从张了张嘴，却一句话都说不出，在这些苦难深重的人们面前，任何安慰的话语都显得高高在上、苍白无力。

“我干吗跟你说这些？”想来是看出了他情绪的低落，苏闲主动开口，“算了，还是睡觉吧。”

钟云从叹了口气，如他所愿，没再继续这个沉重的话题，而是另起了个话头：“对了，那个……异能者的等级是个什么说法？”

今天的苏闲格外好说话：“其实也就是这么一说，划分标准也很简单粗暴——就是异能的高低强弱，一般分为ABCD四级，依次从强到弱。”

“那你呢？”钟云从脱口而出，“你是哪个等级的？”

苏闲瞅了他一眼，笑了一下：“你猜啊。”

钟云从郁闷极了。

“啧啧，不用太灰心。”张医生去而复返，加入了这场谈话，“关于‘镜’的能力等级，在‘孤岛’里一直是个谜。”

钟云从惊讶地看过去：“……听起来好像很厉害的样子。”

“对了，他刚刚还少说了一个等级。”张既白勾起嘴角，“还有凌驾于那四个等级之上的级别——S级。”

苏闲似笑非笑地看了张既白一眼。

钟云从的脖子仿佛是生了锈的齿轮，战战兢兢地转过去，小心翼翼地打量着这个人，那目光里，既有惊叹，也有忌惮，还有莫名的兴奋。

苏闲见状说道：“别听他胡说八道了，没那么玄乎。对了医生，有没有吃的？三天没吃东西，我的胃都要萎缩了。”

张医生立刻变了一副脸，甩手离去：“没有！”

“小气鬼。”他嘟囔了一声，翻了个身，“没得吃，那就只好睡了。”

有了一层阻隔，钟云从肆无忌惮地把那人的后脑勺看了个够，直到听见他平缓均匀的呼吸声，他才轻轻地说了一声“晚安”。

而后，他熄了灯，也躺了下来，任凭睡意潮水般淹没自己。过了许久，在他半梦半醒的时候，对面传来了一个低低的声音，他险些以为是幻听。

“晚安。”

Chapter 11.
陷害

她穿行于黑暗之中。

耳朵轰鸣得厉害，以至于她几乎听不清身后的枪鸣声及狗叫声，一颗子弹险险地擦过她的耳郭，她后知后觉地感到了灼热的疼痛，但这点疼痛，和全身上下的累累伤痕比起来，几乎不算什么了。

她方才成功地翻越了一堵带电的铁丝网，全身上下有大面积的皮肤被电流灼伤，不仅如此，她的两个膝关节也遭到了严重的损伤，如同松了螺丝钉的零件，随时都有罢工的危险。她每跑一步，膝盖处都会传来彻骨的疼痛，两块髌骨像是被生生地剜掉了一般。

可即使如此，她还是要继续跑。

她是一枚“诱饵”。

她出逃，是为了掩护其他人。事实上，她已经做好了死亡的准备，尽管在逃跑前，她向同伴们保证自己绝对会活着与他们会合——可只有她自己清楚，那只是个善意的谎言。

电网、追兵、狼狗，以及子弹，这些如附骨之疽般紧紧地贴着她，在这场逃亡之中，她唯一能做的就是把这个过程延长一些，好为同伴们争取更多的逃命时间。

这片树林被枯枝败叶的腐朽气息笼罩着，目之所及，唯有黑暗。她的脸上、身上无数次被横七竖八的枝丫划伤，她疲于奔命的步伐，总是让地面上的枯枝不堪重负地发出断裂声。

而在她身后不远处，脚步声七零八落，有人的，也有狗的，她偶尔能感觉到自己被手电筒发出的光扫过，却不敢回头去看。

她不确定他们到底出动了多少人马追捕她，唯一能确定的是，在这个险恶的环境里，对方的前行同自己一样困难。

这个地方来对了，她欣慰地想着。

她的精神十分振奋，但身体却乐观不起来——呼吸简直变成了一种折磨，冷风灌进肺里，刀割一般凌虐着她脆弱的呼吸系统，她的呼吸沉重得不像话，连带着脚步也滞缓起来。

我快不行了，她有些绝望地想着。她不清楚自己究竟跑了多长时间，也许只有一刻钟，却漫长得仿佛一个世纪。

追兵的脚步声越来越近了，不是因为对方加快了，而是因为她变慢了。她真的很不走运，一枚流弹不声不响地贯穿了她的右腿，她整个人几乎扑倒在地上，好在扶住了一棵树，仍然能一瘸一拐地往前走，剧痛和流血令她的境况愈发雪上加霜。

浓重的血腥味在林间弥漫开来，让紧追不舍的狼狗兴奋地嘶吼起来，它在这种树林里本就比人类灵活，在猎物受了重伤行动迟缓的状态下，它更是能不费吹灰之力就追上去。

我会死在这个地方吧……她这么想着的时候，恶犬已经逼至身后，她几乎能闻到它嘴里的腥臭味——而狼狗高高跃起，张着大嘴，露着獠牙，重重地咬在了猎物的肩上。

她歇斯底里地尖叫起来，死命地想甩开这条恶犬，却无济于事。更令她恐惧的是，狼狗的主人也追上来了，她听见对方下了一道残酷的命令："把她撕成碎片！"

虽然她早就做好了死的准备，但就算是死，不同的死法也是有区别的。她想要的是干脆利落的死法，而不是成为一条狗的腹中餐。

在她最绝望而屈辱的时刻，她眼前蓦然出现了一个惊喜，雾气渐散，她发现她已经不知不觉地穿过了树林，来到了它的尽头———片断崖。

底下有多深，她毫不知情，但这并不妨碍她毅然决然地纵身一跳，那条狼狗还没反应过来，也来不及松开它的利齿，竟然就这么被她带着一起坠下了山崖。

至此，这场惊心动魄的逃亡戛然而止。

天色阴沉得吓人，乌云堆积，好似发了霉的旧棉絮，碎屑一般的雪片洋洋洒洒地落下，无声无息地染白了这座城市。

钟云从纵目望去，位于城市中央的星塔在阴霾的天空下，变成了一道孤独而锋利的剪影。

这个天气，倒真是很适合办葬礼，他心想。

这是一处十分简陋的墓园，自然而然，埋在这里的人也不会有多隆重的葬礼。

今天是苗林芝下葬的日子。

出席葬礼的人很少，她活着的时候，名声和人缘本就不怎么好，死了之后，她女儿差点炸死整座楼的人这件事也没能捂住，理所当然地，没有一个邻居前来悼念。

出席者只有苏闲和钟云从两个人。

其实原本葬礼的操办也有张既白的份儿，不过他负责的部分主要是费用，至于葬礼本身，他没什么兴趣，对一个见惯了死亡的医生来说，参加葬礼和浪费时间基本是同义的。

钟云从俯下身，细细地端详着铅灰色的墓碑，上头只简单地刻了苗林芝的姓名和生卒年月，连张照片都没有。

他把一束纸扎的百合花轻轻地放在墓碑前，低声开口："希望你会喜欢。"

在这个贫瘠萧条的城市，他无法在冬天找到鲜花，只好自己动手做了一束。墓碑上的刻字，也是他的作品。

他侧过脸，看了一眼身边的人，苏闲站得笔直，双手插在裤袋里，脸上没有一丝表情，看起来格外冷硬。

他一动不动地注视着那座新冢，目中毫无波澜，钟云从完全看不出他此时的心境。

应该是难过的吧？

钟云从倒希望他的情绪能更加外露一些，这意味着他变得更信任自己一些，可到目前为止，一切都还只是他的一厢情愿。

沉寂令气氛愈发压抑，钟云从有点受不了这种死气沉沉的气氛，忍不住想说话："说来也奇怪，我以为象苗阿姨这么注重外表的人会很喜欢照相，没想到在她家里翻了个遍，居然都没找到一张她的照片……"说着叹了口气，"这样一来，路过的人连她长什么样都不知道了。"

苏闲闻言，垂下了眼睑，眼睫毛跟着轻微地震动了一下："既然没有照片，就说明她并不想被别人记住……随她去吧。”

钟云从的余光停留在他身上：“至少你会记住她的，对吧？”

苏闲沉默片刻，露出了一个嘲讽的笑容：“我想，她会更希望另一个人记住她。”

那个本来最应该出现在这个场合的人。

钟云从想起遁逃无踪的盈盈，亦是沉默不语。她的下落、她的异能、她的野心，还有她加入的那个神秘组织“暗影”，桩桩件件，无一不让人如芒在背。

钟云从的眉头蹙了起来。

“请问，”一个怯生生的声音打破了寂静，钟云从与苏闲双双回过头去，发现几个身着黑衣的女人站在不远处，忐忑不安地看着这边，出声的女人看起来有些发怵，但还是硬着头皮继续问，“这是苗林芝的坟吗？我们听说她今天下葬……”

苏闲只一眼就看出了她们大致的身份，应该是苗林芝的同行，他有些意外，想不到唯一来祭奠她的，竟然是这些人。

钟云从代替他回答了她们：“对，几位女士是苗阿姨的朋友吗？”

这个温和俊秀的青年，看起来要比一身制服的治安官和蔼可亲多了。那几位怕的主要也是苏闲，毕竟平日里，在治安所里总是抬头不见低头见的。

“算是吧……”听到钟云从友好的回答，领头的女人有点不好意思地理了一下头发，“虽说我们和苗林芝平时关系不太好，也打过几架，但好歹认识了这么多年……谁知道姐几个什么时候就没了，到时候都不知道有没有个像样的坟呢。”

钟云从沉默了一下，他没苏闲那么见多识广，才知道她们的身份，不过这位大姐的语气那么凄凉，大抵是出于同病相怜的心理吧。

得到允许之后，几个女人就开始了祭拜。她们挎了个篮子，里头装的是些香烛纸钱之类的传统物件，和这西式墓园有些不搭，可苏闲并没有阻止，而是任由她们点燃了香烛，烧起了纸钱。

“一路走好，下辈子投个好胎。”

女人们嘴里念念有词，尽是些淳朴的祈祷。钟云从看着听着，只觉得原本无尽凄凉的空气似乎都有了些许的暖意。

祭拜结束，几个女人客客气气地告辞了。钟云从目送着她们的背影，有些感慨：“其实苗阿姨的人缘也不算差吧？”

“她就是平时泼辣了些，其实人不坏，只是被欺负惯了，”苏闲的声音淡淡的，“怕吃亏，才总是一副张牙舞爪的样子，就是个外强中干的。”

钟云从凝视着他的侧脸，冷不丁地问道：“你跟她，应该不只是简单的邻居吧？”

苏闲怔了一下，目光不由自主地落在苗林芝的墓碑上。

“最早的时候，她不是这样的。”

他的声音被压得很低，像是在压制着某种感情，钟云从也跟着一愣，正静待他的下文，忽然听见了一个哆哆嗦嗦的声音。

“没错，她从前，不是这样的。”

居然还有悼念者?

钟云从吃惊地望过去，发现这一次的来人他认识。

苏闲斜乜着这个身形佝偻的中年男人，他形销骨立，两只眼睛犹如干枯的核桃一般，在瘦骨嶙峋的脸上格外凸出。

“李志军。”苏闲瞥了一眼他的右手，“你手上的烧伤好了？”

“苏长官。”李志军战战兢兢地叫了他一声。

多年的邻居，平日里遇见，苏闲一般都会客气地叫他一声“李叔”，此刻却冷冰冰地直呼其名，他也明白个中缘由。

一开始，他的妻子被盈盈的人绑架，他被迫做了伪证，几乎将苗林芝推下深渊；后来他又被黑袍女子用异能控制，险些做了刽子手。

其实他是没脸来见林芝的，可这毕竟是她的最后一程，他怎能不来送送?

他踉踉跄跄地来到墓前，扑通一声跪下了，老泪纵横：‘林芝，我对不起你啊！”

苏闲冷眼旁观，钟云从看得出他心情不好，安慰似的拍了拍他的肩，苏闲瞧了他一眼，瞧得他心里有点发虚，但最终苏闲什么话也没说。

钟云从单方面地认为他是接受了自己的安慰。

那边的李志军哭着哭着，突然疯狂地磕起头来，一边磕一边念着：“我该死！我该死！我该死！”

没几下，他就头破血流了。钟云从有些不忍，暗中用胳膊肘撞了苏闲一下，后者的脸上露出了不耐烦的神色：“行了，做给谁看呢？她死了，一了百了，无知无觉，什么也不知道；如果是给我看的话，更没必要．反正我也不能拿你怎么样。”

钟云从不由得干咳了两声：“差不多得了，你也给人留点面子……啊，那个，李叔啊，别磕了，地上怪脏的，小心破伤风啊。”

李志军仿佛没听到，他的头长久地抵在墓碑前的石板上，鲜血糊了一地，看着有些吓人。

钟云从走过去，轻轻地碰了一下李志军的肩：“李叔，人死不能复生，别太难过了。”

李志军这次总算颤颤巍巍地抬起头，钟云从见他满脸的鲜血涕泪，叹了口气，从口袋里掏了块手帕给他：“擦擦吧。”

等到他不那么狼狈的时候，钟云从干脆在他旁边席地而坐，状似不经意地问了一句：“您是不是和苗阿姨认识了很久啊？”

李志军方才号了好一阵子，嗓子还哑着：“我跟林芝从小就认识，我们从小就是邻居，那个时候，我们住的地方还是西城那边……说起来，都是30多年前的事儿了。”

“哦，那会儿你们都还很小吧？”

“嗯，后来病毒爆发了，西城被隔离，我们两家就连夜逃到了东城。”李志军双眼浑浊，但忆起当年的事，仍然闪着光，“那阵子大家过得都很艰难，我们两家互相帮扶着才渡过难关。她就跟我妹妹似的，天天跟在我屁股后面，喊我志军哥。”

钟云从没有打断他的美好回忆。

“后来综管局给幸存者按户分配了住处，我们两家的房子离得远，时间一久，联系也断了……”李志军遗憾地摇摇头，“但我心里一直记着这个小妹妹，她从小就乖，长得也好，大家伙儿都喜欢她……”

钟云从听得一愣一愣的：看样子，苗林芝后来的性情，真是被生活逼出来的。

“几年之后，我终于又遇到了林芝，她已经长大了，比小时候还水灵，可是我怎么也没想到，她竟然被家里赶了出来，无处可去，只能挺着大肚子在街上游荡……”

李志军几乎要哽咽起来，钟云从安慰他两句，继续问道：“所以你们重逢的时候，苗阿姨已经有身孕了……她肚子里的孩子是盈盈？”

他点点头：“对，她那时候太惨了，全身上下瘦得只剩一把骨头。我带她吃了饭，问她怎么回事，她只说，她有了孩子，家里容不下她，她就从家里出来了……”

钟云从听到此处，心跳微乱，他不自觉地舔了下干涩的嘴唇：“她肚子里孩子的……父亲，是谁？”

可李志军的回答却令他失望不已：“不知道，她从来没对人说过……她家里的父母也不知道。后来我去她家附近打听了一圈，只知道她先前失踪了两年，再回来的时候，就有了那个孩子。他们都说，她是跟男人跑了……”

钟云从有些茫然，听起来倒像是个老套的故事——不谙世事的少女被渣男骗了身心，没多久又被甩了。

“你说她失踪了两年？”一直闭口不言的苏闲忽然插话了，“她那两年去哪了？她父母知道吗？”

“应该不知道。”李志军仍旧是摇头，“她自己也不肯说，又不肯去打胎……后来她父亲发了火，就把她赶出去了。”

“那就是下落不明了……”苏闲皱着眉，“西城被隔绝，东城就那么大，她再怎么私奔，也不至于一点音信都没有吧？”

钟云从听出了他的弦外之音：“你的意思是，她可能被人拐走了？”

苏闲摇摇头：“现在还不清楚。”说着又叹了口气，“以后也不知道有没有机会弄清楚了。”

钟云从回头问李志军：“被赶出来之后，她怎么样了？你收留了她吗？”

“没……”李志军显然有些尴尬，他讪讪地低下头，“我那个时候已经结婚了，我那个老婆说什么也不同意让她住进来……”

钟云从低低地叹息一声，接着问道：“那她……”

“她后来遇到了个好心的女人，被收留了。”李志军说着，小心翼翼地看了苏闲一眼，后者依旧是面无表情的模样。钟云从忽然明白了什么：“那个女人是……”

李志军没敢吭声，苏闲轻声开口：“我母亲。”

钟云从的声音也跟着柔和起来：“她一定是个很好的人。”

苏闲笑了一下：“好人都活不长。”

这家伙……钟云从无奈极了，没有再继续这个话题：“所以苗阿姨在苏妈妈的帮助下，生下了一个女儿，之后就……”

“之后就开始卖身了。”苏闲接口道，“她没有什么技能，要抚养一个嗷嗷待哺的婴儿，又不想麻烦我母亲，最后不声不响地站街去了。那个时候我母亲也病重了，没法阻止她，她就彻底沦为了妓女。”

钟云从喟叹一声，李志军又呜呜地哭了起来：“苦啊，她这辈子太苦了……”

“行了，别号了，”苏闲按着太阳穴，“没事的话就早点回去吧。”

李志军怕他，他一发话就把哭声憋了回去，抹着眼泪站了起来，只是他并没有立马离开，而是在原地踌躇着。

苏闲抬了下眼皮：“还有事？”

他哆哆嗦嗦地从口袋里掏出了什么，迟疑了一下还是交到了苏闲的手里：“林芝的照片，不过是小时候的。”

苏闲低头看着掌心里那张一寸大小的黑白照片，十来岁的女孩笑得十分开朗活泼，她的容颜，与盈盈有八分相似。

钟云从也凑过来看，这一看眼角不由得发酸：“她们母女俩……可真像啊。”

苏闲薄唇紧抿，一言未发。

等到李志军离开，钟云从征求他的意见：“我把这照片贴到墓碑上？”

苏闲沉默了好一会儿才略略颔首，钟云从便接过照片，端端正正地贴在了墓碑上。

贴好之后，他正歪着头观察有没有贴歪，苏闲蓦地开腔：“你为什么会突然对盈盈的父亲感兴趣？”

钟云从犹豫了一下，还是实话实说了：“我跟你说过吧，我当初是被人注射了针剂，昏迷之后被弄进‘孤岛’的。当时的情形是，我一个人待在封闭的房间里，那个人无声无息地就出现在了我的身后，后来我又莫名其妙地到了‘孤岛’……我一直百思不得其解，可见识过盈盈的能耐之后，我大概就……想通了。”

苏闲骤然变色：“你的意思是……那个人很可能也会空间传送，而且……”

“还很可能跟盈盈有关系。”钟云从叹了口气，“除了像你这种特殊情况，通常两个人拥有同一种异能，想必不会是偶然。”

苏闲的冷汗涔涔而下：“听你这么一说，莫非已经有人……踏出过‘孤岛’？”

钟云从小心翼翼地觑着他的脸色：“看样子，好像是的。”

“怎么会？”苏闲仍旧难以置信，“怎么可能会有人能天衣无缝地绕过治管局的‘网’……这是不可能的！”

“我想，那个人的异能一定比盈盈要强得多。”钟云从字斟句酌，“虽然他出过‘孤岛’，不过好像也没让外边的人知道，你也不用太担心……”

“你不懂，有这么一个能够随意出入‘孤岛’的家伙，本身就是一个巨大的隐患了。”苏闲摇摇头，“万一哪天他……突发奇想，那么整个城市都很可能因此遭到灭顶之灾。”

钟云从哑口无言。

“我必须把这件事上报。”苏闲面色凝重，他说着看了一眼身边的人，

“到时候，可能会有人找你调查……你的身份可能瞒不住了。”

钟云从一时有些茫然无措。

“你放心。”钟云从听到苏闲低声说，“我……我们会保护你的。”

“也不会把你的身份外泄的……我保证。”他又补充了一句。

钟云从微笑起来：“好。我也会尽力配合的。”

苏闲点点头，目光和缓了些许。

钟云从垂眼：“也不知道盈盈会不会来看一眼，毕竟是她亲妈呢。”

苏闲冷笑起来：“她要是敢来，那才好呢。”说着闭了闭眼，“认识了她这么多年，我从来不知道她的心思竟然这么重。”

“有时候，小孩才是最会骗人的。”钟云从听得出他言辞间的挫败之意，“毕竟，年龄真的很有迷惑性。”他说完又看了一眼墓碑上苗林芝的照片，“我估计她爹也不是什么好人，不然的话，苗阿姨人挺好的，怎么会养出这么个……”

他对那个疑似盈盈父亲又对他下黑手的家伙，实在没什么好感。

苏闲也盯着苗林芝的照片，有些艰难地开了口：“你刚才问我跟她的关系……我母亲在我7岁的时候就没了，而那个时候，我……经历了一场意外，差不多处于生死边缘吧。那段时间人心惶惶、人人自危，是她把我带回了家，给了我一口吃的。她说，我母亲是她的恩人，所以得报答我母亲。她对我一直很好，差不多抚养了我两年，那对她来说很不容易。而那个时候，她女儿又很小，她养着两个孩子，这几乎要了她的命，但就算是这样，她也没有放弃我。”

钟云从的鼻子酸酸的，他为苗林芝心痛，也为苏闲心痛。

在“孤岛”里活着的人，都太不容易了。

“我9岁的时候，第一次发现了异能，然后……我闯下了一个大祸，她心急如焚，我怕连累她，就悄悄离开了。后来我进了综管局的收容所，又进了治管局的训练营，最后，你知道了。”

苏闲在谈到自己的经历的时候，情绪倒是挺平和的，钟云从却分外难过，忍不住又拍了下他的肩——这一回他没急着把手拿开，而是就这样放在了他肩上。

苏闲似乎没意识到，自顾自说着：“虽然后来我能够自立了，但在我心里，她一直是我半个母亲……”

“这话你肯定没对她说过吧？”钟云从问道，苏闲没有反驳，就是默认了，钟云从又是一声叹，“你啊，就是太骄傲了，现在后悔了吧？”

苏闲皱了下眉，一把拍开他的爪子，顺带冷漠地警告了一句：“别蹬鼻子上脸啊。”

钟云从龇牙咧嘴地揉着自己的手背，嘴角却止不住地往上翘。

雪越下越大了。

“时间不早了。”星塔寂寥的钟声远远地传来，钟云从若有所思，“对了，那个……”

他蓦地期期艾艾起来，苏闲不明就里。钟云从小声说道：“你妈妈……也在这儿吗？如果方便的话，我想……看望一下。”

苏闲沉默片刻，摇摇头：“不用了，她的墓有点远，而且……人也没躺在里头。不早了，回吧。”

钟云从没敢细问，胡乱地点了点头：“好，我们回去吧。”

苏闲在新冢前站立片刻，忽然俯下身，轻轻地拂去一片沾在黑白照片上的雪花，温柔地告别：“再见了，苗姨。”

她已经在山底躺了三天。

最开始的时候，她全身的骨骼几乎都摔得粉碎，整个人似一摊烂泥一样瘫着，而这已经是幸运之神眷顾的结果了——她跳下来的那个断崖下面又是一处山头，生长着一片以落叶松为主的针叶林。寒冬时节，落叶松的松针铺了厚厚的一层，加上她下坠的过程中撞着了树枝缓冲了一番，才勉强保住了命。

虽然尚存一息，但天寒地冻，缺医少药，又没人照顾，换作一般人，也一定活不过24小时。

但她不是普通人。

她在这片幽深而静谧的松树林中一动不动地度过了第一天，任由飘下的白雪与松针将她覆盖，除了微弱的呼吸和偶尔睁开的眼睛，她同一具死尸无异。

在这关键的24小时里，她近乎破碎的身体发生了翻天覆地的变化——她的骨骼和内脏以不可思议的速度自我修复着，其速度和效率，约为普通人的几十倍。

她是位异能者，超乎寻常的自愈能力便是她的天赋。只要不伤及关键部位，如心脏和大脑，她的绝大多数外伤都能自行痊愈。

这也是她孤注一掷自愿充当诱饵的资本。

翌日清晨，她已经能自由转动脖子，两条胳膊也能够做一些简单的动作，譬如将附近那条同她一起摔下来的狗拖过来。

当然那条狗没有什么特殊能力，早就已经一命呜呼了，它摔得粉身碎骨，七窍流血，外加龇牙咧嘴，死相难看。

她费了好一番力气才把它的尸体拽到了自己身边，当然不是大发善心要挖个坑埋了它，恰恰相反，她要吃了它。

就算自愈能力再怎么逆天，她也不是神仙，没吃没喝也是会死的，况且身受重伤，身体极度虚弱，更加需要营养。

说实话，她对狗肉一点兴趣都没有，但此时此刻她连站都站不起来，更遑论去寻找食物了，为了活命，她只能把这条死去的狼狗当成口粮。

感谢严寒，狗尸被冻得僵硬，所幸没有变质，她忍着恶心撕开了狼狗颈部的皮毛，开始生啖其肉。

生肉的腥味让她不住反胃，可即使如此，求生欲望还是让她压下了作呕的冲动，硬是将生狗肉咽了下去。到了实在忍受不了的时候，她就抓一把积雪塞进嘴里，和着生肉一起嚼。

活下去，其他都不重要。她的脑子里只剩下这个念头。

这般野蛮粗暴地茹毛饮血，让她挨过了第二天。

第三天醒来之后，她明显感觉到身体机能恢复了不少，甚至能够支起上半身，探一探周边的环境，她开始考虑接下去的出路。

那条狼狗体形硕大，也足够强壮，完全充当了她的“粮仓”和营养品，让她在短时间内无后顾之忧。

又经过一整个白天的修复，夜间的时候，她试着活动了一下双腿，竟然已经能够屈伸了，她心下一喜，又进食了一些生肉，静静等待着黎明。

在松树林度过的第四个清晨，她扶着树干，终于站了起来，右腿上的那处枪伤还没痊愈，但并不妨碍她站立。

她躺了整整三天三夜，两条腿软得像面条，而且也没有彻底复原。最初，她如同婴儿一般走得磕磕绊绊，不过稍加练习，她总算摆脱了这个状态，算不上恢复如常，不过至少能够借着外力行走了。

虽然伤势好转了许多，但她依旧是个病号，按理来说，应当再养几天，可她仰起头望着顶上那片黑乎乎的山崖，又担惊受怕起来——要是那些人心血来潮找到这里可怎么办？

思来想去，她还是决定尽快离开。临走的时候，她把狼狗残缺的尸体用松针和树枝掩埋了起来，然后便拄着树枝一瘸一拐地下山了。

第四天夜幕降临的时候，她终于筋疲力尽地来到了山脚，走进了一个小镇，第一次见到了“外面”的世界。

终于活着逃出来了。她站在人流之中，望着夜晚亮起来的灯火，几乎有流泪的冲动。不知道另一路的同伴们怎么样了，她在心里默默地为他们祈祷。

“他叫钟致远，今年应该是57岁了，身高一米七五左右吧，身材有点发福，还有点秃顶，戴着眼镜……”钟云从仔仔细细地回忆着自家老爹的模样，可惜孩子对父母总是不那么上心，很多细节都记不清，他基本上是想到什么就说什么，“对了，血型和我一样，是O型……”

苏闲一挥手打断了他：“你说的这些也太笼统了，有没有什么明显的个人特征，或者更直观一点，他的照片？”

“哦，对了！照片！”钟云从如梦初醒，他一边拍着脑门一边从衣兜里掏出了手机，“我真是太蠢了，我手机里有一张老爹的照片，我早该想到的……呃，手机没电了，开不了机。”

他可怜巴巴地看着苏闲，后者摊开双手：“这样的话，我就爱莫能助了……”

“等等！”钟云从一拍大腿，“我怎么忘了我的老本行！”

苏闲莫名其妙地瞅着他。他的眼珠子滴溜溜地转来转去，视线在屋子里晃来晃去，似乎在找什么：“有没有纸笔借用一下？”

苏闲猜到了他的用意，走到一个杂物柜前，拉开了抽屉，找出了一个笔记本和一支圆珠笔，丢给了钟云从。

钟云从得到纸笔，就像是一名剑客找回了他的佩剑，摩拳擦掌，跃跃欲试——他翻开一页纸，握着笔，流畅地勾勒起线条。

苏闲抱着手臂倚在柜子上，静静地看着他涂涂画画，一时间室内安静得很，只剩下圆珠笔尖与纸面的摩擦声。

十几分钟之后，钟云从把一张人物速写交给了苏闲。他扫了一眼，看到钟云从画出来的是一个上了年纪的微胖男子，身形外貌和他自己描述的差不多，就是多了些细节，让钟致远这个人直观了起来——他身高适中，相貌普通，脸上挂着和善的笑容。

他把画折了起来放进了外衣的口袋里，又看了钟云从一眼：“我会让所里的人留意的。”

“多谢了。”钟云从真心实意地说道。苏闲却是摇摇头：“不用这么早谢我，我没法保证一定能找到你父亲。”

“有这个心就好了。”钟云从连忙摆手，“总比我一个人无头苍蝇似的乱转要好。”

苏闲未置可否，在沙发上坐了下来，跷起了二郎腿，顺手拿起了一份《梦川晚报》，快速地浏览着各版面。

钟云从闲得无聊，也凑到他身边，伸着脖子："最近，还有什么大新闻吗？"

苏闲见他那副探头探脑的模样，皱了下眉："你指的是哪一种？"

"就是之前那种……"他吞吞吐吐，"失踪什么的。"

苏闲明白了他的意思，眉宇之间蒙上了一层阴霾："我向总部报告了'暗影'的存在，也下了通知，让各个治安所都注意这个组织的风吹草动……不过他们似乎是蛰伏起来了，暂时还没发现异动。"

钟云从闻言，心念一动："对了，那我的……事呢？"

先前苏闲跟他说过，会向上级报告那个暗度陈仓的家伙，因此他的暴露亦是不可避免的。

钟云从正忐忑不安地等着结果，苏闲的神情却有些微妙："我还没有得到上头的反馈。"

钟云从愣了一下："意思是，暂时就没有我的事咯？"

"对了，"缄默片刻之后，苏闲开口，"最近没事不要出门。"

钟云从有些无奈："你刚才不是说最近'孤岛'上没有什么大案子，还算平静吗？"

"我什么时候说过这种话？"苏闲的语气不太好，"'平静'这个词从来都和'孤岛'无缘。"他嘲讽地一笑，"这座封闭的城市里，不知道有多少人食不果腹、衣不蔽体，贫穷是滋生罪恶的温床，每分每秒，都有人在干打家劫舍的勾当——有时候只是为了一口吃的。再说了，还有相当数量的异能者存在，其中也有不少不安分的家伙，仗着有一点本事，跟个搅屎棍似的到处兴风作浪。简而言之，这里的治安很差，治管局的人手一向不足，另一个部门简直就是吃干饭的。"他侧过脸，直视着钟云从，"你最好听话，没事就别出门了。"

钟云从一怔，而后还是点了点头："知道了。"说着打了个响亮的喷嚏。

"怎么了？"

"没什么，可能是身上的衣服有点单薄，"他揉着鼻头含糊不清地说道，"千万别感冒啊……"

苏闲看了看他，转身走进自己的卧室，钟云从以为他要睡一觉，因为两个小时之后他就要出门执勤，没想到他很快又走了出来，手臂上还搭着一件呢子大衣。

苏闲看也不看他，直接把大衣往他身上一扔，语气平淡："张既白应该不希望你再去蹭饭了。”

钟云从挺感动：“谢了啊。”

苏闲恍若未闻，继续看他的报纸。

钟云从耸耸肩。

两个小时之后，他目送着一身制服的苏闲出了门，之后便回到客厅，忙碌了起来。

他找出了先前的纸笔，又开始了速写，而这一次除了他父亲的画像，他还加上了一段文字……

耗费了20分钟左右，他做出了第一张寻人启事。

苏闲没有猜错，钟云从是打着某种主意，虽然苏闲答应了帮忙留意他父亲的下落，但无所事事的钟云从无法心安理得地待在屋子里，什么也不做。

之前的那幅速写倒是启发了他，他决定自制寻人启事，张贴到人流量最大的街道上去。

苏闲没有明说，不过言下之意是禁止他出门，钟云从也不是吃饱了撑的，非要跟他作对，只是身为人子，他有自己的责任。

苏闲说是会帮忙，但人家也有自己的事情要做，不可能围着他转，寻找钟致远于他而言只是顺带留心，可对钟云从来说，不管是自愿还是被迫，既然来到了“孤岛”，这件事他就非做不可。

他不聪明，也没多大的本事，只能想到这种笨办法。

他又花了差不多两个小时，赶出了10份寻人启事，然后放下笔，甩了甩酸痛的手腕，穿上了苏闲给他的大衣，准备上街张贴。

他不是不知道“孤岛”的夜晚格外不太平，可白天苏闲在家，他肯定找不到出门的机会，万般无奈之下，只能出此下策。

他的手放在了门把上，想了想又缩了回去，转身走进了苏闲的卧室，从苏闲的床头柜抽屉里找出了一把手枪。

他带着这把枪出了门。

楼道里很安静，他很幸运，一个邻居也没碰上。到了一楼，寒风扑面而来，他竖起了大衣的领子，走进了风雪之中。

钟云从来到这里也有好一阵子了，但还没好好逛过这座城市。除去苏闲那间50平方米左右的房子，他待在张既白的诊所的时间最长，其次是乌烟瘴气的西城，和异种打交道的次数都比和正常人打交道的次数多一点。

他问了几次路，终于找到了据说是东城区最热闹的一条街。

作为“孤岛”为数不多的繁华地段之一，东西南北的小巷将这里划分成斜十字形——这条长乐街沿路多是两层高的砖木结构的老房子，有内走廊，还有雕花栏杆，一楼作为店面，二楼则是住宅。

不知道白天的光景如何，但此时此刻，这些正儿八经的店铺显然不是主角，整条长乐街几乎都被小摊小贩占据了。他们密密麻麻地堵在道路两旁，将店面招牌也遮得严严实实，如流水席一般从街头摆至街尾。

钟云从只能从旮旮旯旯的缝隙里窥到招牌的一角，勉强认出了这是卖馒头、面条的，那是卖衣服、鞋子的，还有一间什么都卖的杂货铺……

看拥挤的程度，他是没机会进去逛了，好在这儿里三层外三层，外头也有数不清的摊点等着他光顾。

他兴致勃勃地遛了一圈，发现了一个亘古不变的真理，在这样的夜市里，各式各样的小吃摊绝对是当仁不让的王者。

这里和他想象的不大一样。虽然物资贫乏，但人们的创造力和动手能力向来就似弹簧一般，迎难而上，遇强则强。小吃摊上的食物品种还挺丰富，米面糕点、饺子馄饨，不过最多的还是烧烤。

烧烤的食材以素菜居多，红薯、玉米、豆干之类，但也不乏肉食，钟云从估摸着也就是牛羊猪肉之流吧。那串在竹签上的肉块，撒了香料，放到炭火上一烤，铺天盖地的香气湮没了大半条街。

林林总总的烧烤摊让整条街都充斥着烟火气，钟云从倒还挺喜欢这种食物的香气和木炭的烟气交织在一起的味道，它让这条街、这些人有了人情味儿。

他刚到这里的时候，去过另一条金雀街，也就是去找治管局总部那回——那时候是白天，他的印象仍然很深刻，满大街木雕泥塑一样的游魂，每个人都沉默压抑、目光空洞，同这里的情状形成了鲜明的对比。

食物能赋予人灵魂吧？钟云从望着满大街吆喝的小摊小贩们，心里有些唏嘘，结果他只顾着感慨，没意识到自己挡在了一个烧烤摊前。

“小哥，要不要来几串？”钟云从转身一瞧，老板三十出头的年纪，留着小胡子，手里还拿着两根大肉串，笑容可掬地招呼着他。

说实话，面对着这一圈吃食，钟云从早就心动了，要是搁以前，这会儿他已经吃了半条街，可现在……不是回不到从前了吗？

他摸了摸比脸还干净的口袋，无可奈何地叹了口气：“不好意思，不用了。”

这话一出口，方才还和和气气的烧烤摊老板瞬间就拉长了脸：“那就麻烦让一让，别耽误我做生意！”

钟云从讪讪地走开了，不过被这么挖苦了一遭，他才从沸反盈天的热闹里醒过来，想起了自己的正事。

这繁华路段的基建还是比其他地方好一些的，至少亮得起路灯，他在一根灯杆上张贴了第一张寻人启事，第一次做的时候颇为心虚，他感觉自己像是贴小广告的。

不过这种事一回生二回熟，反正也没人管，很快他的心理素质就锻炼出来了，他得心应手地贴了一路，可以说是游刃有余了。

他贴得起劲，手里就剩两三张的时候才发觉自己已经偏离了热闹非凡的长乐街夜市，来到了一条不知名的小巷，黑灯瞎火，荒无人烟。

钟云从一时间很不适应，不过这种阴冷昏暗的环境本来就会让人很不舒服。

这巷子的尽头估计有个垃圾箱，那销魂的味道直接飘到了这里，一个劲儿地往他鼻子里钻，还有神出鬼没的野猫野狗，潮湿的路面上还时不时传来可疑的窸窸窣窣的声音，钟云从十分怀疑那是老鼠在成群结队地过街。

他本来还犹豫着要不要在这里留一张寻人启事，不过老鼠们让他打消了这个念头，这破地方，就算是白天也没什么人会来吧？

他这样想着，转身便要离开，刚走了几步，忽然有个人从断裂的围墙上跳了下来，气势汹汹地往他面前一站，凶巴巴地开了口："小子，身上有多少钱，都交出来吧！"

看来治安是真的差，他真遇上打劫的了。

钟云从盯着对方手里掂上掂下的一个玩意儿，心里琢磨着那到底是啥——看形状，肯定不是刀啊枪啊的，有没有可能是炸弹？

这想法是夸张了点，不过他被"暗影"那帮以盈盈为首的神经病吓出阴影了，自然而然产生了这个假设，可只要对方不是智障的话，就不至于把那么危险的家伙掂着玩吧？

这么看来，他手里的东西最有可能是——板砖。

这年头，抄块板砖也能出来抢劫了？钟云从沉默着。

大概是他的一言不发和临危不乱刺激到了劫匪，他暴躁地揪住钟云从的衣领："你小子耳聋还是怎么的？听不见人话啊？给钱！买命！"

猜到了他的武器之后，钟云从确实不怎么害怕，甚至客客气气地回了一声："真是不好意思啊，大哥，没钱。"

他这是实话实说，可对方显然不这么想，他被重重地推搡了一把，同时还收到了一句恶狠狠的威胁："老子不想把事情搞大，你乖乖地给钱，我立马放你过去！"

钟云从被推得一个趔趄，扶了墙才勉强站稳，他无可奈何地翻出外衣外裤的四个兜，表明自己绝不骗人：“您看，我这口袋里空空如也，连个钢镚儿都没，我比您还穷哪！”

这是他有生以来头一回哭穷，不以为耻，反觉有趣，可这却令劫匪愈发暴跳如雷：“好不容易蹲到一个，结果还是个穷鬼……咦，你这大衣不错，脱下来，老子放你一马！”

他正骂骂咧咧的，冷不丁地话锋一转，打起了钟云从身上那件毛呢大衣的主意。

这雁过拔毛的作风让钟云从拧起了眉头，这衣服是苏闲的，怎么能让人抢走？

他下意识地把手伸进了大衣内侧，不卑不亢地开了口：“对不起啊，这衣服不是我的，不能给。”

“给脸不要脸是吧？”劫匪出奇地愤怒，高高地扬起手，打算给这要钱不要命的白痴一个教训，“这可是你自找的！老子告诉你，老子身上可是背了好几条人命的……”

在他沙包大的拳头即将揍上那张小白脸的时候，钟云从轻轻地笑了起来：“说了不给就不给。”

劫匪倏地僵在了原地。

他当然不是被他那么一句轻飘飘的话镇住了，镇住他的是钟云从手里那把枪。

钟云从很遗憾地叹了口气：“其实我才是真的不想把事情闹大的。”

劫匪抖得跟筛糠似的：“我、我有眼不识泰山，吃了熊心豹子胆才敢拦兄弟的路……您大人不记小人过，千万别跟我计较……”

钟云从这会儿也有些苦恼，他肯定不会真的开枪，但也不想就这么轻易放过他，免得他一走，这家伙又继续蹲这儿当拦路虎。

他正琢磨着该怎么给对方一个难忘的教训，冷不丁却听到巷子里传出了嘈杂的声响：“站住！别跑！”

这恐吓中还夹杂着杂乱的脚步声和急促的喘息声——被追赶的应该不止一个人。

这突如其来的动静让这边对峙着的双方都始料未及，钟云从皱起眉：“是不是来抓你的啊？”

劫匪低声下气地回道：“不会吧？我这么一个小喽啰哪值得纠察队的人这么兴师动众……”

纠察队隶属于综管局，职责同样是维护“孤岛”的治安。

钟云从冷笑一声：“你不是声称背了好几条人命吗？”

劫匪谄媚一笑：“我就随口一吹……我哪有那胆儿？”

他俩你一言我一语的时候，嘈杂声越来越接近，钟云从一点都不慌，反正他又没犯法，而且还获得了启发——直接把这货交给那个什么纠察队得了，免得他还要接着头疼。

与他相反，那劫匪的心情显然很不平静，就差抓耳挠腮了。

钟云从回过头，正要出声，不承想一个人狠狠地撞在了他身上，他吃了一惊，见那个人有摔倒的趋势，下意识地伸出另一只手扶了一把：“没事吧？”

与此同时，一束手电光照了过来，让他看清了眼前人的模样，是个干瘦矮小、头发花白的老头。

虽然他才是被撞的那个，但他忍不住担心撞人的那个是不是把自己的骨头撞散了，那老头站都站不稳，两只鸡爪一样枯瘦的手哆哆嗦嗦地抓住他的外衣，眼泪汪汪地盯着他。

看得钟云从浑身都起了鸡皮疙瘩。

“把这老家伙给我抓起来！”大部队赶到了，二话不说就把老头提溜走了，钟云从尚未反应过来，正想打听一下老头到底犯了什么事才被这般围追堵截。

他还想着多管闲事，却冷不丁被人阴了一把——那个完全被他忽略的劫匪在纠察队靠近的时候，把板砖一丢，扯着嗓子就吼了起来：“长官！我要举报！这个人他持枪抢劫！我就是受害者！”

钟云从目瞪口呆。黑白就是这么被颠倒的。

“不是，几位长官，你们别听这浑蛋信口开河，明明是他要抢我……”钟云从赶紧为自己解释，却忘了自己手里握着的枪。

纠察队捕到了想要的猎物，正要鸣金收兵，没料到这边还有一档子事，原本也没当大事，不过听到“持枪”两个字，一个个耳朵都竖起来了。

再定睛一看，那年轻人手里果然有枪，枪口还对准了举报人，这不是人赃俱获吗？

于是苦口婆心努力解释的钟云从一脸迷茫地被人没收了手枪，反剪了双臂，按在地上。

“冤枉啊！冤枉啊！我才是受害者啊！”他声嘶力竭地喊着冤，却猛地发现围着他的几个纠察队员齐刷刷地分出了一条道。

什么情况？钟云从号叫的同时，用眼角余光努力地看过去，也只瞥见一双麂皮靴慢悠悠地走近。

靴子的主人最后停在了他跟前，用靴子轻轻地碰了一下他的脸："吵死了，安静一点。"

是个相当好听的男声，懒洋洋的，但威慑力十足，钟云从飞快地住了嘴，他很识相，知道这人才是老大，要给人家老大面子才行。

一个队员双手把缴来的枪械上交："队长，这家伙真有枪，而且……"

后半句话他是凑到那队长耳边说的，钟云从没听清。

于是他整颗心愈发七上八下。

那边反咬一口的劫匪也被绑了起来，一连声地大呼小叫，目的就是混淆视听，把钟云从气得忘了禁言的规矩，不甘示弱地跟他对呛。

两边打擂台似的互相喊冤，搞得纠察队的人都无语了，正打算暴力镇压的时候，只听那个队长轻笑一声："把嘴堵上，都带回去。"

这下连喊冤的机会都没了，钟云从生无可恋地被塞进了一辆车的后座，没一会儿，发现身边多了两个人。

那两位同样被五花大绑，嘴里塞了东西，一个是先前那老头，另一个则是个年轻女子，腹部隆起，竟然还怀着孕。

钟云从百思不得其解，这一个老头、一个孕妇，能犯下什么大罪？

Chapter 12.
翻脸

下了车之后，钟云从就被拖进了一间又冷又暗的小黑屋，然后被扔到了墙角。没一会儿，那纠察队的人又以同样简单粗暴的风格丢进来了一个人，正好和他面对面。

钟云从睁大眼睛一看，发现与他相隔咫尺的家伙竟然是那倒打一耙的劫匪，这冤家路窄的，钟云从登时怒火中烧，如果不是被捆得太严实外加封住了嘴，他怎么也要找这货算账。

劫匪显然也没想到这么快又见了面，眼看那年轻人怒气冲冲，他多少也有点心虚，好在对方现在也被绑得严严实实，没法给他造成实质性的威胁，他两眼一翻，开始装死。

钟云从被关在这破地方，还和讨厌的家伙大眼对小眼，愤懑之余不免焦虑，他还要被关多久？会被怎么处置？那些人把他扔这儿就不管了？

再不回去的话，怕是要被苏闲发现了……

被苏闲发现的后果，他不敢想象。

他和那个劫匪似乎是被人遗忘了，过了许久还是无人问津，一直到他筋疲力尽上下眼皮开始打架。

不知过了多久，昏昏沉沉的钟云从挨了一脚，他蓦地睁开眼，茫然地望着对方。

来人不由得失笑：“哟，还睡过去了？”

他嘴被封着也没法说话，对方挑挑眉，一挥手：“把这小子带到审问室去，咱们队长要亲自审他。”

话音刚落，钟云从就被他的两个下属提溜了起来，他们把他半拖半拽带出了小黑屋。

他们经过了一个挺长的走廊，走廊两侧分布着许多房间，大多房门紧闭，乌门白墙，营造出了一种肃穆的气氛。

钟云从大气都不敢出，小心翼翼地控制着视线移动的幅度，不过这封闭的环境其实也没什么可看的，一路走过来，他唯一的观察结果就是这建筑内部还挺新的——当然是相对的，放到外边没什么可说的，可放在到处都破破烂烂的“孤岛”，他们这新房子就格外鹤立鸡群了。

这里就是纠察队？

他正琢磨着，押送他的人忽然停了下来，钟云从一愣，这才发现他们已经来到了走廊尽头，两扇紧紧闭合的乌木大门肃然地立在他面前。

领头的纠察队员恭恭敬敬地敲了三下门，没一会儿，门开了一条缝，一个声音不紧不慢地传了出来：“进来吧。”

钟云从提心吊胆地跟着那些人走进了这间审问室，出乎他意料的是，这间屋子并没有他想象的那么诡秘莫测，比如到处都是刑具……相反，光线明亮，整洁有序，房间中央的那张方桌上甚至还摆着一个素色的瓷瓶，里头放了几支娇艳欲滴的山茶花。

他嘴上的胶布被撕掉了，身上的绳子也被松开了，但很快两只手腕又被铐了起来。

钟云从心里无奈，却也反抗不了，便任由他们摆布。

他不由自主地被那几朵红白渐变的重瓣山茶花吸引了目光，不禁有些恍惚，心想着山茶花都开了……他来到“孤岛”有多长时间了？

“挺好看的，不是吗？”一个似曾相识的声音打断了他的遐思，他蓦地一僵，抬起头，对上了一双似笑非笑的灰蓝色眼睛。

他现在对这种充满病态的异色瞳孔已经免疫了，真正让他意外的是这双眼睛的主人——那是位容貌相当出色的美男子，长相之俊美，乃是他平生仅见。

那帅哥的坐姿很不像样，整个人斜斜地靠在椅背上，一双长腿交叠着架在方桌上，造成的直接后果就是，钟云从差不多是同他的鞋底面对面了。

眼见对方的视线仍在自己身上梭巡，钟云从这才后知后觉地反应过来，自己好像还没回答他的问题。

于是他讨好地笑了笑："啊，这花挺好看的。"

对方点点头，又问："那你觉得小姑娘会喜欢吗？"

钟云从心里说，我又不是小姑娘，问我干吗，不过面上他仍谨小慎微地应对："应该会吧，山茶花这么漂亮，女孩子都会喜欢的。"

"希望如你所言。"他侧过脸对身边的人吩咐了一声，"把这个品种的山茶，送几盆到医院去。"

"是！"那个下属端端正正地敬了个礼之后便领命而去。而那位纠察队长则回过头来，微笑着注视着他："现在，让我们言归正传吧。"

言归……正传……钟云从止不住地一阵心慌，眼前的这位美男子一直是一副温和无害的样子，可不知道为什么，他莫名地生出了几分忌惮。

见他一脸警惕，纠察队长不禁莞尔："也没什么大事，就是希望你能诚实地交代事情的经过，这样一来，咱们都能早点收工。"

"事情的……经过？""收工"这个词令钟云从仿佛看到了曙光，他忍不住问，"只要说清楚事实，就能放了我？"

那人不置可否地笑笑："这就要看你交代的是什么了。对了，先报上姓名吧。"

"我叫钟云从……"钟云从不厌其烦地把事情的经过仔仔细细地说了一遍，争取不漏掉每一个细节，说到最后，他都有点口干舌燥了，"事情就是这样，完全是那个劫匪反咬一口，贼喊捉贼，你看他穿成那样，我怎么可能去打劫他？"

纠察队长耐心地听完之后，面对着钟云从诚挚的眼神，只是微笑着反问："证据呢？"

这简简单单的三个字好似当头一棒，打得钟云从头昏眼花，他深吸一口气，尽力让自己更镇定一些，勉强露出一个笑容："我不知道该怎么证明，当时附近也没什么人。"

"这么说，你既没有证据，也没有目击证人，"他似乎有些无奈，"那让我怎么相信你的说法呢？"

钟云从急了："可那家伙的说法也……"

"我的人看到你的时候，你可是拿着枪指着他的。"他遗憾地摇摇头，"对比一下，另一位当事人身上倒是一点武器都没有，这样一来，你的指控……真的没什么说服力。"

"他有的！"钟云从分辩道，"他当时拿着一块板砖威胁我，他狡猾得要命，你们来了之后他就立刻把板砖丢了，当时太暗了，你们可能没有注意……”

他的声音越来越小，尤其是在对面那人戏谑的目光下，他自己也觉得自己的说法好像没什么说服力。

“比起板砖，我觉得手枪的杀伤力要大得多。”他笑眯眯地看着钟云从，“就好像，一个身高七尺的壮汉，会被一个三岁的小孩威胁吗？”

钟云从一时间百口莫辩。

“那把手枪，是我用来自卫的。”片刻的慌乱之后，钟云从镇定了一些，“光凭这个就认为我是罪犯，这个证据未免太单薄了吧？你们有在我身上搜出赃物吗？”

纠察队长看了身边的下属一眼，后者立刻报告：“没有从他身上搜出可疑的钱物，除了两张画像之外就没别的了。”

他的眼神回转过来，落在钟云从身上，让钟云从的心跳如脱缰野马一般三飙起来。钟云从表面上却还得做出淡定自若的模样：“是吧？况且，我听那家伙的口风，他肯定不是第一次犯案了，你们的人稍微去调查一下，说不定就能在附近找到不止一个受害者呢。”

对方不置可否，双手往颈后一枕，舒舒服服地靠着椅背：“这种罗生门一时半会儿说不清，这样吧，咱们就先谈谈另一件事，可以吧？”

钟云从惴惴地咽了口唾沫：“另一件事？”

纠察队长笑了一下，伸出一只手，立刻有人递上一把手枪，钟云从目光闪烁了一下，嘴唇抿得紧紧的。

“关于你的枪。”他把玩着那支枪，视线漫不经心地扫过来，让钟云从不自觉地挺直了背脊，“你这枪，从哪儿来的？”

“枪……”钟云从一时语塞，他不太清楚这里的法规，不过看样子，普通人大概不能随意持枪，这样一来，他该怎么说？真话还是假话？

“如果你交代不清这把枪的来历的话，恐怕得继续留在我们纠察队做客了。”

他轻飘飘的一句话，就让钟云从汗如雨下。

“这把枪……”在对方无形的压迫之下，他语无伦次，“这把枪……是我……”

这把枪是他从苏闲那里不问自取的，可他不能说，他不想把苏闲扯进这破事里。

冷汗滑过他的眼角，让他忍不住眨了下眼睛，那人又是一声轻笑：“怎么，说不出？或者，我打个电话给治管局，直接问问他们？”

钟云从骤然变色："你怎么知道……"

"我怎么知道枪是治管局的？"那人忍俊不禁，"你是真傻还是假傻？治管局的枪械都是统一的制式。"

"我没有打劫！"钟云从断然否认，而后眼一闭，心一横，"这枪，是我偷的，你想怎么处理就怎么处理吧。"

"啧啧。"对面的人玩味地打量着他，"打劫不承认，偷枪倒是承认得挺爽快……你知道吗？后者的性质可比前者来得严重得多啊。"

钟云从面色惨白，他知道对方并非危言耸听，但仍是继续嘴硬："是我……"

"哎，"纠察队长手一摆，"先别急着承认，让我找个治管局的同僚来对质一下，看看到底是谁的枪被偷了。"

他说着又露出期待的神情："我还真想知道，如果这把枪的主人知道你拿着他的枪到街上打劫，会是什么样的表情啊……"

钟云从越听越觉得不对味，他怎么觉着……这位纠察队长好像知道这把枪是谁的？

"别打！"他情急之下从椅子上站了起来，不过立刻又被摁了回去，他固执地重复道，"我都说这是我偷的了，还不够吗？有什么好打的？"

对方挑起半侧眉尾："你好像很不希望我打这个电话啊，为什么？"

"因为……"钟云从找了个还算过得去的理由应付，"不想得罪治管局啊……"

"那你得罪定了。"他的神色瞬间严肃起来，"就算你认罪了，我们也得找到失主核实，不是吗？"

钟云从无话可说。

他能说什么呢？对方义正词严，即使话语中充斥着调侃和看笑话的意味，他也找不到可以反驳的点。

人家一句"这是办案程序"就能把他堵得哑口无言。

那位纠察队长观察着他脸上的表情，似乎觉得很好玩："去，打个电话，让治管局派个人过来认领。"

也许，来的人不一定是苏闲呢，钟云从仍心存侥幸。

苏闲走进来的时候，还带着满身凛冽的寒意。

什么叫说曹操曹操到？

钟云从现在很想挖个坑把自己埋起来。

他能感觉到苏闲森冷的视线从他身上掠过，他低垂着头，完全不敢去看他的表情。

“哟，这肩上的雪都没融化呢。”纠察队长笑吟吟地开了口，“苏组长这是急匆匆就赶过来了啊。”

苏闲看着他，也笑了起来：“原来新上任的纠察队长是你啊，姜岂言。”

被他唤作“姜岂言”的男人歪着头朝他眨眨眼：“不恭喜我一下吗？”

苏闲拍了拍右肩上的雪花，他的左臂还没有好利索，动作有些生硬，姜岂言看在眼里，不露声色。

“恭喜你啊，姜队长。”苏闲没什么诚意地道完贺之后，目光转了一圈，回到了某只缩头乌龟身上，皮笑肉不笑地提起嘴角，“我可以带走我的人了吧？”

“你的人？”姜岂言注意到这个关键词，挑挑眉，“你的意思是，他是治管局的人？”

苏闲展颜一笑：“是啊，预备队的38号，还是只菜鸟呢。真是不好意思，给姜队长添麻烦了。”

“可是，这位兄弟刚才可不是这么说的。”姜岂言微微一笑，“他已经承认了，这枪是他偷的。”

钟云从的头埋得更低了。

苏闲冷冰冰地瞟了他一眼：“是吗？他是这么说的吗？”

“苏组长这边是什么说法？”

“确实是。”苏闲咬牙切齿，“这小子之前就想拿我的枪练手，我没同意……结果他吃了熊心豹子胆给偷偷拿走了，倒是我大意了。”

姜岂言露出一个意味深长的笑容：“这么说，这是你们治管局的家务事了？”

苏闲点了点头。

“听您这意思，是不打算和这小子计较了？”

苏闲轻咳一声：“虽然不成器，又丢人，但也不能不管是吧？您放心，我一定会依照治管局的纪律，好好收拾他。”

钟云从缩了缩脖子。

姜岂言深以为然地点点头：“别说，还真是这样，你瞧瞧我这帮手下，也没几个拿得出手的，但我能怎么样啊？还不是得好吃好喝地供着，总要有人跑腿办事的，不然剩下一个光杆司令算怎么回事？”

“当领导不容易啊。”苏闲也感慨了一句。

他俩一来一往地比着谁更虚伪，一时间竟然是宾主尽欢，十分和谐。姜岂言大手一挥："来，给咱们苏组长上杯热茶暖暖身子。"

苏闲客气地笑道："不用这么麻烦了，咱们赶紧把程序走完，我也不好意思浪费姜队长的宝贵时间。"

姜岂言收回了他那两条金贵的腿，正襟危坐，而他的下属早已搬过一张椅子，热茶也奉了上来。姜岂言做了个邀请的手势："急什么？先坐下来。"

苏闲深深地看了他一眼，到底没有拂了对方的面子，坐了下来，也接了茶。

他微微低头，轻轻吹去茶面上的浮沫："莫非，还有别的事吗？"

钟云从暗道不好，果不其然，下一刻他就听到了姜岂言的声音："既然苏组长来认领了，那偷枪这个事就算了，就是……"

苏闲掀了掀眼皮："就是什么？"

"刚刚时间太紧，电话里没把话说清楚。"姜岂言赧然一笑，"你这位下属，卷入了一起抢劫案。根据对方的指控，是犯下抢劫罪的嫌疑人。"

钟云从此时真有一头撞死的冲动。

苏闲目光沉沉地扫过来，一声冷笑："出息了，还学会打劫了？"

钟云从早知如此，有气无力地为自己争辩："我是被打劫的对象。"

苏闲哪会不知，姜岂言那家伙，恶趣味就差直接写在脸上了，一点都不带掩饰的，不管钟云从那破事是真是假，也不妨碍对方用来给他添堵。

姜岂言为难地看着苏闲："苏组长，你看这事……该怎么处理啊？咱们虽然分属不同部门，但终归还是一家人，这家丑不可外扬……"

这看似设身处地为人着想的一席话直接把钟云从判成抢劫犯了，苏闲自然不吃这套，他牵起唇角："他都没认罪，怎么就成家丑了？还有啊，另一名当事人呢？他的证词，就这么可信吗？"

姜岂言开始打太极："啊，这个是因为，这位小兄弟一直拿不出证据……"

钟云从忍无可忍："那家伙就有证据了吗？还不是靠一张嘴乱喊！别跟我说什么人赃俱获，我身上又没赃物，你们凭什么断定我抢劫？"

姜岂言的笑意若有似无，目光从他面上掠过，钟云从总觉得那目光不大友好，但还是硬着头皮把最后一句牢骚发完了："都说了那家伙有前科，让你们去查，你们又不去……"

苏闲适时地打断了他，不咸不淡地斥责了一句："够了，这里没你说话的份儿。"

钟云从又垂下头，再次化身鸵鸟。

“这小子不懂规矩，我代他向姜队长道歉。”苏闲放下茶杯，抱歉地笑笑，换来姜队长同样诚恳地摆手：“我哪受得起苏组长的道歉，你这是要折我的寿啊。”

寒暄到此为止，苏闲收起了虚与委蛇的笑意，恢复了姜岂言熟悉的冷漠表情：“不过，他的话也不无道理，敢问贵队的人去调查了吧？”

姜岂言又打起了哈哈：“我们当然会去调查，只是兄弟们奔波了一整晚也是需要休息的，这调查走访的工作量可不小啊。”

“哦。”苏闲点点头，“查不出来，是吧？”

姜岂言的笑容微滞：“苏组长这话可就有些……”

苏闲淡淡地道：“既然你们查不出来，那就让治管局来查。我保证，三个小时之内就会有结果。”

姜岂言冷笑：“你倒是护犊子。”

“也不是。”苏闲反倒是微微一笑，“我们治管局的人都是劳碌命，累惯了。”

姜岂言抿了口茶水，但笑不语。

“时间也不早了，”苏闲懒得跟他耗下去，“你看，是你现在派人去查呢，还是交给我们治管局？”

“我们抓的人，自然是由我们负责。”姜岂言耸耸肩，“苏组长困了的话，随时可以离开，要是不嫌弃，也可以在我们这里的招待室将就一晚上……”

“这么说，姜队长还是不肯放人？”苏闲声音冷了下来，钟云从这会儿也算明白了，这姜队长顾左右而言他，非要找自己麻烦，八成不是针对自己，而是跟苏闲有过节吧？

换句话说，就是他被当枪使了。

姜岂言一摊手，继续踢皮球：“虽然我也很相信这位兄弟的清白，但嫌疑到底还没洗清……”

他一句话没能说完，苏闲在众目睽睽之下，猝不及防就到了他身后，以至于他的下属们甚至来不及拔出枪。见到自家老大被别人钳制着，他们也不敢轻举妄动。

姜岂言反应极快，手指立刻卡在了扳机上，可苏闲比他更快，先一步扣住了姜岂言的手腕，稍一使劲，姜岂言握着枪的手就被迫松开，枪支滑到了苏闲的手里。

苏闲用大拇指来回地摩挲着枪击盖，他贴近姜岂言的耳畔轻声道：“别跟我来这一套，你那点破事都在我这儿留着底呢……你还想不想让你妹妹继续治下去了？”

姜岂言的脸上不见惊慌，反而笑了起来：“为了个名不见经传的手下，都开始威胁我了？”

“我只是提醒你一下，为了你妹妹的命和这个好不容易爬上来的位置，做事要瞻前顾后，”苏闲嗓音低沉，“别没事找事。”

他说罢便松了手，慢悠悠地走回了原来的位置，勾起唇角：“姜队长意下如何？”

“既然苏组长亲自求情，那就卖你一个面子。”姜岂言也是个厚脸皮的，仗着没人听清方才他们那场秘密对话，脸不红心不跳地扯了谎。

苏闲达成了目的，也懒得跟他计较。

“行！人你带走，”姜岂言示意下属为钟云从解开手铐，眼睛却盯着苏闲，“不过人情债，苏组长可要记得还啊。”

这个厚颜无耻的浑蛋，苏闲暗骂一声，面上却笑容不改：“我这个人，欠债从来不还，不信你去问问张既白。”

姜岂言面色微变，苏闲也不理会，斜乜了一眼低眉顺眼的钟云从，随即把枪塞进外衣的口袋里，大步流星地走出了纠察队的审问室，钟云从也会意跟上。

外头仍是风雪交加，苏闲在积雪里健步如飞，钟云从没他那个能耐，深一脚浅一脚，走得极为艰难。

他现在整个人都惶惶不安。

走出了纠察队的大院之后，苏闲回头一看，那家伙跟他隔了好些距离，乌龟爬似的一步步挪着，他怒从心头起，又转了回去，在钟云从惊讶的目光中，拽着他的衣领大步前进。

“那个，苏闲……”钟云从鼓起勇气，想说点什么，却被他冷声阻止：“闭嘴，我不想在纠察队的门口让人看笑话。”

钟云从立马闭上嘴。

于是一路无言，他们穿过大半个东城，回到了那50平方米的住处。

到的时候，天光都亮了起来，不过门一关，灯也没人开，室内仍是一片漆黑。

钟云从在黑暗中等待着暴风雨的来临。

虽然他已经做好了心理准备，但对方完全就是个怪物，动作快得不可思议，一秒钟就把他撂倒了，而他的脸则被狠狠地按在了墙面上。

他被迫张着嘴，一个音节都发不出。

“钟云从，”苏闲怒极反笑，“我的话，你全当耳边风了，是吧？”

怎么说呢，该来的总是要来的。

虽然很想得开，但身体真有点吃不消——方才他的鼻子跟墙壁来了个亲密接触，痛倒不怎么痛，但可能是他鼻腔内的毛细血管太脆弱了，鼻血跟不要钱的自来水似的，流个不停。

钟云从满嘴都是自个儿鼻血的味道，耳边是苏闲怒不可遏的质问，头忽然就有点晕，他抽了抽鼻子：“对不起……”

他的道歉在此时就如同火上浇油一般，苏闲冷笑一声，掀着他的肩把他翻了过来，他的后脑勺又在墙上磕了一下，本来就晕，这会儿愈发昏沉了。

屋子里光线太暗，苏闲没发现他流鼻血的事，仍然扣着他的右肩，力道不小，后者觉得自己的肩胛骨几乎要被捏碎了，但仍是一声不吭地受着。

“你就这么想找死吗？”苏闲咬牙切齿地开了口，“你以为‘孤岛’是个什么地方？是个公园可以让你随便逛吗？我说了那么多，你全当放屁，是吧？我告诉你，这里是我的地盘，你想待着就得乖乖听我的话！”

“我知道。”钟云从满口的血腥味，感觉十分不舒服，他试着解释，“我只是想去外面贴几张寻人启事，贴完就回来，只是没想到出了点意外……”

“意外？”他的说法显然完全无法打动苏闲，他冷冷地打断他，“我跟你说过了吧？那种事情在这里根本算不上意外，而是家常便饭。还是你觉得我在危言耸听，非要亲自试试才肯罢休？”

钟云从斟酌了一下，还是开了口：“让你跑这一趟，我真的很抱歉，但我刚才在路上也想了很多……”

苏闲冷笑一声：“好啊，那你倒是说说你是怎么想的。”

“我知道你是为我好，但我不可能一辈子都待在你家里。”钟云从尽量让自己的声音听起来心平气和，“我父亲还下落不明，我没有办法心安理得地躲在屋子里，而且，外边固然危险，但你家里也未必安全。”

苏闲正想说些什么，却听到钟云从继续说：“我这不是在跟你抬杠，也没有任何赌气的成分，‘孤岛’里的异能者那么多，有本事潜入你家里的人太多了，所以说安全的地方不是这间屋子，而是你身边。可你不可能一天24小时围着我转，我不敢也没资格去想这种事。”钟云从叹了口气，“事到如今，我不认为我出门出错了，只是……真的不应该带上你的枪，关于这个，我真的很抱歉。”

“谁要你的抱歉？”苏闲怒气不减，“这么想找死的话，就麻烦滚远一点，别脏了我的眼睛。”

钟云从沉默了一会儿，轻轻出声：“我知道了。”

他扶着墙开始摸索电灯开关，没一会儿，黑黢黢的屋子猛然亮堂起来，他眨了眨眼，等自己的眼睛适应了光亮之后，便向门边走去。

苏闲听见门锁的动静，总算回了一下头。

钟云从拧着门把手，正好也扭了头，他想最后看这个人一眼，没想到视线就这么撞在了一起，双方都愣了一下。

钟云从是出于意外，苏闲的惊讶却来自于他的鼻血——看起来好像还有点严重。

刚才是不是下手太重了……

“那个，”钟云从舔了下干涩的嘴角，朝他深深地鞠了一躬，“这些日子，多谢你的照顾。”

苏闲眼皮一跳，正想问他去哪儿，但脱口而出的却是完全相反的意思：“哦？要走啊，那就恕不远送了。”

钟云从没说什么，只是仓促地朝他点了点头便走了出去。

门很快就关上了，但那一瞬间灌进来的寒风却尚未散去，苏闲被寒意裹挟着，脑袋沉甸甸的。

“爱走就走，我还要留你不成！”他没有意识到自己正气急败坏地来回踱步，等到嘀咕完，他的脚步蓦地一顿，“真走了？”

他猛然出门，四处搜寻着钟云从的身影。

但他早就不在门外了。

苏闲匆匆地下了楼，其间有几个邻居友好地向他打招呼，他全然听不见，一口气奔到了楼道口，举目四望，茫茫白雪里并没有那家伙的背影。

苏闲在雪地里走了几步，又茫然地停了下来，他垂下眼，任由一片冰凉的雪花沾在了他的睫毛上。

钟云从说得好像也不是一点道理都没有，他的确很大程度上是为了省事，才不让他出门的。

他毕竟是个自由人，不是一个囚犯。

扪心自问，他不得不承认，自己的做法也有不妥之处。

他叹了口气：“跑得还挺快的……这小子！”

钟云从漫无目的地在街上溜达着。

他不知道该去哪儿，便信马由缰地游荡着，没想到晃着晃着又到了昨晚来过的长乐街，不过这儿白天的光景远远不如晚上繁华热闹，那些流水线一般的小吃摊子消失不见，让整条街冷清了些许，但也开阔了不少，他总算窥见了长乐街的全貌。

他曾经感兴趣的包子铺、裁缝店、杂货铺也都开门营业了，他走马观花地遛了一圈，不得不承认，此刻已不复那份爱热闹的心境。

虽然不如夜市那般人潮拥挤，但各家店铺进进出出，迎来送往，也不乏人气，可钟云从却感觉到难以承受的孤独如同潮水般漫卷而来。

这种刻骨铭心的孤独感是前所未有的，因为他的性格向来偏外向，自我感觉适应力也还过得去，在莫名其妙地来到这个陌生而封闭的城市之后，他也在一直努力习惯这里形形色色的怪人和单调粗糙的食物，权当是苦中作乐了。

况且，那个时候，他还有一个容身之处，还有一个可以依靠的人。

现在他什么都没有了。

算了，不想这个了，他甩甩头，干脆沿着长乐街察看起昨晚张贴的那些启事，还时不时找人打听一下："请问您见过画里的人吗？"

被问的人无一不摇头。

他挫败不已，心想这样大海捞针果然很难啊，或许范围还要再扩大一些？

可问题是，他现在手上连纸笔都没有。

他正苦苦思索的时候，更现实的问题已经摆在面前——一夜过去，胃里开始唱空城计了，他首先要解决的问题就是怎么让自己吃上一顿饱饭。

想吃饭，要有钱，可他身上没钱。

小偷小摸的事情他是干不出来的，所以这会儿要赶紧想办法挣钱。

在街边来回踱跎了一阵后，他终于瞄准了一个目标——一位看上去慈眉善目的阿姨。他踌躇了片刻，还是鼓起勇气走了过去，毕恭毕敬地向对方请教："您好，我想请问一下，这附近有没有可以打工的地方？最好是包吃包住。"

最后一句话他说得有点心虚，总觉得在这种地方，很难找到这样的工作。果然，阿姨上下打量了他一番，摇了摇头："这附近怕是不缺人手。"

钟云从的一颗心顷刻间沉入谷底。

大概是看出了他眼底凝结的无助，阿姨生出了恻隐之心，沉吟了一会儿，然后开口："你要是想找工作，那估计只能到矿山去了，不过那地方都是些苦活累活，你行吗？"

矿山？钟云从愣了一下，很快反应过来，她指的应该是如今作为"孤岛"经济命脉的翡翠矿山。

他从报纸上看到过，梦川拥有丰富的翡翠矿石资源，而开发翡翠这一产业，几乎养活了这座城市80%的人口。

他可以预见到在矿山里做工绝不是一件轻松的事，但他此刻别无选择，面对着阿姨怀疑的目光，他强颜欢笑："我行的，您别看我瘦，但力气还是有的。"

阿姨微微点头："既然这样，那你就去试试吧。"接着又叹了口气，"这年头，肯踏踏实实工作的年轻人已经不多了。"

他无暇去琢磨她这句话是否别有深意，肚子越来越饿，他迫切地想得到一份工作，于是追问道："那矿山要怎么去呢？"

阿姨咋舌："如果不是现在封闭起来了，我都要怀疑你是个外乡人了。"

钟云从汗颜，不过好在他有隐形眼镜的掩饰，对方吃惊归吃惊，并没有起疑，反而好心地为他指点路线。

"你往街的另一边走，直走，接着右转，再走个十几分钟，就能看到列车站了。那边的列车是直通郊外的，你坐上去，就能到达矿山。"

钟云从听完了却没挪步，他期期艾艾地看着她："哦……列车啊，要买票过去，对吧？"

"当然要啦！"在钟云从眼里，阿姨基本是在用关爱智障的眼神看着他，不过她人真的很好，看出了他的窘境之后便惊讶道，"你这孩子，不会是身上一分钱都没有吧？"

他赧然一笑，没有作声。

阿姨摇了摇头，又看了看他脸上没擦干净的血渍，露出了些许同情之色，犹豫了一下，从腰间的布包里摸出了两张票子，左顾右盼，趁没人注意塞到了他的手心："这钱够你买两个馒头外加一张车票了，矿山的工钱是日结的，阿姨能帮你的就这么多，剩下的靠你自己了。"

钟云从感动得热泪盈眶，在他最孤独无助的时候，还有素昧平生的人愿意出手帮他一把，他实在是太幸运了。

千恩万谢之后，他沿着街道继续走，在转角的一间包子铺里买了两个馒头。

在钟云从买了票登上开往郊外的列车之时，苏闲匆匆忙忙地赶到了张既白的诊所，后者正在问诊，见他不打招呼就走进来有些不高兴，但在瞥见他一反常态的神色之后便改了口："你怎么了？急匆匆的。"

苏闲的目光迅速地在诊所内转了一圈，并没有发现钟云从的身影，他心里咯噔一下，嘴上却应道：“没事，路过，顺便看看你。”

张既白这下可吃惊了：“哇，你还会在缺钱和缺药之外的情况下来看我？真是难得啊。”

苏闲没空理会他的挖苦，转身便走。

“不是说来看我吗，才看一眼就走啊？”张既白的调侃从背后传来，苏闲忽然有些恼怒，没好气地回了一句：“那你还想我看你几眼啊？”

得，谁爱找谁找，反正我不找！苏闲怒气冲冲地想道。

这个破败简陋的车站客流量居然不小，看来都是去矿山找工作的。从车站出来之后，钟云从便随波逐流，跟着人潮的大方向来到了一处翡翠矿区。

他第一眼就望见了那座差不多被磨平的山，整个山体都是裸露的，没有一点棱角，全是几乎垂直于地面的陡壁。生态环境显然被破坏得很厉害，植被被剥得一干二净，从山头到山脚，看不到一丁点绿色，全是光秃秃的岩石层。

山体上遍布着无数个大大小小的矿洞，坑坑洼洼的，还有些露天的巨大矿坑，积满了泥水，变成了一口口人工池塘。

这里是梦川不计其数的翡翠场口中的一个，成百上千的人同时开工，整个矿区犹如一个巨大的蚁窝，密密麻麻的工蚁在其间兢兢业业地劳作着。

这座城市的发展水平停留在20多年前，甚至还倒退了，自然没有实现机械化，何况采矿这种事，尤其是开发翡翠这样珍稀的矿藏，很难彻底地实现去人工化。

山间被踏平的道路上，还有许多人或背或挑，将一块块矿石从山上运至山下。

这千军万马共同开采的场面，气势还是相当惊人的。

钟云从被这热火朝天的场景震撼到了，但回过神之后才意识到，自己很快也会成为他们中的一员。

他就是过来找活计的嘛。

说起来，不算大学时期在找关系混进去的公司实习的经历，这还是他第一份正式工作，看起来是纯粹的体力活。

老实说，他自己心里也在打鼓，他从小娇生惯养，疏于锻炼，四体不勤，身体素质差得很，完全没有信心。

可这会儿不是走投无路了吗？硬着头皮也得上。

和他一样来矿区找活的人不少，他跟着那些人一起排队，一个个登记报备，由一个头戴安全帽的中年胖子统一分配。

轮到钟云从的时候，胖子叼着烟，手里的笔囫囵记着什么，懒洋洋地掀了掀眼皮，嘴里含糊地问道："能'挖洞子'吗？"

钟云从一脸迷茫地摇头。

"……那会'开塘'吗？"

钟云从继续摇头。

"……'冲苗'呢？"

钟云从难为情地冲他笑了一下，其意不言而喻。

胖子忍无可忍："你小子屁都不会，来这儿干吗？看你这样子，估计之前都没来过矿山吧？"

他眼神里的鄙视实在是太明显了，不过钟云从仍是态度很好地回道："不会可以学嘛，大家都是从零开始的，俗话说得好，熟能生巧……"

"你这小子啰里啰唆的，吵得我脑壳疼！"中年胖子往地上弹了下烟灰，顺便很没素质地吐了口痰，钟云从不动声色地往后退了一步，对方抽了口烟，"回去吧，这里没有你能干的活——下一个！"

钟云从急了："为啥呀？就算我那个……技术水平不行，但总有不需要技术水平的活吧？"

那胖子轻蔑一笑，随手往后边一指："那就是卖死力气的活了，喏，就那些背矿石的，你行吗？"

"我行啊……"钟云从硬着头皮回道，"为啥不行啊？"

这下不止胖子，排在他身后的几个人也笑出声，他后头那位有些不耐烦了："得了吧，兄弟，就你这身板儿，一阵风刮来都能把你吹倒吧？赶紧走吧，别耽误大伙儿时间了！"

钟云从脸皮够厚，恍若未闻，一双眼睛只看着管事的胖子，微笑着说道："您让我试试呗，不行的话我立马走人，绝不多留。"

他生得清秀，又笑容可掬，中年胖子有点"伸手不打笑脸人"的心态，拧着眉头很是嫌弃了一会儿，最终仍是提起笔问道："你叫什么？"

钟云从知道自己算是过了第一关，喜滋滋地报上了姓名："钟云从。"

他原本还担心是不是需要证件之类的，不过显然多虑了。放眼望去，这场口里的童工不少，看来管理是十分宽松混乱的，他登记过姓名之后就被放行了，被分到一处矿洞里，加入运送矿石的大军。

被挖掘挑拣之后的石料归在一边，另一边则是堆积如山的废料，钟云从来回瞅了几眼，也没发现两堆石头看起来有啥不一样，唯一的区别就是废料的数量要比石料大得多。

他先去领背篓，负责分发工具的人来回瞅了他好几眼，才递了个脏兮兮的竹背篓过来：“那边排队！”

钟云从赶紧接过：“好的。”

装石料也是由专人负责的，过秤之后一一分装，背篓满了之后，他往肩上一挎，差点没站起来。

真的很沉，他觉得自己跟扛了座山似的。

可真正走进队伍的时候，他才发现自己那一背篓实在不算什么。大多数人都是选择挑着，满满的两担，比他背的重多了。

他自嘲地一笑，真的没法跟别人比。

混在运输大军中的钟云从步履维艰，很快就满头大汗，却还是保持了苦中作乐的心态——他想起了小学课本上的一篇课文，好像叫《泰山上的挑夫》。

他现在是不是有点这个意思？不过想了想，他决定还是不碰瓷人家泰山挑夫，毕竟泰山可比这破矿山要陡峭得多。

他在感觉脊椎骨要被压弯的时刻，却心灰意冷地发现下山的路才走了一半，前方道阻且长，令人绝望。

好不容易磨磨蹭蹭到了山脚下，每个人要把自己运下来的石料统一称重，这既是前后核验，检查工人有没有偷工减料，同时也是之后结算工钱的凭据之一。

钟云从卸下石料之后，头有点发昏，大概是低血糖的缘故，没怎么听清自己背的重量，不过他也明白，自己的那个重量在一群人里算是很不起眼的。

没事，能挣口吃的就行，反正我光棍一个，他很没出息地想着。

没有时间休息，他要立马返回山上，回程要轻松得多，毕竟背篓是空的，可他的两条腿还是止不住颤抖。

他的身体一时半会儿还未能适应这高强度的体力工作。

回到起点，重复着相同的流程，钟云从抹了把汗，背起了沉甸甸的一筐，又开始了下山之路。

这简单粗暴的工作果然没有任何技术含量，唯一需要的就是力气，在这一点上，钟云从显然是不达标的，才第二趟，他的脚步已经有点虚浮了。

项羽那家伙一定很适合这项工作，他苦笑着想。汗水滑到他眼睛里，又痒又痛，他正在不停地眨眼的时候，后边的人冷不丁踩住了他的鞋跟，钟云从猝不及防，加上本来就有点发晕，负担又重，整个人往地上一倒，人没事，可石料全摔出来了。

“哎哟，真是不好意思，不过兄弟你走得也忒慢了，挡我的道了。”一个不咸不淡的声音在他身后响起，他觉得这声音有些熟悉，回过头看了一眼，原来是先前排在他身后的那位大兄弟。

触到对方眼角藏着的嘲弄之意，钟云从立时就断定，这家伙肯定是故意的。

至于吗？我又没得罪你，挡了道就绕过我呗。他郁闷极了。

“都说了，这活不是你能干的，”那位大兄弟很夸张地指着一块原石大呼小叫起来，“看看，石料都被你摔坏了！”

这浑蛋的嗓门堪比扩音器，直接把这场口的负责人引来了——也就是先前的那名中年胖子，他听说有人摔坏了石料，气得浑身的肥肉都在颤，人还没走近，咆哮声就传了过来：“哪个浑蛋摔了石料？”

钟云从瞥了一眼那堆灰不溜秋的石头，其中一块表面上爬着几道歪歪斜斜的裂纹，很难说是原生的还是方才那一下摔的。

钟云从觉得八成是前者。

他抹了把脸上蹭上的泥土，拿着那块重量不菲的石料站了起来，为自己辩解了一下：“这么硬的石头哪有这么容易摔坏，这裂痕应该是本来就有的……”

胖子跑过来，一眼就看到了石料上的裂缝，不分青红皂白，立马气急败坏地甩了他一耳光：“早知道你这中看不中用的玩意儿不行，老子就不该放你进来！什么用都没有，还摔坏了老子的石料！”

钟云从本就手脚发软，胖子下手颇狠，这一下直接让他一屁股跌到了地上，眼前直冒金星，耳朵嗡嗡作响，好似有一群蜜蜂聚在他耳畔。

还从来没有被人这样打过，他捂着脸，气性也跟着冒了出来。

他抓着石料的那只手不由自主地收紧了，石料粗粝的表面磨得他指尖生疼，可与此同时，他眼前像是花掉的屏幕，有奇妙的画面一闪而过。

他一怔，下意识地闭上了双目。

指腹下的粗糙触感仍然存在，而风化的表壳却如同正在融化的冰层，一点点地消解了。

他的眼前是一片模糊的灰白色。

这是……矿石的内部？他后知后觉地反应过来，随即被自己吓了一大跳——他知道自己身上有些不同寻常的能力，只是没想到，这种异能也能作用于人体以外的物体之上。

他从来都不知道，原来他的触知力，还有这样的用处。

意识到自己正在窥视这块翡翠原石的内里构成之后，他蓦然兴奋起来，还有些好奇，也不知道这块石料里是否藏着珍贵的翡翠。

他的另一只手也放到了石料表面，双手一起摸索，随着接触面积的增大，整块原石也毫无保留地呈现在了他的“眼前”。

大面积的灰白色，其中夹杂着部分灰黑色的杂质，但绝大部分都是平平无奇的灰白色。

没有吗？他先是失望，但旋即哑然失笑——反正这石料又不属于他，出不出翡翠跟他半毛钱关系都没有。

在他自嘲的时候，在石块最深处，一片混沌中，却冷不丁有一抹生机盎然的翠意闪现。他心头一跳，正打算深入探究的时候，不承想肩头被人猛推了一把，他一惊，那抹碧色消失得无影无踪。

他颇为遗憾地睁开眼，对上的是一双被肥肉挤扁的愤怒的小眼睛。

“你干啥呢？”胖老板见他抱着自个儿的石料一脸沉醉的模样，心头火起，劈手夺过石料，嘴里骂骂咧咧，“你这短命穷鬼不会是想偷老子的石料吧？啊？胆子够大的啊！”

钟云从揉着自己高高肿起的脸颊，而后手脚并用，爬了起来，诚恳地劝告一句：“老板啊，既然这块是废料，那就早点扔了吧。”

“赶紧滚！废料都是你摔出来的！”胖子又往地上唾了一口，“再让老子看到你，见一次打一次！”

在不少人幸灾乐祸的目光中，钟云从同志拍拍屁股往山下走，就这么不大体面地结束了自己的第一次打工。

不过，此刻他倒是发现了更适合自己的新门路。

那绝对比运矿石要有前途得多。

Chapter 13.
赌石

下了矿山之后，钟云从一抬头，发现竟然又开始下雪了，一片雪花恰好落到了他眼睛里，沁凉地在眼球里化开。

他眨眨眼，等到不适的感觉过去之后，环顾四周，目之所及，皆是一片苍茫白雪，他的方向感本来就不好，一时之间竟然有些目眩。

他也不急着赶路了，说真的，下个目的地他还没想好具体是哪个场口，打算待会儿找人问个路。

他找了个相对干净点的地方，席地而坐，摸出了早上剩下的一块馒头。馒头早就冷透了，还有点发硬，但他不嫌弃，正要开吃的时候，忽然发现身边有一双窥视的眼睛。

被人坑过一次，他的警惕性高得很，下意识地攥紧了馒头，戒备地望过去，发现不远处蜷缩着一个瘦骨伶仃的女孩。

她像是经历过严重的烧伤或者电击，皮肤很明显曾经遭到过重创，虽然目前看起来伤口已经愈合，但脸、脖子以及手臂裸露的皮肤上还是留下了大片的瘢痕，肤色深浅不均，看着怪吓人的，也怪可怜的。

那姑娘在被发现之后，慌慌张张地挪开了视线。

钟云从也收回自己的目光，努力地将恻隐之心压制下去，他不停地对自己说：你现在也够可怜的，没资格去同情别人。

说服自己之后，他又拿起馒头准备咬，却无奈地发现那姑娘又在偷看他了。

严格来说，是在偷看他手里的馒头。

他转过头去，冲她笑了一下："这么好看吗？"

姑娘再次被抓包，面色一僵，飞快地垂下头。钟云从觑着她不知是羞得还是被冻得通红的耳垂，以及瘢痕累累的皮肤，最终还是屈服于自己的内心——得了得了，少吃两口又饿不死。

他动手把馒头掰下大半："光看顶什么用？过来吧，我分你一半。"

那女孩一动不动，如同一只受惊的兔子，钟云从不得不又重复一遍，她这才惶惶不安地抬起头，怯生生地朝他这边看过来。

钟云从指了指手里的馒头："没听错，给你的。"

他万万没想到的是，话音刚落，小白兔就化身饿狼——那姑娘用出乎他意料的速度冲了过来，以迅雷不及掩耳之势抢过了他手里的馒头，直接就往嘴里塞。

她那猛虎扑食的劲头不禁让钟云从怀疑自己是不是判断失误了，说不定人家没有表面上看起来那么虚弱呢？

看着她狼吞虎咽地啃着馒头，钟云从想起早上那个在街头迷茫无助的自己。

他和她，都还挺幸运的，不是吗？

大概是吃得太狠了，馒头又干，姑娘被噎住了，咳得撕心裂肺。钟云从被吓到了，赶紧拍着她的背，帮着她顺气。

过了一会儿，她总算是缓过气了。

"慢点吃呗，又没人跟你抢。这里连口水都没有，要是就这么噎死了，多不值当！"他忍不住念叨了几句，那姑娘嘴里还塞着食物，两边腮帮子鼓囊囊的，像只金鱼，一脸蒙地看着他。

片刻之后，她艰难地咽下馒头，小心翼翼地道歉："对不起……"

钟云从被她呆愣愣的模样逗乐了，摇头失笑："真是个傻姑娘。"

女孩怯生生地瞟了他一眼，又试探地咬了一小口馒头，见他并无不虞之色，便放心地大快朵颐起来。

钟云从见状也吃起了自己的半块馒头，馒头虽然又冷又干又硬，但多嚼一会儿，还是能吃出甜味的。

姑娘风卷残云一般解决掉了半个馒头，又把指尖上的碎屑舔个干净，钟云从看在眼里，又是暗暗叹气，不知道这孩子多久没吃过东西了。

她似有所感，侧过脸瞧了他一眼，不知道是不是脸太瘦小了，显得一双眼睛大得有点过分，钟云从被她这么一看，不由一怔：“怎么了？没吃饱？”

女孩脸微红，摇了摇头，声如细丝：“吃饱了……谢谢你。”

她声音干涩，吐音也有些迟钝，想来是很久都没有开口说话了。

钟云从歪着头打量了她一会儿，而后在对方不知所措的眼神中，伸手为她拍去肩上的碎雪：“不用谢，我也只是借花献佛。”

那姑娘疑惑地眨了眨眼，似乎不太明白他的意思。

虽然她看起来不是个爱说话的人，不过钟云从寂寞了大半天，好不容易有了个人做伴，还是很高兴，一面往嘴里塞着食物一面好奇地打听：“哎，你叫什么名字？”

姑娘愣了一下，望着某座山的方向，低声道：“小桃。”

“桃子的桃？”钟云从满嘴的馒头渣子，声音含混不清，姑娘却点了点头，算是默认了。

他费力地把馒头咽了下去，抹了一把嘴，笑道：“挺可爱的名字。啊，对了，我叫钟云从，钟表的钟，天上那个云，从就是两个人凑一起的那个从……说起来，还真是应景啊，哈哈！”

他啰啰唆唆说了一堆，没等她回，又问：“几岁了？”

小桃迟疑了一下才回：“20岁。”

钟云从这才意识到自己是不是问得太多了，虽然他帮了人家，但毕竟是萍水相逢，对方又是个独身的小姑娘，难免多想，便连忙解释道：“你别误会啊，我没别的意思……就是，想和人说说话。”

小桃连忙摆手：“不是的……我长得丑，大家都不喜欢我，连靠近我都不愿意，你肯跟我说话，我很高兴。”

“什么？谁说你丑？”钟云从愤愤不平，“你告诉我，我带他去医院看看眼科！”

她摸了摸自己的脸，又看了看手背上的瘢痕，叹了口气：“你不用安慰我，我知道我现在这个样子很可怕。”

钟云从一时半会儿不知道该怎么接话，最后伸手拍了拍她的头：“没有的事，别听那些人乱说。”

小桃抿嘴一笑，唇边露出两个小梨涡，他看到了，愈发地惋惜，不知道她到底受了什么苦，才会变成这样。

“没关系的，过几天我就好了。”他听到她这样说，但他显然没有当真，这种程度的皮肤损伤，除非进行植皮手术，否则就算伤好了，也会留下永久性瘢痕的。

他理所当然地认为对方在安慰他，也不想再继续揭人伤疤，便换了个轻松点的话题："哎，你刚刚说你20岁了？我怎么不信哪，你看起来也就十七八吧，未成年人可别装大人啊。"

小桃的神情很认真："没骗你，是真的。"

钟云从忍俊不禁："那你长得还真是显小，也算是占便宜了……对了，你怎么也一个人啊？"

最后一句话多少有点自嘲的味道，不过小桃肯定是听不出来的，她垂下眼："我……我是自己跑出来的。"

钟云从一怔："离家出走？是不是跟家里人闹矛盾了？唉，真是，我十几岁那会儿也特别叛逆，天天跟我家老头子吵架，也想着离家出走，结果刚跑出五米就被揪了回去，被狠揍了一顿，现在想起来还痛……好像扯远了，总之，我的意思就是，跟家里人闹点矛盾没什么，他们不会记你的仇的。倒是你这样跑出来，他们会很担心的，这样吧，告诉我你家住哪儿，我送你回去。"

小桃的面色变得有些古怪，她偏过脸，避开他的注目，低声道："不是你想象的那样……我跑出来的那个地方，并不是家，我也……不会再回去了。"

钟云从没想到会是这样的回答，短暂的震惊之后，他结结巴巴地道歉："对不起，我太想当然了……"

女孩摇头，没有说话。

他几不可闻地叹了一声，看起来，她似乎也有着什么难言之隐。

他站了起来，拍了拍外衣上沾着的尘土："哎，吃完了……该去找工作了。你呢？有啥打算？"

女孩也跟着起身，她的身材十分纤弱，细胳膊细腿，身上穿得很单薄，更显羸弱。

她低低地开了口："我要找人。"

"哦？"钟云从有点意外，"找谁啊？"

"弟弟，还有姐姐。"

"要去哪里找啊？"

小桃又摇头："我们约好了一个地方，但我不知道那在哪儿。"她的双目之中满是茫然，"我一条路也不认得。"

钟云从也跟着苦恼起来："我也不怎么认路，不过你可以说说那地方是哪儿，不行的话，咱们找人问问。"

小桃沉默了，她垂着眼，颤动的眼睫毛透出了十分的楚楚可怜，钟云从向来是个怜香惜玉的主儿，见她这副模样，关切地问道："是不是冷了？"

她不自觉地瑟缩了一下，摸着胳膊，却摇头："还好。"

"穿这么少，怎么能不冷啊？"他嘀咕了一句，开始解大衣的扣子，"你等一下。"

扣子解到一半，他忽然想起来，这衣服还是苏闲给他的，他离开的时候，忘记了这回事，把这衣服也穿出来了。

还得找机会还他吧？

现在想这个干吗？都不知道还能不能再见到。

他咧了咧嘴，脱下衣服之后，正要把外套给姑娘披上，忽然想起了什么，伸手在大衣口袋里搜了一圈，本想看看有没有什么忘掉的私人物品，没想到，倒真让他摸到了一样东西。

摸着像是一块布，钟云从有些意外，心想难道是苏闲的东西？

不过，昨晚被抢劫的时候，他翻过衣兜，里头明明什么都没有，比他的脸都干净，怎么这会儿突然多出一块布？

他一惊，连忙拿出了那块布，三个歪歪扭扭的血红的字映入他的眼帘。

"救救我！"

这是什么？血书？还怪吓人的。

钟云从百思不得其解，这东西究竟是怎么来的，又是什么意思？

恶作剧？还是警告？或者，只是单纯的求救？

他仔细回想了一番，昨晚和他有过身体接触的人——纠察队那帮孙子、苏闲，还有那个老头！

纠察队的人都把他捆上了，应该不会给他塞这么一块莫名其妙的布料；至于苏闲，他根本不是会开这种玩笑的人。

那就只剩下一个人了。

看他的处境，他也确实是最有可能的那位。钟云从皱着眉头想着，既然目标锁定那个老头了，那说明这碎布上的字就是求救的意思了。

可他这会儿才看到，似乎太迟了些……

他摇着头，回过神来，把衣服披在了小桃肩上。她有些惊讶，正要说话，却瞥到了他指间夹着的布料，问了一句："那是什么？"

钟云从怕那血书吓到女孩，顺手塞进了裤袋，状似不经意地笑笑："没什么，一个小玩意儿而已。衣服穿好。"

他不想把素不相识的小姑娘卷到莫名其妙的事情里。

小桃披着衣服很是犹豫："那你呢……"

"我又不是没的穿了。"钟云从笑笑，"穿着吧，免得感冒。"

小桃仍旧没动："我们很快就会分开，这衣服还是还给你吧。"

钟云从眨眨眼，岔开了话题："反正你也不知道该去哪儿，干脆和我一起，还能做个伴。对了，你和家里人约定的地方是哪里来着？"

她踌躇了一阵，这一回倒是告诉了他："长乐街。"

钟云从一拍手："所以说咱们有缘哪，别的地方不好说，这地方我还真知道怎么走。"

小桃不可置信地睁大了眼睛："真的吗？"

他微微一笑："当然了。不过呢，去长乐街之前，咱们得想办法挣点钱，买车票，不然光靠走，我也不知道该怎么走。"

姑娘很是困惑："……怎么挣？"

钟云从自信地一笑："你就跟着哥哥走吧，保证能发财！"

小桃莞尔一笑，缓缓地点头："好。"

有了个伴，钟云从的心情好多了，他随便找了条路，就带着姑娘走了。虽然姑娘不善言辞，但他一个人自言自语也乐在其中，至少有个人听着嘛。

"对了，"他自得其乐地扯得唾沫横飞，身后忽然传来刺耳的鸣笛声，他转过身，发现一辆迎面驶来的货车，急忙拉着小桃退到路边。

货车轰轰开过，雪尘飞扬，钟云从咳嗽的同时，看到车斗里载着的尽是些石块。

应该是石料。

小桃不解地问他："不走了吗？"

钟云从拍拍她的肩："我们跟着这辆车走！"

约莫一刻钟后，沿着那条路，他们终于来到了一处人声鼎沸的场所——一个简陋却热闹的原石交易市场。

钟云从带着小桃走进了这个场地简陋、由一个个窝棚组成的交易市场，里头的摊点不少，但货物只有一样——就是从周边几个场口里开采出的翡翠毛料。

这地方又脏又破，但人着实不少，钟云从混在人堆里，从一个个摊点前走过。大多数摊子连张桌子都没有，直接铺一大块塑料布在地上，上头摆满了大大小小的原石，有些切了一半，有些只开了个小口，还有些直接就是原生态的矿石。

买卖双方也就这么蹲着，或者干脆席地而坐，一来一往，讨价还价。

钟云从走马观花地看着热闹，一路上啧啧称奇。路过一个摊点时，他眼角余光瞥见有块被剖开的原石切面露出大片的绿色，忍不住停下观赏："你看那切面上大片的绿，好看吗？"

小桃也跟着看了一眼那块被剖开的毛料，然后点头："好看。"

他摩挲着下巴："就是不知道里头是什么成色。"

摊主见他兴致勃勃的模样，趁机推销："小哥，喜欢就买回去呗，你瞧这种水，还有这正宗的阳绿。不是我夸口，你这一条街走完，都找不着这么好的毛料了！"

钟云从掏了掏耳朵，这种话左耳进右耳出就行了，什么种水、阳绿，都是糊弄人的，不过他确实还蛮有兴趣的，于是笑嘻嘻地问道："能不能摸摸？"

这个要求完全在情理之中，摊主答应得很痛快："来！"

钟云从拿起那半块毛料，双手细细地抚过表面，摊主忙着招呼其他人，没注意到他的眼睛竟然是闭着的。

一边的小桃注视着他的举动，她眨眨眼，不解其意，但并没有出声。

片刻之后，钟云从睁开眼，将毛料还给摊主，笑着摇头："多谢您了。"

摊主见他没有要买的意思，也不浪费口舌，把毛料摆好，继续同另一位客人扯皮。钟云从带着小桃继续往前走。

刚才那一块完全是徒有其表，他"看过"之后才发现，那层诱人的亮绿只分布在石料表面，而且只有薄薄一层。

完全是把人当冤大头啊。

还好他不是一般人。

他环视四周，这场子不大，可处处都是毛料，他不可能一块块摸过去，而且看情况，这些摆在地摊上的九成九都不是什么好货色，和方才那块金玉其外败絮其中的原石一样。

要想在这里头捡漏，怕是比登天还难。

出于富二代的经验，他有种直觉，这种翡翠原石交易的场子，不可能只提供这种档次的货色，一定有好东西。只是那些档次高的，价格自然也跟着水涨船高，能消费得起的人一定是少数，所以通常都是另设场地，和这些大路货隔开。

想到这里，他决定不在这儿浪费时间了，直接找了个人问："请问，好货在哪里？"

那人瞅了他几眼，见他这副落魄的模样却一开口就要高档货，不由得笑了："好货当然有，就是要看运气。"他说着指向某个方向，"有本钱的话就过去试试运气吧。”

钟云从顺着他指的方向望了过去，那是一排平房，也就是很普通的青砖房，但比起这边连片的窝棚，显然已经高档多了。

一面白墙上胡乱地贴着三个红色大字——赌石区。

赌石啊……这种交易方式他只在电影里看过，高风险、高回报，很刺激。

钟云从摸了摸自己的心口，确认自己的心脏还是很健康的，经得起刺激，便拍拍发愣的小桃：“咱们走，过去碰碰运气。”

进入赌石区之后，钟云从才发现那些平房之间是全部打通的，换句话说，就是一个巨大的房间，不过比起市场，倒更像个仓库房。大小不一、形状各异的翡翠毛料堆满了边边角角，还有十几台机器七零八落地摆着，有些正在工作，噪音很大，不过还好，没一会儿就停了。有人打开机器上的盖子，里头的石料被一分为二，人们争先恐后地围过去看，接着齐刷刷地发出了一声长叹：“杂色太多，切垮了！”

钟云从没过去凑这个热闹，尽管对某些行话一知半解，不过从人们惋惜的语气中就能听出来，肯定没出好东西。

他的目光在那堆积如山的毛料上打转，它们一个个都灰不溜秋的，毫不起眼，跟普通的山石相比，并无两样。

他很想知道其中哪些藏着宝，不过光看是看不出来的。他走了过去，打算动手摸一摸，小桃跟在他身后，亦步亦趋。

他蹲在一堆毛料前，正要上手的时候，却被人捉住了手。他回过头，一个笑眯眯的中年男人好声好气地对他说：“小兄弟，这里的毛料可是交了钱才能选，选了之后就立刻切，至于切开之后成色如何，那就看你的眼力了。”

钟云从对自己的“眼力”很有信心，可他身上没有钱。

可人家赌石场也不是做慈善的，没钱玩什么豪赌游戏。

钟云从想了想，伸手从贴身衣服里取出了一样东西，中年男人看清后目光闪烁了一下。

那是某著名腕表品牌的限量款，是钟云从20岁生日那天他母亲送他的礼物，玫瑰金的表壳、鳄鱼皮的表带、蓝水晶的表盘、金质立体时标，时尚又复古，价格绝对不菲。

钟云从的心情也很是复杂，这是他身上剩下的唯一值钱的物件了，之所以贴身藏着从不示人，自然是想好好保存，等到山穷水尽的时候再拿出来救命。

可这会儿，不就是走投无路了吗？

他叹了口气，手里紧紧地攥着腕表：“我身上没有现金，先拿这个抵着，换一块毛料，等我切出好东西，换了钱再把这个赎回来，您千万要给我留着啊！”

毕竟是母亲送的礼物，不知何时才能再见，他还是想留个念想。

中年男人听出他那莫名其妙的自信，不由一哂：“您这表，漂亮是漂亮，可这外壳不是纯金的吧？那这价值就……”

钟云从急了：“您都不知道这玩意多贵，好几十万呢，限量款好吗！”

“限量款？”对方对这个词似乎有些陌生。钟云从自知失言，轻咳一声：“总之，换你一块毛料，绰绰有余了。”

“行吧！”中年男人也算爽快，点头应下了，收下了手表，笑吟吟地说道，“您要是运气不够好的话，这块表可就归我了。”

钟云从微微一笑，没有回话，但踌躇满志。

交了腕表之后，中年男人递给他一块标了数字的号码牌，随手一指：“您可以自由挑选了，挑好了就到那边的解石机边上等着切吧。”

钟云从捧着标牌瞠目结舌：“我交了那么贵重的东西，就给一块牌子啊？你们也太……随意了点？”

中年男人闻言打量他几眼，露出一个意味深长的笑：“小哥，您是真的不知道还是假的不知道？”

“呃……我是第一次过来。”他没好意思直接说自己真的不知道，于是回了句含糊其词的话。不过对方很精明，一听就知道这小年轻连半桶水都没有，估计对翡翠也知之甚少，也不知道跑这儿来瞎凑什么热闹。

不过有钱赚他自然不会拒绝：“咱们这儿本来就是偷偷摸摸的……您知道我的意思吧？”

钟云从见他面上带着笑，但语气里透出了几分警告的意味，登时就反应过来了，看来这里是黑市。

他赶紧点头：“啊，明白，明白了。”之后又加了一句，“放心，我一定会保密的！”

中年男人笑着点点头，走开了。钟云从长长地舒了口气，正要弯下腰挑选毛料，却又被人拉住了。

他无奈地回头，这一次却是小桃。

她那张清瘦的脸绷得很紧，细眉微蹙：“这个风险很大的，你……要三思啊。”

钟云从知道这姑娘担心自己，安慰地朝她笑了笑：“放心吧，我有数的。”

小桃却愁容不减：“你会看吗？我听说这个很难看出来的。”

钟云从挠挠头，神秘兮兮地凑到她耳边，套用了先前坊口那位胖老板臭骂他的话：“我啊，屁都不懂。”

小桃面色微变，张口欲言，却被钟云从打断：“但是，我会变戏法啊，你就睁大眼睛看着吧。”

那姑娘真的瞪圆了眼睛，一副好奇满满却又不敢问的样子，钟云从莞尔一笑，转身开始挑选毛料。

其他的人都捧着石头细细观摩，手里还抄着强光手电筒，对着皮壳照个不停，一副行内翘楚的模样，嘴里还念念有词：“你看这里的松花，这么密集，还是松针状的，出绿的概率绝对高！”

“我这块上头有好几条蟒带！有两条还长在松花上，肯定有绿！”

“我这个才好呢！整块都包着癣，癣上也有几朵松花，绝对是上品！”

他们嘴里蹦出的词儿，钟云从一个都不懂，什么“松花”“蟒带”“癣”的，跟天方夜谭差不多。

虽然他一窍不通，但他能作弊啊。

真是不好意思了各位，小爷天生就是最强王者，跟你们这些青铜小学生不是一个层面的。

虽然内心快嘚瑟得上天了，但钟云从还是比较收敛的，他也装模作样地往毛料上泼水，完了拿着强光电筒来回照。

其实他什么都没看出来，完全是借机触摸毛料，发挥他的特殊天赋。

他前前后后摸索了不下四五十块，其中不乏藏着绿的，但钟云从都不太满意，翡翠这东西种水很重要，他抵押了那么有纪念意义的名表，怎么着也得换回个物超所值的。

钟云从不懂翡翠，但也能从所感知到的不同的绿色里分出高下——颜色深浅、杂质多寡以及通透程度都是浅显的判断标准，虽然简单粗暴，但还是挺有效的。

差不多两个小时过去了，他觉得手指都要磨得起泡了，心想这淘金果然没这么容易。

他用的时间很长了，不过还好，也很少有人在一瞬之间定乾坤的，同他一般磨磨蹭蹭的，也大有人在。

钟云从叹了口气，放下手里的一块次等料，视线又落在了旁边一块半米高的毛料上，它块头不小，目测得有几十公斤重。

他看着就觉得累，别说，他那个异能看起来好像很轻松的样子，但其实还是挺耗费精神的。

他这会儿就快累趴下了。

他深吸一口气，又左顾右盼，确定没有人在注意他，又扯扯小桃的衣袖：“帮我挡着些。”

他这句话说得不清不楚的，但小桃还是依言照做，挡在了他身前。

钟云从白皙修长的十指落在这块灰黑色的石料表面，闭着双目，开始凝神探索。

小桃留心着他的一举一动，注意到他一开始是面无表情，过了几分钟，脸上忽然流露出喜色，可没一会儿，那喜色又消失得无影无踪，眉头反倒皱了起来。

他中断了感知的过程，睁开眼，喃喃低语：“不会吧，只有一层？”

他几乎想放弃这一块，但不知怎的，休息了一会儿，他又闭上眼，继续摸索。

小桃注意到了，这一回他足足进行了差不多一刻钟，想来是因为这块毛料的体积实在太大了。

到了后来，他的额头上有汗水涔涔而下，她吃了一惊，迟疑了一下，用袖子的一角帮他擦掉了。

他仿佛无知无觉，又过了快10分钟，才终于睁眼。这一回，他面色苍白，却眉眼舒展，嘴角噙着掩不住的笑意：“就它了！”

苏闲双手插在裤袋里，面无表情地靠在墙上，任由那个矮小的女人围着他上看下看，左看右看，时不时地摇个头，嘴里还啧啧有声。

“没想到啊没想到，你居然为了别人来求我。”

“看够了没？”苏闲被她猥琐的眼神折磨得不行，心烦意乱地催促道，“到底帮不帮，给个准话。”

“那，”一头蓬松乱发外加一身五彩缤纷的女士掰着手指，忸忸怩怩、期期艾艾地问道，“那人家，有没有什么好处啊？”

因为她的矫揉造作，苏闲的胃稍稍有些不适应，他干咳一声：“你想要什么好处啊？”

“贵宾犬”娇羞一笑：“您看，那张既白医生……怎么样啊？”

苏闲的嘴角抽搐了一下，调整了一下自己的面部表情，严肃地开了口：“没问题，我可以把他的喜好都告诉你，也可以帮你们制造见面的机会……”

“哎呀，咱们老大真是当机立断，毫不迟疑，出卖起朋友来真是眼睛都不眨呢。”“贵宾犬”掩着嘴咯咯娇笑，“不过您好像误会人家的意思了。”

苏闲眉心一跳，有了不祥的预感：“那你……是什么意思？”

“人家并不是想跟张医生处对象，”“贵宾犬”也不装矜持了，咧嘴一笑，眼里直放光，“人家只是单纯地想睡……”

“行了行了，可别往下说了，你这话要是被他听到了，咱俩都得玩完！”苏闲赶紧让她打住，他已经无法直视这个女流氓了，“那什么，你先把嘴边的口水擦擦行不？”

她赧然一笑，还真的抬手抹了抹嘴角：“失态了失态了，您可千万别告诉张医生啊。”

苏闲叹了口气，头痛地揉了揉太阳穴：“不是，你非要让我这么难做吗？”

“贵宾犬”扑哧一笑：“那你可以不找嘛……”

“谁说我要找他了……”苏闲才嘴硬了半句就在对方揶揄的目光中说不下去了，于是换了个托词，冷笑一声，“你知道我为什么要找那家伙吗？因为那混账穿走了我一件大衣，还拖欠我一个月的房租不还，我找他，纯粹是为了要债，没有别的原因。”

“哎哟喂，”“贵宾犬”夸张地捂着嘴娇笑起来，“人家对你和钟小哥之间的事也不是很感兴趣啦，用不着这么刻意地跟我解释一番啦……”

苏闲表示不想再跟这女人说话了。

“贵宾犬”这边却不依不饶：“那您到底是答不答应啊？”

她的上司万般无奈地摊手：“我要怎么答应啊？我又不是张既白，那种左右别人意志的异能，我也学不会啊。”

“没关系的，您那么多手段，一定有能派上用场的。”

苏闲见那女人的眼珠子滴溜溜地转个不停，生怕她越扯越离谱，赶紧岔开话题：“好了好了，风花雪月咱们改日再谈，倒是我这个忙，你现在就得帮。”

卷毛女士最近似乎是走起了淑女风，每次笑之前都得捂住嘴，而且那笑声还是一点一点地往外蹦的，听得苏闲全身发毛。

“唉，谁让您是领导呢，不答应也不行。”

苏闲挑挑眉：“那我们现在就……”

“就什么呀就。”“贵宾犬”仿佛没察觉出他的焦虑，依旧慢条斯理地说着，“我这鼻子找人是好使，但也要看看范围。您都不知道他往哪个方向云了，那范围就相当于整个东城了。这人多味道杂，我就算再多长一个鼻子也闻不出。”

“那我劝你还是别打张既白的主意了。”苏闲冷漠地丢下这句话，转身就要走，却被“贵宾犬”拽住了袖子：“您可真是翻脸不认人啊，我这话不是还没说完吗？”

苏闲回过身，目光灼灼地看着她：“那你还有别的办法吗？”

“这大范围找人，最有效的方式还是人海战术。”“贵宾犬”微微一笑，“只要他没离开‘孤岛’，总会有人见过他。那咱们就多找些人问，问得多了，自然就能找到他的下落了。”

苏闲眼睫微动：“我知道你的意思。可这毕竟不是公事，动用局里的资源不太好……”

“知道，是您的私事嘛——”“贵宾犬”拖长了尾音，调侃着自家领导，“为了私事，动用局里的情报网，当然不好。”

苏闲没理会她的揶揄：“别卖关子了。”

“您忘了呀，咱们局里还有一位能人，他同咱们不一样，并非异能者，好不容易进了治管局，为了证明自己的能力，不仅苦练身手，还养了不少线人。”“贵宾犬”的笑容透出些许微妙，“很多人都说，他的行事风格，倒是更像以前的‘警察’。”

她的指向性很明显，苏闲一下子就明白了：“你是说霍璟？”

“对啊，就是咱们局里那位‘单兵杀人机器’。”“贵宾犬”微笑着颔首，“他手里的线人网，肯定能帮上你的忙。”

苏闲垂下眼：“他……可能不会帮我。”

“贵宾犬”挑挑眉：“为什么？你们有过节？”

他摇头，不愿多说：“是他对我有偏见。”

“贵宾犬”对这种八卦倒是挺感兴趣，但也明白现在不是追问这个的时候，于是她拨了拨自己的乱发：“没关系，我出面就行了，他肯定会给我面子的。”

闻言，苏闲的神情有些古怪：“你不会把他也给……我听说那家伙跟异能者的关系都不好，傲得跟什么似的，他会理你？”

“贵宾犬”横了他一眼：“哼，小看老娘的魅力，后果可是很严重的。”

苏闲耸耸肩：“既然你这么说了，那就拜托你了。”

“放心，交给我吧。”

“贵宾犬”千娇百媚地转身走了，苏闲望着她的背影，摇头失笑，片刻之后，却敛起笑意，面色一沉。

“你最好别让我找到。”

钟云从选中的那块硕大的毛料，已经被摆在了解石机上。

与此同时，隔壁的另一台设备上也放上了一块沉甸甸的毛料，准备开工。

两台解石机同时工作，吸引了不少围观者，他们对着两块石头不住地评头论足。

“左边这块个头虽然小一点，但这表面上松花多鲜艳啊，上头还长着好几条蟒带呢！我看得切涨。”

“倒是右边这块，个头大，这皮壳上也透着绿，可这一片绿，面积也忒大了，就怕只有这一层啊！”

“就是啊，不是说‘宁买一线，不买一片’吗？这色好看是好看，就怕沉不下去。”

“我看九成九是沉不下去。”

听着这些人的评论，小桃有些担心地望向钟云从，她看得出来那块表对他挺重要，不希望他血本无归。

钟云从却对她笑了笑，压低声音说道：“放心吧，我不会失败的。”

小桃想起他选石时的怪异举动，点了点头，也有些好奇地望向那块大石头。

两位解石工一前一后都调整好了锯片的位置，也差不多是前后脚，分别按下了按钮，开始操作着锯片向毛料切去。

锯片接触到石料的瞬间，细碎的石沫横飞，钟云从拉着小桃往后退了一些，却始终目不转睛地盯着解石机。

虽然胸有成竹，但他毕竟是第一次玩赌石，多少还是有点兴奋难耐，不愿错过一分一秒。

锯片缓缓下沉，带出了聒噪的摩擦声，但在这赌石场里，没有人会嫌这个声音刺耳，所有人都专心致志地观看着这个过程，也都暗地里猜测着结果。

这一刀下去，究竟是一刀涨，还是一刀垮？

很快，噪音降了下来，只剩下机器本身运转的声音，毛料轰然一声被一分为二。

两台机器也是差不多同时停了下来，众人急切地望过去，两块毛料一左一右，这第一刀下去的结果，却截然不同。

左边那块个头小一点的，切面仍是灰白色的岩质，右边那个大块头，却是一片赏心悦目的正阳绿。

人群里发出小小的惊呼声，左边毛料的主人却不慌不忙："不急，再来第二刀吧。"

看他那副模样，也是信心十足。

至于钟云从这边，切出了大片的正阳绿，也不见他喜笑颜开。小桃侧过脸，小声地问道："这个，算是成了吗？"

钟云从微微摇头，而后就听到隔壁的议论声："左边那块八成是一条线的'带子绿'，虽然面积没那么大，却胜在厚度。我还是看好它。"

"右边那块倒是切出了这漂亮的水色，可我怎么瞧都觉着是'靠皮绿'，不靠谱。"

"等第二刀就知道了嘛。"

很快，两台设备重新调整了一番，准备下第二刀。

又是个短暂却难熬的过程，这第二刀的结果，又是一番天翻地覆。

这一回，两边的成色戏剧性地调换了。

左边的毛料切出了一线翠绿，虽然宽度不够，但胜在厚度；至于右边的大家伙，这一次，除了最初的一层薄薄绿色，却是一片灰，完全就是岩质。

"果然是'带子绿'！"先前猜中结果的人欢呼起来，"这种水色都不赖，怎么着也能做几个戒面了，切涨了！"

那块毛料的主人在众人的恭贺声中，拿回了自己的毛料，经过钟云从身边的时候，顺带拍了拍他的肩："赌石就是有风险，年轻人经验还是不足啊……"

"我知道。"钟云从笑眯眯地回道，"不过呢，我这块，还需要第三刀。"

此话一出，便有人挖苦："这小哥看来还是不死心啊，这么典型的'靠皮绿'，还能出什么？"

钟云从恍若未闻，只是走到了解石机边上，跟解石工要了一支笔："我这块还要下第三刀，不过这一下得按照我画的线来切。"

解石工瞪大了眼睛：这小子连毛料都选不好，还能画线？

钟云从当然不会画线，所以那条线他只是依照先前的记忆画了个大概，让解石工知道该往哪个方向切。

解石工很怀疑地看着这条歪歪扭扭的线，但还是调整好了锯片，准备下刀。

反正这毛料是他的，他爱怎么折腾就怎么折腾。

锯片很快又开始工作，石沫飞溅，没一会儿，这第三刀就结束了。

围观人群还没有散，其实都觉得切不出东西了，继续等着，也只是想落井下石地嘲讽那小子一番。

解石工冲钟云从摇一摇头："没有。"

众人发出一片意料之中的嘘声。小桃紧张地盯着钟云从，他不好意思地笑了笑："估计是我那条线画得太歪了……劳烦您对着切面右下角磨掉一部分石料。"

解石工一怔，随即看向右下角，这一瞧，还真发现那里隐隐透出了一点翠意，他拿起强光手电筒照下去，毛料内部立刻反射出一团绿光。

"哟嗬，这里头还真藏着东西！"他脱口而出，随即把那只剩下一角的毛料转移到了金刚石砂轮上，开始切割和打磨。

众人没料到还有这番变数，都伸长了脖子看着，又过了一阵子，那藏在角落里的翡翠露出了冰山一角。

一抹浓艳的绿意呈现在众人眼前。

有人不可置信地望向钟云从："不会是满绿吧？"

另一个人咋舌："如果是，那这小子还真是够幸运的！"

毛料被打磨得差不多之后，整块翡翠被剥离出来，显出了庐山真面目——约莫有两个拳头那么大，苍翠欲滴，通透灵动，还微微泛出一点蓝色调。

"帝王绿！这小子开出了帝王绿啊！"

"而且裂和杂都不多，真是块极品！"

议论声几乎要冲破屋顶，不仅如此，这边的惊呼声还将整个赌石场的注意力都吸引过来了。

"切涨了！绝对切涨了！"

前头拍了钟云从的肩的那位老江湖也还没走，抱着他的阳绿心里很不是滋味：他也算是切涨了，可是跟这小子比起来，简直是小巫见大巫，亏他还得意扬扬地教训人家去了，真是老脸都丢光了！

各种目光在翡翠上转完几圈之后，最后总要落到钟云从身上，搞得他连得意都不怎么敢表露出来。

他怕太高调会被人弄死。

他顶着所有人的注视，把那块价值连城的翡翠收入囊中，随后拉起小桃就走。

此地不可久留。

虽然赌石成功，但这成功有点过头了，他这个最强王者这会儿估计已经成了这个交易市场的焦点了，他低调惯了，只想闷声发大财。

可事与愿违，虽然他想安安静静地离开，但是连交易市场的大门都没走出去就被拦下了。

“这位兄弟，先别急着走啊，咱们一起喝杯茶吧？”

那位中年男人又一脸和气地出现了，笑眯眯地做了个邀请的手势，钟云从也笑着推辞：“不用不用，我不渴……”

他话音未落，中年男人的身后就多出了两名彪形大汉，凶神恶煞地瞪着他，钟云从一滞，话到嘴边又拐了个弯：“……啊，忽然又渴了。”

中年男人笑容不变：“那就请吧。”

钟云从瞥了一眼身边瑟缩的女孩，见她一脸惊恐，他轻声地开口：“有人请我喝下午茶，盛情难却，你有事就先走吧。”

小桃慌慌张张地看了一眼笑里藏刀的中年男人和他那凶神恶煞的爪牙：“我走了……你怎么办？”

这姑娘还挺有义气。钟云从不由失笑：“你在也没用啊，打得过他们吗？”

小桃眼神一黯，他又凑到她耳边提醒了一句：“别忘了，你还要找人呢。”

小桃不自觉地咬了一下嘴唇，钟云从见她有所松动，正要加把劲把人劝走，可那中年男人显然没心情欣赏这对贫贱之交的情谊，一挥手，身后的两名壮汉一人一个，把他俩都拿下了。

“两位别推让了，一起喝茶去吧。”

钟云从无奈地瞅着因掣肘于人而脸色发白的女孩：让你走，你不走，这下遭罪了吧？

但事已至此，只能走一步看一步了。

所谓的待客室，也就比外头的房间干净那么一点，摆了桌椅。钟云从落入虎口，反而从容了几分，没等主人发话，他就主动拉了张椅子坐下，扫了一眼空荡荡的桌面，笑了起来：“不是说要请我喝茶吗？连杯水都没有啊。”

他说着顺手拉过另一张椅子，拍了拍椅背，示意小桃也坐下，后者迟疑了一下，像只受惊的小猫一般，蜷缩在钟云从身边。

中年男人见他那副不慌不忙的做派，倒有几分另眼相看，他也在钟云从对面坐下，吩咐手下：“为客人上茶。”

自有人领命而去，钟云从安抚地拍拍小桃的肩膀，叹了口气：“这位老板非要把我留下来，应该不只是请我喝茶这么简单吧？”

中年男人眯起两只眼睛，笑呵呵地开了腔：“其实呢，我就是想跟兄弟你谈笔生意。”

钟云从下意识地摸了摸怀中的翡翠原石，知道这就是罪恶的根源，而那冰凉的玉石霎时间变成了烫手山芋。

可他还不能轻易地扔了。

两杯热气腾腾的茶水呈了上来，钟云从瞄了一眼，一看就是劣质茶叶。

“行吧，我知道您看上我手里的这块帝王绿了。”他微微一笑，拿起茶盅象征性地碰了碰嘴唇，“我这人庸俗，这玩意再名贵，我也不懂欣赏，本来就打算换钱的，卖给谁都一样。”

中年男人拊掌大笑：“没想到你倒是想得开。”

钟云从想尽快离开这里，不愿多跟他扯皮，直截了当地问：“那老板您出个价呗，合适的话咱们就当场成交。”

“这个不急，”对方狡猾极了，一眼就看穿了他急于脱身的心理，“你想把翡翠卖给我，总得先让我看看成色吧？”

钟云从登时警觉起来，不动声色地捂住了那块珍贵的石头：“刚切出来的时候，大家伙儿都看到了，你们个个都比我懂，想必是不会看走眼的，还是说您信不过您场子里的人？”

中年男人不吃他这一套，笑得绵里藏针：“还是亲眼看过才安心——小哥你是自己拿出来呢，还是我让人取呢？”

钟云从盯着他身后虎视眈眈的壮汉，无可奈何地拿出了翡翠原石。

他举起来晃了晃：“看清楚了吧？绝对的好货，童叟无欺…… 喂！这也太过分了吧？”

一句自卖自夸还没结束，他的手腕就被人粗鲁地扣住了，而后那块翡翠原石便易了主。

中年男人赏玩着翡翠，嘴里啧啧称奇：“果然是极品，我这里都快三年没有开出过这么好的种水了。”

这翡翠虽然被从毛料中取了出来，但尚未经过打磨抛光，还未展露夺目光彩，可苍翠通透，一看就是和璧隋珠的胚子。

翡翠硬生生地被夺走，钟云从的心里凉了半截，他还想着换点钱，以为最多是强买强卖压压价呢，没想到还是低估了这些人的无耻程度，看这架势，完全就是明抢啊。

钟云从心中愤怒，刚想冷嘲热讽几句，话到了嘴边，却触到对方似笑非笑的眼神，后背蓦地一凉——他还是太天真，这完全就是人家的地盘，又是荒郊野岭的，对方这般肆无忌惮，他要是逞了口舌之快，怕是对方直接从明抢变成杀人越货了。

他的脑子冷静了下来，玉石再宝贵也比不上自个儿的命啊，得了，这笔横财他不要了。

他深吸一口气，挤出一个笑容："这样吧，老板，这块帝王绿我是消受不起了，您喜欢我就送您了，不过我那块表……"

中年男人掀了掀眼皮，冲他高深莫测地笑了笑，笑得他全身发麻，他又临时改了口："得，表我也不要了，您都留着吧……我们就先走一步了。"

他拉起小桃，准备脚底抹油，同时努力地忽略自己肉痛的感觉。

费尽心思，绞尽脑汁，却为他人做了嫁衣，还搭上了自己的一块限量腕表，这算什么？

可他万万没想到的是，他都忍气吞声退让到这个地步了，这中年男人竟然还不打算放过他们："这位小哥也太性急了，说好了谈生意，咱们都还没开始呢，你就急着走了？"

不用说，两个人被按了回去。

钟云从惊弓之鸟似的坐立不安，他实在拿不准这位大佬的心思，一副公开抢劫的架势，嘴里却老说着要谈生意。

莫非是他误解了对方的人品？

"你……到底想怎么样？"他懒得去猜，开门见山地问了。对方咧嘴一笑，屈指在玉石上弹了两下："你啊，从一开始就误会我的意思了，我说的生意，不是指这块石头。"

钟云从微微一怔："那是指？"

"你。"

钟云从脑中轰然一声，凉意顺着神经末梢回流，冷汗涔涔而下。

他知道，自己的秘密暴露了。

虽然心知肚明，但他仍试图装糊涂，牵了牵嘴角，扯出一抹勉强的笑意："我不明白您的意思……"

"别装了。"中年男人笑容可掬，看起来和蔼又亲切，甚至还伸手拍了拍他绷紧的肩膀，"我们的场子里装了摄像头。"

钟云从暗暗地咒骂一声，心说真看不出，这一排破房子居然是"孤岛"里最高科技的地方。

既然对方把话说开了，那他也没必要继续装下去了，他疲惫地往椅背上一靠，吐出一口浊气："所以呢，你想怎样？"

“虽然我不清楚具体是怎么回事，可兄弟你绝对是位异能者吧？”中年男人的这句话让小桃为之侧目，钟云从注意到她的目光，冲着她露出了一个苦笑。

他把头往后一仰，破罐破摔：“你说是就是吧。”

中年男人并不计较他散漫的态度，仍是好声好气：“你明明对翡翠毛料一无所知，却一鸣惊人选出了最好的翡翠……不得不说，这种能力，真的很适合干咱们这一行。”

这野心勃勃的示好之言令钟云从不禁发笑：“阁下的言下之意是，想招揽我？”

中年男人点点头，做出了出乎意料的举动——他放下了那块翡翠，并且往钟云从面前一推：“只要你答应，这块翡翠还是你的。”

钟云从的身体瞬间紧绷起来，下意识地正襟危坐，而对面的男人笑了笑，又捋起左边的袖子，露出了幽蓝色的表盘。

钟云从的目光闪烁了一下。

中年男人继续释放着诱惑：“同样，这块表也会物归原主。”

钟云从心跳得很厉害，缄默片刻，旋即试探了一句：“倘若，我不答应呢？”

“死着离开或者活着留下，”中年男人咧开嘴，露出一口森森白牙，“你选一个吧。”

钟云从没有经过太长时间的思考就露出了一个苦涩的笑容：“我并没有别的选择，不是吗？”

这句话的含义很明了了，中年男人满意地笑了起来，夸了一句：“识时务者为俊杰，这位小哥果然很有前途。”

钟云从察言观色，又指着身旁的女孩：“让她走吧，她只是个普通人。”

中年男人的视线漫不经心地掠过这只瘦弱慌张的小兔子，没有过多停留，就不感兴趣地挥了挥手：“好说，小姑娘想离开随时都可以。”

小桃发白的嘴唇嗫动了一下，却没能发出任何声音，钟云从趁机提出要求：“你给她点吃的，再给点现金……算在我头上。”

中年男人对他得寸进尺的行径只是一笑而过。事实上，他根本就没有把这两个手无缚鸡之力的年轻人放在眼里，既然有价值的那个已经识时务地留了下来，而另一个没价值的，他施点小恩小惠也不算什么，权当是收买人心了。

“按他说的做。”他出声吩咐。钟云从暂时松了口气，他扭过头冲着面无血色的女孩笑了笑：“拿了钱就坐车回去吧，下了车之后找个人问问就知道长乐街怎么走了。愿你早日和家人团聚。”

小桃的眼角泛起了泪意。

钟云从见状，还要再安慰几句，却没想到中年男人的手下急匆匆地去而复返，与此同时，外边传来了汽车引擎声。

那笑面虎霍然起身，脸上的笑容第一次消失不见：“怎么回事？！”

手下战战兢兢地回复：“‘狼’来了。”

中年男人脸上顷刻间阴云密布。

钟云从心里一动，他垂下眼，掩去目中的揣度和盘算。

“狼”来了……哪条狼？

或许，我有了第三种选择，他心想。

不速之客破门的一瞬间，几乎吸引了所有人的注意力，包括赌石场老板在内，唯有钟云从以迅雷不及掩耳之势将桌面上的翡翠原石收入囊中。

在成功收复失地之后，他才长舒一口气，抬眼去看来者何人。

这一抬眼惊到了他，他怎么也没想到，来人竟然是姜岂言。

那位貌若潘安的纠察队队长。

所以，他们口中的“狼”指的是纠察队？

钟云从一时不知是喜是悲，前虎后狼，他要怎么选？

换句话说，就是打黑工和关黑屋，选哪一个？

钟云从在心中咒骂了一声，随后做出了决断。

他倏地举起手，大无畏地检举自己：“姜队长，我自首！我犯了法！您把我抓走吧！”

姜岂言的排场还是那么大，身后跟着好几个一身齐整制服的纠察队员，他正笑着同打勤献趣的中年男人寒暄，听到这声音才注意到有这么个人。

他扭过头，看清钟云从的面貌之后，不禁失笑：“哟，怎么又是你？”

钟云从无可奈何地扯了扯嘴角，心想我也想说这句话呢。

不过他眼光一扫，瞥见中年男人正阴狠地盯着他，不由得打了个寒噤，知道自己彻底得罪了这头笑面虎，必须赶紧脱身。于是他干脆站了起来，挥舞着双手：“姜队长，您把我拷走吧！”

姜岂言抱着手臂饶有兴味地打量着他：“哦？那就请这位治管局的同僚说说你犯了哪一条啊？”

中年男人面色骤变：“他、他是治管局的人？”

钟云从的脸色也不太好看，他没想到这家伙一上来就把他的“身份”抖搂出来了，虽说是假的，但由苏闲出面认证过，假的也变成真的了。而这会儿又是从姜岂言口中说出来的，那中年男人自然也会深信不疑。

这么一来，他肯定被当成治管局的卧底了！钟云从暗暗叫苦，眼见中年男人的神情从震惊到愤怒，随后又阴恻恻地笑了起来："真没想到，原来是治管局的长官来我们这儿巡视了，怎么不早说呢？"

钟云从尴尬一笑："其实，那个，你们都误会了，我真不是……"

他想说明真相，可姜岂言绵里藏针的目光附骨之疽一般黏在他身上，算了，不说了，他总不能在姜岂言面前打苏闲的脸。

他在那两位的注视下，把说了一半的话咽了回去，笑得比哭还难看："没什么……你们爱怎么想就怎么想吧。"

他钟云从此刻就是一头不怕开水烫的那啥了。

中年男人的双目几乎要喷出火来，看来他这个黑赌场的老板也很有自知之明嘛，知道哪些人是天敌。

钟云从表面上一副畏畏缩缩的模样，心里却也不乏比较，如果说治管局让中年男人感到忌惮的话，那纠察队呢？

他的视线不露声色地在二人间游走，他敏锐地察觉到，那中年男人在望向姜岂言时，殷勤的笑意之下隐藏着难以言喻的畏惧和憎恶。

这就有意思了，尤其是后者。

"喂，"姜岂言坐到了中年男人让出的那张椅子上，同钟云从面对面，放在桌案上的十指交叠，"你还没回答我的问题呢……你犯了什么法啊？"

钟云从能察觉到，在纠察队长身侧垂手而立的中年男人眼神如同淬过毒的匕首一般划过他的脸庞，几乎想把他的舌头剜出来，可他还是开口了："嗯……我参加了一场非法的赌博……"

"就这样？"

姜岂言灰蓝色的眼珠在白炽灯下泛着碎玻璃般的光泽，他尖削的下巴抵在了手背上，不知道是不是钟云从的错觉，他竟然从姜岂言的声音里隐隐听出了一点期待。

钟云从搭在膝盖上的双手暗暗地蜷了起来，他不确定自己是否错误地判断了姜岂言的暗示——或许，根本没有什么暗示。

他紧张地与他对视着，企图从他表情的细节里得到更多的信息，但姜岂言依旧是那副似笑非笑的模样，他什么都看不出。

赌一把吧，他心想。

"我还要举报！"他大声地嚷嚷着，一只手指向面色阴沉的中年男人，

“是他提供这个非法赌博的场所！”

姜岂言唇边加深的笑意让钟云从悬着的心稍稍往下放了一些，他索性闭上眼睛，忽略中年男人暴怒的驳斥：“你胡说八道！”

不知怎的，钟云从想起了昨夜那位反咬一口的劫匪，他稍稍能理解对方的心态了，当然了，他还是觉得自己比劫匪高尚得多，毕竟他是实话实说，而不是空口污蔑。

姜岂言看着一脸正气凛然的钟云从无声地笑了起来，而后便侧过脸，挑起半侧眉尾：“莫老板，有什么话要说吗？”

那位莫老板在接触到姜岂言看似放松实则充满审视意味的眼神之后，面上的惊慌一闪而过，很快就用一个热络的笑容掩盖了过去：“这……姜队长不会不了解我的情况吧？我同纠察队一向关系良好。”

钟云从的唇角弯出一个讥诮的弧度，这摆明了就是要套近乎了。

“虽然我进纠察队也有些年头了，但先前主要负责行政事务，倒是没怎么和莫老板打过交道。”只是很可惜，姜岂言并不怎么买账，他客客气气地笑道，“我刚上任不久，好些事务还在熟悉中。”

莫老板的笑容险些凝固在了脸上。

新官上任三把火这个道理他不是不懂，只是没想到这姜岂言做得这么彻底。他这些年为了拉拢纠察队不知道扔了多少钱进去，他们纠察队的活动经费怕是有一半都是从他这里来的，更遑论还有一笔笔不为人知的账目，那是他对纠察队长的私人孝敬。

可遗憾得很，他供养了几年的那位一朝身死，他的投资，全打了水漂。

而新上任的这位纠察队长，明摆着要装糊涂到底，不打算认前任的账了。

他是什么意思？莫老板的脑筋转得飞快，草草思考之后得出的结论是——这一位八成是准备按老规矩来，说白了，就是想伸手跟他要钱。

想通了之后，莫老板几乎压抑不住升腾的怒气。他做着违规的生意，来钱快，相应地，风险也高，太多人盯着他这块肥肉，他自然要给自己找把保护伞。

综管局旗下的纠察队确实是个很不错的选择，这几年的一帆风顺也证明他的眼光是正确的，可这一切都是有代价的——他花钱买平安，平安得到了，花的钱也不少。

他与纠察队长称兄道弟，自以为高枕无忧，没想到打脸来得太快，在前任队长倒台之后，他们双方暗中达成的协议自然也随之终止，而新队长在今天之前一直未曾露面，却不止一次换着花样敲打过他，提醒他该换尊神上供了。

这些浑蛋，一个个都把他当提款机了吧？莫老板这回算是得到了教训，谁知道这一位能干多久，如果再来个胃口大的新人，岂不是要变无底洞？

他可是特意打听过的，这姜岂言有个病病歪歪的妹妹。偏他又十分疼爱这个病秧子妹妹，给她的吃穿都是最好的，他是出了名的贪得无厌。

看来纠察队这把保护伞还是不够牢靠。莫老板打起了另攀高枝的主意，并且已经爬了一半，面对姜岂言不动声色的威胁，他也只剩敷衍的心思，绝不愿再真金白银地白白砸钱。

想到这里，他露出个高深莫测的笑："原来是这样，那也不怪您……您刚上任，确实很多变数还不知道。"

姜岂言勾起嘴角，也笑吟吟地问道："比如呢，什么变数？"

"比如我这个场子，"莫老板乐呵呵一笑，"其实呢，早就不算我的产业了，我呢，最多算个明面上的代理人。"

姜岂言目光闪烁，笑容却不变："明面上……那私底下的主人是谁呢？"

莫老板嘿嘿一笑，凑到他耳边低声说了个名字出来，然后笑眯眯地观察着姜岂言的脸色变化，而后者也确实如他所料，唇角微抿，下颌的弧线紧绷起来。

莫老板的眼神里多少透出了一点得意和轻蔑，那位大人物可不是你能得罪得起的，区区一个纠察队长，在那一位面前，也不过就是个走卒罢了。

而这显然让新上任的纠察队长受到了冒犯，他冷冰冰地睨视着莫老板，俊美的面孔染上了几分冷冽强硬的气息，令后者微微色变。

不过一眨眼，姜岂言那副阴冷的神情就消失得无影无踪，钟云从差点以为是自己看花眼了，姜岂言的脸色直接从严冬过渡到了春日，他唇边的微笑让人如沐春风："莫老板说，你这个黑赌场是那位大人物的产业……你觉得，他会不会承认？"

莫老板后脊一僵："这……"

"还是说，你有别的证据，可以证明这个场子归他所有？"姜岂言笑意温润，语气却咄咄逼人，"有的话，就拿出来看看。"

莫老板没控制好自己的表情，后槽牙咬得太厉害，以至于脸都有些扭曲了。他怎么可能去指认那位大人物，就算有证据也不能拿出来。

他现在有些后悔了，他不应该过早地亮出底牌……尤其是这张底牌其实还没有真正属于他。

而挑拨离间成功之后的钟云从一直处于隔岸观火的状态，旁听了这么久，多少也听明白了一些。

他也在琢磨，姜岂言嘴上说得厉害，可他有胆子去找大人物对质吗？

如果莫老板胆子大一点的话，这点威胁其实不算什么。

可他不知道的是，对莫老板来说，这不是胆子大不大的问题，真正的症结在于——他根本还没真正搞定那根“高枝”。

在这样的情况下，万一，万一姜岂言真的把这事捅到了那一位面前，那位大人物是绝对不可能选择保他的，反而还会感觉面上无光，迁怒于他。

思前想后，莫老板决定暂时先对姜岂言低头，于是他变脸一般迅速地换上了一副谦恭的面具：“瞧您说的，哪有什么证据，都是我顺口胡诌的，您千万别放在心上！”

姜岂言乐不可支：“哇，你这么空口造谣，那位大人物知道吗？”

莫老板一手一个嘴巴子往脸上拍：“哎哟，瞧我这张贱嘴哟！让你胡说八道！”

他的两颊很快肿了起来，姜岂言冷眼旁观，钟云从也幸灾乐祸，算是出了口恶气。

表演得差不多了，莫老板又低声下气地开口：“您也知道，我做点小生意不容易，一时口不择言……您大人不记小人过，千万别跟我计较。”他说着殷勤地拍了下手，“这样吧，您看这时间也不早了，我让人准备一桌好菜，还请姜队长赏脸，就当是小人庆祝您新官上任。”

姜岂言和颜悦色地看着他，语气却分外森冷：“晚了。”

莫老板神色一僵。姜岂言霍然起身，挥一挥手：“我们收到举报，莫老三非法经营赌石场，涉嫌偷税漏税，把他给我铐起来，带回纠察队好好调查。至于这个非法经营的赌石场，按照规定查封，矿石和赌资也全都扣留。”

“你……”莫老板没料到他说翻脸就翻脸，一时间也发了狠，想叫人鱼死网破一把，却到底晚了一步，先被按倒，双臂被反剪，套上了镣铐。

而他的两个手下也很快被制伏。

一瞬之间情势翻转，钟云从也始料未及，不由自主地咽了口唾沫，忐忑地看着纠察队长。

姜岂言注意到他的视线，回过头来，冲他莞尔一笑：“没想到啊，你一个公职人员还敢跑这地方来消遣。”

“想碰碰运气，挣个小钱嘛。”钟云从面上赔着笑，心里却在嘀咕：我一个假的公职人员最多是小赌怡情，倒是您一个真的公职人员公然索贿才叫不像话吧？

“治管局可真会调教人啊。”姜岂言揶揄了一句之后，手一挥，“把他也带回去。”

钟云从心情复杂，却也老老实实地就范，虽然中间有些波折，但结果也跟他预想的差不多。

不管怎么样，先回城再说吧。

只是，小桃……

小桃在方才那场剑拔弩张的对话中把自己的存在感降到了最低，自始至终低垂着头，未发一言，姜岂言甚至都没看清过她的脸。

钟云从是很赞赏这种做法的，正绞尽脑汁想帮她找一个逃脱的计策，却不料姜岂言的一个手下多嘴多舌，指着那惶惶不安的女孩问道：“队长，那她呢？”

姜岂言心不在焉地瞟了她一眼，面无表情地转身：“一起带走。”

钟云从刚想抗议就被人锁上了手铐，纠察队的人推推搡搡地赶着他往外走。

命途多舛的二人组就这么被打包塞进了纠察队的车里，这回他们总共开了两辆车来，一辆在前头开路，另一辆则是姜岂言乘坐的。

当然，三位嫌疑人也都与他同乘一辆。

钟云从和小桃都很乖地未出一声，唯有那莫老三嘴里不干不净地骂个不停，中心意思就是问候姜岂言祖宗十八代。姜岂言挑挑眉，直接把手枪顶在那货的脑袋上：“你要是再不闭嘴，就永远都没说话的机会了。”

莫老三这种人，最惜命，在子弹面前，他那点火气瞬间消失得无影无踪，老老实实地选择了当哑巴。

姜岂言似乎有些疲惫，按了下眉心，便靠在椅背上假寐起来。钟云从和小桃一左一右分坐在他两侧，而莫老板则被安置在副驾驶座上。

山区的路面崎岖不平，遍布着碎石块，汽车速度快不起来，一路颠簸，车窗上蒙着一层薄雾般的黄尘，视野受阻得厉害。

钟云从被颠得难受，但也不由得庆幸自己还算是受到优待了，要是在前座，估计会颠簸得更厉害。

他在晕眩和反胃的双重折磨下昏昏欲睡，可这种蒙昧混沌的状态没有维持太久，汽车突兀地震动了一下，惊动了所有的乘客。

然而有资格发脾气的就那么一位，姜岂言怒形于色：“怎么回事？”

负责驾车的队员战战兢兢地答道：“我也不清楚……可能是轧到大块石头了。”

姜岂言想观察一下情况，却发现车窗外一片模糊，他拧起眉头，正欲摇下车窗，却听到了一声枪响。

子弹从暗处飞来，毫厘不差地嵌入了驾驶员的眉心，姜岂言心道不好，拔出手枪，却来不及上膛——汽车失去控制，狠狠地撞上了前方的车辆。

姜岂言猝不及防，额头重重地磕在前座的椅背上，鲜血蜿蜒而下，漫过他的眼睛，他勃然大怒，第一时间找最有报复嫌疑的家伙算账："莫老三！是不是你的人……"

他话音未落，却已经有了答案——又一记冷枪乍现，直接打穿了莫老三的太阳穴，姜岂言偏头避开横飞的血浆，自言自语："不是他，那究竟是什么人？"

歪倒在车窗上的钟云从在一片尘土飞扬中窥见了黑袍一角，他的脑仁突突地疼起来。

这熟悉的装束……是"暗影"的人！

他们怎么会在这里出现？！

Chapter 14.
横祸

暮色四合，参天的树木掩盖了本就微弱的天光，夜风在树杈间穿梭，枯叶在枝头哗哗作响。

寒冷和黑暗一起席卷而来，钟云从不由得蜷缩了起来，他的后背抵在坚硬的石壁上，硌得脊柱隐隐作痛。

这个山洞大概是某种冬眠动物的废巢，除了碎石和草屑之外还泛着一股子腥臭，钟云从拿着手电筒照了一下，发现洞穴深处堆积着几坨风干的粪便，想来这就是异味的来源了。

他颇有些哭笑不得，怎么说呢，前任主人还是比较有公德心的，至少没有拉得到处都是。

他守在洞口，冷风一个劲儿地往他领口里灌，他缩了缩脖子，打了个寒战。

“冷吗？”细弱的声音响了起来。钟云从回头看了一眼，满面瘢痕的女孩正在脱外衣，他扫过她面上的血痕，立时出声阻止：“你穿着，我不冷。”

小桃恍若未闻，小心翼翼地脱下了身上的那件男款大衣，视线停留在袖口处，话里满是歉意：“对不起，好像不小心掉了一颗扣子……”

她说着便走到他身边，要把衣服往他身上盖。钟云从瞅着她身上那件单薄破旧的白裙，袖子上还破了洞，瓷白的肌肤露了出来，他按住了女孩的双手：

“我冻不着，你顾好自己就行了，要是感冒了看你怎么哭。”

小桃细淡的眉毛蹙起：“那你进来一点，别坐在风口了。”

钟云从冲她笑了笑：“总得有人守着吧，万一那些人找到这里，得有个人通风报信啊。”

他的目光越过小桃，落在角落里那个昏迷不醒的男人身上，叹了口气：“你是个弱女子，那位姜队长又奄奄一息，只能我上了。”

小桃闻言，也跟着回头看了一眼，目光中满是担忧。

“他……伤得很严重。”她轻声说道。

钟云从的眉间满是愁云：“也不知道能不能熬过今晚……”

姜岂言的胸前血迹斑斑，因为他的心脏处嵌着一颗子弹，看起来伤口不浅。钟云从没什么医疗常识，手头又没有一点药，不敢随意把子弹取出来，怕血止不住。

姜岂言的胸口微微起伏，只剩下极微弱的呼吸，脸白得像是一张褪了色的纸，额头上积满了细密的冷汗。

他正在生死边缘挣扎。

时间回到三个小时前。

车后座仅剩的三个活口被一拨毫无预兆却又来势汹汹的冷枪打傻了，在其他纠察队员死绝之后，密密匝匝的子弹全招呼到他们这里了，他们能听见子弹打在金属车身上的沉闷声响。

车身被打穿了，光线透过圆形的弹孔斜斜地照进来，光影交错，尘埃飞舞，竟然有种诡异的美感。

只是依照这个速度，汽车的钢铁外壳也支撑不了多久了。

车窗玻璃早就碎得不成样子，大大小小的碎片横飞四溅，三个人的脸上、手上都多了不少带血的划痕，虽然疼痛少不了，但钟云从与小桃一开始就处于卧倒的状态，倒是在枪林弹雨中幸免于难。

不过姜岂言就没这么幸运了，他先是愤怒地还了几枪，而后其中一条胳膊被一颗流弹击中，登时血流如注。

他索性也跟着卧倒，子弹从他的头上密集地飞过，左臂的血迹渗透了他的外衣，他的视野狭窄而模糊，却仍然能透过车窗窥见那些从暗处现身的黑衣人。

他们一手端着枪，一手却提着砍刀。姜岂言看见他那些下属死后也不得安宁，黑衣人手起刀落，下属们的首级与身体便分了家。

那场景像极了古代的斩首之刑。

“该死的！”空气仿佛利剑摩擦着他焦灼的喉咙，他的音色变得干涩而沙哑，“他们到底是谁？”

一旁趴着装死的钟云从闻言，心脏差点从胸腔中跳出来，他心虚得很，总觉得这事跟自己脱不了干系。

不过这会儿那群丧心病狂的家伙忙着斩首，对他们这边的攻势倒是弱了下来。生死悬于一线，钟云从不想坐以待毙，他伸脚踹了对方一下，压低声音：“帮我解开手铐！”

姜岂言侧过脸，惊疑地盯着他。

“我来开车！”

姜岂言几乎是立刻就会了意，也没在生死存亡的时候继续纠结综管局与治管局之间的那点龃龉，抬手便是干脆利落的一枪，钟云从手上的镣铐应声而断。他立刻闪身翻进驾驶座，同时打开车门，把两具挤占空间的尸体丢了出去。

“把那姑娘的手铐也解开。”他不忘提醒。姜岂言瞥了一眼头发散乱、面色苍白的女孩，直接从口袋里摸出一串钥匙丢到她身上，丢下三个字便转身霸起了副驾驶座：

“自己找。”

小桃战战兢兢地捡起钥匙，开始一把把地试。

钟云从开始试着点火。汽车引擎的动静无法掩饰，他们这边有了声响，立刻引起了黑袍人的注意，有人一边放枪一边提着刀朝这里逼近。

一颗子弹直直地从前方射来，挡风玻璃如同蜘蛛网一般裂开，钟云从反应还算快，侧头避开了这致命一击，灼热的弹壳险险地擦着他的耳郭飞过，鲜血立刻流了出来。

但他无暇顾及，拼命地转动钥匙点火，可这车却不知道出了什么故障，车身颤个不停就是不肯迈步，眼见着两名黑袍人已经近在眼前，钟云从的心脏病都要急出来了。

试着启动汽车的同时，他也用眼角的余光注意着姜岂言那边的举动，原来副驾驶的车座下藏着个暗箱，姜岂言从里面拿出了两枚造型近似易拉罐的玩意儿，直接扔到了车窗外。

那玩意儿着地之后，发出了不连贯的砰砰声，随即便有浓重的白雾弥漫开来，将双手已经触到车门把手的黑袍人包裹住，他们开始疯狂地咳嗽起来。

钟云从随即也嗅到了一股极为辛辣的刺激性气味，口、鼻、喉都很不舒服，裸露的皮肤上也有不同程度的灼痛感，他立刻明白了，那是催泪弹。

“快开车！”姜岂言咬着牙催促。催泪弹起效虽快，但没法拖太久，何况对方又不止两个人。

钟云从一直没有放弃，在多次失败后，那破汽车终于猛地一震，发动机总算开始工作。

他双手攥着方向盘，脚下拼命地踩着油门，车身如同离弦之箭一般冲了出去，没命地奔逃起来。

只是车子行驶得相当困难，车身也极为不稳，钟云从心道不好，很可能是爆胎了。

但这时候根本没法停下来，只能硬着头皮继续开，好在对方似乎并没有代步工具，如果开足马力，一路狂奔，还是有可能摆脱这些穷凶极恶的浑蛋的。

他的计划看起来很完美，可他这人实在是倒霉惯了，竟然忘了“孤岛”是个神奇的地方，这里的人也有些特别——于是他眼睁睁地望着一个黑衣人飞身而起，重重地落在他们脆弱的挡风玻璃上，原本就伤痕累累的玻璃愈发雪上加霜，几乎要整面脱落下来。

那黑袍人壁虎似的扒在汽车上，直接与驾驶座上的钟云从面对面，那白色面具上僵硬诡异的笑脸讽刺意味十足，钟云从的视野被挡得严严实实，心里甚是焦急。

好在姜岂言当机立断，立马扣下扳机，没想到那家伙身手甚是敏捷，直接从挡风玻璃上挪到了车顶，玻璃又挨了一枪，这回彻底歇菜了。

钟云从的右脚一直用力地踩在油门上，车速已经提到了极限，只是在一只轮胎怠工的情况下，急速行驶毫无疑问地变得更加危险。

汽车开始不听使唤，尽管钟云从拼命地往右打着方向盘，可汽车还是直直地向左边驶去。

钟云从看得清清楚楚，公路的左边，可是一处陡坡！

人倒霉的时候喝口水都会塞牙，在他力挽狂澜的关键时刻，那跟屁虫一样黏着他们的黑袍人竟然又开始骚扰他们——他这次扒在了后车座上，一条胳膊从破损的车窗里伸了进去，抓住了小桃的一侧肩膀。

小桃吓得尖叫起来。姜岂言的枪刚好打到没子弹了，正在换弹夹，钟云从看在眼里，急在心里，可他这时候说什么也不能离开驾驶座。情急之下，他忽然灵机一动，倏地掉转方向盘，汽车猛地一晃，滑出了一个风骚的S形，而那只讨厌的跟屁虫也成功地被甩了出去。

只是他这么一个操作之后，汽车彻底失去控制，脱缰野马一般直直地轧过一丛灌木，势不可挡地往山坡下冲去。

车里的人苦不堪言。钟云从重重地撞上仪表盘，登时头破血流。小桃双手死死地抓住车窗，完全没有注意到袖口被磨掉了一颗纽扣。最不幸的则是姜岂言，一片混乱之中，他不知何时中了一颗流弹，还恰好正中心脏，霎时生命垂危。

在这场灾难中，唯一值得庆幸的是，在强烈的冲击力之下，他们终于暂时甩掉了“暗影”那帮家伙。

俯冲而下的汽车在惯性作用下，又继续狂奔了一阵子，刹车完全失效，其间撞断了无数树木，最后卡在了两株巨木之间的缝隙里，才算是停了下来。

钟云从趴在方向盘上，鲜血漫过眼角，只觉一阵天旋地转，久久不能回神。

冬季的天暗得很早，驾驶座上的“贵宾犬”低头看看手腕上的表，发现此时不过是傍晚5点，远方的地平线已经陷入一片混沌。

暂时还未落雪，寒气在车窗上结了一层水雾，她转过头去，隐约望见从一株枯木后拐出的苏闲。

她撇撇嘴，摆正了坐姿，当作没看见的样子。直至车窗被敲响三下，她不情不愿地探过身去打开了反锁的车门，苏闲带着一身清冽的风雪气息钻进了副驾驶室。

“胆子不小啊，”他从口袋里摸出烟盒，晃了两晃，低头衔住烟嘴，含糊地威胁道，“信不信我给你小鞋穿？”

“贵宾犬”翻了个白眼，并不把他的话当真，反而理直气壮地伸出一只手：“我也要。”

苏闲捏着打火机，小小的火焰在他指间跃动，他点燃了烟卷之后，连同半盒烟一起丢了过去，驾驶座上的女人毫不客气地笑纳了。

天渐渐黑了，气温更低，烟星在昏暗中隐隐颤动。

“贵宾犬”率先吸完一支烟，顺手把残余的烟头丢出窗外，小心翼翼地收好意外收获的半盒烟，眼角的余光这才掠过邻座的人，她嬉皮笑脸地问道：“问到了吗？”

苏闲整个人被薄薄的烟雾包裹着，模样看不真切，他掐灭烟星，声音淡淡的：“我找了这个场口的负责人，他说见过，那家伙今天上午在他那里找活，后来因为干得太不像样，没多久就被撵走了，之后他去了哪儿，那位负责人也不清楚。”

“依照霍璟那边的情报，有人看到他上午就离开了，这会儿都过去好几个小时了，留下的味道也散得差不多了。”“贵宾犬”无奈地摊了摊手，“线索又断了。”

苏闲沉默片刻，而后轻声吩咐：“开车。”

“贵宾犬”双手搭在方向盘上，鼓起两个腮帮子有气无力地问道：“往哪开啊？”

“西北方向。”苏闲为她指明方向，“我听说那边有个翡翠原石交易市场，人流量不小，那家伙没地方可去，又爱凑热闹，有很大的概率是往那边去了。”

“贵宾犬”娴熟地点起油门，发动了汽车，同时不忘调笑一句：“哇，这么了解啊，你俩什么关系啊？”

苏闲抱着手臂靠在椅背上，语气冷淡：“债务关系。”

她嘿嘿一笑，还想再贫几句，结果一阵冷风从开着的车窗里灌进来，她冷不丁地打了个喷嚏。苏闲瞅了她一眼，下意识地要关上窗户，却被阻止了。

“血腥味。”“贵宾犬”鼻头微动，使劲地嗅了两下，“浓得跟血库打翻了似的。”

苏闲眼皮微微一动，随后“贵宾犬”就听到了他冷静的声音：“依照风向，是从西北边吹过来的……加速吧。”

“贵宾犬”依言照做，猛地踩下油门，车身一震，往西北方向猛冲。

驾驶员不修边幅的卷发被吹得更加蓬乱，她的话被猎猎寒风吹得七零八落：“你就不问问有没有那谁的味道啊？”

他懒洋洋地回道：“废话这么多，还不如省点力气踩油门。”

“啧。”她发出一个意味不明的音节，却迅速加了一个挡。苏闲权当没听见，目若寒星，一动不动地凝视着前方愈发浓黑的夜色。

“贵宾犬”顺着浓重的血腥味，途经了那处交易市场，见苏闲没有要喊停的意思，忍不住提醒了一句：“其实我没有在血腥味里闻到钟小哥的味道，说不定和他无关呢。”

苏闲面上不见波澜：“有人死了，还不止一个，咱们既然知道了，总得过去看看。”

她耸耸肩：“听你的。”

他们很快开到了目的地，案发现场就在盘山公路上，只是这里人迹罕至，至今也未有人发现。

“贵宾犬”刚把车停稳，苏闲就立刻下了车。他打开手电筒，冲着那盘踞在公路中间的黑影一照，旋即拧起了眉头。

“贵宾犬”来到他身边，也见着了那凶杀——不，是屠杀现场，她花容失色：“这……一共死了多少人啊？一、二、三……”

“车里有四个。”苏闲缓步朝那些尸体走去，同时绷紧神经，高度戒备着四周，以防不测。

“贵宾犬”向来害怕鲜血与死人，更何况是这般令人发指的死亡现场，她几乎挪不动步，可更不敢独自待着，只好屏住呼吸，匆匆忙忙地跟上苏闲的脚步。

她尽力不去看那些身首异处的尸体，战战兢兢地拉着苏闲的衣角：“他们的头……怎么都被砍下来了？”

苏闲伸手拉了一下车门，一颗圆溜溜的脑袋从副驾驶座上滚了下来，还睁着的眼睛反射着虚无空洞的光，那情景甚是可怖，吓得小个子女人发出一声尖叫。

苏闲站在千疮百孔的车门外，手中的手电筒不停地移转，直至把每位死者都扫了一遍，血腥气熏得他微微皱眉：“不清楚……你看清他们身上的制服了吗？”

他这般发问，瑟瑟发抖的“贵宾犬”只好鼓起勇气，视线跟随着光束晃了一圈，随即发现，那辆车里有四具尸首，他们齐刷刷地不见了头颅，血肉模糊的断颈上喷溅出的血水，几乎将整个车厢内部重新粉刷了一遍。

她的胃反射性地开始抽搐。

“他们身上穿的……”她仍然没有忘记上司的提问，在她辨认出尸体身上被鲜血浸染过的灰黑色制服之后，蓦地睁大了眼睛，“是纠察队的制服！”

苏闲抄着手电筒往车尾处走去，“贵宾犬”紧跟着，听到他略带疑惑的声音：“姜岂言的人？”

“姜岂言？我听说他最近好像升官了。”她也认识这个人，不过没什么好印象，对整支纠察队也是如此。但好歹也算半个同僚，他们就这么横死荒野，她多少生出了些兔死狐悲之感。

苏闲转了一圈，又在车辆后方的路面上发现了三具尸体，一样是身首分离，死法、穿着都与车里那四具尸体如出一辙。

“贵宾犬”小心翼翼地避开路面上漫延的血液，又忍着恶心嗅了嗅气味：“血腥味还算新鲜，死了应该不到一个小时。”

苏闲蹲下身，观察着路面上冰层的情况：“看车辙印，应该有两辆车。”他说着站了起来，手电筒的光束四处游走，“可这里只有一辆车，另一辆呢？”

很快，他就发现了线索——路边一丛枯萎的灌木被撞出一个突兀的缺口，他走过去察看，不意外地找到了两行新鲜的车辙。

他沿着车辙走，没几步就停了下来，灌木丛后不远处就是尽头，他站在山坡上往下看，天已经完全暗下来了，他打着手电，也只能看到黑黢黢的树冠。

虽然落差不算太大，坡度也不算太陡，但直接把车开下去也够呛吧？

他摇了摇头，决定先同“贵宾犬”回到治安所报告此事，可手电筒的光芒划过地面的时候，他的目光忽然被一个反光的小东西吸引了。

他弯下腰，捡了起来，发现是一枚铜扣。

他的瞳孔微微收缩，因为他认出了这枚扣子的来历。

电光石火之间，他改变了主意，回过身，招手把“贵宾犬”叫了过来，后者一脸紧张地望着他：“有什么发现吗？”

“有一点。”他轻描淡写地带过这个问题，旋即又一脸严肃地下了命令，“现在你开车回治安所，多带几个人来这边调查，顺便跟综管局那边也说一声，让纠察队别偷懒，毕竟死的都是他们的人，派人来收尸吧。”

“贵宾犬”眨眨眼：“那你呢？”

“我有了一点线索，现在要去追寻幸存者的下落。”苏闲笑了笑，“虽然跟纠察队关系不太好，但也不能见死不救，对吧？”

她的眼中多了几分担忧：“你一个人能行吗？万一碰到那些砍人头的浑蛋……”

“你还放心不下我吗？”他无所谓地笑了笑，双手按住她的肩，把她往回推，“听话，赶紧回去。开车小心一点，但别停，不管遇到什么人都别停，回到治安所，带了人再回来，别忘了配备枪械。”

“那，你千万要小心啊！别做什么孤胆英雄……”

“傻，我是那种人吗？行了，赶紧走吧！”

目送着黑色的切诺基消失在蜿蜒的山道上，苏闲面色一凛，转身向那条山沟走去。

他紧紧地捏着那枚铜扣，硌得手心发疼，这枚扣子他很熟悉，它原本属于他的一件旧大衣。

而那件大衣现在应该穿在钟云从身上。

他果然在这里出现过。

“你又掺和到什么乱七八糟的事情里去了？”他近乎无奈地叹息着，同时纵身一跃，身形同夜色融为一体。

三个人里，位于车后座的小桃是最幸运的那位，她受到的波及最轻，清醒得也最早。她惶然地往后看了一眼，虽然并没有发现有人追上来，但仍是心惊胆战。

她爬出车厢，一瘸一拐地走到车前座外，发现车头已经被撞扁了，好在弹出了安全气囊，那两个人的头部和上半身算是被护住了。

她试着叫了几声，可钟云从没有回应。她对汽车一无所知，凭着本能捡起了一块碎玻璃，划破了气囊，先将驾驶座上的钟云从拖了出来，打算如法炮制解救另一个人的时候，却发现了他胸前那处可怕的伤口。

她不敢轻举妄动，好在这时候钟云从也迷迷糊糊地睁开了眼，她立刻报告了这一情况，他亦是一惊，两人商量了一番，合力将姜岂言小心翼翼地从车座里移了出来。

“他这一时半会儿怕是醒不了了。”钟云从擦着头上的血和汗，后怕不已，“谁知道那些人什么时候会追上来。但也不能放着他不管，咱们先抬着他走吧。”

小桃点点头，他们就这样一前一后抬着不省人事的姜岂言在逐渐暗下来的山林里打转。

他们还算幸运，在夜幕彻底降临之前找到了一处洞穴。虽然担心被追兵追上，但眼下筋疲力尽，外加前路难以预测，权衡之后，钟云从还是决定先在这里休整一番。

时间回到现在。虽说内忧外患，但好在钟云从临走的时候从报废的车辆里搜刮了水壶和手电，在饥寒交加的情况下，还能有口水喝。

他先把水壶给了女孩，小桃浅浅地喝了两口之后，又递了回来。钟云从同样十分克制，也只啜了两口，然后看着因失血而不停打冷战的姜岂言发愁。

“他可怎么办？”他的嘴唇毫无血色、干裂发白，显然急需补充水分。小桃想了想，先是把刚刚脱下的外衣盖在他身上，又接过水壶：“我来喂他吧。”

钟云从点点头，疲惫地坐了下来，看着小桃小心地喂那人喝水，又轻柔地拭去他额角上的冷汗。喂完水后，二人又把他小心翼翼地挪进山洞的深处，山洞不大，但很深，倒是个合适的藏身之所。

“现在，我出去守夜。”钟云从直直地望着小桃的眼睛，“答应我，任何情况下都不准出来——除非听到我在石壁上敲了三下。”

小桃的嘴唇颤抖了一下，最终还是在他不可动摇的目光中点了点头：

“好，我知道了。”

夜晚的山林里总有些稀奇古怪的声音传来，而每一个动静都能让钟云从心惊不已，他紧紧地握着姜岂言的那把枪，警惕地注意着四周，完全处于草木皆兵的状态。

他有手电，但不敢轻易打开，生怕光亮会引来“暗影”的人，所以他只能做一只黑暗中的惊弓之鸟。

夜越来越深，身后的两人都已沉沉睡去，洞穴内一片寂静。

钟云从守在洞口，几乎化为一座雕像。

一个柔弱的女孩，一个垂危的男人，现在他成了唯一有行动能力的人，必须担负起保护那二人的责任。

两条沉甸甸的人命险些压得他喘不过气来。

原来，负重致远是这样的感觉吗？他缓缓地吐出一口气，不知怎的又想起了苏闲。

那个人，一定很不容易吧？

就在这个时候，树丛里蓦然传出窸窣声，那动静细微又琐碎，但在这样的环境中显得分外诡谲，深深地刺激着钟云从那根紧绷的神经。

他不敢迟疑，立刻朝声源处开了一枪，灌木丛里发出闷哼声，接着便是重物落地的声音，他不由自主地咽了口唾沫——打中了吗？

可惜他还没来得及高兴一番，忽然感觉到上方有凛冽的风声，他悚然一惊，下意识地俯身躲开，砍刀杀气腾腾地落在他身后的岩石上，带出了火花，石屑四溅。

与死神擦肩而过的钟云从后背一片湿冷，对方的下一拨攻击接踵而至，他狼狈不堪地左闪右避，几次都差点与砍刀有了亲密接触。

虽然心惊肉跳，但在与这家伙“捉迷藏”的过程中，他也是使了一点心眼的。几个回合下来，对方的砍刀总是在石壁上来来回回，终于有一次，刀刃卡在了两块岩石的缝隙之间。

眼见对方一时半会儿拔不出来，钟云从刚想抹把额头上的冷汗，倏地听见一个低哑的声音：“报告，我们找到他们的藏身之处了。”

他全身汗毛竖起，脊背发冷——居然还有第三个人吗？

他蓦地转身，正好看见一个黑影弯着腰要钻进山洞里，他脑子里轰的一声，不管不顾地冲上前去。

对方听到他的脚步声，也跟着回过身，抬手便是一枪，他的左大腿登时血流如注。在剧痛和失血的双重折磨之下，他几乎无法保持站立。

可如果不阻止他们的话，小桃和姜岂言就死定了。

他忍痛拖着伤腿，往前一扑，死死地抱住了那家伙，对方显然没想到他还能有这等爆发力，猝不及防，竟然真的被拖住了脚步。

钟云从手里的枪抵在了对方腹部，正要扣下扳机的时候，后背毫无预兆地传来一阵强烈的疼痛。

温热的血液迅速地浸染了他的衣物，他恍惚有种自己被劈成了两半的错觉。

“解决掉他。”提着枪的黑衣人沉声对前来增援的同伴下了命令，后者会意，揪着钟云从的头发，刀刃立在了他的颈上。

要被斩首了吗？已经去了大半条命的钟云从迷迷糊糊地想道。他的意识和鲜血一起流失着，大概是出于这个原因，在最初的那阵剧痛之后，此刻他反而没有感觉到什么痛楚，只是觉得身体很轻，轻得要飘起来。

就这样，死在这里吗？

他还有很多事情没做完，还有很多想见的人没见到。

不，不想死，不能死。

这个念头在他的意识如流沙般倾泻之时，冷不丁地冒了出来，旋即变成了一道屏障，堵住了流沙的去路。

他全身的血液开始发烫，几乎要沸腾起来，连带着洒在那两个黑衣人脸上、手上的血迹也跟着灼烧起来。

钟云从知道自己那种名为“触知力”的异能能够进入人的精神世界，能够攫取某些信息或者记忆片段，但一直以来，他都是被动去接受的。

直至此时，他向来平静而温和的力量头一回生出了侵略性，从他身体里流出的血，成为他的触感延伸的一部分，在穿越一片茫茫迷雾之后，一个陌生之境在他的世界里延展开来。

在那一瞬间，两个黑衣人的脑海里，同样出现了一幅景象。

他们望见了一片红色沙漠。

荒凉，死寂，寸草不生。

那是什么地方？

就在他们困惑不已的时候，一滴水从天而降。

一滴不起眼的、再普通不过的水珠。

但在水滴落地的一刹那，荒漠却发生了翻天覆地的变化——水滴化为涓涓细流，无声无息地淌过红色沙漠。

黑衣人们不知为何，忽然感觉到很不舒服。

而这种不安的来源，他们自己亦不得而知。

这种惊怖，是从骨子里透出来的。

更令他们恐惧的是，那条溪流居然还在不断地漫延，起初只是一个水波不兴的湖泊，接下来变成一条奔腾不息的河流，直至最后，汇成了一片波澜壮阔的海洋。

每一颗砂砾都被水滴包裹着，无法逃离。

两个黑衣人无知无觉地站在原地，保持着原本的姿势，任由钟云从攀着他们站了起来。

他比先前更虚弱了，皮开肉绽的痛苦又回来了。

他颤颤巍巍地扶着两个黑衣人的肩膀，对方依旧木然地站立着，双眼空洞无神，对他的动作毫无反应，简直像是失去了灵魂一般。

钟云从自己也在疑惑——我到底做了什么？

可形势容不得他细想，身后响起嘈杂的脚步声，随之而来的是一记枪响，钟云从侧头避开，转过身看了一眼，发现又有两名黑袍人正从树影后现身，朝他所在的方向袭来。

想必是先前的通风报信起作用了。

而他并不显慌乱，而是回过头去，望着两张木讷的脸，轻声地下了命令。

“听着，走过去，不顾一切地消灭你们的敌人。”

两名黑衣人闻声而动，杀意十足地冲向自己的同伴。

而他们精神世界里那片淹没了一切的蓝色汪洋，一霎间掀起了惊涛骇浪。

小桃屏气敛息，战战兢兢地倾听着来自山洞外的动静，人声、枪声、惨叫声，每一个声响都令她心惊不已。

如果不是顾念钟云从之前的嘱咐，她早已沉不住气了。

外头忽然又是一阵混乱的枪响，其中夹杂着冷兵器撞击的铮铮之声，以及人的怒吼声。

“你们是不是疯了……”她隐隐约约听到一个陌生而愤怒的嗓音，须臾，咆哮声换成了号叫声。

可这所有的声音中，唯独没有钟云从的。

小桃的鬓发被冷汗打湿，乱糟糟地贴在额角，呼吸几乎要停滞。

恰在此时，一直昏迷着的姜岂言不知道是被外头的动静惊醒还是太过痛苦，身体猛地抽搐了一下，发出了一声呻吟，女孩悚然一惊，手忙脚乱地掩住了他的嘴。

姜岂言似乎感到很不安，试着甩了甩头，无奈身体虚弱，没能摆脱那只手，他抬起手，握住了小桃那只细瘦的手腕，之后便一动不动了。

别怕……别怕……惶惶不安的女孩在心底默念，等过了这阵子就好……

她不知道在黑暗中战栗了多久，那阵惊心动魄的嘈杂终于过去了，外头终于恢复了平静。

但这样的沉寂依旧无法令她感到安心，她的指甲不自觉地陷进掌心，她还在等钟云从的暗号。

没有听到那三下敲击声，她不敢动。

她一秒一秒地数着时间，数到最后却被折磨得不行，时间慢得令人崩溃。

小桃死死地咬住下唇，直至甜腥味弥漫整个口腔，此时此刻，也许只有痛苦能让人保持清醒。

大概过去了有一个世纪那么漫长的时间，她终于等来了石壁上的震动声。

那动静太过细微脆弱，她险些疑心自己出现了幻听。

直到那有气无力的声响又重复了两下，她的眼泪一下子夺眶而出。

她放下姜岂言，手脚并用地往外摸索着，小腿不止一次被尖锐的石棱刮伤，她却恍若未觉。

跌跌撞撞地走出山洞之后，她第一眼望见的是一地的尸体，她骇然失色，旋即听见了旁边传来的虚弱声音。

“小桃……”

她猛地左转，发现钟云从正靠坐在一丛灌木边上，整个人几乎浸在血水里，一张脸苍白如纸，唇边却还挂着一点笑意。

“不用怕了，没事了……”

她奔过去，想把他扶起来，一双手却不知道往哪儿放——他浑身上下都是血。

“别哭啊……我这不是……咳咳，还没死吗？”他颤颤巍巍地抬起手，手指轻轻地拂过她的眼角，小桃这才发觉，自己早已泪流满面。

他的手骤然垂落，她听到他渐弱的呼吸声：“但也撑不了太久了……你带着姜岂言快逃吧……我已经……”

女孩怔了一下，而后握住他的双手，低声开口：“你不会死的。”

钟云从勉力抬起眼望向她。

她擦去眼泪，眼神柔和而坚定。

“我不会让你死的。”

苏闲游刃有余地穿行于密林之中。

那辆汽车一定跟头疯牛似的横冲直撞，肆虐的痕迹太过明显，根本不需要他刻意留心，完全一目了然。

也不知道是谁开的车。

苏闲循着横七竖八倒了一片的树木残躯一路前行，直至发现卡在两棵树之间的汽车。

“果然是纠察队的车。”出于谨慎，他没有拿出手电筒打光，而是借助着微弱的雪地反光进行观察，车牌号验证了他的猜测。他围着车辆走了一圈，发现车身损坏得很厉害，已经完全报废了。

车内一片狼藉，但空无一人，想来都死里逃生了。

只不过，对方留下的踪迹也到此为止了。天色太暗，山林里的障碍物又太多，即使逃亡时留下了蛛丝马迹，也无法在这样深的夜色里一一找到。

这是幸，也是不幸。

在蒙蔽敌人的同时，却也让自己人迷失了方向。

不管怎么样，没看到尸体就算是好消息吧。

苏闲站在报废的汽车边，多少有些一筹莫展，犹豫着是继续找还是先回去搬救兵，不过留给他踌躇的时间并不多——斜前方忽然传来了光束和人声。

他几乎是在听到声响的那一刻便下意识地隐匿到一棵大树后，侧耳倾听着对话内容。

“还没找到吗？”

“带来的人手都在搜了，只是天太黑，不好找。”

“继续找，他们受了伤，跑不远的。”

“说起来，那车厢里留下了一大片血迹，至少有一个人受了重伤。”

“不错，所以另外两个还带着那个重伤员，不可能走远，肯定就在附近。”

听到这里，苏闲心头一沉：谁受了重伤？

从他们的谈话里可以得知，钟云从一行应该有三个人，而其中一个很可能是姜岂言。他方才查看了公路上的那七具尸体，并没有在其中发现姜岂言。

至于第三位，也许是姜岂言的下属吧，他也没什么头绪。

只是钟云从那家伙怎么又和纠察队混到一块去了？

苏闲眉头紧皱，很快又舒展开，算了，现在不是思考这个的时候。

他略略一分神，只听到那边的后半句话：“……一定要把我们的‘货物’找回来，至于剩下的两个人，当场处决就好。”

"明白！"

"货物"就是他们这次行动的目标吧？可"货物"究竟是三人中的哪位？而他们又是什么人？

苏闲正冥思苦想的时候，对方的交谈声与脚步声都愈发接近了，他屏气凝神，悄悄地探头望了一眼，触目所及却是熟悉的黑袍假面。

"暗影"！

这个发现令苏闲一阵心惊，他没想到追杀钟云从等人的竟然是这个跟自己打过交道的古怪组织。

一个相当难缠的老对手。

莫非是盈盈把他非感染异能者的身份宣扬出去了？

连环失踪案结束之后，盈盈成功脱逃，而她身为"暗影"组织的一员，完全有可能将这件事呈报上去。

这件事始终令苏闲如芒刺在背，只是这段时间，他一直没有听到此类消息，便不免抱了侥幸心理。

可现在，钟云从很显然被列入了"暗影"的追杀名单。

这样一来，即便苏闲十分头痛，也不得不承认，"暗影"追捕的目标很可能就是钟云从。

"我们的'伙伴'里，不是有一位拥有夜视能力的异能者吗？他那边也没有消息吗？"

"据说已经有眉目了，正在缩小搜查范围。"

那两个黑袍人已经近在咫尺了，并且手里都有武器。苏闲并不慌乱，收敛了气息，调整呼吸、体温，将自己伪装成背后那棵参天巨木的一部分，效法了源于原"暗影"成员"变色龙"的拿手绝活，当着"暗影"成员的面，上演一出以彼之道还施彼身的好戏。

两名黑袍人无知无觉地快步从他身畔经过，完全没有察觉出有个人无声无息地埋伏在一侧。

镜者，鉴也，景也，察形也。

听起来是很拉风，不过苏闲自个儿心知肚明，纵使他天赋异禀，可大多数的异能者在面对他的时候，都没有倾囊相授的意思，他只能仓促地模仿个大概。说白了，就是一层皮毛，坚持的时间也不会太久，一般不超过五分钟。

幸好这两个人行色匆匆，没打算久留，在双方拉开了相对安全的距离之后，苏闲便解除了伪装状态，并且暗暗地尾随其后。

跟了一段时间，那两个人蓦地停了下来，苏闲一惊，隐入一片树影之中。

就在他抽出袖中匕首的同时，一个怪异的声音响了起来。

“……已经锁定位置了，就在东南方向的一片小树林里……”

这个声音里掺杂了不少嗞啦作响的电流声，断断续续的，听起来是从步话机里传出来的。

果不其然，下一秒，不远处的黑袍人便出声回复：“我们这就赶过去。”

苏闲听得分明，知道钟云从一行人的位置怕是暴露了，而“暗影”派出的人手似乎不少，如果任由他们这样赶过去，钟云从一行绝对是凶多吉少。

眼看着那两人一前一后疾步前行，苏闲当机立断，不再继续隐藏行踪，而是施展出瞬移能力，无声无息地来到稍稍落后的黑袍人身后，在对方浑然不觉的状态下猝不及防地伸出胳膊锁住了他的咽喉，将对方的呼救声逼了回去，再稍一使劲，他的脑袋便软绵绵地歪向一侧。

“我们要再快些才行……”仅存的那名黑袍人尚未发觉同伴的不对劲，出声催促的同时，习惯性地扭过头来。在脖颈转到一半的时候，他眼角的余光隐隐约约瞥见同伴直挺挺倒下的身影，他悚然一惊，手里的冲锋枪正要端起，颈部却一凉，接着就听到了自己血管被划开，血液狂飙而出的声音。

他睁大了眼睛，身体不受控制地往前栽倒，痛感后知后觉地袭来，这才反应过来，自己的颈动脉被人划开了。

他的生命与鲜血一同快速地流失着，自始至终，他都没能看见暗杀者的脸，只在意识残留的最后一刻，模糊地感觉到那人走到了自己身边，取走了自己的枪和步话机。

解决了那两名黑袍人之后，苏闲根据步话机里的提示，一路往东南方向奔去。

抱着“能多弄死一个是一个”的心理，他选择继续潜藏自己的身形，一路神出鬼没，不止一次与三三两两的黑袍人狭路相逢，凭借着敌明我暗的优势，他如法炮制第一回的暗杀手段，神不知鬼不觉地解决了四名黑袍人。

这样的一帆风顺，一直维持到遇上那名拥有夜视能力的异能者为止。

对方的异能不是盖的，尽管他躲在阴影中，并且完全没有动手的意思，却还是没能瞒过对方的眼睛。在敌方有了防备的情况下，他没能干净利落地将他们解决掉，反而暴露了自己的存在。

夜视者虽然被他伤得不轻，但最终还是逃掉了。

苏闲也没空去追，既然已经被发现，那么他就更要赶在“暗影”成员到达之前找到那家伙。

步话机已经失去了用处，他随手丢了，又复刻了一手“驭风”的技能，放弃与“暗影”打游击，直接从这片山林的上方越过。

不多时，他就在东南方向找到了那片小树林，并且在树林最深处发现了一个石洞，他怀疑钟云从等人就躲在里头，只是到底不敢掉以轻心，因为他发现了四具尸体。

他们皆身着黑色长袍，手边还有枪支、砍刀等武器，看样子，应该都是“暗影”的成员。

可他们的死状……苏闲的眉头纠结在一起，每个人的死法都很惨烈，有个家伙甚至差点被斜斜劈成两半，死相甚是可怖。

这些人，是自相残杀的。苏闲几乎是第一时间就做出了判断，却又百思不解——既然同为“暗影”成员，为什么会不顾追捕猎物的命令，反而相互厮杀起来呢？

可能是他们之间有什么龃龉吧，一个没忍住就打得天昏地暗——这种天真的念头并没有被苏闲排除，可作为一名身经百战的异能者，他知道，这样的可能性，有，但最多只占1%，至于剩下的99%——那就是这些人被人左右，乃至被操控了意志。

即使想通了这一点，苏闲依旧难以置信：难道那三人行里，除了钟云从和姜岂言，还有一位不为人知的强大异能者？

无论如何，面对着一地尸体，他无法得出更多的结论，于是干脆从树上跃了下来，准备探探虚实。

他落地的时候不小心碰着了一根树枝，带出了极轻微的响动，他本想在暗处再观察一阵子，却没想到那洞口有人守着，而且那人还相当灵敏。

对方闻声而动，毫不迟疑地递出了枪口。

见对方有所反应，苏闲索性也现了身，他们相对而立，几乎是同时朝着对方举起了枪。

“我也是个异能者。”

小桃的这句话，真的惊到了钟云从。

在他愣怔不已的时候，那姑娘已经打亮了电筒，手里捏着一把不知道从哪里捡来的匕首，捋起衣袖，利落地划破了小臂。

殷红的血滴冒了出来，钟云从愕然失色：“你在做什么……”

“我10岁的时候，曾经从三层楼高的地方摔下去，全身多处骨折，两条腿也断了。”小桃语速飞快，一边说一边掀起他的上衣。后背的伤口乍然与寒风相触，钟云从在剧痛之下，竟然失声了。

“那时候，几乎所有人都以为我会死，我自己也这么以为。我完全不能动弹，躺在床上看着天花板，那种等死的感觉，非常绝望。”他能感觉到有温热的液体接连不断地滴在他的伤处，他知道那是小桃的血，他想阻止，却无力开口。

“可是三天之后，我就能下床了，我摔断的骨头，全都自己长好了，这出乎所有人的意料。”

他伤处的血液开始凝固。

“一开始，我还以为是自己命大，可随后立刻有人拉了我去做实验……他们割破了我的皮肤，但是在10分钟之内，那伤口就自动愈合了。”

他感觉到创面开始发热。

“这时候我才知道，一切都不是偶然，而是我的体质异乎寻常。”

创面蓦然产生了一阵刺痛，他猝不及防，身体不由自主地战栗起来，额角的冷汗涔涔而下。

小桃注意到了，抬手拭去他的汗水，温声安慰道：“这都是伤口愈合的正常反应……别怕。”

钟云从能感觉到滴在他伤口上的血量又增大了，想必是小桃又让自己挨了一刀，他于心不忍，挣扎着出声：“你别……别再……”

“没关系的，流这点血对我来说不算什么。”小桃笑了笑，继续说，“后来他们又在我身上做了一些实验，然后又有了一些发现——我不仅有自愈能力，而且我的血液也有治疗能力。”

伤处的痛感愈发强烈，灼热感也变得更加明显，他没忍住，发出一声痛吟。

“所以，你别担心，我能治好你的。”

钟云从已经没有力气说话了，他的脸贴在冰冷粗粝的石壁上，整个石洞里，只剩下他粗重急促的呼吸声。

他不知道那姑娘又做了什么，大概是一刻钟之后，灼烧的刺痛感开始减弱，也许是最虚弱的那阵子过去了，他的意识反而从混沌转为清醒。他能够清晰地感觉到伤处的血管开始收缩，连带着周边的皮肤也有痉挛反应。

小桃拿过水壶，给他喂水：“开始结痂了，很快就会好的。”

钟云从喝水的时候，迷迷糊糊地瞟了一眼她的手臂，她已经把袖子放下了，他看不清伤口，但发现她的袖子上沾染了些许血渍。

小桃察觉到了他的注视，莞尔一笑：“你忘了吗？我的自愈能力可是很强的，这种程度的伤口对我来说不算什么。”

可她的脸色分明苍白得紧。

钟云从的嘴唇颤了一下，想说些什么，最终却没能抵过身体的本能，陷入了昏昏沉沉的睡眠之中。

他不知道自己睡了多久，但想来不会太久，因为他的后背刚结起一层厚痂，而左腿上的枪伤显然也被处理过，陷进肉里的子弹被挑了出来，看起来血糊糊的，可实际上也开始结痂了。

“小桃……”他挣扎着动了一下，嘶哑地开口。

“你醒了吗？感觉怎么样？”小桃的声音从身旁传来。

他费力地扭头望过去，发现她正跪坐在姜岂言身旁，手里的匕首正陷在他的心脏上方。

他一眼就看出来了，她正准备治疗姜岂言的伤。

“你……你不要命了吗？！”他的语气难得地严厉起来。她的脸色比先前还要差，整个人单薄得像一张纸，他真的很担心她会支撑不住。

小桃赧然一笑：“反正都……就顺便嘛。他快不行了，你也不忍心就这样看着他死吧？”

钟云从闭了闭眼，没作声。

他没再干涉女孩的行为。直至听到她扑通一声栽倒的动静，他才心头一沉，颤颤巍巍地扶着石壁站起来，拖着伤腿走过去吃力地将人扶了起来。

让小桃靠着石壁坐好之后，他细细观察了一番她的情况：脸上一点血色也无，出了不少冷汗，手脚冰凉，显然是失血过多的症状。

但她手臂上的伤口确实正在愈合。

他长叹一声，把姜岂言身上的外套盖在了她身上。

随后，他才回过头瞥了姜岂言一眼，后者胸口起伏不停，呼吸声也很重，但比起之前出气多、进气少的状态要好得多。

他是亲身体验过小桃异能的神奇之处的个例，对于她的鲜血的效用深信不疑，所以说，这位纠察队长的命，应该是保住了。

不过那家伙伤得比他还重，受伤时间又比较长，估计恢复得没有那么快。

说起来，他能苟延残喘这么久，也真是不容易啊。

那两人暂时都处于不省人事的状态，天生劳碌命的钟云从没法安心地缩在石洞里养伤，虽然之前解决掉了四个黑衣人，可谁知道这附近会不会还有“暗影”的人？

他抄起手枪，艰难地摸出了洞口，特意找了块能遮挡身形的岩石，躲在后头，平缓呼吸，全神贯注地戒备着四周。

大腿上的伤口还在隐隐作痛，后背的创面却略略发痒，钟云从虽然觉得不太好受，但也从心底里感到高兴，那意味着，他背上的伤口也在恢复中。

小桃这个异能还真是神乎其神啊……他正想着，却倏地浑身一凛——莫非，“暗影”不是冲着他来的，而是……小桃？

这么一来，一些被忽略的细节也开始浮现在他的脑子里。譬如，追车的时候，对方并不以他这个驾驶员为第一攻击目标，反而伸手去抓小桃；再比如，他先前只身守在洞口的时候，对方只想置他于死地，以便往山洞里钻……他们要找的，总不会是纠察队长姜岂言吧？

这个与他萍水相逢的女孩子，竟然与“暗影”有牵扯？

钟云从冷汗直流，不过他倒不担心小桃会是坏人，如果真是那样，她根本没必要舍命救人。

他是在忧虑，“暗影”不会轻易放过她。

他深吸一口气，仰头望着无星无月的天幕，只觉得这一夜无比漫长。

鬼使神差一般，他想起了苏闲。

苏闲在做什么呢？

就在此时，他敏锐地听到了枝叶发出的簌簌响声，警惕地望过去，发觉不远处的树梢正在轻微地晃动，似是一阵风刚吹过。

他犹自惊疑不定，手上的动作却未敢延迟半分，霍然起身，反射性地抬起枪。

未承想，一转眼，一个黑影鬼魅般地从树干后闪了出来，与他相对而立，手里几乎是同步地举起了枪。

他们举枪相向，他的食指扣在扳机上，掌心渗出热汗，滑腻腻地糊在枪柄上，心跳加速。

对峙片刻，对方未发一言，钟云从无法再忍受这种令人窒息的局面，做了一个深呼吸，故作镇定地开口：“什么人？”

那一刻，他的双目双耳全力以赴地捕捉着对方的一举一动，不知是不是错觉，他感受到对方收敛得很好的气息瞬间紊乱起来。

然后，他听到了他压低的嗓音：

“你的反应，倒是比我想象的要快一点。”

苏闲有所怀疑，但一直不太确定。

那般坚定而强硬的姿态。对面站着的，真的是他认识的那个人吗？

直到对方沉不住气地打破了这场对峙，直到他听到了对方虚张声势的质问。

“什么人？”熟悉的声音。

苏闲呼吸一滞，紧绷的神经一刹那便松懈了下来，在夜色的掩护下，他无声地笑了起来，甚至还有心情调侃对方一句：

“你的反应，倒是比我想象的要快一点。”

对方僵硬地立在原地，仿佛变成了泥塑木雕。

他率先收起了自己的枪，走了过去，轻笑道：“哟，还举着枪呢？想趁机报复？”

对方的呼吸倏地急促起来。

“毕竟早上我揍了你一顿，你要是记恨我，也是人之常情。”

“想报仇的话，就抓紧时间。”苏闲伸手握住他的枪眼，“毕竟，这样用枪指着我的机会，可不是每天都会有的。”

惊魂未定的钟云从做了个深呼吸，没好气地抽回手枪：“这个玩笑一点都不好笑。”

苏闲在黑暗中提起唇角。

“无论如何，恭喜你大难不死。”

钟云从身上为数不多的力气几乎在那一刻被卸得一干二净，他晃了一下，差点倒下，好在苏闲眼疾手快，扶了他一把。

“你受伤了？”

他苍白着一张脸，也开起了对方的玩笑：“苏长官大半夜的跑到这种荒山野岭，是来执行公务的？”

苏闲一怔，不知道是不是错觉，他总觉得，这一天一夜过去，眼前的人似乎哪里变得不一样了。

苏闲很快恢复了本性，敛起笑意，一本正经地回道：“那不然呢，你以为我闲得没事出来散步吗？”

“也可能是，顺带找个人什么的？”钟云从挑挑眉，竟然反过来揶揄他。苏闲冷哼一声，推开了这家伙，往山洞里走去。

“反正找的不是你。”

Chapter 15.
生路

钟云从也跟着进入洞穴，苏闲已经打开手电筒在观察山洞内部的情形了。

他看清了另外两个人，姜岂言他不意外，只是另一名女孩却脸生得很。

小桃浅眠，被手电筒的光照惊醒了，她睁开双目之后第一眼望见的赫然是张陌生面孔，自然是被惊吓到了，下意识地往里瑟缩了一下：“你、你是谁……”

苏闲一时不知该如何回答，钟云从赶紧出来解围，他微笑着安抚女孩：“别怕，他不是坏人……虽然长得不像好人。”

小桃见着他才放下心来，低声问道：“你现在感觉怎么样？”

“好多了，我已经可以动了。”钟云从试着伸展了一下胳膊，结果不小心牵动了后背的伤口，痛得龇牙咧嘴，小桃大惊失色：“你还是别乱动了！”

“活该！”苏闲轻哼一声，手电筒的光芒晃过姜岂言那张惨白的脸，他自然也注意到了他心口处那狰狞的伤，微微皱眉，“他这是怎么了？”

“意外。”钟云从没时间跟他做更多的解释，他看着苏闲，“就你一个人来？”

苏闲没好气：“不然呢？我要拉上整个治安所的人来吗？”

钟云从啧了一声：“不是说来执行公务吗？就你一个人执行啊？”

苏闲直接忽略了后一句，走过去蹲下察看姜岂言的伤势：“我派人回去搬救兵了，但什么时候能到，我不确定……咱们还是赶紧离开这里吧，‘暗影’的人不少。”

只是说完他自己都没什么底气，望着这一窝子的伤兵直发愁。

那姑娘也就算了，钟云从和姜岂言，特别是后者，看着就半死不活的，估计多挪几步都能要了他的命。

他正被愁云笼罩着，又听钟云从在那儿问：“咦，你怎么知道的？”

“路上碰到了。”他含糊带过，“还顺手杀了几个。”

钟云从转过去冲小桃笑：“看看，这就叫无形中的装。”

“……你有本事你也装。”苏闲没好气地噎了他一句。钟云从两手一摊，乐呵呵地自嘲：“我哪有那本事啊？”

说起这个话题，苏闲立马联想起外头躺着的那四具尸体，本来就一肚子疑团，联系起姜岂言现在这种半死不活的状况，他索性叫上钟云从：“你跟我出来一下。”

“啊？”钟云从不明所以。苏闲瞥了姜岂言和小桃一眼，加了一句：“我们到洞口守着，免得有人偷袭。”

“噢！”钟云从连忙应了下来，又吩咐小桃，“那你帮忙照看一下这位姜队长。”

小桃自是颔首应了。

他们分守在洞口两侧，外头鸦雀无声，黑黢黢的树影看起来风平浪静，可谁也不知道里面是否还藏着汹涌暗流。

这情形还真是似曾相识，钟云从忍不住感慨。

就在不久前，他独自面对这片暗藏杀机的树林，并且一度危在旦夕，差点把自己的小命交代在了这里。

好在有小桃在，最后还是大难不死……他正感激小桃的大恩大德呢，冷不丁地就听到苏闲提起了她：“那个姑娘，身上是不是藏了什么本事？是她救了你们吧？”

钟云从目瞪口呆：“这你都看得出来啊，我真是佩服你了！”

苏闲以为他在说反话，眉梢微扬：“很明显了吧？我又没完全瞎，看得出来。”

钟云从竖起了大拇指：“厉害！”

苏闲没理会对方的恭维，直截了当地问：“所以，告诉我具体是怎么回事。”

于是钟云从就把小桃那神奇的异能以及救治他们的过程添油加醋地述说了

一遍，最后啧啧惊叹："真的，要是没有她，我和那位姜队长这次估计都得交待在这里。"

他说得天花乱坠，唾沫横飞，苏闲听着听着却皱起了眉头，虽然那个叫小桃的女孩的治愈能力是很神奇，但他要打听的不是这个。

"等一下，"他出声打断钟云从，"我是想问，外头那四个'暗影'成员是怎么死的？"

钟云从一怔："他们是自相残杀的。"

"这我看得出来。"苏闲神情严肃，"可他们总不会吃饱了没事干互殴玩吧？我之前还以为跟那个女孩有关系……"

"咳咳……"钟云从轻咳两声，"这事不是小桃干的。"

"那是谁？姜岂言我认识很多年了，他就是个身手不错的普通人，没有异能，总不会是……"苏闲依旧困惑不已，正在进一步发散思维的时候，忽然听到钟云从又一阵咳嗽，他蓦地停了话头，难以置信地望过去，"你？"

钟云从头一回见到他那副大跌眼镜的模样，心情大好："对啊，就是我，没想到吧？"

苏闲又愣了一下，才骤然失笑："我还真是没想到……一天不见，你倒是长本事了。"

钟云从怎么听他这话都是嘲讽意味十足，于是不满地挑了一下眉。苏闲知他所想，摇头笑道："我是真心实意祝贺你的。"

"原来是祝贺啊，"钟云从的嘴角抽搐了一下，"还真是够隐晦的啊。"

"说说吧，到底怎么回事？"

钟云从沉默了一下，摇头道："其实……我自己也不知道是怎么回事。"随后，他就把那个过程描述了一遍，末了说道，"我那个时候已经快死了，是真的快死了，有那么一瞬间，我差点以为我见到的那片红色荒漠是地狱的景象……"

"那是那两个人的精神世界。"苏闲却是一语道破，"我不擅长精神系的异能，但曾经听人说过，不同的人，拥有的精神力也是不一样的。而且，精神力也有等级之分，有些人的精神力天生就强大，有些人则平平。"

"那荒漠和大海又是什么意思？"钟云从追问道。

苏闲想了想："应该是精神属性的象征吧。就像人有高矮胖瘦，精神力亦是千差万别，根据个体的不同，也分化出不同的属性。"他顿了一下，继续说道，"那红色荒漠既然是那两个人的精神世界，那么或许他们的精神属性就是'沙'，而你……"他瞥了一眼钟云从，后者喃喃低语："我的精神属性是……‘水’？”

苏闲点点头：“应该就是这样。”

钟云从活动了一下僵硬的脖颈，不再去琢磨自己跟“水”有什么联系，而是继续刨根问底：“那我的‘水’为什么会淹没他们的‘沙’？”

“就听你这么一说，我也不是很清楚，不过有个大概的猜测，你可以参考一下。”

“嗯。”

“我猜，应该是你在岌岌可危的时候，爆发了精神力，并以你的血液为媒介，接触到了对方的精神世界。”苏闲娓娓道来，“并且，你的精神力等级应该是足以压制对方的，所以你开始入侵、占领，乃至最后达到了统治的阶段……直至完全操控了对方的精神世界。”

钟云从愕然：“听起来……很厉害的样子。”

“别高兴太早。”苏闲浇了盆冷水，“我在想，对方的精神世界既然以‘红色沙漠’为呈现影像，那也许说明‘沙’的属性在精神力等级中是偏低的那一类，所以你才能轻而易举地压制……”

“呀，那就说明，我的‘水’属性等级不低咯？”钟云从完全没把他的语重心长听进去。苏闲有点无语：“我见过精神力很强大的家伙，你那点火候和人根本没法比。”

“慢慢来嘛，我又没想着一步登天。”钟云从不以为意地说道。苏闲还是没能打击到钟云从，不过他倒是没有表现出失望的样子，反而笑了起来：“说得也是，我觉得你的触知力应该……还是挺有潜力的。”

钟云从比起方才还要一惊一乍：“你今天居然夸了我两回，让我很不习惯啊！”

“可能我骂你两句，你就习惯了？”

钟云从看了他一眼，忽然笑了一下：“其实，我今天真的有一点担心再也听不到你骂我了。”

苏闲眼角的余光掠过他血迹斑斑的上衣，声音不由自主地轻了几分：“伤得很重吗？”

他微笑摇头：“总之，现在没事了，还能再见面，我觉得自己很幸运。”

苏闲闭了闭眼，侧过脸去，言语却一如既往地冷硬：“都是自找的。”

“对啊，”钟云从挠挠头，面有难色，“忽然想起来，你应该还在生我的气吧？说起来，我应该好好跟你道个歉才是……真的很对不起。”

苏闲抿着唇没吭声，片刻之后才自嘲一笑：“你是不是觉得我特别记仇、特别小心眼啊？”

钟云从愣了好一会儿，才想起来解释：“我不是这个意思……”

“是也没关系。”苏闲倏然低下身子，往石头后一缩，利落地拨开保险栓，抬手便是一枪，子弹划破黑暗，将虚假的平静破坏得一干二净。

“准备战斗，有敌来袭！”

钟云从陡然一惊，对着树林里一闪而过的黑影，毫不犹豫地扣下扳机。

枪声骤响，他们以为要面临的是一场恶战，却没想到，对方随便回了两枪之后竟然又没了动静。

钟云从的手臂被枪械的后坐力震得生疼，形容略显狼狈，但心情却不坏，他清清楚楚地记得，他刚才打中了一个敌人。

至于对方死没死，那就不得而知了。

“准头倒是不差，就是拿枪的姿势，也太不像样了。”苏闲手里端着的是从先前解决掉的“暗影”成员那里顺来的冲锋枪，火力比钟云从手里的手枪要强得多。不知道是不是因为忌惮这个，对方搞了这雷声大雨点小的一出之后，就悄无声息地撤退了。

“我毕竟是个业余的，这才是我第……三次开枪，而且每次都打中目标了，成绩不错了好吗？不要鸡蛋里挑骨头了！”在枪战的间隙里，钟云从还有余力顶嘴。苏闲瞅了他一眼，摇头：“还是该好好练练。”

“啊？”钟云从没听明白他话里的意思。苏闲也没有解释，而是自言自语起来：“奇怪，怎么没动静了？”

钟云从眨眨眼：“是不是因为地形？”

他们占据着这处山洞，地形还算有利，易守难攻，加上天又黑，若是要强攻，除非有绝对的人数优势，否则的确不是上策。

“不管是什么原因，我不认为‘暗影’的人会这样轻易放过我们。”苏闲眉头紧锁，“他们这样不管不顾追杀你们，必然有所求，不会就这样小打小闹的。”

钟云从想起小桃，一时间不知该如何作答。

苏闲的注意力依旧停留在树林里，只是余光却不动声色地掠过身边的人，他也隐隐猜到了一些：“一开始，我还以为他们是冲着你来的，后来发现……似乎并不是这样。”

钟云从依旧没有吭声。

苏闲叹了口气：“他们是冲着那姑娘来的吗？”

“……我不确定。”钟云从终于出声，声音里有几分沉重，“但很有可能。”

“她什么来历？”苏闲追问。

钟云从仍是摇头：“我不清楚，不过肯定不是坏人。”

苏闲还想说些什么，但最后还是摇摇头：“算了，不过下次别再随便把命交给别人了。”

钟云从一怔，随后无奈一笑：“是她救了我的命。”

“你也救了她，不是吗？”

他说完这句话之后，钟云从突然吸了吸鼻子，正欲说话的时候却被他不耐烦地挡了回去：“这个话题就到此为止。”

钟云从急急地开口：“不是！我是想问，你有没有闻到什么怪味？”

重度鼻炎患者苏闲一脸迷茫：“啊？有吗？什么味道？”

身后传来动静，他们猛然回头，映入眼帘的却是小桃略显慌乱的脸。她搀扶着刚刚苏醒的姜岂言走了出来，面白如纸的姜岂言声音虚弱：“我也闻到了……”

苏闲一怔，随即就听到了钟云从不可置信的声音：“好像是……火油味啊！”

这句话非同小可，如同平地惊雷，众人都为这一变数惊呆了。

钟云从怒不可遏：“天哪，果然是一群神经病！这是要放火烧山啊！”

苏闲脸色阴沉，转头望去，十几米之外的山林外围，火光冲天而起。

难怪“暗影”且战且退，原来是打着这个主意！

狡兔三窟，因而有一种猎兔子的方法是，堵住兔子洞的一个出口，点起火堆用烟熏另一个出口，而兔子自然会从第三个出口逃生，这样一来，猎人只需要在第三个洞口前守株待兔即可。

毋庸置疑，此刻“暗影”的人便把他们当成兔子来对付了，正如苏闲所说，先前那场枪战他们没有讨到任何好处，于是换了种方式卷土重来了。

更有可能的是，他们一开始就是在投石问路，打探虚实。

刚才还说他们这里地势有利，结果对面一放火，形势就逆转了。

他们这里位于下风口，这林子本就满地都是枯枝败叶，浇上火油之后，火势更是凶猛，火舌呼啸着在林中肆虐，蔓延得飞快，不需要多长时间就会逼近此处了。

几个人都感觉到了灼灼的热意。

再这样下去，怕是没多久他们就要全体变成烤乳猪了。

“怎么办……”小桃慌得六神无主，下意识地靠近了她最信任的人，钟云从拍拍她的肩，转过头望着苏闲：“你应该有脱身之计吧？”

苏闲沉着脸没搭话，一眼就看穿了钟云从在想什么。

果不其然，钟云从开口了：“你先带着小桃离开吧，她年纪最小，又是女孩子……对了，她体重也最轻，所以负担是最小的！你带着她，逃出去的概率也要大得多。”没等苏闲回话，他又去看姜岂言，“姜队长，你有意见吗？”

姜岂言原本毫无血色的脸竟然被烤得略有些发红，他对钟云从的提议没有发表意见，只是瞄了苏闲一眼，淡淡一笑：“这种事，当然由苏组长自己决定。”

苏闲望着汹涌的热浪，暗暗叹了口气，他的嘴唇在高温和浓烟的炙烤之下，生出了不少如同卷边枯叶一般的死皮，钟云从说得没错，他有能力自保，在这个基础上，最多还能再带一个人。

虽然他并不怎么喜欢钟云从这个人，但人与人的关系总有亲疏远近，他同姜岂言一直都不怎么对付，和小桃则完全是素不相识，相比起来，钟云从才是那个同他关系最近的人。

他并不是不愿救小桃，可如果钟云从没说那番话，那么钟云从会是他的第一选择，那之后，如果还来得及，他会回来尽力把另外两位也一起带走。

可钟云从说了。

他似乎便没了别的选择。

既然决定了，那就事不宜迟吧，苏闲朝小桃招了招手：“走吧，我先带你出去。”

谁都没料到的是，那姑娘却坚定地摇了摇头：“我拒绝。”

钟云从急了：“小桃，现在可不是讲义气的时候，你可别犯傻……”

“我没有犯傻，”小桃叹了口气，“只是，如果我逃出去了，你却……出了什么意外的话，我永远都不会原谅我自己的。”

“我希望，大家都能逃出去。”

逃出生天，这当然是每个人的愿望，但也只能想想而已。

没有人出言点破她不切实际的幻想，只是大家的唇边都挂上了苦笑，钟云从打算继续苦口婆心地劝说她，却听到她问苏闲：“苏长官，您能够穿过这场大火吗？”

“我可以驭风，或者操控气流，但没法带上所有人。”苏闲如实回答，说着望了钟云从一眼，声音低沉了几分，“我的下属正在赶来的途中，可我也不清楚他们什么时候会到，而且，我的异能通常不能维持太长时间，所以……”

“那如果，我们能找到一个暂避的地方，等到你下属来就好了吧？”小桃一脸认真地说道，苏闲愈发觉得她是异想天开，却也没有怎么落她面子：“话是这么说……”

小桃却倏地牵住了钟云从的衣角：“哥哥，你的那个能力……能够用来探测地形吗？”

钟云从与苏闲都呆住了。

“你的意思是……”苏闲很快就明白了她的意思，“让他找出附近是否有防火带？”

小桃点点头，满眼期待地望着钟云从。

在这样的生死关头，钟云从纵使没有什么信心，却也是毫不犹豫地点头应了下来：“好，我试试！”

他的语气如此坚定，甚至连姜岂言都燃起了希望。

钟云从笑笑，直接往地上一趴，正要闭上眼睛的时候，却听到苏闲的声音：“不要太勉强。”

钟云从往苏闲那边看了一眼，一时间四目相对，彼此的想法，皆是了然。

苏闲不是不担忧，虽然他不擅长精神系异能，但也知道过度使用异能对于异能者本身而言，绝对不是一件轻松的事，况且钟云从先前已经有过一次超常发挥，又是重伤未愈，通过触知力探测地形，于他而言，很可能是一种过重的负担。

钟云从自然看得出他未曾宣之于口的忧虑，他心下一暖，嘴唇动了几下。

苏闲看懂了他的唇语——“我没事”。

随便你吧，苏闲闭了闭眼。

为了尽可能地增加接触面积，他把脸也一起贴在了地面，闭上双目，集中精神，触知力随着大地，开始向四周延伸。

他的思维与感官也随着触知力四处遨游，穿过土层，绕过根须，甚至越过火海，孜孜不倦地探寻着求生之地。

苏闲蹲了下来，紧紧地盯着他的脸，不知道是否因为热浪来袭，他额头上满是汗水，双目紧闭，看起来似乎很痛苦。

那一刻，苏闲几乎想要强行中止这个过程，可目光触到他陷入泥土的手指，又放弃了。

这家伙，现在一定很努力吧？

过去了好一会儿，钟云从依旧没有要清醒的意思，可高温和浓烟已经迫近了，姜岂言和小桃都被呛得半死不活，捂着口鼻咳得撕心裂肺。

苏闲同样十分难受，他开始默默倒数，从10数到1。他打算给钟云从最后10秒钟的时间，要是再不行的话，他会立刻带着他离开。

“7，6，5……”浓烟来袭，熏得人险些睁不开眼，视线里的人越来越模糊，他开始倒数最后三下，“3，2……”

“东北方向。”就在所有人几乎都放弃希望的时候，他们倏然听到了熟悉的声音，“那边有条小溪，距离这里大概100米远。”

苏闲急忙把人扶起来：“好，那我们这就往那里去。”

钟云从被熏得眼泪直流，点点头：“咳咳……抓紧时间……你背着姜队长，咳咳咳……小桃，你就跟着我，我们要跑得很快才行……”

那两个人已经说不出话了，苏闲也没有再浪费时间，直接背上姜岂言，钟云从则拉起小桃的手。

“我在前面开路，你在后面跟着，我们要以最短的时间跑到小溪边！”

“懂。”

接下来那一分钟，或许是他们一生中最惊心动魄的一分钟。至少对于小桃来说，是这样的。

苏闲简直像一个下凡的天神，如同摩西分开红海那般在火海中分出了一条通道，周围的火焰一刻不停地燃烧、跳跃，像是被囚禁在笼子里的凶兽，不断地追击在他们身后，试图将他们吞噬，却总是功败垂成。

可对她来说，钟云从才是她心里的英雄。

他紧紧地握住她的手，从来没有松开过，就这样一往无前地带着她走完了这段惊心动魄的求生之路。

治管局的人赶到的时候，密林里的大火已经一发不可收拾了。

“天哪，我们是不是来晚了？”“贵宾犬”望着滔滔火海花容失色，眼泪汪汪地揪着项羽的胳膊，“老大不会已经变成烤乳猪了吧？”

“……就知道你这货狗嘴里吐不出象牙。”项羽没好气地甩开她，“你以为头儿是你啊？”

他说着拉开了车门：“冰夷，看你的了。”

车门打开，一个身形清瘦的女子走了下来，她自然也注意到了远处的那片大火，吐了吐舌头：“这么大的火，就算是我也有点够呛啊。”

“你可别临阵脱逃啊！”项羽握住她一侧的肩膀，“头儿虽然神通广大，但咱们既然来了也不能什么都不做……走吧！”

一头乱发的矮个子女士还想嘱咐几句，项羽却已经带着冰夷跃下了陡坡，同时留下了一句嘱咐："你带着其他人到林子里去，朝着有火光的方向进发，头儿说过了，那里有'暗影'的人，你们把那些人解决掉，尽量留活口。"

"贵宾犬"愣愣地目送着他们的背影，嘀咕了一句："要动手啊，那我还是不去拖后腿了吧……"

风声呜咽，项羽臂弯里夹着个女人在树冠丛中大起大落，那女人双手双脚一起上阵，整个人如八爪鱼一般挂在他身上。

她很没形象地一惊一乍着："项羽，能不能提前说一声啊，人家有恐高症啊！"

项羽的耳膜受到荼毒，心里也很无奈。

谁能想到，这没出息的恐高症患者居然是治管局大名鼎鼎的"风雪水火"中的一位呢？

"冰夷"是传说中的司水之神，但在"孤岛"里，则是一个人的代号。

毋庸置疑，就职于治管局的冰夷也是位异能者，至于她的能力，顾名思义，是操控水。

冰夷的本领不小，也是苏闲所在的一号治安所里颇为出色的异能者之一，但此刻项羽急需的只是她最实用的能力——救火。

"哟，这火可不小啊！呸！"冰夷的长发被风吹到了嘴里，她又分不出手，于是一边说话一边试着吐出来，"谁放的啊……破坏环境真是……呸呸！"

项羽对这个呸来呸去的女人真是相当无语："八成是'暗影'那帮家伙吧。"

"说起来，组长他还好吧，这么大的火，我还真是有点担心……啊，呸呸呸！"

距离那片冲天火光越来越近了，项羽瞅准时间，降落在大火外围，刚一着地，两个人就被迎面而来的热浪刺激得险些睁不开眼。

项羽以袖掩面，催促道："赶紧的吧！"

他嘴上镇定，但心里也是七上八下。

毕竟，这火势实在太猛了。

冰夷拍拍胸脯："您瞧好吧！"

她环顾四周之后，却有些犯难："这附近也没什么水源……就一些枝头的碎雪，这点分量怕是不够浇灭这么大的火。"

项羽并未作声，他很清楚她的能力，毕竟，水可是无处不在的。

果不其然，冰夷拍了下脑门，大大咧咧地笑道："不过呢，这么点小事怎么可能难倒本小姐！”

她说着，双手平平伸出，掌心向上，十指微动，似乎在召唤着什么。

片刻之后，她的双眸之中流过一抹粼粼水光，项羽心里一动，忽然听到冰夷的提醒：“哎，麻烦往后退几步。”

他依言照做，再看原来他站的地方，铺在地面上的枯枝层蠢蠢欲动，似乎有什么要破土而出。

不一会儿，那些枯枝连带着下层的泥土都被一股力量狠狠冲开，一股带着土腥气的水柱喷薄而出，如同突降的暴雨，沁凉的水珠溅了项羽一头一脸。

冰夷素手一指，参天水柱仿佛被驯服的野兽，随着她的心意而行动。

那股水柱直接被引到了火场的上方，在冰夷的操控下，成了一场“及时雨”，开始与气势汹汹的烈火对抗。

这就是异能的力量。

项羽望着取之不尽的水流，心中亦是十分惊叹，冰夷的异能已经强大到连深藏于地下的暗河之水也能控制。

地下水的储量十分丰富，在冰夷的操控下，这场源源不断的小范围降雨终是压过了火势，烈火节节败退，最终完全熄灭。

而项羽等人，也立刻展开了搜救行动。

在十万火急的百米冲刺之后，钟云从等四人如愿以偿地奔到了那条小溪边。

溪流其实很浅，水量也不算大，但对于浑身冒着热气的四个人来说，完全就是救命水了。

在全身上下都浸透了水分之后，呼吸道的焦灼感总算得到了些许的缓解。

溪流成为一道天然的防火带，阻断了势如破竹的大火，他们越过去之后，便在对面随便找了个安全的地方，直接瘫在了地上。

他们个个形容狼狈，头发蓬乱，脸上乌漆墨黑，衣服也被烧得破破烂烂的。

“我的头发……好像烧焦了不少……”钟云从摆弄着一缕被烧焦的卷曲的鬓发，懊恼之余却又庆幸起来，“还好脸没被烧坏……”

苏闲瞟了他一眼：“这时候还有心情担心脸，我也是挺佩服你的。”

“脸难道不重要吗？”钟云从不服，“不信你问问姜队长。”

姜岂言却并不买账，冷哼一声：“少来，我还没跟你们算账呢。”

面对他的质问，苏闲眼角的余光不露痕迹地掠过惶惶不安的小桃，却回了一声冷笑：“你怎么不问问你自己？你们那破纠察队树敌不少吧？”

姜岂言也是一声冷哼：“彼此彼此，你们治管局也不遑多让。”

钟云从在一边看他俩你来我往唇枪舌剑的，也觉得怪有意思的，这俩货，刚逃出生天，一刻都没耽误，就吵起来了。

可能是身在这荒郊野岭，这两位连那点虚伪的客套都抛弃了，跟两只乌眼鸡似的随时都会开斗。

钟云从隔岸观火看热闹看得开心，善良的小桃却忍不住劝架：“两位还是先别吵了吧，毕竟……现在还没有完全脱离危险。”

苏闲还是挺给小姑娘面子的，他抱着手臂侧过身：“算了，看你要死不活的，这一次就不跟你计较了。”

姜岂言却不愿善罢甘休，今天他几次挣扎在生死边缘，心有余悸的同时却也耿耿于怀：“到底是谁？招惹了这么一群怪物……还搭上了我那些下属的性命！”

小桃登时面色惨白，姜岂言留意到了，盯着她的眼神立时就变了：“是你？”

眼见他就要发作，女孩恐慌地往后退了一步，这时候，却有人拦在了她身前：“喂，姜队长，你要算账的话，找错人了，你应该去找‘暗影’才是。”

纠察队长依旧怒不可遏：“如果不是她的话……”

“如果不是她的话，你早就已经死了。”钟云从淡淡地开口，“对你的救命恩人，态度好一点。”

姜岂言狐疑地望向那女孩，后者低下头，避开了他的目光。

“行了，姜岂言，有火收着，回去之后纠结人马，找‘暗影’算账去。”苏闲轻描淡写地打了圆场，“要是怕的话，也可以找我们治管局帮忙。”

姜队长怒目而视：“你说谁怕？”

苏闲听出他的声音较之平常要沙哑许多，知道他是被烟雾呛到了气管，这样还有余力找事，也是够坚强的。

苏闲走过去，拍拍他的肩：“好了，嗓子都哑了，你就安静一会儿吧。”

他话音刚落，姜岂言就在他不着痕迹的手刀下软绵绵地栽倒了。

钟云从掏了掏耳朵：“这下清静多了。”

小桃却低垂着眼，满面愁容。

“咦？”钟云从眼尖，忽然发现远处半空中生出了一道壮观的水柱，霍然起身，兴奋地指着那悬空的瀑布，“那是什么？暴雨还是瀑布？”

苏闲也跟着望了过去，唇边露出一抹了然的笑意：“看来救兵到了。”

苏闲发射了信号弹，他的下属们很快找了过来，除了被打晕的姜岂言，钟云从和小桃的状况也并不太好，一起被搬到了车上去。

苏闲本来还想留下来追捕“暗影”成员，可他自己也好不到哪儿去，可以说是筋疲力尽了，也被项羽塞进了车里，所以“暗影”那边全盘交给了治管局的其他人员负责。

切诺基一路狂奔，终于在最短的时间内赶回了城里，至于张既白医生，他又一次被迫在睡眠最深的时候醒来。

暴力破开诊所大门之后，苏闲没有给张医生发起床气的时间，立马塞了三个焦头烂额的病人给他。

张既白对苏闲三天两头的打扰都有些免疫了，他反思了一下，觉得自己可能是被他麻烦惯了，出现了受虐倾向。

这可不是什么好迹象，张医生眉头紧蹙，但最终还是转身进了急救室，同时丢下了一句冷冰冰的抱怨：“你再这样一次性丢给我四个人的话，就得给我安排一名助手了。”

苏闲好笑道：“明明才三个，哪来的四个……”

他一句俏皮话没说完，人就毫无预兆地趴在了张既白的书桌上。

“啧，你怎么能怀疑医生的判断？”

张既白发着牢骚，到底还是动手把他一起弄进了急救间。

苏闲醒来的时候，已经是隔天的中午了。

他原本也不是受了什么严重的伤，就是体力耗尽，需要休整，而钟云从和姜岂言就没这么简单了。

他俩本来就受了严重的外伤，血流了不少，虽然在小桃的异能作用下，伤口快速愈合了，但终究还是伤了内里。

再加上在那场大火里，他们还吸入了不少浓烟，钟云从好一点，就是喉咙有点痛，姜岂言就惨多了，他的呼吸道被灼伤了，不仅吞咽困难，发声都不容易。

不过对于这样的结果，苏闲倒是挺满意的。

“他俩这是怎么回事？”

凌晨被送来的时候，二人身上明明还有伤疤，第二天早上准备换药的时候，张既白却发现他们的伤势以惊人的速度好转着。

尤其是钟云从，后背上那处创面，痂皮都掉了，露出泛红的新肉。

只要不是个瞎子，都能注意到这种程度的变化，何况张既白是个视力很好的医生。

苏闲也跟着凑过来看了一眼，亦是惊叹不已：“果然神奇。”

张医生一听他那个语气就知道有玄机，推了一下镜框：“什么情况？”

苏闲瞥了钟云从一眼，余光顺带掠过隔壁病床上的小桃，但笑不语，把这个难题丢给了钟云从自己。

张既白转而望向刚刚醒来的钟云从。

病号钟云从此刻忽然希望自己跟姜岂言一样，变成哑巴了。

小桃的异能很可能是她被“暗影”纠缠的根源，再者，她这强大的治愈能力本身，万一流传出去，也足够引起绝大多数人的觊觎了。

大家都是怕死的嘛。

面对张既白质询的眼神，钟云从陷入了两难，他并非不信任张医生，可这毕竟是小桃自己的事，他不好越俎代庖。

见钟云从沉默不语，张医生蹙了下眉，正要说些什么的时候，女孩却自己开口了：“是我。”

张既白闻声看过去，正好对上她怯弱畏缩的眼神。

“既然她自己主动说了，你就为她保密吧。”苏闲替某人开口，“她的异能真的很神奇，万一被居心不良的人知道了，怕是会引起非分之想。”

他说着斜斜瞟了昏睡中的姜岂言一眼，言下之意就是把他打入了“居心不良”那一类人。

钟云从轻咳一声：“那什么，张医生也理解的吧？”

张既白没理会他俩，直接走到小桃床边：“现在感觉还好吧？我有些问题想问你，你要是觉得不方便的话，我们可以换个地方。”

小桃咬了一下嘴唇，最后还是点头答应了。

她下床的时候，有点不稳，张既白伸手扶了她一把，结果门外传来一声惊呼：“医生，你居然扶了别的女人……”

张既白一听到这个声音脸就绿了，小桃不知所措地站在那里，苏闲则暗笑不已，钟云从好笑地转过头与来者打招呼：“小狗姐姐，你是来探病的吗？”

“探病？我才不是……”“贵宾犬”红唇一撇，正要断然否认的时候，忽然听到自己的上司一声轻咳，急忙改口，“当然啦，探病……对，探病！”

她说着像只花蝴蝶一样飞了进来，直接腻到了苏闲身边：“当然是来看望我们家亲爱的领导啦。当然咯，也有你，预备队的小可爱……”

她说着掐了一把钟云从的脸颊，后者不自觉地揉着手臂上生出来的鸡皮疙瘩，咧嘴一笑：“原来还有我的份儿呢……”

“苏长官。”张既白在尴尬的气氛中突然开口，“我会考虑立一个门禁——禁止治管局的人踏入。”

苏长官愕然失色：“包括我在内？”

“你也可以选择从治管局辞职。”

“然后喝西北风？”

钟云从听到此处，连忙拍着胸脯：“我有钱！”

苏闲冷冷地看了他一眼：“你先把欠的房租还了吧。”

他说完还瞅了眼“贵宾犬”，意思是，你看，我就是去要房租的，没骗你吧？

然而他的女下属根本没注意他那颇有深意的一眼，一双滴溜溜的眼睛片刻不离地黏在张医生身上。她家领导暗骂：多大点出息……没见过男人还是怎么样？

他刚腹诽完，没想到“贵宾犬”真的有所感应，她用手肘撞了苏闲一下，后者倒吸一口凉气，有了极不祥的预感，警惕地往后缩了缩：“干吗？”

“你说呢？”“贵宾犬”嫣然一笑。

苏闲后背发冷：“我……听不懂。”

此刻，他也恨不得自己同姜岂言一般昏厥过去。

他的装傻充愣显然激怒了女下属，她胆大妄为地掐了一把领导的腰，偏偏后者还只能忍气吞声。

钟云从见苏闲骑虎难下，灵机一动，冲张既白打了个手势：“此时不逃更待何时？跑啊，医生！”

张既白愣了一下，随后习惯性地整理了一下眼镜，转身拔腿就跑。

“贵宾犬”见状急忙追了上去：“哎呀，医生！你跑什么嘛？我又不会吃了你！”

见一向斯斯文文的张医生这般不顾形象地落荒而逃，苏闲乐不可支的同时，也不忘提醒一句：“张既白，跑不过的时候，记得亮出秘密武器！”

也不知道对方听见没有，因为他人已经不见了。

钟云从瞧了亢奋的苏闲一眼，好奇地打听道：“哎，秘密武器是什么？”

苏闲露出一个高深莫测的笑：“晚点你就知道了。”

见他要卖关子，钟云从也就没有打破砂锅问到底，他想起先前的某个话题，从怀里掏出了一样东西，得意扬扬地抛给苏闲：“哎，你看看。”

苏闲利落地接住，一开始还没留心，感受到沉甸甸的分量之后，又看到了玉石的成色，不禁脸色一变：“这……你这是哪里来的？”

张既白狼狈逃跑之后，小桃自然也落了单，她坐回床沿，抿着嘴笑道：

“这是哥哥赢回来的。”

钟云从冲她竖了一个大拇指，随后对着苏闲挑眉：“都告诉你了，我现在是有钱人了。”

个中缘由，苏闲很快就想通了，他把翡翠放在掌心里掂了两下，勾起唇角：“所以呢？”

“所以，房租你随便开！”

苏闲好气又好笑：“口气倒是挺大的……这块翡翠也的确是块极品，不过你还真以为有了它，你就能一飞冲天啦？”

钟云从愣住了：“怎么，难道翡翠在‘孤岛’不值钱？”

“挺值钱的，你这块翡翠，把这条街买下来都可以。”苏闲微微一笑，“不过，就怕没人敢买啊。”他说着扬了扬眉梢，“黑市弄来的吧？”

钟云从一下子明白了，登时觉得颇为棘手，看来用翡翠换钱的路子也没有他想象的那么容易。

不过他顷刻间就释然了：“换不了钱也没关系，它还是有用的。”

苏闲又把翡翠抛起来玩，挑起半侧眉尾：“不能换钱就跟路边的石头没什么区别，顶多好看点，还能有什么用？”

“不是吧？”钟云从一下子从意气风发变得愁眉苦脸，“真的假的？”

苏闲的唇角不易被察觉地提了一下。

小桃看出了他眼底的笑意，不由抿嘴一笑。

钟云从唉声叹气了一阵，忽然看着他：“既然换不来钱，那就送你好了。”

苏闲一愣：“……你说什么？”

“就当是报答你这段时间对我的帮助。”钟云从微微一笑，“你留着做纪念吧，以后也可以送给你的意中人。”

苏闲的手僵在半空中，差点把这颗珍贵的翡翠原石摔了。

“……胡说八道什么呢？”苏闲吭哧了半天就憋出这句话，随后板着脸把翡翠往钟云从手里一塞，“你自己的东西，好好收着吧。”

钟云从不解：“你不喜欢这玩意儿吗？”他苦恼地抓着头发，“但我目前也拿不出别的东西了。”

苏闲一时语塞，这家伙，说得他好像是为了什么好处才帮他的！

但这话他自己说不出口，于是一张脸愈发地冷。

还好小桃替他解了围：“好啦，苏长官是骗你的，他会帮你处理这块翡翠的。”

钟云从又惊又喜：“真的啊？”

“假的！”苏闲没好气地否认，旋即转身，挥挥手，“还有事要忙，先走了。”

钟云从望着他的背影，小声嘀咕：“又不知道哪里惹到他了……真难伺候！”

图书在版编目（CIP）数据

猎星者：全 2 册 / 竹宴小生著 . — 南京：江苏凤
凰文艺出版社，2019.11（2023.3 重印）
ISBN 978-7-5594-3995-6

Ⅰ . ①猎… Ⅱ . ①竹… Ⅲ . ①长篇小说 – 中国 – 当代
Ⅳ . ① I247.5

中国版本图书馆 CIP 数据核字 (2019) 第 166799 号

猎星者（全2册）

竹宴小生 著

策　　划	北京记忆坊文化
特约策划	张才曰
特约编辑	单诗杰 尹　杨
责任编辑	白　涵 刘洲原
营销编辑	杨　迎
封面设计	80 零 · 小贾
封面绘图	Lewis
版式设计	天　缈
出版发行	江苏凤凰文艺出版社 南京市中央路 165 号，邮编：210009
网　　址	http://www.jswenyi.com
印　　刷	北京中科印刷有限公司
开　　本	670 毫米 ×970 毫米 1/16
印　　张	34.5
字　　数	637 千字
版　　次	2019 年 11 月第 1 版　2023 年 3 月第 3 次印刷
书　　号	ISBN 978-7-5594-3995-6
定　　价	76.00 元（全二册）

江苏凤凰文艺版图书凡印刷、装订错误可随时向承印厂调换

MEMORY HOUSE
记忆坊文化

竹宴小生 著

猎星者

CHASING THE STARS

下

江苏凤凰文艺出版社
JIANGSU PHOENIX LITERATURE AND ART PUBLISHING, LTD

目录

CONTENTS

第二卷

迷不知归

Chapter 01.
楚楚

据说张医生受高人指点，在快被“贵宾犬”追上的时候，从身上掏出了一瓶劣质香水，周身上下喷了一通，之后“贵宾犬”便铩羽而归了。

回来的时候，“贵宾犬”还在不停地打着喷嚏，弄得满脸通红，涕泪涟涟，狼狈不已。

结果一看张既白不在，又悻悻地离开了。

钟云从看了看手里的翡翠，突然往小桃面前一递：“我现在也不知道拿这东西怎么办了，干脆送你好了。”

女孩大惊失色，连连摆手：“这怎么行？这么贵重的东西，我不能要！”

钟云从摇头：“哪里贵重了，又换不了钱……不过挺好看的，正好配我们小桃这个漂亮姑娘。”

小桃的双颊登时染上了一点绯红：“我才不漂亮，从小到大都没人说过我漂亮。”

钟云从侧过脸问姜岂言：“姜队长，我们小桃明明很好看，对吧？”

姜岂言闻言扫了满脸通红的女孩几眼，目光从她白皙的脖颈上掠过，后者被他看得愈发羞涩，连耳根都红了。

他淡淡一笑，漫不经心地开口：“还过得去吧。”

“什么叫还过得去……”钟云从这就不高兴了，正要同姜岂言好好理论一番的时候，却听到他戏谑的声音：“不过你还真是傻大方，这块翡翠成色那么好，你说送人就送人，啧啧。”

“博美人一笑，值得。”他说着顺手就把翡翠塞进了小桃手里，后者跟捧着个烫手山芋似的，惴惴至极。

“如果你愿意的话，我可以帮你出手。”姜岂言说着，两根手指搓了下，“只收一点点跑腿费。”

钟云从一下子就明白他的意思了，一瞬间有那么一点心动，但很快又摇头：“不行，我已经送人了。”

小桃刚想说些什么，钟云从却又凑到姜岂言那边：“不过如果以后有机会的话，倒是可以跟姜队长合作下，价钱好商量。”

他这么一说，搞得姜岂言都笑了：“有时候还真羡慕你们这群有异能的浑蛋。”

钟云从正想谦虚几句，一股浓郁到有点呛人的香味飘了进来，钟云从和小桃两个人不约而同地打了好几个喷嚏。

旋即，面色铁青的张既白出现在门口，香水味也跟着弥漫了整个屋子。

“这还真是，未见其人，先闻其味啊……”钟云从没忍住，调侃了诊所主人一把，“医生，您身上好香啊！”

医生的镜片寒光一闪，眼刀跟着凉飕飕地飞了过来，钟云从立马很识时务地闭上了嘴。

张既白是有洁癖的那种人，衣服向来都是纤尘不染的，也不允许身上带着任何异味，此刻被一阵阵浓烈的劣质香水味包围着，感觉像是正在接受凌迟之刑。

他直接脱下了身上的白大褂，抖落在地上，指着病床上的钟云从：“你，拿去扔了。记得丢远一点！”

钟云从自然不太愿意，他身上衣物单薄，外头可是冷得很，不过他也看得出张医生这会儿正怒气上头，没胆子抗议，只好乖乖下床。

“我来吧。”没想到小桃抢先捡起了地上的衣服，直接往门口走去，钟云从连推辞的机会都没有。

张既白对此毫无反应，反正有个人能把“垃圾”扔了就行，是谁都可以。

他烦躁地扯掉了衬衣上的几颗扣子，眼镜也被摘了下来，他随手放在书桌上，看这样子，应该是准备去冲澡。

钟云从有点幸灾乐祸，心想这么重的香水味，至少得洗好几遍才能行吧？

他㞞，最多只敢偷偷在心里嘀咕，没想到，倒是有个不怕死的，竟然敢在这关头公然落井下石。

“哟，这不是张医生吗，这么生气啊？”一个沙哑得不像话的声音响了起来，原来是姜岂言，他的嗓子看来真是伤得不轻。他盯着张既白，唇边挂着淡淡的笑，不知道是不是钟云从的错觉，总觉得他的笑容里带着十足的讥诮。

“说起来，我倒是觉得这香水味挺适合你的。”

姜队长的下一句话让钟云从万分肯定——那绝对不是错觉，他就是在冷嘲热讽啊！

不过他还真是想不通，虽然姜岂言这家伙平时老是一副高高在上、飞扬跋扈的样子，但也不像是会无脑犯蠢的人啊？他好歹还是这里的病人呢，得罪了张既白有什么后果，难道会不明白吗？

就在他以为一向缺乏耐心直来直去的张医生要大发雷霆的时候，没想到后者只是冷冷地瞥了出言不逊的姜岂言一眼，尽管眼神里不乏警告之意，可除此之外，就什么都没有了。

钟云从想象了一下，如果换成自己这么嘴贱地去招惹张既白，估计……已经被扔到大街上去了。

而姜岂言呢，居然连句骂都没挨？

这太反常了吧？！

他正百思不解的时候，那位姜队长居然又开口了，这一回简直就是变本加厉：“还是说，张医生不喜欢这种香味？那改天，我让人多送几款给你好了。”

这家伙，简直在找死……

在感慨姜队长拉仇恨的能力一流的同时，钟云从倒吸一口冷气，战战兢兢地望向张既白，他能感受到张既白周身的怒火。回想起刚才的一幕，他后知后觉地反应过来——姜岂言，是在故意激怒张既白吗？

他俩……这是有仇还是怎么样？

可他真的低估了张既白对姜岂言的容忍度，前一秒张既白还满腔怒火，下一秒却摇头失笑。

“姜岂言，你声带受损，还是闭上嘴安安静静地养着吧。”张既白的语调慢悠悠的，说着掀起布帘走进了里间，“否则，小心以后再也没有逞口舌之快的机会了。”

出于对张医生的了解，钟云从总觉着张既白是在危言耸听，可显而易见，他的目的达到了——姜岂言勃然变色。

钟云从一个没憋住，不小心笑出声，惹来纠察队长的怒目而视，他反应飞快，立马跳下床："咦，小桃丢个垃圾怎么还没回来？不会迷路了吧？我出去看看！"

除了躲避姜岂言的怒火之外，他也是真的有点担心小桃，因为她确实出去好一会儿了。

他迎着冷风，在外头找了一阵子，还好，很快就在街角处看到了女孩的身影，她正在同一位上了年纪的女人说话。

钟云从放缓了脚步，没有急着过去，直到那边的两个人说完，女人走掉，只剩下小桃一人之后，他才现身，拍了一下她的肩："怎么站在这儿吹冷风？"

小桃看起来失魂落魄的，抬起头，看着钟云从："我刚刚问过长乐街的地址了，我要去找我的亲人。"

钟云从愣住了，他差点忘了这回事。

他拉着小桃的胳膊，转身往诊所走去："走，回去加件衣服，我陪你去找。"

另一边，回到治安所的苏闲也开始了一场临时的工作会议。

"'暗影'的成员抓住了吗？有没有人受伤？"他问起前一夜的战况，而"贵宾犬"他们的脸色不太好看，显然结果并不理想。

"'暗影'的人被您事先解决掉了一批，剩下的倒是没几个了，但都难缠得很。他们见人数和武器都不是我们的对手，就开始逃，逃不掉的就自爆。"

项羽的声音有些无奈："那些人个个都是'人体炸弹'，一看逃不了就立刻引爆……还好之前听您描述过他们的行事作风，多少有些戒备，没有造成什么严重的伤亡。不过还是有个兄弟跑得不够快，被自爆波及，受了点轻伤。"他小心翼翼地瞥了上司一眼，"后来为了安全，我们没再继续追。"

苏闲轻轻地扭动了一下僵硬的脖颈，按了按眉心，说一点都不失望是假的，但对方比他想象的还要丧心病狂，在这种情况下，没有造成不可逆转的伤害就已经足够幸运了。

"人没事就好。"他轻声开口，声音沙哑地安抚着惴惴不安的下属们，"'暗影'就是一帮被洗脑到走火入魔的神经病，没必要为这种人赔上性命。"

他分明直视着面前的项羽，眼神却仿佛透过他盯着他身后雪白的墙壁："而且，我有预感，他们不会就这样罢休的。"

"说起来，他们是不是盈盈那疯丫头派来的啊？""贵宾犬"做出了猜测，自我感觉很有道理，"肯定是她派人来报复，不然'暗影'的人至于这么疯吗？"

“应该不是。”苏闲脱口而出，那笃定的语气不禁让其他治安官注目。“贵宾犬”眨眨眼，代表大家提出了共同的疑问：“不是她，那是谁？”

小桃。

他想起了那个女孩，这起事件的根源，还是在她身上。

看来有必要好好地询问她一番。

长乐街依旧热闹非凡，尤其此时天快黑了，人流量大了起来，整条街灯火通明，人声鼎沸。

钟云从陪着小桃已经把这条长街来来回回地翻了几遍，但她依旧没有寻到熟悉的面孔。

小桃大失所望，天色暗下来之后，她站在街边，望着川流不息的人群，眼神空洞洞的，一副丢了魂的模样。

钟云从见她这副黯然神伤的表情，心里也很不好受。她的心情，他真的可以说是感同身受了，就在不久前，他也是这样在长乐街，大海捞针一般找一个人。

“你确定他们来过了吗？”他皱起眉，“会不会跟你一样，在其他地方耽搁了，还没找到长乐街来？”

女孩的面上泛起淡淡的哀愁，轻轻摇头：“刚才转的时候，我在一条巷子的墙上发现了用石头刻出来的一个图案，那是姐姐和弟弟给我留下的暗号。可我们今天在这里转了一天，都没有见着他们。”

钟云从疑惑地道：“暗号？”

“我们……是逃出来的，”小桃迟疑了一下，还是说了出来，“兵分两路，先前约定好，先逃出来的人到长乐街去等，如果等不到，就留下暗号。暗号是我们姐弟三人才知道的秘密。”

“既然只有你们姐弟知道，那就说明，”钟云从分析道，“你的姐姐、弟弟中至少有一个人去过长乐街了。”

小桃颔首：“是的，可不知道为什么，他们并没有出来见我……”她说着整个人变得十分无助，“我不知道出了什么事，我很担心他们啊！”

钟云从连忙安慰道：“不一定啊，说不定……是他们等了几天都没有见到你，所以暂时离开了。可能我们明天再过来，就能见到他们了。”

“不会的。”她轻声打断他，“我们约好的，先到的一方要在长乐街等上10天，如果10天过后还是没能等到另一方，就不必再等了。但从我们出逃至今日，也还没到10天，他们没等到我，是不会先走的。”

“这……”钟云从一时间不知该说些什么好，他心下一沉，不得不承认一件事——小桃的亲人，很可能出了什么事。

女孩的眼眶中有晶莹的泪珠浮现，她不想被看出来，垂着头，头发被风吹起，露出了一段雪白的后颈。

钟云从本想试着抚慰她几句，可开口之前，却不经意地借着路边商铺透出的灯光，瞥见了她后颈上的一个文身。

那好像是……一串数字？

“小桃你……”他惊讶地出声，姑娘茫然地抬头，面对着她满面的泪痕，他忽然问不出口了，于是便把疑问按捺了下去，轻拍着她的肩，“别哭，你把你家姐姐和弟弟的相貌跟我描述一遍吧，我别的不行，就是有一点绘画天赋，我帮你画出来，之后再让苏闲他们帮忙找，这样好不好？”

小桃眼睛一亮，连连点头，一面擦眼泪一面开口：“我姐姐今年23岁了，中等身材，细长脸，细眉毛，细眼睛……对了，她还怀着六个月的身孕！”

钟云从有点意外：“那肚子不小了吧，这样到处走不太好吧？”

小桃摇摇头，又低声告诉他：“至于我弟弟，他天生就得了一种病，面貌苍老，身体虚弱，身高也比一般人矮，他一直觉得自卑，不愿意见生人。如果不是这次他们非要把我们卖给……”

“你说什么？苍老？”钟云从的冷汗瞬间浸透了后背的衣物，他拉起小桃匆匆忙忙地从原路返回，“你不用找了，他们不在这里。”

小桃诧异地问道：“你怎么知道？”

他的步伐顿了一下，沉声道：“因为，我亲眼看着他们被抓的。”

他蓦然又想起了什么，急忙把手伸到大衣口袋里摸索，很快，掏出了一块碎布递给她。

“认识吗？这个字迹？”

小桃的眼泪瞬间就又下来了：“这是……我弟弟写的……”

她倏地仰起脸，定定地看着他：“他们到底怎么了？”

钟云从拉着她继续走：“我们先回诊所去。”末了，又加了一句，“姜岂言应该还在。”

苏闲来的时候，既没见到不太想见的钟云从，居然也没见到诊所的主人。

整个屋子里，只有一个靠在病床上百无聊赖的姜岂言。

“他们人呢？”苏闲与“贵宾犬”步入诊所，自然跟唯一的留守者打听起来。姜岂言见了他，依旧懒洋洋的：“你问哪一个啊？”

苏闲还没答话，他的下属就笑起来：“当然是问……”

“张既白！”苏闲瞪了她一眼，“还有那个女孩，小桃。”

“张医生啊，他洗了半天澡，最后还是觉得身上有味道，又跑出去买新衣服了。”姜岂言嘲讽一笑，“至于那小丫头，她跟钟云从一起出去了，剩下的就别问我了，我就知道这么多。”

苏闲这一趟就是为小桃来的，现在她人不在，他也只好坐下来等。

倒是“贵宾犬”听说张既白洗了一下午的澡，心疼的同时又忍不住埋汰他：“看看，什么叫自找苦吃！”

苏闲勾了勾唇角：“你追着他跑，不也是自找苦吃吗？”

“哦？”“贵宾犬”反唇相讥，“那你昨天不顾危险地跑去追钟云从，这叫什么？”

苏闲还没来得及回一句，就听姜岂言出言嘲讽：“大概是作茧自缚吧？”

苏闲一口老血哽在喉咙里：今天他看起来很好欺负还是怎么样？是个人都能挤对他两句？

卷毛女士赢了这一回合，顿时喜笑颜开，她的目光扫过姜岂言床边矮柜上堆积如山的水果、点心，挑了挑眉：“哟，姜岂言你可以啊，那一堆吃的哪儿来的？”

“肯定是纠察队的人孝敬的。”苏闲也跟着望了过去，出于报复的目的，他义正词严地说道，“正好，不义之财，充公了。”

他指挥着女下属：“拿过来，咱们也沾点姜队长的光。”

“贵宾犬”看着水灵灵的鲜果，也眼馋得很，这玩意在冬季的“孤岛”绝对是奢侈品，不过这好歹是姜岂言的东西，他人就在那儿，她多少还是有点顾忌的。

“行了，我也没什么胃口，想吃就过来拿吧。”姜岂言懒懒地一挥手，大方得很。

“贵宾犬”眉开眼笑地走过去，捧起一大堆的水果、糕点：“姜队长真是慷慨啊！对比一下咱们这里的某位领导，真是……啧啧。”

苏闲皮笑肉不笑地提起嘴角：“我也想给你们发点油水，可没地方抠啊！总不能让异种给我行贿吧？”

姜岂言盯着他，凉凉地开口：“有句话叫吃人嘴软，苏组长不会没听说过吧？”

“哎呀，那就不说了。”苏闲拿了颗冬枣塞进嘴里，含混不清地对“贵宾犬”说，“你也别全拿了，给姜队长留点儿。”

不知道是不是听岔了，“贵宾犬”愈发肆无忌惮了，象征性地给姜岂言剩了仨瓜俩枣之后，其余的就全搬了过来。

其实他俩也没那么能吃，还剩了大半，给张既白他们留着。

也许是感受到了这份心意，没多久，那两拨人就前后脚进门了。

穿着新衣服的张既白一见到“贵宾犬”就脸色大变：“我说过吧，治管局的人不准进入！”

这下不仅是“贵宾犬”，连苏闲都被划入了“禁止进入”的范围，后者轻咳一声：“你先别急着掏香水……这样吧，我保证她离你5米远。”

“滚！”

“那……10米？”

“滚！”

“15米，不能再远了，再远就得出门去了。”苏闲苦口婆心地劝着，“贵宾犬”的嘴噘得老高，张既白眼神一冷，一抬手，一把手术刀腾空而起，离弦之箭一般朝着他飞过来，苏闲挑了挑眉，那锋利的薄刃冷飕飕地贴着他的耳郭刮了过去，深深地钉入墙壁。

张既白的声音极不耐烦：“我说过了，让你们滚！”

“贵宾犬”被惊到花容失色，不由自主地揪住了苏闲的胳膊：“他……他真那么不想看到我啊？”

张既白的怒气也出乎苏闲的意料，他沉吟片刻，又瞅了一眼面色阴沉的张既白，然后耸耸肩，带着“贵宾犬”走了出去：“算了，咱们在外边等。”

“贵宾犬”怯生生地回头瞥了张既白一眼，还是乖乖地跟着苏闲走了出去。

结果他们刚出门，就遇到了行色匆匆的钟云从与小桃。

钟云从的视线与苏闲的撞在一起，前者张口欲言，后者别过脸去，钟云从见状，笑了一下：“算了，我现在有事，晚点再找你吧。”

他说着便拉着小桃走了进去，苏闲皱起眉，“贵宾犬”知道他的意思，替他叫住了小桃：“哎，小姑娘，我们有些问题想问你，待会儿跟我们走一趟吧？”

钟云从和小桃的脚步都停了下来，小桃不安地看着他们：“问我？什么问题啊……”

钟云从大概能猜出苏闲的意思，他安抚地拍拍小桃的肩：“没事，他们没有恶意的。”随后又望着苏闲，“之后我会让小桃跟着你们回去，不过现在不行，我们要先去问姜岂言一件事。”

姜岂言？小桃的事跟他也有关系？

苏闲盯着他们走进去的背影，若有所思。

“姜岂言！”姜岂言蓦然听见有人喊自己的名字，侧过脸去，发现是钟云从和那个姑娘。

面对着钟云从暗藏怒气的目光，姜岂言倒是来了点兴致，往床头一靠，唇角微弯：“看你这样，好像是我欠了你钱似的？怎么，找我算账？”

钟云从怒极反笑：“还真是找你算账的。我就问你一件事，你抓的那个老头和孕妇呢？”

姜岂言听到这话之后，不动声色地看了眼他身旁面色苍白的女孩，微微一笑：“哦，你是说那天和你一起被抓的小偷吧？”

“他们不会偷东西的！”钟云从还没来得及回话，小桃已经忍不住出言反驳，她一向都是怯生生的，还是头一回这样大声说话。

姜岂言也有些吃惊，歪着头打量着这女孩：“你怎么知道他们不会？难道你认识他们？还是你跟他们有什么关系？”

小桃被他问得惊慌失措，一张脸涨得通红，嗫嚅着回道：“他们……是我的家人。”

他恍然大悟地点头：“原来如此。”

“你的意思是承认了？”钟云从目光沉沉地盯着他，“是你抓了小桃的家人？”

“之前不是不知道吗？”姜岂言笑意盎然地盯着小桃，“要是早知道的话，我会网开一面的……毕竟你是我的救命恩人嘛。”

一听他这话，小桃不由得倒抽一口凉气，钟云从也皱起眉：“你这是什么意思？你把他们怎么了？”

“就是你看到的那样啊，有人举报他们偷东西，所以我的人就把他们抓起来了。”姜岂言耸耸肩。

钟云从追问道：“抓了之后呢？”

“审问。”

“……那问了没有？”

“问了呀。”姜岂言笑了笑，“你是不是还想问，问完之后怎么样？我直接告诉你好了，审问过后，我们发现他们并不是真正的小偷，所以最后就把人放了。”

钟云从与小桃对视一眼，前者难以置信地问道：“你居然已经把人放了？”

“既然是清白的，那自然就放人了。”姜岂言挑一挑眉，“不然我还要留着他们做客吗？”

“真的假的？”钟云从半信半疑。

姜岂言冷冷一笑："你以为我们纠察队是什么地方？混淆是非，不问黑白吗？"

钟云从被他噎住了，小桃咬了咬嘴唇："那他们……去哪儿了？"

"我哪知道。"姜岂言淡淡地开口，"难道我还要派人盯着他们不成？"

"这……"钟云从和小桃一时之间无言以对。他们并不那么相信姜岂言，可他的说法他们也无法反驳。

"你真的放了他们吗？"钟云从狐疑地审视着他。

姜岂言冷冰冰地看回来："你这么问的话，是不是很想去纠察队的拘留室检查一番啊？"

"吵死了！"张既白从里间走出来，脸色阴得吓人，"我这里不是你们啰唆的地方，病好了就都给我滚出去！"

钟云从和小桃登时不敢作声了，姜岂言却并不买他的账。

"真够威风的。"他不冷不热地开口，"张医生治病救人的水平一般般，吓唬人的本事倒是挺不错的。"

"是啊。"张既白竟然侧过脸冲他笑了笑，"很适合进你们纠察队……怎么，姜队长要招揽我吗？"

门外听壁脚的苏闲，不由得勾了勾唇角，心想这张医生的嘴也够毒的。

姜岂言被张既白嘲讽了一通，居然还是笑脸相迎："那张医生有意吗？若是你能加入，可是我的荣幸。"

张既白重新把精力放回到他的药剂上："多谢了，不过我张既白还不至于沦落到去你手下讨生活。真有那一天的话，苏闲也会阻止我的，那家伙觊觎我好久了。"

"头儿，您居然要和我抢男人？！""贵宾犬"大惊失色，苏闲面无表情，连个白眼都懒得给她。

姜岂言冷笑一声："得了吧，别拿苏闲来压我，在级别上，他比我还低一阶，不值得我放在眼里。"

姜岂言，你是不是忘了当年挨过的那些揍？苏闲暗暗冷笑。

张既白回以嘲讽："哦？那你要不要试着和他打上一架？"

"这世上除了暴力之外还有很多解决问题的方法。"姜岂言微微一笑，语气里的威胁让人无法忽视，"比如，我回去随便签署一道命令，你这诊所明天就会被查封。"

"是吗？"张既白语带讥诮，"那就麻烦您赶紧离开我这间破诊所，回去签署查封命令，怎么样？"

一旁的钟云从咧了咧嘴，看这两位水火不容的阵仗，激烈得仿佛随时都会掀开屋顶干一场，这要说没仇没怨谁信啊？

姜岂言恼羞成怒："要不是苏闲那浑蛋把我塞到这儿，我一时半会儿又走不动道，你以为我爱待在你这庸医的破地方吗？"

当初就不应该救他这条白眼狼的，屋外的苏闲心想。

"这样啊，"屋子里的张既白皮笑肉不笑地提起嘴角，"那我现在把您扔出去，免得我这庸医继续耽误您的病情，您没意见吧？"

姜岂言亦是笑里藏刀："行啊，那你这诊所也别想开到天亮了……"

"哥哥。"

一个温柔甜美的女声突兀地在门外响起，中断了这场硝烟弥漫的唇枪舌剑，也让屋子外的苏闲等人吃了一惊。

"你是……"轮椅上的年轻女子也注意到了那两个伏在墙壁上偷听的家伙，"苏闲哥哥？"

苏闲愣了好一会儿，才认出这姑娘："你是……楚楚？好些年不见了，你长大好多，我都快认不出了。"

名为楚楚的女孩莞尔一笑："是好久不见了。我这些年一直在住院呢……"

"楚楚！"姜岂言焦急的声音传出来。

楚楚吐吐舌："哥哥在叫我，我先进去了，晚点再跟苏闲哥哥聊。"

"好，你进去吧。"

一个高大的男子推着轮椅从他们身边经过，"贵宾犬"凑到苏闲身边，好奇地打听道："这姑娘是？"

苏闲望着他们的背影："姜岂言的妹妹。"

屋子里的硝烟算是散尽了，包括钟云从在内，所有人的目光都齐刷刷地投向诊所门前。

一个容貌秀美的女孩出现在光影交界处，双瞳剪水，却一脸焦急。她的目光落在姜岂言身上，带着些许责备："哥哥，张医生救了你，你怎么能这个态度呢？"

姜岂言从震惊中缓过来，拔掉了手腕上的针管，拖着病体就要下床，小桃见状，连忙扶了他一把，他似乎有些失措："楚楚，你怎么过来了？"

他的神情瞬间冷峻起来，凌厉的眼神落在推着轮椅的那个人身上："谁让你带她出来的？"

钟云从无声地叹了口气，原来这就是姜岂言那个病弱的妹妹，看来传言不虚，这姑娘同她哥哥一般，貌美如花，可是形销骨立，气色极差。更令人叹惜的是，她无法独立行走，人是坐在轮椅上的。

推着轮椅的是个年轻男子，看样子也就二十上下，身着灰黑色制服，想来也是姜岂言的下属。

被点名的纠察队员显然很是惊慌，嗫嚅着："姜小姐坚持要来看您，所以……"

姜楚楚费劲地摇着轮椅想进入室内，可她面前横亘着一道门槛，虽然并不高，但凭她自己是绝对越不过的。

姜岂言情急之下加快了脚步，只是他伤得着实不轻，身体还没恢复过来，双腿软绵绵的，全身没力气，走了没几步就打了个趔趄，小桃惊呼一声："小心点！"

其实那位年轻人已经双手抬起了轮椅，姜楚楚平平稳稳地落了地，用不着姜岂言操心，可关心妹妹已经成了姜岂言的一种本能。他一把甩开小桃，疾步走过去，半蹲在妹妹身侧，握住她的双手："你不好好地在医院里待着，跑到这里做什么？"

姜楚楚尚未答话，他又抬起头狠厉地盯着下属："我不是说过一个字都不准泄露吗？谁让你们告诉她的？"

同他此刻阴沉的模样相比，方才和张既白那场嘴仗完全是小打小闹，钟云从不由得打了个冷战，告诫自己以后还是别得罪这家伙了。

"哥哥！"姜楚楚语气中带着嗔意，"你要怪就怪我吧！跟他没关系，是我非要来的！"

姜岂言无奈起来："你身体不好，乱跑什么？"

"谁让你几天都没来看我了，我担心你出事嘛。"姑娘委屈得很，双眸染上些水汽，更显明亮，"他们一开始什么都不肯说，后来我一直问一直问，才知道你真的受伤了……快让我看看，你哪里伤了？"

姜岂言目中戾气尽消，唇角也弯出一个柔和的弧度："小伤而已，没有大碍，倒是你……"

"我也没事啊，"姜楚楚噘起嘴，冲着兄长撒娇，"再说了，我每天都被关在病房里，闷也闷死了……"

"适当地外出散散步，确实有益于身心健康。"张既白从椅子上站了起来，冲着轮椅上的女孩略略颔首，"好久不见了，姜小姐，近来身体如何？"

"张医生，"姜楚楚的双颊上一片绯红，声音也跟着温软了几分，"我还好……就是，你好久没来看我了。"

她的语气、神态让姜岂言的脸色瞬间又难看了起来。

“啧啧。”一旁的围观群众钟云从嘬了嘬牙花子，算是对剧情有了初步的了解——依照姜妹妹的少女心肉眼可见的泛滥程度来看，是个人都看得出她对张既白有意思，这样一来，某人自然就大大不高兴了。

“好了，”姜岂言验证着钟云从对他的评价，彻底地无视张既白，站了起来，面无表情地吩咐下属，“把楚楚送回医院去。”

姜楚楚不依：“我才来你就要让他送我回去啊？而且哥哥你还没跟张医生道歉呢……”

“呵呵，”姜岂言怒极反笑，“你是来看我的，还是看别人的？”

钟云从偷偷地觑了一眼，张既白毫无反应，好似没听见，至于姜妹妹，脸红得一塌糊涂，偏偏还不承认：“我……我当然是来看你的啦，可你做错事了，就要道歉嘛。”

“哼。”姜岂言不轻不重地哼了一声，朝下属使了个眼色，“时间不早了，你赶紧回吧，别着凉了。等我好一些，就去看你。”

他话音刚落，姜妹妹连同轮椅都被搬了起来。她知道自己无力同兄长对抗，便叹了口气，用手肘轻轻碰了一下身后的人：“等等，让我跟主人道个别吧。”

年轻的纠察队员左右为难，姜岂言沉着一张脸不作声，张既白走过来，无视姜岂言杀人的眼神，和颜悦色地冲着姜楚楚说道：“等方便的时候，我会去看你的。你要听从医嘱，认真吃药，不能因为药苦就偷偷丢掉，这样太任性了。”

姜楚楚的眼角眉梢满是窃喜，她不自觉地咬着下唇，含糊地应了一声：“嗯，知道了……你也要说话算话。”

张既白不动声色地斜了一眼面沉如水的姜岂言，笑了笑：“我会的。”

姜楚楚心满意足地笑了起来，临行前又把诊所内部环顾了一番，钟云从微笑着冲她招了招手，逗得姑娘开怀一笑，也冲他挤了挤眼。

“那我走了，哥哥。”姜妹妹用脸蹭了一下姜岂言的手背，一下子又让他心软了。他摸了下她的头，叹了口气：“你这孩子，真不让人省心。”

她俏皮地吐了吐舌，而后扯了扯护卫的衣袖：“咱们打道回府吧，好让我哥哥省点心。”

姜岂言在门边站了许久，直至姜楚楚的背影消失在视野里。

轮椅少女没停留多久就出来了，这倒是有点出乎苏闲的意料。

“苏闲哥哥，你为什么站在外面不进去啊？”姜楚楚再一次经过他身边，好奇地看着他。苏闲不好意思说自己是被赶出来的，于是笑道：“找张医生有点事，不过他正忙着问诊，现在进去怕打扰他。”

姜楚楚恍然大悟，笑吟吟地同二人告别：“那我也不打扰你啦，你有空来医院看我啊。”

“好！”苏闲朝她挥挥手，目送着她离开。

屋外一片和谐，屋子里却是另一番景象——

姜岂言背过身的时候，面上的温情暖意已经消失得一干二净。

他开始往回走，步履不太轻松。小桃偷觑着他苍白的面色，迟疑了一下，还是上前搭了把手，却被他一脸冷漠地格开了。

“也不用把气撒在不相干的人头上吧？”

张既白不咸不淡的口吻让姜岂言略略停顿了一下，而后他冷言相对：“你哪只眼睛看到我生气了？”

我的每个毛孔都能感觉到你在生气，钟云从忍不住腹诽。

张既白不疾不徐地从他身旁走过：“气不气的，你自己心里没数吗？”

姜岂言的唇角微微翘起，语气却冲得很，充满了挑衅的意味：“那你倒是说说，我生什么气了？”

又来了。钟云从摇摇头，准备拉着小桃去门外找苏闲他们，可又临时改变了主意，因为张既白又出声了。

“你又何必揣着明白装糊涂？”张既白坐回他专属的椅子上，神情和声音都是淡淡的，“非要我把话说明白吗？”

姜岂言的下颌线一瞬间紧绷起来：“你什么意思？”

张既白开始忙于他的药剂。他拿起一瓶药水认真研读着标签上的说明，越发显得他的回复很是敷衍：“你那么关心她，难道会不懂我的意思吗？”

她？应该是指姜岂言的妹妹吧。钟云从想起离开不久的女孩，她年轻美丽，但看起来实在太孱弱了。

他忽然有了不太好的预感。

张既白与姜岂言之间，大概不只是有过节这么简单的关系。

“听着，她的事跟你无关。”姜岂言咬着牙，一个字一个字地往外挤，“我不想在你嘴里听到任何跟她有关的字眼。”

张既白不恼不怒，只是平静地澄清道：“你搞错了一点，我不是在说她，而是在说你。”他顿了一下，又说，“不过你主动提起了，那我就顺带说说她。”

姜岂言一时没有想到该回什么。

“关于姜小姐的病，我很早就跟你说过了，不治之症，药石无医。”不等他反对，或者来不及反对，这对张医生来说没什么两样，“以前我为她治病的时候，不止一次嘱咐过你，对她好点，让她开开心心地走完最后一段路，而不是让你天天把她当犯人一样关起来，这样对她一点益处也没有……”

“得了吧，”姜岂言冷冰冰地打断他，“你这庸医束手无策，不代表其他人也没办法。”

“这么说，你找到比我更好的医生了？”

“当然。”

“既然如此，”张既白微微冷笑，“那为什么你妹妹的身体状况越来越差了？”

姜岂言呼吸一滞，整个人僵在原地。

他变本加厉地讽刺着：“看样子，你找的新医生，好像还不如我这位庸医啊？”

姜岂言额角青筋暴起，却出人意料地笑了起来：“这就不劳你费心了，我会找到能救她的人。”

“姜岂言，”张既白忽然叹了一声，言语中也少了些许嘲讽之意，“虽然你这个人不讲道理，口口声声污蔑我是庸医，可对姜小姐来说，我已竭尽所能。治不好她的病，并不是我的责任，我问心无愧，是你太固执了。你要是自己一个人发疯也就算了，偏偏要拉着姜小姐一起受累。你听我一句劝吧，她现在就是在熬日子，没几天好活了，她想干吗就干吗，尽量满足她的心愿……”

姜岂言只觉得心头一痛，好似有一双利爪撕碎了他的心瓣。他欺至张既白身畔，粗鲁地揪住了他的衣领，一字一句地诘问：“你既然知道她没几天了，那为什么要拒绝她？你要我满足她的心愿，可你难道不知道她最想要的是什么吗？”

他一呼一吸间溢出的不只是愤怒，还有深重的痛苦。

面对他的质问，张既白表现得很淡定，轻而易举地摆脱了他的钳制，一边整理领口，一边轻描淡写地回答：“世界并不是围着你转的，姜岂言。我只是姜小姐曾经的主治医生而已，我尽我所能救治她，但除此之外，我并不欠谁的……不管是你，还是她。”

姜岂言冷厉的目光仿佛冰锥一般，几乎要将他钉穿。

“话说回来，她可比你看得开，”张既白抚平了衣物上的褶皱，依旧是云淡风轻的模样，“至少不会蛮不讲理地纠缠我。”

等等……钟云从旁听到这里，倏然发现剧本似乎跟他脑补的不大一样。他原先以为是一个哥哥对自家妹妹倾慕对象的敌意，而现在看来，不只是这样，哥哥似乎还想促成妹妹与仰慕者的好事。

是因为姜楚楚时日无多了吗，以至于能让姜岂言放下一切私心，祈盼张既白能陪伴妹妹，让她毫无遗憾地离开？

可这种祈盼，本身就是一种最大的私心。

姜岂言怒极反笑："没关系，我不会让她死的，所以，有你没你都无所谓了。"

他说完便走到先前躺着的那张病床旁，拿起外套，转身向大门走去。

"姜岂言，我奉劝你别再疯魔下去了，有些事情是没办法勉强的。"张既白低头凝视着他的试剂，低垂的眉眼掩去了他目中难以言喻的情绪，"楚楚已经不行了，她现在很痛苦，她每说一句话，每眨一次眼睛，甚至每一下呼吸，都是痛苦的。唯一对她好的方式，就是让她尽早解脱。你要是下不了手的话，就让我来，之后你憎恨我、报复我都没关系，楚楚的命，我来背。"

"你闭嘴！"姜岂言突然转身挥手，发出一声怒吼，同时不慎碰落了身侧药柜上的几个玻璃瓶。在震耳欲聋的破碎声中，血珠从他手背上新鲜的割口里渗出来，滴落到地板上，同棕黄色的药水混杂在一起，药物刺鼻的气息迅速地在空气中弥漫开来。

钟云从连同小桃俱是一惊，而张既白只是冷眼瞧着他失控的举动。

不过姜岂言在一瞬间就把理智找了回来，用受伤的那只手随意地在裤缝上蹭了两下，冲着张既白微微一笑："我妹妹会活下去的，无病无痛地活下去。"

他言毕即走，出门的时候正好与苏闲打了个照面，后者轻咳一声："你就听次劝吧。"

姜岂言面无表情地走过，恍若未闻，苏闲皱着眉，摇了摇头。

"执迷不悟！"张既白将手中的药瓶重重一顿，蓦地抬起头，盯着还未回过神的钟云从，语气不善地问道，"你恢复得怎么样了？"

钟云从浑身一激灵："啊……差不多了！您的医术特别厉害！"

张医生面无表情地指着姜岂言留下的那一地狼藉："既然恢复得差不多了，就去把那边收拾了吧。你也在我这儿蹭吃蹭喝蹭药好一阵子了，就当是还点利息吧。"

钟云从泪流满面，为什么老是让他去收拾烂摊子？

他一边捡着碎玻璃，一边期期艾艾地开了口：

"那个，张医生，那位姜小姐……真的没救了吗？"

张既白抬起头瞥了他一眼，出奇地没有发怒，而是平淡地反问："我刚才说得还不够清楚吗？"

钟云从登时哑口无言，从他之前的那一番描述来看，姜楚楚是绝症末期了。

"死亡是生命不可或缺的一部分，再自然不过的事情，我一直不明白，为什么大多数人总是无法用平常心接受。”他一如既往地理性到冷血，“尤其在‘孤岛’这种地方，能活到正常寿命的一半都值得庆幸。姜楚楚现在不死，十几年后也会死的，他为什么要这么固执？”

“我想，人们排斥、抗拒死亡，一是出于对未知的恐惧，”钟云从自认到不了张医生的境界，便试着站在普通人的立场来解释这个问题，“二是不愿意失去深爱的人。这两种，无论是哪一种，都很恐怖啊。”

“是吗？”张既白扶了下镜框，脸上难得地出现了一点迷惑的神情，“我倒是没有体会过这种感觉。”

“哈哈哈……”钟云从干笑着，“从某种角度来说，这也是一件幸运的事啊。”

小桃弯下身，帮着他一起拾玻璃碎片。

等到残局收拾完毕，张既白瞥了门口一眼：“行了，某些人应该等很久了，有事的话就走吧。”

钟云从这才想起门外候着的苏闲等人，顿时有些好奇：“他今儿怎么在外边等？”

张既白冲他微微一笑：“因为治管局和狗，不准入内。”

钟云从被他笑得毛骨悚然，拉着小桃就往外走。

苏闲他们果然在外头等了好一阵子，肩膀上积了一点雪屑。他们出去的时候，他和“贵宾犬”正在抽烟。

“苏长官。”钟云从客客气气地打了个招呼。苏闲面色如常，点了点头，淡淡地嗯了一声，倒是他身边的女下属没憋住，扑哧一笑，喷出一口薄烟。

苏闲用余光充满警告意味地瞥了她一眼，女人红唇一撇，又冲小桃招了招手，笑靥如花：“小妹妹，过来，陪姐姐聊聊天。”

这下所有人的目光都停留在了小桃身上，女孩显然相当不安，声音微颤：“我知道你们想问什么……我不会告诉你们的，也不会和你们走。”

她的牙关甚至在打战，同时面对着两位治安官的目光并不是一件轻松的事情，谁都看得出来她很害怕，可她依旧迎着压迫感与他们对视，而她的语气，是如此坚定。

不仅是苏闲他们，就算是钟云从亦百思不解：“为什么啊，小桃……他们是想帮你啊。”

小桃只是摇头：“不用说了，我不会改变主意的。”她说着，怯生生地瞥了两位治安官一眼，“就算你们把我抓走，我也……”

“贵宾犬”有点不高兴了：“你这个小姑娘，还真是不太识相啊。”

“好了。”苏闲开口打断了显然已经不太高兴的“贵宾犬”，他盯着惴惴不安的女孩，“你放心，你没有违反任何法规，我们不会抓你的。”

他的宣告并没有让小桃感到轻松些许，她不由自主地咬住了下唇，呼吸明显急促了一些。

“但是，”苏闲声音低沉地告知她，“我需要知道你不愿配合的理由。”

她眼皮微动，目光轻微地闪烁了一下，苏闲很容易就从其间看出了抗拒的痕迹。

他不动声色地与她拉开了距离，同时瞅了钟云从一眼，后者心领神会，揽着小桃的肩膀，轻声问道：“不能告诉他们，总能告诉我吧，到底是为什么？”

小桃仍是木然地站着。

钟云从无可奈何地回了苏闲一个眼神，苏闲使了个眼色，示意他加把劲。

万般无奈之下，钟云从用一种受伤的语气问道：“难道……你连我都不信吗？”

听了他的话，尽管明知道他是在装可怜，女孩还是轻轻叹了口气，随后看着苏闲他们，一字一句说道：“我信不过你们。”

钟云从讶然失色，“贵宾犬”愈发怫然不悦，苏闲却无动于衷，只是问她：“为什么？”

小桃又沉默了一会儿，最终字斟句酌地开了口：“我不是什么离家出走的女孩，我和我的兄弟姐妹都是一项计划的产物。那个计划疯狂且不可理喻，充满了难堪和耻辱，我痛恨所有参与了这项计划的人。”

苏闲刚要出声，却被她疾声打断：“你们不用问那是什么计划，我说过了，不会告诉你们的。至于我为什么无法相信你们，其实，我信不过的不是你或者那位姐姐，苏长官，我知道你是好人，我信不过的，是你们身上这身制服。”

“制服……为什么？”钟云从与“贵宾犬”尚不明其意，苏闲却骤然变色：“你的意思是……莫非，有穿着这身制服的人参与到了那项计划里吗？”

小桃的嘴唇抿得紧紧的，这一脸戒备的神情，已然很能说明问题了。

“你说是就是？”“贵宾犬”细眉蹙起，“凭你一张嘴就要将整个治管局拉下水吗？有本事就拿出证据。”

女孩摇摇头：“我拿不出证据，我只相信我的眼睛看到的。”

“贵宾犬”还要发作，却被苏闲阻止：“算了。”

而后他走到小桃面前，直视着她的双目：“你说的那个‘计划’的真实性，以及治管局是否真有人参与，这些事情我都会一一调查清楚。最后，我还有个问题要问你，希望你如实作答。”

小桃呼吸一滞，目光惊疑不定地从他面上扫过，最后终于点了下头：

“你说。”

“‘暗影’的那场追杀，”苏闲沉沉开口，“是因为你吧？”

她面色一黯，再次颔首：“是。”而后她抱歉地望着钟云从，“对不起，连累你们了。”

钟云从笑着叹气：“其实我早就猜到了。”

小桃的嘴唇颤了一下，忽然转身就跑。钟云从诧异的同时赶紧追了上去：“去哪儿啊？”

苏闲按了下隐隐作痛的太阳穴：“真够麻烦的。”

“贵宾犬”双手抱胸，冷哼一声：“这丫头你想怎么处置都可以，就是别想放到我那儿，我不待见她！”

苏闲咧了咧嘴，他先前的确是这样打算的，他们都是男人，自然不方便照顾她一个女孩子，本想把她暂时安置到“贵宾犬”那里，保护的同时也方便监视，没想到这姑娘却软硬不吃，棘手得很。

“那就让钟云从决定好了。”苏闲最后耸耸肩，决定把皮球踢给钟云从，“反正她只相信他。”

而钟云从的做法则是——厚着脸皮去求张既白。

他本以为要费不少口舌，甚至都做好了在他那儿软磨硬泡一整宿的准备，出乎他意料的是，这一次张既白竟然答应得很爽快。

“可以，让她留下吧。”

见张医生变得如此好说话，钟云从不禁怀疑起他是否别有用心，毕竟之前，他对小桃的兴趣流露得很明显。

他瞄了垂头不语的小桃一眼，支支吾吾欲言又止，张既白有些不耐烦：“你没事就走吧，我这里要关门了。”

“那个……”钟云从吭哧了半天，还是壮着胆子说出了口，“您别对她做奇怪的事啊……”

这话一出，小桃一下子就尴尬起来，而张既白的脸色变得很危险：“你想说什么？”

钟云从见引起了歧义，急忙解释：“我不是那个意思……我是想说……您别老是想着解剖抽血啥的……真的很吓人啊！”

小桃哭笑不得，张既白皮笑肉不笑地勾了勾嘴角：“这么长时间了，你被我解剖过几次啊？”

钟云从赧然一笑，张医生登时翻脸：“滚！”

他灰溜溜地出了诊所，意外地发现，苏闲还在外头。

Chapter 02.
邀请

“贵宾犬”已经不见了身影，就剩苏闲一个，他双手揣在大衣的口袋里，背对着他。

他的背影看起来冷清又孤傲，让钟云从的步伐不自觉地停顿了一下。

“怎么这么慢？”苏闲听到了动静，转过身来，面部轮廓很清晰，眉峰微蹙，瞳孔在夜色中褪去了病态的灰蓝色，变为被凉意浸透的纯黑色。

钟云从慢慢地走过去，不好意思地挠挠头：“是吗……我觉得已经很快了，还以为医生不会答应呢。”

“他对那女孩很感兴趣，肯定不会拒绝的。”他呼出的气息在寒夜里凝结成薄薄的水雾，一侧眉梢微扬，“当然，不是你以为的那种‘兴趣’。”

钟云从失笑：“如果是那种‘兴趣’，我还不怎么担心，就怕是别的‘兴趣’。”

苏闲摇摇头，懒得跟他继续念绕口令，自顾自地往前走：“走吧。”

“去哪？”钟云从的问题听起来傻了吧唧的。苏闲驻足，侧过脸，带着几许戏谑的笑意瞥向他：“你要是想睡大街，我也没意见。”

钟云从也没迟钝到那份上，他先前之所以迟疑，是因为上次是自己主动离开了他的家，而没有苏闲的允许，他不敢回去。

不过现在听他这口风，似乎不打算计较“前嫌”了。

钟云从急忙跟上对方的脚步，欣喜到语无伦次："我会付你房租的！就是……得再等等，因为我那块翡翠送人了。"

说到这里，他蓦地闭上嘴，片刻之后又小心翼翼地反问："呃，你不会不高兴吧？一开始说要送你，后来又送了别人。"

苏闲淡淡地瞥了他一眼："你的东西，你想怎么处置都可以，我为什么要不高兴？"

钟云从这才松了口气。

苍穹如墨，细雪无声坠落，透着自生自灭的凉意，温柔地拂过他们的发丝和面容，整个城市如同一只蜷伏着的困兽，陷入了短暂的平和之中，风声便是它发出的呼噜声。

他们在洋洋洒洒的落雪中和昏暗的路灯下并肩前行。

"对了，我有件事想跟你说。"沉默了一段路，在拐过一个弯之后，苏闲倏地开了口。钟云从立刻被吸引了注意力："啊……你说。"

"你最近，是不是想找工作来着？"

他语气平淡，却让钟云从不由得笑了起来，他拨了拨自己的一头蓬松乱发："我都要怀疑你在取笑我了。你怎么知道我在矿区打过工的事？"

苏闲亦是唇角微弯："我还知道，你干了不到半天，就被人轰了出去。"

"啧，"钟云从咧了咧嘴，"你要跟我说的事，不会就是这个吧？"

少许碎发被风吹乱，覆在了苏闲脸颊两侧，阴影让他的轮廓看起来比起平时柔和一些："当然不是。如果你愿意的话，我可以给你介绍一份工作。"

钟云从以为他还在开玩笑，很捧场地笑起来："不会是赌石场吧？"

"不，"他平静地否认，"是治安所。"

钟云从的步伐一僵。

苏闲挑了挑眉，也停了下来，站在原地看着他："意下如何？"

钟云从的喉结滑动了一下，费力地开口："你是在……邀请我，成为你的同事？"

他略略颔首："嗯，是这样。"

钟云从讪笑起来："应该不是在逗我玩吧？"

苏闲露出一抹他熟悉的含有讥诮的笑意："逗你有什么好玩的？"

钟云从足足愣了好半天才反应过来，对方并非在开玩笑，而是真的在向他发出邀请。

一时间，激动和亢奋涌上了心头，受宠若惊的同时，他也有些忐忑不安："我……我真的可以吗？我这人体育不好，脑子也不算太好……"

“你倒还挺有自知之明的。”苏闲轻笑一声。

钟云从舔了下干涩的嘴角，不确定这是在夸他还是在损他。

“但也不是毫无可取之处的。”他补充了一句，唇边漾起若有似无的笑意，“你的异能还是挺有实用性的。人品嘛，也还过得去。接下来，只要通过训练营的考核就符合我们的招募条件了。”

前几句话都让钟云从整个人美滋滋的，可最后一句却画风突变，让他浑身一凛：“训练营？考核？那是什么？”

“训练营啊，就是字面意思，训练人的地方。你这糟糕的身体素质，得好好锻炼一番才行。”苏闲解释给他听，“两大部门，治安管理局和综合管理局，每年都会进行一次招募，而招募的对象，就是训练营的学员。只有通过训练营考核的学员，才有资格进入两大部门。”

听到这里，钟云从不由自主地咽了口唾沫：“这个训练营招收的都是异能者吗？考核……会不会很难啊？”

“不，训练营对异能者和普通人都开放，只要符合报名条件就行。”苏闲说到这里，露出一个高深莫测的笑容，“至于考核的难度，还过得去吧。听说近些年，难度已经略有降低了，恭喜你，赶上好时候了。”

“你一说‘恭喜’两个字我就瘆得慌，”钟云从不禁抹了把涔涔而下的冷汗，“老实说，我没什么信心。”

他原以为苏闲会生气，但他的表情却一如既往地平静，只是淡淡地看了他一眼，笑道：“看你自己吧，我也只是提个建议而已，去不去，还是取决于你自己的意愿。”

“训练营什么时候开始招生？”

“这几天正在报名。”苏闲沉吟片刻，“应该是截止到三天后，你还有考虑的时间……”

不承想，他这句话被钟云从打断了，对方语气笃定：“不用考虑了，我去！”

苏闲这下倒是显出了一点意外的神情：“这么快就决定了？”

“在‘孤岛’这种地方，弱者真的很难待下去，这是我来到这里以后最大的感触。”钟云从苦笑着摇头，可喟叹中又透着一丝坚定，“所以，除了让自己变强之外，我已经没有其他选择了。”

苏闲闻言瞥了他一眼，而后点点头：“有这个觉悟就好。”他顿了一下，又开口，“这两天找个时间，过去报名吧。”

“好！”

“不过，”在他应下来之后，苏闲却话锋一转，“既然你决定要去了，那就一定要通过考核。”

钟云从怔了一下，又听他说：“这是我对你的要求——我希望从训练营结业的那天，就是你加入治管局的时候。”

尽管知道那绝不是容易的事情，可钟云从还是忍不住心驰神往：“到了那时候，我想和你并肩作战。”

苏闲一声冷笑：“与其想这么远的事情，不如先想想怎么通过训练营的考核。”

“我一定会通过的！”

“拭目以待。”

姜岂言慢慢地解开衬衣的扣子，他身边一位戴着口罩、身穿白大褂的人俯身凝神观察他的左胸，惊奇地发问：“姜队长，您的心脏真的曾经遭受过重创吗？”

这位纠察队长漂亮的瞳孔里闪过一丝异色，随后点了点头：“是的，就是三四天前的事情。”

“三四天前？”那位医生倒吸一口凉气，“这么点时间就能让一处严重的外伤修复得如此完美？这几乎是超出我认知的事情。”

他结实的胸膛上皮肤完好无损，连道疤都没有，丝毫看不出受过伤的痕迹。

“徐医生，”姜岂言挂着冷笑的唇角，锋利得像磨砺过的刀锋，“这里可是‘孤岛’，没什么不可能发生的。”

徐医生也跟着笑了起来，摘下口罩，露出了一张被岁月侵蚀过的面孔。他的眼角和唇角都生着柔和的纹路，让他看起来既亲切又儒雅，甚至在笑起来的时候，有几分慈祥的味道。

“所以呢，这令人惊喜的复原背后，究竟藏着什么秘密？”徐医生笑呵呵地问道，“是有妙手回春的大夫为您医治，还是您服下了某种灵丹妙药？”

姜岂言笑意加深，愈发显得高深莫测：“也许，晚一点就知道了。”

他说完这句话之后，敛起了眉宇间的阴沉乖戾，看起来平和许多：“徐医生，我妹妹这两天怎么样？”

徐医生的神情登时凝重起来，他摇摇头：“不乐观，这两天基本都处于昏睡状态，清醒的时间很少。”

姜岂言略微舒展的眉头立刻又拧上了，他深吸一口气，最终还是流露出了些许隐忍的怒气："你不是说会治好她的吗？"

"我早就跟您打过预防针了吧？"徐医生一团和气地笑道，"令妹基本就是病入膏肓的状态了，用一般的手段，是不可能治好她的绝症的。"

姜岂言的指甲深深地陷入掌心之中，直至皮开肉绽，试图以痛觉让自己镇定下来。他面无表情地整理好衣物，拿上外套，头也不回地走出了观察室："我会考虑你的方案的。"

"姜队长，"徐医生送他到门口，笑眯眯地提醒了一句，"希望您尽快考虑好，因为您已经没有多少时间可供思考了。"

姜岂言的脚步顿了一下，很快又继续前行："我知道了。"

他并没有直接走出医院，而是转进了一个楼梯口，上了楼，其间不少医护人员与他擦身而过。见了他身上这套制服，他们都刻意地与他拉开距离，明晃晃地透出了敬而远之的意思。

姜岂言并不在乎旁人的态度，加快步伐，上到了四楼，走廊尽头的一间单人病房外，两名年轻的纠察队员守在门口，站得笔直。

在见到上司之后，两个年轻人急忙立正，敬了个礼："队长！"

姜岂言冲他们略一点头，而后轻轻推开门，缓步走了进去。

病房内很安静，他慢慢地走向病床，这才听见了似有若无的呼吸声。

他凝视着昏睡中的面容苍白的女孩，心如刀割：连呼吸都已经微弱成这样了吗？

徐医生说得对，的确不能再耽误下去了。

他蹲了下来，伸出手轻柔地抚摸着妹妹那张消瘦到凹进去的脸颊。她的体温偏低，但即使如此，这点热度也令他留恋不已。

"楚楚。"他轻声唤着胞妹的名字，并非存心要打扰病人休息，只是她昏睡的时间实在太长了，过犹不及，这并不是什么好兆头。

姜楚楚显然睡得很熟，他一连叫了好几声，她才堪堪睁开眼，这让姜岂言松了口气，方才的某个瞬间，他真的担心她永远不会再醒来。

"哥哥……"姜楚楚清醒之后，在他的帮助下支起了上半身，立刻对兄长撒起娇来，"我想喝水。"

姜岂言向来乐意为自己的妹妹当牛做马，微笑着端了一杯温水来，送到小姑娘的唇边："慢点喝。"

姜楚楚果真渴得厉害，就着他的手一口气喝掉大半杯水，接着才心满意足地往后一靠。姜岂言塞了个枕头在她背后垫着，这才在床沿坐下："感觉怎么样？"

“就那样呗，不好不坏……”姜楚楚囫囵交代完自己的病情，又瞅了眼自家哥哥，“你呢？你的伤好了吗？”

姜岂言拿了件外套盖在她身上，顺口答道：“我那点伤本来就没有大碍，你别担心。”

她的眼珠灵活地转了几下，把兄长上上下下地扫描了一遍，见他看起来确实没有丝毫虚弱之相才安了心，柔柔一笑：“哥哥今天比较有空吗？带我出去走走好不好？就在外边。”

她指着窗户外头，姜岂言顺着望过去，窗外生着一株高大的榕树，繁茂的树冠挡去了他们小半的视野。

他收回视线，没有作声。

姜楚楚眼里的期盼姜岂言不是看不见，可他还有更重要的事情要办。

“对不起，”他艰难地开口拒绝，“哥哥待会儿就要回纠察队了……下次吧。”

姜楚楚慢慢地把手塞回被窝里，谈不上怨怼，只是失望：“下次是什么时候啊？”

“等你好了之后……”

“哥哥，我的身体我很清楚，我好不了的。”

姜岂言一句话没说完就被妹妹打断了，事实上，他这句重复过无数次的话在姜楚楚听来只是温情而单薄的安慰而已，并没有多大用处。

以前她都笑眯眯地听着，可这一次却不想再这么做了——昏昏沉沉的两天里，她比任何人都更明白，自己的大限怕是到了。

她不想把宝贵的生命倒计时花在难过悲伤上，她更愿意出去走走，晒晒太阳，等着第一丛迎春花开——如果她还能等到春天到来的话。

她抬眼望见姜岂言骤然变色的脸，一下子就后悔了，兄长从来都是紧张她的命胜过他自己，她这不加掩饰的话，肯定是伤到他了。

可是，她总是要死的啊，哥哥老是这个样子的话，叫她怎么放心？

纵使不忍，她还是打算借这个机会把一些话摊开来说，她把手覆在他冰凉的手背上，勉强挤出个笑意：“是这样的，虽然我活不了多久了，但哥哥一直把我照顾得很好，我过得已经比大多数人都要开心了，所以我一点都不害怕去死。唯一让我担心的，就只有你了。”

姜岂言无声地看了她一眼，他的眼神让姜楚楚的眼泪毫无预兆地落了下来：就是这样……请你不要露出这样的表情，你这样我真的……没有办法好好地离开啊……

姜岂言很快调整好了自己的表情，站了起来，背过身去："小姑娘家家别想这么多，你好好养身体就行了，剩下的事情，交给我。"没等姜楚楚回话，他又出声，"今天是真的有急事，明天我再陪你出去走走。先这样吧，哥哥必须得走了。"

他说着就要出门，却被妹妹叫住了："那个，哥哥……"

他停了下来："嗯？还有事？"

"就是……"姜楚楚期期艾艾地道，"要是你没空的话，就让张医生带我出去走走嘛。你让你的人别拦他。"

姜岂言侧过脸，眉心一跳："什么意思？那家伙来过了？"

姜楚楚捂着脸："我不是这个意思啦，人家就算想来也肯定被你那两个凶得要命的下属给吓回去了。"

姜岂言瞥着妹妹发红的耳根，心酸的同时也有些无奈，苦笑着摇摇头："还真是，女大不中留，这话一点都不错。"

他说完这话，姜楚楚直接把被子蒙到了头上，姜岂言怜爱地望着这个大粽子，心里却在想：

你会结婚生子，嫁给你想嫁的人……你会好好地活下去的。

回到纠察队之后，姜岂言一招手，副队长赶忙迎了上来："队长？"

姜岂言往后一仰，整个人靠在椅背上，盯着褪色的天花板，语气淡漠："把前些日子抓到的那两个人带过来。"

不多时，下属便把他要的两个人押了过来。

那一男一女一路都被推推搡搡，进了这个审问室之后，更是噤若寒蝉，尽管这间屋子宽敞明亮，却丝毫无法驱散他们心头的阴霾。

那两人战战兢兢地望着屋子当中那个闭目养神的男人，而姜岂言一直闭着双目，直到他们在他面前站定之后，有个纠察队员在他耳边轻声提醒了一句，他才缓缓睁眼，冲着他们微微一笑。

他姿容俊美，笑起来尤其惊艳，但那两位阶下囚连与他对视的勇气都没有，他们低下头，心惊胆战地盯着地砖上的纹路。

"你们这些人，一点礼数都没有吗？"姜岂言面上挂着淡淡的笑容，心不在焉地数落着下属们，"一位老人，一位孕妇，就让他们这样干站着？"

他话音刚落，立刻有机灵的人搬了两张椅子过来，一反常态，笑容可掬地邀请着："二位请坐。"

那干瘦的老人鼓起勇气抬起头，刚与姜岂言含笑的眼神相触，又立刻垂了眼，艰难地推辞道："不、不用了……"

"果然，"姜岂言叹了口气，"你们这些不知礼数的家伙，还是怠慢了我的贵客。"

他的下属们如履薄冰，没有一个人敢接茬。至于老人和孕妇，不由得面面相觑，都从彼此眼中看到了无奈——他当初随便找了个偷东西的借口就把他们抓了进来，一关就是一星期，有这样的待客之道吗？

姜岂言笑容满面地解释道："是这样的，这群家伙都没念过几年书，粗鲁得很，要是得罪了两位的话，我替他们道歉。"

老人与孕妇对视一眼，后者挺着肚子瑟瑟发抖，老人只好再次硬着头皮开口："没有的事……"

"那就是嫌我纠察队的椅子不够干净？"姜岂言笑吟吟地反问道。

那老人浑身一僵，语无伦次起来："不、不是……"

"你，"姜岂言懒洋洋地指着刚刚搬椅子的那个人，"脱下衣服，把椅子擦一遍。"

被他点了名的人一刻也未迟疑，立马脱下了外套，将两张椅子分别擦了一遍，而后殷勤地对那一老一少笑道："擦干净了，可以坐了。"

都到了这个地步，再借他俩10个胆子也不敢再说不了，姜岂言这客客气气的几个来回，反而惊得他们腿发软，几乎站不住了。

好不容易把屁股安顿好，又见那位纠察队长笑眯眯地打量，或者说是审视着他们，两位阶下囚又是一阵心惊肉跳，手脚都不知道往哪里放。

最后，姜岂言的视线停留在了那位年轻孕妇突出的腹部上。她还很年轻，不会超过25岁，大概是长期营养不良，又担惊受怕的，整个人非常瘦，因此，显得肚子格外大。

她见对方盯着她的孕肚看个不停，不由自主地护住了腹部，姜岂言见状莞尔："说起来，夫人的孩子几个月了？"

"六个多月……马上七个月了。"孕妇没想到他会突然问起自己的情况，一颗心七上八下的，可也不敢不作答，只好怯生生地纠正道，"不是……不是夫人……"

"哦，那是我冒犯了。"姜岂言没有去深究她话里的含义，只是改了口，"女士。"

她强颜欢笑了一下，不再出声。

老人的额角渗出了豆大的汗珠，干瘪的嘴唇颤抖着，犹豫再三，还是小心翼翼地开了口："这位长官，我们真的没有偷东西。那几块面包，是一个好心的大娘送给我姐……送给这个姑娘的，她看她大着肚子不容易，所以……”

“可是，杂货铺的老板就是这么跟我指证的啊。”姜岂言摊着手，一脸无奈，“你们又没法证明自己是无辜的。”

孕妇张了张嘴：“可是，真的是那位大娘送的。”

“大娘？”他别有深意地笑了笑，“那你们就把这个人证找出来呗，她要是能证明你们的清白，我就立刻释放二位。”

那两个人脸一白，终于反应过来这位高高在上的纠察队长是在耍着他们玩——他们被限制了人身自由，连这个房间都迈不出去，去哪儿找那位大娘？

一想到这个，两个人都有些灰心丧气，失去自由倒是其次，他们过惯了这种生活，况且这里的人虽然凶神恶煞，但他们也没少吃少喝，日子也不算太难过。

他们担心的是，那个挺身而出自愿充当诱饵的同伴万一逃出来了，又找不到他们，她要怎么办？

明白自己洗脱嫌疑无望之后，老人又惴惴不安地打听道：“长官，那你要把我们关多久？”

“这话说得，好像是我故意要为难你们似的。”姜岂言这句话立刻让对方哑口无言，他双手交叠，撑着下颌，和颜悦色地告诉他，“关不关，关多久，都是按照条例来的，又不是我说了算的。”

他一席话说得正义凛然，找不出一点可指摘的，那两人自然只能赔笑：“您说得是。”

“所以，依照规定，我们开始走流程吧。”他随手点了个人，“拿出纸笔，做个笔录。”

“是！”那名下属急忙应了，很快把东西都准备齐全。

一老一少蜷缩着坐在他对面，大气都不敢出。姜岂言轻敲着桌面：“姓名。”

没想到这么个简单的提问就让那两位失了镇定，他们支支吾吾了半天也说不出个子丑寅卯来。

姜岂言挑起半侧眉尾：“怎么着，一开始就不肯配合啊？”

老人怯怯地瞅了他一眼，低声道：“我叫、叫陈福来，她叫……翠翠。”

“哦——”姜岂言的尾音拖得老长，他侧首询问身后的一名下属，“说起来，你们觉不觉得这两个名字有点耳熟？”

老人和孕妇俱是一怔，随后就听到被问到的那名纠察队员笑着答道：“说起来，我倒是在长乐街见过一家陈福来餐馆，还有一家翠翠裁缝店。那家餐馆，您还带着兄弟们光顾过呢。”

姜岂言频频颔首：“啊，你这么一说我想起来了，是去吃过几次饭。”

等他回过头的时候，对面那两个人已经汗如雨下了。

姜岂言笑容不变，声音却一点点森冷起来：“把我当傻瓜，糊弄我，是吧？”

“不、不是这样的，我们绝对没有这个胆子！”孕妇惊惶得眼泪夺眶而出，她十指不自觉地抓着桌沿，“我们只是、只是……”

“没有名字？”他轻描淡写地接下了她的话，这让两个人又是一番大惊失色。

老人磕磕巴巴地问道：“你、你怎么知道……”

姜岂言淡淡一笑，站了起来，踱步至他身后，一只手搭在了他肩上，那老头如同被钉在了椅子上，一动也不敢动。

“我不仅知道你们没有名字，还知道一些别的秘密。”姜岂言慢条斯理地说着话，同时拉开了老人的衣领，露出他瘦骨嶙峋的后颈，上头刻着的一串数字让他满意地笑了起来：9903。

很显然，这是个编号。

“你是1999年第三个出生的，对吧？”他每吐出一个字，就让老人战栗一次，“你看起来老态龙钟，可实际上不过16岁……”他说着凑到他耳边，轻声问道，“我没说错吧？”

那老人，不，应该是位少年，忽然被一阵狂潮般席卷而来的绝望包围了。

他们拼死拼活逃了半天，说不定还搭上另一个姐姐的一条命，结果还是没能逃出去。

“你是得了早衰症，还是那些人对你做了什么？”姜岂言端详着这位形容古怪的少年，有些好奇，“不过瞧你这副样子，也活不了几年吧？”

少年恍若未闻，只是呆呆地目视着前方，眼神空洞无比。

姜岂言也不去计较他的态度，而是转到了那位孕妇身旁，抱着手臂居高临下地瞧着她：“你的编号呢？我不想对女士失礼，所以还是请您自报家门吧。”

那女子面色惨白地与他对视一眼，重重地咬着下唇，目中满是惊惧。姜岂言皱了皱眉，正要自己动手察看的时候，她蓦然抱住自己的腹部，浑身抽搐，发出了惨叫声：“痛！我肚子好痛……”

姜岂言冷眼旁观着那面如纸色的孕妇，不确定她是否在做戏。

她的同伴，也就是那位早衰的少年，惊慌失措地抱住了他的双脚：“我姐姐她肚子痛！请、请您救救她吧！”

“我又不是妇产科医生，怎么救？”姜岂言冷冷地甩开他的手，兀自托起那痛苦挣扎的孕妇的后脑勺，看了一眼她后颈上的编号：9407。

他突然来了些兴致，倒是不知道那个女孩的编号是多少。

孕妇的痛呼声愈发凄惨，在她下身见红之后，那少年近乎崩溃，他抱着已经开始痉挛的姐姐，满眼是泪，苦苦哀求着：“她会死的，她真的会死的，求您找个医生救救她吧……”

“也不是不行，不过，”姜岂言重新回到他的位置上，轻笑出声，“我这个人从来不做赔本的买卖，想让我救你姐姐的话，我有一个条件。”

少年听见这话，却无法露出喜色，讪讪地问道：“什、什么条件？”

“我要你们帮我一个忙。”他也不再虚与委蛇，直截了当地开口，“配合我一番，让她自愿自动地来到我这里。”

“……谁？”

姜岂言一声嗤笑：“别跟我装糊涂，你知道我说的是谁。”

少年苍老的面容登时僵硬起来。

原来，原来他是冲着……

“你找她……”他的牙关不受控制地打着冷战，“找她做什么？”

“这你就不用管了。”他面无表情地盯着他，“告诉我答不答应就行了。”他说着又笑了起来，“就算是一命抵一命，也挺划算的，不是吗？毕竟，那位女士肚子里还有一个。”

他全身都颤抖起来，而他那位可怜的姐姐，已经连惨叫的力气都没有了，虚弱地靠在他身上，气若游丝。

而她流的血也越来越多了。

少年陷入了两难的抉择之中，那个人为了他们不惜把自己变成诱饵，难道他要出卖她吗？

但如果不这么做的话，他身边的这个姐姐怎么办？难道要看着她一尸两命横尸当场吗？

他沉默的时间太久了，姜岂言不耐烦起来，他的目光落在孕妇突出的腹部上，唇边勾勒出冷酷的弧度。

“我听说，七活八不活，我一直很好奇是不是真的。”他慢悠悠地开口，却让少年后背一阵发冷，“刚刚这位女士也说了，差不多七个月了，正好可以做个实验啊……”

孕妇已经不省人事，没有听见他这番残忍的威胁，少年却悚然一惊：

“你、你不能这么做！”

“我为什么不能？”他云淡风轻地回道，“我这个人为了得到想要的东西，可是什么都做得出的。”

少年双膝一软，彻底跪在了地上，审讯室里回荡着他的号啕大哭。

“我答应你！答应你！只要你救救她！”

姜岂言淡淡一笑：“备车，送这位女士到医院去。”

小桃刚送走一位取了药的病人，外头寒风呼啸，路面积雪深厚，她想了想，拿了把扫帚准备把诊所周边的积雪清理一下，刚扫了没几下，忽然听到个熟悉的声音。

“咦，怎么站在门口？”她讶异地回头，钟云从微笑着站在几米外，正朝她招手。

“哥哥！”她惊喜地跑过去，结果脚下不小心被积雪绊了一下，差点摔倒。钟云从眼疾手快地扶了她一把：“小心点啊！”

小桃仰起头，正要笑着说些什么，倏地听到另一个低沉的声音：“打算扫雪吗？”

她一怔，才发现苏闲也在，不过他今天没有穿制服，而是一身黑色大衣，身形挺拔地站在那里。

她回过神来，不好意思地冲他笑了笑：“苏长官好，换了身衣服，一下子都没认出来呢。”

“因为，那身制服在这里，格外不受欢迎啊。”苏闲自嘲一笑。

他一语双关，小桃自然不会听不出来。她一时赧然，不知道说什么才好，没想到苏闲抬起一只手，登时一阵风凛冽地卷过，她再回头的时候，发现诊所门前那片积雪已经被吹得干干净净了。

“这一手可真帅啊！”钟云从朝着他竖起大拇指，由衷地夸道。苏闲没理会他，而是看着女孩：“下次这种活，直接让张既白自己来，他这一手，使得可比我好多了。”

小桃如梦初醒一般，连忙向他鞠了一躬：“谢谢您！”

苏闲有些无奈：“举手之劳而已，不用这么客气。”

钟云从把她往屋子里带：“行了行了，别跟他客气，外头多冷啊，别站着吹风了！”

“怎么来诊所了？”小桃担忧地瞧着他，“身上不舒服了吗？”

“不是，明天我就要去训练营报名了，今天来跟你和医生道个别。”钟云从回了一句之后，蓦然发现苏闲并没有跟进来，而是靠着墙，站在门口，跟上回一样。

他这时候才想起张既白的“禁令”。

“哎，我怎么才发现你这么守‘规矩’啊？”钟云从半是调侃半是劝解，“今天没穿制服，应该可以进去吧？”

苏闲却一扭头：“不进！他不让就不让，还以为我爱去他那破地方吗？”

小桃一脸为难，钟云从好笑地摇摇头：“算了，不管他了。”

张既白看起来挺悠闲的，正捧着一杯热茶在品啜，也不知道有没有听见门前的那一场对话。

不知道为什么，看着他那副轻松愉快的模样，钟云从觉得他是听到了的。

这两人没事斗什么气啊，真是够幼稚的。

就在此时，张既白忽然瞅了他一眼，搞得钟云从心虚不已，心想是不是他的情绪太明显，全写脸上了。

“你来得正好，有东西要给你。”医生放下茶杯，转身走进了里间，钟云从茫然地站在那儿，搞不懂有什么东西要给自己。

没多久，他就出来了，钟云从眼尖，发现他手里多了个皮箱。

“喏，你的。”张既白把箱子往地上一放，轻轻地往他的方向踢了一脚。钟云从不由一笑：“医生你是知道我明儿要去训练营报到，所以送了个行李箱给我装东西吗？”

张医生推了下镜架，露出了一点意外的神色：“你要去参加训练营？”

“对啊。”见对方惊讶的神情不似假装，钟云从眨巴眨巴眼，又好奇起来，“那您要给我什么啊？”

张既白看了那个箱子一眼：“你打开看看就知道了。”

钟云从俯下身，很快掀开了盖子，里头整整齐齐码放着治管局印发的物资兑换券，满满一箱子。

钟云从悚然一惊，蓦地把箱子盖上了，惊疑不定地盯着张既白：“医生，你……这些哪来的？还是你干了什么……”

“想什么呢你？”张医生睨视着他，“这些都是你的。”

“我……的？”钟云从难以置信地反问。“孤岛”通货膨胀，比起现行购买力不足的货币，治管局发放的物资兑换票证一类反而要实用得多，甚至在很多地方，商家们只愿意收票券，而非现金。

换句话说，这些通用的票券，其实比表面上同等价值的现金要值钱得多。

张既白指着沉默不语的女孩：“是小桃，她拜托我帮你把那块翡翠出手，扣掉了一些杂七杂八的费用，这些是出售所得。”

钟云从这才明白这笔天降横财是哪来的了，他霍然起身，直接把皮箱子提到了小桃面前：“这应该是你的。”

“这怎么行？”小桃一张脸涨得通红，“那颗翡翠本来就是你的。”

“我已经送你了啊！”

小桃直摇头：“可我没收啊。”

钟云从一时语塞，最后把箱子一放，人往沙发上一坐：“反正我已经送出去了！”

张既白摇头失笑：“要是不知道的人，还以为里头装的是炸药呢，你们俩至于这样推来推去的吗？”

“这样吧，”不等他俩回话，张既白出了个主意，“你们一人一半分了，省得争论不休的，我也好清静一些。”

钟云从与小桃面面相觑，后者仍摇头：“我真的没资格拿这钱，况且，我也没有用钱的地方。”

“谁说没有？你这还寄人篱下呢。而且，等你的姐姐、弟弟找回来，你们仨的衣食住行也需要钱啊。”钟云从想了想，认同了张既白那个简单粗暴的分法，“那就这样吧！”

小桃还想说些什么，听他提起自己的亲人之后，便沉默了。

钟云从说干就干，很快就把那箱子里的票证一分为二，并叮嘱小桃要藏好。小桃却摇头：“不用那么多的，我真的……”

“没关系，不然太多钱我也不知道该怎么用才好。”钟云从笑嘻嘻地说道，当了那么长时间身无分文的穷光蛋，他差点忘了有钱是什么感觉。

简而言之，就是三个字——有底气。

分好之后，他又从自己那份里取了一些出来，堆到了张既白的书桌上，豪气冲天地拍着胸脯：“这是我的一点心意，多谢你帮忙！”

张既白扫了一眼，微微一笑：“心意我领了，礼就不收了，我也只是出张嘴而已，真正办这件事的另有其人。”

钟云从一愣：“谁啊？”

“一个熟人。”张既白含糊其词地带过，忽地想起了什么，又从白大褂的口袋里掏出了一个还算精巧的小盒子，递给钟云从，“对了，这个也是他让我一起给你的。”

钟云从接过，打开一看，不由得笑了，是颗玲珑剔透的翡翠白菜，雕工还挺精致，看那大小正适合当个挂件。

“哟，还挺可爱的。”钟云从一见这翡翠白菜就生出了几分喜欢，一番赏玩之后，颇有点爱不释手的意思。

张既白挑了挑眉：“据我那个熟人的说法，是买家加工的时候，剩了点边角料，正好适合做个挂件，他就让人顺手刻了。”

钟云从欣喜不已：“您那位熟人，倒是挺有心的。”

张既白往门边一瞟，那人正抱着双臂倚墙而立，他淡淡一笑：“是挺有心的。”

“啊，对了，我是不是也该给他一部分酬劳，毕竟劳烦他跑了一趟。”

张医生摇头：“不用了，反正他也是看在熟人的面子上，你给了他也不会要的。”

钟云从眨眨眼：“那您这位朋友，人真是不错。”

张既白一勾嘴角：“还可以吧。”他把话题岔开，“说起来，怎么突然想着去参加训练营？”

钟云从小心翼翼地把翡翠白菜收好才答道：“是苏闲跟我提了下，我想着能去锻炼一番也好……”

张既白微微一笑：“既然是他的主意，应该不只是让你去锻炼一番吧？”

钟云从苦笑起来：“您还真是了解他。”说着，他凑近了一点，悄声打听道，“对了，那个训练营的考核，您知道是怎么回事吗？”

“我从来没参加过训练营，所以也不清楚具体的考核是什么。”张既白摊摊手，“不过苏闲，还有那个姜岂言，他们当年都是从训练营里出来的，你感兴趣的话，应该去跟他们打听。”

“姜队长我不熟，苏闲我问过了，可他故弄玄虚，”钟云从发起了牢骚，“搞得我这心里慌慌的……”

“他怎么说？”

“他只说有一定的难度。”

张既白点点头：“那就是挺难的意思了。”

钟云从想起在苏闲面前说过的大话，现在格外忐忑。

要是通不过的话，都没脸见他了。

“哥哥……”他听到小桃在叫他，瞬间整理了一下表情，又是一副轻松的笑脸：“在！”

“那个训练营，你要去多久啊？”女孩小声地问道。钟云从想了想，告诉她：“应该是三个月。”

“哦。”小桃的神情有些落寞。钟云从拍拍她的肩：“三个月嘛，很快的，你要好好照顾自己，等我回来会继续帮你找人的，不过也说不定我回来之前，你就已经和家人团聚了。对了，等我回来的时候，你估计得改口叫我钟治安……”

一句话没说完，他冷不丁地闭上了嘴，倏然想起小桃对治管局的观感并不怎么样。

呃……这样的话，万一他真进了治管局，会不会被她讨厌啊？还有张医生这里，放话说“治管官与狗不得入内”，这会儿苏闲还站外边吹冷风呢。

他正心烦意乱的时候，突然又听见张既白的声音：“钟云从。”

钟云从猛地抬头：“您到时候可别把我关在门外啊！”

“等你通过考核再说吧。”张医生立时就明白了他的意思，不禁失笑，片刻后又正色道，“我问你，你已经想清楚了吗？”

钟云从点点头：“想清楚了啊。”

“我的意思是，既然你打算跟某人成为同事，那意味着，你的能力、身份，很可能都藏不住了，由此带来的风险，你准备好应对了吗？”

钟云从怔了一下，仍肯定地回答：“准备好了。”

他的确考虑得很清楚了，除了想变强，还有另外一个因素——如果能进入治管局，想必他找起父亲来也会相对容易一些。

“好，那就祝你成功。”张既白低头翻书，来了一句很不走心的祝福，“加油吧。”

小桃也笑着说了一句：“是啊，要加油！”

钟云从莞尔：“我会的！”

告别之后，他提着半箱子的钱，走到快变成一株迎客松的苏闲身边：“还好吧？”

“西城的风雪更大。”苏闲拍拍身上的碎雪，“告别结束了？回吧。”

“哎哎哎，我给你看个好东西。”他匆匆跟上对方的脚步，急不可耐地从兜里掏出了翡翠挂件，晃来晃去，“是不是很精致？”

苏闲的回答很冷淡：“一般般吧。”

“哎，我想着，以后我要把这玩意挂在脖子上，说不定可以当个护身符用。”

苏闲提了下嘴角：“幼稚。”

“我也有现实的考虑好吗？”他不服地争辩，“等到危急时刻，这小东西也可以拿出来换点钱救救急什么的。”

对方步伐一顿：“你想怎么样就怎么样，不用跟我说。不想听，没兴趣。”

“没兴趣就没兴趣。哎，别走那么快嘛！”

Chapter 03.
算计

这几日雪霁天晴，可气温丝毫没有上升，反而降了几度，甚至那日光照在人身上都是冷的。

女孩独自走在街上，路面上结着薄冰，她贴着墙根，走得小心翼翼。

钟云从执意将卖翡翠的所得分她一半，她推辞无果，无奈之下，只好受了。

而她做的第一件事就是要付给张既白房租，可后者只是皱着眉看了她一眼，她就不敢说话了。

小桃心里不安，只好通过别的方式来报答他——比如现在，她就准备到附近的商铺里，买些东西送给他。

张医生喜欢吃什么呢？跟他生活了这么些天，她好像还是没弄清楚。

那穿的怎么样？衣服或者是鞋子什么的。小桃眼睛一亮，觉得这个主意还不错。

就是……他的尺码多大啊？要是哥哥在就好了，他的身高、体形跟张医生差不多，小桃沮丧地想着。他要离开三个月，这件事对她来说，确实是个不小的打击。

怎么说呢，其实她真的很感激张既白，他这人也挺好的，就是……她总是有点害怕，或者敬畏他吧。

小桃已经够不善言辞了，张医生也不是那种会和颜悦色跟人闲聊的类型，他不说话的时候看起来很严肃，她根本不敢主动开口，而他也很少同她说话。

每到这个时候，小桃就会格外怀念在钟云从身边时的轻松愉快。

他来告别的那天，临走的时候特意把她叫到一边，说："这次的翡翠被拿去换钱了，下次，我送你一块更大更好的！"

她忍俊不禁："好的翡翠也没有这么好找吧？你说得好像随随便便就能在菜市场买到似的。"

钟云从轻轻地弹了一下她的额头："说到做到，我一定会送你的。"

小桃眨眨眼："那我问你，要是你再得到一块漂亮的翡翠，你是要先送我，还是先送苏长官？"

"这……"钟云从没想到她会问这个问题，登时愣住了。女孩见状笑了起来："还是送苏长官吧，毕竟你先答应他的！"

"他肯定不会要的。"钟云从耸耸肩，见她笑得如此开怀，也跟着笑了起来，"我好像还是头一回看到你笑得这么开心。"

小桃一怔，笑意散了些许，但温柔如水："大概是因为，活在这个'孤岛'里太苦了吧，所以，总是笑不出来。"

"小桃，"钟云从的心一下子堵得慌，"你真的不愿意……"

她知道他想说什么，摇摇头："我真的不能……我不知道谁能帮我，我怕我贸然说出来，会连累那些没能逃出来的兄弟姐妹。"

钟云从沉默了一会儿，忽然开口："如果三个月之后，我成为治管局的一员，你会相信我，让我帮助你吗？"

女孩哑然失色，似乎没想到他会这么问。

她的缄默让钟云从的一颗心逐渐下沉。

"会的。"就在他失落不已的时候，倏然听到她的声音，"如果是云从哥哥你的话，我愿意相信你。"

"好！"钟云从欣慰地点点头，"就算是为了你这句话，我也会拼命努力的！"

送他出门的时候，她跟在他身后，冷不丁地冒了一句："哥哥。"

"啊？"他蓦地驻足，回过头看着她，"什么事？"

她嫣然一笑："如果你以后遇到了喜欢的人，要记得说出来。"

钟云从惊得瞠目结舌，结结巴巴地问道："怎么……突然说起这个……"

"就是想到了，就跟你说一下。"她俏皮地挤挤眼睛，"怕你傻乎乎的，想不明白。"

钟云从板起一张脸，佯怒道："好你个小丫头片子，开哥哥玩笑是吧？"

"不是玩笑啊。"她微笑着摇头，"是认真的。"

钟云从一时间不知回什么好。

"因为我们都只能活一次，所以要好好地活。尤其是，我们的命还比别人的都要短暂些，就更要对得起自己了，不是吗？"

他伸手揉了揉她细软的头发，无奈一笑："你这个小姑娘，谈过恋爱吗，就跑过来跟我讲一通大道理。走了，好好照顾自己！"

小桃目送着他与苏闲离开，直至消失。她眼里复杂的情绪转瞬即逝，只留下一抹愉悦的神采。

眼看着商铺就在不远处了，她一个不留神，脚下打滑，脚踝登时火烧火燎地痛了起来。

"嘶——"她倒吸一口凉气，不得不停下来，扶着墙，正要查看一下脚踝的情况，却无意间瞥见了墙面上的一个刻痕。

"这是……"女孩神色骤变，一下子就认出了那是她与失散的姐姐和弟弟约定的暗号，她曾经在长乐街见过一次，但之后便杳无音信。

没想到，这个暗号居然再一次出现了。

他们在附近吗？小桃颤颤巍巍地侧过身，又仔细确认了一遍，确定自己没有认错，于是狂喜瞬间将她淹没，她也不顾脚伤了，扶着墙艰难地往前挪着。

大约前进了10米，她又在墙上发现了同样不起眼的印记。

错不了！他们肯定就在这一带！

她精神一振，一瘸一拐地顺着印记往前走。

她跟随着那时隐时现的印记，拐过了数条街巷，最后蓦然发现，自己来到了一个完全陌生的地方。

她站在这个冷清阴暗的巷口，忽然打了个冷战，空无一人的巷子让她的喜悦消失得无影无踪，取而代之的是渐渐涌来的恐慌。

如果弟弟他们知道她在哪里，为什么不直接来找她？可如果不是他们，谁还会知道这个暗号呢？

死寂一片的巷口毫无预兆地传来了引擎声，女孩浑身一凛，转过身去，两辆黑色轿车停在巷口，其中一辆车门被推开，一个人走了下来。

"姜岂言。"她认出了那个英俊的男人，霎时间什么都明白了。

姜岂言见她独自一人，满意地笑了起来："你比我预计的来得晚了一些。"

凉意一寸寸地爬上她的背脊，她紧绷的神经突然就在这一刻断裂了，她拖着受伤的脚踉踉跄跄地冲过去：“他们……他们是不是在你手里？！”

眼看她就要摔倒，姜岂言一把把人捞住，然后牢牢地锁在怀里：“原来是脚受伤了，难怪这么慢。”

她在震惊、愤怒和恐惧之下，眼泪夺眶而出：“你…… 你为什么……”

“想见见你的家人吗？”他仿佛没听见她的质问，挥了挥手，随后另一辆车的车窗摇了下来，一男一女两张熟悉的面孔出现在她的视野里。

他们被堵着嘴，面上满是泪痕，车窗很快又升了起来。

“弟弟！”小桃用力地咬着嘴唇，直至鲜血淋漓，她恨恨地盯着姜岂言，“你骗了我！”

姜岂言揽着她的肩，带着她往前走：“你放心，他们在我这里过得很好，我没有亏待他们。”

“那你放了他们！”

他的脚步顿了一下：“可以啊，只要你帮我一个忙。”

小桃仰起脸，直直地看进他的眼睛里：“好，我答应你。”

姜岂言眉心微动：“我还没说是什么忙，你就答应了？”

“我知道。”她淡淡出声，“不就是要让我救你妹妹吗？”

姜岂言无声地笑起来：“你倒是爽快。”

“不爽快也不行吧？”小桃闭了闭眼，疲惫地叹了口气，“你放了他们，我现在就可以跟你走。”

“我放了人，你要是不听话怎么办？”姜岂言反问道。

她露出一个充满嘲讽的笑：“姜岂言，如果你想让我帮忙救人的话，完全没有必要这么大费周章，如果能挽救一个人的生命，我很乐意。你只要跟我开口，我一定会答应的。”

他愣在原地。

她冷冷一笑：“不过你这种人，大概是小人之心惯了，从来不知道怎么光明正大地行事吧？”

他用力地抿了一下嘴唇，似乎有些恼怒，但很快就把这点情绪波动压了下去，侧过脸去，沉声道：“等你把人治好，我自然会放人。”

小桃两只手握成拳，指甲深陷入掌心。姜岂言握着她一侧纤细的肩膀，做了个邀请的手势：“走吧。”

她被迫与他上了同一辆车。

小桃对这城区的路线可以说两眼一抹黑，可她猜得到姜岂言要把她往什么地方带，不过她待遇不差，没被绑着也没被铐着，想来他对她的身手相当放心。

被塞进后座之后，纠察队长也紧随其后，钻进车里，两个人比邻而坐。小桃刚见识过他的真面目，还心有余悸，下意识地缩到了最边上，刻意与他拉开了距离。

她的一番动作，姜岂言看在眼里，倒也没什么反应，只是勾了勾唇角。

车身微微一震，引擎声响起，汽车发动了。

她不想对着他，索性扭过头去看着车窗外，街景迅速地在她眼中变换。

其实这时天光渐弱，大多数街都是千篇一律的模样，没什么可看的。

姜岂言的余光不着痕迹地掠过她的侧脸，最后停在了她的后颈处。

她的编号是9702。

她居然能从那种地方逃出去，还真是人不可貌相。

“这一带很偏僻，白天都没几个人，这会儿更是连耗子都难寻。”他一会儿一个样，时而尖酸刻薄，时而飞扬跋扈，时而笑里藏刀，此刻却又是一副慵懒闲适的口吻，“你要是想瞧热闹，得到长乐街那边去，那里算是‘孤岛’唯一还有点人气的地方了，夜间比白昼更有意思。你要是想去，我可以当你的导游，不过今天不行，改日吧。”

小桃仿佛一尊雕像一般，对他的话置若罔闻，毫无反应。

姜岂言也不以为意：“你也不用太担心了，我跟你、你的姐姐弟弟都无仇无怨，等到事情结束，我自然会送你们离开，不仅如此，还会重重感谢你们。”

女孩只是谨慎地看了他一眼，并没有做出回应。

“说起来，我应该谢谢你。毕竟你还救过我一命。”他语出惊人，令她为之变色。她颤抖着开口：“我当初就不应该……”

“后悔了？”他挑起半侧眉尾，一声轻笑，“可惜晚了。”

她重重地咬着下唇，一言未发。

“那个时候我奄奄一息，神志全无，什么都不记得了。”他往后一靠，倚在柔软的椅背上，也没去看她，“不过后来我发现我心脏上那处伤口痊愈得太快也太完美了，竟然连个疤都没留下。”

他说着笑了一下，抬起手指着自己手背上的那道伤痕：“连个轻伤都没好利索，心脏处受的重伤居然不药而愈，听起来简直跟天方夜谭差不多。好在这里本来就是个荒谬的地方，发生什么事都不算奇怪。”姜岂言的声音淡淡的，“你的来历，我可以为你保密；你的家人，我也可以为你安置；甚至你想摆脱追捕你的人，我也会助你一臂之力。”

她紧紧地抿着嘴唇，他转过来，那些让人习以为常的伪装消失得无影无踪，双目之中一片赤诚。

“所以，请你救救她。”他的言辞难得一见地恳切，“只要能救我妹妹，我什么都愿意做。”

小桃的嘴唇颤抖了一下，没有说话。

姜岂言还是很有信心的，虽然人落在他手里，他想怎么做都行，但如果可以的话，他并不想对她动粗。

而小桃是个善良的女孩，否则那个时候，也不会冒着风险对他出手相救了。

她会答应的，他心想。

可他万万没想到，下一刻就被狠狠打脸。小桃垂下眼，轻轻地摇了摇头：“对不起，我帮不了你。”

姜岂言太过震惊，以至于短时间内竟然失了声，过了好一会儿，汽车都转过了两个路口，他才用沙哑的声音问道：“为什么？”

这句问话里包含了太多东西——诧异、愤怒，以及隐隐的杀机。

小桃瑟缩了一下，但还是直面他铺天盖地的怒意，又一次坚决地摇头：“不是我不愿意，而是我做不到。”

姜岂言只认为那是她的托词，出奇地愤怒：“怎么可能？你明明……”

“不是你想的那样。”她露出一个凄凉的笑，“我是有自愈能力，而这种能力也确实可以用来救人，但我的血，并不是无所不能的。”

他的心头上忽然滚过一层乌云，他深吸一口气：“你这是什么意思？”

她轻声开口：“我的治愈能力，只对外伤起效。你妹妹……应该是得了绝症，她的身体，已经从内部开始崩溃了，这个我真的无能为力。”

姜岂言全身的血液险些在她的话中冷却凝固。

车厢里再次陷入一片死寂。

小桃偷偷观察着姜岂言的神色，发现他面如死灰，沮丧至极。

她咬了咬牙，还是硬着头皮开了口：“所以，请你放了我们，我真的帮不了……呃！”

她的咽喉毫无预兆地被暴怒的姜岂言扼住，他一字一顿地说道：“你给我闭嘴！”

小桃差点被他掐断气，她怎么也没想到，他说翻脸就翻脸，而且翻得这么彻底。

我会死在这儿吗？我的姐姐和弟弟呢，也会被他弄死吗？窒息的痛苦让她生出了极端的恐惧，她的两只手在椅座上疯狂地乱抓，皮子上瞬间被留下了数道凌乱的印痕。

“别……别杀我……”她艰难地从齿间挤出几个字，悲哀地望着他。姜岂言凝视她片刻，神色阴沉依旧，却缓缓地松开了手。

小桃立刻捂着喉咙没命地咳了起来。

她的眼泪不受控制地夺眶而出，脸上一片湿漉冰凉，心中还有说不清道不明的委屈。

这个人太可怕了，明明几分钟前还口称救命恩人，一转眼就毫不留情地对她痛下杀手。

女孩断断续续的咳嗽声搅得姜岂言心烦意乱，他伸手摇下了半扇车窗，凛冽的寒风灌了进来，将他的烦躁吹去些许。

“刚才，”他按着眉心低低开口，“我一时怒气上头，有些失礼了……对不起。”

原来那只是有些失礼啊?

小桃本来就难受得不行，被那冷风一吹，更是全身打起了冷战，索性抱着膝盖，整个人蜷成一团，缩在角落里，看也不看他，打定主意一个字也不会再信他。

姜岂言未得到回应，偏头瞧了一眼，瞥见了她凄惨的模样，又立马把车窗掩上了，沉沉地叹了口气：“对不起。”

他的道歉在她看来毫无诚意，干巴巴的，好似一坨嚼过的口香糖，却不知怎的，让她的眼泪流得更汹涌了。

汽车穿过无边的夜色，终于在一处灯火通明的地方停了下来。打开车门之后，小桃脚步虚浮地下车打量着建筑物上巨大的红十字，面色变了又变，还是忍不住开口：“你带我来这里做什么？”

这里分明是医院。

她的音色与往常大相径庭，嘶哑干涩得像个老人，这自然是先前姜岂言“有些失礼”留下的后遗症。

“我说过了，我救不了她……”她说话还是不太利索。姜岂言并不在意她的态度，他负着手，遥遥望着住院大楼上的某扇窗子：“上去看看吧，我妹妹一直在住院，没有什么同龄朋友，我想请你去看看她。”

女孩惊疑不定地望着他。

“本来是想着，楚楚终于有救了，一刻也不想耽误，却没想到人算不如天算……”他侧过脸，惨然一笑，“既然来了，和我一起上去看看她吧，拜托了。”

小桃回忆起那天那个貌若春花却随时可能凋谢的姑娘，回过神，低声问道：“那我去看过她之后，你能放我们离开吗？”

他点点头：“会的。”

她沉默片刻，也跟着点了点头：“那就去吧。”

姜岂言感激地笑了笑：“谢谢。”

她充耳不闻，落后了他半个身位，目光一扫，发现后边跟着好几个纠察队员。

她不由得冷笑起来，事实上，她根本就没得选。

姜楚楚今天精神还不错，吃过药之后竟然还没犯困，甚至精神十足地闹着陪护和守卫的人员，要人讲笑话给她听。

“这个也太老掉牙了！我早就在报纸上看过了。换一个嘛！”

白衣护士和黑衣护卫正被这丫头片子缠得生无可恋，后知后觉地发现她的亲哥来了，登时有种死里逃生的错觉，赶紧抱住救星的大腿：“队长，您来了！今天楚楚小姐精神很好……”

姜岂言摇头失笑：“我看出来了。行了，你们先出去吧。”

姜楚楚没听着心仪的笑话，也不恼，笑眯眯地目送那两位落荒而逃之后才对着兄长伸出双臂：“哥哥！”

兄妹俩相拥过后，姜楚楚才发现姜岂言身后居然多了张生面孔，还是个与她年龄相近的女孩子，顿时兴奋起来：“这位姐姐，啊，不对，是妹妹，是哪里来的？”

小桃被她这么一喊，莫名脸红起来，她的鞋底蹭了一下地板，那习惯性的羞赧又冒了出来：“我……我今年20岁……”

“我就说嘛，果然比我小一岁！”姜楚楚蒙对了，欢天喜地抓着她哥哥的胳膊，好在她也没什么力气，姜岂言笑眯眯地任由她作乱。

“对了，你叫什么？”姜楚楚的眼珠子骨碌碌地转了几下，视线在她与姜岂言之间游移不定，半是试探半是八卦地开口，“你和我哥哥……是什么关系啊？”

没有关系！这四个字小桃差点脱口而出，不过在接触到姜楚楚天真无邪的目光之后，她又硬生生地把这话咽了回去，只是脸上的表情多少有些别扭。

姜楚楚有些意外，便转过头去看她哥哥。

姜岂言面不改色地笑道：“小桃是我的朋友。”

被他指名道姓的人一肚子闷气，可到底没有出言反驳，于是姜楚楚又高兴了起来："没想到哥哥也有朋友，还是这样漂亮的女孩子。"

这话说得……姜岂言露出一个苦笑："楚楚，你是在骂我吧？"

"嘿嘿！"姜楚楚龇牙一笑，又朝着小桃招招手，"坐嘛，别老是站着。"接着又推了下兄长，嗔道，"去给人倒杯水嘛。"

姜岂言依言照做。小桃拘谨地坐在一张椅子上，接过姜岂言递过来的那杯水时，简直难以置信，原来他也偶尔有个人样。

只不过接是接了，她一口都没喝，怕他在里头下药。

姜楚楚没有注意到这种细枝末节，只是兴冲冲地拉着小桃天南地北地扯了起来。小桃惊讶地发现，这姑娘与姜岂言除了长相之外哪都不像，这关不上的话匣子，倒是和钟云从有几分相似。

想到钟云从，小桃的心底忽然就变得柔软起来，也不知道他在那个训练营里过得怎么样。

也不知道……以后还有没有机会再相见。

她甚至都不知道，今晚会在哪里度过。

姜楚楚兴致勃勃地说了一大堆，也没见小桃回几句，又见她一副恹恹的神情，心里便七上八下起来，生怕自己唾沫横飞讨人嫌。

"那个，我是不是说得太多了啊……"她骤然换了个话茬，还带着些许小心翼翼的赔罪之意，姜岂言的眼神也跟着扫了过来，小桃倏地从自己惴惴的忖度中抽身，连忙摇头："不是！只是我这个人笨嘴拙舌的，不太会说话。"

姜楚楚明显松了口气："我还以为你生我气了。"

"怎么会呢？"小桃眼角的余光瞟过一旁的姜岂言，挤出个笑容，"姜小姐人很好，我……很高兴认识你。"

姜楚楚先是一怔，随即展露笑颜："是吗？其实我也……"

"既然你们这么投缘，"安静了许久的姜岂言突然发话，"小桃不如留下来陪楚楚几天吧。"

小桃勉强提了下嘴角，他说什么就是什么了，难道她能说不吗？

倒是姜楚楚，有些疑虑地瞄了低眉顺眼的小桃一眼："这个，妹妹家里人同意吗？"

姜岂言看了小桃一眼，后者立刻微笑起来："我家里已经没人了，本来也没地方可去。姜小姐就当是收留我吧。"

姜楚楚不作他想，痛快地应下来了："那好啊！我一天到晚都闷在屋子里，能有个人做伴真是太好了！"

她说着伸出了一只瘦弱苍白的手，小桃一愣，随后握住了那只手，楚楚手背上的凉意让她不由自主地轻颤了一下。

“你也别叫什么姜小姐了，叫我楚楚就行。”她笑靥如花。小桃也露出了今晚第一个真心实意的笑容：“好。”

姜岂言默不作声地旁观了许久，见妹妹露出了倦容，便让她躺下睡觉。楚楚不依，还想拉着刚交到的新朋友闲聊几句，小桃含笑劝道：“没关系的，反正我这几天都在这里，明天聊也可以。”

她这么一说，姜楚楚便乖乖听话了。安顿好她之后，姜岂言与小桃一起走出了病房。

“你到底想怎么样？”在冗长的走廊里一前一后走了一阵之后，小桃终究还是沉不住气，率先开口。

姜岂言没有回头：“楚楚她从小就住在医院里，没有什么同龄朋友，想麻烦你陪她一阵子。”

她周身发冷，脚步一僵：“你到底想怎么样……”

姜岂言也跟着停了下来。

“有位医生，对你的异能很感兴趣。”他这句话让她的脚步立时停滞了下来，他察觉到了，便回过身，冲她微微一笑，“别怕，只是做个体检而已。”

她面色惨白地盯着他，寒意顺着脊椎骨一节节往上爬，几乎要将她冻成冰。

这家医院于半个世纪前落成，历经了无数的风霜雨雪，一草一木、一砖一石皆透出了一点岁月蹉跎的惆怅。

两排突兀嶙峋的银杏相对而立，一条石板路从中穿过，笔直地往前延展开去。

轮椅毫不留情地碾过石板隔隙间半枯的苔藓，铺陈已久的青石板有些微的松动，轮椅行经，便显得有些坎坷。

“会不会太颠簸了？”推着轮椅的小桃不放心地问了一句。轮椅上的女孩仰起脸冲她明媚一笑：“不会，我感觉很好。”

今日天气不错，暖阳高照，日光透过树杈斜斜地落下，女孩子们纤细的身躯上遍布着斑驳的光影。

风裹挟着刺骨的寒意扑面而来，姜楚楚闭上双目，迎着风，深深地呼吸，一股清冽纯净的味道冲入肺腑。

“我很早就想到这里来了。”姜楚楚几乎被身上厚重的衣物裹成了一个大粽子，大半张脸隐在围巾后，她费劲地抬起手，指着两侧的银杏，“之前有个病友告诉我，银杏叶变黄了，很漂亮，我就一直想来看看。”

她说罢，一片枯黄的树叶蝶舞一般，在空中轻盈地转了几个圈，最后悄然无声地落在她膝间。

她捻起细长的叶柄，脉络分明的叶片好似一把精致的小扇，可惜枯败得太过，已经失了最好的颜色。

她细细地端详片刻，颓然叹气：“可惜来晚了。”

小桃闻言，下意识地抬头望了一眼枯朽的银杏树，只见银杏树枝丫交错，上头稀稀落落地挂着几片摇摇欲坠的枯叶，楚楚所期待的满目金黄早就随风逝去了。

只余满目疮痍。

她不知道那女孩此番叹息是否意有所指，也未敢深究，只是牵强地扯了扯嘴角：“明年早一点来。”

“明年啊……”苍白病弱的女孩淡淡一笑，而后朝掌心里吹了一口气，银杏叶轻飘飘地飞了起来，晃晃悠悠地回归了尘土。

这景象令小桃的鼻头蓦地一酸。

这些枯木朽株等到春暖花开的时候就会抽出新芽，迎来又一场生生不息的轮回，可奄奄一息的人，却没有周而复始的机会。认命，或是不甘，没有任何区别，只能无可奈何地等待着尘埃落定的那一天。

“楚楚。”一个声音响起，姜楚楚与小桃都回过头去，姜岂言双手负在身后，站在不远处，面上挂着浅浅的笑意，凝望着妹妹，“这里风大，我们回去吧。”

他也是这次清晨漫步的参与者，只是不便掺和女孩间的窃窃私语，故而一直隔着几步之遥。

但姜楚楚的一言一行时时刻刻都在他的关注范围内，她的无奈与落寞，他看得一清二楚。

无能为力的挫败感逐渐将他包围，他闭了闭眼，把那些无用的情绪全都从脑海中驱逐出去。

没有看到想看的风景，想来姜楚楚也失了兴致，她难得地没有同兄长据理力争，而是顺从地点了点头：“既然哥哥这么说了，那就回吧。小桃你说呢？”

小桃的脸色较之平日还要苍白几分，不知道是不是冻的，她垂下眼，低声道：“我没意见。”

返回的时候，姜岂言照旧落后了一段距离，他的目光自姜楚楚处移转，肆无忌惮地落在另一个女孩身上。

“我不是早就跟您说过了吗？”在徐医生的实验室里，这个看起来和蔼可亲的中年男人正笑眯眯地往女孩瘦弱的手臂上擦着消毒水，“光靠这孩子，是没法救姜小姐的。”

是啊，早就被告知了结果，但他还是忍不住有了期待，所以此刻才充斥着无法疏解的失望。

姜岂言瞥了一眼因注射了麻醉药物而无法动弹的女孩，她双目含泪，悲哀地望着他，他却只是面无表情地收回了视线。

徐医生的手里此刻已经拿了一支采血针，锋利的三棱针头迅速地刺穿肌理，探进血管，殷红的血液很快被挤压出来，顺着气压倒流进针管内，不多时，已采集了100毫升左右的鲜血。

小桃的脸急剧苍白起来。

姜岂言原本只是安静地旁观，可见徐医生放下针管之后，又找出了一柄手术刀，那姑娘恐慌地睁大了眼，身躯不由得痉挛了起来，他眉头一皱：“不是说好只抽血吗？”

“我只是测试一下她受到重创之后需要恢复的时间。”徐医生乐呵呵地答道，他掀开小桃衣襟的一角，光滑平坦的腹部在苍白冰冷的灯光下泛着淡淡的光泽。

他瞥了姜岂言一眼，笑道：“姜队长不必担心，不会让她没命的。”

手术刀薄而锋利的刀刃冰凉地贴在女孩子年轻白皙的肌肤上，小桃的眼泪汹涌而出，她挣扎着望向姜岂言，嘴唇一张一合，如同一条涸辙之鲋。

“救救我！”

姜岂言听到了她无声的呼救，不知道为什么，忽然想起当初他伤重濒死的时候，在黑暗阴冷的石洞里，她一边瑟瑟发抖，一边不停地在他耳边说：“别怕，等这阵子过去就好了……”

她应该怎么都想不到，当时她放在怀里温暖的那条蛇，有一天会反咬她一口。

姜岂言知道自己是个彻头彻尾的浑蛋、人渣，他一路这么走过来，不打算也不想心软，可此刻，他那颗坚硬如铁的心，却因为她战栗的嘴唇，硬生生地流露出了三分软弱。

大概是因为眼前的这张脸，和当年那个才7岁却拼命地抱着仇家大腿让哥哥快逃的楚楚重合在一起了。

徐医生见姜岂言并未发话，只当他默许了，正要下刀，手腕却冷不丁地被人捉住了。

徐医生讶异地回过头，姜岂言目光冷冷地与他对视。

“您这是……什么意思？”徐医生的小心翼翼里藏着惊疑不定。姜岂言不是听不出来，深吸一口气，眼角余光掠过面色如纸的女孩，淡淡开口：“用不着这样，你想知道伤口多久能复原，问我就好了。”

徐医生的眼神闪烁了一下，很快又恢复了一团和气的笑容：“既然您不同意，那就算了。”

姜岂言松开他，转身将手术台上无法动弹的小桃抱了起来，朝门口走去。

“心软一次就够了。”在他即将走出这个房间的时候，徐医生意味深长的声音传到他耳朵里，“再来一次的话，我就不奉陪了。”

姜岂言脚步一顿，旋即又加快了速度，阔步离开。

小桃身上的麻醉药物效果还没过去，只能任由他抱着，心里七上八下的，不知道他要把自己带到什么地方去。

一直走完了整条长廊，姜岂言总算停了下来，他把小桃抱进了一个小房间。开了灯之后，小桃环视了一番，屋子的陈设很简单，也还算整洁，看起来是单间病房改造的。

“有时候在医院里陪楚楚，我会在这里休息一下。”姜岂言把她放到了床上，顺手把被子盖在了她身上，“你在这里将就一晚吧。”

枕衾之间隐隐约约带着这个人的味道，说实话并不难闻，可就是让她感觉周身都泛着冷意，再厚的被褥也无法温暖起来。

“那……明天过后呢？”她艰难地出声，嗓音干涩。他在床边的椅子上坐了下来，瞥了她一眼，面无表情地回了一句：“放心，会送你回张既白那里。”

“我不是问这个……”

“我知道你想问什么，”他牵了牵嘴角，打断了她，“他们还会在我那里逗留一阵子，不过我向你保证，时间不会太久，我也会好吃好喝地安置他们的。”

小桃自然无法接受这个答复，她又惊又怒：“你为什么就是不肯……”

“因为你。”他轻笑一声，“我怕你到苏闲那里告我的状，那家伙很难缠的。”

她呼吸急促，胸口剧烈起伏，好一会儿才勉强平静了一点：“我保证，我绝对不会向其他人透露一个字……”

他一根指头压在了她的唇上，她浑身一僵，又听到他说：“不行，这个世界跟我一样出尔反尔的浑蛋太多了，我信不过别人。放心，等这次的事过去，我自然会放人，毕竟我也不是很想养着两个白吃饭的。”

她呼吸一滞，随后张嘴狠狠地咬了他一口。

她那一口咬得是真狠，姜岂言倒吸一口冷气，手指很快就出血了，他却并不显怒色，反而笑了起来：“也是，我这么恩将仇报的，是应该让你报一次仇。”

小桃满嘴的血腥味，没多久就忍受不了了，尽管她很想咬断他的指节，但最后还是松了口。

姜岂言捂着流血不止的手指，挑了挑眉：“要是我，可不会这么容易松口。”

小桃紧闭着眼，恨恨地说道：“我恨不得一口咬死你。”

姜岂言微微一笑：“好啊，我等着。”

像是什么都没有发生一样，小桃按照姜岂言的吩咐，继续陪伴姜楚楚。

只是今天的姜楚楚显然有些恹恹的，兴致不是太高，遛弯的大半时间都在发呆，不知道心里在想些什么。

姜岂言跟在后头，离她们有几步路的距离，目光在小桃的背影上凝滞良久，亦是有些心事重重。

约莫是他毫无顾忌的打量让小桃似有所感，她不由自主地打了个寒噤。

姜岂言见状，勾起唇角笑了一下，随后挪开了目光。

姜楚楚的消沉没有维持太长时间，不过几步路，她又恢复了活泼的本性，随便飞过一只麻雀也能让她大惊小怪地激动半天。

“哎哎哎，小桃你看见了吗？刚刚有一只鸟飞过去了！哎哎哎，它在我面前停下了啊！哎哎哎，它蹦了！它蹦了……啊，它飞走了。”

姜楚楚无比惆怅地抬起头问道：“你说它怎么这么行色匆匆啊？多陪我玩一会儿不行吗？”

小桃没好意思告诉她，人家麻雀八成是因为她嗓门太大了才被惊走的，于是含糊应付了两句：“大概是……肚子饿了吧……”

她话音未落，只听那姑娘又咋呼了起来：“你看你看！那只麻雀突然掉下来了！”

她兴奋地用手指着，小桃一证，顺着她指的方向看过去，果然望见那只麻雀直直地从空中坠落。

它仍在努力地扑棱着翅膀，可空气里像是有一种无形的力量在压迫着它，令它无法继续飞翔。

两个女孩都盯着那只古怪的麻雀，既新奇又茫然，一时间没有注意到远处的人。

可姜岂言一见到麻雀的异状，就知道是那人来了。

“张既白。”他沉声念着这个名字，心情同脸色一般阴霾，这家伙突然来访，想必来者不善。

两个姑娘的听力都挺好，尤其是姜楚楚，对这个名字更是格外敏感，她的耳朵动了动，立刻侧过脸望去。

小桃也跟着纵目望去。石板路的另一头，缓缓走来了一个人，他身形修长，浑身上下都透着股目空一切的冷淡气质，正是张既白。

“张医生！”姜楚楚惊喜得险些要从轮椅上蹦起来，双颊绯红，不住地向对方招手，“您终于来看我了！”

张既白伸出一只手，接住了那只有气无力的小麻雀，而后才看向他们这边，微笑致意。

小桃当然不至于像楚楚那样亢奋，却也精神一振，甚至有种劫后余生的感觉，尤其在遭受过昨夜的折磨之后。

姜楚楚甚至不用小桃帮忙，自己就摇着轮椅往张既白那边去了，张既白摇摇头，把瑟瑟发抖的麻雀拢在手心，加快脚步朝楚楚走去。

小桃也欢喜地抿起嘴角，准备和楚楚一起过去，不承想，姜岂言却叫住了她。

“我知道你在想什么。”他的声音那么动听，可说出来的话却叫人惊悸不已。

“这麻雀是要送给我吗？”姜楚楚喜笑颜开地拉住了张既白的衣襟。张既白露出个难得的苦笑：“不是给你的，还能给谁？”

他被楚楚纠缠着，一时之间，没有顾及另一边的情形。

姜岂言走到小桃身后，声音压得很低：“你可以跟他回去，不过有件事我必须提前告诉你。”他的嘴唇微不可察地动了几下，“张既白那边，该说的，不该说的，心里有数吧？”

女孩瞬间面如死灰。

言毕，他便与她擦肩而过，缓步走向正被楚楚闹得头痛不已的张既白，冷冷地发问：“你来做什么？”

张既白微微一笑："我来这里，自然跟你没什么关系。"

姜楚楚揪着他的袖口，眉飞色舞地对她哥嚷嚷着："那是！张医生可是来看我的！当然跟哥哥没关系。哥哥你可以走了！"

姜岂言登时被胳膊肘往外拐的妹妹气得牙痒痒。

张既白不动声色地把自己的袖子从楚楚的魔爪里解救出来，视线却落在几米开外的小桃身上。

她的脸色很糟糕，以他从医的经验，一眼就看出了问题所在。

看起来……是失血的症状。

他目中一冷，神色阴沉地望向姜岂言，后者注意到他的眼神，却只是无谓地提了下嘴角。

张既白几乎掩饰不住周身冰冷的怒气。

迟钝如楚楚，也察觉出了一点不对劲，她怯生生地看了一眼面色不善的张既白，继而松开了勾着他衣袂的手指。

姜岂言见状，也有些暗悔不该在此时挑衅张既白。

气氛非常尴尬，恰在此时，沉默许久的小桃毫无预兆地一头栽倒，姜岂言眼疾手快，接住了昏迷不醒的女孩。

"你对她做了什么？"张既白沉声问道。

姜岂言若无其事地回道："抽了一点血。"

"除此之外呢？"

"没有了。"

张既白确实没有在小桃身上发现别的症状，可神色并没有因此变得好看一点："你为什么要这么做？"

姜岂言拦腰抱起女孩，朝他走来："你这么聪明，应该猜得到吧？"

张既白瞥了一无所知的姜楚楚一眼，忍了又忍，最终还是没有在楚楚面前把话挑开。

"看起来，你好像没达到目的。"他讥讽了一句。姜岂言苦笑了一下："是，竹篮打水一场空。所以，我把人还给你了。"

他说着，真的把不省人事的小桃交给了张既白，后者接过瘦弱的女孩，冷冷地盯着姜岂言，压低了声音："这次楚楚在场，就算了，要是再让我发现你有这种小动作……"

姜岂言微笑着与他对视，面上无波无澜。张既白说话的时候，他能感觉到周身的气流涌动得厉害，仿佛是无形的暗潮，汹涌地将他包围在其中。

"我不会放过你。"

张既白说完，便带着小桃头也不回地离开了，姜楚楚遥望着他远去的背影，满心满眼的失落。

苏闲走进诊所的时候，张既白正在给一个人开药。

听见沉稳的脚步声，张既白头也不抬就知道来人是谁，却也没说什么。自钟云从去训练营之后，所谓治管局与狗不得进的门禁就自动被他抛之脑后了。

男子佝偻着身子，正在点头哈腰地向张既白致谢，苏闲瞥了一眼，发现这位病人两鬓斑白，皱纹横生，想来年纪已经不小了。

这人八成是来领抑制剂的，他瞬间就判断出了对方的来意。

那中年男人注意到不速之客的目光，下意识地回看了一眼，对方身上的制服令他骤然变色，不自觉地后退了一步："长、长官好……"

这城市里的平民对穿着制服的人向来都抱有敬畏之心，倒也正常得很，可这一位，反应未免太过了一点。

苏闲原本对他没有多大兴趣，见他那副胆怯心虚的模样，反而起了点疑心，将这个人上上下下地打量了一番。

要说这人，还真看不出什么特别，普普通通的容貌，穿着一身黑，低着头，缩着手，一副局促不安的模样。

一定要说有什么不寻常之处的话，大概是裹得太严实了一点，当然，也有可能是因为天气冷。

苏闲笑了笑，冲那人略略一点头，而后收回了视线。

对方很明显松了一口气。

"这些药，一天三次，一次两片，不要随意增减用量。"张既白指着桌角放着的两盒药物，声音淡淡的，"我必须提醒你一句，这药副作用很强，你最好有心理准备。"

中年男子迅速地拿起两盒药，又深深地鞠了一躬："我知道了，多谢您了，张医生！"

说罢，他把盒子往怀里一揣，急急地往外走，经过苏闲身边的时候，又客气地欠了欠身，未等苏闲有所回应，就三步并作两步，行色匆匆地离开了。

"这个人，身上怕是已经起了红斑吧？"苏闲大摇大摆地在他对面落座，懒洋洋地倚在椅背上，拿起桌上摆着的报纸，漫不经心地翻了两页，"你的药，还能发挥几分作用呢？"

"他应该早点来的。"张既白若有所思地望着空空如也的门口，继而目光似笑非笑地落在对面那人的脸上，"怎么，要去把人抓起来吗？"

苏闲答非所问："我会让人多注意他……对了，你要是有他的身份信息就赶紧告诉我，也让我的人省点力气。"

"没有。"张医生干脆利落地拒绝了，"来我这里看病的人，我从来不打听多余的事情。"

苏治安官被他噎了一下，没好气地警告了一句："我告诉你，你这样很容易惹上麻烦的，到时候可不要来求我。"

眼看张既白眼皮都没动，就知道这威胁对他没多大作用，苏闲素来了解他的脾性，也只是一笑了之。

"对了，"苏闲面色一正，终于想起此次来意，"那姑娘……"

"小点声儿。"张既白做了个嘘声的手势，"她在睡觉。"

苏闲一怔，随后转过头去，朝里间望了一眼，隐约窥见小桃双目紧闭，静静躺在病床上，手腕上扎着针，正在输液。

他面色一寒："她怎么了？"

"失血过多。"

苏闲心中自有计较："姜岂言干的？"

昨晚张既白难得地亲自跑到治安所来拜访他，正是因为小桃丢了。

苏闲一听也登时头大，毕竟钟云从那家伙离开的时候特意嘱咐让他多关照小桃的，"暗影"曾经针对她的追杀行动还历历在目。

结果他刚走一天，那姑娘就不见了，回头还真是没法跟他交代。

一开始他们也都惴惴不安，担心她被"暗影"抓走了，不过他在派人探察了一圈之后，也没发现什么"暗影"的踪迹，倒是在街上打听的时候，有人说见过纠察队的车子在诊所附近出现过。

苏闲霎时就怀疑上了姜岂言，尤其在确认他的车开往的目的地是医院之后，就更加笃定了。

那家伙不知道用了什么方法，把小桃引了出去，估计是想让小桃救他妹妹。

姜楚楚罹患绝症，命不久矣，姜岂言向来爱护这个妹妹，想必是想在小桃身上寻找生机。

张既白今天一大早就赶过去了，一切都不出他所料，小桃身体状况极差，姜岂言已经下手了。

不过，那家伙这么爽快就放了小桃，任由他将人带走，这倒是有些出乎他的意料。

但其中关节很容易就想得明白，看来小桃的异能也无法治愈姜楚楚的病症。

不然，姜岂言是绝对不会善罢甘休的。

“他原本想利用小桃去治他妹妹的病，”张既白告诉苏闲，“不过很显然，他没能达到目的。”

苏闲又看了一眼昏睡中的女孩，放轻了声音：“看来，她的血也没有想象的那么万能啊。”随即又叹了口气，“这对她来说，倒是好事。”

输液的药瓶空了，张医生利索地换了一瓶新的，两人很有默契地转身准备出去的时候，却听到了女孩的声音。

“头好晕……”

两人齐齐回身，苏闲满脸欣慰之色：“终于醒了，饿不饿，要不要吃点东西？”

张既白却神色平淡：“用不着吃，给她输的就是营养液。”

苏闲也就不再纠缠吃不吃的问题，而是拉了张椅子坐到病床边上，歪着头瞧了瞧病人：“除了抽血之外，姜岂言那浑蛋还有没有对你干别的？”

小桃目中原先还有些迷茫之色，听了他的话，便逐渐清明起来，她有些不安地看着他：“你们……知道了？”

张既白一声冷哼：“你以为瞒得过我的眼睛吗？”

小桃苦笑了一下，摇头：“没有了。”

至于姜岂言在她耳畔说的那些话，她不能也不敢告诉他们。

“他是不是想让你给他妹妹治病？”虽然已经从张既白那边听到了答案，但习惯使然，苏闲还是要向当事人亲口确认一番。

小桃颔首：“是。不过……”她眉间有些踌躇之色，“我救不了楚楚……”

苏闲还没来得及回话，张既白却先出声了：“为什么？”

他对个中缘由还是十分好奇的。

于是她便将自身异能的限制又说了一遍，张既白眉头微蹙，一言不发，苏闲恍然大悟：“原来是这样……不过即便如此，转眼之间就能无痕无迹地治愈外伤，也足够神奇了。”他想，也足够惹人垂涎。

女孩赧然一笑：“也没转眼之间那么快……”

苏闲摇头失笑：“那次在山洞里，我可是亲眼看见姜岂言伤势好转的。”言毕，他面色一寒，“说起来，那家伙真是条白眼狼，你以后离他远点。”

小桃勉强地弯起嘴角，却一句话都说不出来。

“他妹妹是可怜，可他这个人，实在是……”苏闲摇摇头，“他这个人，聪明是聪明，可惜为人处事完全没有分寸，说难听一点，就是没有底线，不择手段，所以我才讨厌他。”

张既白附和了一声：“我同意。”

小桃抿了抿嘴唇，没有吭声。

可她心中的忧虑与惊惧却是他们所无法想象的。

他还不打算放过她……可她根本治不好楚楚，他到底还想拿自己做什么？

姐姐和弟弟，他们还好吧？

想到此处，她的眼泪险些落了下来，眼见那两个人关切地看着自己，她不愿流露情绪，又硬生生憋了回去。

“小桃。”

苏闲忽然又开口了，小桃吃了一惊，带着几分忐忑对上他的双目。

“你还是……”他长长地叹了口气，“不打算告诉我们吗？”

她知道他在问什么，但先前她就没说，现在这个境况，更不能说了。

“对不起。”她含泪摇头。

得到这个虽然失望却也是意料之中的回答，苏闲也没有逼问，只是无奈一笑，温言劝道：“有时候呢，人还是应该学着厚脸皮一点，该麻烦别人的时候千万不要客气。”

“对，”一旁的张既白补了一句，“就像钟云从那样。”

苏闲被噎得一口气差点没接上：“……他可不是什么好榜样，你就别学了。”

小桃破涕为笑，可眼底的忧虑却一丝也不曾减少。

Chapter 04.
训练

正在训练营里的钟云从狠狠打了个喷嚏，使劲揉了揉鼻子，心想，又是谁在惦记他？苏闲还是张既白？不，应该都不是，只有小桃会惦记他吧。

初来乍到的钟云从透过窗户看见一排排整齐的队列，他们已经剪过头了，在排队等着体检。

看着那各式各样狗啃似的参差不齐的发型，钟云从倒吸一口冷气，转过头，向身后背手而立的大块头讨好地笑了笑："我有个请求，我能不能不剪头？"

在提出这个请求之后，他就被那头力大无穷的野兽单手提溜着，丢进了一个小房间，而后大块头往他屁股上踢了一脚："把这小子的毛给我剃光！"

"这不符合规定吧？"

理发师是个精瘦的中年男子，一双手皱得跟核桃皮似的，不知道为什么，他拿着剪子的手微微颤抖，钟云从怀疑是帕金森病提前发作。

他惊恐地盯着剪刀上的寒光，一时间拿不准该捂屁股还是捂头发。

"规定？"大块头的身躯粗壮得像一座铁塔，但这并不是他嚣张的真正本钱，他的真正本钱是——他是这座训练营的负责人，据说还是治管局的高层之一。

而此刻这位负责人粗鄙地往地面上唾了一口："老子就是这里的规定！"

钟云从被喷了一脸的唾沫星子，却噤若寒蝉，大气都不敢出。

“你这只走后门的小鸡仔，最好给我听话点，”那家伙的脾气和他的块头一样大，“否则，我会让你和那堆垃圾一起被扫地出门！不管是谁的面子都不好使！”

钟云从听了他这句话，有些无奈，事实上，除了跳过抽血这个环节，苏闲也没有帮他争取到什么特殊待遇。

大块头留下这句掷地有声的威胁之后便走了出去，那令人窒息的压迫感总算消散了些许，钟云从稍稍松了口气，又听到个嘶哑的声音：“起来吧，抓紧时间剪头。”

虽然这理发师看起来要和蔼得多，但钟云从也不敢怠慢对方，一溜烟爬了起来，四处看了看，发现这是间很狭窄的屋子，光线不太好，摆设也没多少，只有简陋的一桌一凳，桌面上放了些推子、剪刀、吹风机之类的工具。

钟云从又环视了一圈，确认了这里连面镜子都没有。

“坐上去。”中年理发师拍拍他的肩，钟云从犹犹豫豫地挪不开步子，理发师有些纳闷，“那又不是电椅，你怕什么呢？”

“就……没有镜子啊？”钟云从最后还是没忍住，小心翼翼地指出了这个隐忧，“这样会不会不方便？”

“有什么不方便的？”理发师把他按到了椅子上，左手握着剪刀，右手拿着推子，双目异光闪现，“咱们开始吧！”

钟云从只来得及咒骂一声，剪刀的咔嚓声同推子的嗡嗡声齐齐响起，乱成一片，而那些他曾经花费了不少金钱与精力打理过的头发就这么简单粗暴地被清理掉了。

原则没有了，那至少还得留个底线。

如果不是剪刀在他脑袋上乱舞，他一定要抱住理发师的大腿：“千万别把我的头发剃光，好歹也给留几根毛挡挡风！”

他都还没反应过来，理发师就干净利落地收了两大法器，抄起吹风机把他脖颈间的碎发吹干净，然后拍拍手：“大功告成，行了，小伙子，去瞧瞧你的宿舍吧。”

钟云从被理发速度震惊了，他复制了中年理发师那帕金森式手抖，战战兢兢地往头顶摸去，生怕碰到一个如龙卷风过境后寸草不生的秃头。

在手指触到一层薄而粗粝的发楂时，他心里悬着的大石总算放下了一半——不管怎么样，至少还没沦落为一个人群中闪闪发亮的大灯泡。

他有气无力地站了起来，没头没脑地往门框上撞去，在他的额头和坚硬的木头亲密接触之前，理发师拉了他一把：“你这小子怎么回事啊？剪个头就吓得腿软了？”

钟云从不好意思明说您老那虎虎生风的剪发气势给我留下了心理阴影，他揉了揉脸，试图令自己更清醒些：“没，我今早没吃早餐，有点低血压，头晕。”

“啧啧，”干瘦的中年男子连连摇头，“你这个样儿……还真是够呛，这里的训练强度可不是闹着玩的，还是说……”理发师并没有因此露出轻视的意思，而是上下打量了他几眼，“你有什么天赋异禀？”

钟云从半垂着眼，谦卑一笑：“马马虎虎吧，打架是不太行的。”

这个训练营一年只开营一次，向所有18—35周岁的人开放，除此之外，没有什么特别的要求，无论男女，无论普通人还是异能者，都有报名的资格。

因此，这个位于“孤岛”东南角湖心岛上的训练基地的学员里，从来不缺少“普通人”，可对真正意义上的大众而言，能够通过训练营筛选考试的也是普通人里的精英了。

至于异能者，他们通常不需要经过筛选，相对于普通人来说，这的确算是先天优势了，因为“孤岛”的两大部门，综合管理局与治安管理局都常年对异能者求贤若渴。

不管何时何地，异能者总是抢手的，两大部门明争暗斗，从来没停止过抢人，这样一来，前来报名的异能者自然就成了香饽饽。

至于身无长技的普通人，两大部门虽然也招募，但毕竟是退而求其次的选择，况且，出于工作难度的要求，尤其是治管局那边，也不可能收一群弱不禁风的娇花进来。

如此一来，这群没有异能又想进入两大部门的普通人就要付出加倍的努力，才有可能打败其他竞争者，要知道，两大部门留给普通人的名额都是有限的——严格地来说，只有综管局，因为治管局几乎不招收普通人，这并非歧视，而是工作性质的缘故。

就算是综管局，能提供的职位也是有限的，僧多粥少，随便哪个职位都值得头破血流地争抢——毕竟两大部门的职位算是“孤岛”最稳定的工作。要是落选，基本只剩下两个选择，要么到矿山谋生，要么在街头无所事事地游荡，成为纠察队的重点监测对象。

故而，训练营里的普通学员间的竞争向来都是最激烈的，对比起来，异能者们就要轻松得多。

关于训练课程，大部分是向两拨学员一视同仁地开放的，可通过的标准却不大一样——主要是针对异能者而言，众所周知，并不是所有的异能者都以攻击力见长，有些异能甚至毫无攻击性，而这些异能者的体力说不定还不如普通人。

对这部分特定对象，训练营自然不会墨守成规，而是灵活变通了规则，适时地降低了标准。

譬如治管局的“贵宾犬”，她当年基本就是一路被放水从训练营毕业的，因为有个治管局的大佬看上了她的异能，所以她成了录取名单上早就内定好的目标，甚至毕业的时候还拿了个优秀学员的奖章，从训练营出来之后，就直接进入治安所了。

而普通学员就得不到这样的优待了，他们只能老老实实地参加训练课程，一旦没通过最终考核，就只能被淘汰。

按理来说，钟云从想的话，也应该能和“贵宾犬”享受同一种待遇，但他并不打算这么做，无论出于哪方面的原因，他都不是来这里混日子玩的。

对他来说，剃头相当于一个破釜沉舟一般的仪式——不好好提升自己的话，对得起逝去的头发吗？

“考虑到你的特殊情况，为了避免一些麻烦，体检中血检的环节，我想办法帮你去掉了。”苏闲在临行前对他告诫道，“除此之外，你和其他人都是一样的。我希望你能把握住这次机会，训练营的训练虽然残酷，但也确实是个锻炼人的机会。”

钟云从吸了吸鼻子，“残酷”这个关键词让人格外不安：“……果然很恐怖吧。”

“比起训练本身，”苏闲挑起半侧眉尾，也不知道是真心实意地相告还是危言耸听，“和同期生的关系可能会更让你头痛，毕竟会去报名的，80%是刺头。”

钟云从牙疼似的咧了咧嘴：“小混混？”

“带着异能的小混混。”苏闲微笑着纠正，“再多说一句，异能者学员跟普通学员之间，因为鸿沟一般的差距，免不了我看不起你、你敌视我这种事，总有些好事之徒精力过剩，喜欢挑事，一言不合就开打，你可要当心点啊。”

“你当年也是这样吗？”

“我当年啊，”苏闲的笑意加深了些许，“可没有人敢来惹我。”

“知道了，你最牛。”

苏闲的余光掠过钟云从那张闷闷不乐的脸，又补充了一句：“我提前告诉你啊，要是被人欺负了，你有本事就打回去，没本事的话就装孙子，要是敢抬我的名号去压别人的话……”

“知道了，知道了，”钟云从没好气地打断他，“我怕万一哪天真当了你手下，被你折腾死！”

苏闲唇角微翘：“你知道就好。”

回到现实，钟云从抱着一摞叠得方方正正的训练服，被领到了一幢五层高的矮楼内，这儿的空气里总是透着一股子挥之不去的霉味，他略略皱起了眉，但绝不敢抱怨。

走廊的地面上，有着长长一列整齐而显眼的黄色脚印，看上去像是踩着油漆印上去的，而且不止这里，在这个训练营里，只要是建筑内，这样的黄脚印随处可见。

钟云从对它们的用处一无所知，又不敢随便发问。

他们停在了一扇标着“501”的破旧房门前，那个领路的宿管语气平淡地介绍道：“这就是你的宿舍。”

她说着从口袋里摸出了一枚半旧的黄铜钥匙，打开了门。

一股混杂了霉味、汗臭味以及其他不可描述的味道的复杂气息扑面而来，钟云从猝不及防，刹那间被熏得头昏眼花。

“一间宿舍住六个人，”宿管显然已经对这股子异味免疫了，她的表情没有一丝变化，依旧刻板得如同一张面具，“这个就是分配给你的床位。”

“哦，谢谢您！”他恭敬地朝女宿管鞠了个躬。后者的神情也并未因此有什么不一样，她只是把钥匙放到了他手里，顺便指着某个上铺：“你的物资包在床上，先把训练服换上吧。”

“现在也快中午了，午饭之后，你就要参加下午的训练了。”这是她的最后一句话，然后她便下楼去了。

钟云从捧着衣服在原地发了会儿呆才关上门，把训练制服换上，在自己的床上百无聊赖地坐了一会儿，蓦地又想起自己刚剪的头。

“也不知道剪成什么样了……”他一面摸着自己的头，一面满屋子乱转，“这里不会也没镜子吧？”

他正嘀咕着，宿舍门却冷不丁地被推开了，接着，一个粗犷的声音冒冒失失地响了起来：“已、已经有人来、来了？”

钟云从被吓了一跳，随后反应过来，是这间宿舍的其他人也到了，他想起苏闲的警告，深吸一口气，战战兢兢地转过头。

他望见一坨雄伟的肉山屹立在门边，这绝不是夸张的说法，他这位室友的腰围和门框差不多，以至于他只能侧着身子艰难地挪进来，而他每迈一步，整座楼似乎都跟着颤动。

钟云从从来没有见过这么胖的人。

这个大胖子才走了两三步就累得呼哧带喘，他喘一下，脸上的肉就跟着抖一下，整张脸如同膨胀的面团，五官被肥肉挤成一团，眼睛变成两条细缝。

钟云从心中暗暗惊叹，没想到这样的体形居然也能被允许加入训练营，看来这边采取的是“宽进严出”的标准，同时他也杞人忧天了一把——生怕这一身肉分分钟压折这位大哥的骨架。

不知道是他没控制好表情，还是对方太敏感，他的注视招致了对方的不满，胖子努力地撑开他几乎粘连在一起的上下眼皮，气冲冲地瞪向钟云从：“你、你瞅啥？”

钟云从登时傻眼了，这个问题看似平平无奇，实则暗藏杀机啊！

眼看对方那横眉怒目的模样，要是一个没答好，估计就得上升成一起事故了。

这才第一次打照面就给他出了这么个难题，这哥们儿是特地来考验他的应变能力的？钟云从腹诽的同时，脑子也转得飞快，类似于“瞅你咋的”这种不要命的答案第一时间就被排除了。

不然估计下一回合就直接进入“你挺牛啊？来，咱俩唠唠’的开练模式。

看对方那体形，他实在是没啥信心。

他还在那儿冥思苦想呢，那胖哥们儿已经不耐烦了。伴随着一句“咋、咋不说话？看、看不起我，是不是”，钟云从惊恐地瞅着那胖子沙包大的拳头直直地朝他挥来，还飒飒带风。这家伙说干就干蛮不讲理还是其次，真正让钟云从头皮发麻的是，他与胖子之间至少隔了三米远，对方就站在原地，一步都没挪，可他的胳膊就跟橡皮筋似的瞬间拉得老长，那绝对不是一个正常人能做得到的事。

异能者吗？

他来不及琢磨更多，眼看拳头就要砸到自己脸上了，电光石火间，他灵机一动，高声赞美道：“大哥！金链子挺粗呀，哪买的？”

沙包大的拳头在距离他鼻尖一厘米的地方停住了。

钟云从的呼吸几乎都要停了。

一眨眼，那拳头又呼的一声收了回去，那胖子不好意思地挠着头：“差、差点误会了，链子……假、假的，街、街上随便淘的。”随后一扯那假金链，特别热情地问道，“喜、喜欢不？要不，就、就当见、见面礼送、送你了……”

“君子不夺人所好，心意领了！”钟云从抹着额头上的冷汗，不忘赔笑，“领了……”

胖子的眼睛也瞟着他脖子上挂着的翡翠白菜，和他开始互吹：“你、你这小白菜也挺逼、逼真的！”

“哈哈哈！”钟云从干笑道，“批发的，十块钱仨，下次有机会我送你俩？”

这话显然让胖子听得很舒服，他那橡皮泥似的胳膊又倏地伸了过来，很用力地拍了两下他的肩：“客、客气！”

钟云从猝不及防地挨了两下，差点没站稳。

“老弟啊，你可长点心吧，你力道多大心里没点儿数吗？”一个懒散而黏腻的声音响了起来，钟云从闻声望去，一个瘦削的人影从胖子身后挤了进来。

他把胳膊往胖子肩上一搭，冲着钟云从露齿一笑：“别跟他一般计较，他这人缺心眼。”

胖子不满地撇撇嘴：“哥，你、你说谁缺、缺心眼呢？”

钟云从赶紧摆摆手：“没有的事！”而后又好奇地打量着他们，“你们是兄弟？”

瘦子似乎看穿了他的好奇，笑道：“是，亲兄弟。”

那他也是异能者吗？钟云从心里又犯起嘀咕，不过不好意思直接问，毕竟刚见面。

那瘦子跟他兄弟显然很不一样，除了体形不同之外，看起来也要精明许多。他笑容可掬地问道：“兄弟，以后想进哪个部门？”

钟云从下意识地想回一句“治管局”，临了突然反应过来——这家伙是在套他话吧？一般来说，异能者学员选择治管局的多，优秀的普通人学员则一般会进综管局。

这是变着法打听他是否有异能。

他还在那儿自个琢磨呢，人家就直接问了。钟云从笑笑，委婉地回了一句：“现在都还不知道能不能毕业呢，我也说不好。”

自己的问题被不动声色地挡了回来，瘦子脸上也不见尴尬，他挂着笑容，正要再说些什么，外头却又传来了动静。

“哟，这宿舍已经这么热闹啦？”屋里的三个人齐刷刷地转头望去，屋外两个人一前一后走了进来，前头那个是个浑身肌肉的大汉，手里拎着简易的行李，嗓门大得很，“床位剩几个，还有没有的挑啊？”

落后他半步的是个戴着眼镜、看起来斯斯文文的年轻人，他和那位高大威猛的汉子形成了鲜明对比，只是身量不高，身形比钟云从还要单薄几分。

“床位应该都是分配好的。”钟云从笑眯眯地接了一句，视线自然地带过两位新来的室友，毫无头绪地猜测着这貌不惊人的两位究竟分属哪一类。

“哎哟！是上铺啊！”他那位人高马大的新室友很快就找到了标着自己名字与学号的床位，登时不满地嚷嚷起来，“老子不喜欢上铺，谁跟我换一下？”

他看似在询问众人，可视线却专盯着钟云从一个人，不知道是因为钟云从离得最近，还是他看起来最好欺负，总之就是盯上他了。

本来换个床位也不是什么大事，可对方给他打上的标签实在让人不喜，况且……钟云从微微一笑，抱歉地摇头：“不好意思，我也是上铺。”

他说话的时候，余光瞄到对面上铺贴着的名字，原来这蛮横的家伙叫金虎。

还真是人如其名。

金虎见钟云从这边的算盘落空，又立刻转移了目标，冲着那位戴眼镜的年轻人笑道：“眼镜，你是下铺吧？让给哥们儿呗？”

这哥们儿，还真是会看碟下菜。钟云从勾了勾嘴角，那一拌一瘦两兄弟，这个叫金虎的可不敢去招惹。

而戴眼镜的年轻人面对比自己高了一个头的壮汉，不自觉地瑟缩了一下，面上浮起一个讨好的笑：“好，我睡上铺也可以。”

金虎满意地咧嘴一笑，直接把行李扔到了床上，整个人也跟着躺了上去，敷衍了一句：“谢了啊。”

换了之后，他正好变成了钟云从的下铺。

这可真是……钟云从一想到之后要跟这种人共处一室就觉得头痛。

那年轻人闷不吭声地爬上了对面的上铺，开始换衣服，钟云从不好意思盯着看，连忙转移了视线，没想到那金虎却大声嘲笑：“嘿，兄弟你这小身板也跑来报名？排骨一根根的，风一吹就倒了吧？”

钟云从皱了一下眉，在这训练营里还用以貌取人那一套，这人脑子是不是有问题？

“你嘚、嘚瑟啥呀？”他正想着呛那傻大个一句，没想到有人先出声了，“人、人家说不定是异、异能者呢。”

这话也是钟云从想说的，他挑挑眉，瞥了满脸不忿的胖子一眼，不由得笑了，心想这胖子虽然头脑简单了点，心眼倒是不坏。

金虎面色微变，打量戴眼镜的年轻人的眼神就有了那么一点变化，他试探着开口："你是不是……"

"不是。"出乎意料的是，戴眼镜的年轻人摇了摇头，"我不是异能者。"

这下钟云从也有点意外，忍不住多看了那个年轻人两眼，如果不是异能者的话，他这般瘦弱，来到这里，估计是够呛……

"哈哈哈哈！"金虎肆无忌惮地大笑起来，"我就知道，看他那副小鸡崽似的样子，哪像是有异能的！"

"哦？"钟云从实在看不惯他那副嘴脸，笑眯眯地反问道，"那您一定是有异能的咯？"

金虎的笑声冷不丁地卡住了。

在意识到钟云从言语中的奚落之意后，他恼羞成怒起来，露出鼓囊囊的肱二头肌："老子才不需要异能！老子只靠自己的实力！"

"异能也是实力的一部分啊。"钟云从轻笑道，"你这么说，可是要得罪所有的异能者了。"

"关你什么事……"金虎一瞪眼，正要发作，却被人笑嘻嘻地打断了："你还不明白吗？他就是名异能者。"

被瘦子那么一说，钟云从登时有种进退维谷的感觉，只能保持微笑，没有承认，但也没有否认。

金虎惊疑不定地审视着他："你……"吭哧了半天，最后沉着一张脸，闭上了嘴。

戴眼镜的年轻人这下投来了艳羡的眼神。

钟云从颇感头痛，他并无意炫耀自己异能者的身份，那个瘦子也不知道是有意还是无意，就把他推到了这个境地。

他一眼望过去，对方很狡猾地避开了与他对视，乐呵呵地招呼起来："时间也差不多了，哥儿几个一间宿舍，也算是有缘，今儿头一回打照面，一起吃顿饭怎么样？"

胖子头一个应和了他哥，那欺软怕硬的金虎似乎忘了方才的不愉快，雄赳赳地一拍胸脯："走！"

连那个沉默寡言的年轻人也点头应了，钟云从自然也不能推脱，毕竟，他可不打算太过独树一帜啊。

"那就走吧。"

一行人出了门，钟云从同那个戴眼镜的并肩落在了最后，他觉得这群人里，这个人看起来最像正常人，因此有意与他交好。

“我叫钟云从，你叫什么？”

他看起来有些腼腆，扶了一下快滑落的眼镜，赧然一笑：“我叫路远。”

“这名字不错！”钟云从称赞了一句，路远愈发不好意思了：“自己随便取的。”

自己随便取的……路远这哥们儿还真是有够随意的。

不过钟云从也没怎么放在心上，又继续自来熟地跟人聊了起来：“也不知道这训练营的伙食怎么样……”

“说到这个，”走在前头的瘦子忽然回过头，看着他，“我们的速度最好加快一点，因为按照惯例，训练营的食堂限时限量供应，向来都是要靠抢的。”

抢？钟云从还没反应过来，那胖子就一拍脑门：“对、对！赶、赶紧的！”

钟云从一哂，心想他这体形怕是很难赶上了，没想到立时就被打了脸。他眼睁睁地看着那瘦子猴子般灵巧地蹿上他弟弟的背，而那胖子的两只手无限地延长，拉得跟细面条似的，直至伸出屋外，甚至攀出了栏杆，紧接着，他整个人像枚弹丸一样弹了出去，直接从五楼跃了下去。

“兄弟先、先行一步了！去占、占位置！”

他余音未散，他们就已看不见人影了，钟云从瞠目结舌，那金虎闻声也飞速地往楼梯口奔，瞬间就剩下他和路远两个人了。

不是……说好了……一起吃饭的吗？

钟云从嘴角抽搐了一下。

“我们也加快脚步吧。”钟云从拍了一下路远，后者点点头：“好。”

就这样，钟云从在与四位很有个性的室友打了照面之后，准备去享用他在训练营的第一顿午餐。

这感觉，倒像是回到刚进大学那阵子了。他正感慨着，脚下却蓦然一顿。

说起来，还有一位室友呢，怎么一直没现身？

那又会是何方神圣？

是普通人，还是异能者？

从宿舍楼通往食堂的这条路上，钟云从总算明白金虎说的“抢”是什么意思了。

沿途，他看到了无数个各显神通往食堂方向赶去的家伙——有用跑的，有用飞的，还有用跳的，甚至还有龙卷风一样从他身边席卷而过的。

他们共同的特点就是快，跟奥运会跑步比赛似的，争分夺秒地比着速度。

简直是饿死鬼投胎现场，钟云从腹诽的同时也担忧起来。

这训练营是怎么回事啊？什么叫限时限量供应？这是饥饿营销呢？

食堂外围的你争我抢已经毫无秩序可言了，而里边的光景才叫他大开眼界：公然插队、推推搡搡、拉拉扯扯，随处可见，性子火暴的和不服输的看对眼了，那就话不多说，直接开练。

钟云从瞠目结舌地望着一个人毫无预兆地将一碗菜汤扣到另一个人头上，那脸上挂着菜叶子的哥们儿徒手捏碎了瓷碗，握着碎片就往对方脸上划去。

这也太暴力了吧！钟云从忽然感到一阵窒息，他原本以为这个训练营和印象中的军营差不多，结果万万没想到这里光是吃个饭就能乱成一锅粥，和部队的井然有序截然相反。

钟云从对着这乱象，战战兢兢地咽了口唾沫。

看这情形，这些家伙是注射了一吨鸡血吧？

"这……"路远也是一脸的惶然，"根本吃不上饭吧……"

钟云从心想：那家伙可没跟我说这里的食堂这么恐怖啊。

这时候，忽然有人拍了一下他的肩："跟我走。"

他与路远扭头一看，原来是瘦子。

"你们已经打到饭了吗？"钟云从好奇地问，他还挺想知道，他们兄弟俩是怎么从这混乱里脱颖而出的。

瘦子只说了一个字："抢。"

钟云从与路远面面相觑，瘦子的目光在他们脸上游移，对他们的反应只是一笑置之，他拉着钟云从的胳膊，穿过乌烟瘴气的人潮，朝着一个体形硕大的家伙招手："老弟！"

"哥、哥儿几个都、都来了？"那胖子的一身脂肪不是白长的，无论周边如何拥挤，他自岿然不动。

他手里拿着满满一盘馒头，嘴里还叼着俩，含混不清地跟钟云从、路远打招呼。金虎站在旁边捧着一大盆菜汤。胖子眉开眼笑地把餐盘放在了一张桌子上，大手一挥，直接把正在用餐的两个小年轻扫到地上了。

那两个人正要发怒，但在看到胖子的体形之后，又咽下了这口气，忍气吞声地端着餐盘到别处去了。

钟云从算是知道他们是怎么抢的了。

"过、过来吃。"

听到胖子的招呼，几个人都往那边去，钟云从却有些迈不动步子："这……不太好吧？"

他从小到大受到的教育让他无法接受这种恃强凌弱的行为。

见状，瘦子和路远也跟着他脚步缓了下来。

路远瞧着他，一副欲言又止的模样，瘦子却没那么多顾忌，他的笑容里透着一点讥诮的味道："我知道你在想什么，看不惯胖子横抢硬夺是吧？"

钟云从敏锐地听出了他语气的转变，连忙解释道："我不是这个意思，只是……觉得这样不太好。"

瘦子笑着摇摇头，扳着他的肩："你瞧瞧这些人，有多少人连队都不排，直接从别人嘴边抢？我告诉你，胖子已经算厚道的了，你那点正义感和同情心最好还是收起来，在这里派不上用场的。"他说着顿了一下，又笑眯眯地补充道，"你以为这些人为什么能这么肆无忌惮？那是因为训练营的那些大人物们根本不管！不只是不管，甚至还纵容、怂恿，因为他们希望我们这么做，就是想看到我们争抢得头破血流的模样。"

其实钟云从早就注意到了，食堂里是有两个穿着教官制服的守卫在，可面对乱象，他们只是抱着手臂冷眼旁观，完全没有要履行职责的意思，根本就是个摆设。

守卫不管，那些打饭的大叔大妈们也不管，想来是见惯了这种热闹场景，他们连眼皮都没有多抬一下，谁挤到前头就给谁打饭。

钟云从瞟了一眼角落里那两位教官嘴角上若有似无的笑意，多少带着些难以置信：看起来还真是这样，他们难道以此为乐吗？

"你是不是觉得他们无聊冷血还变态？"瘦子微微一笑。他仿佛有读心术一般，将钟云从那点心思揣摩得一清二楚，"不是这样的。因为这就是训练营一贯的作风，换句话说，也是一条不成文的规则，从开营的第一期，便是如此。而且，这不只是训练营的规则，也是整个'孤岛'的规则。你要是想在这里活下去，就必须遵守规则。"

钟云从僵立原地，不由齿冷：他说得没错，这里不是什么文明社会，而是奉行丛林法则的"孤岛"，优胜劣汰，弱肉强食。所谓的训练营，也只是整座城市的一个缩影罢了。

而且在这里，他没有苏闲、张既白那样的庇护者，一切都只能靠他自己了。

虽然想明白了这个道理，但不知道为什么，他的情绪不受控制地变得低落。

瘦子自然注意到了他神情的变化，又拍了拍他的肩："希望我没有影响你的胃口。"

钟云从摇了摇头，扯了扯嘴角：“不，我要感谢你。”

瘦子见他这副强颜欢笑的模样，也只是一笑而过，指着一个空位，示意钟云从坐下：“来吧，这里免费供应的饭菜比较简单，只有馒头和菜汤，所以你要将就……”

钟云从眨眨眼，问道：“免费供应？这么说，还有不免费供应的？”

瘦子一愣，而后点点头：“是这样。食堂一楼对所有人免费开放，不过一日三餐供应的食物品种单调，而且只开放半个小时，过时不候。二楼供应的食物品种倒是丰富得多，也不限时，只不过，要花钱买。”

原来如此……钟云从眼睛一亮，要说钱的话，对现在的他来说，还真不算什么。

真是太感谢小桃和张既白了，那块翡翠换来的钱，简直就是雪中送炭。

这样一来，他就多了一种选择。

瘦子似乎看出了一点什么来，挑挑眉：“在想什么？”

“啊……没什么。”钟云从并不想把自己的想法说出来，因为他知道，那并不是明智的做法，甚至会引起无谓的争吵。

他能理解别人的想法、做法，也不打算去干涉，但他同样希望自己的选择能够得到尊重。

训练营刻意制造出食堂一楼这样混乱的局面，可同样也提供了食堂二楼，还是给了学员们选择的余地，尽管这种选择并不公平。

但追根究底，人与人之间本来就不太平等，不说贫富差距，这训练营里最直观的不平等，就是异能者和普通人同在。

在无法改变大环境的情况下，他唯一能做的，或许就是庆幸自己拥有异能。

这至少还为他带来了可以选择的机会。

尽管他在努力地开解自己，可思绪却似缠成一团的毛线，愈发混乱，他的手里不知被谁塞了一个馒头，他心事重重地拿着，却提不起半分胃口。

就在此时，他冷不丁地感觉到身边有一阵风拂过，等到回神之时，他诧异地发现手里的馒头不翼而飞了。

“怎么回事……”他的手甚至还保持着抓着馒头的姿势，只不过此刻手里空荡荡的，看起来有些滑稽。

“被人抢了！”瘦子不住地摇头，意味深长的目光扫过他的脸，“也不知道你在发什么呆。”

钟云从讪讪一笑：“是我大意了。”

可最初的惊讶过后，馒头不见了这件事，反而令他感到一阵轻松。

轻松之余，又伴随着些许罪恶感——毕竟是室友们的好意。

所以他这心情，真是忽上忽下的，复杂到无法形容。

不承想，路远却把自己的那个馒头递给了他："吃吧，我分你一半。"

"不用，你自己吃吧……"钟云从哪好意思再要一个，正推辞的时候，又是一阵风经过，然后，似曾相识的结果又出现了。

路远手里的馒头也不见了。

胖子急了，猛地一拍桌子："谁、谁啊？这么讨厌！"

钟云从好气又好笑，同时也挺好奇，不知道谁这么神通广大，两次这样不留痕迹地顺手牵羊，针对的还是同一只羊。

胖子他们气归气，却也无可奈何，毕竟在食堂一楼，这就是潜规则——你抢了别人的，那别人抢你的，也是天经地义。

能抢的话就抢回来，抢不回来的话就干瞪眼吧。

"这浑蛋！"钟云从也跟着愤慨的室友们怒骂了一句，而他完全没有注意到，他刚骂完那一句，有只手就以迅雷不及掩耳的速度悄悄取走了他训练服上的肩章。

那顿午餐，钟云从再也没有接受任何人的好意，就喝了几口菜汤了事。不过几个人倒是趁着这个机会，互相认识了一下。

瘦子大名叫杨邵文，胖子名为杨邵武，他俩真是亲兄弟，可出人意料的是，只有弟弟，也就是胖子拥有异能，而哥哥瘦子只是一个普通人。

按照他的说法，他来训练营只是为了陪胖子。

可钟云从却觉得这家伙的消息特别灵通，训练营的事情都能说得头头是道，看着可不像是来陪练的。

至于金虎和路远，先前就知道了姓名，他们俩都是普通人，金虎向往着在综管局谋一个饭碗，路远则是没有具体目标，只笑着说自己是来随便试试。

金虎多少有些看不起这个没有异能又身形单薄的室友，因为他自己身强体壮，对通过考核信心满满。

而他对杨家兄弟的态度带着一点恭维和讨好，据钟云从的观察，主要是针对胖子的。

大概是冲着他异能者的身份吧。

而且胖子也确实能给他带来点好处，比如说今天的这顿午饭，金虎虽然身体不错，可光靠他自己去拼，能不能吃上饭，他自己也不敢打包票。

他一开始对钟云从也颇有些轻慢之处，不过在得知他是异能者之后，态度明显有了改观。

想来是没看出他的异能有什么特别之处，金虎对他并不如对胖子那么殷勤，但也谨言慎行，不会主动招惹他。

而路远，他很清楚自己毫无突出的优势，自卑得很明显，面对所有人都小心翼翼，如履薄冰，包括金虎在内。

钟云从倒是蛮喜欢跟这个人相处，主要是因为胖子太莽，瘦子太精，金虎太势利，路远虽然畏缩了一点，但还能正常相处。

关于他自己，他也简单地介绍了一下，不过任凭瘦子怎么旁敲侧击，钟云从还是没有透露自己的异能具体是什么。

他对瘦子总是带着几分戒备的态度，因为他觉得他对自己好像太过关注了。

他们五个人算是熟悉起来，剩下的，就是那位还没露面的第六位室友了。

不管是异能者还是普通人，希望是个好相处的！

这没滋没味的一顿过去之后，只剩下半个小时的休整时间。

30分钟一过，学员们要立刻整好行装，列队集合。

钟云从手忙脚乱地穿好衣服戴上帽子，跟着室友们匆匆忙忙地下了楼。

一直到列队的时候，他才明白那随处可见的黄脚印是做什么的，学员们沿着脚印排列整队，一个个神情肃穆，严阵以待。

钟云从提心吊胆地站在其中，不住地环视四周，对比着自己的动作是否和其他人有所不同，结果还真让他发现了——他的一侧肩章竟然不见了。

他倒吸一口冷气，下意识地望向地面，想看看是不是掉地上了，他身侧的路远低声提醒："别乱动，有人来了！"

钟云从脖颈一僵，立马抬起头，但已经来不及了。

"你！"一个身穿蓝黑色制服的男子鬼魅般地出现在他面前，身量极高，居高临下地指着他，语气不善。

"给我出列！"

对方的声音堪比平地惊雷，几乎将钟云从的耳膜炸穿，他脑子轰的一声，只剩下一片空白，幸好身体的反应比脑子要快点，下意识地就迈了一步出去，按照大一军训时那点残缺不全的记忆，昂首挺胸站得笔直，双手紧贴裤缝。

对方双手插在裤兜里，在他面前来回地踱着步，那仿佛要吃人一般的眼神也来来回回地扫着他的脸，钟云从被盯得胆战心惊，喉头一动，不自觉地咽了口唾沫。

"你这个白痴！"对方毫无预兆地卡住了他的下巴，巨大的手劲让他觉得自己的下颌骨都要碎了，“谁让你动的？！”

“我……”钟云从慌得不知所措，还没想好怎么回答，头上却猛地挨了一下，他一个趔趄，撞到了身边站着的人。

那名学员险些被他连累，好在最后还是稳住了身形，虽然他依旧目不斜视，但不知道是不是出于心虚，钟云从总觉得自己得罪他了。

可他无暇顾及了，因为另一边还有更棘手的麻烦在等着他。

“你的肩章呢？”他才站定，却又被一把提起了领子，他被迫仰起头与这个横眉怒目的家伙对视，“被你吃了吗？”

钟云从被他吼得一愣一愣的，思考片刻才字斟句酌地艰难开口：“报告长官，我也不知道……”

他一句解释还来不及说出口，就被对方的怒吼声打断了：“长官？谁允许你这么叫的？你只是个学员，没资格做我的下级！”

他的吼声越来越近，钟云从的耳朵被震得嗡嗡响，这还不是最糟糕的，最糟糕的是，他总觉得那人就要咬到他的鼻子了，可他还不能躲。

“教官！你得称呼我为教官！听到没有？！”高大健壮的教官轻蔑地瞟着他，“20个俯卧撑！现在！立刻！马上！每做一个就要报告一下！”

钟云从暗暗叫苦，可借他100个胆子，他也绝不敢违抗这名凶神恶煞的教官。他一秒钟都没有犹豫，就往旁边一撤，在众目睽睽之下做起了俯卧撑，边做还要边喊：“报告教官！报告教官！报告教官……”

那教官却并不满意，背手而立，抬腿便给了钟云从一脚：“大点声！中午没吃饭吗？！”

说起来，他中午还真是没吃什么饭。

教官那一脚正好踹在钟云从腰间，他的四肢蓦地一颤，差点没支撑住，但在教官虎视眈眈的眼神下，他愣是咬牙没让自己瘫倒，并且更用力地喊了起来：“报告教官！报告……”

那教官同时转过脸朝着一排排的学员们咆哮：“你们也听清楚了吧？别再叫错了！”

在教官盛气凌人的叫骂声和学员们鸦雀无声的旁观中，他终于完成了那20个俯卧撑。

站起来的时候，他呼吸急促，两条腿略有些软，他努力地站直不想让人看出来，但还是没能逃脱教官毒辣的双眼。

“你这只弱鸡。”他立时便出言嘲讽。

真的是太久没锻炼了，钟云从自嘲地想道，汗水从他的眼角漫过，渗了一点到眼睛里，眼球登时变得又痒又涩。

这还只是前菜呢，正式的训练都还没开始。

一想到这个，钟云从就有些绝望。

这开门见山的下马威让钟云从确确实实地感觉到了当年的大学军训就是闹着玩的小儿科，想当初他晒黑了一圈还跟自家老妈炫耀了许久。

现在想想，真是羞耻得不堪回首。

“报告教官，”在呼吸平顺一些之后，他终于有机会把方才没解释完的话宣之于口，“我是今天刚加入的！我叫钟……”

谁知相似的一幕又惊人地上演了，那教官恶狠狠地喷了他一脸口水沫子：“这里的每一个人都没有名字，只有代号！”

代号？钟云从如履薄冰地抿着嘴唇，眼角余光快速地掠过左手边的路远，瞄到他左胸上贴着的一块号牌。

他恍然大悟，连忙垂下眼迅速瞥了自己胸前的号牌一眼，而后响亮地报告道：“报告教官！我是37号！”

“哼，37号，”那位虎狼一般的教官冷哼一声，“原来你就是那位关系户。”

他说完这句话之后便冷着脸宣布道：“到点儿了，你们这些狗崽子，跟着我撒欢儿去吧。”

整齐的队列跟在教官身后井然有序地移动着，钟云从知道这是马上要开始训练了。

那位教官的后脑勺应该是没长眼睛的，钟云从趁此机会用充满求助意味的眼神地看了路远一眼，后者腼腆地出了声：“下午的第一项体能训练，跑3000米。”

啊……我最讨厌跑步了！钟云从生无可恋地想着，又低头瞅了一眼自己胸前的号码，37号，不错，还好不是38号。

庆幸的同时，他忽然想起了某个人，那人带着他到西城浑水摸鱼的时候，曾戏谑地为他编造出一个38号的身份。

好险啊，也就一步之遥啊，差点让他一语成谶了。

Chapter 05.
命案

他这边压力山大，被他惦记的苏闲同样是一个头两个大，甚至是有过之无不及。

事情的开端是，一周前，一对中年夫妇来到治安所报案，说他们的女儿不见了。

那天正好是苏闲留在所里值班，本来这种事该由综管局旗下的纠察队管，不过他见那对夫妇心急如焚的样子，便没把人往外劝，而是接待了他们，让他们说清事情原委，他自己开始做笔录。

“我们闺女今年17岁，在附近的青山中学念初三。”伤心的母亲抹着眼泪，“昨天我下班之后发现闺女还没到家，往日这个点儿她早就已经到家做起饭了。也怪我，一开始以为是学校有事耽误了，就没放在心上。后来天黑了，她爸也回来了，可她还是没回家，我们慌了神，我还要做饭，就打发她爸去学校瞅瞅是怎么回事。结果学校早都关门了，她爸问了门卫，说是所有的学生都在6点半之前离开了。”她说到此处情绪开始有些崩溃，“既然不在学校，那她能去哪啊？后来我也跟着出去找，问了几个平时同闺女关系好的女同学，她们都说没看见。我和她爸找了整整一宿，周边能问的都问了，还是不见人影……”

“长官！”那位母亲忽然一把攥住了苏闲拿着笔的手，“我闺女不会出事了吧？”

笔尖重重地划过纸面，留下一道突兀而尖锐的痕迹，苏闲叹了口气，用了尽量委婉的说法：“现在还不好说，不过……最好做好心理准备，您知道的，‘孤岛’的治安一向不太好。”

中年女人蓦地哭出声，疯了一般对着身旁的丈夫又掐又打：“我早说了，你就该继续去接她！她身体不好，又胆小，指不定哪天就被人欺负了，结果你倒好，非说孩子大了，要让她独立，现在孩子出事了，你高兴了吧？！”

她丈夫是个老实巴交的中年汉子，一脸的沧桑，不躲不避，一声不吭地受着妻子的打骂。

“女士，”苏闲不得不出声阻止这场家庭内部纷争，“现在不是责难的时候，先把孩子的信息交代一下吧，我们也好派人去找。”

他这话果然转移了那位母亲的注意力，她揉了揉红肿的眼眶，眼球里爬满了疲惫的红血丝。

“我闺女名叫邹慧笙，差一个月就满17岁了，在青山中学念书，初中三年级。这是她的照片，去年生日时照的。”她声音嘶哑，说到一半的时候，从口袋里摸出了一张皱巴巴的照片，苏闲接过一看，是个眉清目秀的小姑娘，只是面色发白，嘴唇发紫，身形瘦弱，17岁的姑娘，看着倒像是十三四岁。

苏闲端详片刻，倏地发问：“这姑娘是不是心脏不太好？”

“是。”回答这话的是沉默寡言的邹父，他神情木讷，但在提到女儿病症的时候，眼中是藏不住的沉痛之色，“娘胎里带出来的，先天性心脏病。”

“这么说，她17岁才念初三，也是因为这个原因？”

邹母含泪点头：“慧笙她从小身体就不好，不能跑也不能跳，一直被我和她爸关在家里，等她长大了，听说学校复课了，就一直想去上学，一开始我不放心，没松口，后来磨了两年，看她实在想去，才把她送去学校。”她吸了吸鼻子，带着哭腔继续说，“虽然我们闺女上学比其他孩子晚，但她人聪明，又努力，成绩一直是班里拔尖的。”

苏闲点点头，又问：“小姑娘平时都是按时回家的吗？”

邹母点头：“她很乖的，知道我和她爸不容易，总是一放学就回家帮忙做饭，从来不会贪玩。”

“她平时是一个人回家吗？”

“一般会跟相熟的同学一起。”邹父又出声了，“可偏偏昨天只有她一个人……唉。”

苏闲皱起眉：“为什么昨天她是一个人回家？”

“我们去学校问过了，说是昨天学校办了个运动会，其他同学都参加了，我们闺女身体不好，折腾不起，就一个人先走了。”

苏闲将钢笔的笔帽合上：“我明白了。这样吧，您把照片留在这里，我会帮你们转交到分管此事的纠察队。”

邹氏夫妇对视一眼，接着邹母怯生生地问道：“那……要多久才能找着我们闺女？”

苏闲暗暗地叹了口气，他真没法回答这种问题，一个小姑娘无缘无故失踪了一天一夜，遭遇不测的概率很大，可对着这对中年夫妇憔悴而急切的脸，他实在是说不出口。

“总之，你们先回去等消息吧，现在干着急也没用。”他避而不答，起身送客。邹父邹母满脸的不安，却也无可奈何，唉声叹气地离开了治安所。

苏闲回来之后立刻给纠察队打了电话，倒不是他要偷懒，而是这原本就是纠察队的分内之事。

按照两大部门联合制定的规定，异能者及异种的事务归治管局管，普通人的事务则由综管局负责。

换句话说，在东城发生的事情，除非是和异能者有关，否则都是纠察队，也就是综管局的管辖范围。

再者，治管局的人手大半都被派往了西城及边界线，东城留守的人员相当有限，找人这种事，让人手充足的纠察队来干显然更合适。

他的电话打过去之后，姜岂言倒也没怠慢，很快派了人来，带走了笔录和照片。苏闲本来不爱跟纠察队的人打交道，可不久前他才答应了邹氏夫妇，于是只好对着两名纠察队员耳提面命，再三强调要重视这个案子，努力找人。

“活要见人，死要见尸，这是最低的底线了。”

其实他还想说一句，让你们姜队长上点心，别老把心思放在敛财上，不过最后还是忍住了，这要是说出口，八成会适得其反。

纠察队的人离开之后，他也给留守东城的治安官们传了话，让他们也帮着留意一下。

接下来的三天里，邹氏夫妇几乎是一日三次地造访治安所，苏闲并不是每天都在，不过其他值班人员早就得了他的口信，和颜悦色地接待了他们，并且积极地往纠察队那边打电话。

纠察队每次的回复也都差不多，一直说在找，但还没消息，也不知道到底有没有在忙活。

这样循环往复几次之后，苏闲一见到那对夫妇就头大，终于忍无可忍，准备找个空闲时间亲自杀到纠察队找姜岂言要个说法，结果就在这个时候，失踪少女的消息传来了。

那天早晨，天光微亮，一个女裁缝匆匆忙忙地出门赶去她工作的裁缝店，她养的一条狗也颠颠地跟着她一起上了路。

她嫌路上寂寞，把狗也当成了伴儿，赶路的同时，还不时地跟狗说上几句，狗还算听话，寸步不离地跟在主人身边，她说一句，它的尾巴就摇一下。

只是在经过一条偏僻的巷子的时候，那狗倏地停了下来，鼻子狠狠地抽动了几下，竟然头也不回地朝小巷深处跑去了，全然不顾主人的呵斥。

女裁缝没能叫住自己的狗，懊恼之余也生出了些好奇心，便追着狗走了进去。

巷子的尽头是个垃圾堆，还没靠近就能闻到垃圾散发出的异味，女裁缝的狗钻到了一堆垃圾中，正用爪子扒拉着一个黑色塑料袋。

女裁缝的肺都要气炸了，没好气地上前去，抬脚就要踹狗："死狗！老娘是没给你吃还是没给你喝，还跑来翻垃圾……"

她骂到一半，那黑色塑料袋就被狗咬破了，几块肉片掉了出来，女裁缝一怔，随后却感到窃喜。

肉片明显被焯烫过，表面发白，纤维纹路很明显。

"也不知道是哪个傻子把煮好的肉扔了。"她俯下身，拾起一片肉嗅了嗅，除了淡淡的腥味之外，并没有别的异味，看起来很新鲜，没有变质。

肉片上还带着冰碴，一摞摞码放得很整齐，像是从冰柜里取出来不久。

梦川被封闭了20多年，人们的生活贫苦艰难，总是缺衣少食，肉类更是供不应求，是难得的吃食。

女裁缝拎起那个袋子，粗略地掂量了一番，估计得有两三斤重，这可把她乐开花了，不管怎么样，也够家里人吃顿好的了。

她眉开眼笑地揉了一把狗的头，提着一袋子肉转身就要走，不想那狗呜噜呜噜叫了两声，忽然一口扯坏了黑色塑料袋，粉白色的肉片散落一地。

狗迫不及待地凑了上去。

"你这死狗！"女裁缝勃然大怒，抬脚便踢，不承想竟然在一堆肉片里瞥见了两根手指。

两根……属于人类的手指。

在确定自己没有看花眼之后，女裁缝发出了一声惨烈至极的尖叫，整个人一下子瘫在了地上。

苏闲带着人赶到的时候，看到的是一个近乎昏厥的女人、一条呜哇乱叫的狗，以及一堆人肉碎片。

“居然……切得这么精细。”他戴着手套捻起了一片肉仔细地察看，而后又捡起那两根明显属于人类的手指，那手指苍白纤细，很可能属于一名女性。

苏闲心里咯噔一下，蓦地想起了失踪了好几日的邹慧笙。

不会吧……他的太阳穴开始突突乱跳，可面对着这一袋子尸块，至少目前为止，根本没有任何证据能表明这是邹慧笙或者……她的一部分。

称过重量之后，他发现此处的肉片只有1.3公斤重，显然只是尸体的一部分，况且肉片被煮过或被开水烫过的痕迹很明显，现场不见血迹，很显然，这里绝不是杀人或者分尸现场，只是个抛尸之地。

当务之急，是赶紧找到尸体的其他部分，先确认死者的身份，才能继续下一步调查。

他闭了闭眼，吩咐下去：“把‘贵宾犬’和张既白医生叫来。”

不多时，他需要的两个人一前一后地赶到了，苏闲把手指递给正在戴手套的张既白：“尸块被处理得太彻底了，我几乎找不出任何线索。唯一有点头绪的就是，那两根手指看起来像是女人的。”

张既白看了一眼，摇摇头：“这不算是确定性证据。”

“我知道。”苏闲头痛得要命，低声告诉张既白，“前阵子，有对中年夫妇来治安所报案，说他们的女儿失踪了。他们一家人都非异能者，当时除了失踪之外也没有任何迹象表明有异能者的参与，所以按照规定，我把案子转移到了纠察队那里。那女孩迄今为止都没有消息，现在却发现……一部分疑似女性尸体的碎块，我真是……”

“要追究起来的话，也不是你的错，”张既白面对着尸块，仍是面色如常，甚至还能安慰苏闲，“分明是纠察队失职了。再说了，就算最后证明这真是那个失踪的女孩子，也未必跟你们有关系，除非有证据显示作案的是异能者。”

“我知道。”苏闲喟叹一声，“所以我已经派人通知纠察队了。”

张既白意味不明地笑了一下：“那就是姜岂言的事了？说起来，这案子性质这么恶劣，要是抓不到凶手的话，他难辞其咎啊。”

苏闲冷哼一声：“综管局最好摘了他的乌纱帽。我看这家伙自从升官之后，就越来越不像话。”

张既白不置可否地笑了笑，随后蹲下，捻起了几片，对比过后，啧啧惊叹：“这刀工可真不错，薄厚均匀，每片的厚度也差不多。”

苏闲没搭理这个有变态倾向的怪医，而是走到从到场就呕吐不止的小矮人公主身侧："吐够了没？够了就过来干活。"

"你你你！你别碰我！"满头卷毛的"贵宾犬"胡乱地抹了抹嘴，眨眼间就蹿到了三米远的地方，脸上的表情惊恐中混杂着恶心，"我要是你，就把手剁了！"

苏闲纳闷地摊开双手："不至于吧？还隔着一层手套呢。"

"少来……""贵宾犬"有气无力地哼哼道，"这次也太变态了吧！比异种啃过的死人还要恶心100倍！"

"好了好了，别顾着恶心了，赶紧去闻闻味道，把剩下的部分找出来。"苏闲好声好气地哄道，"等把尸体全找着了，我放你三天假。"

"才三天？""贵宾犬"不服，跟他讨价还价，"我光吐就得吐三天！"

见怀柔政策失败，苏闲立刻变脸，冷声道："再继续废话，三个小时都别想。"

"贵宾犬"被苏闲一步步地推了过去，结果只嗅了一下，又背过身吐得天昏地暗。

苏闲万般无奈，只能先等她吐完，他回到张既白身边，也跟着蹲了下来："有什么发现吗？"

"尸体都被割成这样了，又被煮过，而且只是一小部分，能有什么发现？这一时半会儿的，我最多能根据肉片马马虎虎地推断下大致属于哪个部位，不过确定死亡时间是别想了，基本是不可能的事。"饶是张既白，面对一堆零碎的肉片也无计可施，苏闲亦是不住地摇头："真要命，这下手的人真是……"

他一时之间，竟然找不出合适的形容词。

"关于这个抛尸现场，你有什么看法？"

"我已经调了人手到附近盘查了，看看有没有目击证人。这一带是居民区，住户不少，人来人往也挺频繁，凶手抛尸还是有不小的概率会被注意到的。"苏闲顿了一下，又叹了口气，"不过也正是因为这样，一个个排查走访过去的话，光靠治管局留守的那点人完全不够，这个事情还是要靠纠察队，毕竟他们人手多。"

张既白的视线仍然黏在尸块上："尸体处理到这个程度，不是一般人能做到的。"

苏闲目光陡然一沉："不错，我刚才大致数了下，这塑料袋里，差不多有60多片，其他没发现的部分，只多不少。这样一片片切下来，还能保持厚薄均匀，真是让人头皮发麻。"

"非同一般的残忍和令人发指的心理素质。"张既白露出了一点佩服的神色，“碎尸的手法很专业，作案者绝对精通解剖。”

“之前我看见这手法，瞬间就对凶手的身份有了一个大致的猜测，厨师、屠夫，抑或是……”

“医生。”张既白脱下手套，推了下镜架，“你的推测很有道理，而我个人更倾向于后两种职业。厨师的刀工符合条件，但他未必懂得解剖。”

苏闲头皮发麻，不禁上下打量起他眼前的这位医生：“说起来……你也是医生啊。”

张既白微微笑起来：“你说得没错。我精通解剖，也很有耐心，的确很符合嫌疑人的特点。”他的笑意加深些许，“如果没有不在场证明的话，你真的可以把我列入嫌疑人的范围内。”

苏闲默然片刻，冷冷地抛下一句：“放心，我会让人去调查你是否有不在场的证据的。”

张医生耸耸肩：“既然这样，那我现在就先回去，等着苏长官的下属大驾光临。”

“我查我的，你干你的，别想偷懒。我让人把尸块装起来，你跟我的人一起回治安所。”苏闲说着朝差点淹没在自己的呕吐物里的“贵宾犬”走去，一只手拎起了她的后领，“小心把自己的胆汁给呕出来了。味道记住了吧？走，我们去找尸体的其他部分。”

“姓苏的……你……”女人面如死灰，生无可恋，“你没脱手套……就碰我了……”

“咳，这种时候，就不要计较那么多细节了吧？”他不仅没有松手，反而加快了脚步，“破案要紧！”

训练营。

“把你们的武器和背包装备上，发令枪响之后绕着营地跑，12分钟之内完成为达标，不达标的重跑，跑到达标为止。”

武器和背包加在一起，至少得有30公斤重吧？这让摩拳擦掌、跃跃欲试的钟云从眼前一黑，这根本就是负重跑吧？

3000米……为什么要省略“负重”两个字？他正苦恼着呢，结果一件更令他郁闷的事情发生了。

“你没有资格参加训练。”冷面的教官伸手一拦，迎着他不可置信的眼神，语气冷硬地宣布，“什么时候找回肩章，什么时候归队。”

他说完一转身又咆哮起来：“都给我跑起来！一个个的，中午都没吃饭吗！有什么看家本领，尽管使出来！”

他这话一出，跑道上可就热闹起来了——有个清秀苗条的女孩一秒钟变身为超级赛亚人，肌肉发达的程度几乎可以同壮得跟头熊似的教官相提并论，野兽一般狂奔而出，四肢并用；还有个家伙，他脚下的泥土毫无预兆地翻飞起来，将他裹成一阵沙尘暴，贴着地面匍匐前行；至于钟云从那个胖墩儿室友，直接把自己缩成一个球，轰隆轰隆地往前滚，而且滚得还挺快；但这些都不算什么，有个家伙最过分，发令枪响后，一眨眼他就如同一阵烟一般消失在原地，就在他疑心自己是不是看错了的时候，他又回来了，跟教官说，他已经跑完了。

要是往常，钟云从看了这情形，免不了目瞪口呆，颇有大开眼界之感，可此时，他沉浸在巨大的打击里，整个人提不起精神来。

现在先不说能不能达标，他连训练的机会都没有。

眼看其他学员一个个健步如飞，迅疾如风，钟云从只觉得喉咙里哽着一口老血，难受得要命。

他下意识地蹲下，开始疯狂地寻踪觅迹。

可地面上除了一排排的黄脚印，什么都没有。

他一寸寸地搜罗着，冷汗不知道是什么时候冒出来的，顺着额头滴落，滑进了眼睛里，登时眼球酸涩无比，那些黄脚印变得刺眼得要命。

其实时间过得不算太快，可在大部队第二回从他眼前经过的时候，他忽然有种接近崩溃的感觉。

他茫然地摸索着，直至撞上一双黑色的圆头皮靴。

他抬起头，与教官那双冷冷的眼睛撞了个正着。

“还没找着吗？”钟云从听到了对方轻蔑的声音，“要是一直找不到的话，我劝你现在就回去给行李打包，趁早走人——因为我是不会让你参加训练的。”

这句话如当头一棒，砸得他晕头转向。

他顿时有种自己被宣判了死刑的错觉。

一次训练都没参加，就因为这种可笑的理由被扫地出门？那让他怎么去见苏闲，怎么面对他说过的那些大话？

不，不能让这种事发生。

一眨眼而已，他就把那些惴惴不安的念头从脑海里赶了出去，一颗惊慌失措的心也跟着平稳了下来。

他站了起来，冲教官笑了一下：“不用担心，我一定会找到的。”

教官瞅着那小子的背影，很有骂人的冲动——别随便自作多情，谁担心你了？

钟云从彻底放弃了盲目搜寻的方法，因为他知道这样是找不到的。

冷静下来之后，他的直觉告诉他，他那枚肩章恐怕不是掉了那么简单。

因为仔细一想，这种事是有迹可循的，譬如，食堂里那两个不翼而飞的馒头。

当时整个食堂都乱糟糟的，被人偷了两个馒头是再平常不过的事情，钟云从从来没想过，对方可能是冲着他来的。

就算是到了这时候，他还是想不通，他究竟是得罪了谁，对方至于这样整他吗？

理清思路，有了头绪之后，他就有了应对之法。

在所有学员都完成了负重3000米的跑步之后，钟云从趁着休整的空当，跑过去找路远。

“你要借我的肩章？”路远诧异地反问，不由自主地瞄了阴沉沉的教官一眼，语气里明显透出了迟疑。

钟云从见状，连忙开口：“你放心，我只是借用一下，很快就会还你！”末了，他又补了一句，“绝对不会让你难做的。”

他说了这话之后，路远略有些赧然：“知道了，我借给你。”

他说着便摘下了一侧的肩章递给他，钟云从接过，感激地一笑：“多谢你了！”

钟云从谢过路远之后，便把肩章往肩上一扣，径直往教官的方向走去了。

路远怔怔地望着他的背影，金虎晃晃悠悠地溜达了过来，把胳膊往路远肩上一搭，开始说风凉话：“你说你是不是傻？就这么把肩章给人了，现在好了，他拿着肩章跟教官说他找着了，那你不就没法参加训练了？”

路远摇摇头，低声道：“他不是那样的人。”

谁知他话音刚落，就瞧见钟云从走到教官面前，指着肩章说了些什么，随后教官一点头，钟云从顿时喜笑颜开，大声嚷嚷了起来：“太好了，我终于找到肩章了，可以参加训练了！”

金虎肆无忌惮地大笑起来：“你还说呢，人家还真干出来了！”

路远一张脸变得煞白。

而钟云从不仅骗了路远的肩章，换回了训练的机会，甚至还扬扬得意地到处夸耀，说自己是如何辛苦地找回了肩章。

金虎乐不可支地拍着路远的肩，笑得前仰后合，路远慢慢地垂下了头。

“去要回来啊！你咋这么没用？”金虎正数落着路远的时候，冷不丁地，忽然从不远处传来了钟云从的惊呼声：“怎么又不见了！”

所有人都吃了一惊。

钟云从一侧的肩膀上空空如也，失而复得的肩章再次消失得无影无踪。

教官也被学员们的喧哗声吸引，皱着眉问道："怎么回事？"

钟云从叹气："我的肩章又丢了……不过这次我很确定，并非我粗心大意，而是有人用一双妙手，悄无声息地顺走的。"

"我不管你是怎么弄没的，"教官并不为所动，"找不回来，就没资格参加训练。"

"那如果我找回来了呢？"钟云从挑挑眉。教官傲慢地提了下嘴角："先等你找回来再说吧。"

"我马上就能找回来。"他微微一笑，又问了一句，"对了，把那个偷东西的家伙找出来之后，您会惩罚他吧？"

教官的神情有了微妙的变化："你要是能找出来，自然有处罚等着他。"

"好！"钟云从眼带笑意，转向那些休整的学员们，"那就麻烦您让所有人集合列队，并且把两只手都伸出来。"

教官眉梢微动，嗤之以鼻："你该不会以为那个人会主动交出来吧？"

"当然不会。"钟云从摇头，旋即却话锋一转，"不过现在可由不得他。"

教官瞟了他一眼，下了命令："全员集合！"

尖锐的哨声之后，一个整齐的方阵在他们面前陈列。

横眉冷眼的教官厉声喝道："伸出你们的手！"

众学员不明所以，面面相觑，但在威压之下，纷纷依言照做。

钟云从见有些人只伸了一只手，连忙轻声催促教官："两只手。"

教官瞪了他一眼之后，又吼了一声："两只手都给我伸出来！"

他的大嗓门真的有提神醒脑之效，学员们浑身一凛，乖乖地伸出了双手。

教官瞥了钟云从一眼，后者会意，循着一排排队伍走过去，目光仔仔细细地带过伸出的一双双手。

与此同时，教官的视线也黏在他身上，他倒是想看看，这小子在弄什么玄虚。

他很快就发现了端倪——在他走到最后一排的时候，那个排头兵平伸出的两只手与其他人不同，别人都是掌心朝上，唯有他是手背朝上。

钟云从在那人身前停了下来，来来回回打量了他好一会儿，这家伙身量不高，又长着一张娃娃脸，看起来很显小，估摸也就十七八岁的样子。

他胸前的徽章上显示的学号是49号。

"49号，"钟云从好声好气地开口，"麻烦你把掌心露出来。"

此言一出，他明显察觉到对方呼吸一滞。

钟云从紧紧地盯着他的双目，后者心虚得太明显，目光闪烁了一下，身形一晃，竟然妄图逃跑！

幸好钟云从已经大致猜出了他身上的本事，早就出其不意地出了手，总算在他逃之夭夭前，先一步扣住了他的手腕。

对方猝不及防，被抓了个正着。

那小子登时面如纸色，钟云从冷笑一声，翻过他的右手，果不其然，一枚肩章黏在他的手心上。

先前他发现这破训练营的鞋子做工差得要死，穿上还没走几步，就有地方开了胶，无奈之下，就想办法弄来了一管黏性强的胶水，黏合了鞋子之后顺手往兜里一放，没想到还发挥了意料之外的作用。

在借了路远的肩章之后，他就往肩章上糊满了胶水，又刻意出言刺激小偷。

至于怀疑对象，他也自有考虑——在见识过最开始那一拨高调炫技的异能者的本事之后，他就心里有数了。

那个来无影去无踪的贼，就是个拥有风驰电掣一般速度的异能者。

他握着对方的手腕，闭上了眼睛，脑子里出现了一些画面——果真是个小偷。

或许还是个全世界速度最快的小偷。

他睁开眼，冷冷地瞧着对方，那小子还不服气，一双眼睛瞪得溜圆：“你这是使诈！我不服！”

“你不服？”钟云从一听就来气，直接拽着人往教官面前领，“你个小浑蛋，兵不厌诈，没听过吧？”

“你怎么骂人呢？！”

“那你还偷东西呢！”

钟云从骂痛快之后把人扔给了教官：“他身上应该还有个肩章。”

教官的面色阴得能滴出水来，亲自动手，还真从那小浑蛋身上搜出了另一个。

在把肩章丢给钟云从的同时，教官拎着那小兔崽子走人了：“你可以开始热身了，等我收拾完这只小兔崽子，就立马开始新一轮训练！”

钟云从这下终于舒坦了，把肩章还给路远之后，看着面色不定的路远，他不好意思地笑了笑：“是不是吓到你了？真是抱歉。”

路远赶紧摇头：“没有没有！能帮到你就好。”

钟云从心情大好，拉着他一起去热身。金虎抱着手臂“切”了一声，胖子对着他哥磕磕巴巴地称赞道：“那钟、钟啥的……还、还挺机、机灵啊！”

瘦子一笑：“是挺聪明。”

虽然出了口恶气，但颇费了一番周折才得以参加训练的钟云从的好心情却很快就没了。原因很简单，他的负重3000米成绩并不理想，来来回回跑了好几轮都没达到教官的要求，气得教官破口大骂，基本一下午就折在这里头了。

在跟老马一样东奔西跑了一下午之后，钟云从拖着沉重得跟灌了铅似的两条腿疲惫地往食堂走去。

好在成绩差的不止他一个，路远那小身板，跑得比他还慢一点。两个人结伴而行，在快走出训练场的时候，钟云从忽然脚步一顿，随后改了方向。

“你先去吃饭吧，我去会会那小子。”

路远讶异地望过去，发现之前被他找出来的那个小偷，正在训练场边受罚。

钟云从缓缓地靠近，发现那小子正平举着一把手枪，枪口上用绳子吊着一块砖头，他身形板正，仿佛没看到来人，依旧目不转睛地盯着那块砖头。

这样的训练，或者说惩罚，他已经一动不动地在极寒的环境里坚持了两个多小时。

他的筋骨肌肉从一开始的酸痛，逐渐演变为痉挛，再至此刻的麻木，他的意识和身体都在崩溃的边缘徘徊。

他现在脑子里只剩下一个想法，那就是千万不能让这块砖动，哪怕只是一下——“动一下，之前无论坚持多久都作废，重新开始计时。”

这是教官的原话。

“我听说，只要这块砖动了，你就要从头再来。”钟云从笑嘻嘻地溜达到那家伙身侧，“哎，你站了多长时间？一个小时，还是两个小时？”

那人咬着牙关，一言未发。

“我说你这个人啊，真的很奇怪。”钟云从不满地嘀咕道，“明明是自作自受，现在倒是一副委屈巴巴的模样，要说委屈，我才委屈好吗！”

“那你……”他终于出声了，就是声音有些嘶哑，“想怎么样？”

钟云从不怀好意地扯了扯嘴角：“我在想，要是我碰一下你的砖，会怎么样？”

“你！”那人愤然变色，却也无话可说。

“哼！”钟云从冷哼一声，盘腿而坐，“放心吧，吓唬你而已，本少爷可不是那种落井下石的人。”

“那你到底想怎么样？”对方的语气弱了不少。钟云从得意一笑：“我想……”

他刻意拉长的语调让那小子又提心吊胆起来：“想怎样？”

“我想，请你吃个饭。”

“什么？”

“你没听错。”钟云从侧过脸，直视着他的双目，“我想知道，你为什么要这么做。”

有了“神犬”的相助，其余的尸块很快就在附近的街区找到了。

“剩下的肉片和骨头分布在小岗、桥洞、江心公园、河滨路、东新路、南华巷……哦，还有平安街！”一名下属来报，“除了桥洞之外，其他地方的尸块基本都是在垃圾桶里找到的。”

“抛尸的地点怎么这么分散，范围也太大了吧，差不多遍布整个东城了吧？”苏闲大惊失色的同时亦百思不解，“凶手一晚上跑遍了整个城区？”

下属猜测道：“会不会是协同作案？”

“有可能。”苏闲点点头，又问，“对了，头颅和内脏还没找着？”

“没有。”下属也是一张苦瓜脸，“目前还没有下落。”

苏闲的太阳穴隐隐作痛：“没有头颅的话，都不好认尸。说起来，这南华巷和平安街，不就是……邹慧笙的家和学校的所在地？”

他想到此处，脸色登时沉了下来，如果死者真是邹慧笙，凶手刻意把尸块抛到她的住址和学校附近，可见用心之恶毒。

要是让她的父母知道他们这些日子心急火燎找女儿的时候，其实可能不止一次从女儿身边经过，不知道得崩溃成什么样子。

想到邹氏夫妇，苏闲的头更痛了，但又不能不通知他们。

毕竟，到目前为止，已报案的失踪者中最符合死者身份的，就是邹慧笙了。

把尸块装好，全部运回治安所之后，苏闲立即派人通知了邹氏夫妇。他们没过多久就赶了过来，在看到死者的几根断指之后，邹母当场就昏过去了。

因为其中一根手指的指甲上，有个明显的豁口。

这让这对中年夫妇立时认定了这就是他们的女儿。

“孩子她妈前几天帮她剪的指甲，一不小心，剪出了一个缺口，当时就见了血。”邹父用枯藤一般的手指不住地抹着眼泪，“我还问闺女疼不疼，她说一点都不疼。我闺女这么乖巧听话的一个姑娘，怎么就这么命苦啊！”

他一辈子老实惯了，连骂人都不会，哪怕到了悲痛欲绝的时候，也只不过是自怨自艾。

苏闲盯着断指上缺了一块的指甲，还有指尖上那个不显眼的伤口，深深地吸了口气，虽然头颅还未找到，但尸体的身份基本可以确定了。

死者应该就是邹慧笙。

邹父一个满脸沧桑的中年汉子，此时涕泪交加：“长官，我闺女的头……”

苏闲见他问起，心里颇为愧疚，摇摇头，轻声道：“还没找着。”

“那……杀人凶手也……”

苏闲一时间竟然不知道该怎么回答这个问题，只能对他们许下承诺：“我们会抓住他的！”

这种保证，听起来既苍白又无力，可此时此刻，他词穷了，只能干巴巴地抛下这么一句话。

可既然说出口了，那就一定要做到，除此之外，他想不出还有什么别的方法安抚生者，告慰亡灵。

他长长地呼出一口气，招手叫来一个人：“现在几点了？”

“已经9点了。”一名治安官告诉他。苏闲披上大衣：“那现在青山中学已经上课了吧？你们两个，跟我去那边走一趟。”

治安所向来经费不足，仅有的几辆车不巧都被开出去了，苏闲他们只好步行过去，好在青山中学距离治安所也就两公里多一点，用不了多长时间。

只不过走到一半的时候，居然瞧见纠察队的车招摇过市，看样子，也是驶向青山中学的。

苏闲见状，毫不犹豫地伸手拦车。

他那手都快探到车窗上了，对方的驾驶员反应还算快，刹车踩得很及时，转头一看，发现是治管局的老熟人，面上顿时堆起笑容：“哟，是苏组长啊，真够巧的。”

苏闲笑眯眯地回道：“是挺巧的。车里坐的谁啊？”

他是明知故问，那名纠察队员还没来得及回话，车后座的车窗就摇下来了，姜岂言懒洋洋的声音传了出来：“不就是想搭顺风车吗？上来吧。”

他话音刚落，就有人跳下车为苏闲开门，苏闲也不跟人客气，直接就上了车。

车后座就姜岂言一个乘客，他的坐姿很是随心所欲，跷着个二郎腿，整个人跟得了软骨病似的靠在椅背上，懒散中却又透着一点优雅。

“纠察队真是经费充足，哪像我们一号所，穷得响叮当。”苏闲坐了人家的车，也开始套近乎，只是这开场白怎么听怎么充满嘲讽。

姜岂言似乎是有心事，也没跟他计较，只是示意手下开车，苏闲却按下了他的手势，觍着脸笑道：“反正你这车里还有空座，让我两个下属上来挤挤呗。”

纠察队长摇头，笑骂道：“你还真会得寸进尺啊。”

苏组长充耳不闻，直接拉开车门招呼另外两名治安官上车：“都上来吧。你们啊，都给我好好记着姜队长这份恩德，听到没？”

姜岂言没搭理他，本来也不指望能从这家伙嘴里听到什么好话。

汽车重新上路之后，姜队长瞥了邻座的苏闲一眼：“我还以为苏组长很忙呢。”

苏闲掀了掀眼皮：“想说什么就直接说吧，心情不好，没心思跟你打哑谜。”

他的直率让姜岂言失笑：“你不是已经把这个案子移交给纠察队了吗，干吗还要掺和？”

“移交给你们也不见你们上心啊，三天过去了，一点消息都没有。”苏闲淡淡地开口，“那对夫妇一天到晚往治安所跑，我能坐视不理吗？再说了，移交给你们的时候，只是一起普通的失踪案，现在尸体找到了，性质又不一样了。”

姜岂言与他针锋相对：“性质再怎么变，也没脱离纠察队的管辖范围，这是东城发生的命案，不是吗？”

苏闲并不买账：“东城的事，我也未必就管不着。”

“哦？”姜岂言挑起半侧眉尾，“这么说，你怀疑是异能者干的？有证据吗？”

苏闲自然是没有的，于是开始无理取闹：“那你有证据证明不是异能者干的吗？”

姜岂言皱眉：“你这是强词夺理！”

“哈！”苏闲冷笑一声，“之前爱理不理，现在人死了，事大了，就开始着急了？这么有能耐的话，先把死者的头颅找到啊。”

姜岂言居然没反呛回来，沉默片刻，叹了一声：“我这边压力确实不小，你愿意帮忙，我应该谢你才是。”

苏闲没想到他会这么说，一时间倒有些过意不去了，严格来说，其实是他越权了。

他轻咳一声：“对了，派人去排查抛尸点周边的居民了吗？”

“派是派了，但人还是不太够。”姜队长面色不太好看，他摇了摇头，“抛尸点居然有近10处，这相当于我们要把整个东城都摸一遍。”

苏闲也跟着叹气：“怕是我们所有人加起来都未必够。”

姜岂言按了按眉心：“不够也得上啊。”

言毕，目的地青山中学正好到了，两拨人一前一后进了学校。

Chapter 06.

盘问

青山中学的校长早就得到消息迎了出来，他对来访者的目的自是心里有数，只是怎么都没料到苏闲和姜岂言竟然双双现身。

这个案子已经严重到同时惊动两大部门了吗？原本打好了腹稿的校长内心登时打起鼓来，惴惴不安地要同两名长官握手，可临了，竟然连握手的顺序都犹豫不决。

“行了，”苏闲眼尖，一下子就看出了校长的为难之处，“不必来虚头巴脑那一套了，时间紧，直接开始吧。”

姜岂言斜了他一眼，却也附和道：“邹慧笙是哪个班的？”

校长悄悄地抹了一把冷汗，点头哈腰地在前头领路：“二位请跟我来。”

他心中暗暗叫苦，他才上任才没多久，就遇到了这种事。

前任校长是不久前的连环失踪案中的受害人之一，后来治管局在西城找到了他的尸体，确认死亡后，综管局就把他调到此处，任命为新校长。

本以为是个好差事，却没想到事与愿违。

青山中学的规模还算大，毕竟这片城区的孩子们都在这里上学，邹慧笙就读于初三（4）班，在教学楼的四楼。

想来现在是上课时间，楼道里几乎没有人，倒是走廊的方向不时传来朗朗的读书声。

“校长贵姓？”苏闲看得出这位发福的中学校长对他们一行人的到来心生忐忑，便出言缓解了一下气氛。校长爬楼梯爬得颇为费劲，一面擦汗一面赔笑：“免贵姓李。”

“李校长，”苏闲客气地点点头，“您认识邹慧笙吗？”

没想到李校长闻言愈发紧张了，他的脸紧绷了一下，随后有些尴尬地笑了笑：“我刚调来这里不久，失踪的那孩子……还真是不太熟悉。”

岂止是不太熟悉，李校长印象中压根没这么个人。

苏闲自然明白他的言下之意，他原本也不抱什么希望，一个高高在上的校长，让他记住一个普通学生，也确实有些为难他了。

于是苏闲换了个问题：“听说，三天前，贵校举办了一场运动会？”

“对，对。”李校长鸡啄米似的点头，“这不，我看我们青山中学复课至今也有五个年头了，但学生们基本上就是埋头念书。这好好学习固然重要，但是身体素质也是不可忽视的嘛，所以我就提议举办这么一场运动会，让孩子们好好活动活动。”

苏闲与姜岂言不约而同地对视一眼，皆是心知肚明——说白了，运动会就是这新官上任的三把火之一吧。

不过谁也没去点破，姜岂言还含笑夸赞了一句：“这主意真不错。”

李校长得了恭维，自是眉开眼笑。

“听说，邹慧笙没有参加那天的运动会，而是直接回家了。”苏闲把话题拉了回来，“是这样吗？”

李校长想必是提前做了功课，点点头：“对，我问过邹同学的班主任了，她说那天邹同学有特殊情况，没法参加这种活动，提前走了，还特意跟她说了一声。”

“邹慧笙的特殊情况是指？”

“心脏病。”

这些情况苏闲早有了解，只不过是再确认一遍，同时也让两眼一抹黑的姜岂言旁听一下。

姜岂言显然是听进去了，蓦然出声：“那天提前离开的，只有邹慧笙一个人吗？”

他把李校长问倒了，后者赧然一笑：“这……估计得问四班的班主任了。”

“好。”姜岂言随口应了一声，提心吊胆的李校长悄悄松了口气。一直在察言观色的苏闲不由失笑：“您也不用这么紧张，我们不吃人的。”

“哈哈，苏组长真幽默。”李校长干笑两声，冷汗却流得更厉害了。

他们到达四楼的时候，下课铃依旧没有响，姜岂言打算直接走进初三（4）班，一个个问过去，却被苏闲阻止了：“还是别了，太兴师动众了，这里都是些半大的孩子，那起案子太恐怖，我怕吓到他们。”

姜岂言耸耸肩：“那你说怎么办？”

苏闲转向李校长：“李校长，方便借用一下您的办公室吗？”

李校长一口应了下来，于是他们多爬了一层楼，去了校长办公室。

“我去把四班班主任叫过来。”李校长主动当起了跑腿的。见对方这么识时务，苏闲亦是和颜悦色：“有劳校长。”

等到李校长离开之后，姜岂言抱着双臂睨视着苏闲：“没想到你现在这么会做人。”

苏闲挑挑眉：“瞧你说的，好像我以前就不会做人似的。”

“别以为我忘了，当年在训练营里，你可是个大刺头。”姜岂言一声嗤笑。苏闲也笑了：“有霍璟那家伙在，我肯定不是最大的那个。”

“霍璟啊……”姜岂言微微一笑，“我很久没见过他了。你们在同一个部门，见面的机会不少吧？他还是老样子吗？”

“是啊，一如既往地讨人厌。”

“说得你好像不是一样。”

“彼此彼此。”

他们笑容不改地互损了一轮之后，李校长才领着个青年女子进门，那女子端庄温婉，戴着副金丝边眼镜，看来就是邹慧笙的老师了。

“这位是？”苏闲开口询问。李校长赶紧介绍道：“这位是林雪老师。”

苏闲和姜岂言都朝着林雪略略颔首，李校长旋即又向林老师说明了两位大人物的身份，并且交代她好好回答对方的提问。

随后他便很有眼色地退了出去，还主动带上了门。

看得出来，这位年轻的林老师也有些不安，但在落座之后，面对那两人的时候，还算镇定地开了口：“两位是为调查我的学生邹慧笙失踪一事而来的吧？”

姜岂言的声音淡淡的：“不是失踪，是死亡。”

光天化日在学校后门发现尸体的事根本瞒不住，消息早就不胫而走了，学校里自然也有传闻，只不过师生们都以为发现的尸体是完整的，毕竟谁也没亲眼见到，想象力再丰富也是有限的。

碎尸被发现也不过是一两个小时的光景，暂时还没传得满城风雨。

姜岂言跟他也难得地有了默契，没有把尸体碎成上二片这种事直接宣之于口。

饶是如此，邹慧笙死亡的消息仍让女教师面色惨白。

“那孩子真的……”她显然也是听过传闻的，“真的……没了？”

苏闲点头：“是的。所以有些问题要向您请教，希望您如实相告。”

林老师连续做了好几个深呼吸，才勉强平静下来，她拘谨地理了一下鬓发：“您问吧。”

“邹慧笙是个什么样的人？”

林老师的回答跟邹父邹母那边的描述大同小异，归纳起来，关键词便是：安静，乖巧，成绩优异，体弱多病。

这样一个柔弱的女孩子，会有什么人想要杀死她呢？还是用那样残忍的方式。

“邹慧笙有没有什么仇人？”

林老师惊讶地看了苏闲一眼，坚决地摇头：“不可能的，那孩子成绩好，又热心，人缘很好的。”末了她又加上了一句，“当然了，我说的是在学校里，出了学校，我就不清楚了。”

姜岂言眉梢一扬：“你的意思是，有可能是针对她的父母？”

“关于这个，我已经让人调查过了。”苏闲开腔，“邹氏夫妇很确定自己并没有仇人，至少没有到要弄死他们的女儿那种程度的仇人。”

姜岂言勾起嘴角：“人心难测，有的人，你只是踩了他一脚，说不定在他那里就是深仇大恨了。”

“是啊。”苏闲面无表情地接了一句，“就算无仇无怨，为了一点蝇头小利，甚至不求利益，无缘无故杀人的，也不是没有。”

见对面的女老师已经面无血色，他及时地收了这话题，冲对方笑笑：“我只是例行问话，排除一下仇杀的可能，您别紧张。”

林老师勉强颔首：“还有什么要问的吗？”

于是苏闲把姜岂言之前问过的问题重复了一遍：“三天前的运动会，只有邹慧笙一个人提前离开吗？”

林老师眨眨眼，面上有些许犹豫之色：“倒是还有个女同学跟我报告过，说是身体不舒服，想先回家，我看她脸色确实不好，就同意了。”

苏闲十分意外：“还有个女孩？她跟邹慧笙关系好吗？”

“两个人挺要好的，女孩子嘛，总是经常腻在一起的。”

“也经常一起回家吗？”

“是吧，我看她俩经常是结伴上学放学的。”女教师眨了眨眼，目光似被搅乱的水波，“您为什么这么问……难道您怀疑那个学生？”

她霎时间如坐针毡。苏闲没有回答她的提问，只是客气地交代道：“劳烦您，把那位同学叫过来。”

林老师战战兢兢地走了。姜岂言望向苏闲，后者这才冷笑一声：“邹慧笙的父母先前寻女的时候，问遍了邹慧笙所有要好的同学，但所有人都说自己那天留在学校参加运动会，邹慧笙是一个人走的。可现在，林老师说，有个女孩也提前离开了，而且她与死者关系很好，但在死者父母问起的时候，那个学生却隐瞒了这件事。你觉得是为什么？”

姜岂言的笑容里满是讥诮：“八成是心里有鬼。”

他话音刚落，办公室的门就被轻轻敲响了，二人对视一眼，苏闲淡淡地开口：“请进。”

一个少女怯生生地走了进来。

这个女孩相貌平平，个头偏矮，身上穿着一件蓝袄，系了条洗得发白的围巾，属于不怎么引人注意的那种类型。她一进门就撞上了两道充满审视意味的视线，而她的一举一动都在他们的视线捕捉的范围内。

在意识到这个事实之后，女孩反射性地瑟缩了一下，轻颤的牙关不自觉地咬住了下唇，手足无措地杵在那两人面前，连话都忘了怎么说。

“先坐下吧。”苏闲见小姑娘被吓得不成样子，声音便柔和了几分，“嗯……你想来一个吗？”

他说着拿起了手边一个水晶盘里摆着的橘子，冬季里的新鲜水果，难得一见的好东西，也不知道是公家的待遇还是自备的零食，总之苏闲拿来借花献佛了。

女孩子瞄了黄澄澄的蜜橘一眼，飞快地摇了摇头，与此同时，也听话地坐了下来。

苏闲顺手把那个橘子塞给身边的姜岂言：“帮忙剥个皮，反正你闲着也是闲着。”

他昔日的同窗、今日的半个同僚兼冤家，剜了他一眼，但手指却似不受控制一般，狠狠地把蜜橘掰成两半。

橘皮的清香迅速地在空气中蔓延开来，也缓和了有些许紧张的气氛，苏闲的余光掠过女孩略微放松的面容，从姜岂言的手里接过橘瓣，放在她眼前：“别紧张，我们只是想问你几个问题。你叫什么名字？”

她虚虚地握着那半个橘子，僵硬的指节泄露了她的局促，她几不可闻地出了声："孙雅莉。"

"孙雅莉。"他重复了一遍，她低低地应了一声，仍是低垂着头，让人看不清表情，苏闲单手撑在下颌处，目光慵懒地落在别处，发问的口吻满是心不在焉，"你跟邹慧笙很熟吧？"

孙雅莉又习惯性地点了下头，不过在数秒钟的沉默过后，她后知后觉地发现对方并没有在看她，于是不情不愿地开了口："我们是同班同学。"

"就这样？"姜岂言的态度就没有苏闲那么和气了，他紧盯着小姑娘，眼神如刀锋般锐利，"你的老师可是亲口说了，你和邹慧笙很要好，时常一起上下学。"

她面色发白，嘴唇也跟着哆嗦起来："是……慧笙是我的……好朋友。"

苏闲这才假模假式地谴责了一下姜岂言："你这么凶巴巴的干什么？这可不是你们队里抓来的流氓地痞，不要吓坏了小姑娘。"

他说着甚是友好地冲她一笑，姜岂言则重重地哼了一声，明显地流露出了不满。

苏闲视而不见，反而从他手里把剩下的半个蜜橘掠夺了过来，毫不讲究地扯下一瓣橘肉送入口中，含混不清地招呼道："别干坐着，你也尝尝。哎呀，要不还是算了，有点酸。"

他说着把剩下的橘子全塞给了身边的人："归你了。"

孙雅莉已经小心翼翼地把橘瓣放进嘴里了，听到他这么说，不由得怔住了。

苏闲连果肉带籽一起咽了下去，开始为自己找台阶下："吃了就吃了，补充点维生素也好。"

姜岂言冷笑着翻了个白眼。

苏闲没理会他无声的嘲笑，微笑着凝视着吃相矜持的女孩："三天前，你们学校是不是举办了一场运动会？"

孙雅莉的咀嚼倏地停顿了一下："是。"

姜岂言不耐烦起来："你这是在玩提线木偶吗？问一句，她答一个字，这得问到猴年马月去。"

苏闲张了张嘴，正待说些什么，纠察队长却抢过他的话头，目光不善地盯着孙雅莉："我问你，那个什么运动会，你是不是也没参加？"

女孩手中的橘瓣瞬间掉在了地上。

"你只需要回答是或者不是就行了。"姜岂言神色倨傲，轻一下重一下地叩着桌沿，那毫无规律的敲击声更是扰乱了女孩的心神。苏闲无奈地望向孙雅莉，苦笑起来：“说吧。”

他的语气较之另一位要柔和得多，孙雅莉深吸了一口气，才勉强出声：“是的。”

“为什么要提前离开？”

苏闲依旧和颜悦色，可孙雅莉却愈发地扭捏起来，一张小脸涨得通红，吭哧了半天愣是没说出一个字。

别说姜岂言了，这下连苏闲的笑脸都有些挂不住了，在他的默许下，姜队长严厉地一拍桌子：“说！”

小姑娘整个人差点从椅子上摔下去，带着哭腔开口：“我、我那天来、来例假了，肚子疼，所以就请假回家了。”

姜岂言面上有些许尴尬之色，而苏闲却是好整以暇地追问道：“这样啊，那你那天是不是和邹慧笙一起回去的？”

“不是。”出人意料地，这一回孙雅莉回答得飞快，她拨浪鼓似的摇着头，“我比她晚了一步，我跟她……不是一起走的。”

姜岂言闻言露出一个讥讽的笑，用手肘碰了碰身边人的胳膊：“哎，你别说，这姑娘还挺狡猾的，知道什么该承认，什么不该承认。咱们这一出白脸红脸也算白唱了。怎么着，还打算继续跟她耗下去？”

孙雅莉垂着头没吭声。

苏闲倒也不显怒意，只是神情淡淡的：“想来那个时候其他师生都聚集在操场上，没有人注意到你和邹慧笙究竟是不是一起走的，所以就算我找别人问，也问不出什么结果了，是吗？”

女孩的十指惶惶不安地绞在一起。

“不然她哪能这么肆无忌惮地否认呢？”姜岂言在一旁火上浇油，小姑娘神色微微有变。苏闲活动了一下自己的颈部，神情有些苦恼：“其实我们很赶时间，只是我不想在一个女孩面前做出一些……有失风度的事情，所以才寄希望于你能主动配合。不过现在看来，我的希望好像落空了。”

他说到结尾的时候，脸上的最后一丝微笑遁于无形，变得全然面无表情，同他先前平易近人的模样截然相反，这落在孙雅莉的眼里，就变成了一种难以捉摸的威慑信号。

“让我想想，你一开始就试图撇清同邹慧笙的关系，后来又竭力隐瞒你们的行踪，你为什么要这么做？”苏闲手指微屈，轻轻地敲打着桌面，“我猜，大概是你看到了些……甚至是做了些什么？比如一些……不可告人的事。”

他的薄唇一张一合，一字一顿地说出了“不可告人”四个字，孙雅莉几乎瘫在了椅背上，含着泪摇头："我没有……"

"是这样的，你知道我们治管局是个什么地儿吧？"苏闲没有给她继续反驳的机会，一阵低气压在他们之间浮沉，"我们那儿有一大帮的能人异士，个个都很了不起，比隔壁纠察队要牛多了。"

听到此处，姜岂言不出意外地飞了个凉飕飕的眼刀过来，苏闲恍若未觉，自顾自地往下说："其中有些人的异能很特别，他们能够控制你的脑子，读取你的记忆，届时，无论你想不想说，一切真相都将无所遁形。"

他说着，用余光不动声色地瞟了邻座一眼，纠察队长被挤对得余怒未消，可"大局为重"这个词沉甸甸地压在他头顶，他最终还是选择了忍气吞声，配合他的演出。

"哇，原来你们局里还有厉害的货色在啊？"姜队长啧啧惊叹，"请问，他们一般是怎么操作的呢？"

……说白了，不就是钟云从那家伙吗？被他吹到天上去了。

他浮于表面的演技让苏组长甚是不满，不过现在不是计较这个的时候，苏闲淡然一笑："我也就围观过那么一两次吧，什么电击、打针、喂药，听说甚至还有绑上手术台的，手段五花八门，总之，很难一言蔽之。"

他掀了掀眼皮，直勾勾地看进孙雅莉的眼睛里："看来，你得跟我到治管局走一趟了。"

他话音刚落，小姑娘的心理防线就彻底崩溃了，两行眼泪啪嗒啪嗒地掉了下来，肩头一抽一抽的："我说，我说。"

目的达成，两个影帝迅速地交换了一下眼神，结果都从对方眼中看到了不屑。

苏组长嫌弃姜队长演技僵硬，姜队长不齿于苏组长信口开河。

食堂二楼，两个人围着一桌美食相对而坐。

"我不会说的！"对方非常强硬，闭着眼，抱着胸，愣是不看满桌吃的一眼。

"哪怕我请你吃肉也不说？"钟云从夹起一块红烧肉往嘴里送，含混不清地问道。

"区区一块红烧肉……我看起来是这么没义气的人吗！"肉香味一个劲儿地往他鼻子里钻，他忍不住将眼睛掀开一条缝，余光不着痕迹地带过那盘肥瘦相间、色泽红亮的红烧肉，欲盖弥彰一般，语气比方才更冲，却偷偷地咽了口唾沫。

“这样啊。”钟云从扒了口饭，又拿起一个香气四溢的卤鸡腿，“那加上鸡腿呢？”

他的口水都快流出来了：“区区一个卤鸡腿就想收买我……哼！就算再加上那盆水煮鱼也不行！”

他嘴上倒是大义凛然的，就是肚子不太争气，不合时宜地叫了一声，还挺响的。

钟云从不由得一笑，放下啃了一半的鸡腿，抽了张纸一边擦着油乎乎的手，一边慢条斯理地开口：“听你这么说，这事倒好像还真有点内情。一开始我还以为是我哪里得罪你了，随口一诈，结果你不打自招了。”

那小子登时僵在了凳子上。

“说吧。”钟云从凑过去，将手搭在对方的肩上，“说了之后，这些鸡鸭鱼肉全归你了。”

“没有鸭。”那小子冷不丁地插了一句，气得钟云从差点掀桌：怎么着，我还得给你小子叫只鸭不成？啊？好像哪里不对？

算了算了，他一挥手：“总之，这些都是你的了！总比楼下的馒头菜汤好多了吧？”

那小子头一扭，嘴一撇：“不好，不要，不说。”

钟云从一下子不说话了。

那人本以为钟云从会大发雷霆，都已经做好了跑路的准备，却没想到对方低头不语，不过比起预想中的愤怒，这样的沉默反而更令人不安。

据说对方也是位异能者，也不知道藏着什么本事，自己能应付吗？

他一颗心七上八下地琢磨个不停，冷汗也跟着越渗越多，尤其是对方的胳膊一直搭在他身上，搞得他如坐针毡，想甩掉，又有些惴惴的。

他干吗不说话？是不是想偷袭？他身上不会有刀吧……

就在他越想越害怕准备不顾一切地溜之大吉的时候，对方忽然出声了：“冯小山。”

忽然听到自己的名字，他下意识地应了一句：“啊？”

事实上，他担心的事情并没有发生，钟云从没有突然掏出一把刀或是一支枪，他脸上甚至依旧带着如沐春风的笑，邀请道：“点了这么一堆，我一个人也吃不完，一起吃吧，就当是帮我的忙了。”

“啥？”冯小山愣住了，他怎么都没想到，他不仅没有对自己怎么样，居然还好声好气地请他吃饭。

对方态度这么友好，冯小山反倒不好意思起来，嗫嚅了一下：“我……我真不能告诉你……”可说到一半，他倏地打了个寒噤，浑身上下一个激灵，后知后觉地反应过来，“你怎么知道我名字的？”

钟云从用手里的筷子轻敲着碗盘，微微笑道：“不只是你的名字，我连你今天早上吃了什么都知道。”

名为冯小山的少年张大了嘴：“你……”

“你可以回去跟那个叫任杰的家伙说，”钟云从徐徐起身，顺手把椅子推回原处，“你们的打赌，你赢了。因为，你确实试出我的异能了。”

冯小山后背发凉，原来他已经出手了吗？可到底是什么时候？为什么他一点都没察觉都到？还有……

他猛地转头，叫住了即将下楼的钟云从：“你……你的异能……”

钟云从脚下一顿，回了他一个无奈的笑：“应该猜到了吧？”

任杰。

钟云从一路上都在念叨着这个名字，他能确定自己之前绝对不认识也没见过这个人，不知道对方为什么要这样整他。

那个冯小山，也真是够傻的，钟云从本来觉得自己已经算傻的了，结果遇到个比他还缺心眼的。

被人拿来当枪使，还傻乎乎地要保全义气呢。

他心事重重地推开宿舍门，有些意外地发现宿舍里多了一个人。

其实也不太意外，毕竟，这宿舍本来就是六个人住的，只是有一位白天一直不曾现身。

对这神秘的第六位室友，他好奇了好一阵子，这下倒是终于见到面了。

而钟云从却惊觉，这位新室友，他并不是头一回见了，不久前就见过一次——在冯小山的记忆里。

“哎，回来啦？”瘦子热情地招呼，“吃了没？”

钟云从笑着点点头：“吃过了。”

跟其他室友寒暄的时候，他的注意力却一直落在别处。最靠里的铺位上坐着个年轻男子，从他这个角度只能瞧见对方的半张脸，棱角很锋利，一半隐在光线照不到的阴影里，显出了几分阴郁。

钟云从勾了下嘴角，新室友嘛，还是要好好打个招呼的。

“任杰是吧？”他走到自己的床边，正好与对方斜对着，后者侧目看了过来，两个人的目光撞了个正着。

他五官还算端正，但神情漠然，视线里没有一丝温度，钟云从不以为忤，依旧是笑脸相迎：“咱们这是刚认识吧？”

对方还没来得及说什么，正在泡脚的金虎就冒冒失失地插嘴：“嗨！刚认识，你就能知道他的名字？他都没把名字告诉我们呢，你咋知道的？”

那人恍若未闻，一点反应都没有，钟云从倒是回了一句：“哪能不知道呢？任杰他对我，可是格外关照啊。”

话里的讥讽之意显而易见，不说瘦子这样的人精，就算是金虎这样的二愣子都察觉出来了。

这两人之间不对劲。

一刹那，宿舍里所有的视线都落在了他们身上。

不过两个当事人都没将此放在心上，任杰那双冷漠的眼珠子肆无忌惮地将钟云从打量了个遍，最后还笑了一下，挑衅的意味十足。

“那又怎么样？”

其他人都被这没头没脑的一句整得糊里糊涂，不明其意，钟云从却心知肚明，心想这家伙可真够嚣张的，完全没打算否认，似乎一点都没把自己放在眼里。

可钟云从知道，事实并非如此。

这个叫任杰的家伙，要是真不把他放在眼里，又何必大费周章地利用冯小山来试探他？

够能装的。

钟云从暗地里冷笑，面上却是云淡风轻：“也没什么，就是想告诉你，下次想找我麻烦，光明正大来就好了，不用假手其他人，怪难看的。”

任杰结满碎冰碴的瞳孔动了一下，嘴唇却紧紧地抿着。

他知道了？他怎么知道的？是冯小山那小子告诉他的？

“唉，”就在他脑子转个不停的时候，对方忽然凑到他耳畔，叹了一声，“你这个小人做派，也难怪那人不要你。”

钟云从这句话，几乎将他钉死在原地。

“你……”任杰面色骤变。钟云从一挑眉，看来自己真是戳到他的痛处了。

“我不管你跟他有什么纠葛，你要是看他不爽，就去找他麻烦呗。”钟云从表面上轻描淡写，实际上却句句都在火上浇油，“把火烧到我身上算是怎么回事？难道他要我不要你，也是我的错？”

他这把火烧得果然够旺，任杰受到的刺激显然不小。他一眼扫去，发现任杰额角青筋乍现，牙关紧咬，以至于五官都有些扭曲，看来气得够呛。

钟云从冷冷一笑，转身欲走，没想到那人冷沉阴郁的脸上忽然浮出了一点笑意：“怎么走了？我们确实应该好好打个招呼。”

他明明就坐在那里，也没什么大幅度的动作，就那么盯着他，但他的目光却像是冰凌一样，尖锐地扎进他的眼睛里。

就是那么一眨眼的工夫，钟云从忽然觉得自己的整个世界慢了下来。

那并非错觉，也非幻觉，而是实打实的——他真真切切地感觉到自己的血液在缓慢地停止流动，心脏也在逐渐停止起搏，他的血管如同结冰的航道，一点点地将他冻结起来。

彻骨的寒意自心脏处，以燎原之势蔓延全身，与此同时，他能感觉到自己的生命也在一点点流走。

这家伙，是想杀了他吗？

而距离他几米之外的室友们，还在热火朝天地聊天吹牛，与他这里命悬一线的场景形成了鲜明的对比。

钟云从知道，他们并不是麻木不仁，而是真的对他的痛苦一无所知。

他与他们，根本是分隔在两个世界。

听起来好似天方夜谭，却是千真万确。

钟云从瘫软在床上，难以置信地望着那个人，对方毫不避讳地与他对视，眼神漠然轻蔑。

他一直好奇的问题终于得到了解答——他这第六位室友，是位货真价实的异能者。

钟云从自己也没想到，在这种濒死的时刻，他还有心思想些有的没的。

他的切身体验告诉他，任杰大概是有控制时间流速的手段，甚至已经到了专门针对某一个目标，而让其他人丝毫不受影响的阶段。

不得不说，这个异能真的很可怕。

不过……

奄奄一息的钟云从蓦然睁大了眼，而斜对面的任杰却毫无预兆地僵硬了一下，钟云从扯了扯嘴角，艰难地笑了一下。

在任杰竭尽全力控制时间流速的同时，想来应该是料不到他自己的异能竟然会成为媒介，反过来让钟云从有机会入侵他的精神世界吧？

人生啊，总是反复无常的。

“那天，我是跟慧笙一起回去的。”孙雅莉一面擦眼泪，一面低声陈述，

“她向来体弱，我那天正好也不舒服，不想参加活动，她就给我出了个主意，让我去跟林老师请假，到时候跟她一起回去。”

苏闲有些意外：“是邹慧笙主动建议你请假的？”

“嗯。”女孩略略颔首，“她说放学之后要去买些笔记本，让我帮忙一起拿。”

苏闲下意识地觉得这句话有些奇怪，可一时之间又说不上哪里不对，而这时候，姜岂言已经出声催促了：“然后呢？”

“所以我们一放学就走了。”孙雅莉继续说。

苏闲便也暂时放下了疑惑，专心地聆听。她吸了吸鼻子，声音仍然有些哽咽：“离开学校之后，我们就往云飞路去了。”

云飞路是一条老街，最大的特点是街道两侧种满了榕树，其中有些年头很久了，最老的那株，树干需数人合抱。

“为什么走云飞路？”苏闲挑眉，“我听邹慧笙的父母说过，她回家的必经之路是栖霞路。”

“为了买笔记本，最近的一家文具店，就在云飞路附近。”孙雅莉哑着嗓子说，“那时候天已经有点暗了，路上的人很少，两边又都是大榕树，我走在树荫下的时候，总觉得好像有双眼睛在盯着我们看。一开始我以为只是自己疑神疑鬼，可我没想到……”

她说到这里，情绪又有点崩溃，苏闲与姜岂言对视一眼，而后温声安慰道：“没关系的，继续说，发生什么了？”

“我们走到一棵榕树下的时候，不知道怎么回事，我突然觉得头晕目眩的，一下子就走不动道了，眼睛里看不见东西，耳朵里也听不到声音。等我再回过神的时候，慧笙她……就不见了。”

苏姜二人双双眉头紧锁：“什么？你的意思是，她是凭空消失的？”

这听起来很不可思议，可在“孤岛”，真的没有什么是不可能的。

苏闲沉默不语，姜岂言却仍有些怀疑：“这……你完全没看到她是怎么消失的？怎么可能？你是不是在骗我们？”

孙雅莉有些慌乱，但头摇得很坚决：“我没有骗人！是真的！我也不知道怎么回事，总之她就是消失了。”她顿了一下，声音变低了不少，“一开始，我还以为她自己走开了，跟我开玩笑，我就大声叫她的名字，还找了她好久，但还是没找到她，后来才知道……”她的尾音控制不住地颤抖起来。

姜岂言嘴角绷紧，缄默良久的苏闲突然出声了：“我问你，你说的那段时间，维持了多久？”

小姑娘愣了一下，苏闲解释了一句："就是看不到东西，听不见声音，无知无觉的那段时间？"

孙雅莉的脸上写满了困惑，她眨了眨眼："我也……说不清楚，好像很长，可似乎又很短。"

姜岂言张口欲言，苏闲却阻止了他，不动声色地继续问："你是怎么判断出来的？"

"那个时候，我正在跟慧笙小声说话，她问我哪里不舒服，我不好意思大声说，就凑到她耳边去。正在说的时候，那种奇怪的感觉就来了。"孙雅莉细眉紧蹙，鼻翼微皱，"而在我恢复正常之后，我发现自己竟然还保持着那个姿势。"

"说悄悄话的姿势？"

"对。"

"而邹慧笙，却已经不见了。"

女孩显然心有余悸，她点点头："是这样的。"

姜岂言见苏闲若有所思的模样，忍不住问道："你知道是怎么回事吗？

"具体的还不清楚。"苏闲神色阴晴不定，"可有一件事是可以确定的。"

姜岂言倒吸一口冷气，似乎也明白了些什么。

"你是想说，邹慧笙肯定不是自己走失的，而是被人带走的？"他微微垂眼，目光莫测，"而掳走她的人，很可能是位……异能者。"

苏闲没再深入这个话题，转而望向惶惶不安的孙雅莉，目光里别有深意。

那女孩愈发恐慌起来。

"你为什么要隐瞒邹慧笙消失的事？"

苏闲看出了其中端倪，女孩双手掩面，泪水不断地从下颌处滴落："我……我不是故意的，我只是……太害怕了……"

苏闲按着眉心沉声开口："之后你就像什么都没发生过一样回家了吗？邹慧笙的父母肯定也来找过你吧？你为什么不实话实说？"

"我怕……"她一开口还是那两个字，她的身躯战栗得很厉害，"我怕他们怪我见死不救。"

"最开始你救不了，那是情有可原。"苏闲闭了闭眼，满脸的疲惫，"可你之后刻意隐瞒，这才是见死不救。"

孙雅莉的呜咽声从指缝里传出来。他想起那些装在塑料袋中的尸块，以及至今不知在何处的头颅及内脏："如果你当晚能如实相告的话，也许邹慧笙就不会死了。你知道她是怎么死的吗？”

女孩缓缓地松开手，露出了一张满是涕泪的呆滞面孔。

他直勾勾地看进她的眼睛里，平静而冷酷地告知：“她被人千刀万剐，死无全尸。”

苏闲与姜岂言走出校长办公室的时候，半掩的房门中还隐隐传出女孩绝望的哭泣声。

“你这样是不是有些太残忍了？”姜岂言看似谴责，可言语间分明透着戏谑，“毕竟只是个十几岁的孩子。”

“十几岁，也不算小了。”苏闲的声音淡淡的，“总得让她知道，她究竟犯了个什么样的错吧？”

闻言，姜岂言笑得愈发开心，苏闲只觉得自己跟这人半点共同语言都没有，完全不想搭理他。

他们缓缓地从楼梯走下，经过四楼的时候，鬼使神差一般，苏闲掉转方向，往初三（4）班走去。

此时恰好下课铃响了，孩子们从教室里鱼贯而出，他冷不丁地往门口一站，一个少年一个不留神，撞到了他胸口。

见那孩子捂着额头喊痛，苏闲连忙道歉：“真是不好意思，挡了你的路。”

那半大的男孩见他一身制服，并没有像其他学生一样退避三舍，眼神中反而带着三分敬畏和七分羡慕：“您是来调查我们班那个失踪的女生的吧？”

他不答反问：“你认识她？”

“认识是认识，不过不太熟。”男孩挠了挠头，“她只跟女生玩，老师也让我们别去打扰她。”

“这样啊。”苏闲原本也是随口一问，正欲转身离开，却听到对方磕磕巴巴地开口了：“我以后也想当治安官呢……就像霍璟治安官那样！”

苏闲失笑：“那就得有豁出大半条命的觉悟才行。”

说罢，他瞥了一眼少年脖子上挂着的纸质圆牌，好奇地打听道：“这是什么？”

“奖牌！”男孩骄傲地展示着他的“奖牌”，另一只手则扬了扬一个红色封皮的笔记本，“这是奖品！”

苏闲恍然大悟：“运动会上得来的？”

少年得意地竖起大拇指：“短跑第一名！”随后又满是期待地盯着他，“这样我有资格进治管局吗？”

“等你到年纪了，可以去训练营试试。”苏闲拍拍他的肩，“顺便，恭喜你。”

与那名志向远大的少年道别之后，苏闲发现姜岂言正在应付李校长，便没有过去掺和，而是叫上下属，不告而别了。

“头儿，有发现吗？”一名治安官沉不住气，忍不住问道。苏闲刚要开口，就听到背后传来一声冷哼：“你这家伙，果真是半点义气都没有。”

苏闲微笑着回首，姜岂言一行人也不紧不慢地跟了上来，看来是已经搞定了李校长。

“原来姜队长打算好人做到底，把我们送回治安所去啊。”苏闲搓着手笑起来，“哎呀，还真是有点过意不去。”

姜队长额角青筋乍现：“我怎么不记得我说过这种话？”

苏闲自动忽略了这句话，开始得陇望蜀：“既然如此，那我就厚着脸皮向姜队长借些人手了，没办法，这案子实在太需要人海战术了……”

姜岂言听出了他的弦外之音，挑起半侧眉尾：“你的意思是，这个案子归你负责？”

“你是真傻还是装傻？”苏闲敛了笑意，面色肃穆起来，“作案者既然是异能者，那这件事的性质就变了，你们是管不了了。”他说着嘲讽一笑，“事实上，真交给你，你也应付不来啊。”

姜岂言冷冷出声：“你这么应付得来，干吗还跟我借人？”

苏闲也不以为意：“行了行了，你又不是不知道我的难处。来句痛快话，借还是不借？”

“不借又怎么样？”

“你这样的话，我就只好让我的领导去找你的领导了。”

姜岂言一声轻嗤，直接拉开车门，扬长而去。

苏闲站在原地望着远去的汽车怒骂：“小气鬼一个！”

Chapter 07.
追查

钟云从隐隐约约看到了一片虚无，他将自己的意识延伸得更远，试图探索属于任杰的精神属性。

但结果却是——什么都没有。

无形无影，无声无息，无光无色。

他在这个空空如也的世界里停留了片刻，蓦然心念一动，脚下迈出了一步。

刹那间，原本空无混沌的四周在他的行动间竟然有了些许变化，一些影影绰绰的事物如水中倒影般模糊晃动，嘈杂的声音也随之而起。

他吃了一惊，下意识地伸手去触碰，明明近在咫尺，那些画卷般的景象却如同镜中花、水中月一般，虚幻而不可捉摸。

他停下步伐，那些突如其来的热闹也随之静止。

纵目望去，仍是一片缥缈，不过人的心境却与方才不同了。

他幡然醒悟，他苦苦寻找的，就在他眼前。

任杰的精神世界并非一无所有，相反，是无处不在。

这个世界，乃是由无限的时间构筑而成的。

宙，便是他的精神属性。

任杰怎么都没有想到，他特意为钟云从设下的“时间牢笼”会沦为自己的桎梏。

对方的意识好似蛛丝一般，反借他的异能为契机，无声无息地侵入了他的精神世界。

他的世界无边无际，可对方的意念却化为一条川流不息的长河，咆哮着顺着他延伸的方向奔腾而去。

我在退缩吗？！任杰无知无觉的身体不自觉地打了个冷战，继而反应过来——不，不是退缩，而是逃亡。

这家伙的触知力，完全就是附骨之疽，一旦沾上，无孔不入，防不胜防。

有那么一瞬间，任杰情不自禁地生出了惧意，他心中暗道糟糕，可惜悔之晚矣，就那么一下子，他已然在这场无声无形的斗争中落了下风。

他的时间停止流动，任由钟云从的触知力肆无忌惮地占据了他的整个精神世界。

过了一阵子，他的时间又恢复流动了。

只是这一次，变慢的不再是对手的时间，而是他自己的。

控制时间流速，向来是他起心动念之间的事。

将一个人的时间放得极缓，近乎停滞，就可以不露痕迹地绞杀对方。

任杰通过这种手段，收拾过不少对手，却万万不曾料到，有一天会作茧自缚。

这种感觉，怎么说呢——就好像有成千上万条看不见的线缠绕在他的心脏上，线的另一端落在对方的手里，对方在渐渐用力，而他的心脏也在一点点被勒紧。

微弱的呼吸间，他似乎又回到了过去那段噩梦般的日子。

他面色青白，浑身冰凉，全身的血液几乎都凝固了。

钟云从见时间差不多了，便松开了线的另一端，任杰登时重获新生，猛然栽倒，背脊与床板重重地碰撞，发出了极突兀而响亮的一声。

其他四位室友俱是一惊，齐刷刷地回过头来，发现任杰已然不省人事。

“怎么回事？”

“他这是怎么了？”

几个人立刻围了过来，见这位新室友面如纸色，满头冷汗，都相当意外。

钟云从站了起来，也走过去看了一眼，不以为然地笑道：“大概是身体不太舒服吧。唉，你说这动不动就晕的，还跑到训练营凑什么热闹？”

胖子一惊一乍的：“不、不会出、出人命吧？我、我咋瞧着他、他不太行了呢？”

路远则忧心忡忡：“看他这样子，是不是心脏有问题啊？这可不是小问题啊……”

金虎事不关己高高挂起，甚至还跟着钟云从取笑了任杰几句：“我看37号说得没错，这弱不禁风的，跑这儿来玩吗？简直是瞎胡闹！”

“行了，让他躺一会儿吧。”钟云从示意他们都散了，转身要回自己铺位的时候，却冷不丁地与瘦子打了个照面。

他这才注意到，瘦子一直没有加入七嘴八舌的讨论中，难道……一直在观察他吗？

瘦子见他看过来，笑了笑：“真够凶险的。”

钟云从一怔，回过神想说些什么的时候，瘦子已经走过去了。

他那句话是什么意思？无心之语还是……有意为之？

钟云从盯着那个精瘦的背影，眉心纠结成一团。

恰在此时，任杰那边发出了模糊的低吟，钟云从侧脸望去，发现人已经醒了。

见对方醒来的第一件事就是目光灼灼地望向他，钟云从不禁失笑：“感觉怎么样？”

任杰的脸色很难看，大概是因为还没有从那场悄无声息的交锋中恢复过来。

当然，更有可能的是，钟云从那种漫不经心的态度激怒了他。

钟云从不是不知道对方在想什么，可他不在乎。

象征性地问候了一句之后，钟云从准备上床睡觉，却听到了任杰阴森森的声音：“下一次，我不会再让你找到钻空子的机会。”

钟云从转过头，好笑地瞅着他：“还想着下一次啊？”

任杰的呼吸尚未平复，眉宇之间却满是桀骜：“我不会再输给你。”

“你也知道你输了啊？”钟云从的声音淡淡的，“本来我是想着，虽然我不怎么喜欢你这个人，但好歹是室友，低头不见抬头见的，打算息事宁人，捏着鼻子过三个月得了，不过你要是不肯罢休的话，我也无所谓。”他说着靠近了对方，压低了声线，“你要是想找事，那就来。我这个人一般不惹事，但也不怕事。只不过，下一次我就不会手下留情了。”

他说完，冲对方笑了一下，随即便和衣往床上一倒，拉上被子，蒙头睡觉。

至于任杰的表情如何，瘦子是否又在暗处观察，他不想也懒得去搭理。

这个宿舍的气氛，真是令人窒息。

姜岂言那边模棱两可，苏闲这边却实在耽误不起，治管局的工作重心向来落在西城，20多年来都不曾转移过，现在这起案子虽然性质恶劣，但也不至于让整个部门改变工作方针。

人力、物力都极为短缺的苏闲，决定先往市中心的总部去一趟。

他跟姜岂言说的那句“找领导”，可不是虚张声势。

进了治管局大门，他熟门熟路地直奔领导办公室，沿途碰上了不少熟面孔，也没时间一个个招呼，随手抓了个人打听：“哪位领导在？”

“今天轮值的应该是任副局长。”

苏闲听到这个名字，匆匆的步伐倒是顿了一下，他提了下嘴角：“正好。”

那位同僚不解：“啊？”

苏闲摇摇头：“没什么，有事，先走了啊。”

三言两语地应付过去之后，苏闲到了顶楼的副局长办公室。

他象征性地敲了两下门，在未得到允许之前就推门而入。

办公桌后上了年纪、身形发福的中年男子正手忙脚乱地把一样东西往抽屉里塞。

苏闲眼尖，一下子就瞧出对方试图藏起来的是一盒糖果，不由得笑了：“哟，任局，您又背着何处长偷吃甜食了？您那血糖降下来了？”

大腹便便的任副局长见办公室的门被这么旁若无人地破开，还以为是同一部门的妻子前来突击检查，面上还带着几分心虚和尴尬，却没想到这位胆大妄为的不速之客是苏闲。

他登时板起脸来：“臭小子！胆子越来越大了，我还没让你进来呢！”

苏闲摸了摸鼻头，叹气：“这不是事态紧急，来不及讲究那些细枝末节的东西吗！”

任副局长没好气地指着对面的椅子：“事态不紧急的时候也没见过你尊敬长辈。行了，别站着了，坐下来说。”

苏闲一脸乖巧地照做了。等到他坐下，任副局长从糖果盒里摸出几块糖，顺手还丢了一块到苏闲那边，苏闲捡起糖果，不禁莞尔。

见任副局长开始窸窸窣窣地剥糖纸，苏闲劝了一句：“还是别吃那么多了吧，高血糖可不是闹着玩的。”

他的上司吹胡子瞪眼：“你个臭小子哪只眼睛看到我吃得很多了？这才是我今儿的第二块！”

苏闲嘴角抽搐了一下，也没打算继续跟领导犟，他今天也不是为了问候领导而来，意思意思就行了。

“今早在一号所的辖区内发现了碎尸，这事您听说了吧？”寒暄完毕之后，苏闲直接切入正题，“不瞒您说，我是为这事来的。”

因为案件性质恶劣，一号所的所长迅速把此事上报到了总部，任副局长自然也了解了一些情况，他点了点头：“这个案子我知道一点。听说死的是个小姑娘？”

“17岁的女中学生。”苏闲纠正道，“我刚从她就读的青山中学回来。”

“去查了？有情况吗？”任副局长的口吻听起来更像是例行公事的询问，因为下一句他就话锋一转，“不过这种类型的案子，按理来说，应该移交给综管局的纠察队吧？”

苏闲面色凝重：“我知道您的意思，一开始我也是这么打算的，可是在对一名目击证人进行审问后，有了个意外的发现。”

“哦？”

“这起凶案并非常人所为，而是异能者干的。”苏闲字斟句酌，“至少，劫走被害者的人，可以确定是异能者。”

任副局长一扫先前的漫不经心，神情也跟着严肃起来：“跟我说说具体怎么回事。”

苏闲眨眨眼，一脸为难：“目前只有个初步的推测，很多地方我自己也没头绪，等我理清了再跟您报告。”

任副局长愣了一下，随即笑骂道：“你这小子，是急着查案去，不想在我跟前浪费时间吧？”

苏闲赶紧摇头：“哪能呢？主要是现在的线索实在太有限了……”

“行了行了，别拿话搪塞我！”任副局长不耐烦地挥挥手，“想跟我要什么就直说吧！”

“任局就是任局，我这点小心思哪瞒得过您？”苏闲本就是为此而来，见领导主动提起，自然不会放过这个大好机会，一口气把自己的诉求说了出来，“您也知道咱们一号所的情况，我现在手头是要啥没啥，没有人手就算了，连个代步工具都没有，很是影响我们侦查案情啊。”

任副局长吹胡子瞪眼：“少拍马屁！待会儿你自己到车库去看看，哪辆空着直接让你的人开走！对了，等这案子完了，记得给我开回来！”

苏闲假装没听到最后一句：“就知道您通情达理！那您看人手上……”

任副局长嘴里含着糖块，含混不清地问道：“你需要几个人啊？”

“需要几个人不是我说了算的，这个案子麻烦就麻烦在凶手把尸体处理得太干净，从尸体上找线索基本是没什么希望了，所以我想从抛尸的方向入手。”苏闲言辞恳切，“光是现在发现的抛尸场所就有八处，而尸体的头颅、内脏目前仍未发现。我需要让人把抛尸之地附近的所有住户都挨个问上一遍，人手……当然是越多越好。”

“嘶……”任副局长听了他这番话似乎是犯起了牙疼，捂着腮帮子语重心长地开口，“小子，咱们局里的情况你不是不清楚，不只是西城，哪个岗哨都离不了人，你这个要求实在是……”

“哎，我清楚！非常清楚！”苏闲赶在领导发表长篇大论前抢到了先机，“您也很了解我，知道我也不是那种会让您为难的人。是，咱们局里调不开人手，可隔壁不是养着一大把吗？”

任副局长的牙疼瞬间就痊愈了，他霍然起身，手指戳到了苏闲脑门上：“你个浑小子还敢说自个儿懂事，都把主意打到隔壁身上了还说不让我为难？”

苏闲捂着脑门赔着笑：“我这不是没有办法吗？案子总得破吧。”

任副局长气得直哼哼：“你又不是不知道我跟综管局那帮老家伙什么关系，他们哪会买我的账？”

“您的面子这么大，谁敢不买？”苏治安官继续拍马屁。

“也不知道怎么回事，你小子一说好话，我就牙疼。”任副局长板着一张脸，“赶紧滚吧，该干吗干吗去，晚些时候我豁出这张老脸打个电话问问。”

苏闲却不为所动，死皮赖脸地怂恿道：“现在就打呗，反正您这会儿也没什么事做……”

他说完就缩着头避开了领导迎面砸来的糖纸，任副局长板着一张脸：“你个小浑蛋越来越过分了，居然敢指使我，谁说我没事做了？”

苏闲不肯放弃，继续软磨硬泡：“打个电话也不费您多长时间的。”

“哟嗬！反了你了！”任副局长脱下脚上的皮鞋作势要揍人，苏闲一面配合地躲闪着，一面嬉皮笑脸地威胁道：“您这样的话，我只好去求何处长了……”

任副局长高举着鞋的右手顷刻间就耷拉了下来，却仍故作镇定：“你求她也没用，这事不归她管！”

“那我就找她老人家叙叙旧呗，反正也好阵子没见了。”苏闲笑眯眯地说道，“就是我有点担心，聊着聊着，我要是嘴一快，一不小心说出您偷吃甜食这种事可怎么办呀！”

以“妻管严”闻名全局的任副局长彻底认㞞了，把皮鞋往地上一丢，光着一只脚就坐回了位置上，拿起电话，不忘瞪某人一眼：“打完这个电话之后你给我有多远滚多远，三个月之内别出现在我跟前！”

苏闲对天发誓：“我保证！”

最后，苏闲的要求基本上得到了满足——在任副局长跟综管局那帮老家伙掰扯了十来分钟之后，终于达成了两大部门之间罕有的合作。

只不过……

“纠察队会同你的人一起行动，你们联手处理这个案子。”任副局长告诉苏闲，不等他抗议，就先把他堵了回去，“你没听错，意思就是你们一起来办这个案子。你要问为什么，你用了人家的人，而且不是一个两个，还不让人家过问吗？”

苏闲除了接受之外没有别的选择。

其实他并不是一个权力欲特别重的人，事实上，适当的时候，他很乐意分权，但前提是对方要能派得上用场。

他也不是真觉得姜岂言有多废物，只是觉得那家伙不会把心思用在这种正事上——大概对他来说，敛财才是正事。

不过事已至此，只能走一步看一步了，希望能够合作愉快吧。要是不愉快，对付姜岂言，他还是有把握的。

“知道了，我会和纠察队那边好好相处的。”

他嘴上说得乖巧，任副局长却相当怀疑：“我可是听说你跟纠察队那个小子有点过节的。”

“跟我有过节的人多了去了，咱们局里不也有好几位？”苏闲无所谓地笑了笑，“大家还不是一样当同事？”

“总之，别给我惹事就行了！”任副局长赶苍蝇似的挥着手，“忙你的去吧，赶紧走人！”

苏闲冲他行了个礼，拉开门正要迈出去的时候，突然又回过头，扬手掷出了一样东西。

那东西来势汹汹地朝办公桌后的任副局长飞去，后者有所察觉，面上有惊讶的神色一闪而过，却也没什么大动作，只是掀了掀眼皮。

而后，苏闲掷出去的那颗糖果就那样毫无预兆地凝固在空中。

可就是那么一眨眼的工夫，苏闲就知道，他这位身形臃肿、行动迟缓的领导，早已将他出其不意的攻击化解于无形之间了。

糖果落在地上，骨碌碌地翻滚了几下，苏闲的目光停留片刻，抬起眼，对着波澜不惊的任副局长鞠了一躬。

“在我加入治管局以前，您就很少出手了，我一直想见识一下您的本领，今儿个没按捺住好奇心，跟您开了个玩笑，您千万别放在心上。”

苏闲避开了和任副局长对视，但还是能感觉到对方的视线落在他身上，那目光谈不上愤怒，反倒有些无奈。

和大人看着恶作剧之后的小孩的眼神并没有什么区别。

“苏闲啊……”任副局长开了口，尾音拖得老长，苏闲深吸一口气，抬起头来，正好对上他意味深长的目光，“你是不是有事瞒着我啊？”

苏闲的喉结动了一下，事到如今，他想瞒也瞒不住了，领导也不是那么好糊弄的。

但他一时间不知道该说些什么，干脆继续沉默着。

“你小子也不用跟我装聋作哑的，要不是出了什么事的话，至于这样试探我吗？”任副局长摇摇头，“说吧，到底是怎么回事？”

他垂下眼，眼睫在眼底投下一片淡淡的阴影：“对不起，我现在还不能说。”

任副局长笑了起来，鼻翼边上的法令纹加深了不少：“不说就不说吧，看你这样子，难道我会猜不出吗？是不是跟这起碎尸案有关系？”他顿了一下，语气依旧平淡，“你怀疑我？”

苏闲依旧没吭声。

“你啊，”任副局长叹了口气，“既然你会怀疑我，想必你提到的那个异能者使用的异能和我的很像，甚至是如出一辙咯？”

苏闲迟疑了一下，终于开腔了：“还不能确定。”

“不用拿这种话来糊弄我。”任副局长的神情肃穆起来，“既然你觉得我有嫌疑，就按程序来，放心，我知道规矩，会好好配合的。”

苏闲犹豫了一下：“我不是那个意思……”

“那是哪个意思？”任副局长失笑，“我算是明白了，你吞吞吐吐、藏藏掖掖的，是不是怕我对你心存芥蒂？”

苏闲面色微变：“我……”

“去年，局里有人瞒着我，给你们所里推荐了我儿子任杰，你把他拒之门外了。”任副局长微微一笑，“你说他性子桀骜，心智未成熟，不适合干咱们这一行。”

苏闲苦笑了一下：“原来您知道了。”

“哼，难道你们以为这种事瞒得过我吗？”任副局长重重哼了一声，“我就实话跟你说了吧，就算你当初没有拒绝任杰，这事我也不会同意的。这不符合规定，要是这个先例一出，以后什么乱七八糟的人都能往咱们这里塞了。”他别有深意地斜了苏闲一眼，“你当这个道理，我会不明白吗？”

苏闲尴尬一笑：“我没那个意思……”

“少来！”任副局长语气冷冷的，“你这臭小子嘴上哄我，心里不知道怎么防我呢！”

苏闲张了张嘴，还想解释些什么，领导却已经不耐烦了：“行了，我也懒得跟你说了，你尽管去调查我的行踪，要是发现什么不对劲的，我二话不说，立马跟你进班房！”

苏闲灰头土脸地走出了副局长的办公室。

在从孙雅莉那里得知作案者的手法之后，他第一时间就联想到了他们局里的这位副局长——倒不是苏闲对他有什么偏见，而是众所周知，任副局长的异能便是控制时间。

只不过他这位上司兼前辈已经很多年没有出过手了，他也一直没机会见识他的异能施展起来究竟是个什么情形。

事实上，他的怀疑，的确有一点凭空猜测的意味。

所以这一次造访，他才忍不住出手试探。

至于试探的结果，他也说不上是满意还是失望。

不过必须得承认，任副局长的态度让他的怀疑减少了许多。

走了几步之后，他才发现自己的背脊在发冷。

任副局长看起来平易近人，可上位者该有的气场威严一点都不少。

后怕归后怕，苏闲还是让人去调查任副局长这几日的行踪，对他的怀疑减少是减少了，但终究没有彻底消除。

这几天，苏闲过得非常难受。

不只是他，一号所和纠察队的所有人都连日加班，连回家的时间都没有。

其实忙碌不算什么，可如果都忙成狗了，还一无所获，那就让人郁闷了。

首先是任副局长行踪的问题，他派出去的人也不知道是怎么回事，总之最后是治管局的局长亲自派了人向他传话，说他能证明任副局长的行踪——案发的前三天，任副局长都和他老人家一起镇守在边界线，他能做证，任副局长一分钟也没有离开过。

局长都亲自做证了，苏闲自然是无话可说，不仅如此，他还抽了个空亲自上门向任副局长道歉。好在任副局长没跟他计较，态度一如既往地和蔼，让他好好查案，要是缺了什么，再来向他要。

“任局，您这话，我可记在心里了，回头我来求您的时候，您可别不认啊！”苏闲嬉皮笑脸地回了一句。

任副局长笑骂：“浑小子！知不知道什么叫场面话？！”

苏闲笑笑，行了个礼打算告辞的时候，却又听到任副局长开口了：“我知道你心里还有根刺，我把话说开了吧，任杰那小子去了训练营，如果没有意外，这段时间应该都在营里。你随时可以去查，不用有什么顾虑。”

任副局长有个继承了他的异能的儿子这件事，苏闲是再清楚不过的，既然任副局长的嫌疑排除了，那拥有同样异能的任杰在他这里顺理成章地成了重点嫌疑人。

苏闲还在迟疑着怎么跟任副局长知会一声，没想到他自己先深明大义地提了。

苏闲既被他说中心事，也就坦然地承认了：“有您这句话，我就放心了。”

任副局长点点头，苏闲又连忙加了一句：“要是这事跟任杰没关系，您放心，我绝对不会冤枉他的。”

任副局长目光一凝，随后又笑起来：“我知道了，你去忙吧。”

他目送着那个年轻人走出办公室，笑意渐渐隐去。

如果不是任杰干的，绝不会冤枉他；可一旦跟他有关，也绝对不会放过他。

这小子，话里有话呢。

从总部离开之后，苏闲又犯了难，不知道是先去一趟训练营把任杰的问题解决掉，还是先返回治安所继续投入无穷无尽的问讯工程。

他沉吟片刻，考虑到这大白天的，训练营应该正训得热火朝天，他这么不打招呼不请自去，怕是会惹恼那帮头脑简单肌肉发达的家伙。

算了，还是晚上再去吧。

做了决定之后，他便立刻掉转车头往一号所的方向开去。

只不过“训练营”这三个字在他脑海里过了好几遍，他自然也不免多想了一些关于那边的事，进而联想到某人。

一段时间不见，不知道他适应得怎么样了，也不知道……是否长进了一些。

其实在找到邹慧笙的尸块之初，他就考虑过让钟云从帮忙，却被张既白打消了念头。

“这肉片都快烫熟了，已经发生了质变，就算是他的触知力，我看也未必能发生作用。”张既白面对着一堆零碎的肉片，不住地摇头，“就好像你让他去吃一块煮熟的猪肉，你觉得他还能判断得出那头猪生前的花色和体重吗？”

苏闲沉默了一会儿：“我承认你说得有道理。可你这个比喻，怪恶心的。”

张医生不以为意，脱下手套，扶了下镜框：“说起来，关于凶手处理尸块的方式，我们一开始都认为他这么做是为了在处理血迹的同时，尽可能地消除尸体上可能存在的线索。”

苏闲眉梢微扬：“除此之外，你认为还有别的目的？”

“其实脱离不了消除线索的大范围，只是，”张既白顿了一下，“刚刚和你聊了之后，我忽然有了个新想法。凶手想要消除的线索，也许不仅仅是我们的眼睛能看到的、附着在尸体表面上的那部分呢？”

苏闲立时明白了他的意思，大惊失色：“你的意思是下手的人……还防着诸如钟云从那样的异能？”

张既白耸耸肩：“就是个猜测，没有真凭实据。”

苏闲没有说话，这种事根本没办法找证据，但他觉得张既白的推测不无道理。

而据他所知，这类能够抓取亡者记忆的能力，除了钟云从拥有之外，别无他人。

至少治管局登记在册的所有异能者里没有。

可那样一来，就出现了一个很恐怖的可能性——凶手说不定认识钟云从。

一旦这个猜想被证实，那就说明，凶手不仅仅是认识，说不定还颇为了解他。

不过也恰恰难在此处，在抓住凶手之前，苏闲想不到还有别的方法能证明这个猜想。

回到一号所之后，他做的头一件事便是询问下属：“邹慧笙的头颅和内脏有下落了吗？”

众人面面相觑，苦着一张脸不约而同地摇头：“暂时还没有。”

苏闲将嘴唇抿成了一条冷峻的直线，对下属的回复他本不该失望，却仍感到了失望。

这就是让他难受的第二件事。

他们这些人，一刻也不敢放松，废寝忘食、通宵达旦地投入审讯工程，是的，这已经不只是一项工作了。因为涉及的范围之广、人数之多，这完全就是一项大工程。

抛尸点周边的居民，厨师、屠夫、医生这三类从业者，以及从他们口中供述出有嫌疑的人，这数以千计的人，都是他们的排查对象。

目前为止，他们调查过的、确定排除嫌疑的，还只是其中的一小部分。

这个城市里潜藏的未知因素，实在是多不胜数。

“对了，头儿，任副局长那边怎么样？您不是说凶手很可能就是用控制时间的异能带走了邹慧笙吗？”

他正要回话，却没想到“凶手”这两个字仿佛掉进沸油之中的水滴一般，让原本沉寂的空气炸了锅。

“是谁！”邹慧笙的母亲蓦地从门外冲了进来，红着眼睛抓住苏闲的胳膊，“凶手是谁！”

苏闲被她扯着胳膊，绞尽脑汁地想安慰死难者的家属几句，可最后却发现自己什么都说不出来，只能颓然摇头：“我们还没找到。”

邹母的反应很激烈，比起见到邹慧笙尸体那时有过之而无不及，她尖锐的嗓音几乎掀翻了屋顶，往日对异能者的畏惧也在失去爱女的悲恸下消失得无影无踪。

“你答应过我的！答应过我的！”她披头散发，面容枯槁，眼眶熬得通红，却再也流不出一滴眼泪，只是直勾勾地盯着他，一字一句地说道，“你答应过我，要替我女儿讨回公道的！”

她丈夫连忙追上来，试图阻止妻子的过激之举，却完全拉不动情绪失控的妻子。

其他的治安官都皱起了眉，苏闲避开她的视线，艰难地出声：“我会的……但需要一点时间……”

就在他以为邹母会这样不依不饶地继续纠缠下去的时候，后者却毫无预兆地停止了吵闹，甚至松开了他，倏地平静了下来，尾音却依旧带着些许颤抖：“好，我给你时间，但别太久。”

这种平静是暴风雨的前奏，苏闲知道，自己要是不能给这个可怜的女人一个交代，她会崩溃得更彻底。

他无法承诺更多，只能尽力而为。

“正好，夫人，”他把人送回接待室，并且邀请对方在沙发上坐下，“我有个情况要告诉您。”

邹母凌乱的发丝下浑浊的眼珠动了一下：“什么？”

“据我的调查，您的女儿那天并不是在回家路上失踪的。事实上，她还没能踏上回家的路。”

邹母疑惑不解地看着他。

“她去了云飞路，因为要买一些笔记本。”苏闲解释道，“她还……”还带上了一个同学。

最后那半句话他迟疑了片刻，最终选择吞了回去，孙雅莉固然可恶，可他不能保证这位悲痛欲绝的母亲在得知孙雅莉的所作所为之后会做出什么事。

邹母急急追问道：“她还怎么样？”

“我的意思是，她是在云飞路上被人带走的。目前基本可以确定，对方是一位异能者。”

邹慧笙母亲的全部注意力都在她女儿身上，她要的只是结果而非过程，在听到“异能者”三个字的时候，她满是死皮的嘴唇哆嗦了起来：“为什么……我闺女只是个孩子啊……”

“现在还不知道原因。”苏闲无法回应尚未确认的事情，于是他用另一个问题替代了上一个问题，“说起来，慧笙她总是到云飞路那家文具店买东西吗？”

“什么？”邹母诧异地反问，“慧笙她几乎没有自己买过文具，都是我给买好的，连家附近的文具店她都没去过几次，怎么会大老远地去云飞路？她身体不好，我心疼她，总想帮她把什么事情都做好，她爸老因为这个说我太惯着她了……”

伤心欲绝的母亲又情不自禁地陷入了对往日美好的追忆之中，苏闲却被她的答案震惊了——如果邹慧笙平时根本没有到那家文具店买东西的习惯，那么那天为什么会突发奇想跑到云飞路去买笔记本？

笔记本……

他耳边突兀地回响起孙雅莉的那句话：“她说放学之后要去买些笔记本，让我帮忙一起拿。”

笔记本而已，为什么要让同学帮着一起拿？

除非——数量不少，她一个人拿不动。

可她为什么会需要这么多笔记本？

初三（4）班那个男孩骄傲地扬着一个红色封皮的笔记本的画面霎时在他眼前浮起。

是奖品。

邹慧笙打算去买的那数量不菲的笔记本，是运动会优胜者的奖品。

所以，是谁让她去买这些奖品的呢？

他霍然起身，转身就往外跑去。

“不好意思，夫人，突然有点急事！您先回去吧！”他对茫然无措的邹母丢下这句话，又叫上了一名治安官，“开车，我们立即赶回青山中学！”

他们以最短的时间回到了青山中学，李校长对治管局的人去而复返的事显然很意外，不过等他屁滚尿流地从校长办公室下到一楼之后，发现那位苏治安官和他的下属早就不见人影了。

初三（4）班。

“奖品？”少年对再次见到苏闲感到很兴奋，可苏闲的问题却让他有些困惑，他挠了挠头，“是班主任发的呀，在运动会上取得了名次的人，都有一份。”

“都是笔记本？”

“对！”

苏闲深吸一口气，随后问道：“林雪老师呢？”

“她走了。”男孩的回答让苏闲呼吸一滞，而更令他悚然一惊的，是男孩接下来这句话，“孙雅莉这两天一直哭哭啼啼的，也不知道为什么，刚才下课后，林老师看她不舒服，就说送她回家去休息。”

“……她带着孙雅莉离开了？”

“对啊，就你们刚到的时候。”

苏闲倒吸一口冷气，到底还是晚了一步。

“项羽，你赶紧去通知纠察队，让他们派人搜寻林雪和孙雅莉的下落！至于小张，待会儿跟我走一趟。”苏闲语速飞快地分派任务，又回过头打着刚刚赶来还气喘吁吁的李校长，“李校长，又要劳烦您一次了，我想知道林雪的住址。”

治管局的人去而复返为的竟然是本校的一名老师，甚至那位女教师还有绑架了一名女学生的嫌疑，李校长汗如雨下，一面擦汗一面连连点头：“哎，我这就让人去找！”

不多时，档案室的人就翻出了林雪入职时登记的资料，苏闲直接从对方手里抽走了登记簿，撕下了那一页，转身就走：“走！”

职工档案上记录的地址是酒金街的某楼某栋，在赶去的途中，开车的小张忽然嘀咕了一句：“头儿，说起来，这酒金街不就在云飞路隔壁吗？”

“哦？”苏闲立刻被吸引了注意力，“离得很近吗？”

“近！酒金街我以前出勤的时候去过，离云飞路没几步路，两条街挨着的。”

“原来是这样……”苏闲深深地叹了口气，“自从知道邹慧笙是在云飞路被人掳走之后，我就一直在琢磨一个问题——孙雅莉交代过，那时候正是放学不久，我特意问过李校长，他告诉我青山中学放学的时间是傍晚5点。这么一来，推算一下时间，两个女孩到云飞路的时候，也就5点多一点，天并没有完全暗下来。所以我就不明白了，就算那家伙能控制时间，但我跟任局打听过了，这种异能不可能维持太久。在这么短的时间内，想要带着一个少女离开而不引起他人注意，绝非易事。”苏闲的目光掠过窗外急速变换的景象，“而我们派去云飞路打探的人没有找到目击者，再加上云飞路狭窄逼仄，车辆一类的交通工具开不进去，所以我就更疑惑了，劫持者究竟是怎么在最短的时间内掩人耳目，把邹慧笙弄走的。不过，现在倒是有点头绪了。”

小张茫然地问道：“啥头绪？”

“林雪的住处离云飞路极近，劫持者一定是把邹慧笙藏到林雪家里去了。”苏闲顿了一下，“这个林雪，一定有问题。”

小张听得头皮发麻：“这么说，凶手就是那个林雪老师？好歹也是她的学生，她真下得了手啊！”

“绑人的肯定不是她，杀人的也未必是她，但她至少是个帮凶。”

小张被他绕糊涂了：“您怎么知道不是她绑的？”

苏闲白了他一眼：“你是不是傻？那会儿她正跟四班的学生们一起参加运动会呢，人证不要太多。”

小张垂头丧气：“这么说，还不止一个人要抓啊？”

苏闲摇头：“现在能抓的对象也就林雪一个，结果还让她先一步溜走了。如果不抓到她的话，剩下的犯人就更难找了。”

一句话刚说完，汽车就蓦地停了下来，苏闲往前看了一眼，发现前头是个小巷子，车开进去有点勉强。果然，小张解释道：“洒金街就在前头，跟云飞路一样，都是老街，路窄，咱们只能走进去了。”

于是两人下了车，步行到洒金街。苏闲大多数时间都在西城执勤，还是第一次到这里来。沿路走过，他发现这里是典型的老城区的街道：房屋都已年久失修，看起来栋栋都是危房；路面坑坑洼洼，破损不堪，污水横流；更糟糕的是，生活垃圾扔得到处都是，令人作呕的异味无处不在。而那些堆积如山的垃圾，还引来了一大群骨瘦如柴的流浪狗，它们置身于垃圾堆中，努力地寻找食物，在发现街上来了陌生人之后，不安地冲他们吠了起来。

小张不耐烦地驱走了脏兮兮的狗群，见苏闲皱着眉的模样，便解说了起来：“这洒金街脏乱差惯了，好多年前就这样了。在这里住的一般也不是什么好东西，什么地痞、流氓、小偷、强盗都往这儿钻，就是一垃圾场。”

苏闲叹气：“你怎么不早说？早知道来这种地方的话，咱们就该把制服换了。”

小张进治管局还不满一年，还是只菜鸟，被苏闲这么一问，顿时就成哑炮了。

“算了，现在也来不及了，直接进去吧。”

他们一走进去，果然引来很多居民的瞩目，或明或暗的视线惊疑不定地落在他们身上，苏闲能察觉到那些目光里潜藏着的敌意与忌惮，但并没有理会。

他今天不是为这些乌合之众来的，只要这帮人够安分，他也不想生事。

何况，治管局的人一般不怎么和普通人打交道，他们的对手通常是异种和别的异能者。

说白了，以他的本事，要应付这些家伙，有些太欺负人了。

看起来，这些底层的不良人员也有几分眼力见儿，大概是治管局的制服与异能者身份的双重掣肘，让他们有了顾忌。因而，那不甚友好的目光伴随了他们一路，却始终没有人敢站出来拦路，甚至有些在路面上游荡的人，见到他们后主动退避三舍。

小张虽身怀异能，但并不以攻击性见长，从某种程度上来说，他比这些普通人也强不到哪里去，所以被这阵势震得脸略微发白。

苏闲看不过他那㞞样：“我说，你也不是第一次来了，至于吓成这样吗？”

小张悄悄地往他身边贴近了一点：“我上次进来的时候可是一大帮人，那些家伙跟缩头乌龟似的全都躲起来了，我就没看见几个人，哪像今天……”

苏闲勾了勾唇角：“怎么着，你还担心我护不住你啊？”

小菜鸟赶紧赔笑：“哪能呢？只是我听到了很多议论声啊……都不太友好。”

苏闲的余光扫过去，街上三三两两的人凑在一起，一边瞟着这里，一边交头接耳，不过声音压得很低也很细碎，他是听不清的。

但这对小张来说简直是易如反掌。

“别理他们，我们走我们的。”

小张应了一声，又偷瞄了几眼那些浑身上下都是刀疤与刺青的家伙，忍不住嘀咕：“那个林雪果然很可疑，要不她一个女老师，怎么会住在这种乌烟瘴气的地方？”

“她一个单身女人，敢住在这种牛鬼蛇神聚集的地方，还没出事，”苏闲笑了笑，那笑容里带了几分嘲讽之意，“说明很有几分本事。”

小张咋舌："这倒也是。"

苏闲的心却在缓缓下沉，他有了更糟糕的揣测——那个看起来纤纤弱弱的女人，会不会也是名异能者？

这个地方想来真的是很多年没人管过了，违章搭建、私拉电线的情况非常严重，他们头顶上悬挂着的电线如同一张混乱不堪的大网，而那些乱搭乱建的屋子的阁楼让原本规划整齐的住宅楼变成了一个个生着"肿瘤"的畸形怪物。

而原本就不够宽阔的路面因为这些障碍物变得愈发逼仄。

"七栋……啊，到了！"一栋栋楼比对过去，他们终于到达了目的地，这是一幢六层高的矮楼，外墙斑驳，里头也是黑黢黢的。

"走吧。"苏闲说话的时候，顺手从脚边的垃圾堆里捡起了一段生锈的铁丝，而后两个人便一起走进了七栋。

楼梯间很暗，但并没有减缓苏闲爬楼梯的速度，小张费劲地跟着，一张圆脸憋得通红。

"405室，是这间吧？"苏闲站在掉了漆的门前，招手示意小张走过来，"听一下，里头有没有什么动静。"

小张明白他的意思，立马把耳朵贴在了门上，闭目倾听片刻，冲苏闲摇摇头："除了水龙头滴水的声音，里头什么动静都没有。"他顿了一下，特意加上了一句，"没有呼吸声，没有人。"

异乎寻常的听觉就是小张的异能，耳听八方，无所不闻，说的就是他了。

苏闲赞许地拍了下他的肩："干得好。"旋即拿着那根铁丝，戳进了钥匙孔里，也不知道他是怎么做到的，摆弄了几下，就听到微不可闻的咔嗒一声，门应声而开。

小张瞠目结舌："头儿，您这手开门的绝技怕是比住在这里的小偷还利索。您入行前不会当过贼吧？"

苏闲淡淡一笑："都是生活所迫啊。"

说完他便推门走了进去，小张只当是句玩笑话，也跟了上去。

林雪当然不会回她的住处，回了的话基本就等于自投罗网，对方又不是个傻子，苏闲也没抱这种守株待兔的期望。

他之所以要来这里一趟，是想确认一件事。

林雪的屋子并不大，30平方米大小的空间包含了厨房、卧室及卫生间，他很快把每个地方都转了一遍，最后停在狭小的卫生间里，环视着四周："在这里杀人分尸，是不是不太方便？"

小张只觉得这小破屋子转个身都困难，于是断然摇头："何止是不太方便，简直是相当不方便！”

“但也不能就此排除这里是第一现场的嫌疑，对吧？”他说着从白瓷地砖上捡起了两根长长的头发，“林雪可是短发。”

小张没见过林雪，但见过邹慧笙的照片，他惊呼起来：“死者可是一头长发！这肯定是邹慧笙的！”而后他恐慌地往外蹦，“这里还真可能是凶杀现场啊！”

苏闲无奈地瞅了他一眼：“只是发现了头发，还是疑似，又不是发现了她的尸体的碎片，你慌个什么劲儿啊！这最多说明，邹慧笙在这里待过，或许是林雪和她的同伙把人关在了这里。”

“那要怎么确认这里是不是杀人现场？”

苏闲半开玩笑地说道：“你可以闻闻有没有血腥味之类的。”

小张挠着头苦笑起来：“您可别为难我了，我又不是属狗的。说起来，您要来勘探现场，应该带另一位来吧？”

“那女人淹死在自己的呕吐物里了。”苏闲耸耸肩，“至于你，所里根本也没几个人，我是看到谁就抓谁。”

小张灰头土脸的：“原来是这样……”

苏闲笑了笑，从大衣的口袋里掏出了一个小瓶子：“虽然‘贵宾犬’没来，不过我临走之前跟张医生要来了这玩意儿，他就爱摆弄这些东西。”

小张瞪圆了眼睛：“这是……”

“检测血液痕迹的试剂。”说话间，苏闲已经拉上窗帘，室内一下子暗了下来，他来回走动，往卧室的各个角落里喷了好几下，包括林雪的床。

他的下属怯生生地往他身边凑：“好黑啊，有点怕……”

苏闲不理他，认认真真地观察着试剂的反应，耐心地等待了一会儿，但试剂并没有发光。

“卧室里没有血迹。”他干脆利落地出了卧室，往厨房走去，结果是一样的。

这一回，小张率先走进了卫生间，他兴致勃勃地从苏闲那里要来了喷雾瓶：“头儿，让我试试吧？”

苏闲没有异议，把试剂递给了他，还帮忙拉上了浴室的窗帘。

小张喷了几下之后，忐忑不安地等着结果，没想到那些试剂居然真的发光了！

“这里果然是……”他一声恐惧的尖叫才冒了个头就被苏闲打断了：“好了，别大惊小怪的，这种试剂不只对血液有反应，碰到排泄物的时候也会有。

你仔细观察，”他指着便池，“发光的范围只局限于便池，而且范围很小。要是这里真是第一现场，凶手在这里杀人分尸，怎么可能只有这么点血迹？”

他说完拉开了窗帘，光明重现，他的下属尴尬地揉着鼻头：“呃……那可能是对方上完厕所忘记冲了。”

“大概吧。”苏闲有些失望，把瓶子放回口袋，“看来这里只是个‘中转站’，不是杀人现场。”

虽说这里不是第一现场，但并不意味着林雪的杀人嫌疑就此被排除。

临走之前，苏闲忽然又回到林雪的卧室搜寻了一番，小张也帮着翻箱倒柜，最后在一个抽屉里找到了一张照片。

“头儿！”小张献宝似的递过照片，“您看看，这照片上的女人是不是那个叫林雪的？说不定是很重要的线索呢！”

苏闲接过一看，一时间有些无语，那分明是两个小孩的合照——照片上的女孩五官轮廓里倒是有几分林雪的影子，结合照片的陈旧程度看，应该是她少年时期拍的。

而她身边站着的是个男孩，矮小瘦弱，半低着头，看不清脸。

少年和少女站在一棵树下，大概是冬季，那棵树枝丫交错，叶子都掉光了，就剩一根光秃秃的树干，也看不出是什么品种。

苏闲看了几眼，没瞧出什么玄机，又翻过去看了看，照片背面干干净净的，也没留下字迹。

“大概只是一张普通的照片。”

他面色如常，顺手把照片放进外衣口袋里，拍拍小张的肩：“这里没什么线索，咱们走吧。”

他们走出林雪的屋子，结果刚一出门就撞到一个透过门缝窥视他们的人，对方在被发现之后立刻关上了门。

小张的耳朵动了一下，告诉苏闲：“里头只有一个男人。”

苏闲走过去，敲响了对面的门。

“我不是来找你麻烦的。”苏闲直截了当地说明了来意，“我只是想打听个人。”

片刻之后，合上的门，重新打开了。

Chapter 08.
风波

凌晨，尖锐刺耳的哨声准时传来，钟云从反射性地睁开眼，一骨碌翻身下床，结果不小心和刚从上铺爬下来的路远撞了个满怀。他摸着额头连连道歉，结果对方比他还诚惶诚恐，他不禁失笑：“行了，咱俩别客气了，赶紧穿衣服洗漱吧，要是迟到了又要挨罚了。”

一捧冰水泼到脸上，那点残留的惺忪睡意立马烟消云散，钟云从打了个寒噤，快速地洗漱完毕，又手忙脚乱地套上了训练服，这才吐掉嘴里的牙膏沫，跟着室友们争先恐后地往楼下跑。

走出宿舍，外头还是一片黑暗，不见天光，这里也没个钟表，好在这时候远远地传来了星塔的钟声。他侧耳倾听，发现钟敲响了五下，也就是说，现在是清晨5点。

刚来的头两天，他那在纸醉金迷的富裕生活里养出的懒骨头和起床气，还忍不住要发作一番，拖累了他的脚步。

在连续两天被教官拎到水龙头下“清醒”之后，他那点公子病就被降得服服帖帖了。

他甚至形成了条件反射，无论睡得多死，一听到哨声就会睁眼。

整队集合完毕之后，便是晨跑，熟悉的负重3000米，钟云从也从最初的跑完一圈就想吐，进步到如今跑完还能面不改色地擦汗。

怎么说呢，一开始确实难受，不过几圈之后，身体倒是暖和起来了，多来几次，也就习惯了。

不知道是不是错觉，钟云从总觉得这几天魔鬼式的训练下来，自己的身板没有那么单薄了。

这样过三个月，说不定还真能练点肌肉出来呢，他美滋滋地想着。

他算是渐渐适应下来了，可路远却不同。路远的身体比一般人还要瘦弱得多，跑几步就开始呼哧呼哧地喘气，肺里发出的动静跟风箱差不多。

半程下来，他直喷白气，眼神开始涣散，脚步也虚浮得很，很勉强才能跟上大部队。

钟云从看着不忍，低声劝道："路远，要不你去跟教官告个假吧？我看你……"

路远连说话的力气都没有，只是摇头，而钟云从这一劝，似乎还起到了一点刺激的作用，他咬咬牙，速度居然加快了一点。

钟云从望着他拼命努力的模样，不觉发怔。

正当钟云从发呆的时候，身边忽然有一阵劲风卷过，他掀了掀眼皮，没给出太大的反应，没过多久，那阵诡异的风变本加厉，从四面八方袭来，将他裹在其中。

钟云从登时成了气旋中的风眼。

被堵住了去路，他倒也不慌张，凝神站立片刻，蓦地伸出手，精准无误地从无数个肉眼根本无法识别的幻影中找出了始作俑者的真身。

冯小山被他扣住手腕，一张娃娃脸上写满了惊叹和佩服："普通人就不说了，目前为止，我遇到过的异能者里，只有你和任杰有本事抓住我！"

钟云从对他的恭维不仅未现得意之色，反而语气冷淡："那是因为你这小浑蛋根本没遇到过厉害的角色。"

"所以我才想进治管局嘛！"冯小山跟上他的步伐，"听说最牛的家伙都聚集在那个部门里了。"

钟云从扯了一下嘴角："那你应该好好去巴结任杰啊，他老爹不就是治管局的高层？说不定到时候还能拉你一把。"

娃娃脸生气了："我是因为佩服他的本事才跟他交朋友的，才不是因为他的什么局长老子！"

钟云从笑着纠正了一句："是副的。不过想想，可能就是因为是副的，去年任杰才没能进去。唉，这么一看，你也悬了。"

"你这个人怎么这么讨厌啊！"冯小山被他气得直跳脚，"老子要进治管局就是分分钟的事，才不用靠别人！”

话音未落，他又化为一阵旋风，狂暴地从他身侧卷过。钟云从咧了咧嘴：“还是保持距离吧，毕竟是任杰的人……”

他一句话还没说完，那小子居然又卷土重来，钟云从只觉得自己的头好像被人拍了一下，还没回过神来，一个经过的学员就满脸诧异地指着他的头：“你、你头上……”

他的语气让钟云从起了疑心，他正要伸手去摸，忽然有个玩意在他头上跳了一下，还呱的一声，他心下一惊：“什么鬼东西！”

“是个……”对方强忍笑意，“蛤蟆。”

钟云从一下子就明白了个中缘由，身上不由得一阵恶寒，正要拦掉蛤蟆的时候，那捣乱的风第三次刮了起来。

而钟云从再去碰头顶，却只摸到了自己的头发。

“冯小山！”他这下是真的恼火了，“你今年满3岁没有！”

那个讨厌鬼倏地出现在他面前，手里捏着只蛤蟆，抱着肚子笑弯了腰，钟云从冷眼睨视着他：“除了这些捉弄人的小把戏，你还会干吧？”

冯小山被他这么一说，顿时就不服气了：“小爷会的多了去了……”他一激动，也没注意力道，差点把手里的蛤蟆捏死。

钟云从皱起眉：“行了行了，把这小东西丢回土里吧，人家好端端地冬眠，也不知道怎么招你惹你了！”

娃娃脸冲他做了个鬼脸，倒是真把蛤蟆放了。

他也不是一点察言观色的能力都没有，钟云从的脸臭得要命，他也知道自己惹他生气了，惴惴地绞着手指：“我就是想跟你打个招呼……”

“哦，”钟云从气极反笑，“原来这是你打招呼的方式啊，真够特别的。”

钟云从话中的嘲讽之意让冯小山的脸微红：“谁让你不好好说话的……”

“喂，”钟云从打断他，直截了当地问道，“你不会又是替任杰来给我找事的吧？”

“我又不是他的狗腿子！”

“可你干的事分明就是啊。”

娃娃脸险些七窍生烟，大声地反驳：“我才没有！”

他的嗓门引来了不少人的瞩目，钟云从反问：“那你三番两次来骚扰我是什么意思？”

“我……”对方的舌头似乎是突然打了结，磕磕巴巴了半天，才用堪比蚊子叫的声音挤出一句，“我就是想问问……你那天怎么……”

钟云从倒是听明白了他的意思，挑起半侧眉尾：“你是想问我那天怎么那么轻易地放过了你，还请你吃饭对吧？”

冯小山鸡啄米似的点头。

“第一，你已经在教官那里受过罚了，我没必要再穷追不舍；第二，请你吃饭的主要原因是我想套你话，次要原因是我有钱；”钟云从把理由一个个掰扯给他听，“第三，你最多是杆傻不愣登的枪，找你算账没意思。”

冯小山听到最后一个理由的时候，脸一垮：“你才傻呢！”

钟云从勾勾嘴角，没搭理他。

跟这个3岁小孩斗嘴，半点意思都没有。

“说起来，难道你去找任杰算账了？”娃娃脸试探地问道。钟云从倒是痛快承认了：“对啊，他吃饱了撑的在背后算计我，我当然要找他算账。”

冯小山一双眼睛瞪得溜圆：“你跟他……打起来了？”

钟云从轻描淡写地带过：“差不多吧。”

“那谁赢了？”

“你猜啊。”他轻飘飘地丢下这句话就走人了，勾得冯小山抓耳挠腮的，追上之后又是一番软磨硬泡，最后钟云从被他烦得没办法，只好摊摊手，“这么想知道，去问任杰吧！”

冯小山对这个回答并不满意，正要继续纠缠对方的时候，智商倏地上线了——他这语气可不像是输了的样子，弦外之音可不就是在告诉自己，输的那个人，不是他。

那就是……任杰输了？

冯小山难以置信。

任杰的父亲是治管局高层，虽然任杰的异能还没有进化到他父亲那个火候，但也不容小觑，加上他的背景，大家心里都有数，这届训练营里，他隐隐就是异能者阵营的首领了。

就算是冯小山本人，也不止一次在任杰的手里吃过亏。

结果，这么个人，竟然折在了这个不知道从哪冒出来的小角色手里？

那之后，冯小山对钟云从越来越感兴趣，凭着可与城墙媲美的厚脸皮和无与伦比的速度，终于成功地改善了他们之间的关系。

但事情的真相是，这人一被骂就跟你傻笑，一被打就溜之大吉，然后你还追不上，可不就只能随他去了。

不过经过一段时间的观察，钟云从发现这小子除了幼稚了一点，本性倒也不坏。

在这种地方，能多个朋友也不错，总比多个敌人要好。

“我跟那女的虽然住对门，但很少接触，我连她的名字都不知道。”说话的是个二十出头的小年轻，五官还算周正，但一脸的桀骜，鼻子不是鼻子，眼睛不是眼睛，头发剪得只剩薄薄一层发楂贴着头皮，大冷天的还光着膀子，两条胳膊上遍布着五颜六色的文身。

典型的小混混标配。

“你们从来没说过话？”苏闲问。小年轻摇头撇嘴：“见都没见过几次。我白天一般都在睡觉，她晚上也不怎么出门。说白了，我跟那女的就不是一路人，也不知道她为什么要往洒金街这儿凑。”

小张忍不住插嘴：“白天都在睡觉？那晚上干吗去了？”

小年轻闻言警觉地瞅了他一眼。

苏闲担心他把对方惹毛了，便用胳膊肘撞了他一下：“一边去，别打岔。”而后又看着那小年轻，“她跟这条街的其他人也很少交往吗？”

“基本上没有吧。”小混混坐没坐相，两条腿跷得老高，漫不经心地挠了挠头皮，“她看起来就是个正常人，听说还是哪个学校的老师，跟我们这些人都不一样。”

“她是一个人住吗？”

“是吧？”他不太确定，“她屋子里应该是没有其他人的，反正我没见过。”

“你有没有见过什么人进出她家？”

“没见过。”他略有些不耐烦，又不敢在苏闲面前表现得太明显，一会儿搓手一会儿顿脚的，“都说了，我跟她的时间一般是错开的。”

苏闲仿佛没有看出对方的浮躁，依旧不疾不徐地问道：“真的没有吗？比如一周前，她家里有没有什么异常的动静？”

“要我说几遍才够……”小年轻忍无可忍，即将爆发的时候却被苏闲一个严厉的眼神钉在了原位：“我实话跟你说了吧，那女人卷入了一起命案里，现在被全城通缉，你识相的话就老老实实交代，否则，别怪我不客气。”

小混混面色微变，却仍梗着脖子嘴硬：“我没什么可交代的！”

“我猜，”苏闲的唇边勾勒出一抹嘲讽的弧度，“你应该是在严格遵守‘缄默法则’吧？无论发生了什么，都不准向执法者告密。真是有义气啊。”

这个年轻人明显慌了神，他的嘴唇微微翕动：“我不知道你在说什么。”

“或许见到了姜岂言，你就知道该说什么了。”苏闲眼中的讥诮丝毫不加掩饰，“我说过的，我不想找你的麻烦，事实上也不能，你并非异能者，不管你干了什么坑蒙拐骗的事，理论上来说，我都管不着。不过纠察队就不一样了，对吧？说来也巧，我恰好跟纠察队长还算熟。”

眼看小年轻满是鄙夷的脸上写满了“官官相护”四个字，苏闲安之若素地微笑起来：“其实，你没有替你的邻居隐瞒任何事的义务。你先前也提过，她与你们根本不是一路人。我是治管局的人，我为了她而来，你还不明白她的身份吗？”

小混混呼吸一滞：“你的意思是……她是异能者？”

“一点端倪都没看出来吗？”

“以前有人骚扰过这女人，不过第二天就不省人事地躺在街角，被野狗撕咬。后来这条街的老大发了话，谁都不准去招惹她。”年轻人的语气没有了先前的横冲直撞，声音也低了不少，“我只是以为老大看上了她，所以才护着她，没想到她是……”

“她搬进来多久了？”

“一年多一点吧。”

“跟她当老师的时间差不多。”苏闲沉吟片刻，直视着对方的双眼，“这几天，你真的一点异样都没觉察出来？”

小年轻迟疑了一下，还是点了头：“平时是真没见过她家里进出过什么人，不过你说的一周前，她家里好像还真有人来了。”

苏闲眼角一跳：“你看到了？”

“我听到的。那天傍晚我刚睡醒，肚子空空的，就准备下楼去吃点东西，刚走出房门就听到对门传来奇怪的声音。”小混混回忆起这桩旧事的时候，目中也满是狐疑，“我感到很意外，因为通常那个点儿对面那个女人都还没到家，而且就算她在家，也是安安静静的，从来不会搞出这么大的动静。”

“什么样的声音？”

“具体不知道是怎么回事，不过听着，像是有人用头在撞墙壁之类的东西……”

苏闲的心蓦然下沉，那很有可能是邹慧笙在求救，不过他面上却是一丝波澜不显，双眸如同漂着浮冰的深潭：“这种撞击声持续了多久？”

“就一下，不过动静不小。”小年轻告诉他，“我听着不对，趴到门上听了一会儿，里头一点声音都没有了，我急着吃饭，就走了。”

小张睚眦欲裂，一把揪住了对方的衣领：“你居然就这样走了？你知不知道你差点就可以救一个女孩的命啊！”

年轻人脸上的血色眨眼间就褪得干干净净，他茫然不安地睁大了眼睛：“你在说什么……有人死了吗？”

“你这浑蛋！”小张气不过，正要施以暴力，却被上司阻止了：“他要是真把门敲开了，要么救出那孩子，要么连自己的命一起搭上。我猜后者的可能性大一点，你觉得呢？”

小张和小混混不约而同地望向了苏闲，前者仍然愤懑难平，后者却惊魂未定。

“那个女人……她……”他艰难地开口，“她杀人了吗？”

“至少是个帮凶。”苏闲言简意赅地打发了他。年轻人颓然低头：“我、我不知道还有这么回事……我不是故意的。这里每个人都有自己的秘密，多管闲事的下场通常都不会太好，所以我……”

“我知道你的意思。”苏闲叹了口气，“明哲保身嘛。事实上，这也确实让你逃过一劫。”

这话褒贬难辨，却让年轻人愈发抬不起头。

“时间不早了，我该走了。”苏闲起身，开始往外走，“我希望你没有别的事瞒着我。”

小混混也跟着站了起来，从他紧锁的眉头看得出他正绞尽脑汁地思考着：“我确实跟这个女人的交集不多，偶尔有几回在街上遇到她，她都在喂那些猫猫狗狗，不过这好像也没什么奇怪的，女人不都喜欢猫狗吗？”他的神情十分沮丧，他并不觉得这是什么有用的信息，甚至都不敢直视苏闲的眼睛，“其他的实在想不出来了……”

门开了一半，那位治安官站在玄关边上，透进来的光圈在他周身涂抹了一层光亮，他浓密的睫毛尖闪着寒光。

“不，这是很有用的信息。谢谢你的配合。再见。”

年轻人呆呆地凝望着二人离开的背影，回过神之后，又觑到了对面那扇紧闭的门，他的周身倏地不寒而栗，立即反手关上了门。

小张步伐匆匆地跟在苏闲身后，牢骚就没停过：“头儿，我觉得就不该这么便宜那小子，怎么说也得带回去关几天！”

“哦，那你说用什么样的罪名？”苏闲冷漠地回应，“见死不救吗？问题是他当时也不知道有人快死了。”

小张被他堵得哑口无言，过了好一会儿才闷闷出声：“那姑娘本来可以不用死的。”

“按照你这个逻辑，孙雅莉的罪过比那小子的大多了。”苏闲苦笑，“可我们还是拿她没办法，不是吗？”

“可、可她不是遭到报应了吗？”小张嘀咕道。他的上司忽然转过头瞥了他一眼：“听你这意思，好像不希望她平安无事啊？”

小菜鸟沉默片刻，随后大着胆子顶了一句：“我可没有那么多同情心分给她。”

“你可以没有同情心，但不能没有责任心。”苏闲神情肃穆地警告道，“况且，就算她有罪，林雪也绝不是有资格审判她的人。”

小张不吭声了。

从那幢楼离开之后，他们行色匆匆地走在街上，那些游荡的流氓地痞们灼灼的目光依旧落在他们身上，苏闲没把这些人放在眼里，但也没有掉以轻心。

“你多注意听，有没有什么不同寻常的动静。”他嘱咐下属，小张侧耳倾听，随后一脸愤懑：“那些家伙一直在议论我们，说的话不太好听……”

“除了这些人之外呢？”苏闲打断他。小张眨眨眼，有些困惑：“那我就只听到这些猫猫狗狗的动静了。”

他说着回头看了一眼，纳闷地说道：“说起来也有点奇怪，这些猫好像从我们出来就跟着了……”

苏闲神色一凛，沉声道：“这些猫有问题！”

他话音刚落，那些看起来温驯的猫咪们就像是被打了兴奋剂一样，疯了一般朝着他们袭来。

小张还没反应过来，人就被苏闲一把推开了，他这才后知后觉地闪避起来，可惜还是慢了一点，被一只锋利的猫爪抓破了皮。

面上火辣辣地痛，小张却没空去擦一把脸颊上渗出的血，他目瞪口呆地望着一大群从四面八方涌来的野猫怒目圆睁，凶悍地向他们扑来。

一只两只或许并不惹人忌惮，可近20只野猫群起而攻之，那杀伤力就不容小觑了。

不过他的上司面对这群来势汹汹的野猫似乎并没有慌乱之色。他瞧见苏闲双手被丝丝缕缕的寒气缠绕，片刻之后，那些前仆后继的野猫们就被这股凝结为实体的寒气笼罩，一眨眼的工夫，十几只猫都被冻了起来。

它们露着獠牙，亮着利爪，还保持着攻击的姿态，甚至还有些停留在半空中，此刻浑身上下却被一层透亮的冰层包围，变成了一尊尊活灵活现的冰雕，连胡须上都结着冰霜。

小张对自家老大的本事自然了如指掌，知道他这是复制了冰女的拿手绝活，饶是如此，眼见他在一瞬间搞定了这些气势汹汹的小东西也忍不住大声叫好。

至于满怀戒备的洒金街居民们，自是时时刻刻都在关注那两人的一举一动，他们都只是普通人，在苏闲亮了那一手之后，大惊失色。

不过苏闲可没空去理会这些人的反应，他回过头，神情冷肃："别傻站着了！那女人肯定躲在附近，耳朵竖起来，看看能不能听出什么蛛丝马迹！"

小张闻言，连忙闭上了双目，几乎封闭了其他的感官，将所有的知觉都集中在双耳上。

刹那之间，交谈声、吵架声、哭声、笑声、呼吸声、脚步声，人的、狗的、猫的、鸟的……甚至是风吹草动的声响，成千上万个声音交织在一起，环绕在他耳畔，他眉宇深锁，艰难地试图从大大小小的杂音中寻出一点蛛丝马迹。

在这场大海捞针一般的筛选中，他最终没让苏闲失望——从一众嘈杂中分辨出一阵若有似无的口哨声之后，他猛然睁眼，目光灼灼地盯着上司："头儿，那女人躲在东南边！"

苏闲转过头，几十米开外，有一座七层高的灰色建筑，遥遥望去，有个白色的人影在顶楼的一扇窗前一闪而过。

苏闲瞎了一只眼，视力不大好，可他记得今天林雪穿的就是一件白色的外套。

顷刻间，他就消失在了小张的眼前。

如果不是足够熟悉苏闲的能耐，小张会以为是自己花了眼，因为瞬间的工夫，苏闲已经出现在了左手边那幢房子三楼的阳台上，在密集的建筑间灵活地穿梭着。几个起落之后，他就看见苏闲落在窗框的外围，用肩膀撞碎玻璃，破窗而入！

"好厉害……"小菜鸟感叹道。

但苏闲那边的状况却没有他预计的那般乐观。

林雪挟持着孙雅莉出逃跟他们到达青山中学也就是前后脚的事。在这么短的时间内，如果没有同伙接应的话，她带着一个半大的女孩，能选择的逃亡路线几乎就只剩下一条了。

混乱不堪的洒金街是个很理想的藏身之处，离学校又近，她在这里住了一年多，想来对地形也很熟悉了。

而且，还有一群以义气为天、视他这个治安官为洪水猛兽的白痴帮她保密。

苏闲简直要被气笑了。

林雪相当警觉，在苏闲闯入的那一刻，她就拖着被五花大绑蒙眼封嘴的孙雅莉迅速地跑到了另一侧的阳台前，甚至没有一点要与他周旋或者谈判的意思，直接把人推了下去。

苏闲在咬牙切齿的同时却也不得不佩服这女人的当机立断，因为她实实在在地拿捏住了他的软肋——在孙雅莉的性命与抓住嫌疑人之间，他毫不犹豫地选择了前者。

他从阳台上一跃而下，总算在少女坠地之前抓住了她的后领，可同时他的手臂也被急速下坠的重力震得发麻。

把小姑娘交给急急赶来的下属之后，他重回七楼，林雪早就逃之夭夭了。虽然一开始就不怎么抱希望，但搜遍整座楼仍一无所获之后，苏闲多少还是有些失望。

抢救回来的孙雅莉在极度的惊吓之下昏了过去，现在也没法问出什么来，无奈之下，他们只能先把不省人事的女孩带回去。

关于训练营里异能者学员与普通人学员这两大阵营之间的龃龉，钟云从一早就有所耳闻。

就他亲眼所见，两边的人的确关系不太好，一般训练、吃饭都是分开的，平时也没有多少交流，颇有点泾渭分明的意思。

不过除了拉帮结派之外，钟云从倒也没觉得有多大矛盾。训练中会一争高下，食堂开饭的时候也会争抢不休，但他觉得这都还在正常范围内，毕竟这种竞争并不是一方针对某一方，或是双方针锋相对，而是广泛地存在，包括两个阵营的内部。

换句话说，普通人与普通人，异能者同异能者，一样会有这方面的竞争。

虽然两边的关系僵了一点，但总的来说还算平静，没有他最初想象的那般水火不容。

可就在他以为这种微妙的风平浪静能维持下去的时候，一石激起千层浪。

那颗石子就是金虎。

钟云从所在的501宿舍一直是比较特别的，六名住宿者，三个异能者，三个普通人。不知道负责分宿舍的人是有意还是无意，据他所知，其他宿舍并没有这样安排的。

六个人里，杨氏兄弟的亲缘关系摆在那里，他俩感情好是再正常不过的事；至于钟云从与路远，都是性格温和的人，也处得不错；剩下的就是任杰与金虎了。

任杰没什么可说的，他完美地秉承了大多数异能者学员对待普通人学员的风格——高傲，冷漠，从不正眼相看。

所以他跟宿舍里的普通人学员是毫无交流的，在他看来，大概和这些人共处一室都十分委屈他了。

对剩下的两个异能者，杨邵武——也就是胖子，以及钟云从，他也没什么好脸色，前者他大约是看不上的，而后者，在只闻其名不见其人之时，他就已然心存芥蒂，见面即交手，还不慎输了。钟云从简直让他如芒刺在背一般，怎么可能会有什么交情在。

钟云从其实看不上他这副目中无人把自己当天下第一的做派，可怎么说呢，任杰这人虽然不讨喜，但行事作风在这训练营里还算平常。

反而是不怎么起眼的金虎，才是不按常理出牌的那个。

他一直跟杨家兄弟保持着良好的关系，三个人几乎形影不离，训练、吃饭总是在一起。由于金虎讨好的态度过于明显，加上他也确实获得了一些好处，明眼人都看得出来他这是在抱胖子的大腿，明里暗里，议论的人都不少。

钟云从对金虎这个人的印象不太好，他不喜欢金虎与其彪形大汉的外形完全相反的刻薄与嘴碎，至于他抱杨家兄弟大腿这件事，倒是无可厚非，毕竟这也是一种生存方式，旁人没什么好置喙的。

只是在逐渐了解两大阵营之间是如何老死不相往来的情形之后，他才后知后觉地发现金虎的行为有多惹眼。

其实他自己也算是吧，他成为异能者也不过就是近几个月的事，在此之前，他做了20多年的普通人，完全生不出其他异能者那种高高在上的心态。简而言之就是，他根本没意识到自己也算根葱。

既然没把自己当葱，那他自然是来者不拒的，异能者也好，普通人也好，只要合得来，管他是哪边的。

不过时日尚短，其他人没有机会深入了解，接触最多的，也就是几个室友了——任杰那边自然不用多说，不打起来就算是谢天谢地了；金虎和杨家兄弟，都不是让他想深交的人，关系说不上多好，可也不差；剩下的路远，也谈不上是什么知心朋友，不过关系良好的室友是称得上的。

在冯小山莫名其妙地跟他亲近起来之前，路远是与他最要好的那个。

路远这个人腼腆、羞涩，还带着一点自卑，其实他们之间应该不能算朋友，大多数时候都是钟云从在说，他在听，偶尔接几句话，还接得小心翼翼的。

钟云从对此颇有些无奈，却也无计可施，因为一个人的性格不是随随便便就能改变的。

直到冯小山死皮赖脸地凑上来，他在这个训练营里才算有了一个朋友，没到无话不说的地步，但也能互相打趣，因为双方在心态上是平等的。

“你以后还是跟你那个叫路远的室友保持一点距离吧。”冯小山语出惊人。钟云从皱着眉打量着他那张圆润的娃娃脸，一声嗤笑：“你小子该不会还玩小学生你跟我玩就不准跟他玩那套吧？”

冯小山没好气地瞪他：“我是好心提醒你，好吗？你是异能者，旁人或许还不敢对你怎么样，可路远一个普通人，看起来也很弱的样子，要是跟你关系太好，对他来说可不是什么好事。”

钟云从愣住了。

“两边人互相看不顺眼，异能者嫌弃普通人废物又爱抱怨，普通人看不惯异能者趾高气扬还享有特权。”冯小山笑笑，一样样说给他听，“所以呢，两边的人就互相不待见，也不许跟自己同类的人待见对方，否则……就不再将他视为同类了。你明白我的意思吧？”

钟云从不由齿寒，这么说，如果他跟路远关系太好的话，很可能会让路远被排斥，甚至会给他招来麻烦？

“那你呢？”钟云从神情郁郁，瞧着娃娃脸，“你也是这么想的？”

“我倒没有想这么多，”冯小山嬉皮笑脸地耸耸肩，“不过他们也的确没什么意思就是了，而且也从来不给我好脸色，我何必热脸去贴人家冷屁股？”

钟云从沉默片刻，无可奈何地笑了笑：“我知道了，会注意分寸的。”

那之后，只要在宿舍之外的地方，他便有意拉开与路远的距离，他还担心会让路远误会，特意解释过，而路远一如既往地通情达理：“我知道你是为我好。”

钟云从微笑颔首，但总觉着，路远大概也是松了一口气的。

不过比起金虎与杨家兄弟的黏糊程度，其实他跟路远那点交往都不算什么了，毕竟金虎是那种连进门的时候都会先给胖子推门的类型。

一开始他只觉得好笑，在被冯小山提点之后，他突然就为这个傻大个担忧起来了。

而他的预感也确实成真了。某一天，金虎难得地独自回来，进门的时候一瘸一拐的，而且鼻青眼乌，明显受了伤。

钟云从没忍住，问了一句“怎么回事”，向来话多到婆婆妈妈的金虎竟然摇了摇头，未发一言。

可钟云从基本能猜到发生了什么。

金虎身强体壮，也不是随随便便就能被伤到的，看他这副狼狈相，应该是被围殴过。

胖子得知此事之后，一气之下打算替金虎报仇，却被他哥拦下了。

"别多管闲事。"瘦子是当着整个宿舍的人的面说的，金虎自然也听见了。

那天之后，杨家兄弟身边便少了一只跟屁虫。

而试图重新融入普通人群体中的金虎，较之以往，为人处事也要低调得多。

钟云从把这一番变化都看在眼里，庆幸自己没有拖累路远的同时，却也不免心中郁闷。

他一个普普通通的人，一直是习惯随波逐流的，事实上，他二十几年都是这么过来的，胸无大志惯了，从来没想过要做一只出头鸟。

可如果有一天，大流的方向不对呢？那该怎么办才好？

这个问题困扰了他相当一段时间，搞得他一直没什么精神。

"哎，你最近是怎么了？老是愁眉苦脸的，好像别人欠了你800万似的。"冯小山一边念叨，一边拉着他往人群里凑，"怎么样，想不想报名踢球？难得今天下午提早结束了训练，放松一下呗。"

平时的训练一般都要持续到晚上7点才结束，今天也不知道是怎么回事，虎背熊腰的教官5点的时候就宣布解散了，说剩下的时间可以自由活动。

食堂的饭点还没到，一群精力旺盛又无事可做的年轻人便计划着来场足球赛打发时间，一向一副冷脸的熊教官竟然也来了兴致，不仅提供了足球，还主动当了裁判。

很快就有人报了名，异能者和普通人都有，于是组成了两支各11人的队伍。大家都很有默契，两边各成一军。

在比赛开始之前，有人表示了担忧，毕竟异能者很可能会有各种各样的手段，对另一方来说，优势太明显了。

好在熊教官那边很快就有了决断，大手一挥，便宣布了一条规则——为了公平起见，异能者那队禁止使用异能，双方来一场纯粹的球赛。

普通人拍手叫好，以任杰为首的异能者队也没有提出反对，因为他们有十足的把握，就算不用异能，对方照样不是对手。

冯小山向钟云从提议参加的时候，其实队伍早就组好了，马上就要开踢了，他纯属瞎起哄。

不过钟云从自己也没什么兴趣就是了，他的身体素质一直挺一般的，对足球赛，也仅限于观看。

“我当个观众就好了。”他们倒是抢着个好位置，钟云从拉着冯小山坐了下来，粗略地打量了双方队员之后，笑着打趣，“你觉得哪边能赢啊？”

“当然是咱们这边啦！”冯小山不假思索地回道，钟云从却迟疑了一下才反应过来他说的“咱们这边”是什么意思。

跟任杰一边吗？他不由得在心里翻了个白眼。

“不是规定不准用异能吗？”钟云从故意抬杠。

冯小山不以为意，仍旧是一副信心满满的样子：“就算不用异能，场上那11个人，也没有哪里不及对方吧？发挥好了，就肯定能赢！”

“你这叫盲目乐观。”钟云从不冷不热地说了他一句。后者眨眨眼，笑嘻嘻地问道：“那你站哪一边？”

他瞥了冯小山一眼，面无表情：“谁都不站，只看比赛。”

球赛很快拉开帷幕，并不标准的场地上足足活跃着22个血气方刚的年轻人。开球之后，他们开始不知疲倦地奔跑、拼抢、传球，全力以赴地寻找着每一个破门的机会。

足球是一项很特别很有魅力的运动，哪怕对它一窍不通的人，只要身临其境，都会轻易地被点燃血液里的激情，忍不住为场上拼搏的球员们加油呐喊。

训练场上很快就被震耳欲聋的助威声笼罩，两队各自的支持者的全副心神都为那个黑白相间的足球所牵引，喝彩、叫骂、狂喜、悲愤，许是将这些日子攒下的所有极端的情绪，都释放在了这种最为接近战争的运动里。

而在异能者队率先攻入第一球之时，全场的气氛被推到了极致。一方肆无忌惮地欢欣鼓舞，另一方则愤懑不平，而异能者队的支持者的得意简直是火上浇油，很快就有人跳脚，破口大骂，然后双方就骂成了一团。

钟云从的前后左右各有异能者与普通人，污言秽语不绝于耳，他掩着耳朵，凑到看热闹不嫌事大的冯小山耳边：“不会打起来吧？”

“有教官在，应该不至于。”冯小山说完这句，又笑眯眯地加了一句，“放心，真打起来，我带着你逃。”

钟云从对他逃跑的本领还是很放心的，吃了这枚定心丸之后，他安安心心地继续看比赛。

普通人那队也很拼命，没让异能者队嘚瑟太久，不多时，他们也进了一个球，报了一球之仇。

“就是要势均力敌才有意思啊！”钟云从感慨道，结果转头却见冯小山一张脸绷得紧紧的，想来是心情不太好。

至于其他观众，又把方才进球时的场景上演了一遍，只不过这回正反双方换了一下。

“啧啧，”钟云从叹了口气，“我可能是全场唯一纯粹享受比赛的观众了。”

比分拉平之后，以任杰为首的异能者队显然加快了进攻的节奏。他司职前锋，速度和带球能力都很不错，足球像是黏在了他脚上，行云流水的跑位之后，竟然突破了对手所有的防卫，找着了射门的机会。

饶是钟云从讨厌他，也不得不承认，即使没有异能，他的身体素质在普通人里也是出色的。

任杰踢腿，顺势扭动身体，脚内侧击球，皮球旋即划出一道斜斜的弧线。

全场不约而同地屏气凝神，所有人都目不转睛地盯着球，想知道它是否会破门而入。

钟云从也是其中一员。

只是他怎么都没想到，足球会向他飞来。

他的位置距离比赛场地极近，本来一时不慎，球员将球踢飞到观众席上，倒也是常事，可如果那个人是任杰，那就要多琢磨一番了。

那家伙，是故意的吗？皮球近在咫尺的时候，钟云从除了思考怎么躲避之外，竟然还有余力想另一个问题。

任杰一脚踢飞，足球飞进观众席，登时一片哗然，尤其是钟云从这一片更是人人自危，毕竟面对迅速袭来的足球，很少有人能躲开。

好在他身边有个冯小山。

皮球仿佛长了眼睛似的，只冲着他一个人来，冯小山出手拦下的时候，他并不意外。

“多谢了啊。”他拍拍救命恩人的肩，笑容和态度看上去都挺轻松的，看上去不像劫后余生。反倒是冯小山面色煞白，抱着足球，眉宇之间尽是懊恼：“我没想到他会这么过分！”

要是真让球砸到了，不说没命，受伤是肯定的。

钟云从从他手里接过皮球：“来，让我还给他。”

言毕，便将足球抛了回去，任杰伸手接住，目光复杂地往他这边看了一眼。钟云从冲他笑了一下，不知怎的，在任杰看来，总有些挑衅的意味。

这场小插曲很快就过去了，扣人心弦的足球赛继续。

只不过，精彩没能持续太久。

任杰拿回球之后，自然是继续找机会破门得分，结果第二次射门的时候又出了岔子，球横冲直撞地砸在对方守门员的脸上，守门员的眼睛和鼻子都受了伤，满脸鲜血，看着挺吓人。

这下普通人那一队就不满了，立时有人发作起来，直指任杰是有意为之。

任杰自然不会承认，加上态度傲慢、言语不逊，很快就从两个人的争论变成了一群人的对峙，甚至还波及了台下。

眼看风向不对，似乎连那么厉害的熊教官都未必压得下，在混战开始之前，钟云从便拉着冯小山悄悄溜走了。

“那些人个个都跟斗鸡似的，如果真打起来，一不小心挨上几下，都不知道找谁算账才好！还好咱们跑得快，躲得远。”

钟云从心有余悸地发着牢骚，冯小山瞅了他好几眼，冷不丁地问了一句：“是不是你搞的鬼啊？”

“啥？”钟云从比他还震惊，连连摆手，“什么搞鬼？你哪只眼睛看到我搞鬼了？不要污蔑人啊，我警告你！”

“可是……”冯小山仍是半信半疑，“我跟任杰踢过球，那家伙应该不会犯这种低级错误。”

钟云从嗤之以鼻：“那他还把球踢飞了呢。”

冯小山又盯了钟云从半晌，直到他不耐烦起来，才挑挑眉：“反正我还是觉得跟你有关。”

“你可真看得起我啊。”钟云从拍着他的肩，“看在你救了我一命的分上不跟你计较了，走，咱们去食堂二楼吃点好的。”

“哎！我要加鸡腿！”

“没问题，哥有钱，随便点。”

两人吃饱喝足摸着肚皮回宿舍之后，钟云从发现其他人都在，只有任杰还没回。

要是往日，钟云从肯定是不会问的，今天心情好，就关心了一句：“哎，咱们那位大少爷呢？哪去了？”

“被罚了。”瘦子很热心地告诉他，“你好像走得很早，球赛也没进行完，场上最后打起来了，虽然很快就被教官分开了，但还是有人挂了彩。后来教官就把带头的几个异能者队员都收拾了一顿，任杰因为拒不承认错误，被罚得格外狠，都关禁闭了，今晚应该是回不来了。”

钟云从不予置评，只是咧了咧嘴：“难怪今天宿舍空气格外好。”

瘦子也跟着笑起来。

接下来那几天，钟云从表面上云淡风轻，其实一直在提防任杰或明或暗的报复，出乎他意料的是，那家伙虽然脸色越来越臭，眼神也愈发不善，但到底也没再有什么动作。

只不过在宿舍里待着的时候，钟云从的后背时不时就会冒下凉气，每当这时候，他就知道，任杰又在审视他了。

可他一回头，那家伙又立刻转移了视线。

啧啧，不知道的人，还以为你暗恋我呢。钟云从对那家伙的偷窥行为十分无语，同时也无可奈何。

算了，爱看就看吧，反正也少不了一块肉。

球赛风波之后，两个阵营的关系已差不多到了剑拔弩张的程度。

就像是不定时的炸弹，随便一点火星就能让双方炸起来。

这种勉强的平衡维持不了多久，这是可以预见的事，毕竟两边心里都憋着火，迟早要烧起来。

只是钟云从没想到，那把火会烧到自己身上。

或者说，这一次，是他主动引火上身。

这个训练营也招收女学员，虽然数量跟男学员不在一个层次上，但还是有的。

而她们的存在，在这块以雄性为主的地盘上，就变得格外惹眼。

并非所有人都循规蹈矩，好在训练营也很注重女学员们的安全，不仅男女生宿舍隔得老远，甚至连吃饭男女都是分开的——钟云从没有体会过，但据说女学员那边食堂里的竞争要小得多。

简而言之，除了训练，男女学员能接触的机会并不多。

正因为这样，迄今为止，还没出过什么事。

钟云从自己也没想到，他只是上个厕所，就能撞到这种下作的事。

训练的空当，他本来想在树下好好喘口气，结果冯小山那小子非要拉着他去厕所，其实他没有很急，可是那家伙太烦人，被他磨了几句之后，钟云从也就跟着去放水了。

“你说你，是不是跟个小姑娘似的，上个厕所还要拉着别人，你幼不幼稚……”钟云从念叨了一路，直到走进厕所都没停。冯小山两只耳朵都要长出茧子了：“有本事就别尿！”

“来都来了，不尿岂不是白来一趟？”钟云从翻了个白眼，正打算解决人生大事的时候，忽然听见后面的隔间里传来了异样的声响。

有人重重地撞击了一下隔板。

钟云从一惊，撞了一下冯小山的肩膀：“什么声音啊？”

“差点尿裤子上了！”冯小山猝不及防，正要发脾气的时候，后边蓦地又传来了一声女人的尖叫：“救命！”还有一个男人短促的痛呼声，他好像是被咬了一口。

钟云从与冯小山面面相觑：男厕里有女人？什么情况？

钟云从的反应比冯小山快一点，他迅速地走到那扇门前，用力地踹开隔板，里头一男一女，男的捂着女人的嘴，对于突然出现的钟云从还没反应过来，而女的则激烈地挣扎起来。

钟云从一看就知道是怎么回事，更别说女的还衣衫不整。

“你想干什么？”他沉声发问。那男的最初还慌乱了一下，后来发现两人都是异能者，便镇定下来，听到对方语气不善的问题之后，他拧起两道眉：“别多管闲事，当作没看到就行了。”

女人无助地盯着他，满脸的泪水。

“这可不行，我的眼睛又没瞎。”钟云从提了下嘴角，冷冷地拒绝。对方不耐烦起来：“这娘儿们是何旭的女人，我只是想给他点颜色看看，你们最好别多事！”

钟云从知道何旭，据说是普通人学员中极优秀的一位，地位跟任杰在异能者这边差不多吧。

这些人，成天争这些闲气，脑子是不是有坑啊？

钟云从懒得废话，直接伸手去扯那个女人：“放人！”

冯小山也走到钟云从身边：“别忘了，你只有一个人。”

那人面色难看得很，目光闪烁不定，最后在钟云从严肃的目光下，不情不愿地松了手：“行吧，今儿你运气好，下次就不一定了！”

女人被钟云从挡在了身后，听到这句话又瑟瑟发抖起来：“你这个浑蛋！我要去告诉教官！”

那人狞笑起来：“想去告状？那何旭也别想在这里待了，这里的负责人，可是我舅舅。你不会没听说过吧？”

女人顿时面色惨白。

钟云从回过身，叹了口气：“他这么一说，你难道就真的咽下这口气了？”

她眼泪直流：“可是……他舅舅的确是……我怕连累何旭……他一直很拼命……”

“没关系，你尽管去告状，拼后台嘛，我也有。”钟云从安抚地拍拍她的肩，又吩咐冯小山，“小山，送她离开，顺便叫人。”

冯小山吃了一惊，凑到他耳边：“那你呢？”

“我要堵住这家伙，免得他逃跑。”

“呃，你真要把事情闹大啊？”

钟云从盯着他：“怎么，这种事是可以姑息的吗？”

“不是……我的意思是，我认识他，他舅舅的确是这里的负责人。而且，”冯小山告诉他，“他跟任杰的关系很好。”

“难怪呢，也是个人渣。”钟云从失笑，“物以类聚，人以群分，这句话一点都没说错。”

“可是……”

“我知道你的意思。”钟云从打断他，“你要是不想管这件事也可以，我不会硬拉着你下水的。”

“我是那种没义气的人吗！”娃娃脸差点气成一只河豚，“我这就去叫人！”

钟云从欣慰地笑了笑：“还是个好孩子。”

冯小山翻白眼的同时又提醒了一声：“对了，这家伙能够操控电能，你要小心了！”

“赶紧走吧！”钟云从催促道，可是已经来不及了，那家伙看出了他们的打算，自然不会让冯小山就这样带着女人离开。

他此刻浑身上下都冒着刺啦作响的荧荧蓝光，电流在他五根手指间不安分地游走着，如同吐着信子的小蛇，蠢蠢欲动。

“你们谁都别想走！”他大喝一声，五股电流登时缠绕在一起，合而为一，几乎化为一道闪电，又好似一条凶狠的毒蛇，迅猛地朝着他们游过来。

“走！”钟云从挡住了来势汹汹的电蛇。冯小山听出他声音里的痛苦，心里一颤，不敢再耽误，背起四肢发软的女人，风驰电掣一般离去。

“你放心！我马上回来救你！”

只是在冯小山带着人重返厕所之后，发现钟云从坐在洗手台边，脸上、手上明显有电击过后留下的伤痕，至于那个作案未遂的强奸犯，他赤身裸体地跪在地上，眼神涣散，一下一下地扇着自己耳光，双颊已然红肿。

“我卑鄙，我无耻，我下流……”

这场景镇住了在场的所有人。

Chapter 09.
失踪

姜岂言见到苏闲的时候，他正在逗弄两条狗。

那狗体形不小，却瘦骨嶙峋，而且还脏兮兮的，身上的毛都打结了，一看就是街上的流浪狗。

姜岂言皱起眉，一脸的嫌弃：“你哪弄来的两条野狗？”

“林雪住处附近抓的。”苏闲大概是第100次试图驯狗失败，有些沮丧，叹了口气，回过头看了姜岂言一眼，当即就被他肩上趴着的一只灰色虎斑猫吸引了目光。

那猫生得虎头虎脑，一双蓝荧荧的眼睛，皮毛也是油光水滑的，煞是可爱。

“哎，你这猫不错！”苏闲双眼放光，不自觉地站起来，凑到他身边伸手就要摸。

姜岂言见这人一点自觉都没有，刚碰过流浪狗就想摸他的猫，避之不及地躲开了：“一边去，也不看看你手上有多少细菌！”

苏闲一怔，低头瞧了瞧双手，便也作罢了，他蹲回两条狗身边：“说起来，你怎么突然弄了只猫？”

“楚楚的生日快到了，这是我给她准备的生日礼物。”姜岂言的声音柔和了几分，“她一直想要只猫来着。”

楚楚？苏闲想起那个病重将死的女孩，心下一沉，张既白说过她撑不过今年，这或许是她最后一个生日了。

不过这话他自然不会跟姜岂言说，往人伤口上撒盐，没必要。

“这样啊，哪天来着？算我一份。”

姜岂言笑道：“不用了，心意到就行了。”

“对了，她最近怎么样？”苏闲顺口问了一句，“说起来我答应过要去看她的，可是最近实在太忙了……”

“还行吧。”姜岂言给了个含糊的回答，又安慰道，“工作重要，我最近也几乎抽不出时间到医院去了。”

苏闲眨眨眼：“等她生日那天，我和你一起去帮她过。”

姜岂言淡淡一笑，视线扫过那两条呜呜叫着明显不安的狗，好奇地问道：“你到底在干吗？突然想养狗？可这也太……”

“不是。”苏闲的语气严肃起来，“我在做实验。”

姜岂言一头雾水：“啊？”他仔细看了一下，发现两条狗面前有两个塑料袋，里头鼓鼓囊囊的，也不知道装了什么。

苏闲似是看出他的疑问，指着两个袋子解释道：“这个塑料袋里装了1.3公斤的东西，另一个装了1.6公斤的。”

这两个数字……好像有点熟悉啊。

见对方若有所悟的模样，苏闲笑道：“没错，正好是发现死者时，其中两袋尸块的重量。”

姜岂言一怔，旋即变色：“你、你是想说……”

“林雪，是个异能者。”他声音低沉，“据我观察，她的异能应该是能和动物沟通乃至操纵它们。别的不知道，至少对猫狗是可以的。”

姜岂言仍是张口结舌。

“知道这一点之后，我联想到了一件事，就是困扰了我们许久的关于凶手抛尸的问题。”苏闲眉头紧锁，“我们都知道，抛尸点非常分散，零零散散有十来处，差不多遍布了整个东城，而每一个地方弃置的尸块的数量也并不多，基本都是两三斤，最重也不会超过四斤。能把这些尸块抛得到处都是却没有留下一点线索，凶手究竟是怎么瞒天过海的，我一直百思不得其解。”

“是……我们这些天问了不下数百人，大多数人都说自己没有见过什么可疑的人。”姜岂言亦是一脸凝重，“小部分人倒是提供了一些信息，但详查之后，也尽是些乌龙。”

“因为他们关注的对象只有人。当然，我们也一样。可如果，抛尸这件事，并非人为呢？”

“人们会关注街上随便一个路过的人，可绝大多数人并不会把注意力分给那些街头巷尾随处可见的野猫野狗。”他眉眼低垂，睫毛在眼底投出一圈淡淡的阴影，“而这恰好能解释，为什么抛尸点这么分散，以及每个地点的尸块的分量都不太多。”

姜岂言被他的猜测惊得瞠目结舌，好半天才问道：“那……有证据吗？”

苏闲没有回答他，他把塑料袋往狗身前一推，命令道：“只要你们叼起来，我就赏你们肉吃。”

那两条狗不知道是被他烦怕了还是听懂了他的恩威并施，竟然真的站了起来，将塑料袋叼了起来。

苏闲登时兴奋不已：“走几步！走几步！”

狗被他的声音一吓，蹿了老远，嘴里的塑料袋倒还是稳稳当当的。

“你看到没，这种体形的狗能叼得动两三斤重的东西。”苏闲霍然起身，目光灼灼地与满脸不可思议的姜岂言对视，“我的推测，还是有可能的，对吧？”

姜岂言过了好一会儿，才勉强消化了这个爆炸性的信息，点点头：“是有点可能……如果林雪真是异能者的话。”

苏闲扼腕叹息：“唉，可惜最后还是让她跑了。”

“不管怎么说，至少把孙雅莉救回来了，还判断出了抛尸的手法。虽然匪夷所思了点，但也不算白跑一趟了。”

苏闲摇头苦笑：“别说了，孙雅莉自始至终都被蒙着双眼，又被吓得半死。睁眼之后，差点连父母都认不出来，什么信息都提供不了。”

“不过林雪居然堂而皇之地回到洒金街，胆子也够大的。”他眸中寒光掠过，“哼，有时间真是要好好收拾一下洒金街那窝蛇鼠了。”

抚猫的人动作停顿了一下，而后笑了起来：“洒金街？这条街我还挺熟的。”

苏闲也跟着笑了：“这么说，你跟那位老大也蛮熟的吧？”

“你忘了，我才上任没多久，还没怎么跟那家伙打过交道。”纠察队长耸耸肩，“洒金街臭名昭著，但这么多年，也没被一锅端，因为它相当于‘孤岛’上那些烂人的一个庇护所，只要不闹出大乱子，我们同他们便井水不犯河水。”

“哦？”苏闲挑起半侧眉尾，“纠察队与洒金街的‘君子协定’吗？”

姜岂言的声音淡淡的：“多一事不如少一事罢了。”

苏闲笑笑，未予置评。

“说起来，洒金街那帮子人，现在还奉行盗亦有道这种老派作风，”没多久，苏闲就敛起笑意，正襟危坐，“包括‘缄默法则’在内的义薄云天那一套。也正是因为这样，林雪才能钻了空子，肆无忌惮地潜回洒金街。一开始那些人还不想跟我说实话，直到我搬出了你姜队长的名头，他们才肯乖乖就范。”

“你不损人就不会说话了，是吧？”

“瞧你说的，我明明是在夸你来着。”苏闲睁着眼睛说瞎话，随后话锋一转，“他们将林雪视为自己人，话里话外再三维护，关于她的行踪亦是遮遮掩掩。林雪带着孙雅莉，目标并不小，也不止一个人看到，可出于对治管局的敌意，那些人没有及时报告。否则，林雪是逃不了的。”

“所以说，那帮人就是上不了台面。”姜岂言轻蔑地笑道，“他们对那女人的维护，也是建立在对她的异能者身份一无所知的前提下吧？据我所知，那些个蛇虫鼠蚁向来仇视你们这些异能者。”

“我觉得，他们应该更仇视你们纠察队吧？”苏闲笑眯眯地回完这一句之后，又叹了口气，“必须尽快找到林雪的下落。”

他们一边说话，一边走进姜岂言的办公室，苏闲疲惫得很，随手拉了张椅子坐下。

“已经对林雪发起了全城通缉。不过那女人可真能躲，完全是销声匿迹。”姜岂言抓了一小把猫粮放在桌角，他那只虎斑猫身手敏捷地跃上了他的办公桌，优雅地细嚼慢咽。

苏闲靠在椅背上，目不转睛地盯着专注用餐的猫咪：“你忘了吗？她还有同伙的。”

“你是说孙雅莉目击到的那个劫持者？”久违的阳光从百叶窗的缝隙里透进来，落在姜岂言那张俊美非凡的面孔上，照得他的瞳孔熠熠生辉，“看来这起案子的犯人有两位。说起来，两名异能者合谋杀人，这样的案例可不常见。”

“犯人也未必就只有两位，说不定什么时候就冒出来第三位、第四位，现在一切都不确定。”苏闲纠正道，而后又摇摇头，“我一直在想，林雪和她的同伙，为什么要对邹慧笙下手？林雪和邹慧笙关系良好，因为邹慧笙的成绩相当优秀，性格又安静内敛，可以说是最受老师欢迎的那一类学生，平时林雪对她也是关照有加，谁也想不明白她这么做的理由。”

姜岂言猜测道：“会不会是林雪跟她父母有什么恩怨？”

“她父母那边我们也了解过了，两个人都表示仅仅跟林雪见过三次，前两次都是去学校参加女儿的家长会，第三次则是邹慧笙失踪后他们到学校打听情况。”苏闲告诉他，“邹家很清贫，邹父邹母的社会关系也并不复杂。夫妻俩都在矿山工作，丈夫每天采石，妻子则是个厨娘，两个人的工作都很辛苦，每日起早贪黑，根本没时间去结仇，更遑论得罪异能者。所以我认为这起命案不是仇杀，不是情杀，也不是为了钱。”

姜岂言捏了一下猫耳朵，虎斑猫不满地瞪了他一眼，背过身去，用屁股对着他。姜岂言笑起来：“那你这可是把99%的杀人动机都排除了。”

苏闲往后一仰，闭上双目深深地叹了口气：“我也这么想。剩下的动机，要么是有不可告人的目的，要么就是纯变态……可这也不是随随便便就能猜出来的。”

“现在我们手头掌握的线索、证据都太少了，甚至连死者的遗体都没找全。好不容易锁定了一个嫌疑人，还让她逃了，她甚至差点把唯一的目击证人都拐走了。”

姜岂言歪着头打量着眉头紧锁的苏闲，似乎觉得这般忧愁的他很有趣：“这么说，这案子算是拐到死胡同里了？接下来你打算怎么做？”

“姜队长，把排查目击证人的人撤回来吧。一半的人去搜捕林雪，另一半继续调查那三类特殊从业者。”苏闲蓦地坐起身，“至于我这边，我会让我的人继续寻找邹慧笙尸体的其他部分，以及另一位异能者的下落。”

姜岂言挑挑眉：“那你自己呢？”

苏闲一脸的生无可恋：“我准备下午再跑一趟青山中学，晚上跑一趟训练营。先打听一下林雪的来历，她的职工档案上的信息太笼统了，还不知道是真是假。”

“啧，真是个劳碌命。得，我也不敢偷懒了。”姜岂言落井下石之后拍了一下正在进食的猫，虎斑猫灵敏一跃，无声无息地落在地上，它的主人转身出门，又回头警告了蠢蠢欲动的某人一句，“别拿你的脏手碰它！”

“知道了，知道了！”苏闲朝他挥挥手，“你赶紧走吧。”

等到姜岂言一走出办公室，他立马蹑手蹑脚地走向蜷着身体晒太阳的虎斑猫，正想出其不意薅一把就跑，可不承想，指尖差一点点就能摸到的时候，办公室的门却猛地被人推开了。

虎斑猫受了惊，一溜烟就跑得没影了，只差一步之遥就能得手的苏闲懊恼地转过头去：“谁啊，这么没礼貌！”全然忘了自己不久前也这样擅闯过任副局长的办公室。

“头儿！又出事了！”来人是小张，喘得上气不接下气。苏闲听到“出事”两个字头皮就发麻，也没心思逗猫了，他站了起来：“又出什么事了？”

小张急急地报告：“城南发生了一起‘发病者’伤人事件！一名四十五岁的‘发病者’毫无预兆地爆发，疯狗一样四处咬人，已经咬伤了三个邻居！”

这肯定不是什么好消息，但还是比苏闲想象的要好点，不过他的心情自然也好不到哪里去：“控制住了没有？”

“他发作得很厉害，攻击性极强，到场处理的就我一个人，最后没办法，当场击毙了。”小张撇撇嘴，“后来检查了尸体，发现他的虹膜已经变了色，身上也开始溃烂分泌毒液了。难怪这些日子他总是躲在家里不敢出门，应该是怕被人发现。”

“变色”是指虹膜由蓝转红，和全身溃烂一样，都是感染者进入晚期的标志，看来这人已经无药可救了。

苏闲叹了口气：“被咬伤的人送去医院注射阻断剂了吗？”

“当然了，我可不敢怠慢，不过就算打了阻断剂，那些人也未必挺得过去，还是得在医院隔离一段时间，要是遇到什么突发状况，得立马处理掉。”

人的年纪总是会不断增长，而在不同的年龄段，“失乐园”病毒感染者的症状也会有不同的表现，“孤岛”的医学界将其分为早中晚三个阶段——无论从年龄还是症状上看，那个“发病者”都已经进入了晚期，甚至已经变成了异种。

异种体内的病毒含量与尚未病变的普通感染者不是一个级别的，每一只异种都是行走的病原体，被异种咬过的人，感染情况也会迅速恶化，在短时间内沦为行尸走肉。

“孤岛”的医学界一直没有放弃努力，包括苏闲的好友张既白在内，一直致力于攻克这种恐怖的病毒。

可这项工程的难度可想而知，于是他们退而求其次，陆陆续续地研制出了阻断剂和抑制剂，前者用于被异种咬伤的病人，后者则适用于还未进入“发病期”的感染者。

当然多少会有效果，但这也只是治标不治本，而且基于体质或者其他原因，对一些感染者来说，这些药物也有一定的概率是不起作用的，这就是小张所说的“突发情况”。何况它就算发挥了效用，也有明显的副作用。

不过在求生欲望的驱使下，人们还是对这些药物非常依赖，除了吃喝，普通人最大的开支就在抑制剂上。就像张既白那个诊所，经常有上门求药的，有时候他开发出了新药，也会在一些志愿者身上试药。

至于后果，由志愿者自负，医生本人并不负责。

苏闲摆摆手：“既然已经当场解决掉了，那这件事也处理得差不多了吧？”

“是这样的……”他的下属忽然结巴起来，“那个‘病变者’就是前阵子您交代下去，让我们盯着点的那个中年男人……”

苏闲一时半会儿还没记起来，想了一会儿才有了印象："哦……上次在张既白诊所领药的那个男人？"他的语气登时严厉起来，"既然我让你盯着了，怎么还让他伤了人？"

小张被他瞪得抬不起头来，声音小得跟蚊子叫似的："最近咱们不是忙着侦察邹慧笙那个案子吗，我一直跟着您东奔西跑的，盯梢那边就……疏忽了。"

听了下属的解释，苏闲也深感无奈，沉默了一会儿，又问道："对了，那个人是独身吗？"

"有个16岁大的女儿。"

"他女儿怎么样？受到攻击了吗？"

小张摇头："没有，那姑娘说她当时把自己反锁在房间里了，她老爹发狂的时候没踹开门就跑出去咬别人了。她看起来也没什么异状，应该没什么事。"

苏闲松了口气："那她还挺机灵的。对了，她还有没有其他亲属？"

"没有了，母亲早逝，父亲死了之后就剩她自己了。"小张叹了口气，"后来我们按照规定，把她送去收容所了，让她待到18岁。"

苏闲点了点头，这件事算是告一段落了，小张后续处理得也还算圆满，再加上他一门心思都扑在碎尸案上，便没怎么把这件事放在心上。

诊所里。

小桃正踩着一个高脚凳，颤颤巍巍地够到了药柜的最高层，她有点恐高，两条腿发软，手心也冒出了虚汗，她索性闭上眼睛，几秒之后，等那阵心慌过去才睁眼。

"抗生素类……为什么要放得这么高呢？"她终于找出了目标，忍不住小声地抱怨了两句，而后又小心翼翼地从凳子上下来，落地之后长长地舒了一口气，冲着眼巴巴的病人柔柔一笑，"这是您需要的吧？"

对方接过药盒翻来覆去地看了几遍之后，满意地点点头："对，这跟之前医生给我开的是同一种。"

万幸，没有找错！小桃很是雀跃了一把，把病人送走之后，她开始每日照常的卫生打扫。

张医生两天前临时接到治安所的通知，匆匆忙忙就出了门，也没有交代具体什么时候会回来，只让她好好看着诊所。

小桃承蒙他照拂，一直心存感激，自然是诚惶诚恐地应了下来。

张既白名声在外，每日慕名而来求医求药的人不在少数，他这么一走，诊所里没有了能坐诊的医生，求医的人自然只能失望而归。

至于求药的人，他们要幸运些，好歹还有个小桃在。她这些日子一直跟着张既白，由于张既白每日忙忙碌碌开药问诊，并没有时间教她医术，所以她基本上都是帮忙干一些杂活，干得最多的就是将药品分门别类地归好。

她对医药学一无所知，唯一能依靠的只有死记硬背这种笨办法，好在她够勤奋努力，一个月下来，总算把诊所里常备的药物记了个七七八八，对摆放的位置也算是烂熟于心。

因此才不至于让诊所彻底关门大吉，她还能应付下纯粹来买药的那一批病人。

张既白对她其实是实行放养政策，尽管嘴上不止一次说过想研究她，可始终没有付诸行动，平时也不会对她发号施令，是她自己过意不去，主动帮忙的。

不过既然她要帮忙，他也没有拒绝，她想做什么就做什么，不懂的时候问，他也会放下手头的事为她解惑答疑。

张医生根本就是个好人啊，虽然有些古怪的爱好，但还是个好人。

这是小桃对这位知名怪医的印象。

她在这间诊所里过得很开心，这或许是她生命里最快乐最轻松的一段日子，直到一只浑身雪白的小猫走进这间诊所。

那时候小桃正拿着拖把清理地板，忽然在光可鉴人的瓷砖上瞥见了一团毛茸茸的倒影。

她下意识地停下了手中的活儿，一只雪团子般的小猫咪正蹲在她脚边，昂着头，睁着一双琥珀色的眼睛，安安静静地盯着她，那模样煞是可爱。

小桃不禁微笑起来，放下拖把，正想同这个不请自来的小客人打个招呼，却意外地发现它嘴里叼着一张小卡片。

那猫似是有灵性，冲她喵喵叫唤了一声，卡片掉在了地砖上，小桃迟疑了一下，伸手捡了起来。

卡片上只有简简单单的一行字，然而女孩只看了一眼，脸上的血色就在刹那之间褪得干干净净。

她怔怔地望着那只漂亮的白猫，对方也耐心地与她对视。

不多时，她把卡片放到了贴身口袋里，又将拖把归位，然后简单地整理了一下张既白的书桌，在他读到一半的书里放了一枚书签，又一丝不苟地将书合上，端端正正地摆在桌子中央。

那只白猫还在原地，琉璃似的瞳孔随着她微微转动。

她走到白猫身边，嘴唇动了一下，欲言又止。

白猫蓦地站了起来，步态优雅地往门边走去。

小桃的眼神黯了黯，跟了上去。

卷帘门缓缓落下，室内那些与她朝夕相处的物件们一点点地消失在她的视野里。

“再见了。”她默默地与诊所，还有不在身边的张既白、钟云从、苏闲等人告别。

或许是永别。

热泪止不住地从眼眶中滑落，小桃用手背抹了一把脸，跟着引路的白猫头也不回地离开了。

白猫轻车熟路地带着她走过几条街巷，最后拐进了一个偏僻的巷尾。

它细声细气地叫了一声，而后敏捷地跃上了巷子边上的矮墙，无声无息地跑开了。

小桃尚未反应过来，蓦然听到身后传来一个声音。

“好久不见了，你长高很多。”

她惶惶不安地转过身，在看清来人之后不禁晃神。

“……是你？”

“林雪她确实是个孤儿，慈幼院出来的。”李校长望着对面那尊大佛，嘴上小心翼翼，屁股下如坐针毡，“您知道的，咱们梦川的教育系统停摆多年，大大小小的学校也跟着停课，也就慈幼院里的孩子还能学着识文断字，这也是当初招林雪进来当老师的缘故，谁知道她暗藏祸心……”

苏闲抱着手臂，中断了他的唏嘘：“是朱慈女士的那所慈幼院？”

李校长笑道：“整座‘孤岛’也找不出第二所慈幼院吧？”

苏闲没有说话，慈幼院闻名于“孤岛”，而它的创始人朱慈女士更是大名鼎鼎。

在灾厄尚未降临之时，“孤岛”还是梦川市的时候，年轻的朱慈成为当时市内首富肖隐的妻子，这在当年，也是轰动一时的头条新闻。只不过肖氏夫妇成婚不到两年，“失乐园”病毒就爆发了，肖隐不幸罹难，而朱慈则幸运地逃过一劫。

病毒急速蔓延，将梦川变成了地狱之城，大量的市民死亡、病变，不计其数的行尸走肉游荡于街头巷尾，虎视眈眈地寻找着猎物。

没多久，外边就有了动作，封城、隔绝，任由里头的人自生自灭。

“孤岛”诞生了。

那正是最黑暗最绝望的时刻，行政体系分崩离析，隔离墙高高筑起，“孤岛”被一分为二，无数人流离失所，幸存者们人人自危，在异种将他们吞噬之前，他们自己就先被崩溃的信念毁灭了。

而那个时候，是朱慈站了出来。

她一个弱女子，没有一呼百应的威望，也没有消灭异种的身手，她唯一拥有的，就是亡夫留下的家产。

作为巨富遗孀，她倾尽所有，先后创设济世医院、难民收容所，除此之外，她还组织人力缝制寒衣、发放食物。最危急之时，她甚至开放自家别墅，将其改作临时安置处，救助了许多无家可归的市民。

而在疫情稍稳之后，她又创立了慈幼院，专门照顾那些流落街头的单身孕妇以及无家可归的孤幼儿。

慈幼院为那些无处可去的孕妇们提供分娩的场所，她们的孩子在出生之后也会得到悉心的照顾。不仅如此，除了抚育之外，慈幼院甚至还组织了师资办学，让孩子们有了难能可贵的受教育的机会。

慈幼院在相当长一段时间里几乎成为“孤岛”中的桃源，在学校关闭的时日里，有点家底的人家都争相把孩子往这里送。能够进入慈幼院学习，甚至成为一种荣耀的象征。

不过在慈幼院里，孤儿才是正统，学校称之为正生，所有费用都被免掉。而那些被主动送到慈幼院学习的有钱人家的孩子，身份却是附生，完全自费。但正、附生共同寄宿学习，慈幼院对他们一视同仁。

而附生家中所支付的学费，也成为慈幼院的经费来源。

最黑的夜，最亮的光。

可以说，在那场前所未有的灾难之后，是朱慈让无数幸存者感受到了残存的暖意，生出了活下去的勇气。

朱慈女士也因为她的慈善济世之举备受尊重，甚至一度成为“孤岛”的精神支柱，两大部门成立之后，对其亦是礼遇有加，综管局不止一次以高位相邀，不过都被朱女士委婉谢绝了。

直至今日，她所创办的济世医院及慈幼院，仍在持续运转，发挥余热。

这样的人物，苏闲当然知道，不仅知道，他甚至还对慈幼院颇为熟悉。

他母亲就曾经是慈幼院里的一名老师，因为这个关系，他也在那里上过课。

只是后来，母亲在一场意外事故中去世，他就没再去过慈幼院。

想到不幸早逝的母亲，苏闲不免心中郁郁，想来是没掩饰好，不小心显露在眉宇之间，李校长本就战战兢兢，这下更是如履薄冰，生怕自己说错话：

“苏长官……”

“知道了，慈幼院，是吧？”苏闲强行压下沉郁的情绪，语气如常，“我会去调查的。对了，”说到这里，他蓦地想起在林雪家中找到的那张照片，于是从外衣口袋里找了出来，递给李校长，“您看看这照片是不是在慈幼院拍的？我瞧着，怎么跟我印象里的不太一样呢？”

李校长接过照片，闻言有些吃惊：“哦？您也去过慈幼院？”

他淡淡地带过：“在那里念过几天书。”

“哦！”李校长见了他的脸色，也不敢多问，研究了一番照片之后，肯定地点点头，“没错，这背景就是慈幼院。”

苏闲却仍半信半疑：“是吗？我怎么不记得有这栋楼和这棵树？”

李校长眨眨眼：“请问，您在那里上学是哪一年的事？”

苏闲垂眼，低声道：“很久了，快20年前了。”

“这就对了，”李校长笑呵呵地告诉他，“您就读的时候，慈幼院还在旧址呢，十几年前就搬到了新址，自然跟您印象里不太一样。”

苏闲有些意外：“搬迁？什么时候的事？”

李校长眯着眼回忆了一下：“大概是十七八年前吧，慈幼院遭遇了一场横祸，被一群异种围攻，死了好些人，个个都死无全尸，唉，怪惨的。”提起来，他仍心有余悸，“当年治管局刚刚成立，也没几个人，难免有些漏网之鱼，唉！哎呀，我是不是扯远了，您当时应该还小，大概没印象了……”他说着冷不丁地窥见苏闲剧变的脸色，登时心慌，舌头也跟着打了结，“我、我是不是说错什么了？”

苏闲背过身去，嗓音沙哑：“把慈幼院的新址给我。”

“哎，谁让你下床的？！”护士发现病床上的人不知道什么时候坐了起来，还试图下床，拎着两瓶药就冲过来了，“还输着液呢，给我乖乖躺着！”

这护士姑娘看起来身材苗条，可力道真不小，钟云从就那样硬生生地被按了回去，他苦笑起来：“护士姐姐，我就是想去上个厕所……”

护士放下药瓶，随手从吊杆上取下输液瓶，还腾出一只手搀着他：“走吧，我陪你去。”

钟云从怀疑她可能没听清他的话，又重复了一遍：“姐姐，我这是要去……”

“知道，撒尿嘛。”护士不耐烦地打断他，“赶紧去撒，别耽误我的事！我可忙着呢。”

钟云从的嘴角抽搐了一下：“其实我自己一个人也可以的。”

护士姐姐闻言勾起嘴角，目光扫描仪一样在他身上来来回回，最后落在了他的小腹之下：“害什么羞啊？当谁没看过似的。”

钟云从尴尬地轻咳两声：“我不是那个意思，我是想说，毕竟您忙，这点小事就不耽误您的宝贵时间了。”

护士满眼的轻蔑：“少来，你们这种扭扭捏捏的男人，我见得多了。”

这话是不是哪里不对？

“我告诉你，我不仅看过，我还亲手解剖过呢。”那位彪悍的姐姐倏地凑到了他耳边，字字句句都透着阴森可怖，她的看护对象只觉心头一凉，那点尿意顿时缩了回去。

“哎呀！忽然又不想上了。”他拉上被子，蒙头盖住，“您去忙吧！”

护士柳眉一挑：“真不上了？”

“不上了，不上了。”

“哼！”她从鼻孔挤出一声，“死要面子活受罪，可别没被电死，却活活把自己憋死了。”

钟云从没把这善意的挤兑放在心上，一心只琢磨着冯小山那小子什么时候回来，不然自己可能真的会被憋死。

听到脚步声渐远，他忽然想起了什么，从被子里探出头来，高声问道：“护士姐姐，我什么时候能离开啊？”

脚步声顿了一下：“医生的说法是输完这瓶之后，再观察两小时，如果没有异常，才能离开。”

这么说，等输完液就能走了，钟云从暗自盘算着，那两小时的观察期直接被他忽略了。

不承想，对方灵敏异常，那脚步声又噔噔噔地由远及近，钟云从抬头，正好对上一双清亮的眸子：“你是不是打算提前溜啊？”

钟云从被她这么冷冷地一盯，浑身一激灵，不由得语无伦次起来：“我不是，我没有，我不敢……”

“有我在，趁早把你那些小心思收一收！”护士姐姐的语气凉飕飕的，“医生不点头，你别想迈出医务室！”

钟云从不吭声了。

她很快又去忙了，只剩下钟云从一个人。他躺了一会儿，被镇压下去的尿意居然又回来了，而且愈发汹涌澎湃，搞得他辗转反侧，全身难受。

“姓冯的那个浑小子怎么还不回啊！”他不敢轻举妄动，生怕又惊动那位尽职尽责的护士，躺久了，四肢都僵硬发麻，能动的也就是嘴了。

说曹操，曹操就到。他话音刚落，医务室的门就被推开了，娃娃脸轻快地跑了进来，还不忘数落他：“好啊，钟云从！我累死累活地去给你打饭，你倒好，在背后说我坏话！”

钟云从没空跟他掰扯，挣扎着起身：“有什么话待会儿说，你先陪我去厕所一趟！”

冯小山见他脸色难看，也不敢怠慢，立马依言照做。

解放了膀胱之后，钟云从总算松了一口气，扭头问身边举着输液瓶的冯小山：“哎，那个周会怎么样了？”

周会就是先前被他收拾的下三烂，冯小山通知了教官，还引来了部分闻声而来的围观者，现在周会输给钟云从还被脱得一干二净这件事，已经传遍整个训练营了。

“教官把他拎走了，之后具体怎么样，我也不太清楚，我不是送你去医务室了吗。”冯小山告诉他，“不过我听说，那家伙竹筒倒豆子一样，一股脑全交代了，现在估计被关起来了，具体怎么处置还不知道。”

钟云从想起他嘴里的那个舅舅，挑了挑眉：“不是说他舅舅是这里的负责人吗？会不会大事化小啊？”

他的担心不无道理，冯小山挠挠头：“应该不会，你都把这事闹到这么大了，他自己也招供了，想护也没法护了吧。说起来，那个周会承认得也太痛快了吧，我以为怎么着都要狡辩几句的，不会是被你吓傻了吧？”

钟云从失笑：“怎么可能？我要是这么有能耐，哪至于被他电得一身伤。”

冯小山耸耸肩：“我就是听人说，他翻来覆去就重复那么几句话，还涎水直流，搞得别人都以为他变白痴了。”

钟云从步伐微滞，心里也略微打鼓——莫非，真是自己下手太重了？

冯小山察觉他神情有异，张嘴想问些什么，临了却又改了口：“别说那么多了，反正周会是跑不掉了，肯定是要被开除的。吃饭去！待会儿饭菜凉了。”

他们俩一边说着话，一边走进了医务室，不承想里头除了那名护士之外，竟然多了一个不速之客。

“以柔，你还没吃饭吧？”任杰手里捧着个饭盒，与护士相对而立，“我今天带来了你喜欢吃的菜，坐下来吃吧？”

钟云从很是吃了一惊，不只是因为任杰突然出现，还因为他在护士姐姐面前的一反常态。

平日里他不管对谁都是冷漠傲然的样子，眉宇间写满了桀骜，拽得跟二五八万似的。

可此时此刻的任杰，完全收起了他的高冷傲慢，甚至满脸的局促，手脚都不知道往哪放。

他把饭盒递到护士面前，笑容里透着些讨好：“还是热的。”

那个名叫以柔的护士却一脸的冷淡：“我不是让你别再来了吗？”

任杰的手臂很明显地僵了一下，他垂下眼，声音也低了很多：“那你吃吧，我这就走……”

以柔并不领情，她背过身去：“拿走吧，我不要你的东西！”

任杰急了：“以柔……”

“哟！这不是任杰吗？”钟云从大摇大摆地走了进来，热情地与自己的室友打招呼，“你怎么也到这儿来了？是不是也受伤了？伤哪里了？”

任杰一听见钟云从的声音，眉头就皱了起来，目中泛过厌恶之色，他置若罔闻，直接走到以柔身边，把饭盒塞到她手里，轻声嘱咐：“趁热吃，我……先走了。”

冯小山闻言撇了撇嘴，钟云从则勾了勾唇，没说话。

“等一下。”这时候，以柔却发话了，任杰欣喜地停下了脚步，侧过脸看着她，后者冷冷地开口，“关于钟云从的事，你就没有什么想说的吗？”

任杰一时愣住，嗫嚅着：“我不明白你的意思……”

钟云从觑着以柔满面的怒色，却若有所思：看来她也听说了……这位风风火火的姐姐，为人倒真是不错，竟然还会为自己打抱不平。

以柔只当他在装傻，怒气更盛：“你难道要告诉我，你那个好兄弟周会干了什么，你一概不知？”

“周会？”任杰知道她向来看不惯周会，没料想到她会主动提起，“我只知道他被关了禁闭，具体犯了什么事，我真的不清楚。”

他说着瞥了一眼倚墙而立的钟云从，眉心愈发纠结。他倒没有撒谎，周会意图骚扰女学员这种事，无论是训练营方面还是周会这个当事人，都不愿广而告之。当时在场的人虽不少，但冯小山那时已经把那个女生带走了，八卦的群众也就只围观到了周会光屁股的丑态。

至于他俩为什么会打起来，了解内情的却并不多，任杰也是如此，他只知道这件事跟钟云从有关。

周会对他跟钟云从之间的过节也是略知一二的，那个白痴向来没头没脑惯了，估计没有理会他的警告，去找钟云从的麻烦了，结果却被反杀得如此惨烈。

任杰的脸色不太好看，周会实力不凡，对上钟云从，却仍落得个一败涂地的下场。

“你装什么傻！”以柔出离愤怒，“你那个好兄弟拉着女学员进男厕，欲行不轨之事，你会不知道？难道不是你指使的吗？”

任杰倒抽一口冷气：“什么……他竟然干出这种事？”

他亦震惊不已，想说些什么的时候，却触到以柔满是讥诮意味的目光，他心下一沉，忙不迭地解释道：“不是你想的那样！我真的不知道这件事，更没有让他去做这种事！”

“我知道你因身怀异能而自负，一直看不起普通人，但没想到，你会变成现在这个样子！”以柔只觉得怒火在胸中翻腾，气愤之下，声音都跟着发颤，“我也只是个普通人，既然如此，你又何必每天到我面前来虚情假意的这一套！”

任杰急得话都说不利索了：“不、不是你想的那样……以柔，我对你是真心的……”

“他俩怎么突然吵起来了？”冯小山凑到钟云从身边，“原来他们是认识的吗？”

钟云从对这小子真是彻底无语了，他们不仅认识，关系还匪浅，好吧？一目了然的事情。他现在真的很怀疑这小子的智商！

“你闭嘴！”以柔怒喝的同时，只觉眼角一酸，眼泪就要掉出来，赶紧背过身去，“你滚吧，我不想再看到你。”

“以柔，我真的没有……”

“他真的没有。”

钟云从懒洋洋的声音响起，那急赤白脸的两个人不约而同地发问：“你说什么？”

以柔愕然，任杰更是诧异至极：钟云从竟然会替自己说话？

“护士姐姐，周会那浑蛋干的下流事确实跟任杰没什么关系。”钟云从又解释了一遍，以柔仍是怔怔的，任杰难以置信地望过去，钟云从又是一笑，加了一句，“不过他也不是什么良人，你还是别搭理他了。”

任杰勃然变色：“钟云从，你！”

护士抱着手臂别过脸去：“真巧，我也是这么打算的。”

任杰登时就慌了：“以柔……”

钟云从瞅着室友那吃瘪样，费了九牛二虎之力才没让自己笑出声。

冯小山那个没眼色的却在此时肆无忌惮地嘲讽任杰：“真没想到你是这样

的人，为了区区一个女人就低三下四的，我以前还觉得你是个人物，真是眼瞎了！”

任杰怒不可遏：“冯小山你给我闭嘴！”

以柔睨视着他：“原来，我只是‘区区一个女人’啊，哼，难怪呢！”

“不是那样的，你别听他胡说……”

“噗！”钟云从最后还是没憋住，摇头失笑，“二傻子一个，难怪人家姑娘看不上你。”

被戳中了痛处的任杰当即跳脚：“你别太过分，我已经忍你很久了！”

“哦，怎么，想再干一场吗？”钟云从不甘示弱，冷笑一声，“就怕你在以柔小姐面前输了，以后就更抬不起头了。”

“来就来，我会怕你吗！”任杰咬牙切齿。钟云从没理他，而是笑眯眯地望着以柔：“如果我帮您把这个讨厌鬼打发了，以柔小姐要怎么谢我？”

以柔一笑：“那我是一定要请你吃饭的。”

“好啊，我等着！”

他俩这一唱一和，成功地刺激到了任杰，只是好像刺激过头了，他的反应有点不正常。他仿佛没听见钟云从的话，只是呆呆地凝视着以柔：“你真的……这么讨厌我吗？”

言语中透着股心灰意冷的味道，搞得钟云从惴惴不安。是不是戏演过头了啊？

他当然没想跟任杰打架，不久前才出过手，他的精神都还没恢复，更别说现在还一身伤呢。他就是调戏调戏任杰，占点口头上的便宜。

没想到这人居然当真了。

见他一副伤心不已的模样，钟云从有些过意不去，轻咳一声，正要出言解释，却听到一个熟悉的声音。

“任杰在吗？我有几个问题要问你。”

钟云从呼吸一滞，转头望去，看到苏闲大步流星地走了进来，身后还跟着项羽。

他们很快注意到了对方，都从彼此的眼中看到了惊异。

钟云从反应过来之后，连忙克制住与他说话的冲动，低头垂眼，生怕自己露出一点异状让旁人瞧出端倪，要是被人看出来他们认识，估计苏闲又要不高兴了。

苏闲见他有意避开自己的视线，先是一怔，随后眼底泛起淡淡的恼意。

这家伙，竟然敢装作没看到他。

Chapter 10.
线索

苏闲目不斜视地自钟云从身前走过，径直来到一脸震惊的任杰面前，笑了笑：“好久不见了呀，任公子。”

苏闲的语气让这个称呼带上了一点嘲弄之意，任杰自然听得出来，他眸色微沉，语气冷淡：“苏治安官有何贵干？”

“就是问你几个问题，希望你能配合。”苏闲说着一指空座，“先坐下吧。”

对方完全是一副公事公办的态度，这不禁让任杰心里咯噔一下，苏闲这样的人定是无事不登三宝殿，而且明显是冲着他来的，这让他怎能不疑虑重重。

另一边的以柔露出掩饰不住的焦虑神情，甚至比任杰自己还要慌张得多，钟云从看在眼里，不由暗笑：这位姐姐表面上对任杰冷言冷语，一副不胜其烦的模样，可任杰有事，她比谁都着急。

“请问这位长官，任杰他……他怎么了？”以柔心神不定，最后还是没控制住担忧之情，将心中的疑惑宣之于口。

钟云从一听她这莽莽撞撞的问话就赶紧碰了一下她的胳膊肘，屁股刚碰到椅座的任杰也是一个头两个大，板着脸沉声开口：“跟你没关系，你别多话。”

旋涡中心的苏闲却气定神闲，他的目光缓缓扫过屋内众人，当然，刻意跳过了一个人，而后淡淡出声："你们都出去。这位护士小姐，我要借用一下这个地方，放心，时间不会太久。"

言毕，项羽便开始客气地往外赶人，经过钟云从身边的时候，小声地问了一句："你不是预备队的吗，怎么又到训练营里回炉了？"

正好输液也差不多结束了，钟云从一边拔针，一边纳闷自己是怎么惹到那位大爷的，让他都不肯正眼瞧自己，听到项羽的调侃，他不禁苦笑："成绩太差，打回重修。"

项羽挠挠头，自然不可能理解这其中的弯弯绕绕，不过既然头儿没有要跟他相认的意思，他也就没有大张旗鼓地打招呼。

钟云从、以柔及冯小山都被赶出了病房，三个人面面相觑，以柔最沉不住气："到底是怎么回事啊？治管局的人怎么突然来了？"

"会不会是因为周会那个事啊？"冯小山开始瞎琢磨。以柔登时怒形于色："他还敢骗我！我就知道……"

"肯定不是。"钟云从摇摇头，示意气急败坏的以柔冷静下来，"周会那点事惊动不了治管局，而且训练营肯定不会让家丑外扬，你看大多数学员都还被蒙在鼓里呢，怎么可能会让治管局来管？"他顿了一下，眼皮微动，睫毛也跟着颤了一下，"而且我探过周会的记忆，确定他对那个女学员出手，完全是出于他自己的私欲，跟任杰无关。"

冯小山还不算太意外，以柔却满脸惊叹的神情："你的异能很厉害啊。"

钟云从笑笑，冯小山皱起眉："既然不是周会那件事，那会是因为什么？能让治管局出动，感觉不会是小事。"

他最后一句话，直接让以柔面色煞白："不会的，不会的。他那个人，从小就被宠坏了，说话做事都不大会，脾气也坏了一点，可他不是坏人啊，肯定不会做什么坏事的！"

钟云从见她愈发慌乱，人都快站不稳了，赶紧搀了她一把，又给冯小山使了个眼色，冯小山也颠颠地跑来帮忙，两个人合力把她扶到花坛边上。钟云从用袖子擦出一块干净的地方，让她坐下。

"你先别着急，也未必就真的是出了什么事。"他轻拍她的肩，"只不过，治管局来人的话，必然是冲着他异能者的身份来的，训练营里还算平静，想必是外界发生了什么事。"

"也是，说起来，咱们在这里封闭集训，完全就是两耳不闻窗外事，跟与世隔绝也没差什么。"冯小山接茬，"外边的事情，一点风声都听不到。"

钟云从抿着嘴唇，没有搭话，心里却也在猜测苏闲此次前来的目的。

治管局的职能，他是清楚的，要么是异种的事，要么是异能者的事，出不了这两个范围。

不过他听张既白说过，隔离墙建好之后，“孤岛”被划分为泾渭分明的东西两城，异种乃至进入病变期的感染者全部被送到西城处置，而东城对病变者的监控也相当严格，偶尔出现漏网之鱼，也会在最短的时间内将其解决掉，尽可能地减少伤害，缩小负面影响。

一般来说，除非是大规模地爆发病变，否则不至于让治管局兴师动众。

排除了异种的可能之后，那就只剩下异能者了。

虽然异种可怕，但终归已经丧失了意识，只凭借着猎食者的本能行事，也许会造成很大的危害，但不可能让事情本身变得很复杂。

可异能者就不一样了。

他们还是人，有意识，有灵魂，有智慧，阴谋诡计层出不穷，加上形形色色稀奇古怪的异能，想要干一些看起来异想天开的事，并不那么难。

他不可避免地想到了盈盈这个前车之鉴。

所以，这一次是又有人兴风作浪了吗？

先前匆匆一眼，钟云从就注意到了苏闲的黑眼圈和胡楂，他的身形也明显消瘦了，看来他最近的日子并不怎么顺心。

钟云从望着医务室紧闭的房门心事重重地叹了口气，如果能帮上苏闲的忙就好了。

“他既然直接找到任杰问话，那么一定是有原因的。”出于谨慎与安抚以柔的原因，他没有直接把任杰打成嫌疑人，“不过如果他真的没干什么的话，那么苏……治安官也绝对不会冤枉他的。”

以柔吸了吸鼻子，声音里带上了一点鼻音：“嗯，我相信他。”

钟云从眨眨眼，忽然对任杰这个人好奇起来了，反正一时半会儿走不了，他索性也在以柔身边坐了下来，撑着下巴问道：“说实话，我挺讨厌任杰这个人的，不过，我跟你一样，也不觉得他是个多坏的人。你跟他好像还挺熟的样子，能不能告诉我，他这臭脾气是怎么来的？”

以柔勉强牵了下嘴角：“他会变成这样，也是因为小时候吃了很多苦。”

“吃苦？”钟云从十分意外，听说他老爹是治管局高层啊，家境应该不错吧？

“这你就不懂了吧？”冯小山快人快语，“他以前可是个病秧子，天天住院的那种！”

这倒完全出乎钟云从的意料：“原来是这样吗……”

“他的心脏先天不足，尽管继承了他父亲的异能，却也很难去练习怎么控制，因为他的身体根本承受不住。”以柔幽幽地叹气，“他甚至都无法像平常的孩子一样跑跑跳跳，稍有不慎，就可能会有生命危险。他是个异能者，并且以此为荣，可偏偏身体条件还不如寻常人，这样的落差一直折磨着他，让他一方面心高气傲，一方面却又在别人面前自惭形秽。”

钟云从问得小心翼翼：“我看他现在异能使得挺溜的啊？”

“那是因为在他20岁的时候，他父亲给他找了个名医，治好了他的心脏病。”以柔莞尔一笑，“身体恢复之后，他就开始疯狂地学着使用异能，劝都劝不住，不过也好，这是他一直以来的夙愿，总算能实现了，我也为他高兴。”她说着眉宇之间蒙上了一层阴霾之色，“要知道，当初很多人，包括我在内，都以为他活不过20岁的。”

钟云从点点头：“那他还算幸运了，毕竟，心脏病可不是这么好治的。”他说着又瞅了以柔一眼，欲言又止的模样，“对了，那个……”

以柔不解其意：“怎么？”

“我看他对你……你对他也……”钟云从嘿嘿笑着，“你们怎么认识的啊？”

护士双颊染上红霞，嘴上却立马否认：“别胡说，我对他什么都没有！”

钟云从耸耸肩，没跟她争辩，但表达的意思很明显了——你俩这郎情妾意的，明眼人谁看不出来？哦，冯小山那个没开窍的小屁孩除外。

以柔没有理会他的戏谑，垂着眼，眉眼间透出了一点忧郁，低声道：“我是济世医院的护士，以前专门负责照顾他。”

钟云从会意：“照顾了很多年吧？”

她轻轻地嗯了一声。

“既然……这么多年了，”迟疑了一下，钟云从还是问出了口，“为什么不接受他呢？虽然他那个人有时候确实挺浑蛋的，但看得出，他对你还是挺好的。”

以柔瞪了他一眼，嗔道：“你之前不是还让我别理他吗？”

钟云从笑：“我让你不理，你就不理了？我又不是你爸，你也不一定要听我的。”

没想到，他随口一个小玩笑却让姑娘的情绪低落了下去。

“他父母，”以柔低声开口，“看不上我。”

钟云从牙疼似的吸了口气：多么狗血、陈旧却又经典的理由啊。

不过这种家务事，他一个外人，真是不好置喙。

他只是暗暗后悔，不该提起人家的痛处的。

正尴尬的时候，医务室的门毫无预兆地开了，苏闲他们和任杰都走了出来。

这个问话的时间比他想象的要短得多，看苏闲来得这么气势汹汹，他还以为他们要揪着任杰问很久。

苏闲往那边瞥了一眼，继而吩咐项羽："过去问一下，那个叫周会的被带到哪里去了？顺便问一下……他脸上的伤是怎么回事。"

项羽迷糊了一下才反应过来："您问的是钟云从吗？"

他的上司避而不答，只是催促道："别废话，赶紧去。"

"这个……"项羽愈发一头雾水，"您为啥不自己问啊？又不是不认识。"

"我说，"苏闲皮笑肉不笑地提起嘴角，"我是不是使唤不动你了？"

项羽的背脊一阵阵生凉，一溜烟地跑了过去："我这就去问！"

任杰默不作声地旁观着，冷不丁地问了一句："你既然因为异能把嫌疑锁定到我身上，那另一个比我厉害得多的异能者，嫌疑应该比我还大吧？"

他语气淡漠，即使在提到他父亲的时候也没有任何改变，苏闲侧过脸打量着他，似乎觉得这个曾经被他拒之门外的年轻人有点意思。

"你是指任副局长那边？"他明知故问，任杰不耐烦地嗯了一声，他笑笑，轻描淡写地带过，"他有不在场的人证，嫌疑已经被排除了。"

任杰闻言，冷冷一笑："那你找到我这里，估计也要失望了。"

他言语中的含义不言而喻，苏闲眉梢微扬："你放心，我会好好过问你的证人的。"

项羽那边，从冯小山那里打听到周会所在的地方之后却没有急着回去复命，而是留在钟云从身边磨蹭，眼神古怪地瞅着他脸上的伤痕："哎，你这脸怎么伤的，看着不轻啊！没事吧？"

"啊？"钟云从没想到他会突然关心自己，还有些小感动，连忙笑道，"没事，小伤，过两天就好了。"

项羽觑了自家上司一眼，直觉告诉他，那一位对这个答案估计不会满意，于是他又追问了一句："那到底是怎么回事啊？"

钟云从本来就疑惑这向来大大咧咧的项羽怎么突然对自己上心了，方才眼角余光瞥见他的小动作，倏地明白了什么。

他心中一暖，莞尔笑道："待会儿我亲自告诉他好了。"

项羽一听，如释重负："哎呀，这不就得了！也不知道头儿抽了什么风，自己不肯出面，非得让我来……"

钟云从挑起半侧眉尾，心说我也想知道他抽了什么风啊。

项羽回来之后，把打听到的结果如实说了，最后也机灵了一回，不等苏闲开口，就抢先一步回道："对了，小钟那伤没什么大碍，至于怎么受的伤，他说他会亲自跟你说。"

苏闲目光一凝，下意识地想去瞪人，临了又硬生生地克制住了。

项羽可真是个成事不足败事有余的家伙。

他不咸不淡地瞥了项羽一眼，后者不自觉地一激灵，却听他语气如常："别浪费时间了，走吧。"

随后他们带着任杰就往外走，还没走几步，就发现后头跟着一串人。

钟云从、那个护士，还有那个娃娃脸，都跟上来了。

他皱着眉停下脚步："都跟着干什么？我们可不是去游乐园。"

"啊，那个，"钟云从第一个发言，他心里藏着事，于公于私都想找机会跟苏闲聊聊，自然不愿放过这个机会，"我在想，说不定我能帮上两位长官的忙呢！"

忧心任杰的以柔紧随其后："那个……我负责照顾这个病人，两小时的观察期没过，我得跟着他！"

那个矮矮小小的娃娃脸一脸兴奋地举着手："他俩都跟，那我也要跟着！"

他们东拼西凑的理由一个比一个不像样，苏闲的脸色相应地也不太好看，但最后还是没说什么。

毕竟，这路又不是他开的，别人要走，他也没法拦着。

而且，那家伙说得还是有那么一点道理的。

说不定真有他能帮得上的忙。

基于这个理由，他默许了后头那一串跟屁虫。

犯了事的周会被关在了训练营的唯一一座办公楼里，外头还有专人看守，在苏闲说明来意之后，对方请示过上级，很快便开了绿灯，放他进去了。

钟云从等三个闲人自然是没资格旁听问讯的，至于项羽，他得看着任杰。

苏闲走进那间屋子之后，发现里头黑灯瞎火的，他摸索了好一会儿，才找到了电灯开关。

房间里亮堂起来之后，他顺手掩上门，在墙角看见了蜷缩起来的男人。

看起来还挺年轻，身上套着的衣物明显偏大，不过还挺壮实的，应该就是那个周会了。

只是……苏闲眉头紧锁，这个周会从他进门起就对着他傻笑个不停，嘴边还淌着涎水，都流到领子里去了，也还是毫无反应的样子。

看起来……跟个弱智没什么两样。

他开始怀疑自己是不是找错人了，不是说周会是个雷系的异能者吗？怎么会是这副德行？

无论如何，既然来了，就没有来之即走的道理，他走到一脸痴傻的年轻人身边，蹲了下来，开口询问："你叫什么名字？"

苏闲根本不知道对方听进去没有，因为对方依旧挂着一成不变的傻笑，眼神涣散空洞，嘴里时不时就蹦出一些无意义的怪异单音，始终不曾回答。

苏闲的眉心愈发纠结，伸手拍了拍周会的脸，又问了一遍："你是周会吗？你知道任杰吗？"

"嘿嘿嘿……"

苏闲心想：到底怎么回事？先前任杰可没说过这个周会是个傻子。

其实想也不可能，训练营的标准再怎么放低，也不可能放一个智商低下的人进来。

在确认这家伙并非装疯卖傻之后，苏闲不再做无用功，打开门，把任杰叫了进来，指着那个痴痴傻傻的人问他："这真的是你说的那个能为你提供不在场证明的证人周会吗？"

谁知任杰比他还惊异，苏闲听到任杰倒抽一口凉气的动静："是……可是，他怎么会突然变成这样？"

苏闲挑挑眉："这么说，他之前不是这样的？"

任杰仍是满脸的不可置信，连连摇头："我今天早上见到他的时候，他还很正常！"

"哦？"苏闲又瞧了流着口水的周会一眼，"你的意思是，他是今天才成这样的？"

任杰蓦地想起了什么，脱口而出："钟云从！他是跟钟云从打过一次之后才变成这样的！"

忽然听到钟云从的名字，苏闲相当意外："打架？你是说，钟云从跟这个叫周会的打过架？"

"对！这事闹得挺大的，很多人都知道。"任杰沉着一张脸，"肯定是因为他，周会才会变成这样！"

苏闲唇角微弯："看不出来啊，到这里一段时间，还长本事了。"

他话语里的欣赏之意很明显，甚至还有那么一点点骄傲的意味，任杰自然联想到去年他让自己吃了闭门羹的事，心里分外不是滋味。

他的心思一目了然，苏闲摇头失笑：“放心吧，只要你今年能通过训练营的考核，谁也拦不住你进治管局。”

任杰被看穿看心事，很不自在地轻咳了一声，苏闲表情却冷起来：“可在那之前，你必须得证明自己的清白。”

任杰一怔，又听苏闲说：“你还不明白吗？不管周会身上发生了什么事，他现在这个样子，已经完全没法帮你做证了。”

任杰如坠冰窟，好半晌才磕磕绊绊地出声：“那天，除了周会之外，我身边没有其他人了。”

苏闲叹了口气：“那就没办法了，你先跟我回治管局吧。至于周会那边，我会想办法试着让他恢复原样，但也不能保证一定能行。”

“都是钟云从！”任杰恨恨地咬牙，“如果不是他一点余地都不留，周会怎么会……”

苏闲来了兴致：“说起来，他们俩为什么会打起来？钟云从并不是好战的性子，应该不是他挑的事吧？”

任杰愤然：“你这是在给他开脱吗？”

苏闲倒是没生气，而是反问：“你想多了，这只是我个人的臆测。但你口口声声指责他，总得把来龙去脉说清楚吧？”

任杰一时无言，钟云从与周会那场战斗的缘由，不管怎么说，周会都是理亏的那个。

苏闲察言观色，也猜到了些许，微微一笑：“好了，你出去吧，把钟云从叫进来，让他亲自告诉我。”

钟云从得了任杰的口信，一秒钟都没耽搁，立马进了屋子。

“哎，我又哪招你了？来了之后都不正眼瞧我一眼。”关上门之后钟云从就急吼吼地问出了口，这问题都困扰他一晚上了。

苏闲好整以暇地坐着，闻言只是瞅了他一眼，目光淡淡的，语气也是淡淡的：“说什么呢？坐下，有事要问你。”

他一副公事公办的态度让钟云从气不打一处来，心想都没人了还端什么架子呢？

他正气闷的时候冷不丁地听到了两声笑，他陡然一惊，循着动静向声源处望去，才发现角落里缩着个人，正是被他忽略了存在的周会。

还真是差点忘了他……钟云从恍然大悟，瞬间理解了苏闲的做派，打算通情达理地配合苏闲一把——他轻咳一声，正要字斟句酌地做戏给人看的时候，眼角余光堪堪掠过一脸痴傻的周会，这才惊觉不对。

他先前只是听冯小山开玩笑的时候提起，当时也没当回事，现在亲眼见了他的痴傻状态，登时有种平地惊雷之感。

“发现了？”苏闲的声音慢悠悠地响起。

钟云从的脖颈像是生了锈，转头的时候分外僵硬：“他……他……”

苏闲一见他语无伦次的模样，就知道周会变成现在这样还真跟他有关，又见他手足无措，心神不定，显然是被吓到了。

嫌弃的同时，苏闲心底却又莫名生出了一点淡淡的怜惜。

钟云从这副不知所措的模样，倒是让他想起自己当年第一次杀人之后的情形。

当然了，这小子真的是很没出息，他又没背上人命，顶多是把人变成白痴了，就被吓成了这副模样。

“好了，先坐下吧。”苏闲的语气缓和了不少，也多少给了慌乱不已的钟云从一点抚慰。他乖乖地坐下，人也镇定了一些，只是眼神里依旧透着不安和茫然：“我也不知道……怎么会变成这样……”

“把你叫进来，就是想问这件事。”苏闲看着他的眼睛，迟疑了一下，而后伸手在他手臂上轻拍两下，“别慌，把整件事从头到尾跟我说一遍，包括你们打架的过程。”

钟云从把事情的来龙去脉巨细无遗地讲述了一遍之后，苏闲眉头微皱：“应该是你没控制好精神力，一不小心下手重了，这个周会的精神力等级又偏低，没受住你的攻击，精神世界被摧毁了，所以才变成这副人事不知的模样。”

钟云从惊惶且自责：“我原本只想给他一个教训，没想过让他……”

“我知道。”苏闲叹了口气，“你的异能觉醒没多久，控制不好很正常，时隐时现，时轻时重，都是常有的事，你不必过于自责。况且，也是他咎由自取。”

但钟云从显然并没有因为苏闲的一句话就被成功开导了，他的视线不由自主地往周会身上飘，心神还是恍惚：“他会一直这样吗？”

“不好说。”苏闲想了想，“局里也有一帮精神系的异能者，我也见过他们出手，表面上风平浪静的，可私底下不声不响就把人玩死了。变成周会这副模样的，也有，能不能恢复，我就不清楚了，不过我可以帮你问一下。”

钟云从略略颔首，低声道：“麻烦你了。”

苏闲抱起双臂，眉梢微扬：“我没什么可麻烦的，倒是你，别胡思乱想了，他变成那样，对他来说也未必就是坏事。”

钟云从不解地看了他一眼，后者微微一笑：“他干出那种事，肯定是要去蹲大牢的，不过现在傻了，按照规定，牢狱之灾八成是可以免了。所以说啊，塞翁失马，焉知非福。”

“苏长官，”钟云从苦笑了一下，“你是在安慰我吗？真是多谢了。”

苏闲板起脸：“别自作多情，谁安慰你了？我不过是实话实说而已。我跟任杰打听过了，这个叫周会的，父母都是综管局的中级官员，他们那样的体面人，要是儿子因为强奸未遂去坐牢，自然是颜面扫地，这对他们那种人来说，简直就是生不如死的折磨。周会痴呆了之后，倒是可以被接回家里好好养着，顺便连他干的龌龊事也可以藏着掖着。而且……”他顿了一下，目光灼灼地盯着钟云从，眼神倏地凌厉起来，“你进来这么久，也知道训练营是个什么样的地方了吧？这里好勇斗狠的人多了去了，打架斗殴的事每天都在上演，受伤流血都是家常便饭，你看训练营大张旗鼓地整治过吗？对他们来说，不闹出人命就不是大事。对你们这些学员而言，做好随时都有可能被人揍得满地找牙的心理准备，也是觉悟之一。”

钟云从扯了扯嘴角：“我明白你的意思，我不想了。”

苏闲点点头，挥挥手：“没你的事了，出去吧。”

钟云从却没有动作，他不笨，苏闲来这一遭的前因后果，他也心中有数，虽然苏闲一直在开解自己，但周会痴傻至此，必然是误了苏闲的事了。

“你找周会有很重要的事吧？”他询问道。苏闲一怔，周会是任杰的不在场证明人，他现在这个样子，没法给任杰做证，任杰摆脱不了嫌疑，他就只好把人先带回去。

只是这样不明不白地扣人，想必会得罪任副局长，苏闲确实颇感棘手。

他想了想，还是把这件案子大致地跟钟云从说了一遍，其间不免有几处让人毛骨悚然而又忍不住愤怒的细节，苏闲讲完了大概，又加了一句：“此事虽由你而起，却也怪不得你，你也是误打误撞，只能说任杰运气不济了。”

钟云从安安静静地听完之后，双目明亮异常：“这件事，我能补救。”

苏闲愣了一下，很快就明白他的意思了，精神一振，可转眼扫到他满脸的伤，以及眉宇间的疲态，又踌躇起来：“你现在这个样子……能行吗？”

“我可以！”钟云从语气坚定，眸光熠熠，恳切地望着苏闲，“让我试试吧？”

苏闲知道他心意已决，也不再劝阻，点了点头："那好。不过死者失踪那日距今已经半个月了，想必你得花费好些时间在周会的记忆里搜索，中间要是累了，就别勉强，我可以等，不急于一时。"

钟云从笑笑，没有回话，起身走到周会面前，也席地而坐，与周会相向而对。

周会咧着嘴冲他傻乐个不停。钟云从心情复杂，深吸一口气，伸出手，贴在对方的脑门上，闭上双目，开始调动自己的触知力。

一开始他颇有种力不从心的感觉，毕竟不久前才同眼前这位进行了一场激烈的战斗，消耗了他不少的精神力，方才那一番心神动荡，更是雪上加霜。

不多时，他已然感到一阵精神恍惚，头也开始隐隐作痛。

旁观的苏闲很快察觉出钟云从状态不对，他面色苍白，额头上也渗出了细密的汗水。苏闲不由得走了过去，想要阻止他："先停下吧，明天再说……"

"没关系的。"钟云从的尾音有些发颤，却透了点笑意，"我没事，别担心。"

苏闲的嘴唇动了一下，终归还是没出声。

时间一分一秒过去，钟云从的状态有所变化，眉心从纠结到舒展，紧绷的唇角也逐渐放松，看来是克服了最初的心有余而力不足。

探索一个人半个月的记忆，于他而言是前所未有的挑战，到目前为止，以他的能力还无法精确地定位到某一年某一月某一日，只好用最笨的方法——从后往前，自近而远，一点点地朝需要的时间点摸索。

这项工作庞大而琐碎，他只能毫无保留地发挥出自己所有的力量，周会的记忆如同定格的画面，他在一帧一帧地往前推。

这个过程极为耗时，迄今已经过了三个小时，门被敲响数次，但并没有人去开门。钟云从仍然保持着最初的姿势，苏闲也耐心地在一旁陪同，时时刻刻地关注着他的一举一动。

墙上的挂钟显示，此时已经过了晚上10点，苏闲心事重重地看了看时钟的指针，视线又落在钟云从僵硬的脊背上。

"苏闲。"就在他愈发坐立不安的时候，陡然听到了钟云从在叫自己的名字，声音很轻，听起来很虚弱。

苏闲快步来到他身边，沉声问道："你怎么样？"

钟云从睁开眼，一颗晶莹的汗珠从他的眼角滑落，苏闲这才发现，磨炼了一段时间，他好像瘦了一些，原来略显圆润的面部线条也消退了，轮廓显出了几分棱角。

“把手给我。”钟云从的声音低沉而沙哑，却语出惊人。苏闲神情一滞：“怎么？”

钟云从向他伸出一只手：“我找到他那天的记忆了，你不想看看吗？”

苏闲仍是犹豫：“……我也可以吗？”

他微微侧过脸，颔首：“当然可以，你忘了我的异能是什么吗？”

苏闲眼睑半垂，睫毛如蝶翼般轻振，伸出手去，搭在对方的手上。

他的意识被领着越过一片茫茫迷雾，不多时，雾气消散，一个个鲜活生动的片段如同胶卷一般在他眼前延展开来。

这个由钟云从的触知力所开辟、周会的记忆所构筑的世界真实又虚幻，他们能看见所有的人物风景，能听到所有的风吹草动，但这些就像是在眼前播放的影像，无论多热闹，他们都融不进去，永远只是看客。

他们以周会的视角，从他清晨睁眼伊始，完整地经历了他的一天。

起床、穿衣、洗漱……这些零零碎碎的事情多不胜数，叫人不胜其烦。

他们感兴趣的并非周会本身，而是他与任杰的交集，在百无聊赖地与周会本人一起加速度过他的大半个白天之后，任杰终于出现在了他的记忆里。

钟云从与苏闲俱是精神一振，全神投入到他们的行程之中。

钟云从记得，苏闲告诉过他，这一天的5点前后是至关重要的时间点，关系着任杰清白与否。

于是，在他刻意的控制下，他们有条不紊地走完了一个下午，他的时间计算得正好，停下来的时候，恰好到了4点50分。

从这一刻开始，他不再加速，甚至有意放慢了速度，尽可能地捕捉着任杰的一举一动。

而对于周会记忆的探测结果是——从4点50分开始，一直到晚上7点，自黄昏到入夜，任杰确实都跟周会在一起，并没有分开过，其间任杰也不曾施展过异能。

“就这样吧。”过了那个时间段之后，苏闲主动从钟云从的精神世界里离开，相触的手掌也跟着分开，“到这里就可以了。”

他话音刚落，钟云从僵直的背脊蓦然一松，随后人就支撑不住了，歪歪地倒向一边，苏闲连忙扶住他：“很累吧？”

他的意识融在钟云从的精神力里，能够切身感受到他的疲乏程度。

他真的快把自己的精神力透支完了。

“我看，你得重新回医务室去。”苏闲叹了口气，起身，把钟云从拉了起来，“我送你过去。你还能走吗？”

钟云从面如纸色，却摇头：“我坐着休息一会儿就行了。”

苏闲还想说些什么，他却固执地往椅子那里挪。

苏闲摇摇头，最后还是随着他的心意，扶着他坐下。

“你去跟任杰说一声吧。”钟云从满脸疲态，眼睛却挺亮，“耽搁了这么久，他在外边等着，估计等得很心急。”

“哼，就算让他再等几个小时又怎么样？”苏闲嘴里虽然这么说，但还是往门边走去了，钟云从不由一笑，真是嘴硬心软。

苏闲出了门，说了几句之后，很快又回来了。

“走吧。”他径直来到钟云从面前，“我送你回去。”

钟云从一脸讶色：“回哪啊？”

“医务室啊。”

他们出去的时候，压根没想到，外头那些人还在。

苏闲有点意外，他刚才出来的时候，明确说明除了项羽之外，其他人都可以走了，却没一个听话的。

钟云从也就慢了一步，一出门就和任杰那双欲说还休的眼睛撞了个正着。他心下纳闷，冯小山也就罢了，这家伙怎么也还在？

“钟云从！你没事吧？怎么在里面待了这么久？”冯小山急不可耐地蹿到他身边，“那个苏长官没有对你怎么样吧？”

钟云从一时语塞，下意识地瞧了苏闲一眼，只见后者脸一黑，想来听到这话心情不太好。

钟云从忍俊不禁，拍拍冯小山的肩：“我很好，别担心。苏长官他……人还不错。”说着又用余光觑他，结果这一回却只窥见他的后脑勺，不知是有意还是无意，那家伙背过身去同项羽说话了。

“钟云从，”他正暗自郁闷的时候，冷不丁地听见了任杰的声音，他偏过脸，正好看见以柔悄悄推了任杰一把，而他那个室友仍是一副吞吞吐吐的模样，“这次的事，我知道了……多谢你了。”

最后几个字简直跟蚊子叫差不多，不过看在他一张脸涨得通红的分上，钟云从也没跟他计较：“没什么，周会的伤因我而起，帮你，也是应该的。”

任杰的嘴唇颤了一下，但吭哧了半天也没说出什么，以柔恨铁不成钢地瞪了他一眼，索性推开他，自己走到钟云从面前，深深地鞠了一躬：“他那个人不会说话，我代他向你道谢。”

钟云从慌忙制止以柔：“我说了，是应该的，我可受不起这种大礼！”

如释重负的以柔又与他说了一会儿话，过了一会儿，便与任杰一起离开了。

“咱们也走吧？”冯小山扯了他一下。钟云从的目光正围着某人打转呢，眼看苏闲他们也要走了，他高声问了一句：“那什么，项羽，你往哪儿去啊？”

刚问完，他就发现某人的脚步一滞，他暗笑：看，我可没问你啊，我问的是项羽。

项羽果然如他所料的那样，大大咧咧地说了出来：“哦，头儿打算去找训练营的负责人要所有异能者学员的资料……”

“我们办案的细节，可以随便跟不相干的人说吗？”苏闲冷冷地打断他。项羽挠着头笑道：“可小钟他也不是外人嘛。”

“回去之后，给我写份书面检查，不少于2000字。”苏闲丢下这句话便自顾自地上楼去了，剩下项羽冲着钟云从皱着一张苦瓜脸：“哥哥被你坑惨了！”说完慌忙追上上司，“头儿，2000字也太多了吧？能不能少点？我认识的字加起来都不到2000啊……”

“那请你吃饭好了，就当是赔罪。”钟云从笑眯眯地耸了耸肩。

身边的冯小山一脸迷茫：“咦，你们认识吗？”

钟云从但笑不语。

在与训练营负责人交涉完毕之后，苏闲从对方手里接过一本厚厚的名册。

“所有异能者学员的资料都在里面了。”训练营的负责人告诉他，“他们的姓名、出身，包括身体数据、异能种类都在这上头，但与时间有关的异能，就任杰一个人拥有。”

苏闲眉宇间蒙着一层阴霾，不过还是点了点头：“我知道了，多谢您了。”

人高马大的负责人摆摆手：“应该的。”

就在他准备再寒暄几句送客的时候，苏闲忽然问了一句：“那个周会，你们打算怎么处置？”

负责人听这一位倏地提起自己那个不争气的外甥，以为他那些诸如“我舅舅是这里的负责人”之类的浑话传到治安官耳朵里了，浑身一凛：“他啊，我们肯定会按照规定来处理的，绝不会徇私，您放心！”

苏闲嗯了一声，负责人正打算擦把冷汗，猛然又听到苏闲问：“我听说，他的父母是综管局的官员？”

“是的。”负责人的冷汗涔涔而下，“不过我这边不会让他们插手的。”

“是这样的。”治安官笑吟吟地对他说，“如果他们想找打伤他们儿子的人算账的话，让他们来找我吧。”

“您这是……什么意思？”

“意思就是，如果他们不服训练营方面的处理结果的话，那这件事就转交到治管局来好了。毕竟，周会也是异能者嘛，按照规定，我们想管也能管的。”

负责人倒吸一口冷气：“这种事不会发生的。”

“那就好。”苏闲笑笑，与项羽一起下楼去了。

只不过，刚走出办公楼，对面的一棵树后就闪出了一个人影。

“我遵守承诺，请你们吃饭来了。”

夜深露重，加上冬季的草坪枯萎得厉害，席地而坐，并不那么舒服。

钟云从在苏闲和项羽两道灼灼的视线之下，硬着头皮开了口：“虽然扎是扎了点，但是这个饮风醉月也是很有诗情画意的嘛……”

苏闲发了话：“你抬头看看。”

钟云从依言照做，然后尴尬地发现，今晚没有月亮。

“唉，我也知道这样请客简陋了点，可是食堂关门了呀，就这几道菜还是我求着他们才给做的。”他颓然叹气，“你们多包涵吧。”

项羽嗅着肉香气，哈喇子已然泛滥成灾，屁股的那点不舒服自然不算什么了：“小钟哥多客气啊！都让你破费了，哪好意思嫌七嫌八的？”

他的咋咋呼呼让上司颇为不快：“我们可没让他破费，是他非要破费的。”

“是，谁让我就喜欢热脸贴冷屁股呢？”钟云从没好气地回呛了一句，“醉不了月，就着西北风，爱吃不吃吧。”

项羽听到一个“吃”字便双眼放光，掀开食盒的盖子，搓着手：“都不是外人，我也不跟你客气了！”

眼看项羽吃得满嘴流油，苏闲嫌弃地摇摇头，目光又转到气呼呼的钟云从脸上，不由一哂：“你那个娃娃脸呢？”

“被我拿两个鸡腿打发了。”钟云从啃着个馒头，不想一个猝不及防，手里的馒头竟然被人劈手夺了去，他一时没有反应过来，怒目圆睁地瞪着那个劫匪，“不是……那么多肉呢，就一个馒头，你非得跟我抢？”

“我最近看到肉就犯恶心。”苏闲眉梢微扬，毫无愧色，“不是说要请吃饭吗？连个馒头都舍不得？”

钟云从气不打一处来，正要再跟他打几句嘴仗，可瞥见那人已经吃了起来，那点子怒意也就烟消云散了，他揶揄道：“你什么时候变得这么不拘小节了？”

“肚子饿的时候。”苏闲眼皮都没抬一下，吃着东西，声音听起来有些含混。

钟云从盘腿坐着，想着他方才半开玩笑的那句“看到肉就犯恶心”，脱口而出：“你吃不下肉是因为那起碎尸案吧？任杰的嫌疑是确定排除了，对吧？”

“不只是任杰，”狼吞虎咽的项羽咽下一大口食物，总算空出嘴接了个茬，“我们连他老爹的嫌疑都排除了。”

钟云从一开始不解其意，不过很快就想通了：任杰是异能者，他老爹在治管局任职，自然更是异能者了。

想到这里，他来了兴趣：“咦，他爹不是你们的副局长吗？那不是你们领导吗？你们也去查他了？”

“领导怎么了？该查也得查啊！”项羽又捡了块肉送进嘴里，腮帮子鼓鼓囊囊的，转头去瞅苏闲，末了还讨好一笑，“是吧，头儿？”

“是你个头！”苏闲毫不领情，“说得好像你敢去似的，得罪人的事还不是我一个人干的？”

“哎哎哎，他爹厉害不？”钟云从好奇得要命，“任杰的异能是控制时间，他们是父子，你们又把他也列入过怀疑对象里，看来他的异能跟任杰是一样的吧？”

“对啊。”回话的还是项羽，“当然厉害了，不厉害的话怎么做到副局长的？就是他已经好些年不出手了，我们这些人都没怎么见过。”

“哟，那岂不是活在传说中的高手了？”钟云从笑道，“跟扫地僧似的。”

钟云从跟项羽搁这儿谈笑风生的，衬得另一个人分外安静，他眼角余光一转，觑见那人埋头吃饭，却分明写着一脸的心事重重。

他蓦然意识到，任家父子是不是厉害根本不重要了，他们都有不在场证明，那意味着，苏闲手里的线索断了。

难怪他心情不好呢。

“时间控制这种异能，就只有他们父子俩会吗？”钟云从试探地问道，“没有其他人会了？”

“据目前所知的，只有他们父子二人。”苏闲的胳膊垂了下来，手里还捏着小半个馒头，似是胃口全无，“其他人……或许有吧，可人海茫茫，上哪找去呢？就算那个人真的存在，他也不会主动跳出来。”

“不是说你跟训练营的负责人要了异能者学员的名册吗？你是怀疑……”

“不。”苏闲摇头，“排除任杰之后，我没有其他的怀疑对象了。这么做，也只是以防万一而已。”他顿了一下，又说，“毕竟，像训练营这样把相当数量的异能者集合起来的组织，并不多。”

钟云从瞟了眼他放在腿上的那本名册，心痒痒的：“哎，能不能让我翻一下，正好帮你看下有没有什么可疑的家伙。”

苏闲斜乜着眼，一下就看穿了他的真实想法：“你就是单纯地好奇别人的异能吧？嘴上说的倒是好听。”

钟云从被他点破心事，也就坦然地承认了：“那到底行不行啊？”说着又举起手做发誓状，“我就翻翻，不会说出去的！”

这倒也不是什么机密。苏闲沉吟片刻，还是把名册递给了他。

钟云从接过，借着路灯昏暗的光线，立刻就翻开了，不过还真是像他自己说的那样，只是走马观花地过目而已。

他对其他的都不感兴趣，专挑“异能”那一栏看，浏览得飞快，还不时地发出啧啧的惊叹声。

“能将身体变为烟雾……能把各种物质转化为金属……能发出超声波……刀枪不入……哇，这个牛！”

“真是什么乱七八糟的异能都有。哎，还看到我自己的名字了！”他一边念叨着，一边将名册翻了个底朝天，而后脸上的兴奋消失得无影无踪，“不过……还真是没找出第二种与时间有关系的异能。”

项羽也是一脸沮丧：“这边的负责人已经说过了，异能者学员里，能控制时间的，除了任杰没有别人了，可他偏偏又不是。唉！”

钟云从也跟着发愁：“那这个案子，还有办法往下查吗？总觉得，凶手已经做到了极致……”

“还有。”苏闲想起林雪那条线，斩钉截铁地回了一句，“我一定会抓住凶手的。”

“哦，对！明天不是还得到慈幼院问问林雪的事吗？”项羽油乎乎的手往大腿上一拍，“哎，这东奔西跑的日子啥时候是个头！”

“慈幼院是什么地方？林雪又是谁？”钟云从听到新的地名和人名，又兴致勃勃地打听起来，苏闲没那个精神去应付他，好在还有项羽，他吃人嘴软，对钟云从也是分外殷勤。

叽叽咕咕地把慈幼院和林雪介绍完，他还非要顺便提苏闲一嘴：“咱们头儿也是从慈幼院出来的，在那里念过几年书，他妈妈是那里的老师，据说灾变之前还是大学中文系的讲师，实打实的文化人，可惜头儿一点都没遗传到……哎哟！”他抱着后脑勺，委屈巴拉地看着面无表情的苏闲，“下手也忒重了点吧？”

钟云从正听得津津有味，可惜被某人悍然中断，忙在一边煽风点火：“本来就是，你老是这么暴力，说明人家项羽也没说错嘛。”

“你是不是也皮痒了？”

见他面色不善，钟云从识趣地噤声。苏闲斜了一眼还在大吃大嚼的下属，没忍住又往他后脑勺上招呼了一下：“还没吃够？饿死鬼投胎啊？走了！”

项羽嘟嘟囔囔的：“所里的伙食一向都不怎么样，好不容易有人请客，还不许我多吃几口啊？”

苏闲那一拍，动作幅度还挺大，结果一张照片从外衣口袋里掉了出来，钟云从是在他起身之后才注意到的。

“苏长官，东西掉了。”他顺手捡起照片，自然而然地扫了几眼。

苏闲低头一看，发现他手里拿着的正是从林雪家里搜出来的老照片，便伸出手：“给我吧。”

“这两个孩子是谁啊？”钟云从一面把照片还给他，一面笑道，“那男孩头上居然有两个发旋，好清奇啊。哎，不会是你吧？让我看看，你是不是有两个发旋？”

他说着真的站了起来，作势要去拨弄他的头发，苏闲侧身避开，无语得要命：“你的关注点还真是有够偏的。这是那个嫌疑人林雪的照片，上边怎么可能会有我？”

钟云从悻悻作罢：“原来是嫌疑人的照片啊。那你小心点，别再掉了。”

苏闲没回他，只是叫起项羽：“行了，把这些都带上，边走边吃吧，不能再耽搁了！”

眼看两个人就要走了，钟云从也跟着走了几步：“就这样走啦？”

“不然呢？”苏闲略略停顿了一下，“时间不早了，你也回去吧。”

“啊，我也马上回了。”钟云从吞吞吐吐，“那什么，你别太累了……要是有我能帮的忙，千万别客气啊！”

“现在还没有。”苏闲微微一笑，“好好训练吧，要是两个月后通不过考核，我倒是真的不会跟你客气的。”

钟云从被他笑得浑身一个激灵，讪讪地摸着鼻头：“放心吧，我不会给你丢脸的！”

“是为你自己，不是为我。”苏闲说完这句之后便挥挥手，“走了。”

钟云从在原地站了一会儿，眼看对方越走越远，不知怎的，他脑子里忽然闪过方才看过的那张照片。

那个名叫林雪的女孩，她身上穿的衣服，似乎……有一点眼熟啊！

思及此处，他不假思索地追了上去：“等一下！”

苏闲又听到他的声音，不耐烦地回过头去：“不是让你……”

“照片里林雪那身白色的裙子，”想必是训练的成效，他跑了这么一段，居然没怎么喘气，“我见过。”

苏闲一惊，立马把斥责他的那些话抛到脑后去，急急问道：“在哪里？”

钟云从的神情变得有些复杂，声音低低地开口：“在小桃身上。”

Chapter 11.
发现

苏闲回到治安所之后，都没来得及坐下歇口气，又马不停蹄地去了停尸房，找张既白。

这些天，张既白没日没夜地泡在停尸房里处理那具碎尸，试图把尸块和骨骼重新拼凑起来，也不知道进行得怎么样了。

不过他这一回找张既白，不是为了尸体。

“张既白！”他风风火火地闯进去，张既白正用镊子夹着块细小的骨骼在灯下观察，冷不丁地听见苏闲的声音，他回过头，倒也不生气，反而站了起来，精神奕奕地向他走来。

“你来得正好。”张医生微笑道，“前两天我打发人去青山中学要了一份邹慧笙今年开学初由济世医院出具的体检报告，得到了她的身高、体重。”

“她身高161厘米，因为身患心脏病的关系，体形偏瘦，体重才40公斤。这个体重对正常人来说是偏轻的。”张既白的语气里透出些许兴奋之意，“不过我称过所有的尸块的重量之后，发现两边的数据刚好对得上。”

他开启的这个话题一时间让苏闲忘了自己的来由，不由自主地接了一句：“什么情况？”

“我简单地跟你解释一下吧，一个正常人，由细胞内液和细胞外液组成的体质约占体重的60%，其中存在于细胞内的细胞内液约占体重的40%，组成细胞外液的组织间液（如淋巴液等）和血液内的血浆分别占16%和5%，血液总量占人总体重的7%～8%。”张既白娓娓道来，“凶手在碎尸后，受害人的血液和组织间液基本流失殆尽，也就是流失的重量约占总体重的20%以上，而受害人的尸块呈现出被水煮过的迹象，这样受害人尸块上的脂肪、蛋白质都会大幅度缩水，体重又会减少10%以上。一个人内脏的总重量约占体重的25%，目前仍旧没有找到死者的全副内脏，这个重量又要往下减10公斤。所以，我们找到的受害人的全部尸骨加在一起，总重量会较受害人的原体重下降55%以上，也就是低于18公斤。”

“那我们收集到的死者尸块的总重莫非……”

“对，加起来就是一个接近18公斤的数字。”

苏闲点点头：“由此可以推断，受害者生前的体重与邹慧笙是相符的。”

张既白淡淡一笑：“在确认死者身份的方向上，又往前了一步。”

“辛苦了！”苏闲见向来衣冠楚楚的张既白的衣襟居然发皱了，镜片后的眼球里也布着红血丝，显然是彻夜未眠造成的。

张既白倒是不以为意：“还行。对了，你找我有事？”

“回去休息一晚吧。”苏闲蓦地记起自己的来意，“我陪你走一趟。”

前半句张既白不奇怪，后半句却让他有些意外了：“都什么时候了，你还有空送我回家？而且，我需要你送吗？”

“谁说我要送你了。”苏闲挑挑眉，“我要去找小桃，有事情要问她。”

“小桃？”张既白很敏锐，“跟案子有关的事？”

苏闲嗯了一声，张既白皱了皱眉：“这案子跟她有关系？”

“不是直接的关系。”苏闲有些焦急，也来不及顾虑现在是深夜，贸然拜访会不会打扰到女孩了，“总之，先去找她吧。”

张既白脱下工作服，团成一团，扔进垃圾桶里：“那好吧，我也好些天没回诊所了。好在钟云从临走前给她留了钱，这些天她应该饿不死。”

两个人一刻都没耽误，匆匆赶到之后，却发现诊所大门紧闭。

“估计是睡了。”张既白不疑有他，用钥匙开了门之后，又开了灯，唤了几声却没得到回应，这才发现不对。

他们很快就将诊所里里外外找了一遍，苏闲倒吸一口冷气：“她不见了。”

在这个关头不见，未免太巧合了些！

张既白薄唇紧抿，脸色十分难看。

“我仔细地察看过了，诊所里很明显被打扫过，这是她每天都会做的事情。洁具也都好好地放在原处，我的书桌也被整理过，之前看的书也端端正正地摆在桌面上，还加了书签。还有，她留下了一个记账本，上头记录了这些天出售药品的种类和数量，收到的钱也都码好放在了抽屉里。

“不过柜子顶上、桌角还是积了一层浅浅的灰尘，记账本上的日期也是到三日前戛然而止的。”

张既白语气凝重，苏闲听出了他的弦外之音：“你的意思是，她是把这里收拾妥当之后才离开的？看样子不像是绑架。而且，她很可能是三天前离开的。”他顿了一下，复而开口，“说起来，那姑娘全身上下都是谜团，之前也有过出走的经历，你也不用太过担心。”

他的理由并没能说服张既白：“就算不是绑架，也有可能是别的方式，比如胁迫或者是迷昏，甚至是异能……能够左右意志或是控制行动的异能，你我又不是没见过。”

苏闲一时无言，须臾，才叹了口气：“你是担心她出事吗？”

“她又不是没出过事。”

苏闲心头一动：“你是说……姜岂言？”

张既白眸光一冷：“他那边，我肯定是要去走一趟的。”

“我也不是替他开脱。”苏闲看得出张医生心情不好，字斟句酌地说道，“只是他拐过小桃一次，后来发现她治不了他妹妹，所以又放了她。既然如此，他还有必要拐她第二次吗？”

张既白眉心紧锁：“你想说什么？”

“我的意思是，除了姜岂言之外，还有别的可能存在。”苏闲有些无奈，“譬如‘暗影’，那组织可是追杀过她的；还有她逃出来的那个地方，也是神神秘秘的；甚至……她自己出走，也不是没有可能，那姑娘，心思很重。”

“我知道，你还怀疑她跟碎尸案有关。”张既白按了下太阳穴，“可不管出于哪种原因，咱们都应该尽快找到她，不是吗？”他说着瞥了眼苏闲，“不然，你我都不好跟钟云从交代了。”

苏闲面色一凛：“人肯定是要找的，只是不能跟无头苍蝇一样乱转。”

“这样吧，我回去问姜岂言。你上次是从哪间医院把她接回来的？再去看看呗。”

“济世医院。”张既白告诉他，“就是姜楚楚住的医院。”

苏闲点点头：“那好，分头行动吧。”

不多时，苏闲先一步走出了诊所，张既白望着他离去的身影，也没有多逗留，正在他关门的时候，苏闲却去而复返。

“还有事？”他问。

苏闲点点头：“对，还真有件事要麻烦你……我才想起来。”

“说。”

“你是医生，应该也认识不少同行吧。”苏闲看着他，“帮我多留意一下，你们这一行里，有没有特别变态、有某些不可告人的爱好以及‘刀工’特别好的家伙。”张既白正要说些什么，又听到他补了一句，“哦，除了你自己之外。”

张既白觉得自己没有一巴掌拍死他，真是涵养极好了。

从诊所那边离开之后，苏闲又改道去了纠察队，那会儿估计都过零点了，纠察队的人见他深夜来访，很是吃了一惊：“苏组长这么晚过来，有事？”

苏闲自己也是乏得不行，后脑的某处昏昏沉沉地发痛，他也没多解释，只是问：“你们队长呢？在吧？”

“在是在，不过应该睡了。”纠察队员犹豫了一下，还是跟他说了。苏闲四处环顾：“在哪？”

纠察队员小心翼翼地重复了一遍：“队长他已经睡了。要不您也休息一晚，明早再……”

“睡什么！”苏闲气不打一处来，“到底在哪？让他给我滚下床！”

见他这副模样，纠察队员噤声了，苏闲见他装聋作哑的，愈发火大：“再不说的话，我只好踹门了！”

纠察队员被他逼得没办法，最后还是领着他到了一扇紧闭的房门前：“这就是队长的休息室。”

“好了，你可以走了。”苏闲在破门而入之前，先把人支走了，免得牵连无辜，小卒自然也是有眼色的，很快就溜走了。

苏闲心情不好，连敲门都省略了，抬脚正准备踹门的时候，门却自己开了。

姜岂言披着件大衣，头发微乱，脸色略有些苍白，似笑非笑地盯着他：“你可真会挑时间啊。”

苏闲被当场抓包，不免有些尴尬，轻咳一声：“我还以为你睡死了，所以……”

“你闹出这么大动静，我又不是聋子，哪能听不见。”姜岂言剜了他一眼，转身进门，“有什么事进来说吧。”

苏闲跟在他身后，也没有废话，开门见山地问道：“小桃不见了，我问你，是不是你干的？”

姜岂言坐在床沿，闻言露出惊讶之色：“她不见了？”

苏闲察言观色：“你也是刚知道？”

他摇头苦笑：“好吧，我知道上次我把她骗走，你怀疑我也是正常的，不过这次真的跟我没关系，我这段时间几乎没离开过纠察队。而且，既然她救不了楚楚，对我来说也就没用了，我没有理由抓她。”

苏闲一声冷哼：“你这么多手下，办事也未必需要你自己出手。”

姜岂言相当无奈：“那我要怎么才能证明自己的清白？”

苏闲薄唇紧抿，一时之间也不知道该怎么做才好。

“你在找人对吧？”姜岂言见状，主动提议，“这样吧，我派些人出去打听她的下落，你看如何？至于我和我的下属，你要是有精力的话，可以一个个问过去。”

他的话让苏闲无言以对，苏闲思考片刻，还是点了头：“那好吧。你派人出去找，然后跟我交代下你这三天的行程。”

姜岂言颔首：“没问题。”

苏闲对姜岂言的问讯持续到翌日清晨，他的交代听起来并没有问题，又有充足的人证。

没有作案时间，也没有作案动机，或许，小桃的失踪，真的跟他无关。

整整一天一夜未曾合眼，苏闲可以说是筋疲力尽，他不住地按着眉心，意图减轻些许头痛的症状。

“要不，在我这儿睡一会儿？”姜岂言见他气色不好，指着自己的床问道。苏闲看了一眼，正要谢绝的时候，一个气喘吁吁的纠察队员冒冒失失地闯了进来。

姜岂言面色一寒，正要发作，他那个下属就慌慌张张地开口了：“队长，苏组长，北大门那边又发现了碎尸，跟之前的一模一样！”

姜岂言面色煞白，苏闲的脑子里轰然一声，只觉头痛欲裂。

“一个好消息，一个坏消息，你们要先听哪个？”

又是一日集训结束，501宿舍内，其他人休息的休息，泡脚的泡脚，一向消息灵通的瘦子却神秘兮兮地卖起了关子。

钟云从自阳台走进来，抹了把脸上的水珠，好奇地凑趣：“先听好消息。”

路远看着他湿漉漉的头发，提醒了一句：“先把头发擦干吧，小心头疼。”

“哎！”钟云从擦着头发不忘催促瘦子，“到底是什么事啊？”

见他这么捧场，瘦子也不再故弄玄虚：“是这样的，咱们进了这训练营也有一个月了，一直都在进行基础的体能训练，现在也差不多有了个底子，听说就在这几天，会新增射击课。”

这下不只是钟云从，其他几个人也不约而同地精神一振，枪械对男人来说总是有吸引力的。

连最冷淡的任杰都把目光投了过来，瘦子显然很享受这种被瞩目的感觉，他笑道：“而且我连射击训练的教官都打听到了。”

“谁啊谁啊？”钟云从兴奋不已。瘦子正要接话的时候，任杰却冷不丁地开了口：“没猜错的话，是霍璟吧。”

钟云从闻言往他那边看了一眼，不禁一哂，心想这家伙终于学会融入集体了，值得表扬。

想来任杰领会到了他的揶揄，面上微微泛红，板着脸避开了他的视线。

瘦子被任杰抢了话头，也有些意外，不过很快就反应过来：“对，就是这位霍璟治安官。任杰的父亲也是治管局的，应该对他不陌生吧？”

众人又齐刷刷地望向任杰，后者似乎有些不自在，但还是点了点头：“见过几面，他……可不是个好相与的人。”

包括钟云从在内，听了任杰这话之后，都忍不住倒吸一口冷气，任杰这家伙平日里已经够飞扬跋扈的了，那位霍璟治安官居然还被他评价为不好相与，那得有多可怕？

“治管局的‘单兵杀人机器’，与其他异能者治安官平起平坐的唯一一位非异能者治安官，霍璟。”任杰沉声道，“他也是整个‘孤岛’上枪法最好的人，至少治管局和综管局加起来，无人能出其右。”

听起来好像很厉害的样子，钟云从眨了眨眼，说起来，他好像老早以前就听过这一位的名声了，只是那时候从未想过会和这样了不起的人物有交集。

“这个霍璟确实很出色，这么多年，他是第一个也是唯一一个没有异能的治安官，完全是靠自己超乎常人的身体素质跨进治管局的门的。”瘦子赞叹不已，“也算是咱们这些普通人的榜样了。”

“对！”近日一反常态分外寡言少语的金虎蓦地激动起来，“霍璟是我的偶像！”

钟云从也被这种气氛感染，禁不住心驰神往：“好想见识一下这位霍教官。”

“别高兴得太早。”就在他们热血上头的时候，瘦子却又是一盆冷水浇下来，“你们忘了吗，我这里还有个坏消息。”

众人一怔，瘦子也叹了口气：“霍璟不是第一次来训练营任教了，依照往年的惯例，他开课之前，会对学员们进行一个测验，如果没能通过那个测验，是没有资格上他的课的，自然，射击这门课程，也就不会有成绩，相当于提前被淘汰了。”

“这……”室友们面面相觑。钟云从咽了口唾沫，试探地问道：“什么样的测验？难吗？”

“难肯定是难的，据说霍璟的测验，淘汰率高达50%，每年都帮训练营提前筛掉了一批。”瘦子面色凝重，“至于测验的形式，每年都不一样，根本无法预测。”

钟云从吭哧了半天，最后还是没忍住爆了句粗口，而瘦子接下来的一句话，又让在场的异能者们压力更大：“而且，按照霍璟的规矩，参加他的考核，乃至整个课程，都不准使用异能，必须凭真本事通过才行。”

这一点，钟云从自己倒是感触不深，毕竟他那个异能，对射击课也不会有什么帮助，就是不知道胖子和任杰的心情怎么样。

那两位都没吭声，想必也都因那场残酷而未知的测验而心中惴惴。

翌日，训练营官方果然向全体学员宣布了即将进行射击课前测验的消息，意料之中地掀起了轩然大波。

面对学员们的震惊与哗然，教官只是冷酷地笑了笑：“现在提交退营申请，还来得及。要知道，那位霍治安官可就没我这么好说话了。他的测验，可能会死人的。”

会死人？这个消息简直让学员们惶惶不可终日，可再怎么忐忑，该来的还是要来。

测验是在黄昏时分进行的。

而钟云从，也终于见到了这位神秘而强悍的霍治安官。

“他是治管局里唯一一个普通人，性子又有些孤僻，平日里不怎么和异能者们打交道。”他向任杰进一步打听的时候，后者也没能给出更多的回复，“就算我父亲是他上级，也不见他买账。总之，是个心高气傲的人吧。”

“呵呵，你真的不是在说你自己吗？”

受了钟云从的奚落之后，任杰恼羞成怒：“早知道就不告诉你了！”

“哎，你这人什么时候才能学会开玩笑啊。”钟云从面上笑嘻嘻的，但心里霍璟的形象又变得恐怖了一点。

不过百闻不如一见，耳听到底为虚。

霍璟的年纪应该跟苏闲差不多，二十五六岁的样子，瘦削清俊，鼻子很挺拔，身形修长，同他想象中虎背熊腰的肌肉男形象大相径庭。

“这个测试的内容很简单。”不知道是天性使然还是为了树立权威有意而为之，霍璟生着一张油盐不进的冷淡脸，他朝着集合的方阵，抬手指了一下训练场边的小树林，“你们只要通过那根圆木即可。”

学员们转头望去，小树林里不知何时架起了一根圆木，约莫有10米长，碗口粗细，表面很光滑，看起来很不好走。

不过……只是这种难度吗？

面对着学员们齐刷刷投来的目光，霍璟依旧面无表情：“当然，在你们通过的过程中，我会设置一些障碍，请诸位小心了。”

霍璟名声在外，钟云从绝不认为他出的题会如他所说的那般简单——不说别的，要是真这么容易，怎么就会闹出可能死人的传言？

他眼巴巴地盯着霍璟，希望他能多说几句，也好让他提前做好心理准备，结果对方惜字如金，就说了一句：“不管发生什么情况，只要从圆木上掉下来，就视为失败。”

这话一出，钟云从的心理准备没做好，心理负担倒是加重不少。

“开始。”随着霍璟一声令下，按照抽签的顺序，一号学员战战兢兢地登上了圆木。

钟云从抽到的是第12号，不好也不坏，不过话说回来，参加这种测试，除了第一个上的人格外倒霉之外，其他的拿到哪个号好像都差不多。

第一位勇士肩负着探索具体规则的重任，谁让这位霍大治安官语焉不详的。

圆木实在过于狭窄，虽然不至于出现独木难支的现象，但一个成年人站在上头实在是有些勉强。

1号的平衡能力不怎么样，他不得不张开双臂，才能勉强让自己在木头上站住脚跟。停留了片刻之后，他开始一小步一小步地往前挪。

他的效率堪比乌龟爬，将近一分钟过去，他也就挪了一两米，钟云从扫了一眼，发现霍璟的手里拿着一个计时器，心中便有数了——看来通过的时间也是考核标准之一。

几分钟过去了，1号磕磕绊绊地通过了大半，其间好几次差点就掉下去了，那脚滑得，一旁围观的钟云从都忍不住为他捏把冷汗。

不过慢归慢，1号走得倒还算顺利，顺利的意思是，到目前为止，他似乎还没有遇上什么“障碍”。

但钟云从不仅没感到放松，甚至危机感愈发强烈。

1号又磨蹭了一阵子，终于快走到圆木的另一端，他已然汗如雨下，汗水流进了他的眼睛，因而，原本打算一鼓作气走完全程的他不得不停下来，擦了一把汗。

枪声毫无预兆地响起。

四周到处都是树，没有人判断得出子弹是从哪个方向射来的，只能看到圆木下方的草皮被炸得翻了起来，土石乱飞，草屑四溅，一时间乌烟瘴气。

围观群众被突如其来的冷枪惊得目瞪口呆，至于圆木上的当事人1号更是猝不及防，在第一声枪响的时候就慌了心神，乱了脚步，之后接连不断的一通射击，彻底把他的心理防线打垮了。

于是他没撑住，在距离终点大概一米处，从圆木上摔了下来。

尤其不幸的是，他的小腿中了一枚流弹。

眼看着1号捂着鲜血直流的腿哭爹喊娘，其他学员自是心有戚戚焉。

霍璟的神情丝毫不变，薄唇微启：“不合格。”

随后，他一挥手，医疗队的人不知道从哪个角落钻了出来，手脚麻利地把受伤的学员抬上了担架，立马送走了。

钟云从抹了一把额角的冷汗，忽然有种哭笑不得的感觉，心想人家让医护人员都准备好了，还算人道，至少没打算让你自生自灭。

“下一个。”霍璟眼皮都没动，平静地宣布继续，可这一回，拿到2号的人，却临阵退缩了。

其实也不能怪他，那些毫无征兆就进行射击的可不是玩具水枪，而是真枪。

过独木桥不是问题，可那些神出鬼没的子弹让人防不胜防，足以击垮任何一位学员的心理防线。

未知才是最大的恐惧。

2号淌着满头满脸的冷汗，一直没有从队列里走出来。

霍璟等候了片刻，第二位考生始终不曾现身，他望向队列方阵，扬声问道：“2号是哪位？”

没有人吭声。

此情此景，霍璟哪还不明白状况，他手里把玩着那个计时器，唇边浮出一抹笑容：“怕了？”

回应他的仍是一片沉寂。

“2号是哪个？给我出列！”他的声调蓦然拔高，充满了压迫性，学员们的视线不约而同地落在了一个人身上，霍璟一目了然，缓缓地踱到了那人身前，沉声问道，“你想放弃？”

2号在他的注视下几乎抬不起头，他在训练营里只是个各方面都很一般的普通人，之所以参加训练营，也只是想赌一把，多赚点分数，争取在综管局混一个饭碗。

而他现在后悔了。

“报、报告……”他的嘴唇哆嗦得很厉害，以至于一句完整的话也说不出口。霍璟不想在他身上浪费过多时间，摆摆手：“无谓的话不需要多说。你直接告诉我好了，这场测验，你到底参不参加？”

2号牙关紧咬，双拳紧握，最后还是颓然低头：“我……放弃。”

“知道了。”出人意料的是，霍璟并没有大发雷霆，他的表情甚至可以说是风平浪静，“回去收拾东西，立马走人。”

2号惊呆了，他面色煞白，结结巴巴地开口：“什么……我……”

“你没听错。”霍璟突然出手钳住了2号的两侧颧骨，将他的脸向上抬起，对方被迫与他对视，这个被誉为“单兵杀人机器”的治安官轻蔑地盯着他，“我让你滚蛋！”

而后一松手，那位学员重重摔倒，霍璟猛然转身，与一众愕然失色的学员相对而立。

“有人想退缩，我不会阻拦。不过我也有我的规则，不战而退的人，没有资格继续待在这个训练营。想逃的话就趁早走，否则，就给我乖乖地走完这根圆木。”

他负手而立，浑身上下充满着肃杀之气，令在场的一干人不寒而栗。

“另外，还有一条——如果有异能者在的话，测试过程中，不准使用任何异能，否则视为违规，取消资格。”

最后一条规则听起来似乎不太讲理，不过霍璟显然没有任何要跟人商讨的意思，他阔步走回他原来的位置，一扬手：“3号！”

在2号灰头土脸地离开之后，3号咬着牙上了。

钟云从一面观战，一面悄悄对身侧的人说：“哎，这下你的本事无用武之地了。”

他习惯性地调侃对方，可语气中流露出的更多的却是担忧。

冯小山却满不在乎：“这有什么？你都可以，我自然也可以。”

钟云从被这小兔崽子气得不想说话。

“不过说真的，不让使用异能这个规矩，倒真是蛮有意思的。”冯小山挑挑眉，“随随便便就能做到的事情，我反而不感兴趣。”

钟云从实在不想搭理这个家伙，又探头瞧了路远一眼，他的室友很快就接收到了他的信号，虽然路远看起来有些忐忑，但还是努力地向他挤出一个笑容：“看运气吧……”

钟云从的目光回到了独木桥上的3号，他如履薄冰的同时，还要提防神出鬼没的冷枪，实在是走得艰难。

同上一回的测试不同，3号并非行至尽头才遭遇密密匝匝的枪弹，而是还没走出几步，枪声就响成了一片。

很遗憾，3号也没能顺利通过圆木，而是中途落马。不过他倒是挺幸运的，除了摔了一头一脸的泥土，并没有受伤。

接下来是4号、5号……

圆木上陆陆续续迎来了10位学员，有的人刚走两步没等枪声响起，就扑通一声自己掉下去了；也有人走到一半被弹起的弹壳砸到膝盖，吓得跌下了圆木；最倒霉的是一位大个子，他咬着牙好不容易在一片混乱的枪林弹雨中挪到了圆木的另一端，结果被一地的尘土呛到了，没忍住打了个喷嚏，失去了平衡，于是被淘汰了。

霍璟并没有因此而网开一面，态度甚至比对待先前那些失败者还要严厉一些：“前面的子弹都熬过来了，却忍不住一个喷嚏，我没法让你通过。”

大个子的确是走了霉运，不仅白忙活一场，摔到地上的时候，屁股还不慎挨了一枪。

要比谁的幸运值低，在场所有人都不是他的对手。

钟云从看着龇牙咧嘴被抬下去的大个子，不由得叹了口气，他算是看明白了，这位霍教官搞这一出，很明显是要考验学员的心理素质。

他让学员们在枪林弹雨中前进，就是要让他们达到心无旁骛的境界，但很明显，迄今为止，并没有人能达到他的要求。

“下一个。”霍璟冷声开口，“12号。”

钟云从一开始还没反应过来，还是冯小山戳了他一下，他才后知后觉地回过神：大个子是10号，11号同2号一样，选择了彻底退出，于是直接跳过11号，轮到他这个12号。

“到！”钟云从跑步出列，径直来到了圆木前。霍璟掀了掀眼皮，扫了他一眼，面上没有多余的表情：“准备好了就开始吧。”

钟云从深吸一口气，登上了独木桥。

他的平衡能力居然比他想象中的要好，站上圆木的时候，还算稳当。

其实过这道独木桥真的不算什么，他前面有几位一上去就摇摇欲坠，根本没坚持几分钟，怕是心理作用所致。

考生们畏惧的并非是狭窄光滑的圆木，而是来无影去无踪的子弹。

但钟云从的直觉告诉他，避开那些子弹的唯一办法，就是在圆木上屹立不倒。

他冷眼旁观这么久，到现在为止也分不清子弹的轨迹，可唯一能确定的就是，只要人还稳稳站在圆木上，子弹就不会朝你射来。

这并不是什么艰深晦涩的道理，而是显而易见的事实，大家都知道，可能做到的人寥寥无几。

因为那些子弹虽然不会直接招呼到人身上，可它们个个都跟长了眼睛似的，各种打擦边球，仿佛只要再偏一点点，就会让人血肉飞溅，毙命当场。

这分明是与死神擦身而过。

霍璟让枪法高超的下属隐在暗处，刻意营造出这种令人胆战的环境，就是想看看考核对象在面临九死一生的局面的时候，会做出什么样的反应。

他想要什么，大家都知道，钟云从也一样。

不过，同那些失败者不同的是，他对通过这场考核信心十足。

在来到这个倒霉地方之后，他就没遇到过什么好事——在接连遭遇被异种围攻，被恐怖分子绑架、追杀，驾着一辆快报废的汽车在山林里逃窜，穿过火海逃命这一系列破事之后，他的心理素质得到了极大的锻炼。毕竟，光是刀子架在脖子上的事情，他就经历了不止一回，像枪林弹雨这么刺激、要人命的体验也不是没有过。

再说了，这个附加测验最多是假装要你的命，他被“暗影”端着机枪提着砍刀追杀的时候，那可是货真价实的命悬一线。

来吧，老子不怕！他咧了咧嘴，迈出了第一步。

迈出了第一步之后，后头的路程就显得顺溜了许多，大概还是心态的问题吧，他看得透，放得下，心境平和，即使在走完三分之一后，枪声震耳欲聋，连绵不绝，也不能影响到他分毫。

因为钟云从就认准了一个死理，只要他不从独木桥上摔下去，子弹就不会打到他。

就这样，在一片枪林弹雨、尘土飞扬中，他还真走出了几分闲庭信步的味道。

大约在距离终点还有半米的时候，枪声停止了，钟云从瞥了一眼剩下的路程，约莫两三步就能走完，但他并没有因此松了一口气，反而神经紧绷，屏气凝神。

他略略停顿了一下，就继续往前走，不承想众人俱是一片哗然——因为霍璟的手里蓦然多了一把手枪，乌洞洞的枪口正对着钟云从。

霍璟毫不迟疑地扣下了扳机，钟云从眼睁睁地看着一枚子弹呼啸而出，直直地朝着他的面门而来。

他眸中波澜顿起，紧攥的手心也闷出了些许热汗，可脚下的步伐依旧不为所动，稳稳地迈了出去。

有那么一刻，子弹离他的眼睛极近，尖锐的子弹头被无限放大，钟云从差点以为它会贯穿自己的眼眶。

但最终，那枚子弹只是飞速地掠过，贴着他的眼角险险擦过，他甚至能感觉到实弹高速摩擦带出的热能，他眼周脆弱的皮肤显然被这热度灼伤了。

可即使如此，那颗危险的子弹也只是有惊无险地与他擦身而过，并未给他造成更大的伤害。

他用三步走完了独木桥的最后一段，还没有从这场虚惊中完全清醒过来，直至抬起头，发现霍璟的枪已经收起来了，他把手枪丢给身边的人，侧过脸，正好与钟云从的视线交汇在一起。

这位冷峻寡言的教官，在与他对视片刻之后，冲他点头致意：“恭喜你。”

钟云从呆呆地在圆木上站了好一会儿，才后知后觉地意识到霍璟那句话是什么意思。

他是这场测试中，第一个通过的人。

“我通过了？”难以置信之后便是喜不自胜。霍璟却已经不耐烦起来：“请你从上面下来，不要耽误下一位的考核——13号，准备！”

钟云从咧着嘴傻笑起来，往下跳的时候却不知道怎么回事，膝盖一软，差点跪了。他还算眼尖，瞄到霍教官微变的脸色，赶紧站直了，行了个礼：“教官辛苦了！”

霍璟斜乜了他一眼，冷声道：“一边去，别碍事。”

“是！”钟云从说着就真的退开了，退得离圆木老远，毕竟那边随时可能有冷枪，万一被扫到就不好玩了。

霍璟余光瞥见那小子缩头缩脑一副没出息的模样，忽然有点后悔让他过了。

说起来，苏闲看中的人，就是这么个德行吗？

不过对比一下，方才圆木之上的从容不迫与此时的胆小如鼠，简直判若两人。

算了，只要在关键时候不发虚就行了。霍璟摇摇头，目光转移到了下一位测验者身上。

13号表现得中规中矩，他显然想学习他的前一位，也就是钟云从的做派，可惜没学到家，枪声响成一片的时候，他的两条腿哆哆嗦嗦，抖得跟筛糠似的，也没能坚持到最后。

但也还算幸运，除了摔了个大马趴之外，他没有受伤。

霍璟那边还是挺有分寸的，迄今为止，中弹的只是少数，大多数都是有惊无险。

钟云从之后连着三个都没什么看头，表现得平平无奇，至少到目前为止，钟云从还是唯一一个通过的人。

这不禁让他沾沾自喜，乃至飘飘欲仙起来。

他一点都没收敛自己的情绪，殊不知这让霍璟愈发不满——这小子，真是一点都沉不住气，通过这么个小小的测验也值得如此失态吗？

钟云从当然不会知道霍璟那边对他横挑鼻子竖挑眼的，印象分一直在减，他的注意力回到了场上，因为马上就要接受考验的是他的室友金虎。

虽然他与金虎关系平平，但每天抬头不见低头见的，还是要比其他学员来得亲近一些，现在轮到自己室友了，他自然也上心得多。

金虎崇拜霍璟，他是清楚的，只是没想到这五大三粗的金虎为了不在偶像面前丢脸，竟然捂着耳朵就上了圆木，他屏着呼吸，霍璟一发令就开始不管不顾地往前冲。

金虎一张脸憋得通红，手指头堵着耳朵眼儿，很多人没忍住，笑声登时响成一片。

他这副掩耳盗铃的做派显然令霍璟也并不那么满意，但不知道是不是心理作用，金虎还真在此起彼伏的枪声中横冲直撞地走完了。

不知道该夸他聪明还是运气好，但不管怎么说，人家就是没从圆木上掉下来。

“过。”他的偶像霍璟对他还是那副冷眉冷眼的样子，可即使只对他说了一个字，也足以让他高兴上大半天的。

“刺激吧？”钟云从摸到金虎身边。金虎还沉浸在兴奋中，一脸倾慕地望向霍璟：“不愧是霍教官，出的考题都这么刺激！”

钟云从乐不可支："要不，过去跟霍教官说一声，让你再刺激一回？"

"去你的！"金虎翻了个大白眼，钟云从哈哈大笑起来，一时忘形，直到被霍璟瞪了一眼才连忙噤声。

"哎，"他又扯了金虎一把，"我怎么觉着霍教官好像对我很有意见的样子？"

金虎也跟着瞅了眼，而后摇头："没有吧，我看他对谁都那样。再说了，就算他对你有意见又怎么了？我们霍教官看你不爽，也是你的福分！别人还没这待遇呢！"

莫名其妙被呛了一顿的钟云从对这个霍璟的粉丝相当无语，一个膀大腰圆的糙汉，整得跟外头的追星少女似的，丢不丢人？

他俩正搁这儿大眼瞪小眼呢，蓦地听见一声痛呼，二人俱是一惊，转头望去，这才发现原来跟在金虎后头的就是路远。

他还站在圆木上，不过腰部不慎中了一颗流弹，鲜血直流，整个人面色煞白，冷汗涔涔，摇摇欲坠，随时都有可能一头栽倒。

旁观者亦一片哗然，劝他放弃的不在少数，包括钟云从在内。

路远伤得不轻，动一下，血流得就更多了些，看得钟云从止不住地为他叫疼。

可路远自己却不打算就这样半途而废，那些劝说声，他恍若未闻，两条腿一直在打战，但始终停留在独木桥上，他流着冷汗，咬着牙关，愣是一步步地挪完了这段艰险的路程。

"过。"在霍璟面无表情地吐出这个字之后，路远如释重负地笑了一下，与此同时，他全身仅存的力气也被卸得干干净净，从圆木上摔了下来。

钟云从抢步上前，正想接住室友的时候，发现有人的动作比他更快——霍璟一把捞住昏厥的路远，转头看向抬着担架赶过来的医疗队，皱起了眉："太慢了。"

钟云从怔了一下，才后知后觉地反应过来，霍璟看起来一副冷面，但未必就真的不把学员的死活放在心上。他这才想起来，在路远受伤之后，枪声就停止了。而他从头到尾都不曾劝阻过路远，某种意义上，这也是一种尊重吧。

他再望向霍璟的时候，目光里带上了一点钦佩和尊重，不过后者看起来不怎么领情，他漠然的目光掠过钟云从，落在未考核的学员中："下一位。"

"我想跟过去看看，你呢？"钟云从看着被抬上担架的路远，顺口问了金虎一句。金虎想了想："好歹一个宿舍的，我也过去看看吧。"

于是两人便跟着医疗队，一路到了医务室。

“我看路远伤得不轻，这里条件这么简陋，能不能治啊？”钟云从忧心忡忡的。金虎也深有同感：“就是，这里也太破了点！”

他们两人说着话，一时也忘了分寸，正要一脚踏入诊疗室的时候，却被人拦了下来。

“我们这儿别的不敢说，枪伤治得还真是不错。”来人是一身白衣的以柔，她佯怒地斜了两个人一眼，嗔道，“还有，病房重地，闲人勿进！”

她说完就戴起了口罩，推开门迈了进去，钟云从忍不住问了句：“那我们呢？”

“等着吧！”以柔丢下这句话，苗条的背影就消失在了门后。钟云从叹了口气，转过头正要建议金虎到外边找个地方坐着，却发现对方一双眼睛直勾勾地盯着以柔消失的方向，那眼珠子都快掉出来了。

钟云从一见他这副模样，就明白是怎么回事了，抱着手臂，咧了咧嘴：“看什么呢？”

金虎这才回神，不好意思地挠着头：“没、没什么，就是觉得那小护士，长得还挺好看的。”

钟云从借着一点夕阳的余晖，发现金虎那张粗犷的脸上竟然可疑地泛了点红，他牙疼似的吸了口气，转身往外走：“先找个地方坐吧。”

在花坛边上坐下之后，金虎还心神不宁地盯着诊疗室那扇紧闭的门。钟云从知道，金虎并不是在担心受伤的路远，他心心念念的，八成是以柔。

“那什么，不是我八卦啊，”钟云从迟疑了一下，还是出了声，“那个护士，你还是别打主意了。”

金虎一愣：“为、为啥？”

“因为，”钟云从叹了口气，“名花有主了啊。”

这个消息，仿佛平地惊雷，金虎的身子都跟着晃了两下：“她、她嫁人了？”

“这倒没有。”

这话显然让金虎松了口气：“那不就得了，听你这话，我以为她结婚了！”

他的反应出乎钟云从的意料，以至于他都有些磕磕绊绊地犯结巴了：“不是，虽说没结婚，但她有意中人的。”

“没结婚那就是还有机会嘛！”金虎不服气地顶了一句，之后又一脸不善地问道，“她对象是谁啊？”

钟云从挑挑眉：“其实你也认识来着。”

金虎又呆住了："我认识的？谁？"

钟云从觉得有点残忍，但还是认为这种事早早说清楚了比较好："咱们宿舍的那位大少爷，任杰。"

他刻意点出了任杰的身份，就是想让金虎知难而退。他这招似乎见效了，在异能者以及其老爹身份的双重光环笼罩下，金虎不吭声了。

应该是放弃了吧？钟云从悄悄地擦了把汗，总觉得做这种事真是……

他以为金虎会很快离开去吃晚饭，毕竟他与路远也没什么交情，没想到他却一直陪自己坐着，直至一个小时后，医务室的门被打开。

医生、护士走了出来，其中有个在发现他们之后，特意停了下来。

"子弹已经挖出来了，伤口也消了毒上了药，包扎起来了。"以柔摘下口罩，笑吟吟地望着他们，"你们可以进去看看伤者了，不过他还在昏迷中，你们别吵到他。"

钟云从连连点头："哎，以柔，辛苦你们了。"

以柔嫣然一笑："说什么傻话！我还要忙，走了。"

钟云从目送着她离去，偏过头一看金虎，这货还在盯着人家的背影看，一副魂不守舍的模样。

这叫什么？一见钟情？陷得也太快了吧？

他暗暗叹气，又撞了下对方的肩膀："别看啦，人都走了！"

金虎这才如梦初醒："啊，啊……去看看路远吧！"

他们轻手轻脚地走进去，路远果然还在昏睡中，因为他是后腰中了弹，所以是俯趴在病床上的。

钟云从见他腰上缠着厚厚的一层纱布，不禁倒吸一口冷气："他真是能忍啊，居然还能撑着一口气走完。"

金虎也有些感慨："你别说，这小子啥都不行，忍耐力倒是挺强的。"

不知道是不是他们的说话声惊动了路远，病床上的人发出一声含糊的低吟，钟云从急忙走了过去，正要问候一句，却倏然被他的头顶吸引了目光。

钟云从一动不动地站在那里，注视了许久，以至于金虎都有点摸不着头脑："你看什么呢？"

"路远他……"钟云从侧过脸，眼神莫测，"有两个发旋啊。"

金虎嘲笑道："有就有呗，这也值得你大惊小怪的？"

"不是。"钟云从摇头，也跟着扯了下嘴角，"我只是听说，有两个发旋的人……比较聪明。"

Chapter 12.
疑窦

又出现了一具碎尸，苏闲的日子愈发难过。

这一回，他们在搜寻尸块方面倒是有了经验，在“贵宾犬”的带领下，以最快的速度将尸块收集完毕。

“跟上次一样，抛尸点非常分散，甚至比第一起还要多几个地点。”下属惴惴不安地报告着，“包括尸块本身，经过初步检验，和第一起案子的处理手法类似。加上仍旧缺少头颅与内脏，基本可以断定是同一批人所为。”

“关于死者的身份，我们连同纠察队，已经在摸查中了，这些日子报上来的失踪者都是排查对象。不过，还没有头绪。”

苏闲没有说话，不仅如此，连眼皮都没动一下。

他这副神态，反而吓到了下属，对方战战兢兢地伸手在他眼前晃了一下：“头儿？您没事吧？”

苏闲睨了他一眼，终于发话了：“先去给收集到的尸块称一下重量。”

下属领命而去，不多时，就将一个数字报给了他。

苏闲依照张既白那套理论，迅速地推算了一下死者生前大概的体重，至少超过50公斤。

在得出数值的那一瞬间，他暗暗地松了口气——死者并非小桃。

那姑娘几天前下落不明，今日碎尸再现，怎能让他不产生联想？

从听到消息伊始，他心里就是七上八下的。这种感觉……怎么说呢，又有人以这种悲惨的方式死去，已经够令人痛心了，要是死者还是认识的人，那个中滋味更是无法言喻。

好在张既白虽然人不在，但给他留了个法门，让他将小桃排除出了死者范围。

小桃身形偏瘦，个头也不高，体重是绝对不会超过50公斤的。

那名下属在眨眼间就发现自家上司的面色好转许多，正疑惑呢，又听到他出声：“你们继续确认死者的身份，我去慈幼院走一趟。”

虽然又出现了第二起命案，但并没有改变苏闲的计划，反而让他去慈幼院的意愿更迫切了一点。

昨夜他们从钟云从那里得知，钟云从在初遇小桃的时候，她身上的白裙与那张照片上林雪穿的如出一辙。

“当时她受过大难，身上的裙子破破烂烂的，所以我一时没想起来。”钟云从的话在他耳边回响着，“不过仔细一想，这两件裙子，不管是颜色，还是款式，都是一样的。”

如果他没有看错的话，那么就意味着，林雪与小桃之间，存在着某种联系。

偏偏小桃又在这当口失踪，苏闲自是心惊肉跳。

目前排除了小桃就是死者的可能性，可那也不意味着她是安全的。

她身上的谜团如此之多，又带着那样引人垂涎的异能，成为别人的目标太正常了。说白了，还是他跟张既白都太疏忽了。

事已至此，自责也是徒劳，他能做的只有尽快破案，把人找回来。

虽然目前还没有什么实质性的证据，但苏闲的直觉告诉他，小桃跟这两起碎尸案之间应该是有关联的。

而林雪出自慈幼院，小桃又穿着同她一样的衣服，这表明她也跟慈幼院有关，想来也是慈幼院收育的孩子。

可如果她出自慈幼院，当时他问起，她为什么断然拒绝回答，一丝一毫也不肯透露自己的来历？

众所周知，慈幼院是以慈善闻名的。

“我不是什么离家出走的女孩，我和我的兄弟姐妹们都是一项计划的产物……那个计划疯狂且不可理喻，充满了难堪和耻辱，我痛恨所有参与了这项计划的人。”

小桃昔日的那番话，犹在他耳畔，此刻想起来，他却浑身一震。

她看起来不像是在说谎，可如果她说的是真的，那么有问题的……就是慈幼院。

苏闲对慈幼院有种极其复杂的感情，很多人只知道，慈幼院是朱慈女士一手创办的，可事实上，当年的创始者，不止朱女士一人，还有他母亲。

朱慈出资，他母亲出力，四处奔走游说，慈幼院建立起来之后，母亲又亲力亲为，不仅帮着照顾那些孤儿寡母，还投入到了孩子们的教育事业中。

甚至慈幼院这个构想，都是她提出来的。

她不愿担虚名，所以旁人提起来的时候，创办者只有一位。

但苏闲知道，慈幼院，也是他母亲的心血。

当年的母亲，是怀着一颗至纯至善的心建立起慈幼院的，而他现在，居然要去怀疑她的心血吗?

苏闲往后一仰，靠在车座上，望着乌压压的车顶，忽然觉得呼吸困难。

他又想起了18年前的情形——他母亲横死的情形。

那时候他才7岁，因为母亲的关系，在慈幼院里蹭课，不过他那时候淘气烦人，从来不懂得珍惜机会，好好听课。

那天他跟几个男孩子逃课跑出去玩，一直玩到晚饭后才记得回家，可出乎他意料的是，母亲不在家。

往常这个时候，她早就下班回家了。

苏闲想了想，决定冒着挨骂的风险，到慈幼院去找妈妈。

但他怎么都没想到的是，慈幼院被封锁了起来，封锁线外人山人海，他好不容易才挤进去，还好奇满满地打听着："出什么事了？怎么这么多人？"

他说着还想往前挤，却被一个大婶拉住了胳膊："小孩子家家别看了，赶紧回家去！"

他怎么会听，人家越这么说，他越想看，一个趁其不备，就从大婶手里挣脱开来，灵活地挤到了最前面。

而那个场景，是他永生难忘的。

鲜红的血已经有些发干了，红得发黑，与白色的脑浆混杂在一起，黏腻地淌了满地。死人躺在地上，一个、两个、三个，或者是四个？他分不清，因为那些人都被异种撕裂了，血肉模糊，残肢零落。

他怔怔地盯着一只手看。

那只手上满是血污，完全看不出原来的肤色，可他认出了那只手上戴着的戒指。

他母亲的结婚戒指。

他不知道在那里站了多久，直至人群被驱散，有人揽住了他的肩，他茫然地抬头：“我妈为什么躺在那里？”

风吹过来，脸上一片湿冷，他这才发现，自己不知道什么时候，已经泪流满面。

他母亲的一位同事，紧紧地抱住他：“别看了，别看了，我带你回去……”

“我不走！”他倏地浑身发冷，从对方的怀里挣开，拼命地想跨过封锁线，“妈！妈！”

“苏闲！别过去！你妈是为了保护慈幼院的孩子们才……她已经死了！”

“我知道。”他轻轻出声，“可我不过去的话，就没人给她收尸了。”

可怎么收呢？他母亲的残尸和其他人的混在一起，根本无从辨认，最后大人们也没让他过去。

后来，他母亲的尸体，被综管局的人拾掇起来，一烧了事，连骨灰都不慎弄丢了。

他为她起的那座坟，自始至终都是空的。

“头儿，慈幼院到了。”开车的是冰夷。自从上车之后，苏闲一直双目紧闭，她一开始以为他是在闭目养神，结果从后视镜里不止一次观察到他脸色的变化——痛苦迷茫，这些平日几乎与他绝缘的情绪，数度现身。

苏闲睁开眼，目光和往常一般清明，冰夷呼吸微滞，不敢多言，只当什么都没看到：“下车吧。”

此时是9点左右，初阳暖照，积雪融化，浸湿了路面。东城区四明山的山脚下，青石板倒映出慈幼院斑驳的铁门。500多平方米的一个院子被花栏一分为二，右侧是一栋三层的办公楼，慈幼院的副院长丁大成在这栋楼的一楼办公，与其相去不远的活动室里传来孩子们的笑声。

丁大成听着这喧闹的动静，不由一笑，不料此时办公室的门被人敲响，他放下笔，和颜悦色地说了一声：“请进。”

“丁院长！”敲门的是个年轻女子，慌慌张张，行色匆匆。

丁大成放下手中的笔，叹了一声：“你这孩子，老是这么风风火火的，还有，说了多少遍了，我是副院长，副的，下次别叫错了……”

“副院长！”年轻女子没大没小地打断了他，“有人来访！”

既然用到“来访”这个词，估计来的是个领导。慈幼院是“孤岛”上为数不多的公益性质的机构，名望不小，时不时就会有综管局的领导来慰问，丁大成就接待过好几次。

“这次是综管局的哪位领导啊？”丁大成不慌不忙地起身，顺便戴上了老花镜，这些年，他的眼睛愈发不行了。

年轻女子皱着眉摇头：“这次不是综管局的……是治管局的！而且一副来者不善的样子，蹊跷得很！”

这下丁大成面上亦是微微变色：“治管局的？”

“嗯！”

丁副院长眨了眨眼，先前那点惊疑之色很快消失不见，他整理了一下着装，问道：“他们人呢？领我去见他们。”

“就在院子里。”

丁大成走出去的时候，一眼就注意到了与整个环境格格不入的两个人，而他的视线，几乎是第一时间就定格在了那个青年男子的身上。

他背对自己，负手而立，穿着治管局统一的藏青色制服，身形挺拔修长。

似乎是心有所感，对方转过身来，冲自己微微一笑：“丁叔叔，好久不见了。”

丁大成望见一张似曾相识的面孔，一时愣住，须臾，才回过神来，不觉喉咙发干：“苏闲？这么多年不见，你长得这么高了。”

苏闲抿唇一笑：“您还是老样子，很精神。”

“我老了……”两鬓斑白的丁大成不住摇头，目光却始终不离苏闲的脸，他喉结一动，近乎叹息地开口，“你长得……和俞琬老师真像啊！”

苏闲垂下眼，睫毛在眼底投下一圈淡淡的阴影：“是吗？我都记不清她的模样了。”

“这就是你要找的那个孩子的个人档案。”在苏闲与丁大成喝茶叙旧将近一个小时之后，他那个年轻的女助理才从档案室里找出了苏闲要的东西。冰夷上前一步，接过那个鼓囊囊的文件袋：“辛苦了。”

女助理摇摇头，站到了丁大成身后。冰夷将档案递给苏闲，苏闲看了一眼，面上显出了几分惊讶之色：“这档案上的名字是朱梦雪？是不是错了？”

“没错。”女助理笑着开口，她声音清脆，伶牙俐齿，“是这样的，我们慈幼院为孩子取名，男孩儿统一姓‘肖’，女孩儿统一姓‘朱’，也就是创始人朱慈女士和她亡夫的姓氏。而中间字，男孩统一为‘川’，女孩统一为‘梦’，取‘梦川’之意。而这最后一个字，则是从《对韵歌》里取，按顺序排列，既便于管理，也不会出现重名的情况。”

她说着指了一下自己胸前的名牌：“我也是这里长大的孩子，我叫朱梦晴。”

苏闲恍然大悟：“这么说，她在慈幼院里的名字是朱梦雪，而离开之后，改名为林雪？”

朱梦晴微笑着颔首：“应该是这样。”

苏闲拆开了封签，从里头抽出了厚厚一沓材料，一边翻阅一边问道：“听起来，您的名字与林雪，哦，不，与朱梦雪相距不远，你们的年纪应该也差不多吧？你同她相熟吗？”

“都是在慈幼院里一起长大的，自然是相熟的。”朱梦晴抿了抿嘴，“不过她一满18周岁就离开了，而我作为工作人员留了下来，之后我们就没再见过，也没有什么联系。”

丁大成听到此处，忍不住插了一句：“苏闲哪……啊，不是，苏长官，你们找那个孩子有什么事吗？”

苏闲依旧快速地浏览着那些材料，不曾抬头，也没有直接回答丁大成的问题，而是反问了一句：“梦晴小姐，你同朱梦雪一起长大，那你知道她是一位异能者吗？”

“什么？”朱梦晴蓦地杏眼圆睁，显然是大吃一惊，“梦雪是异能者？”

“看来是不知道了。”苏闲微微一笑，他手里的材料正好翻到底，他摞起来，轻轻地在桌面上蹾了一下，目光扫过慈幼院的两位工作人员，“她应该是刻意隐藏了。”

“但多少也会露点痕迹吧？”冰夷冷不丁地出声，她侧过脸，盯着朱梦晴，“梦晴小姐，你既然跟林雪一起长大，那应该还是比较了解她的吧？知不知道她有没有什么兴趣爱好？”

想来是她的目光灼灼，朱梦晴拂了一下鬓发，自然而然地垂下眼避开了与她对视：“慈幼院里的孩子总是玩成一团，不过梦雪是例外的那个。她从小就格外文静内敛，很少和我们这些咋咋呼呼的孩子一起胡闹。我只记得她喜欢看书，至于其他的，真的没什么印象了。”

“那，她有没有特别喜欢养……”

冰夷话说到一半，却被上司打断了：“她很喜欢看书吗？难怪，她档案里的成绩都是优秀。”

朱梦晴点点头：“是，她学习很好的。”

“对了，丁副院长。”想必是闲谈结束，进入了公务时间，苏闲也改了称呼。丁大成一怔，似乎一时没反应过来，片刻之后才磕磕绊绊地回了一句：“什、什么事？”

“你们院里建档，是个什么流程？”他的问题显然出乎丁大成的意料。可即便如此，他仍是如实回答：“是这样的，从孤幼儿入院或是出生伊始，建档工作就随之启动。建档时就以他们出生或者被遗弃的时间为准，原始材料由业务科统一保管；由于每个儿童入院时都会得到一个专门的编号，所以业务科按入院编号为孤幼儿建立个人档案。生成档号之后，做到‘一人一档，一档一号’，最后移交到档案室保管。档案主要以孤幼儿出生或入院时的个人情况、体检结果、疾病史等原始材料为主，但在孩子们之后的成长中，也会视情况随时添加新的资料。毕竟这些孩子里大半都是孤儿，咱们也是通过这种方式记录他们的成长。”他说着望向苏闲，笑容分外柔和，“说起来，这个方法，还是俞老师提出来的。”

苏闲没什么反应，只是又翻了一遍林雪的档案材料：“所以里面的资料也分外庞杂，大到身体状况，小到学习成绩，还配了从小到大的照片，也算是面面俱到了。”他莞尔道，“贵院也算是有心了。”

丁大成赧然一笑，摆摆手：“过奖了。”

苏闲但笑不语，冰夷却愁容满面，她凑到上司耳边：“头儿，有没有什么有价值的线索？”

她的上司直接把档案递给她：“你自己看吧。”

冰夷一头雾水，但还是接过来，细细地翻阅起来。

这份档案显示，林雪，也就是朱梦雪，今年23岁，3岁的时候成为孤儿，父母死于病毒发作，不久之后她被送到慈幼院。7岁的时候开始接受教育，其间表现良好，成绩优异，直至15岁时完成学业。16岁到18岁这两年里，在慈幼院的幼年班中担任启蒙老师，18岁之后独立，选择离开慈幼院，档案也随之封存。

如苏闲所言，这份档案里的记录可以说是十分详细甚至琐碎了，连朱梦雪的初潮时间都清清楚楚，还配了诸多照片，从3岁到18岁，每个年龄阶段都有。

确实可以称得上是一册成长记录了。

不过这份档案详尽是详尽，可最多也就是让他们了解林雪的生平，而她的过去却又平凡无奇，实在找不出有什么特别之处，对于他们搜捕林雪，看起来也没有什么帮助。

“好像……没什么线索啊……”冰夷大失所望地放下了那些材料。她一脸沮丧，苏闲却平静依旧：“这份档案，是没什么用。”

丁大成与朱梦晴面面相觑，前者惴惴地向前一步：“帮不上忙吗？”

“除此之外，没有别的了？”苏闲指着被冰夷翻得凌乱的材料。丁大成摇摇头：“没有了，按照规定，孩子离院之后就封档，那孩子也离开好几年了，中间也没回来过，所以……”

“丁叔叔。”苏闲倏然又换了称呼。丁大成又是一惊：“啊？”

“当初，慈幼院为什么要搬迁呢？”

“这个……”丁大成的呼吸变得有些急促，呼出的白气将老花镜的镜片晕得一片模糊，他摘了下来，朱梦晴递了张纸巾给他，他一面擦着镜片，一面低声开口，“当年那件事之后，朱院长觉得旧址沾了血气，不利于孩子们成长。而且旧址也实在是狭小，慈幼院收育的孩子越来越多，住宿空间日益紧张，朱女士一早就计划着搬迁了，只是在那场意外之后，将迁移计划提前了。”

“如果我没有记错的话，这里是当年那家发生病毒泄露的博峰生物制药公司的原址吧？”苏闲睨视着他，眼神莫测，“比起几个人的死，这种病毒源头的诞生地岂不是更不祥？朱女士为什么偏偏选了这里？”

丁大成的额角不知何时渗出了冷汗：“这……也是没办法的事，这里环境好，地方也大，又有现成的建筑设施……”

“现成的建筑设施？”

“对，咱们改建的这一块，是当年博峰的员工宿舍区。这些房子盖起来不超过30年，还很新，当年我们经费紧缺，无力去建一座这般规模的新院。当年朱女士也是征求了综管局的意见的，是综管局将这块地方批给慈幼院的。对当时的我们来说，这里是最好的选择。”

丁大成说到此处，叹了口气，“至于病毒源头，‘失乐园’早已泛滥，每个人都是感染者，也没什么好避讳的。”

“原来如此。”苏闲略略颔首，“只是我还是有一点想不通。”

丁大成重新戴上老花镜：“你说。”

“为什么要弄一份假档案？”

苏闲这话一出，丁大成同朱梦晴都面色剧变，前者甚至不由自主地后退了一步，还是他的女助理先反应过来，她强颜欢笑：“苏长官，我不明白您的意思……”

“其实这份档案，也不全是假的，应该是七分真，三分假。”苏闲扬了扬那沓材料，笑容里满是讥诮，“不过据我判断，至少10岁之前的材料不是林雪的吧？”

“让我猜猜你们伪造这份档案花了多少时间，边边角角，一应俱全，应该是用了不少心思吧？反正肯定不是一个小时能搞定的。”苏闲朝那两位逼近一步，目光如刀刃般锋利，“所以，是谁提前通知你们的？”

朱梦晴脸上的血色消退得干干净净，下意识地扭头望向丁大成：

“丁院……”

丁大成在苏闲的咄咄逼视下仍是摇头：“这份档案百分百是真的……”

“丁叔叔啊，你是不是觉得我很好糊弄？”苏闲冷笑，将那摞材料摔在丁大成脸上，“不过，要不是我恰好知道林雪少年时代长什么样，可能还真让你们骗过去了！”

“现在立马从所里叫人来，把整座慈幼院都搜一遍。”苏闲站在台阶之上，俯视着慈幼院斑驳的铁门，“还有，把丁大成和朱梦晴都给我带回去。”

“是！”冰夷领命而去。不多时，被铐起来的两人就被推搡着塞进了治安所的车里。

汽车发动之后，苏闲从后视镜里瞥见了丁大成，他鼻血横流，正是先前自己往他脸上摔材料的后果。

他倒也没想真对丁大成怎么样，那是盛怒之下的无心之举，只是看着他这副狼狈不堪的模样，他多少还是有些愧疚。

当年在慈幼院旧址门口，就是丁大成抱着他，安慰他。

这么多年过去，这个当年亲切和蔼的丁叔叔也老了，头顶稀疏，两鬓斑白，老态尽显。

他转过头去问朱梦晴：“有纸巾没有？给他擦擦。”

虽然他的言辞还算温和，但朱梦晴还是被吓得一哆嗦，他不得不重复一遍，她才战战兢兢地摸出了纸巾，递给丁大成。

丁大成手里拿着纸巾，却并不擦鼻子，而是怔怔地发着呆，不知道在想什么。

苏闲见他这副模样，那点伤怀又消失得一干二净，反倒是满肚子的气！

“10岁之前的部分确实是……假的。”在无可反驳的事实面前，丁大成改了口，“有阵子，档案室闹了鼠灾，老鼠啃坏了一批旧档，朱梦雪10岁之前的档案就在其中。为了避免麻烦，我们就重制了一份她的档案……”

苏闲怒极反笑：“你哄谁啊？那些老鼠就那么正正好好把她10岁之前的档案啃了？还有，你怎么就能算到我要来查她的事？避免麻烦又是什么意思？”

在苏闲连珠炮一样的质疑面前，丁大成闭上了嘴，一声不吭。

之后，无论苏闲怎么问，丁大成都一口咬定林雪的旧档案是被老鼠咬坏了，再问，他就装聋作哑了。

既然他不肯老实交代，苏闲便掉转了枪口——朱梦晴没有丁大成那么强的心理素质，不多时，便老老实实地交代了。

“她在慈幼院里，的确是叫朱梦雪这个名字，不过最开始的朱梦雪不是她，是另一个女孩。那个女孩七八岁的时候就病死了，之后本来已经没有这么个人了，结果有一天，朱院长领了两个孩子出来，说女孩以后就叫朱梦雪这个名字。”

苏闲听出一点端倪来：“女孩？这么说，两个孩子里，另一个是男孩？”

“对。”

他掏出随身携带的那张照片，递给她看：“是他们俩吗？”

朱梦晴只看了一眼就斩钉截铁地点头：“对，就是他们！”

苏闲的目光不由得在照片上打转，只是这一回，他的注意力却放在了林雪身边的那个少年身上。

自从找到这张照片，他倒是没怎么注意过这个男孩。

唯一的印象，竟然是钟云从的那句戏言：“他头上竟然有两个发旋，好清奇啊！”

他仔细看了看，微微低着头的男孩，头顶上还真是生着两个发旋。

好像的确有点特别……他眉梢微扬，却又立刻摇头，心想自己还真是被钟云从的傻劲传染了，别说两个发旋，就算三个发旋又怎么样，对这起案子来说，有帮助吗？

他不再关注少年的发旋，而是把注意力放在了男孩本身上——按照朱梦晴的说法，他是同林雪一起进的慈幼院，而林雪又将他们的合照珍藏着，想必他们关系匪浅。

“这个男孩叫什么？”他问道。朱梦晴回想了一番：“反正肯定是姓肖，中间的字是川，最后一个字……应该是隐吧，他和朱梦雪一样，也是顶了别人的名字。”

“肖川隐。”苏闲念了一遍这个名字，然而单单一个姓名，实在让人得不出什么头绪，他便不再多想，问起了另一个问题，“你见到他们的时候，他们都是10岁吗？”

“嗯。”

“他们为什么要用别人的名字？他们是新被收养的？他们之间有什么关系吗？”

他一口气提了三个问题，朱梦晴被整得晕头转向的：“为什么要用别人的名字……我也不清楚，反正是朱院长的意思。他们不是10岁才被收养的，因为我见过他们的母亲，也都在慈幼院里。后来我听别人议论，说他们是出生在慈幼院里的孩子，只是之前身体不好，在别处养病。至于他们的关系，就是一起长大的，应该没什么亲戚关系。”

“别处？”苏闲挑眉，“别处是哪儿？慈幼院还有分院吗？”

朱梦晴一脸茫然：“我也不知道，没听说过……”

苏闲沉吟了一下，开口问：“他们俩当年是一起离开的吗？”

“对，肖川隐的母亲也跟着一起离开了。”

“按理来说，慈幼院虽然会收留孤身的孕妇，也会帮助抚养她们的孩子，但不会一直收留大人的，对吧？”他皱起眉，他母亲是慈幼院的创办人之一，他自然对那里的一些规章制度有所了解，“等到孩子满周岁之后，母亲可以选择带着孩子离开，也可以选择独自离开，把孩子留在慈幼院，但没有理由长期滞留在慈幼院吧？”他目光灼灼地盯着朱梦晴，“你刚才说，那两个孩子都10岁了，而那个男孩的母亲居然还在慈幼院里？”

“对。”朱梦晴颔首，“大人能留在慈幼院，一般只有一个理由，就是要生孩子了。所以当年我见到肖川隐母亲的时候，她就是怀着孕的。”

苏闲很是意外：“难道她是10年之后又怀孕了？慈幼院再一次收留了她？”

朱梦晴摇头：“这我就不清楚了。”

“还真是……”苏闲又开始头痛了，他按着眉心，暂时将这个疑问放下，问起另一件事，“对了，你知道有个叫小桃的姑娘吗？她也是你们慈幼院出来的？”

“小桃？”朱梦晴愕然，“我们那儿没有叫这个名字的。”

苏闲叹了口气，他早就应该想到“小桃”这个名字肯定也是假的，至于她的真名，光凭猜自然是猜不到的。

他手头又没有那姑娘的照片，只好囫囵形容了一下小桃的外貌，最后补充了一句：“她今年应该20岁左右。”

也许是他描述得不够到位，朱梦晴仍旧摇头：“没印象。”

对她的问讯到此为止。

朱梦晴倒是挺老实的，可惜她知道得非常有限，甚至连为什么要假造林雪的档案都不清楚，丁大成给她的说法是：“咱们慈幼院出去的人惹了事，会有人来查，为了避免麻烦，咱们要提前做点准备。”

至于丁大成的消息是哪儿来的，她一概不知。

苏闲把两人带回治安所，开始了对丁大成的问讯。

审讯室里，苏闲与丁大成面对面坐着。

“丁叔叔，你还是什么都不肯说吗？”

面对他阴沉的脸色，丁大成瑟缩了一下，须臾，却又露出了那种恍惚的神色。

他的眼神意味着什么，苏闲心知肚明，当年他曾是俞琬，也就是他母亲的倾慕者。

爱屋及乌，所以丁大成对他也极好。

可正因为如此，对他的缄默，苏闲才越发愤怒。

“虽然我不知道你们暗地里到底在搞什么勾当，但慈幼院绝对有猫腻。”

他冷冰冰的言语让丁大成打了个寒噤：“我不明白你的意思。”

苏闲眼若寒星：“你不说，我也会查出来，到时候，你们一个都跑不掉。”

丁大成闭上了眼睛，依旧紧紧地抿着嘴唇。

气氛最僵硬的时候，门忽然被敲响了。苏闲起身开门，发现来人是小张，他满头大汗，气喘吁吁：“头儿！姜队长那边来了通知，第二名死者的身份已经知道了！”

苏闲面色一凛，立马走出了房间，临了却又转过身，剜了双目紧闭的丁大成一眼：“你这样为虎作伥，将来还有脸去见她吗？”

这个“她”指的是谁，自是不言而喻。

丁大成登时面如死灰。

苏闲没再耽搁，而是跟着小张去见了姜岂言。

“死者名叫梁菁华，16岁，无父无母，半个月前刚被送进收容所。”

苏闲听了这番报告之后，神情变得有些古怪：“这……听起来好像有些熟悉？”

“头儿，”小张一脸凝重地告诉他，“死者就是前阵子被送进收容所的孤女，我跟您提过的。”

“就是……她父亲病变咬人之后被当场击毙的那个？”

“对。”

苏闲的双目之中阴霾密布：“同上一起碎尸案如出一辙的手法，说明她失踪的时间绝对不短，收容所那边为什么一点消息都没有？”

姜岂言耸耸肩：“之前去问了收容所的负责人，他说梁菁华很不安分，一进收容所没多久就偷偷地跑了出去，他们找了一阵子，没找到，正打算继续找的时候，尸体就被发现了。”

“没找到？继续找？”苏闲冷笑起来，“这一个两个的，是不是都喜欢把人当傻瓜啊？”

小张亦是气愤不已：“那破地方一开始根本就不想收那姑娘，后来是因为被我们施压，没办法才收下来的。”他说着声音低了下来，言语间满是抱歉和后悔，“如果当时我不把她送过去的话，她就不会……”

苏闲闭了闭眼：“现在说这个也没用了。”

彻骨的冷意充斥着他的全身脉络，他沉默片刻，而后低声道：“对了，你们有没有查过，梁菁华和邹慧笙，是否有什么相似之处？”

这样两起相似度极高的凶案，自然而然会让人联想到“连环杀人案”这样的字眼。

同样是未成年的少女，同样神秘失踪，遭到手法一致的碎尸，且头颅及内脏同样下落不明。

目前为止，这是邹慧笙与梁菁华这两位受害者所有的共同之处。

“梁菁华没有上学。”一名纠察队员报告道，“她母亲早逝，父亲两三年前出现了初期症状，也停止了工作，这些年他们日子过得很艰苦，无力负担她上学的费用。”

姜岂言轻轻地敲打着桌面：“这么说，青山中学的学生这个身份并不是作案者眼中的必备条件咯？”

“那就排除这个。”苏闲点燃了一支烟，搁置在唇边却忘记抽，烟雾缭绕间，他肃然开口，“现在还没有足够的证据确定作案者对筛选‘猎物’是否有固定的标准，但从这如出一辙的手法上，基本可以判定是出自同一人之手。”

姜岂言被烟熏得头昏脑涨，他瞟了某人一眼，随后挥挥手示意下属去开窗。

不承想，窗子刚一打开，一只灰色的虎斑猫灵活地跃了进来。

姜岂言一伸手，小家伙就熟门熟路地跳上了他的膝头。

苏闲直勾勾地盯着那猫看，似乎很是艳羡：“你这猫，真是怪可爱的啊。”

姜岂言微微一笑：“还行吧，就是认生，你别打什么歪主意。”

“我才不稀罕。”苏闲嘴上这么说，却还是趁其不备，摸了一下猫头，虎斑猫冲他喵喵叫了几声，苏闲一怔，随后却又笑了起来，“也没你说的那么认生吧？”

张既白赶到济世医院的时候，却被那里的护士告知，姜楚楚已经转院了。

“转院？”张既白愕然，“什么时候转的？转到哪里去了？她那个身体状况……可以转院吗？”

“孤岛”里剩下的还在运转的大医院统共也没几家，济世已经是其中的佼佼者了，医疗资源和疗养环境都是最好的了，姜岂言把姜楚楚放在这里这么多年，为什么突然想到转院？

“哦，是这样的，”那名护士告诉他，“姜小姐这段时间动了两次手术，身体已经好转许多了，所以姜队长让人把她接到了更清静的地方休养。”

“更清静的地方？是哪里？”

护士摇头：“这就不清楚了。”

张既白觉得不对劲，他曾经是楚楚的医生，对她的病症一清二楚，她多处器官功能衰竭，已然病入膏肓，传统的内科治疗根本无法延缓病情恶化的脚步，可以说是全无生机，怎么可能做两次手术就好转？

除非……

他陡然一惊，疾声问道：“姜楚楚做的是什么手术？”

那护士被他突然拔高的声调惊了一下，不由自主地后退了一步，摇摇头，眼睛里也多了些戒备：“我不知道，我没有参与那两次手术。”

张既白还想说些什么，对方却转身欲走：“不好意思，我还要去照顾病人。”

“请等一下。”她刚走了两步，却忽然感到周边的空气都凝固了——那并非错觉，而是实感，她就像是被四堵看不见的墙包围其中，根本迈不动步。

“请再回答我一个问题就好。”

她的身侧不间断地有来来往往的人，却无一人注意到她的异状，她只能眼睁睁地看着对方慢悠悠地走到她身前。

她只觉得不寒而栗。

“放心，我不会对你怎么样。你只要告诉我，”张既白看着这个瑟瑟发抖的女护士，沉声问道，“姜楚楚那两台手术的主刀医生是谁？”

“……是徐明医生。”

徐明？张既白并不认识这个人，而从这名护士这儿得到的信息也很有限——只知道徐明是名主攻外科的医师，从医多年，也算是资深医生了。

只是，如果他的猜测没错的话，这个徐明医生……非常危险！

不，不会错的！那起碎尸案里，死者的头颅和内脏始终找不到，许多人，包括苏闲和他，都把注意力放在头颅上，认为那是凶手为了隐藏身份、阻碍侦察所施的小伎俩。

可现在一想，或许前者只是转移视线的障眼法，后者……也就是消失的内脏，才是关键！

姜岂言！

张既白倒吸一口冷气，那家伙绝对有问题，而他居然还是这起案件的负责人之一。

他必须尽快赶回告诉苏闲才行！

此刻时候尚早，楼梯间里光线昏暗，人迹稀少，张既白行色匆匆地下楼，脚步声响彻整个中庭空间。

在他抵达一楼之时，微亮的天光影影绰绰地透了进来，他正要走出去，却忽然听到了一声猫叫。

医院里怎么会有猫？他下意识地屏着呼吸，转头望去，一只漂亮的白猫立于扶手之上，一双玻璃珠子似的眼睛在阴暗中闪闪发亮。

那个能够支配猫狗的异能者？张既白倏地想起苏闲跟他提过的嫌疑人，转身的刹那，手上已有动作。

“嘶——”一声低低的抽气声响起，下一秒，楼梯后就走出了一个身穿白衣的女人，她戴着口罩，一身医生的打扮。

张既白冷冷地睨视着她，操纵的气流化为一只无形的手，扼住了对方的咽喉。

“张医生……”女子的呼吸顿时急促起来，发声也是格外艰难，可她的眼睛里却含着笑意，“如果你还想见小桃的话……就别那么粗暴。”

在听到那个名字的瞬间，张既白的瞳孔骤然收缩，就那么一眨眼的工夫，女子寻到了空隙，她抬起一只手，手里握着的是一柄装了子弹的枪，扣下扳机，子弹沉闷地出膛。

张既白的目光闪烁了一下，子弹在高速飞行中遇到了一点障碍，不易察觉地偏离了轨道一分，最后嵌在了他的肋骨之间。

鲜血汩汩流出，张既白只觉眼前一黑，重重地栽倒在地。

“来，吃苹果。”钟云从递了一个削好的苹果给病床上的人，他后腰上的伤势并未大好，仍然只能趴着。

路远接过苹果，相当不好意思：“又让你破费了，真是……”

钟云从笑着摆手：“都是一个宿舍的，别这么客气。”

路远小小地咬了一口，慢慢地咀嚼着。钟云从见他那副小心翼翼的模样，有些无奈，问道：“好吃吗？”

“很甜。”路远冲他笑了笑。

钟云从很高兴：“喜欢就多吃点。”

路远又吃了一口，随后却叹了一声。

钟云从不解："怎么了？"

路远垂着眼，面上仍是笑着的，眼底却是藏不住的惆怅："没什么……就是想到了我妈，要是她也能吃到苹果就好了。"

听他话里的意思，他母亲的状况似乎并不好，钟云从问得谨慎："你妈妈她……怎么了？"

"年纪大了，身体不好。"路远苦笑了一下，"常年住院。"

钟云从听到这里，情绪也跟着低落下去："我老妈身体也不是很好，一直都是小病不断，离家这么久，也不知道她怎么样了。"说着又问道，"对了，你母亲是哪方面的问题？"

"肾病。"路远低声道，语气里忧虑重重，"很多年了，小病也积成了大病，现在……都快不行了。"

钟云从一时不知道说什么好，想安慰也不知从何开口。这时候以柔刚好过来要给路远换药，听见了他们的闲聊，顺口问了句："肾病？什么病啊？在哪家医院？"

"尿毒症。"路远的病服被撩起，纱布被一层层拆开，伤口暴露在空气里的一瞬间，疼痛骤起，"在济世医院……嘶！"

"哎哟，对不起，是不是手重了？"以柔连忙道歉。路远苍白着一张脸，连连摇头："没有没有，也不是很痛的。"

以柔这才放下心，她娴熟地清理伤口，上药，嘴里也没停着："济世医院啊！你应该早点跟我说的，我熟啊，等我有空回去打个招呼，让他们给你妈用最好的药！"

说实话，钟云从虽然很欣赏以柔的热心，但对于她能否做到，却是相当怀疑的——毕竟她只是个小护士嘛，哪来的这么大面子？

当然了，他没有当面质疑，只是背地里嘀咕，而路远想来也是要给她台阶下，他摇摇头："不用了，我妈的病光靠药物已经治不好了，除非……"

"除非什么？"钟云从好奇地问道。路远没作声，倒是以柔接了一句："除非移植一个新的肾脏，对吧？"

路远轻轻地嗯了一声，钟云从张大了嘴："器官移植啊？那应该要匹配才行吧？"

路远面色一黯："我查过了，我跟她不匹配，不然我就换给她了。"

"你也是个孝子啊。"以柔也是唏嘘不已，"不过找到合适的配型真的不容易，这座城市里每天都有人死，但那些'发病者'的器官自然是不敢用的。

还没到时候的，自然更是惜命，毕竟能活几年是几年嘛。”

钟云从急了：“那就没有合适的来源了吗？”

“有啊，一般就是医院里那些因为别的病或是意外去世的人。”以柔麻利地包扎好路远的伤口，“哦，对了，还得加个条件，无亲无故才行！”

钟云从瞄了面色灰白的路远一眼：“唉，还要配型，这得多难等啊。”

“除了这些之外，还有一个很大的限制条件。”以柔摇头道，“自从那场大灾之后，有条件做移植器官这种大手术的医院，就只剩下咱们济世医院了，其他的都不行。”

钟云从恍然大悟：“难怪你让母亲住在济世医院，不过……”钟云从忧心忡忡地看着他，“你妈那样住着院，是不是要花很多钱？”

路远却笑着摇头：“我母亲跟济世医院的创办人朱慈女士有些交情。多亏她体恤，医药费全免。”

“那是！”以柔满脸的骄傲，“我们济世医院可是名副其实的！”

钟云从觉着朱慈这个名字有些耳熟，冥思苦想了一会儿才记起来是从项羽那里听过，他眼睛一亮：“这位朱慈女士，是不是创办了一间慈幼院？”

以柔笑着点点头：“对啊，她可是个大好人，做过的好事多了去了。”

钟云从的眼角余光却瞥着微笑不语的路远，状似不经意地问起：“路远，你知道慈幼院吗？”

路远看起来有些意外，旋即却颔首：“知道。其实……我就是从慈幼院里出来的。”

这回吃惊的轮到了钟云从。

他就这么……坦然地承认了？

“哦？你母亲还在的话，这么说，你是出生在慈幼院里的孩子咯？”以柔显然对慈幼院也颇为了解。

路远笑了一下：“对，我母亲逃难的时候，承蒙慈幼院收留，之后生下了我。我是在那里长大的。”

钟云从蓦然松了口气，自从发现路远可能就是林雪那张照片上的男孩之后，他很是提心吊胆了一阵，生怕路远跟那桩恐怖的碎尸案有什么关联。

钟云从按捺不住，暗中试探了一番，没想到路远对自己的出身并不掩饰，这倒是打消了他的疑虑。

看来，是他想多了。

Chapter 13.
灭口

“哎，路远啊，今儿感觉怎么样？”金虎的大嗓门在安静的医务室里显得格外聒噪，“你这样伤着也挺好，训练都躲过去了，你可不知道，这两天教官也不知道发什么神经，老是变着法儿地折磨人！”

路远已经能正常躺着了，听金虎那么说，他脸上有些许尴尬之色：“是吗……”

钟云从看不过眼，凉凉地怼了一句：“你这是什么话？难道路远愿意受伤吗？”

金虎自知失言，挠着头，不好意思地开口：“我不是那个意思……路远，你千万别放在心上啊！”

平日里，这位室友很少对自己这么客气，路远显然受宠若惊：“没事没事，就是……你也挺累的吧？我也没什么大碍，不用天天来看我。”

“瞧你说的，”金虎走上前来，亲热地捶了一下他的肩膀，“都是一个宿舍的，你身体不好，我当然要过来看你了！”

路远被捶得生疼，又不好说什么，只得苦笑。钟云从皱着眉，把那糙汉给拉开：“得了吧，当谁眼睛瞎呢，看不出你真正的来意是什么啊？”

要不是为了以柔，他能一天三趟地来医务室报到吗？还美其名曰关怀室友……呸！等护士姐姐一来，他那眼珠子就只跟着她打转，根本看不见其他人。

窗户纸被钟云从直接捅破了，金虎也不继续装了，嘿嘿一笑：“那，以柔小姐呢？怎么不见人？”

“还不是被你烦得。”钟云从没好气地呛他，“都让你别来了，你这人，怎么就是不听呢？”

“这你就不懂了吧？追女孩子，必须要有恒心和毅力啊！”金虎拍拍胸脯，“这些都是她对我的考验！我哪能随便退缩？”

这自以为是的傻大个。

钟云从真是无语了，忍了又忍，还是委婉地重复了一遍：“以柔小姐让你别再来的意思……应该就是字面意思，没有别的意思……你不要联想太多。”

“嗨，你不懂，女孩家就喜欢说反话。”金虎不以为然地转过头去，结果刚好撞见一身护士服的以柔挽着任杰的胳膊走进来。

两个人肩并肩，别提多亲密了。

“不是让你别给我带饭了吗？医务室有伙食的。”

“我怕你吃不习惯。”

“有什么不习惯的，倒是你，也不嫌累得慌。”

“小事而已，你喜欢就成。”

“谁说我喜欢了？一点都不喜欢！”

钟云从闻言瞥了金虎一眼，心想这才叫反话好吗？

不过金虎没注意到他的眼色，因为他完全沉浸在了突如其来的巨大打击中。

其实也不算突然吧，钟云从已经不止一次提醒过他，以柔本来也直截了当地拒绝了他，他也听闻自己的情敌是任杰，可毕竟没有亲眼见着，总是抱着点侥幸的心理。

这下倒是亲眼所见了，可是……

钟云从猛地发现金虎不对劲，他一张脸涨得通红，突然就走到了那一对面前，目光灼灼地盯着以柔：“以柔小姐，如果晚饭不合口味的话，我请你去吃别的吧？”

他这么没头没脑的问话，让以柔一时愣了，倒是她身边的任杰面色不善：“你这是什么意思？”

金虎仿佛没听见任杰的话，只是目不转睛地瞧着以柔：“你意下如何？”

以柔这才回过神来，烦躁地拨了一下鬓发：“我已经跟你说得明明白白了吧？我对你没意思，让你别再来了，你……你干吗？”

不知道是不是被她的话刺激到了，金虎骤然激动起来，竟然伸手去抓以柔的手腕："你就不能给我一个机会吗？我也不比他差……"

他话音未落，就被怒不可遏的任杰一拳击倒在地，鼻血横流，狼狈得很。

"不比我差？"任杰冷冷地盯着他，"谁给你的脸说这句话？"

原本被三人的修罗场镇住的钟云从这才后知后觉地反应过来，连忙上前劝架："别吵了别吵了，金虎你真是的，一点分寸都没有！任杰你也是，脾气不要这么大……"

以柔一跺脚，中断了他的苦口婆心："大个子你听着，我跟他已经……在一起很久了，以后也不会变。所以，我是不会喜欢你的，你也别浪费时间了。"

任杰冷哼一声，拉着以柔径直往内室走去，这时候趴在地上的金虎抬头望着他们的背影，忽然爆发了："不就因为他是局长儿子，又是异能者，你才看上他的吗？"

钟云从一听，立刻就头痛起来了。

金虎这家伙真是……

"你胡说八道！"以柔一张俏脸气得发白，而任杰的脸色更是吓人，他扬起一只手，下一秒，金虎就猛地捂住了心口，浑身也开始抽搐不停。

任杰正屏气凝神，要多给对方一点颜色看看的时候，一只手却搭在了他小臂上。

他皱眉，扭头望去，看到钟云从冲他摇头："不至于。而且，营里出了新规定，异能者不准对普通人施以异能，你忘了吗？"

任杰与他僵持几秒，最终还是收了手。

"下次再让我见到你纠缠以柔，就不只是这点教训了！"

任杰掷地有声地丢下这句话，拉着以柔进了内室。

钟云从叹了口气，将满头冷汗、面如纸色的金虎扶了起来："你这人，怎么就是不听呢？"

金虎呼哧呼哧地喘着粗气，没有回答他。

他也曾经受过任杰这一招，知道滋味不好受，只是扶着人坐下。

路远关心地问道："要不要喝点水？"说着递来了一个茶杯。

钟云从接过，转递给金虎："喝吧。"

金虎捧起杯子喝了个底朝天，随后一抹嘴，才算是缓过气来。

他发狠地捏着茶杯，似乎想把这无辜的杯子捏碎，指节都发白了。

钟云从见他这副敢怒不敢言的尿样，知道他在想什么，于是严正警告道：

“你绝对不是任杰的对手，别再想着惹事了。”金虎还是一声不吭，钟云从又叹了一声，瞥了内室一眼，“何苦呢？强扭的瓜不甜。再说了，人家连扭的机会都不给你，别找不痛快了。”

金虎霍然起身，头也不回地离开了医务室。

路远望着他的背影直摇头：“明天不会再来了吧？”

“应该不会了吧。”钟云从咂巴着嘴，“任杰那小子下手可重了，我还真担心他一不小心就把人弄死了。”

“应该不会的。”路远劝慰道，“毕竟都是一个宿舍的。”

“希望如此吧。”钟云从心累不已。

第二天的整个白天，医务室里都没再出现金虎的身影，这让以柔松了口气：“谢天谢地，他终于放弃了！”

任杰却依旧横眉竖眼：“他要是敢来，我就……”

“就什么呀就？”以柔瞪他，“好了，你不是喜欢给我买饭吗？去吧去吧，今天我想吃酸辣土豆丝。”

任杰有些无奈：“那之前你还说不喜欢……”

“哦，我是说了。”护士抱起双臂，柳眉微挑，“所以你到底去不去？”

“去，当然去！”任杰摇头失笑，忍不住伸手捏了一下姑娘娇嫩的脸颊，“那你等着，我很快回来。”

以柔正想说句什么，结果余光瞥到了正往这边看的路远，双颊倏然飞红，话也不说了，直接把任杰往外推：“赶紧走吧！”

返回之后，她才冲着病床上的路远不好意思地笑了一下：“让你见笑了。”

路远的目光从任杰离开的方向收了回来，他微笑着摇头：“哪有，只是有点羡慕罢了。”

以柔忽然拍了一下脑门：“哎呀！我应该让他帮你也带一份的，一时没想起来……”

“没关系的！”路远摇手，“云从会给我带的。”

“没事，不行的话，我那份让给你。”

路远正要婉言谢绝，这时候又来了个受伤的学员，以柔戴上口罩忙去了，他也就把话咽了回去。

钟云从今天应该有什么事，比往常来得要晚一些。

路远躺在床上，一动不动地望着斑驳的天花板，不多时，又缓缓地闭上了双目。

金虎鬼鬼祟祟地躲在医务室附近的小树林中。

他昨天也确实是被任杰吓到了，那种心脏被控制着逐渐停止跳动的感觉确实可怕。

他回想起来，后背仍会被冷汗浸湿。

可是……他是真的喜欢以柔那姑娘，就算远远地看一眼也好，所以做了一天的思想斗争，最后还是屈服于自己的本心，来到了这里。

看一眼总行吧？金虎趴在一棵树后，伸着脖子往医务室的方向望去。

只是没一会儿，那里头竟然有人走出来了，而且直直地朝着他这边来。

他悚然一惊，还以为是自己被发现了，任杰那厮要出来收拾自己。

不过再看，却发现是自己看错了，出来的并不是任杰，而在看清了对方的脸之后，他更是如释重负。

他正要现身跟对方打招呼的时候，却意外地发现那人并不是冲着自己来的——那人走到小树林里，忽然学猫叫了一声，没一会儿，一只白色的长毛猫就蹿了出来。

那人抱起猫，从猫嘴里取出了什么。

“哎，你小子不会是想跟猫抢食吧？它嘴里藏着什么呀？”金虎看得好笑，半开玩笑地问了一句，对方却浑身一震，缓缓地回过头来。

“这猫哪来的？还挺漂亮的……呃！你……”

钟云从今天得罪了教官，被留下来罚跑五圈，等他缓过气又打完饭之后，天都黑了。

“要赶紧给路远送过去！”他倒是想快点，可惜两腿发软，脚步虚浮，想快也快不起来。

在走到医务室外围的时候，却发现小树林那边围了好些人。

他有点纳闷，心想反正路远也等了那么久，再多等一会儿也没什么。

接着他便挤进了人群，不忘打听：“怎么了？都在这儿干……”

他话音未落，忽然从人群的缝隙里瞟见了一个躺在地上的人，舌根一下子僵住了。

“有人暴毙了！”旁人告诉他，“也不知道是怎么回事……”

钟云从手一抖，饭盒掉在了地上。

“组长，收容所传唤过来的人，我们都问过了。”冰女前来报告，“收容所的负责人、一个看护员，还有与梁菁华同住的几个女孩子。”

苏闲指着椅子：“坐下说。”

冰女依言照做：“这收容所的负责人和看护员都声称，梁菁华被送过去的时候年纪不小了，这么大的孩子不好管，而且她不止一次流露过要离开的想法，所以她偷偷从收容所跑出去，不能怪他们。”

苏闲失笑：“这么说，他们是一点责任都没有了？”随后却面色一寒，“那他们擅自把梁菁华失踪的消息压着又算怎么回事？”

“不合群，不听话，不配合，这是收容所的管理人员对梁菁华的评价。”冰女面无表情地转述着，“他们还多次强调，在梁菁华之前，也不乏先例。半大的孩子待不住，就喜欢往外跑。”

“所以没当成一回事是吧？”苏闲冷笑，“收容所这帮人，真是该好好整治一下了。”

“后来我又问他们，梁菁华为什么会想离开收容所，那两位却说不出个所以然来。”冰女面无表情，“只一味撇清关系，说跟收容所的条件、待遇无关，是她自己不安分。”

“不安分？”

“嗯。说她天天缩在房间里，吃饭做事都不积极，几乎不跟人说话。”

苏闲眨了眨眼：“梁菁华丧父不久，大概是还没从伤痛里走出来吧。”

冰女纤长的眼睫毛微动：“不过梁菁华的确是主动离开收容所的，但我怀疑，她是被人引出去的。”

苏闲的下颌线蓦地绷紧了：“怎么回事？”

“那两个大人支支吾吾说不清，后来我就去问了跟梁菁华同住一屋的几个女孩。其中有一个告诉我，梁菁华出走的那个下午，她也在屋子里，她说梁菁华追着一只猫离开了。”

“追着猫离开的……”苏闲呼吸一滞，“又是那个林雪！”

他的女下属也点点头：“我也这么认为。”

他霍然起身：“不行！要赶紧把这个女人找到才行！”

“组长，我还没有说完。”

冰女的话又把他按回了位置上，他深吸一口气，好让自己平静下来，这才问道：“还有什么？”

“从她室友的描述里，我觉得，梁菁华这个人有点不正常。”

冰女语出惊人，苏闲怔住了：“哦？她怎么了？”

“她自从被带到收容所之后就异常焦虑，讨厌甚至害怕与人交际，就算是对室友，也从来都是不理不睬的。”冰女的眉头轻轻皱起，“依照她室友的原话，梁菁华总是焦躁不安，也不知道她在害怕什么。除此之外，她刚来的时候，正好遇上了收容所举行的体检，那孩子可以说是相当抗拒了，最后是被看护员逼着去检查的。”

“听起来确实不太正常……不过她人都不在了，也没法查证了。”苏闲摇摇头，又想起什么，“对了，你说不久前她就体检过一次？那正好，我们也需要她的一些身体数据。”

冰女站了起来：“收容所那边应该有她的体检单，我去跟他们要。”

苏闲颔首：“好，麻烦你了。”

冰女离开之后，苏闲给自己倒了杯水，一饮而尽之后却仍浇不灭心头的那股火，杯底重重地与桌面接触，他闭上双目，从牙关里挤出两个字：“林雪！”

须臾，他又蓦然睁眼，想起了姜岂言那只猫，心头总是阴云笼罩，他派了人暗中跟踪姜岂言，目前还没什么结果。

说起来，他是不是还忘了什么……

他正冥思苦想的时候，冰女又回来了，递了张纸给他：“梁菁华的体检报告。”

苏闲接过来，迅速地浏览了一遍：“检测的项目还挺多，体重倒是跟我推测的差不多。咦，这份体检报告也是济世医院出具的？”

“对，说是济世医院免费提供的一次体检。”

“免费？”

“济世医院不时就会做些慈善活动，也算是秉承当年的创始人朱慈女士的理念。”

这个说法听起来似乎没什么问题，但苏闲却眉头紧锁：“济世医院……体检！”他脱口而出。

冰女惊了一下，问道：“梁菁华的体检……有问题吗？”

苏闲的手按着桌沿，骨节分明：“我听张既白提过，上一起案子的死者，邹慧笙，她在学校里也体检过一次，那次也是在济世医院……”他侧过脸，目光灼灼地盯着冰女，“所以，现在两个受害人又多了一个共同点。”

“都在济世医院体检过……”冰女倒吸一口冷气，“这肯定不是巧合！”

济世医院、慈幼院，这两个机构都卷进了碎尸案里，简直令他心惊不已。

苏闲的胸口一阵翻腾，如果要说它们之间有什么纽带的话，那就只有共同的创办人了。

那朱慈呢？这件事，与她有干系吗？

慈幼院与济世医院的背后，又藏着什么秘密？

“对了，提到慈幼院，”冰女出声打断了他的思忖，“您先前让底下的人封锁起来搜查，他们里里外外翻了一遍，没有发现什么问题。”

苏闲抚了一下眉心，叹气：“慈幼院现在有多少人？”

“周岁以内的婴儿7个，1岁到3岁的18个，3岁到7岁的31个，7岁到15岁的有24个。”冰女停顿了一下，“另外，还有5个待产的孕妇，以及6个处于哺乳期的女人。其他的老师和工作人员加起来共21个，不包括被您带回来的丁大成和朱梦晴。”

苏闲忽然问道：“朱慈女士在那里吗？”

“没有。”女下属摇头，“虽然朱女士是慈幼院名义上的院长，但她深居简出，近些年很少到慈幼院来了，具体管事的一直是丁大成。”

“这样……”苏闲沉吟着。

冰女却面色有异：“组长，我们的人没在慈幼院里查到什么，不过在慈幼院之外倒是发现了一点不寻常的。”

他面色一凛：“说！”

“先前我们搜查的时候，正好遇到有人送来一车米粮，一开始只是例行检查，后来我随口问了一句车上装了多少东西，结果送货的人报的数字却出乎我意料。”

苏闲挑眉：“多少？”

“900公斤，还只是一周的。”

“这么多？”他立时察觉出不对，“按照你刚才的说法，慈幼院里目前也就112个人，其中还有些是婴儿，就算每人一顿半斤米，一日三餐，剩下的100来个人也不可能在一周之内吃掉900公斤的口粮啊。”他蓦然转向冰女，“你问过那个送粮的吗？每周一送的频率固定吗？是长期如此还是短时间？”

“问了，确认是长期，而且这还不是最多的时候，最多的时候，他每周往慈幼院送来的米粮甚至超过1吨。”

“稳妥起见，我连给慈幼院供应蔬菜以及奶粉的商贩也一起问了，一样的。”

苏闲点点头，冰女不显山不露水的，但确实心细如发。

米粮、蔬菜、奶粉，这三样慈幼院所必需的物资，竟然全部供过于求，是慈幼院的经费多得没地方使，还是……他们要供养的人其实并不止明面上那100

来个？

他忽然有种后背发凉的感觉：“这个慈幼院绝对暗藏玄机，我要亲自……”

他话音未落，办公桌上的电话冷不丁地响了。

苏闲和冰女下意识地对视一眼，后者上前一步，接起了电话，说了两句之后语气突变：“……任副局长？苏组长他……在……好，这就让他接。”

苏闲听到这断断续续的几句，就明白电话那头的意思了，没等冰女说什么，他就主动接过了话筒。

“是任副局长，语气不太好。”冰女交接的时候，低低地说了一声。苏闲有种不太好的预感，但还是心平气和地开了口：“任局好，我是苏闲。”

“我听说你把慈幼院的副院长扣了？”一接起来，苏闲才发现冰女还是太委婉了，任副局长岂止是“语气不太好”，简直是冲得很，“怎么回事啊？”

“是这样的，我们最近在查的那起碎尸案，跟慈幼院有点联系……”苏闲试着解释缘由，却被对方不悦地打断：“有点联系是什么意思？凶手查出来了？是那个丁大成干的？”

“这倒不是……”

“那你扣他干什么？”

“现在唯一能确定的一个嫌犯，是慈幼院里出来的，我去调查她的背景的时候，丁大成让人给我的档案是假的，所以才……”

“我听说了，那个嫌疑人都离开慈幼院好几年了吧？这事怎么能推到慈幼院头上？你这是在搞株连，你知道吗！”

任副局长的语气愈发严厉，苏闲忍不住争辩：“这怎么是株连？只是正常的侦察程序……我也没说就是慈幼院干的。”

“那你没证据凭什么扣人？”任副局长气急败坏，苏闲能想象到他在电话那一头是怎样地大发雷霆，“你知道你随随便便就把人带走造成了什么样的后果吗？慈幼院里没了主心骨，一堆大人小孩人心惶惶哭成一团，现在混乱得要命，惊动了朱女士，她一状告到了隔壁，隔壁那帮老东西找到了我这里，开始翻旧账！说当初好心借人给你用，结果你现在搞这一出让人难做，说咱们以怨报德呢！”

苏闲讪笑：“没这么夸张吧……”

“被挤对得抬不起头的人不是你，你当然站着说话不腰疼了！”任副局长呼哧呼哧地直喘气，“有本事就拿出证据，不然就赶紧把那个丁大成给我放了！别让他们再来指着我的鼻子骂了，我丢不起这个人！”

任副局长撂下话就挂了电话，完全没给苏闲反驳的余地。

苏闲放下话筒，手撑在桌角，双唇紧抿。

冰女见他脸色不好，皱着眉问道：“出什么事了？”

他沉默片刻，而后出声：“去把丁大成和朱梦晴放了吧。”

冰女一怔，随后点头：“知道了。”

她转身要走的时候，苏闲也跟着起身，她停顿了一下：“怎么了？”

“还是我亲自去吧。”

丁大成毫无预兆地得了自由，心里七上八下的，尤其是苏闲一言不发地送了他一路，更令他极度不安。

“苏长官……”一直到了治安所大门，苏闲还在，丁大成实在忍不住，战战兢兢地出了声。那年轻人看了他一眼，英俊的面容分外严峻。

“丁叔叔，”他的语气却出乎意料地温和，“我相信您不是坏人。”

丁大成被他的话钉在了原地，怔怔地望着他。

“您可能有什么苦衷，或者被人威胁了，我能理解。”苏闲侧过身，落日余晖洒在他身上，为他镀上了一层薄薄的光晕，“可慈幼院毕竟是……她的心血，你忍心让它这么被利用、被糟蹋吗？”

丁大成浑身一颤，背脊立时弯了几分，苏闲的余光扫过他佝偻的身影，最后停留在他的脸上。

他满脸的哀苦，嘴唇颤抖了几下，但最后却一咬舌尖，转身离去。

“对不起！”

冰女瞥见自家上司满眼的失望，正迟疑着要不要劝解一声，他却自顾自往回走了。

“慈幼院这条路暂时走不通，还有济世医院那边……查，一定要查！”他倏然闭口，步伐也跟着停下来。

冰女上前一步：“那我现在派人去……”

“张既白……”苏闲终于想起自己忘了什么，冷汗顺着他的鬓角滑落，“他凌晨的时候就去济世医院那边了，怎么一天过去了，还没回来？”

钟云从魂不守舍地坐在教室里。

今天有他期待了许久的射击课，他本应该更兴奋的。

之所以心情郁郁，也是事出有因。

第一自然是因为金虎的死。

金虎猝然死在路边，初步检查的结果是心脏骤停，除此之外，没有其他外伤。

钟云从当然知道这绝不会是意外，金虎身强体壮，从来没听说过他心脏有问题，这样暴毙，除了人为没有别的原因。

至于下手的人，他也有怀疑对象——因为控制心脏骤停这一手，嫌疑人很明显了。

何况，任杰也确实跟金虎起过冲突，他本人就是目击者之一。

跟他有同样想法的人并不少，事发后没多久，任杰就被治管局派驻在训练营的人抓起来了。

据消息灵通的瘦子说，任杰矢口否认，但提供不了不在场证据。

他声称，当时为女友去食堂买饭，而那片小树林是食堂到医务室的必经之路，他确实从小树林边上经过，可他路过的时候，金虎已经不省人事地倒在那里了。

换句话说，他是死亡现场的第一发现人，可惜他没有久留，而是快速离开了。他给的说法是，他去了医务室找救援。

这一点，他的女友以柔倒是能证明，他的确慌慌张张地通知了医务室的人，可在他们赶过去之后，死亡的金虎已经被其他人发现了，并且消息迅速地流传开。

以柔可以证明任杰确实来找过救援，但无法证明他那段空白的时间在干吗。

偏偏，他那段空白的时间还和金虎的死亡时间重合了起来。

有能力，有动机，又没有不在场证明，任杰理所当然地被当成嫌疑人关了起来。

可……真的是他吗？

钟云从的确是将他列为怀疑对象的，不过他到底也没有亲眼见到任杰杀人，而且经过这段时间的相处，他总觉得任杰这个人有点色厉内荏的意思，总之不是那么心狠的人。

金虎只是情敌而已，还是那种根本没有竞争力的情敌，至于下杀手吗？

以柔泪眼汪汪地来求过他，请他发挥自己的异能，找出真凶，帮助任杰脱罪。

面对她的哀求，钟云从只能苦笑。

其实，不用她说，钟云从也会这样做的，甚至在发现金虎尸体时，最初的震惊过了之后，他就试图上前触碰金虎的尸体，结果却被人阻止了。

“这里是案发现场，闲杂人等不准进入。”霍璟神情严肃，直接让人把他扔出去。

钟云从不死心："霍教官，不是你想象的那样，我只是想帮忙而已……"

"帮忙？"霍璟的唇边勾起讥诮的冷笑，"你是什么人？以什么身份帮忙？你以为这是小孩子过家家吗？"

他解释道："我的异能能够……"

"异能？"霍璟的眼神更严厉了，"我知道你是异能者，可那又怎么样？你不过是一名学员而已，再怎么神通广大，也没资格参与到人命案里，等你通过考核进了治管局再说吧。"

他说完即走，钟云从盯着他的背影，愤愤开口："霍治安官也知道那是人命案吗？怎么，一个人的命还没有规则重要吗？"

霍璟的步伐停了一下，却没有回头："像你这样不把规则放在眼里的人，没资格进治管局。"

钟云从被气得够呛，却也无可奈何，霍璟的人根本没让他得到接触金虎尸体的机会。

没有亲自验证过，他的一颗心，总是悬着的。

现在，任杰为情杀人的事已经传遍了整个训练营。

而让他闷闷不乐的第二个原因，则是这第一节射击课，同他想象的很不一样。

倒不是出于对霍璟的意见，只是他想象中的射击课是在空旷的靶场里，举着手枪潇洒帅气地扣下扳机，百发百中，一气呵成。

当然，后半段纯属意淫，但前半段怎么着也不算过分吧？

可现实是，学员们被召集在一个不算大的房间内，这里有讲台，有粉笔，有黑板，完全就是一间教室的配置。

学员们排排坐好，齐刷刷地望着讲台上的男人，面上的表情大多是疑惑不解，看来与钟云从持有同样想法的人并不少。

钟云从霎时有种重回高中时代的错觉。

"诸位，我明白你们此刻的想法。"霍璟双手扶着讲台的边缘，表情一如既往地冷淡，他的目光缓缓巡过在座的所有人，"但在飞之前，要先学会走。况且，训练营供应的子弹也是有限的。所以，别太心急，在实弹训练开始之前，先把一些基础的东西弄清楚吧。"言毕，他随手点了个人，"你过来，把这些教材发下去。"

钟云从恰好就坐在第一排，又是靠着走道的位置，霍璟刚好就指到了他，他先是一怔，而后起身，行了个礼："是，教官！"

他心里自然是对这位高冷傲慢的教官感到不爽，想来对方对他的印象也不好，不过他面上什么都没表现出来。霍璟也是如此，他瞥了钟云从一眼，略略颔首。

钟云从抱起那一摞印刷物，迅速地按照人头分好数量，一组组发了下去。

然后他回头看了霍璟一眼，后者示意他回到座位。

就位之后，钟云从自己也拿起教材翻了一下，发现里头果然是些关于枪械及射击的理论知识，图文并茂，还挺容易懂的。

看来这是节理论课了，他心想。

“这个册子里的内容并不复杂，都是些很基础的东西，我不会花时间为你们讲解这些东西，主要靠你们自己去看。”

他这话一出，满室哗然，钟云从深觉被打脸的同时，也有些好奇：既然不打算讲课，又不进行实弹训练，难道直接喊下课了？

“关于枪械的种类、战斗性能、主要诸元这三章，上面已经写得非常详细了，本来也不是什么深奥的东西，在座的学员们都已经年满18岁，我相信智力方面应该也没什么障碍。”这话听起来很嘲讽，可霍璟的表情却相当严肃，“所以，我的要求是，你们回去之后，不管花多少时间，以何种方式，都要把这部分内容倒背如流。等到下次开课，也就是明天，我会一个个询问过去，要是答不出或是答错了，会有相应的惩罚。”

他最后一句话说得轻描淡写，却让所有学员冷汗如雨下，钟云从也不例外，他的嘴角抽搐了一下，心想这不就是背诵课文吗，而且还不是抽背，是每个人都要背一遍！

太狠了，这位霍教官。

钟云从不动声色地扫视了一圈，果然发现不少人变成了苦瓜脸，不禁暗笑：对某些人来说，也许在训练场上跑上10圈都比背课文来得舒坦些，如果金虎那个傻大个还在……

不经意地想起这位室友，他原本还算活跃的思维骤然断了线，心一下子沉入谷底。

没有如果，金虎已经不在了。

钟云从的神思恍惚不已，以至于都没怎么听清楚霍璟后头说的那些话，金虎之死不停地在他脑海中沉沉浮浮，弄得他心烦意乱。

他正出神的时候，手肘冷不丁地被同桌的冯小山撞了一下，他猛地一惊，发现教室内不知道什么时候安静下来了，而讲台上的霍璟，正淡淡地看着他。

钟云从顿时慌了神，手脚都不知道该往哪摆，霍璟冷声问道：“你在听我说话吗？”

“呃……听到了……”他硬着头皮开口，“背书……”

“好，明天就由你打头吧。”霍璟说完这一句之后就不再看他，直接宣布，“解散！”

没想到这堂课居然只上了五分钟就下课了，冯小山盯着霍璟离去的背影，颇有几分仰慕：“别说，这霍教官还挺酷的！”

钟云从不知在想些什么，没有作声。

冯小山有些不满，开始落井下石：“不过啊，你就惨了。”

“你是说第一个背书吗？”钟云从抬起头，不以为意地笑笑，“反正迟早要轮到的，早死早超生。”

他的歪理竟然让冯小山无法反驳，语塞片刻之后，后者翻开教材看了几页，又向他炫耀起来：“嘿！这些枪我在我老爹那里都见过，名字都叫得出……”

“小山，”钟云从蓦然打断了他，“帮我一个忙吧。”

冯小山故作姿态：“哼，这两天都不理我，有事才记得我！”

出乎他意料的是，钟云从却前所未有地郑重其事：“一个很重要的忙，拜托了。”

Chapter 14.
夜探

“喂，你确定不会被发现吗？”夜色正浓，两个鬼鬼祟祟的身影溜到了一座办公楼下。

“原来你也有对自己的异能没信心的时候啊？”钟云从嘲笑道，“被发现就被发现呗，你不是跑得快吗？就算是治管局的人也追不上吧？”

冯小山白了他一眼：“我一个人当然没问题啦，刀山火海都不在话下，可现在的问题是我还得带着你这个累赘啊！我以前从来没试过在发挥异能的时候带着别人，不知道会不会影响我的速度。”

钟云从听他这么一说，心里也有点打鼓，但这件事对他来说是箭在弦上，不得不发，如果不搞清楚金虎的死因，他会一直寝食难安的。

他坚定了决心，索性对冯小山说：“这样吧，你把我弄上去就行了，之后要真是运气那么差，你就自己逃吧，不用管我。”

冯小山倒是被他这话搞得不好意思起来，他挠挠头：“你这话说得……我是那种没义气的人吗？我才不会一个人逃跑呢！”

“真到了那种地步，可不是讲义气的时候。”钟云从叹了口气，“这是我自己的私事，不想把你也牵扯进去。”

冯小山有自己的主意，也不再跟他纠结这个问题，又问道：“对了，都快一天了，你确定金虎的尸体没被治管局运走吗？”

“没有。”钟云从的回答很肯定，语气沉重起来，“今天训练营通知了金虎的家人，他家里只剩一个母亲了，他母亲说什么也不同意治管局对金虎进行尸检，怕尸骨不全，没法投胎。因为她以自杀相威胁，霍教官他们没办法，暂时先把金虎的尸体停放到了这栋楼里。”

冯小山嗤之以鼻：“这都是迷信的说法吧，不尸检怎么给她一个交代啊？”说到这里，他又瞅了钟云从一眼，狐疑地问道，“说起来，你还没告诉我，你非要去看金虎尸体的原因，该不会你要去偷偷进行尸检吧？”

“你也太高看我了，我像是有那能耐的吗？”钟云从自嘲完毕之后，忽然发现自己要做的事情虽然不是传统意义上的尸检，但是对亡者临死前记忆的探索，从某种意义上来说，这也算是一种尸检吧，只不过是精神方面的。

“那你……”冯小山正要打破砂锅问到底。钟云从却扯了他的袖子一把：“先别说了，你快进去看看楼里是什么情况，顺便探一下金虎停尸的具体位置。”

冯小山有点无奈地看着他，他露出一个讨好的笑：“拜托啦！我请你吃饭！”

“那我要满满一盘大鸡腿！”

“十盘都没关系，只要你吃得下！”

钟云从面上笑着，心里却沉重得很，其实这件事，风险真的不小，可冯小山还是答应了。

这让他对这个娃娃脸分外地感激。

冯小山独自行动的时候，风驰电掣，确实谁也无法阻挡，甚至是无法察觉。

钟云从眼睁睁地看着冯小山化成了一阵无声无形的风，唯一能证明他存在的是摇曳的草叶和晃动的树梢。

他在那一瞬间爆发出来的速度，比平时捉弄他的时候要快无数倍，大概这才是他真正的实力。

他拨动树枝，发出动静，在转移守门人注意力的一瞬间，遁形而去。

即便同是异能者，那两位负责守卫的治安官在他超尘逐电的极速面前，亦是迟钝得如常人，冯小山从他们之间穿行而过，后者却只觉得是刮来了一阵风。

他们的反应依旧还停留在发出异动的树枝上，二人警觉地望过来，钟云从早已屏气凝神地躲到了树干后。

“是鸟吧？”一名治安官看了好一会儿也没看出什么异样来。另一名也点点头："嗯，应该是。"

这时候，冯小山早就已经进到办公楼内部了。

还算顺利，钟云从暗暗地舒了口气。

大约五分钟之后，冯小山回来了，这一次他没有冒险走大门，而是从建筑背后绕出来的。

"我已经摸清金虎停尸的位置了，待会儿我背着你，从后面走。我开了扇窗，我们翻窗进去。"

钟云从自是没有异议："好！"

冯小山背着他，又是一阵风驰电掣，看起来速度没下降多少，甚至钟云从还能在呼呼的风声里听到他说话："我还是头一回在使用异能的时候背人，感觉还不错。"

钟云从被扑面而来的风吹得眼泪都要出来了，根本没法接他的话，好在他速度快，几个眨眼间，就绕到了建筑背后。

"这边没有守卫了。"冯小山把人放下，指着一扇洞开的窗户，"我们就从这儿进去，你能行吧？"

钟云从喘了口气，瞪他："别小看我好吗？这一个月的特训也不是白练的。"

冯小山笑笑，率先攀上窗台，又轻灵敏捷地落了地。片刻之后，钟云从也跟着翻了进来，动作不如他轻盈，但也还算灵活。

"在三楼。"

但钟云从却没动，怔怔地望着窗台。冯小山性子急，过去拉他："发什么呆呢？快一点，随时都会有人来的！"

"不……我想已经有人来过了。"钟云从声音低沉，他指着窗框，"小山，你刚才踩到这儿了吗？"

冯小山一头雾水地凑过去，发现那窗台想来是很久没打扫过了，积了厚厚一层灰，边角的位置，有一个残缺不全的印迹。

"呃，这……像是鞋印？"冯小山终于明白了他的意思，连忙摇头，"笑话，我身手那么好，怎么会留下脚印？"

"也不是我……"钟云从蓦地睁大了眼，想到了一个可能性，一把拉过冯小山，"赶紧上去！晚了我怕来不及了！"

冯小山又听不懂了，但还是听话地把人背了起来，准备以最快的速度上到三楼。可当他使用异能的时候，忽然有种奇异的感觉漫过全身。

冯小山仿佛恍惚了一下，等到回过神的时候，发现自己已经在三楼了。

可是，情况不对劲！

“起火了！”他一眼就发现停放着金虎尸体的那间屋子冒出了火光，两个人也被迅猛袭来的浓烟呛得直咳嗽。

可怎么会呢？不就那么点时间，这停尸房怎么就毫无预兆地起了这样的大火？

冯小山百思不得其解。

“钟云从你要干吗！”他正晕头转向的时候却瞅见身边的人居然不管不顾地要往着火的房间冲，他死死地拉住钟云从，“想找死啊！”

“他竟然……竟然……”钟云从双手颤抖，“他想毁了金虎的尸体……”

“你说谁？”冯小山愈发摸不着头脑，但不妨碍他把钟云从往回推，“不管怎么样，那边你是不能过去了！”

钟云从提线木偶一般被他推着走，大脑变成了一团乱麻。

而唯一能确定的是——任杰一定不是凶手。

他们没走几步，楼梯间里忽然传来一阵急促的脚步声，不多时，霍璟就带着一群人将他们堵了个正着。

“怎么又是你？”霍璟冷着脸，“火是你们放的？”

冯小山急忙否认：“跟我们没关系！我们刚到就这样了！”

霍璟皱着眉，正要说些什么，却猝不及防地被人抓住了衣袖。

“霍教官，”钟云从的眼睛被火光映得格外明亮，“这是毁尸灭迹。因为凶手不想被我找到。”

“可是，”他字字透着冷意，“我已经知道他是谁了。”

训练营内不乏奇人异士，办公楼里那场突如其来的火在最短的时间内被扑灭了，火势没有蔓延得太广。

只是金虎的遗体被损坏得很厉害，皮肤、毛发都被烧焦了，从楼里搬出来的时候，有好事的围观者只看了一眼就吐了。

他母亲闻讯赶来，一路号啕大哭，见了儿子凄惨的遗容之后当场昏了过去。

场面登时乱成一锅粥，钟云从望着不省人事的金虎妈叹了口气，又转过脸继续哀求霍璟：“您就让我和任杰见一面吧！我就问他一件事，保证不跟他有接触，这样总不违反你们的规定了吧？”

霍璟还是那般油盐不进，软硬不吃：“我说过了，这事跟你没关系，你唯一的任务就是训练。再说了，你和那个冯小山擅闯办公楼，还把那个纵火的家伙引了过来，我还没找你算账呢！”

钟云从一怔，下意识地想为自己争辩些什么，可一张口，却又不知道说些什么好。

的确，那个人是在冯小山打开窗户之后先他们一步进去的，想必之前也是循着他们的踪迹而来。

看来，对方十分了解他，完全摸透了他的想法，甚至……还能预测他的动向。

沉默片刻，钟云从复而开口：“对了，窗台上那个鞋印……”

霍璟瞥了他一眼，声音冷淡：“只有鞋尖的一小部分，只有这个，没法成为证据。”

“不，我是想说，他先前如果一直在暗中跟踪我和冯小山而令我们毫无察觉，为什么翻窗的时候会不慎留下痕迹？”钟云从眨眨眼，“会不会是有什么特殊情况……譬如，那个人身上有伤，影响了他的行动？”

“这只是你的猜测而已，没有……”

“没有证据，”钟云从无奈地笑了一下，“我知道，所以我才想着找证据。”

霍璟被他打断，已然显出不悦之色，又听他自作主张自说自话，脸色变得更加阴沉：“说过的话，我不想重复。”

“霍教官，我明白您的意思，我并不是非要多事显摆自己，更不是怀疑您和其他治安官的能力。”钟云从的语气诚恳至极，“我只是……想帮帮那个可怜的母亲而已，也想让我的室友早日入土为安，而且……”他忽然凑到了霍璟耳边，压低了声音，“那个人，很可能跟外头的那起碎尸案也有关系。”

他说完之后就眼巴巴地瞅着霍璟，希望自己的诚意能打动这尊冷面佛。

而霍璟，在他希冀的目光中，面无表情地发了话：“把他给我带下去，关禁闭。”

钟云从颓然叹气：这家伙，真是个死脑筋，一点都不知道变通！

不过，没多久，他就将恶评全都收了回来，因为霍璟不知是有心还是无意，竟然把他和任杰关在了一间屋子里。

霍教官这个人虽然面瘫了点，说话冲了点，但人品还是不赖的嘛！钟云从喜滋滋地想道。

任杰作为嫌疑人被关起来，压力自然不小，尽管夜已深，他却一直辗转反侧睡不着。

当那扇紧闭了一天的门倏然被打开的时候，他立刻便被惊动了，更别提随后还有个人被丢了进来，他如同惊弓之鸟一般，直接跳下床，警惕地喝道："什么人？"

钟云从被人推搡进来，屋子里又一丝光线也没有，他的膝盖不小心撞上了什么，疼得他直吸气，还没缓过神来，就听到任杰在那儿咋咋呼呼的。

他担心这家伙不分青红皂白就出手，赶紧表明身份："别冲动！是我，钟云从！"

听出对方的声音之后，任杰紧绷的神经稍稍松弛了些许，但心情仍然不怎么好："怎么是你？难道你也……"

"你还有空关心我啊？"钟云从在黑暗中摸索着，可是实在太黑，他对这里的环境也陌生，这才几步，就砰的一声撞上了墙，额头立马冒出个老大的包。

"这里连盏灯都没有吗？"

任杰听着他在那儿哎哟妈呀地叫个不停，实在听不下去："这里是专门关禁闭的屋子，惩罚人用的，哪来的灯。倒是你，能不能有点出息？那点痛至于吗？况且，你的异能让你避开障碍物也不是什么难事吧？"

"你以为用异能不要力气啊？"钟云从轻轻揉着包，没好气地回他，"为了你的事，我今晚都没吃饭好吗！"

任杰自然没有心情与他打嘴仗，倒是听到了"为了你的事"这一句，登时惊喜交加，精神不由一振："你是来帮我的？"

"不然呢？我吃饱了撑的去招惹霍璟？"发完牢骚之后，钟云从也摸到了任杰面前，他的声音蓦然严肃起来，"不过在帮你之前，我要先问你一个问题。"

任杰呼吸一滞，旋即焦躁起来："金虎不是我杀的！你也怀疑我吗？"

"我要问的不是这个。"钟云从的手按在了他的肩上，声音冷静沉稳，连带着任杰的躁郁也跟着降了几分，"我是想问，你有没有想过，对方为什么能如此完美地嫁祸于你？"

任杰一怔，随后答道："因为，金虎的死法……"

"不错，很明显就是出自你手里那种时间控制的异能。"

"这……我也不知道是怎么回事，但真的不是我！"

钟云从笑了："不是你，那就是你爹咯？"

任杰怒道："也不是他！他杀金虎做什么？"

钟云从无奈了："既不是你，也不是你爹，那是谁？你觉得，'孤岛'里除了你和你父亲，还会有第三个人拥有同样的异能吗？"

任杰一时哑口无言，好一会儿才沉沉地叹了口气：“也不可能。”

“为什么不可能？”钟云从反问。

任杰低声道：“一直有人在做相关的研究，可目前为止，除了遗传，以及苏闲那种极为特殊的情况之外，没有其他的方式可以复制异能。”

钟云从不作声了。

须臾，他再开口的时候，已经是另一个话题了：“任杰，晚些时候我会拜托霍教官，我们做一个实验。到时候，你要好好配合。”

任杰不知道他葫芦里在卖什么药，但说不清为什么，还是不由自主地一口应了下来。

彼时曾经被他视为眼中钉的家伙，如今竟然成了他唯一能信赖的人。

说起来，还真是讽刺，任杰自嘲地一笑。

第二天清早，钟云从被放出禁闭室的时候，眼睛差点被光线刺得睁不开。

“瞎了瞎了……”

他正蹲那儿揉眼睛的时候，背后传来熟悉的声音：“如果我没记错的话，你们的晨练时间差不多要到了。”

钟云从一听这声音就牙疼，他站起来，转过身的时候已经换上了一副殷勤的笑脸：“霍教官早！”

霍璟睨视着他：“还不走？”

钟云从假装没看出对方眼底的嫌弃，厚着脸皮套近乎：“不急不急……对了，您老早饭吃了没？要不我去帮您跑一趟？”

霍璟的神情变得有些古怪：“我看起来很老吗？”

“呃……”钟云从差点咬到舌头，赔笑道，“当然不是！就是个尊称，尊称。”

霍璟的面色阴沉得厉害：“希望你还记得我昨天布置的作业。”说完即走。

钟云从被惊出了一身冷汗，因为他不仅记起了霍璟的作业，还想起了他是第一个背诵的人。

“霍教官！”他急急忙忙地追了上去。霍璟脚步一顿：“怎么？想求情吗？可惜来不及了。”

“跟您求情也没用吧？”钟云从赧然一笑。

霍璟冷哼一声：“说了一堆有的没的，你到底想问什么？”

“其实……我就是想问问，”钟云从期期艾艾地开口，“那个人……你让人盯着了吧？”

霍璟回过头瞪了他一眼：“滚！”

钟云从从善如流，立马就缩着头跑了。

他有直觉，虽然霍教官摆出了一副死人脸，但应该还是听进了他的话的。

这第二堂射击课还没开始，教室里就格外热闹。

霍璟走进来的时候，发现教室里人声鼎沸，其中还掺杂着一阵阵刺耳的噪音。

他皱着眉望过去，发现又是钟云从那家伙，他被一堆人围着，好似众星拱月一般。

“哎，真的响了？难道说，这不是冒牌货，而是真的？”一个人双手捧着个打火机似的小玩意儿，满脸的惊奇。另一个人劈手夺过：“让我试试，看看会不会叫！”

“嘎嘎嘎！”那小东西到了另一双手里，跟只烧了屁股的鸭子似的乱吼乱叫。钟云从的声音懒洋洋地响起来：“你们都小心点，别弄坏了啊。”

“你们都是异能者，让我这个没有异能的试试！”又有人抢过了那小玩意儿，结果到了他手里，尖叫声真的消失了。

“哎哟，莫非37号没骗人，这真的是异能感应器？”

“是真的吧？当初训练营报名的时候，就有这么个感应器在，专门拿来识别异能者的。”

钟云从嗤之以鼻：“货真价实的好吗？”

“可这感应器不是两大部门才有吗？你这是哪来的？”有人提出了质疑。

钟云从挑挑眉：“跟人借的，很快要还回去的。”

“你跟谁借的？总不会是霍教官吧……”

一句揶揄还没结束，霍璟的声音就冷冰冰地压了下来：“上课。”

霎时间，教室里鸦雀无声。

钟云从揣着他那个感应器，慌里慌张地找了个位置坐下，结果屁股还没坐稳，又被叫起来了。

“37号。”

霍璟平静无波的目光扫过他，钟云从浑身一震：“在、在！”

他手忙脚乱地站起来，不止弄倒了自己的椅子，还把感应器也给甩了出来。

那小东西在地上滚了好几圈，最后滚到了一个人脚边。

“那是什么？你，拿过来给我！”

座位上的路远似乎有些茫然，片刻之后才反应过来霍璟是在跟自己说话，他赶忙点头，而后，弯下腰，伸手捡起感应器。

在他的指尖碰触到感应器的那一刻，钟云从不由自主地屏住了呼吸。

可令他失望的是，感应器在路远手里安安静静的，一丝一毫的噪音都没有发出。

他慢慢地垂下眼，眼底被阴影笼罩。

路远拿着感应器，走到了讲台边上。

霍璟接过那小东西之后，瞥了路远一眼：“回去吧。”

路远恭谨地点了下头，转身走回原位。

而这时候，出乎所有人意料的事发生了——霍璟的手里蓦地多了支枪，他毫不迟疑地冲着路远的后脑勺扣下扳机。

子弹呼啸而出，众人一片哗然。

路远侧过脸，视线落在了一个人脸上。

钟云从静静地与他对视。

路远停了下来，距离他脑后不足一厘米的子弹，也跟着停了下来。

汽车刚刚驶出治安所，正加速往济世医院的方向驶去的时候，苏闲得到了一个消息。

“头儿，我们跟了姜岂言一天，他刚刚从纠察队总部离开，正往济世医院的方向去。”

报告消息的正是他派去跟踪姜岂言的眼线，苏闲一听，心想正好，现在张既白下落不明，他也懒得顾忌太多，到时候有什么话当面说好了。

他立时下了命令：“你们跟上，把他堵在济世医院里，翻脸也没关系，就是别让他逃了。我马上就到！”

“是！”

苏闲收起通讯器，出声催促：“再快一点！”

开车的是冰女，她倒是很干脆，又把油门往深里踩，车身一震，陡然提速。

车上的其他乘客都被这风驰电掣的速度吓得战战兢兢：“会不会太快了一点？我怕咱们这破车支撑不住，半路散架了。”

苏闲也没想到冷若冰霜的冰女还有飙车的潜质，说实话，他也有点担心这车会被她开报废，可毕竟说出去的话泼出去的水，他也只能受着了。

可惜冰女车速再快，也赶不上事态的变化快。

他们才刚在济世医院停稳，苏闲又收到了新的消息。

这一回可不是什么好消息："姜岂言不见了！"

苏闲又惊又怒：哪里出差错了？

他匆匆走进济世医院，那两个充当眼线的下属也迎了上来，两个人都是一脸愧色："我们没想到，他在医院里埋伏了人手，我们刚跟到这里，他的人就毫无预兆地开火了。咱们虽然不怕他们，但当时干起来就是一片混乱，等回过头的时候，姜岂言他……"

"他跑了？"苏闲的脸色很不好看。姜岂言竟然早有准备，这说明他已经察觉到了苏闲布置的人手。

不过他这番应对，倒也侧面说明这家伙绝对是心里有鬼。

"话说回来，头儿，我觉得他应该只是找了个地方藏起来，还没出这家医院。我当时把守住了大门的位置，被围攻狼狈归狼狈，可绝对没有放掉哪条漏网之鱼，更别说姜岂言这条大鱼了！"

下属的话又让苏闲精神一振，他放眼望去，发现住院大楼下确实蹲着一群被捆起来的身穿纠察队制服的人。

"你们去把医院的所有出口都守住，剩下的人，把整座楼都搜一遍，把姜岂言和张医生给我找出来！"

治安官们领命而去，而他自己则走到了一名被捆着的纠察队员身前，沉声开口："姜岂言去哪了？"

那名纠察队员惶惶不安地看着他："我也不知道……当时我被那位老兄压着揍，根本没注意到我们队长的行踪……"

苏闲见他鼻青脸肿的，想来所言非虚，心情却又恶劣了几分，显到了脸上，又把对方吓得够呛。

他站了起来，高声问道："没有人看到他往哪儿跑了吗？"

10来个纠察队员面面相觑，最后在苏闲阴沉的目光下齐齐摇头。

"你们啊，最好别骗我。"苏闲竟然笑了，声音也跟着柔和了几分，却更让众人畏惧，"我把话说开了吧，不是我闲着没事找你们姜队长的麻烦，而是他姜岂言跟两起碎尸案都有干系，你们要是不知好歹，继续替他欺瞒的话，也讨不着什么好果子吃。"

纠察队众人冷汗直流："我们真的什么都不知道。今天潜伏在这里，也是队长的意思，说是要抓捕一伙刺头，只是没想到是治管局的兄弟。"

苏闲沉默片刻，又问了一遍："真的不知道？"

那帮人依旧摇头："真的不知道。"

不管这些人是真的不知情还是装傻，这一时半会儿的，他还真拿他们没什么办法。

"姜岂言是不是经常来这家医院？"他突然换了个话题。

很快有人接话："对，因为姜小姐常年住院。"

苏闲抬头仰视着住院大楼："你们最近有人见过姜小姐吗？"

大部分人还是摇头，只有一个人出声："我最近倒是跑过一次医院，给姜小姐送花。"

苏闲目光灼灼地盯着他："什么时候？"

那个人怯怯的："就……两三天前吧。"

"姜岂言让你去的？"

"嗯，因为队长最近很忙，没空过去，所以让我……"

"姜楚楚最近怎么样？"

那名纠察队员怔了一下，面色有了一点微妙的变化："她看起来好了很多，能下床走动了。"

"她好了很多？"苏闲不可置信，"她怎么会好？她得的不是绝症吗？"

"这我就不清楚了……"

张既白亲自下的诊断，应该不会错的。可这个人现在却对他说，姜楚楚好转许多了。

苏闲不懂医理，但他记得姜岂言想要治愈姜楚楚的决心，或者说是执念。

他的直觉告诉他，姜楚楚的好转，与那两起碎尸案之间一定存在着某种联系。

"头儿！"苏闲正打算亲自到楼里查看一番的时候，有下属前来汇报，"我们已经搜遍了七层楼的所有房间，没有发现姜岂言的身影，也没有发现张医生的踪迹。"

苏闲倒吸一口冷气：都不在？张既白也就算了，姜岂言在这么短的时间里就能从他们这些人的眼皮底下逃出去？

"那姜楚楚呢？她在吗？"他连忙问。

下属愣了一下："我这边没看到，可能其他人那里有消息。"

可所有参与搜寻的治安官，都说未曾见过姜楚楚。

姜岂言已经把他妹妹转移走了？既然如此，他为什么还要特意跑来济世医院，并且还事先安排了埋伏？是在故布疑阵？

张既白呢？落在他手里了？

一个接着一个的疑问在他的脑子里搅成了一团糨糊，苏闲闭了闭眼，率先往住院大楼里走去：“再搜一遍！”

第二轮搜查过后，治安官们仍然没能发现任何人的踪迹，不过苏闲倒是从济世医院的负责人嘴里撬出了一些关键信息。

第一，张既白确实来过济世医院，可他是什么时候离开的、怎么离开的，就没有人知道了。

第二，姜楚楚在一个月里接受过两次大的手术，手术的具体内容，在他的威逼利诱之下，对方终于吐露——是器官移植手术。而她已经于两天前转院，至于转到了哪里，也是个谜。

第三，为姜楚楚做手术的是个叫徐明的医生。

尽管并没有找到想找的人，但这三条信息加在一起，足以让苏闲推理出碎尸案的真相了，他也总算知道了两位死者消失的脏器究竟去了哪里。

它们现在，应该就在姜楚楚的身体里运转着。

“姜岂言……你好大的阵仗啊！”

苏闲震怒的同时，亦感到无限齿冷：这个人，不，他已经不能算是一个人了，一个人，怎么能为一己私欲干出这般穷凶极恶的事？

你有瞒天过海的胆子，还跟我暗度陈仓这么久，我倒要看看，你有没有本事逃出“孤岛”？

只要你还在，就算掘地三尺，我也会把你翻出来。

“先回吧。”下属正想进行第三轮搜查，却被苏闲制止了，“他已经逃了，我们继续待在这里也是浪费时间。先回治安所，查查那个徐明的底细。”

张既白睁开眼的时候，被天花板上的日光灯的冷光猝然刺痛了双目。

腹部的某处也在作痛，不过他没把这点痛楚放在心上，他是医生，知道这不是什么致命伤。

他又闭上眼，须臾，才又睁眼。

“你醒了。”

他听到熟悉的声音，下意识地看过去，与对方那张俊美的面孔对了个正着。

姜岂言在微笑。他这个人，脸上时常都是挂着笑的，可大多数时候，都是各式各样的假笑，仿佛一张张逼真而精致的面具。

张既白看得多了，就格外厌烦。

可这回不同，张既白看得出，他这次的笑意是从心里直达眼底，是自内而外、真心实意的笑，不掺任何虚假。

却让张既白憎恶。

“我是不是应该恭喜你一句？”张既白闭上眼睛，声音冷淡，“毕竟，夙愿达成。”

姜岂言脸上的笑意加深了许多：“张医生不必勉强自己。”

张既白的唇边浮出一抹满含讥诮的笑意：“你倒是有自知之明。”

“我向来很有。”姜岂言侧过脸，笑眯眯地注视着他，“能做什么，不能做什么，我一直心里有数。”

“所以这个案子，从头到尾，你都没有亲自参与过。”张既白冷冷地开口，“为你掳走受害人的是那个未知的异能者，杀人分尸的是那个叫徐明的医生，抛尸的是林雪。而你，干干净净，手上没有沾上任何一滴血，甚至还能道貌岸然地以破案人的身份出现。”

姜岂言叹了一声：“徐医生的手段确实残忍了些，我本来也不希望他这么做，一是对死者不敬，二是碎尸的形式也着实太惹人瞩目了。可他坚持这么做，说这是最好的处理手法，谁让你们那里有个钟云从呢。”

“这么说，”张既白大笑起来，“你们还是被逼无奈了？”

姜岂言苦笑起来：“我知道你有多看不起我，但事实如此。”

张既白别过脸，不愿再多看他一眼：“小桃也在你手里吧？她一直是你计划里的一环，你从来不曾放过她！”

“可我也没杀了她。”姜岂言垂下眼，掩去某种复杂的情绪，“是我对不住她，我会好好安置她和她的家人的。”

“你当时说，她治不了你妹妹，所以你不会再找她麻烦。我信了，因为的确如此。”张既白喟叹道，“可我也忽略了，她的血终究是很有作用的。如果我没猜错的话，你妹妹能在经历了两次大手术之后恢复得如此之快，就是因为输了她的血。”

姜岂言没有否认。

“我最后问你一个问题。”

姜岂言看了他一眼，不置可否。张既白自顾自开口：“楚楚她知道你的所作所为吗？她知道她的五脏六腑都是从别人身上挖来的吗？”

姜岂言依旧没有作声，可张既白能从他骤然急促起来的呼吸声里判断出一二。

“哈哈！”张既白大笑出声，斜乜了姜岂言一眼，眼神里满是鄙夷和嘲讽，“如果她知道了，你猜会发生什么？”

“她不会知道的。”他说着转身往外走去，“我不会让你活着见到她。”

“姜岂言！”张既白蓦地拔高了声线，“你会得到报应的！”

姜岂言嗤笑一声，他的脚步甚至不曾因此停顿一下。

“如果不报在你身上，就会报在她身上！”

姜岂言的步伐立止，他回过头，脸色阴得能滴出水。

“你要是现在就想死的话，我不介意提前送你一程。”

张既白莞尔一笑：“我死也好，活也罢，有些事情，并不会因此而改变。”

姜岂言牙关紧咬，目光阴沉。

苏闲一直在琢磨姜岂言的行动。

不单单是他的去向，还有他脱身前后的布置。

姜岂言提前在济世医院里部署了人手，说明他早就知道自己已经露了马脚，所以他早有计划，预备脱身。

可为什么他会选在济世医院？苏闲觉得他这个地点选得很蹊跷。

济世医院常年有纠察队的眼线在，姜岂言不可能不知道张既白去过那里，更何况张既白还在那里离奇失踪了。

而苏闲在得到消息之后，必然是要带着治管局的人赶过去的。

这样一来，济世医院分明就变成了一个极其惹眼的目标。即使姜岂言早有埋伏，纠察队那些人也根本不可能是治安官们的对手，不仅如此，姜岂言还很有可能会被他堵个正着。

这么高的风险，苏闲不信姜岂言那么精明的人会算计不到。

他为什么要这么做？他只是为了脱身，不是吗？

当时苏闲忙得不可开交，又心系张既白的安危，济世医院无论如何都是要去的。姜岂言完全可以随便找个地方躲起来，而苏闲很可能分身乏术，没法第一时间前去追击。

东城不小，姜岂言要是藏得隐秘点，苏闲和他的人也不是在短时间内就能找到的。何况还有人迹稀少的西城，越过分界线，茫茫废墟，更是难觅踪迹。

他处心积虑，不就是想逃吗？往哪不是逃，为什么偏偏选择了对他来说危机重重的济世医院？

除非……他知道自己一定能够在济世医院成功脱身。

事实上，他也确实做到了，就在苏闲两个下属的眼皮底下不声不响地逃之夭夭了。

用其中一个人的话来说就是："他真的是一眨眼的工夫就消失了！前一刻还混在那群纠察队员里，下一刻就不见了，我差点怀疑自己看走眼了！"

消失？这个词用得很微妙，至少说明姜岂言的逃脱过程用时非常短，短到让他的两个下属都没反应过来。

其实不只是他的人，姜岂言自己的人也一样没反应过来，当时一片混乱，乱着乱着那家伙就悄无声息地溜了。

他手下的纠察队员们就相当于他扔出的烟幕弹，专门用来迷惑对手以及拖延时间，这一点苏闲理解，但他想不通的是，那家伙怎么能逃得那么快？他又往哪里逃了？

他的下属斩钉截铁地告诉他，当时大门出口是被把守住的，没放一个人出去。苏闲相信自己人的话，这就说明姜岂言根本不是从大门出去的。

济世医院不小，出口不止一处，但其他出口与大门都隔着相当一段距离，就算跑，也不是一时半会儿能到的。

而苏闲带着其他人赶到的时候，也就在姜岂言刚失踪之后，苏闲第一时间派人去封锁了其他出口，治安官都是异能者，那脚力与常人不可同日而语。而姜岂言只是个普通人，苏闲的下属绝对能比他更早到达其他出口，这点苏闲是有信心的。

排除了姜岂言从其他出口离开的可能性，那似乎就只剩下他并没有走出济世医院，而是躲在了医院内部的某个角落的可能性了。

最让苏闲郁闷的也是这个，济世医院前前后后让治管局的人搜了三遍，惹得医患双方怨声载道，结果却是徒劳，连姜岂言的影子都没发现。

苏闲并不认为是自己的下属办事不力，而是姜岂言的消失太过诡异了。

苏闲颓然一坐，单手撑着下巴，指节不自觉地轻叩着桌沿，真是奇了怪了，难不成这姜岂言其实是个隐藏多年的异能者，藏着什么飞天遁地的本领？

他正焦躁烦闷的时候，办公室的门被敲响了，他轻轻敲了一下额头，勉力让自己平静一些，这才出声："请进。"

来人是冰女，她手里捧着厚厚的一沓东西，进门之后，直接递给了苏闲。

苏闲瞥了一眼，发现是一份老旧泛黄的档案，他大概猜出了是什么东西，不过他这会儿头痛得不行，不愿自己翻，便懒洋洋地一抬手："不看了，你直接拣重点说给我听吧。"

冰女细眉微蹙，心想她也是花了好些时间才把这些旧档案整理好的，她的分内事已经了了，剩下的不归她管，结果一抬眼却见那人双手合十，笑得一脸讨好，毫无领导风范："拜托啦。"

扫过对方眼里的红血丝和眼底的乌青，她妥协似的叹了口气，打开了档案袋。

"徐明是化名，他原名徐文鑫，毕业于前梦川大学医学院，毕业后进了前梦川市第一医院，成为了一名外科医生，工作五年后因不明原因被解雇，不久又受聘于博峰生物制药公司，成为了一名研究员……"

苏闲听到这里的时候，目光瞬间犀利起来，连带着背脊也绷紧了，"博峰"这两个字让他如鲠在喉，如芒在背，深深地刺痛了他。

事实上，不只是他，全体梦川市民皆是如此，"博峰"之于"孤岛"，等同于邪恶的代名词，是一切悲剧的根源。

"你说，这个徐文鑫在博峰工作过？"

"是。"

冰女手里的资料冷不丁就被人抢走了，这倒也是意料之中的事，她面上毫无异色，依旧不紧不慢地继续着自己的汇报："24年前，他因为进行了数起非法人体实验，被当时的公安及检察机关以故意杀人的罪名逮捕并起诉，没想到在审判前夕，'失乐园'病毒爆发了。后来您也知道，整座城市都失去了秩序，职能部门也跟着瘫痪了，犯人们趁乱出逃，他也混在其中逃出了看守所，而后隐姓埋名，犯下的罪行也就不了了之了。"

苏闲快速地翻阅着那些旧档案，那个徐文鑫所谓的实验尽是些诸如活体解剖、切除四肢并将肢体重新接到人体的其他部位一类的丧心病狂的暴行，完全就是变态一个。

这些资料应该是从以前的公安机关的卷宗里拿出来的，还配了些作为证据的照片，尽管年代久远，照片像素也不高，但依旧能够从中窥见"实验"现场的血腥与残忍。

"看来杀人分尸的就是这个人了！"苏闲一拳砸在桌面上，"可恶！我非得抓着这老东西不可！"

他说着要将档案交还给冰女，临了却又想起了什么："对了，这里头应该有他的照片吧？我先看看他长什么样。"

他顺手翻到了第一页，却在瞥见徐文鑫照片的那一刻浑身一颤。

冰女被他的反应吓到了，上前一步，扶住了上司的肩膀，同时视线落在贴着照片的那一页，皱起眉："怎么了？您见过他？"

这是份20多年前的老档案，徐文鑫的照片自然也是他年轻时候的旧照片。

别说，这家伙看起来还是人模人样的，生着一张圆脸，嘴角微微牵着，透着可亲的笑意。

可就是这么一个面相和善的人，却是两起碎尸案的主犯之一。

“是他……是他……”苏闲的手颤颤巍巍地捂上了右眼，“当年就是他摘走了我右眼的眼角膜。”

冰女倒吸一口冷气：“您的右眼，是因为他……才会失明的？”

苏闲紧攥着那一页，指关节开始泛白：“他那张脸，我永远都不会忘记。”

“那就更要抓到他了。”冰女冷冷地开口，“我这就让人……”

“等等。”苏闲的声音听起来有些虚弱，但已经镇定了不少，“徐文鑫要找，姜岂言这个幕后主使也要找，我方才已经有了一些头绪，现在想麻烦你再帮我做一件事。”

“您说吧。”

“我本来一直在想，姜岂言为什么能在济世医院顺利逃跑，后来我明白了，如果不是他有什么飞天遁地的本事，就是济世医院暗藏玄机。”

苏闲深吸一口气，原先震荡的情绪已经彻底平静下来了：“所以我想让你把济世医院当年的设计图纸，包括建筑图与结构图都找来给我看看。”

冰女面露难色：“先不说这些东西还在不在，就算还在，也应该是在综管局那边保管着……”

“那我先打个电话去综管局问问。”

他说着就立马拨号，综管局那边好一会儿才接了电话，他说出了自己的要求，那边表示要查找之后才知道这种旧图纸还在不在。

苏闲一开始还好声好气地拜托他们查，在对方流露出不情不愿甚至推三阻四的迹象之后，他登时强硬起来：“不想查？这可由不得你们！”

他说完便挂了电话，转头看向冰女：“你现在带着人过去，别让那些人溜了！”

“如果他们不让我们进去呢？”

“把门破开。”

“如果他们就是不干呢？”

“拿枪顶着。”

冰女闻言笑了起来，甚至罕见地打趣了一下：“今晚之后，我看我们这些人都要集体下岗了。”

苏闲也笑了：“没关系，我全权负责，绝不连累你们。”

Chapter 15.
隐情

丁大成到达墓地的时候，天色已经很暗了。

这片墓园只有一个管理者，是个头发花白的老大爷。其实他并没有看起来那么老，也就40余岁吧，只是吃的苦多了，人也就沧桑了。

他很谨慎地打量着来人，厉声喝问道："你是什么人啊？这么晚了想干什么？"

哪有人大晚上来扫墓的？这家伙一副鬼鬼祟祟的猥琐样，怎么看怎么可疑，肯定是饿疯了想趁夜里偷祭品的！他都抓过好几个这样的贼了！

说实在的，丁大成除了头顶秃了一点，长相、气质还过得去，绝对和猥琐沾不上边，此刻也谈不上鬼鬼祟祟，失魂落魄倒是真的。

听到管理员的问话，他定了定神，旋即挤出一个笑容："我就是想来看看故人，没别的意思。"眼见对方仍是横眉冷对的，没有好脸色，他赶紧掏出自己的工作证，"您别误会，我真的不是坏人，慈幼院知道吧？我是那里的副院长，平时太忙了没空过来，今儿正好有点时间，所以……"

管理员接过工作证看了又看，也辨不出真假，只是又扫了来人一眼，发现他手里还提着鲜花和罐头，那应该就不是小偷了。

小偷都是来拿东西的，哪会带东西来？

于是管理员放下了心，挥了挥手："进去吧，不过别耽搁太长时间，毕竟是墓地，天黑了不吉利。”

丁大成连连点头：“好好！我就去看看她，不会逗留太长时间的。”

何况，他还有个地方要去。

这些年，他只来过一回，可俞琬墓地的方位，他一直记得清清楚楚。

他很快就找到了东南角的那座坟冢，和记忆里的差不多，只是墓碑两侧的柏树蹿高了许多。

丁大成就着一点月光，勉强看清了上头刻着的姓名，张嘴刚想说些什么，却突然眼角鼻头俱是一酸，眼泪成串地掉下来。他双膝一软，扑通一声跪在了俞琬墓前，声泪俱下地开了口：“俞老师，我……我来看你了！”说罢再也按捺不住，泪流满面，泣不成声，“我……我这么多年一直没脸来见你……你、你可怪我？”

与他相对的墓碑自然是不会回答他的，墓园里鸦雀无声，再没有第二个人，他肆无忌惮地哭了个痛快。

好半晌，他才抽抽搭搭地抹去眼泪，开始用袖子擦拭墓碑，一面擦一面开了口：“一晃，你也走了这么多年了，你儿子应该经常来看你吧？我不久前还见过他，他现在长得很高了，长得很像你，是个漂亮的小伙子。你那时候总担心他调皮惹事，现在不用担心啦！他长大了，懂事了，很优秀，就像你一样。他嘴上不说，可我看得出来，他心里一直记挂着你。这孩子跟你一样，重情重义，是个好人！

“我老了，头发白了，你都快认不出来了吧？嗐，你大概是不想见我的……可我还是厚着脸皮来了，你别恼我。我……我可能是最后一次来看你了，我这一走，怕是再也回不来……”

丁大成絮絮叨叨地说了半天，面上哀戚的神情陡然一变，竟然显出了几分坚定：“俞老师，我这个人懦弱了大半辈子，现在临老了，活够了，也想有担当一回，你在天之灵，一定要保佑我，也要保佑你儿子。”

“他最近在追查的案子，我是真没想到和她有关啊！你说当年大家伙儿一起办起慈幼院，一起照顾孩子们的时候，都是推心置腹、肝胆相照的，可是从什么时候起，我们这些人一个个都有了私心，都变了呢？”丁大成痛心疾首，长声喟叹，“坚守本心始终如一的，就只有你了。可偏偏就是因为这样，你才早早断送了性命……”

两行浊泪溢出眼眶，淌过丁大成的脸颊，他忽然拼命地磕起头来，磕得砰砰响：“一开始，我也以为是一场意外，可自从她把慈幼院搬到那地方之后，我就知道不是了。她一直跟我说，那个计划是为了‘孤岛’的未来，是好事，我信了，再加上慈幼院还有那么多的孩子都需要她养，所以我才一直替她瞒着。可没想到，这么多年过去了，她不仅没有收敛，反而变本加厉，竟然让她暗地里调教出的那些孩子干出那样丧尽天良的事！我是真的没想到啊……”

再抬起头的时候，丁大成的前额已经血肉模糊，不过他仿佛失去了痛觉，怔怔地瞅着那块墓碑：“不过你放心，你留下的遗物，我一直保管得好好的。你儿子跟我要，我一开始没敢给，毕竟牵涉了那么多人，我怕把他也卷进去，可现在她胡作非为到这个地步，我实在没法继续装聋作哑了，我这就去把那东西交给苏闲……呃！”

枪声骤起，一枚子弹毫无预兆地从他的后方袭来，穿透了他的前胸后背，他惨叫一声，扑倒在地。他抽搐着身体挣扎了好一阵子，临终前用尽全身力气抬起头，看了墓碑一眼，咽下了最后一口气。

他的血流了一地，浸透了石砖上的纹路，来人小心翼翼地避开血泊，快速而仔细地将丁大成的尸身搜了一遍。

“没有……没带在身上吗？”来人自言自语，“藏在住处吗？”

一阵急促而慌乱的脚步声传来，来人皱皱眉，丢下尸体，转身隐入黑暗之中。

治安所里，苏闲正低眉顺眼地挨着骂。

任副局长一口气训斥了将近10分钟，估计也骂累了，这会儿正坐在椅子上大喘气。

苏闲偷偷地活动了一下僵硬的脖颈，没想到这么一个小动作也没逃过领导的金睛火眼，随之而来的，又是一顿狗血淋头的痛骂。

综管局的人也不会忍气吞声，吃了亏自然会向上头告状，综管局的高层不好直接来教训他这个小辈，转头就去找了他的顶头上司。

这不，任副局长大为震怒，他老人家竟然直接上门找他算账了。

苏闲对自己的过错自然心里有数，也知道这顿训斥逃不掉，但他也有信心，知道这事也就到此为止了。

冰女他们到底还是有分寸的，既没踢坏综管局的门，也没真的掏出枪指着他们，最多就是……口头威胁了一下。

到底也没有实质性损伤，给综管局补个面子也差不多了，大不了他改天亲自上门道歉呗。

这也没什么，反正又不是第一次了。

而且，想要的资料到手了，这桩买卖还是很划得来的！

只不过……苏闲悄悄地觑了任副局长一眼，开始犯嘀咕了，心想这任局真是风采不减当年，骂了快一刻钟了还这么中气十足。

“看什么看！”任副局长吹胡子瞪眼，指着他的鼻子怒道，“我看你一点都没有认识到自己的错误！”

“认识到了，真的认识到了！我保证没有下次了！”终于得到了说话的机会，苏闲赶紧对天发誓，“为了表示我的诚意，我给您写份保证书？”

“你给我写有什么用！”

“好好好，那就写给综管局的同僚们。”苏闲赔笑道，“这事宜早不宜迟，我现在就去写？”

任副局长气呼呼地瞪着他，哪能看不出这小子分明是找借口开溜，不过看情形，确实是有急事，他也不想太耽误时间，便赶苍蝇似的挥挥手：“去吧去吧，臭小子真是一点都不让人省心！”

苏闲讨巧卖乖地一笑，正要出去让人把济世医院的设计图纸拿来的时候，办公桌上的电话蓦然响了。

“接电话。”任副局长粗声粗气地下了命令，苏闲不敢怠慢，连忙去接了电话，这是公务专用电话，他也怕有什么急事。

结果接起来之后，他很意外地发现，竟然是霍璟的来电。

他跟霍璟向来不对路，那家伙从来不正眼瞧他，今天竟然会主动联系他？

肯定是公务了。

可他最近不是被派到训练营当教官去了吗？就算是工作上，他们好像也没什么交集。

“训练营里找到了一名隐藏身份的异能者，他的异能也是时间控制。”霍璟一如既往地言简意赅，对上他的时候，更是如此，“可能跟你在调查的案子有关系。”

那家伙说完就撂电话了，甚至都没给苏闲回话的机会。

不说就不说，当我很想跟你讲电话吗？苏闲气冲冲地将话筒一掷，不承想一回头就对上了任副局长阴沉沉的脸，他打了个寒噤，立时赔笑道：“啊……一时忘了您也在，失态，失态。”

任副局长倒也没跟他计较的意思，顺口问了句：“谁的电话啊？”

说起这个，苏闲的表情立刻严肃起来：“是霍璟。他说在训练营发现了一个隐藏身份的异能者，很可能是碎尸案的嫌犯之一。”他说着瞧了领导一眼，补充了一句，“他说……那个人的异能也是时间控制，这样一来，任杰的嫌疑就变小了。”

任副局长的脸色立刻就变了："真的？"

苏闲笑了一下："您知道的，霍璟那个人，是不会说谎的。"

"说起来，他前两天也给了我通知，说训练营死了个人，看手法，我那小子嫌疑很大，所以被他暂时拘起来了。"任副局长叹了口气，"说实话，我挺担心的，不过毕竟规定在那里。为了避嫌，我一直没有过去，也没有干涉他的行动，没想到，这么快就找到了真凶。"

苏闲听他的语气，似乎也并没有多高兴，因此开口的时候也有些小心翼翼的："那现在我过去，还是……"

"你这边不是还有事吗？我去吧，正好看看任杰。"任副局长拿起放在桌角的帽子，往外走去，"顺便，也瞧瞧那个跟我有相似异能的人。"

苏闲也没什么异议，他这里也确实还有一堆事。

"那您慢走。"他送领导出门，"对了，让霍璟尽快把人送到我这里吧，这碎尸案我已经查了个七七八八，如果那人真是嫌犯之一，倒是帮了我大忙。"

任副局长的脚步一顿，回过头："哦？你查出来了？犯人是谁？"

"不止一个。"苏闲摇头，"现在案子还没结束，犯人也还没抓到。等尘埃落定之后，我再来跟您汇报。"

任副局长点点头："也好。"随后加快了脚步，"你别送了，忙你的去吧。"

苏闲也就停下了步伐，目送着任副局长离去。

可在视线无意中扫过对方的脑后之时，他倏地怔住了。

这时候冰女抱着一堆图纸走了过来，见他站着出神，便出声喊他："组长？"

他回过神来，表情变得有些古怪，他瞅着冰女，问了个奇怪的问题："你有没有发现，任局头上好像也有两个旋儿？"

冰女被他说得云里雾里："什么两个旋儿？"

苏闲张了张嘴，最后又摇头失笑："没什么，大概是挺常见的现象。对了，这就是济世医院的设计图纸？"

女下属颔首："对。"

他正要接过，却又听到她说："不过您大概没时间看了，因为，又发生了一起命案。"

苏闲呼吸一滞："什么？不会又是……"这姜岂言还没完没了了？

"这次不是碎尸。"冰女的神情却不见轻松，"但报案人说，死者是慈幼院的副院长。另外……”她避开了上司的眼神，低声地加了一句，“他死亡的地点……是您母亲的墓前。”

苏闲的脑子里轰的一声，脸上的血色褪得干干净净。

让下属把路远带走之后，霍璟竟然还坚持把课上完。

他不着急，可有人着急。

钟云从还搁那儿站着呢，就因为霍教官没发话让他坐下，他不止一次给讲台上的人使眼色，让他别忙着上课了，赶紧先去把嫌疑人审了，实在不行，找个人代课也行啊！

谁知弄巧成拙，他那一通挤眉弄眼反而惹恼了霍璟。霍璟看了他一眼，然后出声：“37号，我昨天发给你们的教材，关于枪械种类、战斗性能、主要老元这三章，你熟悉得怎么样了？”

这个霍教官是认真的？这时候居然一本正经地讲起了课？孰轻孰重分不清吗？

钟云从一时瞠目结舌，忘了回话，结果对方冷冷地瞟过来，他当即倒吸一口凉气：“呃……我昨天被关了禁闭，还没来得及看教材……”

“哦。”霍璟面无表情地点了下头，“那你为什么会被关禁闭？”

为什么关我，您心里没数吗？

不过再借他三个胆子，他也不敢说出这话，只好灰头土脸地答了一句：“犯错了。”

“那现在，错上加错，你说怎么办？”

我说了您能听吗？钟云从不住地腹诽，面上却是低眉顺眼，恭恭敬敬。

“把教材的前三章照抄一遍。”霍璟摆了下手，示意他坐下，“等你抄完了，估计也就记住了。”

钟云从乖乖坐下，又听他说：“其他人也一样，背不出来就抄全篇；哪里说错了就抄哪里。”

学员们面面相觑，最后有人忍不住出声：“霍教官……这教材里，大半都是图片啊！”

“不错。”霍璟的目光淡淡的，却透着无形的威压，“照抄，图文都要一丝不差。”

其他人皆是冷汗不止，叫苦不迭，唯有钟云从不把这当成一回事——其他的不好说，画画可是他的专长。

不过霍教官也真是……还以为他会有什么恐怖的惩罚手段呢，结果竟然是抄书，简直跟小学生没什么两样嘛。

眼角余光捕捉到那小子面上一闪而过的嘚瑟，霍璟皱了下眉，却也没说什么，而是按照顺序点了另一个人："下一位。"

第二堂射击课结束，在霍璟的严格要求下，抄书的人占据了大半江山。

学员们垂头丧气地走出教室，钟云从却不急着去食堂吃饭，在教室门外转来转去，冯小山就不明白了："怎么不走啊？午休时间很短的，下午还有训练呢。"

"再等等。"他的眼睛一个劲地往门里头瞄，冯小山也跟着瞅了几眼，发现教室里只剩下霍教官一个人了。

他恍然大悟："噢！原来你在等霍教官？"

钟云从还没来得及回答他，霍璟就走了出来，恰好听到这话，掀了掀眼皮："有事吗？"

"啊，就是那个……路远他……"钟云从支支吾吾地挤出几个字。

对方斜了他一眼，冷笑起来："你倒是够操心的。"

钟云从挠了挠头，赧然一笑，没敢接话。

"既然没事，就别挡路了。"

他下意识地侧身让路，直到霍璟走出几米，才后知后觉地问了一声："您要去……审他吗？"

"不然呢？"

霍璟已经走远，钟云从想起那个寡言腼腆的路远，心绪一下子复杂起来。

当时的情形有些出乎意料，路远自始至终都没有反抗，除了让那颗致命的子弹停下之外，他再没有使用过异能，乖乖地束手就擒，反倒让霍璟在教室内外布置的埋伏没了用武之地。

但事情也没有这么容易就结束，他确实不反抗，可他也不开口。

被关起来之后，霍璟忌惮他的异能，将他严严实实地锁了起来，让他处于寸步难移的状态，保证他即使暂停了看守者的时间，也无法自主脱逃。

他自己留在了课堂上，不代表他没有另外安排人手审问路远。

可霍璟的直觉告诉他，那个叫路远的，怕是没那么容易被撬开嘴。

果不其然，他回到关押着犯人的那间屋子的时候，其他治安官已经磨了路远三个小时，搞得口干舌燥，却是白费力气。

从路远脸上、身上留下的一些痕迹，霍璟也看得出，他们应该是用过一些非常手段的，但看样子，显然是无用功。

"看来你是不会开口了。"霍璟居高临下地看着他。这个瘦弱的青年只是垂着眼一动不动，也算是用实际行动回答他了。

霍璟摇摇头："那个人再怎么被看好，终究还是名不正言不顺，我本来不想让他过多参与到案件里的。"

路远的眼皮动了一下。

"可你这一副不见棺材不落泪的模样，倒是逼得我不得不改主意了。"霍璟在椅子上坐了下来，唇角微扬，怎么看都带着讽刺的意味，"你知道你那位室友有多念着你吗？他一直惦记着要把你的记忆搜索一遍，就等我松口了。"他的笑意加深些许，"到时候，你暴露的秘密，或许就不只是这个案子了。"

路远抬眼，定定地看着他。

"还不明白我的意思？"霍璟声音微冷，"我只负责训练营里的这条人命，出了训练营，那不归我管，我也没兴趣。当然，有人是很感兴趣的，不过那部分的口供就让他自己想办法吧。"

路远闻言，竟然也笑了起来："我知道了。我招。"

霍璟一扬手："做笔录。"

等到钟云从结束了一天的训练，溜达到禁闭室附近的时候，霍璟等人正好走了出来。

他也不顾被呵斥的风险了，直接迎了上去："哎，他那边是什么情况？"

霍璟又是那副他熟悉的冷眉冷眼："跟你有关系吗？"

钟云从一时语塞，过了一会儿才悻悻地嘟囔着："路远他那个人这么能装，肯定不好对付，我就是想过来看看……有没有能用得上我的地方。"

"用不上。"

霍璟从他身边走过，钟云从一时还没反应过来，追了上去："啊？真的不需要我帮忙吗？"

"不需要。"另一名治安官代替霍璟回答了他，"那小子已经招了。"

"招、招了……"钟云从难以置信地张大了嘴，"他这么容易就招了？我还以为他……"

呆立片刻之后，钟云从忽然想起了什么，又跟上了霍璟一行人："他招了什么？承认金虎是他杀的了？那碎尸案呢……"

霍璟倏然止步，嘴角的弧度如薄刃般锋利："请问27号学员，我是不是要把我们的问讯笔录给你过目一遍啊？"

钟云从登时噤声。

"你这爱管闲事的性子，倒是跟那个人如出一辙。"霍璟丢下这句话之后便拂袖而去。

钟云从自然不敢再跟，闷闷不乐地往回走，霍璟没必要骗他，那路远应该就是真的交代了。

那他到底说了些什么？钟云从并不全然是好奇，主要是涉事的人竟然都是他身边熟识的人，这让他莫名感到不安。

而路远这个人，又实在让他百感交集。

愤怒、厌恶、不解……那么多种情绪交织在一起，现在心底是个什么滋味，他自己也说不清。

但无论如何，看霍教官那油盐不进的架势，是不会跟他透露的。

那路远接下来会怎么样？按照治安官们的说法，他至少是承认了谋杀金虎的事实吧？他会被移送到治管局继续审问吧？毕竟，苏闲手头的那起碎尸案，路远很可能也有份。

钟云从胡思乱想了一路，不注意看路，一不留神，撞上了人。

他赶紧道歉："对不起对不起，都怪我不小心，您没事吧……"

可在他看清撞到的是什么人之后，舌头霎时打结了。

他面前，站着一个穿着藏青色制服的中年胖子，而中年人身后，还跟着一群穿制服的。

钟云从对这身衣服太熟悉了，所以……这些都是治管局的人？

他刚才还念着呢，结果说曹操，曹操就到了。

他们是为路远而来的吧？

那中年治安官看起来很亲切，冲钟云从笑笑："没关系，小伙子别放在心上。"说着还拍了拍他的肩。

钟云从那叫一个受宠若惊啊，在与苏闲、霍璟之流打过交道后，他真是没想到，治管局里也有这么和蔼可亲的人哪！

一直到那拨人与他擦身而过，他还没反应过来，这时候，忽然有人伸了条腿出来，试图给他下绊子，幸好他眼疾手快，身手敏捷，灵活地避过了。

"冯小山！"他没好气地质问道，"你是不是吃饱了撑的？"

"嘿！让你说中了！我现在还真挺撑的！"那小子风一样出现在他身边，"哎，你又去找不痛快了？"

钟云从撇撇嘴，算是默认了。

"我觉得你这个人可能有受虐倾向……"

"滚！"

冯小山搂着他的肩膀："不过呢，你再去烦霍教官也没用了，治管局已经有人来接手了。"

“哦，就是刚刚那些人吧？”钟云从回头望了他们远去的背影一眼。

冯小山眨眨眼：“你刚才不是都和任副局长打过招呼了？”

“任副局长……”钟云从张大了嘴，“那不就是……任杰的老爹？！”

“对呀！真凶抓到了，他儿子排除了嫌疑，他也就不用避嫌了。这次除了接手犯人，估计也是来看任杰的吧。”

钟云从的心底却升起了一种莫名的情绪——路远的异能，和任氏父子的可是一样的。这其中，是否存在着某种关联呢？

他还没想出个所以然，又被冯小山那小子打断了，他纠缠不休，非要知道钟云从是怎么察觉出路远的破绽的。

钟云从被他磨得没办法，只好说给他听。

“本来任杰已经很有嫌疑了，如果没有我这个变数的话，大概他就会成为那人的替罪羊了。只可惜这个世上不存在两全其美的事，他想嫁祸给任杰，就必须用异能；不用异能，就很难让嫌疑落到任杰头上。最后他选择了前者，可因为我的存在，金虎的尸体变成了无法忽略的罪证，为了避免暴露，他只好想办法把这个罪证抹掉。可恰恰就是这一步，让他彻底地暴露了他自己。

“任杰当时已经被控制起来了，层层看守，根本不可能出去毁尸灭迹；况且他自己伤口未愈，还留下了痕迹，再加上，我本来就怀疑他了，稍加试探，就试出来了。”

冯小山听得一愣一愣的，最后抓住了一个关键点问：“你说你早就怀疑他了？为啥？他表现得不是很低调吗？”

“他是伪装得很好，我也差点被骗了。”钟云从没有正面回答冯小山的问题，只是含糊带过，“只是一个偶然的机会，才发现他有点不对劲的。”

好在冯小山天生少根筋，不爱追根究底，也就被钟云从糊弄过去了，转而问起了另一个他更为好奇的问题：“不过这家伙明明是异能者，却偏偏以普通人学员自居，还骗过了百试百灵的感应器，他是怎么做到的啊？”

“因为他的异能。”

冯小山一怔：“时间控制？”

“对。”钟云从的喉结轻轻滚动了一下，他低声开口，“那种异能，跟我的触知力一样，不仅能作用在人身上，对物也能生效——他在感应器鸣响的一瞬间，就使它的时间停滞，等它离开了检测范围，或者到了下一个人手里，才会继续鸣叫。”

“难怪，到他手里的时候，就安静得不得了。”冯小山啧啧惊叹，“还真是有点羡慕这种能力。”说完又瞅着他，“不过，你又是怎么知道的？”

“一开始只是猜测，后来跟霍教官借了感应器，让任杰配合，我们一起做了个实验，发现不只是路远，任杰也同样能做到，只是他从来没想过要这么做而已。”

“那小子，真是看不出来，不显山不露水的，心机这么深。”冯小山眨眨眼，“所以说，你早就知道感应器在他手里不会响，所以霍教官那一枪才是真正的杀招，让他彻底原形毕露？”

钟云从眉头紧锁：“我一直在想，路远为什么要杀金虎，还非要嫁祸到任杰身上……”

“说不定，”冯小山插嘴，“这就是他的目的啊。”

“你是说，他杀金虎，就是为了嫁祸给任杰？”

“对啊！金虎不自量力要跟任杰抢女人，这事都传遍了，大家都知道他们关系不好，任杰又是那样的脾气。”冯小山耸耸肩，“路远又有那样的异能，任杰刚好有动机，让他背黑锅真是太容易了。”

“你说得有道理。”钟云从点点头，随后却又摇摇头，“可我还是想不通，如果是为了嫁祸给任杰而杀人，那就说明路远跟任杰之间应该有很大的仇怨。或者换个说法，是路远单方面对任杰有仇怨。可是，据我了解，任杰跟路远根本不熟，平时也没说过几句话，我基本能确定在任杰眼里，路远就是个路人甲的水平。而且，”他的语气产生了微妙的变化，“你有没有想过，路远和任杰，这两个看起来毫不相干的人，为什么偏偏会有同一种异能？”他目光灼灼地盯着冯小山，“我不止一次听过这样的说法，不考虑某些极其特殊的情况，除了遗传，异能是无法复制的，不是吗？”

冯小山目瞪口呆地站在那里，好一会儿才艰难地咽了口唾沫：“你……你到底想说什么？”

钟云从轻轻巧巧地笑了起来：“还用问我？你不也想到了吗？”

“天啊……”冯小山一个激灵，顿感恶寒，“难道是一出家庭伦理大戏？”

钟云从望着已然消失的治管局一行人的方向，摇了摇头：“八成就是这样。我现在就好奇一个问题……”

“什么？”

“任杰肯定是不知道的，那么，”钟云从挑起半侧眉尾，“任副局长自己知道吗？”

还有一个他未曾宣之于口的问题：路远究竟为什么要参与那起碎尸案？

“爸，那个人是怎么回事？”事实证明，任杰也并没有钟云从想象的那般迟钝，在与父亲见面之后，他出口的第一句话就是这个。

任副局长略显惊讶：“哪个人？”

任杰冷哼一声：“你又何必装傻？你不就是冲着他过来的吗？”

“我有公务在身，顺便来看看你。”任副局长笑容不变，“至于你说的那个嫌犯，我根本不认识。”

“不认识？”任杰额角青筋乍现，“那他的异能是怎么回事？他的异能，跟你我的一模一样！”

任副局长闭了闭眼：“我也没想过，会出现这样的局面。”

任杰呼吸一滞，而后咬牙：“果然跟你有关系！你是不是……”他的喉咙发紧，后半句话卡在嗓子眼里，无论如何都吐不出来。

他桀骜不驯，违逆父亲是家常便饭，但不管怎么样，他的父亲都是极为出色的异能者，是治管局里身居高位的领导者，他在心里始终是将父亲当作榜样、旗帜，以及需要超越的目标。

可现在，那个叫路远的人身上分明出现了他们家族独有的烙印，这几乎把父亲在他心里的形象击了个粉碎。

“小杰！”任副局长猜得出任杰在怀疑什么，坚定地摇头，“不是你想的那样，我从来没有背叛过你妈妈，我可以向你保证！”

任杰一时之间不知是否该相信，但路远的存在却是根真真切切的刺，扎在他心头：“那他……”

“他的事你别管。”任副局长的笑容从面上隐去，“我会处理掉他……你只要当作从来没见过这个人就好了。”

任杰转过头望着他父亲：“你到底，有什么事瞒着我？”

任副局长摇摇头，任杰头一回从父亲的脸上看到了颓然无力的神情。

“20年前，我可能做了一个错误的决定。现在想抽身，也不知道还来不来得及。”

父子谈话完毕，任副局长见到了在门后等候的霍璟。

“小霍。”他乐呵呵地开口，“真是辛苦你了。”

在领导面前，霍璟的脸上也没有多少表情，他摇头：“分内之事。”

“说起来，难得让你偷闲，没想到跑来训练营调教这帮青瓜蛋子，也能碰到杀人案。”任副局长感慨道，“巧的是，这起杀人案的凶手居然还跟外头的大案有牵连。”

“是吗？”霍璟淡淡一笑，“这我倒不清楚了。”

任副局长面上显出了意外的神色：“怎么，那个凶手没有招？”

“杀人案的部分招了。”霍璟答道，“至于其他的部分，他不肯说，我也懒得问。”

任副局长牙疼似的咧着嘴：“你这个霍璟，还真是……这么多年了一点都不变！”

“我不爱管闲事，您是知道的。”霍璟不卑不亢地回道，“在其位，谋其事，别人的案子，就让别人自己处理吧。”

任副局长摇头失笑：“那苏小子要是听到你这话，估计你俩又得打起来了。”

霍璟的唇边浮起一个意味不明的笑容，任副局长看了瘆得慌，连忙转移了话题：“对了，那个犯人，叫什么来着……”

“路远。”

“啊，对，路远，我倒是想瞧瞧他。”任副局长的表情变得有些微妙，“听说，他拥有跟我相似的异能？”

霍璟的目光迅速地掠过这位领导，不动声色地点了下头：“是这样。”

“那我还挺好奇的。”任副局长微微一笑，“带我去见他吧。”

“是。”

不多时，霍璟就把人领到了关着路远的房间外，示意两名看守的治安官开门。

“要我陪同吗？”霍璟请示道。

任副局长似乎犹豫了一下：“不用，也花不了多长时间。”

霍璟没再说话，只是为他推开了门。

任副局长朝他点点头，随后走了进去，又顺手将门带上了。

霍璟垂下眼，一脸漠然，他并非毫无察觉，只是对领导的八卦不关心罢了。

任副局长审视着那被层层枷锁禁锢起来的年轻人，没有作声。

他很年轻，很瘦弱，看身量也不会太高，外貌上，几乎找不出任何与他相似的痕迹。

但就是这么个毫不起眼的人，居然继承了他的异能吗？

就在这时，那年轻人猛然抬起头，直勾勾地盯着他，目光似笑非笑，让他的神经不自觉地紧绷起来。

“你终于来了。”

“你……”任副局长张了张嘴，一时之间却不知说什么好。

他的复杂神色并没有瞒过路远的眼睛，以至于路远笑了起来：“怎么，任副局长没有什么话想对我说吗？好歹，我也跟你血脉相连，在生物学上，我也是你的儿子，就跟……任杰一样。”

他言语中的嘲讽之意很明显，而在说到“任杰”两个字的时候，他甚至毫不掩饰自己的厌恶之色。

“我并不知道你的存在。”任副局长斟酌着开口，“当年那个计划，我并不看好，也没想过会成功……”

“我知道，你还很希望我不存在。”路远打断了他，“我只是很好奇，既然你说你当初并不看好那个计划，那为什么还要参与？”他的声音骤然冷了下来，“如果你当年没有参与，我们也就不用出生在这个世界上……”

“什么？！”任副局长倒吸一口冷气，“难道说，除了你之外还有……”

路远忽然哈哈大笑，笑到后来，几乎是上气不接下气：“你大概做梦都想不到……你曾经有过多少个孩子……这件事情，实在是太可笑了……”

任副局长眉头深锁，蓦地上前一步，抓着那年轻人的衣领：“你把话说清楚！”

“事情很简单，你贡献的精子产生了一个异能者，让那些人喜出望外，可不就成为重点照顾的对象了？”路远兀自笑个不停，“同理，还有生下我的母亲，因为‘幸运’地生出了我这个异能者儿子，被认为是合适的母体，于是，被迫一次又一次地怀胎生子。至于她生下了你的多少个孩子，我记不清楚了，大概只能去问那些人了。”路远盯着冷汗涔涔的任副局长，“不过你不用太担心，因为，我那些弟弟妹妹们……绝大多数已经死了。怎么样，是不是松了口气？”

他讥诮十足的反问让任副局长有些难堪，因为他方才确实是这般反应。

他不想看到路远那双充满嘲弄意味的眼睛，于是别过脸去：“我没想到，他们会这么疯狂……”

“因为，异能者出生的概率太低了，整座‘孤岛’，异能者也不过占总人口的5%。”路远一声嗤笑，“那个计划本就是为了尽可能地制造异能者，自然只能可劲儿地生了。”

任副局长闭了闭眼，什么都没说。

“你都不问问你的那些孩子们是怎么死的吗？”路远被束缚着，几乎动弹不得，他死死地盯着任副局长，唇边泛起一丝冷笑，“你甚至，都不肯多看我一眼。”

任副局长疲惫地按着太阳穴："你骂我冷血无情也没关系，但我没有办法把你当作我的孩子……我甚至都不认识你的母亲。"

"不，我不认为这是冷血无情，相反，这是人之常情。"出乎他的意料，路远微笑着摇头，"我甚至都不是情欲的产物，是没资格跟你要求什么。"

任副局长转过头，似乎想说些什么，路远却没有给他出声的机会。

"所以今天，我也不是来跟你叙父子亲情的。"

"那你……"

"我是来跟你谈条件的。"

闻言，任副局长心中倏然一沉，他注视着这个年轻人，心底没有半点父爱亲情，相反，耻辱、憎恶以及忌惮充斥着他的胸腔。

"你想拿当年的事情要挟我？"任副局长的脸上阴云密布，话里透着山雨欲来的压迫感，"那你尽管去说吧。我并非那个计划的主使，只是众多参与者之一，甚至我可以说自己是被利用欺骗的对象……"

"您误会了。"路远微笑着打断了他的辩解，"我的砝码并不是指当年的那个计划。"

任副局长愕然："那……"

"我的砝码是，"路远的笑意加深些许，"任杰的心脏。"

任副局长勃然变色，不自觉地后退了一步："你……你怎么会……"

"当年给你儿子做手术的那位徐医生，我正好认识。"路远的语气轻描淡写，落在任副局长的耳中却犹如响雷一般炸开，"你儿子的心脏是怎么来的，这种事要我说给你听吗？"

任副局长呼吸一滞。

"怎么，想杀了我吗？"

路远却在此刻出声，他的余光扫过去，不想，与任副局长的目光撞了个正着。

是，路远猜对了，那一刻，任副局长的确起了杀心。

"我现在被锁得严严实实的，你要杀我是轻而易举的事。"路远嘴上这么说，眉宇间却是一派轻松，"来啊，动手吧。"

任副局长面色铁青，但并没有动作。

冲动也就是那一瞬间的事，很快就被他收了回来——路远要是死在这里，他难以摆脱干系，何况，外头还守着个霍璟呢。

任副局长深吸了口气，将翻腾的情绪全都压了下去，淡淡地开口："你想怎么样？"

路远微微一笑："放了我。"

"这怎么可能！"任副局长闻言大怒，"我要是把你放了，怎么跟其他人交代？"

"这我不管。"路远冷冷一笑，"我只有一句话——我要是没命的话，也会拉上任杰当垫背的。你自己看着办吧，任大局长。"

任副局长怒火丛生，可一时却是奈何他不得。

现在不行，还有以后。

他打定主意，转身往门口走去。

"我知道你在想什么，但我劝你最好不要这样做。"路远的声音低低地响起，"我把你们父子的秘密告诉了我一个朋友，要是她等不到我回去的话，那这个秘密估计就守不住了。"

任副局长脚下一顿。

"所以，你别无选择。"

任副局长在里头耽搁了几分钟之后就出来了，霍璟不知道他与路远之间进行了怎样一场对话，总之，他看上去脸色不太好。

不过霍璟也没多问，只是请示道："那您现在出发吗？"

任副局长匆匆点头："哦……走，现在就走。"

"那我让人把路远带到车上去。"

霍璟忙碌去了。任副局长沿着走廊往前走，耳边不断地回响着路远的话，一颗心七上八下地悬在空中，整个人都是恍恍惚惚的。

怎么做才好？

他正焦躁不已的时候，有个人从他身边经过。

"别担心，任局长，你的麻烦，我们会为你解决掉。"

任副局长浑身一震，等回过神环顾四周的时候，那个与他擦肩而过的精瘦身影已然消失无踪了。

那究竟……是什么人？

夜色正浓，数道电筒的光线交织在一起，照亮了墓园的东南角。

苏闲循着石板铺成的小路，缓缓前行。

这个地方，他也有一阵子没来了。

脚下的石板想来是年头久了，有些松动，两侧柏树的影子交错着投在他身上，让他整个人看起来更显沉郁。

项羽磨蹭了好一会儿，才敢上前去跟他打招呼。

“啊，头儿……您到了啊……今天月亮挺圆的啊。”

苏闲白了他一眼：“别废话，赶紧干活。”

项羽自讨没趣，悻悻地回到尸体边上，发起了牢骚：“啧啧，还好没被削……”

“再啰唆下去的话可说不准了。”苏闲凉凉地接了一句，项羽登时噤声，乖乖地检查尸体。

“一枪致命，看样子，子弹是从背后射来的。”项羽比画了一下，苏闲顺着他指的方向看过去，斜后方数米之外，是另一座墓，位于最角落。

“看来凶手就是躲在那里开的枪。”项羽继续说，“地上的血污呈现反复来回的痕迹，相当混乱，死者可能挣扎着移动过。另外，死者衣物的各个口袋包括里衣都有被翻动过的痕迹，凶手应该是搜过他的身。”

“搜身？凶手想找什么东西吗？”苏闲转过头去看手足无措的墓园管理员，“您赶来的时候，凶手已经不见了吗？”

“跑了！当时光线又暗，我就隐约瞅见个背影……”管理员一脸不安，显然是惊魂未定，“不过我当时用手电照过去，好像是个女人。”

苏闲眸光一凛：“您确定没看错？”

管理员被他这么一问，顿时就惴惴的：“我也说不好……那个人戴着帽子，也看不出头发是长是短，我就觉得，背影很瘦，身量也不高，看着像个女的。”

“我知道了。”苏闲心里咯噔一下，面上却不显，他低头看着地上趴着的丁大成的尸体，“他来的时候，您有没有注意过他带了什么东西？”

管理员指着墓碑前摆着的一束花和两听水果罐头：“就这些。”

“没有其他的了？”

“手里提的就这些，其他的没看见，兴许是放在身上了。”

放在身上？苏闲眉头紧锁，丁大成的尸体被搜过，如果他身上真藏了什么东西，那岂不是被凶手带走了？

“他在这里待了多久？”

“也就几分钟吧，他进来之后没多久，我就听见枪声了。”管理员惊惶地摇头，“当时我就知道不好，赶紧跑进来，结果人已经没了……”

“这么说，他早就被盯上了吗？”苏闲倒吸一口冷气，那就意味着，他身上可能真的藏了什么不得了的东西，为他招来了杀身之祸。

他有预感，那个东西，跟母亲，跟慈幼院，甚至跟他都有关系。

“项羽！”他急急开口，“立马派人去慈幼院丁大成的办公室以及他的住处，把他的东西全部带回治安所！”

“是！”项羽拿出通讯器开始调配人手。

虽然希望渺茫，但他还是下了这道命令。他现在还不知道那究竟是什么东西，只好让人全都打包回来，一样一样地找。

除此之外，他还抱着一丝侥幸，或许……丁大成没把东西带在身上，凶手也没有得到，如果是这样的话，那她必然也是要往那两个地点去的。

说不定，能把人堵个正着。

苏闲在墓前站立片刻，俯下身，轻轻抚了一下墓碑，随后出声：“把丁大成的尸体搬走吧。”

很快就有人把尸体移走了，那个位置上留下了一大片血泊。

苏闲原本也打算离开，不过在瞥见那处血污之后，他皱了下眉：“等天亮了，麻烦您把这里清理一下。”

管理员知道这话是对自己说的，一口应了下来，还殷勤地提醒了一句：“地上脏，您小心踩着。”

苏闲的手电筒照着那摊黏腻的血迹，本意是为了取道，不承想，这随手一照，让他发现了一点蹊跷。

在丁大成先前趴着的那个位置，血迹顺着石板边缘渗到了泥土里。

他觉得不对劲，一般来说，石砖之间严丝合缝，血是渗不下去的。

可偏偏这个墓园简陋且年头久远，这条石板路，松动的地方不少。

他下意识地屏住呼吸，绕过血泊，走到那块石板边上，蹲下，就着手电筒的光细细观察。

果不其然，他发现石板的边缘有个不显眼的血指印。

丁大成动过这块石板！

这就是他临死前挣扎挪动的缘故吗？

那样要了他命的东西，既没有被凶手带走，也并未落在他处。

苏闲掀开那块松动的石板，一册陈旧的笔记本安安静静地躺在那里，封皮上沾满了泥污与血渍。

他一眼就认出了上头的字迹。

那是他母亲俞琬的字迹。

“什么？！”疾驰的汽车上，项羽大惊失色，“济世医院与慈幼院之间，有一条地下通道？！”

“严格地说，是多年前动工修建的地铁线路，济世医院与慈幼院的所在之处，都是原先预备建站点的。当时地下隧道已经挖通了大半，有些路段都开始铺设钢轨了，结果那场灾难来临之后，工程自然也就不了了之了。”苏闲神情肃然，“毕竟是很多年前的事情了，又是地下施工，加上20多年前死了那么多人，咱们东城区有地下隧道这件事，知道的人竟然寥寥无几。”他沉沉叹气，“我也是第一次知道。”

“所以说，济世医院内一定有个隐秘的入口，而姜岂言就是从那里逃的！”项羽说着一拍大腿，“难怪怎么找都找不着！”

苏闲想起当时自己激愤之下的那句“掘地三尺也要找到他”，现在想起来，倒是误打误撞了，只是看现在这种情况，掘地三尺必然是不够的。

“分头行动，一批人到济世医院去；另一批人，跟着我到慈幼院去。这两个地方，应该都有通往地下的入口。总有一个地方，是他们的大本营！”

苏闲觉得慈幼院的可能性大一点，毕竟济世医院地方大，每天进进出出的人那么多，人多眼杂，如果选在那里的话，很容易走漏风声。

可慈幼院就不同了，那里偏僻，人也不算多，还有个丁大成管着，自然比树大招风的济世医院理想得多。

不过为了保险，苏闲还是往济世医院也派了人。

“对了，关于入口，我之前翻看了济世医院的建筑图纸，发现有一幢楼差不多是20年前建的，其他的都是些老建筑，你们重点察看那座楼，我估计入口就在那里。”

项羽点头应了，而后又追问：“那慈幼院那边的入口呢？”

苏闲按着眉心：“现在没空去找慈幼院的图纸了，好在那边也没有济世医院那么大，而且我心里有数了。”

连那个朱梦晴都不知道慈幼院背地里的勾当，说明丁大成确实守口如瓶。那么，入口八成就设在只有他会去的地方。

苏闲猜，应该就在他的住处，比如卧室之类的地方。

当年那个女人坚持将慈幼院搬迁到博峰生物制药公司的遗址上，果然是心怀叵测。

想必从那个时候起，他们的那个计划就开始了。

小桃说得一点都没错，那的确是件只有疯子才做得出的事情，完完全全让人匪夷所思。

苏闲真的想不通，那群人为什么会一拍脑袋，就想出这么个愚蠢又疯狂的主意。

他想不通，当年的俞琬也想不通。

所以她死了。

“我近来夜间失眠的症状愈发严重，以至于白日里也是神思恍惚，总觉得有人在跟着我，想来是少眠的后遗症，产生了错觉。”

这是俞琬日记的最后一句话。

苏闲紧紧地攥着笔记本陈旧的封皮，指节发白，指尖微颤。

那不是错觉，他母亲当年的身亡，绝对不是一场意外！

“路远逃了？！”霍璟一把揪住前来通知的治安官的衣领，语气严厉地质问道，“你们这么多人在，居然让他逃了？你们是一群饭桶吗？”

他不知是有意还是无心，顺口将任副局长一起骂了进去，被勒着脖子的同僚一张脸皱成了苦瓜：“你这个人是怎么说话的？你当我们愿意吗？那半路上突然冒出一大群异种，我们毫无防备，被杀得措手不及，它们趴在挡风玻璃上，把视野遮得严严实实，车子直接撞上了路边的屋子，好多人都受伤了，还差点折了一名弟兄……任局也伤得不轻！”

“异种？还是一大群？”霍璟只觉得不可思议，“难道你们开去西城了？”

对方趁机挣开他的掣肘，没好气地争辩道：“怎么可能？我们也不知道东城区居然藏着这么多异种，而且……”那人说着神情微变。

霍璟沉声追问：“怎么？”

“我总觉得，那些异种跟咱们平时对付的不太一样。”

他的话被霍璟认为是托词：“有什么不一样的？难道又变异了吗？”

“说不定还真是！”他的同僚蓦地睁大了眼，“你知道吗？那群玩意儿有扒车窗的，有挡视野的，撞车之后，它们还分成两路，一部分一拥而上攻击我们，另一部分是冲着路远去的，不过它们不仅没有对路远怎么样，甚至还帮他扯断了镣铐。我都怀疑是路远派来的了！”

听完这番描述，霍璟亦感到惊疑：“它们这样分工明确，以往的确是不可能发生。”

“岂止是分工明确，简直是训练有素，好吗！”同僚嚷嚷道，“就跟有人指挥似的。”他说着又拍了拍胸口，“还好我们已经将它们一举歼灭了！”

“也许真有人在背后指挥……”霍璟喃喃道，他倏地想到了什么，神色一凛，“如果不是这次伏击，我们从来都不知道东城藏着这么多异种。除了攻击你们的那些，会不会还有更多潜伏着？”

那位治安官听了这话跟着骤然变色："这……这……不会吧？"

霍璟皱着眉问道："局里现在还有多少人？"

"不太多，除了走不开的那部分，剩下的人一部分去了西城执勤，另一部分被苏闲借走了，他那个案子还没查完。"

"就他多事！"霍璟冷哼一声，"要是东城真出了什么事，咱们根本就分不出人来，难道要指望着综管局那群废物吗！"

他话音刚落，桌上的电话就突兀地响了起来。

霍璟忽然有了不祥的预感，他深吸一口气，拿起了话筒。

"东城区的街头巷尾忽然出现了大批异种，大肆袭击市民，目前已经造成了多起死伤！你们速来支援！"

电话是从总部打来的，霍璟倒吸一口冷气，竟然让他说中了，还真碰上这种糟糕的境况了。

"我还在训练营，会尽快带上能用的人赶过去！"他应了之后又问了一句，"一号所那边呢？"

"一号所里大半的人都被苏闲带着出勤去了，也不知道是怎么回事，现在联系不上。不过如果他们碰上了异种的话，肯定不会坐视不管的……"

霍璟挂了电话，脸色十分难看："废物！"

他准备好武器，又披上外衣，一边系扣一边开门："事不宜迟，现在就出发！"

最初听闻路远逃跑的时候，他怀疑的第一个人就是任副局长。

无论如何，路远很可能与他有血缘关系，想必他自己也知道这一点，这样一来，他完全有可能因此徇私。

可之后出场的却是异种，还是那样古怪的异种，霍璟就想不明白了，同时也觉得，这件事应该跟任副局长没关系。

再怎么样，治管局的副局长，也不可能去勾结异种吧？

没想到一开门，他就和一个人打了个照面，差点撞上。

"啊，霍教官，晚上好！"钟云从行了个礼，接着双手递上了一份抄写整齐、画工细致的作业，"我抄好了，来交作业……"

霍璟现在心急如焚，根本没空理会他，他面色阴沉，直接把人推到一边："滚开！"

钟云从猝不及防，肩膀在墙上撞了一下，痛得龇牙咧嘴，却十分不解，虽说霍教官平时对他的态度也不怎么样，但一般很少上手，而且自己刚才根本没惹他啊！

不过见他这行色匆匆的模样，不似平日沉稳，难道是发生什么大事了？

想到这里，钟云从拔腿追了上去："是不是出什么事了……"

霍璟径直走到一辆车边，正欲打开车门，听到钟云从的问话，他眸光一冷，冰凌一般刺向他："你给我闭嘴，乖乖滚回宿舍去，否则，别怪我不客气！"

钟云从咽了口唾沫，转头望向另一位治安官。

另一位显然要比霍璟和善得多，好言好语地相劝："城里忽然爆发了大规模的异种袭击，现在局里人手奇缺，我们要赶紧回城支援，你也回宿舍待着吧，外头很危险，千万别乱跑！"

钟云从一惊："怎么会？东城不是和西城隔绝开了吗？异种是怎么……"

"现在还不清楚。"治安官摇头叹气，"何况，这次遇上的异种很不寻常，好像智商又回来了，个个都精明狡诈，就像有人指挥似的。"

"听人指挥的异种？"钟云从陡然想起了什么，后背一凉，目光灼灼地望向霍璟，"霍教官，我不是在跟你开玩笑，我以前见过这样的异种，我知道它们背后的人是谁。"

霍璟难以置信地看着他。

小桃忘了自己上一次清醒是什么时候了。

这些日子，她长时间地陷在昏昏沉沉的睡眠之中，如同卷进了一个旋涡之中，浑浑噩噩，却无法摆脱。

她睁开眼的时候，甚至无法适应灯光，脆弱的角膜被刺激后分泌出了泪液。

她重新闭上眼，泪水顺着眼角滑落。

"小桃，你好不容易醒来，怎么哭了……"

她听到一个清脆动听的声音，困惑地睁开了眼，视野逐渐清晰之后，她看到了姜楚楚那张秀美的脸。

"是你……"她喃喃出声，对姜楚楚，她的心情实在是太复杂了。

"你还好吧？你昏迷了很久。"姜楚楚握住她冰凉的手，与从前不同，这一次，她的手心是温热的。

"你的手好冷……是因为我吗？"姜楚楚将她的手贴在自己的脸上，"哥哥说，因为有你，我的病才被治好了。可是让你变成这样，我真的是很过意不去！"

我失去的只是一部分鲜血而已，可还有两个女孩，她们因为你而失去了性命。

小桃闭了闭眼，最终还是没说出口。

如果这件事让姜楚楚知道了，那她的两个家人，大概也就没命了。

“你怎么不说话……是不是在生我的气？”姜楚楚惶然不安地问道，“如果知道会让你变得这么虚弱，我就不治了，可是当时我被打了针，什么都不知道，等到醒来的时候，病就好了，我也不知道发生了什么。”

小桃发白的嘴唇动了一下：“没有，我没生你的气，我只是……”她望着房间里熟悉的白墙和顶灯，自嘲地一笑，“只是没想到，我费尽心机想逃，结果又回到了原点。”

“啊？”姜楚楚没听明白，但她看小桃神色恹恹的，也就不敢再多问。

她紧紧地握着小桃的手，希望能让她也暖和起来。

片刻之后，小桃低声问道：“楚楚，你为什么也在这儿？是他……你哥哥带你来的吗？”

“嗯……我也不知道这是什么地方。这里阴冷又潮湿，哥哥又不让我出门，我只能天天待在这个房间里，简直跟以前没什么两样。”姜楚楚深深地叹了口气，“我都不知道这病治好了有什么意义。”

小桃张了张嘴，似乎想说些什么，不过最后还是什么都没说。

“而且……”姜楚楚忽然变得有些不知所措，“最近不知道怎么回事……我……我……”

她说得磕磕绊绊的，小桃微微蹙眉：“怎么了？”

她的目光中稍有波动，幽幽地说道：“我总觉得……身上有点不舒服。”

图书在版编目（CIP）数据

猎星者：全 2 册 / 竹宴小生著 . — 南京：江苏凤凰文艺出版社，2019.11（2023.3 重印）
ISBN 978-7-5594-3995-6

Ⅰ . ①猎… Ⅱ . ①竹… Ⅲ . ①长篇小说 – 中国 – 当代
Ⅳ . ① I247.5

中国版本图书馆 CIP 数据核字 (2019) 第 166799 号

猎星者（全2册）

竹宴小生 著

策　　划	北京记忆坊文化
特约策划	张才曰
特约编辑	单诗杰 尹　杨
责任编辑	白　涵 刘洲原
营销编辑	杨　迎
封面设计	80 零 · 小贾
封面绘图	Lewis
版式设计	天　缈
出版发行	江苏凤凰文艺出版社
	南京市中央路 165 号，邮编：210009
网　　址	http://www.jswenyi.com
印　　刷	北京中科印刷有限公司
开　　本	670 毫米 × 970 毫米 1/16
印　　张	34.5
字　　数	637 千字
版　　次	2019 年 11 月第 1 版　2023 年 3 月第 3 次印刷
书　　号	ISBN 978-7-5594-3995-6
定　　价	76.00 元（全二册）

江苏凤凰文艺版图书凡印刷、装订错误可随时向承印厂调换